O fim das Férias

Leia também:

Melancia
Férias!
Sushi
Casório?!
É agora... ou nunca
Los Angeles
Um bestseller pra chamar de meu
Tem alguém aí?
Cheio de charme
A estrela mais brilhante do céu
Chá de sumiço
Mamãe Walsh
A mulher que roubou a minha vida
Dando um tempo
Adultos
O fim das férias

MARIAN KEYES

O fim das Férias

Tradução
Elaine Trindade

1ª edição

BERTRAND BRASIL
Rio de Janeiro | 2025

CIP-BRASIL. CATALOGAÇÃO NA PUBLICAÇÃO
SINDICATO NACIONAL DOS EDITORES DE LIVROS, RJ

K55f Keyes, Marian
O fim das férias / Marian Keyes ; tradução Elaine Trindade. - 1. ed. - Rio de Janeiro : Bertrand Brasil, 2025.

Tradução de: Again, Rachel
ISBN 978-65-5838-290-4

1. Ficção irlandesa. I. Trindade, Elaine. II. Título.

24-95414 CDD: 828.99153
CDU: 82.3(417)

Gabriela Faray Ferreira Lopes - Bibliotecária - CRB-7/6643

Título original: Again, Rachel

Texto revisado segundo o Acordo Ortográfico da Língua Portuguesa de 1990.

Direitos exclusivos de publicação em língua portuguesa somente para o Brasil adquiridos pela:
EDITORA BERTRAND BRASIL LTDA.
Rua Argentina, 171 — 3º andar — São Cristóvão
20921-380 — Rio de Janeiro — RJ
Tel.: (21) 2585-2000,
que se reserva a propriedade literária desta tradução.

1

O toque da mão circundando levemente meu umbigo me acordou. Ainda meio adormecida, gostei da sensação dos dedos dele descendo pelo meu corpo.

Mas, antes que avançássemos, eu precisava saber as horas.

— Sete e dez — disse ele com a voz rouca.

Que alívio ter dormido uma noite inteira! Olhei para ele, sorrindo.

— Agora, sim, você tem minha total atenção.

Quando acabou, ficamos ali deitados, sob a luz rosada da manhã. Mas a hora estava passando.

— Preciso ir, querido.

— Já?

— Tenho que passar em casa, dar comida para a Crunchie e pegar algumas coisas antes de ir trabalhar.

— Ah! — Houve aquela pequena pausa significativa. — Ok.

Não tocaríamos no assunto. Não ainda.

— Boa viagem.

Ele me beijou.

— Eu ligo quando der, mas é meio imprevisível.

— Não se preocupe — falei, deslizando para fora da cama. — Espero que corra tudo bem. A gente se vê domingo.

Ele segurou meu punho.

— Vou sentir saudades.

— Eu também.

* * *

NA COZINHA, ME APRESSEI em tomar um copo d'água. Finley entrou coçando a cabeça.

— Oi, Rachel.

— Oi. Estou de saída. A gente se vê domingo?

— Não, vou ficar com a mamãe.

— Mande um beijo pra ela. E, se estiver no clima de fazer um ato de bondade, acho que seu pai... — Apontei o dedo para o teto. — Adoraria um café.

Finley fez cara de dúvida e eu ri.

— Anda, moleque preguiçoso.

— Tá booom!

Dei um abraço nele e saí à toda em direção à manhã ensolarada de primavera.

ASSIM QUE ABRI a porta de casa, Crunchie pulou em mim com toda aquela animação canina de boas-vindas. Eu me ajoelhei, fiz carinho nas orelhas dela e falei com minha voz especial:

— Oi, meu amorzinho!

— Rachel? É você?

A cabeça da Kate surgiu por cima do corrimão, as mechas do seu cabelo molhado pendendo do rosto. Ela empunhava uma escova redonda e um secador de cabelo.

Subi correndo as escadas e entrei no banheiro.

— Minhas lentes de contato acabaram — expliquei, vasculhando a gaveta.

— Tudo bem com o Quin? — perguntou ela.

— Tudo ótimo. Está indo para o Novo México, só volta domingo.

— Sorte dele!

Kate era minha sobrinha, filha da minha irmã mais velha, Claire. Ela morava comigo havia alguns meses porque o trajeto exaustivo entre a casa da Claire, no oeste de Dublin, e o trabalho da Kate, numa casa de repouso em Wicklow, estava acabando com ela. Agora, Kate gastava apenas doze minutos para ir ao serviço, em vez das duas horas e meia de ida e volta.

Eu era louca por Kate. Ela era uma garota responsável, meiga, levava Crunchie para passear quando eu não podia e era maníaca por limpeza (o que *não* é uma característica da família Walsh). É óbvio que isso foi algo herdado da família do pai dela e, embora eu não fosse fã do cara, só uma idiota reclamaria de dividir a casa com alguém que vivia tirando o esfregão da despensa e dizendo: "Vou só dar uma lavadinha rápida no chão."

O ofício "real" da Kate era ser atriz, mas o universo lhe oferecia oportunidades de trabalho a conta-gotas e em volume primorosamente reduzido, mantendo-a sempre no fio da navalha da incerteza. Toda vez que a Kate estava prestes a desistir, um pequeno papel surgia, apenas o suficiente para reavivar sua esperança.

— Por que você está acordada? — Eu tinha acabado de lembrar que era o dia de folga dela. (Toda semana, Kate enviava seu cronograma por mensagem para que eu soubesse se precisaria pedir a Benigno e a Jasline, nossos vizinhos, que passeassem com a Crunchie). Esperançosa, perguntei: — Algum teste?

— Hoje? Não. Vou fazer um trabalhinho para a Helen.

Minha irmã mais nova, Helen, tinha uma pequena agência de detetives particulares. Recentemente, ela convenceu Kate a ajudá-la, sobretudo em funções desagradáveis que envolviam ficar deitada numa vala lamacenta por longos períodos, tirando fotos de maneira furtiva. Era o tipo de trabalho que a própria Helen costumava se orgulhar de fazer, mas, nos últimos tempos, e com uma frequência cada vez maior, ela vinha dizendo que "investigação na área rural é coisa para jovens".

Segundo ela, Kate, com vinte e três anos, era a pessoa perfeita para esse tipo de desafio. Jovens de vinte e poucos anos não sentem frio, não se molham e não têm olfato. Helen *insistia* que isso era um fato científico. Inegavelmente teimosa, minha irmã mais nova era a pessoa mais determinada que conheci.

— Vamos ver se eu adivinho? — perguntei à Kate. — Ela quer que você espie algum safado que administra a fazenda de porcos mais fedorenta do condado de Cavan?

— Hahaha! Não é tão ruim assim. É um caso de reclamação de seguro, aqui na cidade mesmo. Um cara que diz que não consegue andar por causa de um problema na coluna.

— Meu Deus, já são oito e vinte!

Dei um abraço carinhoso nela e corri para o chuveiro. Não haveria tempo para secar o cabelo. Eu teria que deixar secar naturalmente e aceitar o resultado pavoroso.

Para compensar o cabelo molhado, vesti o macacão jeans que me deixava com cara de funcionária de lava a jato. Eu o usava com tanta frequência que minhas colegas "brincavam" dizendo que eu não tinha outras roupas. Mas é que ele me dava uma sensação de liberdade, ainda mais quando usava com tênis, que me fazia sentir meio poderosa.

Crunchie me olhava com uma expressão triste.

— Eu *preciso* ir trabalhar — disse a ela. — Mas volto à noite. Está um dia lindo lá fora, amorzinho. Vá correr no quintal, latir para os passarinhos... Você vai ficar bem!

Embora minha casa ficasse a apenas quinze minutos de carro do trabalho, eu já estava atrasada para a reunião da manhã.

Subi correndo os degraus do Claustro e atravessei o corredor, quase atropelando Harlie Clarke, uma das dependentes sob minha supervisão, que passava o aspirador no carpete com muita raiva. Harlie era alcoólatra, tinha 29 anos e era tão obcecada pela própria aparência que isso quase podia ser considerado um segundo vício. De pé às seis e meia da manhã todo dia para se arrumar, ela estava linda: base e contorno perfeitos, cílios exuberantes e os longos cabelos louros obedientemente alisados.

Como quase todos ali, Harlie chegou ao Claustro convencida de que estava bem. Mas eu insisti até quebrar sua couraça de negação. Agora, ela não podia mais ignorar que era alcoólatra e *odiava* isso.

— Bom dia, Harlie.

Com um olhar cáustico, ela foi empurrando o aspirador em direção ao meu tornozelo. Meu Deus, ela realmente tinha sobrancelhas *maravilhosas*. Micropigmentadas, é claro, mas com aparência muito natural. Sem dúvida, feitas por um especialista e não por um oportunista que tinha aprendido pelo YouTube. Às vezes eu *morria* de vontade de puxar assunto sobre coisas de beleza.

Mas agora não. Dei o fora antes que ela aspirasse a minha perna.

Na sala de reuniões, cinco dos sete terapeutas estavam à mesa, além de três facilitadores, a enfermeira Moze e Ted, nosso chefão — que olhou a hora no celular, fez que não com a cabeça e murmurou um "Tsc-tsc".

Eu sussurrei *desculpe*, me sentei numa das cadeiras e enrolei meu cabelo úmido em um coque desalinhado para tirá-lo de cima do rosto.

Moze lia seu relatório da noite anterior.

— Turno agitado. Trassa Higgins... é uma das suas, certo, Rachel? Não dormiu. Desceu para a recepção por volta das três da manhã. Conversamos, fizemos palavras cruzadas, ela voltou pra cama por volta das cinco, mas, às seis, quando passei para vê-la, ela ainda estava acordada.

Sinal de que Trassa estaria vulnerável hoje. O que era bom e ruim. Ruim porque vulnerável significava, bem, *vulnerável*. O que não é muito adequado para uma senhora de sessenta e oito anos, viciada em jogos de azar. E bom porque talvez ela estivesse exausta demais para manter sua negação defensiva. Trassa chegou há mais de uma semana e vinha se mostrando um osso duro de roer. Quem sabe aquele fosse "o dia".

— Simon e Prissie — continuou Moze sob um coro de suspiros ao redor da mesa. — É, de novo! Waldemar flagrou os dois na checagem de uma da manhã. Desta vez atrás do sofá na sala de recreação.

— Então? — Ted olhou para mim, depois para Carey-Jane, que éramos respectivamente as terapeutas designadas para Simon e Prissie. — E agora?

Balancei a cabeça, me sentindo péssima.

— Simon tem que ir embora. Ele já recebeu uma advertência e não está pronto para a reabilitação. Ele não está nem aí.

— Quero que a Prissie fique. — Carey-Jane foi igualmente incisiva. — Mas vamos acrescentar sexo e amor à lista dos vícios dela. É tudo parte de um contexto.

— Mas se Simon for embora e a Prissie ficar, que mensagem isso vai passar aos outros? — perguntou Yasmine.

Ted deu de ombros.

— Quem se importa? Nós fazemos as regras — respondeu ele.

O Ted conseguia ser irritante. Ele era um administrador competente e um chefe inspirador (às vezes), mas o traço marcante de "Déspota Incontestável" era evidente nele.

— Recebemos dois novatos esta manhã — disse Ted. — E, com a saída do Simon, poderemos aceitar outro amanhã ou na sexta-feira.

O vício era um negócio próspero. Havia uma lista de espera — *eterna* — para o Claustro.

Em seguida, cada terapeuta falou sobre seus pacientes para que o restante da equipe estivesse a par do progresso de cada um – quem estava particularmente vulnerável, quem estava muito resistente –, e então chegou a hora de sair para encontrar o grupo.

Antes disso, Ted me barrou na porta.

– Não gosto que se atrase.

– Aaaahhh... – Eu não tinha como dizer: "Meu namorado foi para Taos e vai ficar quatro dias lá. Precisávamos de um tempo juntos."

– Rachel?

– Trânsito – falei. – Me desculpe, não vai acontecer de novo.

Então saí para arrancar Simon do café da manhã e dizer a ele que arrumasse as malas.

2

Quando as pessoas me perguntam como eu conheci o Quin e percebem minha hesitação, costumam dizer: "No Tinder? Ahh! Não precisa ter vergonha disso."

Mas foi pior do que o Tinder. Há quase dois anos, em 2016, Quin e eu nos conhecemos em um retiro de meditação, daqueles com voto de silêncio, que acontecia num casarão antigo no meio do nada. Eu tinha ido porque era péssima em meditar. Em todos os meus anos de tentativas, apesar de ter olhado para centenas de chamas de velas, nunca consegui bloquear meus pensamentos. *Quinze minutos não é tanto tempo assim, eu só preciso esvaziar a mente, esvaziar, esvaziar, esvaziar o pensamento de qualquer coisa. Ei, olha só, estou meditando de verdade. A não ser pelo fato de que, se eu percebo que estou meditando, isso quer dizer que na verdade não estou? Meu Deus, eu não desmarquei a consulta com o fisioterapeuta, vou fazer isso agora, bom, não agora, depois que eu terminar a meditação e...*

Às sete da noite daquela sexta-feira, no fim de março, cerca de trinta de nós estávamos sentados de pernas cruzadas em tapetes de ioga, tentando espionar os outros sem sermos pegos. Éramos só um grupo de pessoas nervosas e esperançosas. Mais mulheres do que homens — como sempre —, com idades entre vinte e sessenta anos.

Eu *adoraria* saber a motivação de cada um deles para estar ali, mas fomos literalmente proibidos de falar. Também proibiram álcool, café, celulares, dispositivos eletrônicos em geral, livros e revistas.

Nossos instrutores eram uma jovem gentil e deliciosamente alongada (iogue, claro) e três rapazes bem-intencionados, todos de aparência um pouco *depressiva* — roupas marrons de tecido áspero, rostos pálidos com barbas ralas e eriçadas, cabelos já com entradas.

Por quarenta e oito horas, fizemos muitas meditações em grupo, durante as quais passei um tempo vergonhoso imaginando se os três Garotos Depressivos estavam apaixonados pela Jovem Iogue.

Sem dúvida estavam. Ela era tão legal. E, claro, tão alongada. Minha mente deveria estar quieta, mas eu ficava inspecionando o trio desleixado, me perguntando se ela já tinha transado com algum deles. Ou quem sabe com *todos* eles? A garota era absolutamente linda, mas uma coisa que eu aprendi é nunca subestimar a autoconfiança mesmo do mais insignificante dos homens.

Além de meditar, fizemos aulas de ioga, comemos comida vegana em intervalos regulares e tomamos o máximo de chá de sálvia que conseguimos. Passamos grande parte do sábado à tarde com uma única uva-passa. Cerca de meia hora depois, me dei conta de que talvez fosse a vigésima vez que eu tinha feito a mesma coisa: *todos* os cursos de atenção plena e meditação giravam em torno de desacelerar e viver o momento presente. Suspirei baixinho. Talvez fosse a hora de jogar a toalha de vez nessa coisa de meditação.

No fim da tarde de domingo, quando o encerramento do retiro se aproximava, um dos Garotos Depressivos anunciou uma Meditação da Bondade-Amorosa — um exercício de intimidade em que você se senta em frente a outra pessoa, olhando fixamente em seus olhos, e emana pensamentos gentis e amorosos por dez longos minutos.

Foi *excruciante*.

Como não tínhamos um número par de pessoas no grupo, acabei sendo parceira do mais barbudo dos Garotos Depressivos e, pela forma como as pupilas dele se dilatavam, era óbvio que ele estava se esforçando para ter pensamentos de Bondade-Amorosa. A única maneira de lidar com a situação foi fazer um mergulho dentro de mim mesma.

Em dado momento, alguém tocou um sino — talvez um sino tibetano de oração, geralmente era isso — e os dez minutos mais longos da eternidade terminaram; era a nossa deixa para começar a olhar para alguém novo. Esbocei um sorriso forçado e me afastei.

A Jovem Iogue perguntou: “Todos já trocaram de parceiro?”

Olhei para a nova pessoa à minha frente. Um homem. Seu rosto era inexpressivo, mas havia algo acontecendo nos olhos dele. Quase um sorriso sarcástico. Alguma coisa a ver com o comentário sobre “trocar de parceiros”.

Meio infantil.

Mesmo assim...

Eu o encarei. Ele me encarou. Pensei: *Eu sinto simpatia por você. Eu sinto carinho por você.*

Sustentando o olhar inabalável dele, concluí que o homem retribuía meus pensamentos. Então, eu *realmente* senti uma coisa. Um tipo de alívio.

Ninguém ficou mais surpresa do que eu com aquilo.

E, enquanto eu tentava sorrir, lágrimas começaram a escorrer dos meus olhos. Grandes gotas caíram nas minhas mãos, e não me vi fazendo aqueles gestos encabulados de quando choramos em público, nem procurando lenços de papel. Nós apenas continuamos sentados, o olhar fixo um no outro.

Quando o sino tibetano tocou, o homem inclinou a cabeça como se perguntasse silenciosamente se eu estava bem.

Sorrindo, assenti, enxuguei as lágrimas e me virei para meu próximo parceiro.

Meia hora depois, talvez, o fim de semana terminou, e nossa última instrução foi permanecer “sem falar” até sairmos da propriedade.

No andar de cima, no dormitório, enquanto eu jogava meus poucos pertences na mala, senti meu coração leve de uma forma que não sentia havia muito tempo. A paz da meditação ainda estava fora do meu alcance — talvez para sempre — mas, de um jeito inesperado, eu me sentia aliviada. Não fazia muito sentido, mas aquele homem, aquele estranho, me ajudou a limpar alguns destroços do meu passado.

Depois que um dos Garotos Depressivos devolveu meus dispositivos eletrônicos, saí na direção da noite fria e vi o estranho parado ali, fingindo mexer no celular.

Humm... Climão. Algo de bom tinha acontecido naquele lugar, naquela sala e, provavelmente, era lá que deveria ficar.

Após um rápido aceno, fui até o meu carro e fiquei surpresa ao ver o Mercedes conversível creme na vaga ao lado da minha. O carro parecia ter saído de um filme policial da década de 1970, guinchando por ruas estreitas e fazendo cavalos de pau. Difícil dizer se era bonito ou só chamativo.

— Ei! — Ouvi, e me virei. — Meu nome é Quin.

Bom, ele parecia confiante. *E* estava quebrando as regras. Então, decidi que isso não importava.

— Rachel.

Ele veio na minha direção.

— Eu poderia...? — perguntou ele. — Nós poderíamos?

— Eu não sei — falei. — Não estou a fim de... sabe... essas coisas...

— Acho que eu também não — disse ele (uma mentira, como se provou depois). — Mas o que quer que tenha acontecido lá dentro, mexeu comigo. Aquilo ajudou você?

Embora eu estivesse olhando fixamente nos olhos dele por dez minutos ininterruptos poucos minutos antes, aquela era a primeira vez que eu prestava atenção nele como um todo. Quin tinha cabelos castanhos curtos e era mais alto do que eu (tenho um metro e setenta e cinco). Olhando com mais atenção, suas botas de caminhada, a camiseta tech modal e a pele meio repuxada nos malares eram características dos caras acostumados a doses *altas* de desafios físicos extenuantes. Homens que andam sempre com três barrinhas de proteína e têm 0% de gordura corporal, 87% de músculos e 13% de determinação.

Ele não parecia pertencer àquele lugar.

— Posso perguntar uma coisa? — falei, para minha surpresa. — Por que você veio pra cá?

— Porque... eu nunca me sinto satisfeito.

Esperei.

— Eu desejo uma coisa — continuou ele. — Aí eu consigo. Aí vou atrás de uma versão aprimorada dessa coisa. Ou abandono tudo de vez.

Ah, meu Deus, é um daqueles *homens.*

— Minha felicidade está sempre fora do alcance. Sou o Sr. Upgrade, muito prazer.

Eu ri muito.

— Bom, ninguém pode dizer que você não me alertou.

— Então? Por que *você* veio pra cá?

Certo, lá vamos nós.

— Estou em reabilitação. Meditação é recomendado.

Se ele respondesse com um olhar de indiferença, esse princípio de amizade iria por água abaixo na hora.

— Sou uma dependente — expliquei.

Sendo bem direto, ele falou:

— Eu sei o que significa "em reabilitação".

Era um bom começo, porque a maioria das pessoas não faz a mínima ideia. Depois, quando se dão conta, geralmente correm para bem longe. Eu sempre digo que deveria haver um Tinder para nós, que passamos pelos Doze Passos.

— Está limpa há muito tempo?

E *essa* era uma ótima pergunta, a de uma pessoa informada. Ele queria saber se eu estava estável ou se corria o risco de recaídas.

— Anos.

— Le-*gal*! — De repente, ele não parecia estar mais tenso. — E então, posso te ligar?

Por que não?, pensei. Que mal poderia fazer?

Ele disse que entraria em contato, depois entrou no belo carro chamativo dos anos 1970 e saiu cantando pneu.

3

Um dependente que sai antes de completar as seis semanas do programa de reabilitação sempre nos deixava desapontados. Mas aquela era a segunda vez que Simon violava a regra de contatos sexuais proibidos com outros dependentes. E, *ainda assim*, mesmo tendo acabado de ser expulso, ele continuava com aquele brilho provocante nos olhos. Ele simplesmente não conseguia se conter.

— Você tem trinta e sete anos — lembrei-o. — Não tem mais idade para esse tipo de comportamento.

— E você tem... quanto? — Ele me observou com um sorriso sacana. — Trinta e cinco? Trinta e seis?

Ele sabia que eu nunca mais veria meus trinta.

— Tenho idade suficiente para saber quando estão me fazendo de boba. Essas suas cantadas cafonas funcionam mesmo?

— O tempo todo.

— O tempo todo com mulheres que *não estão* vulneráveis?

Nesse momento, uma sombra baixou sobre ele.

— Se não levar a reabilitação a sério, o vício vai matar você.

Ele deu de ombros.

— Viva intensamente, morra jovem.

— Essa opção não está mais disponível, Simon. Você não é mais jovem.

Mas ele era impenetrável. Simon estava voltando para o mundo lá fora, e a primeira pessoa que ele procuraria seria seu traficante.

Cerca de cinquenta a sessenta dependentes passavam pelas minhas mãos todos os anos e eu me preocupava muito – talvez até demais – com cada um deles. Se houvesse algo que eu pudesse fazer para ajudar Simon, eu teria feito. Deixá-lo ir foi realmente doloroso.

Eu me identificava muito com meus "pupilos". É claro que eu me identificava. Afinal, eu já tinha sido um deles.

Ao entrar na Ala do Abade (que não passava de uma ex-sala de jantar grande e bem ventilada) para ver o grupo de dependentes da manhã, o ambiente estava carregado de ansiedade e empolgação. Fofocas eram a moeda corrente ali. A hipótese de que Simon tivesse sido expulso deixou todos inquietos. Vínculos intensos se formam rápido na reabilitação. O que não quer dizer que todos se davam bem – muitas vezes, as pessoas de um mesmo grupo simplesmente se odiavam –, mas era raro haver indiferença entre eles.

Chalkie foi o primeiro a me notar.

– Perigo! – sussurrou ele. – Ela chegou.

Tomei o meu lugar, o segundo pior do círculo. Esse era o problema de chegar atrasada: todas as cadeiras confortáveis já estariam ocupadas. Eu teria que aguentar pelo menos duas horas nesta coisa de encosto baixo e perna bamba e fazer isso sem demonstrar desconforto. Qualquer demonstração de vulnerabilidade corroeria o meu poder.

Meus filhotinhos estavam quietos agora, todos olhando para o único lugar vazio – que seria o do Simon –, esperando que eu dissesse algo. Mas, como o comportamento deles com essa reviravolta era informativo para mim, adotei a expressão mais neutra possível e me preparei para esperar.

Será que enfim a FedEx vai entregar meus tênis novos hoje?, eu me peguei pensando. Eu tinha comprado no dia anterior e, às vezes, as encomendas chegam no dia seguinte. Mas geralmente levava dois dias. Às vezes, *três*. (*Isso*, sim, era difícil. Eu já toda animada, a cabeça gerando uma dose de pré-dopamina, mas o armário de bebidas estaria vazio...)

– Alguém diga alguma coisa – implorou Dennis. – Estou suando feito um porco por causa desse silêncio!

Tudo bem, de volta ao trabalho! Dennis, um alcoólatra que tinha chegado no dia anterior, ainda estava preso na ficção de que não havia nada errado com ele. Ao que parecia, ele só estava ali para "acalmar a esposa". Assim como no dia anterior, ele vestia um terno amassado com manchas de sopa na calça. A gravata estava torta, faltavam dois botões na camisa, e a barriga saliente se projetava para além do cinto. Vereador em sua cidade natal, uma daquelas que ficam no meio do nada, eu simpatizei de cara com ele.

— Qual é o problema com o silêncio, Dennis? — minha voz soava tranquila, mas a perna bamba da cadeira, que me jogava para a frente e para trás enquanto eu falava, sem dúvida me prejudicava.

— Está quieto demais.

Não tinha como argumentar contra isso.

— Posso fazer uma pergunta? — disse Harlie, com a voz trêmula. — O Simon foi expulso?

Nos momentos em que ele não estava de rolo com a Prissie atrás do sofá da sala de recreação, Simon flertava descaradamente com a Harlie. Ela dava abertura para as investidas dele e isso estava começando a tornar a situação mais complexa. Talvez tenha sido bom ele ter ido embora.

— Simon foi embora — respondi.

Abalada, ela se encolheu toda. Giles, outro famoso conquistador, se mexeu desconfortavelmente, talvez imaginando que seria o próximo a ser expulso. Chalkie, o herói da classe trabalhadora, se contorceu, pronto para denunciar uma injustiça. Roxy, que partiria em uma semana, franziu a testa, preocupada. Dennis olhou para os outros buscando alguma dica de como reagir. E Trassa exclamou:

— Você tem uma queda por ele!

— E se eu tiver? — Dennis, como sempre, não conseguiu se conter e fez uma piada.

— Não *você*, Dennis — rebateu Trassa. — A Harlie.

— Eu não!

Mas Harlie tinha, sim. E eu ficaria mais atenta a ela nos próximos dias.

— Então, Simon foi *embora*, embora de vez? — perguntou Chalkie. — Foi simplesmente chutado pra fora? Sem chance de se despedir?

— Sem chance — concordei.

Eu tive de firmar bem o pé no chão para parar de balançar.

— Chalkie, por que isso o incomodou tanto? — perguntou Roxy, assumindo a minha função. Quando estão chegando ao fim das seis semanas, eles ficam desse jeito, achando que sabem tudo, o que é uma graça. — Você não suportava o Simon, dizia que ele era um metido a besta de classe média...

— ... Corrompido pelo próprio privilégio — completou Chalkie. — Igualzinho a você, Roxie. Nada pessoal — disse ele, com os olhos azuis brilhando de entusiasmo. — Mas ainda assim ele tinha o direito de ser ouvido de forma justa.

Chalkie era um ativista autodidata da região central de Dublin. Eu não deveria ter os meus favoritos, mas, se eu pudesse, eu o escolheria. Articulado, indignado e misericordioso (exceto com quem morava em bairros nobres; nesse caso, ele não moveria uma palha para ajudar), ele corria o risco de se queimar na própria fúria.

Com seu carisma, ele era excelente em fazer a comunidade se unir em prol de uma causa. Por exemplo: ele batalhou e garantiu o café da manhã para crianças necessitadas na escola. Fez muitas coisas boas. No entanto, de tempos em tempos, sempre no ponto mais importante de uma de suas campanhas, ele escorregava e voltava a usar heroína.

— Simon violou as regras — falei. — Duas vezes.

— Bom, talvez essas regras sejam uma palhaçada.

Ao ouvir isso, Giles começou a se irritar. Com cinquenta e poucos anos, cheio da grana e viciado em cocaína, ele não era grande fã do Chalkie e do ativismo dele. Após trinta anos de uma carreira bem-sucedida na publicidade, Giles estava convencido de que cada um faz o próprio caminho.

— A forma mais eficaz de restringir a democracia... — disse Chalkie, citando alguém, provavelmente Noam Chomsky, como era de costume — ... é transferir a tomada de decisões do âmbito público para instituições que não podem ser responsabilizadas.

— Meu Deus... — sussurrou Giles entredentes, voltando a cruzar suas longas pernas.

Chalkie olhou feio para ele.

— Algum problema, amigo? — perguntou Chalkie e, depois de uma pausa, acrescentou: — Seu tenistazinho babaca.

— Chalkie — minha voz saiu baixa, mas muito firme.

Os pacientes eram encorajados a falar sobre os vícios uns dos outros, mas insultos estavam fora de cogitação.

— Peça desculpas ao Giles.

— Desculpe...

Giles inclinou a cabeça, dando a entender que era obrigado a aceitar.

— Por dizer que você joga tênis...

Giles inclinou a cabeça outra vez, seu rosto belo e magro ficando vermelho.

— ... e que fica por aí com sua bermuda branquinha, gritando: "*Deuce*!" — prosseguiu Chalkie, zombando. — Não é à toa que você gosta tanto da branquinha. Que vergonha, né?

As gargalhadas explodiram. Quase todo mundo adorava o Chalkie, e isso era parte do problema dele. Ele saía impune com frequência demais.

— Desculpe, Rachel — pediu Chalkie sorrindo. — Desculpe, Giles.

De repente, Giles começou a chorar. Comportamento típico de quem entra na quinta semana. A negação já havia passado, seu egoísmo era detalhadamente descrito por todos em sua vida e, naquele momento, Giles já havia ultrapassado a fase da raiva e estava imerso na da tristeza.

— Tudo bem, Giles? — perguntei, passando um lenço de papel para ele.

— Tudo ótimo — engasgou ele, com as mãos no rosto.

Certo, agora é a vez da Trassa. Casada há cinquenta e um anos, com cinco filhos e onze netos, Trassa transmitia uma respeitabilidade aconchegante, destacada por seus cardigãs, saias retas e óculos de leitura presos com correntinha. Jogadora compulsiva, ela mesma tinha se internado a fim de convencer Ronan, seu filho do meio — o único que ainda falava com ela —, a saldar as dívidas mais recentes.

— Trassa — falei. — Conte sua história de vida, por favor.

Esse era o primeiro exercício escrito que os pacientes faziam, e ler o texto em voz alta geralmente servia para quebrar o gelo.

— Ainda não está pronto — disse ela, com um sorriso gentil. — Preciso lembrar que tenho sessenta e oito anos e não tenho mais a energia desses jovens.

— Termine até amanhã — pedi, firme. — Enquanto isso, que tal contar de novo por que está na reabilitação?

— Bom...

Um sorriso largo vincava suas feições suaves cheias de pó facial. Havia algo na Trassa que lembrava um pão de hambúrguer.

— Ronan, meu filho mais novo, teve uma reação exagerada.

Deixei a observação no ar por alguns minutos, depois me voltei para o Dennis.

— Dennis, vi você conversando com a Trassa. O que ela te contou?

— Ei! — disse Chalkie, se intrometendo. — Não transforme o Dennis num dedo-duro!

— Não, tudo bem — assentiu Dennis, confiante. — Ninguém está dedurando. A pobre da Trassa só deu azar. Ela sacou dinheiro do cartão de crédito para uma aposta certeira no Grand National, mas nunca viu as faturas, porque eles enviavam por e-mail. Os juros, cujas taxas, como vocês todos sabem, são criminosas, se acumularam, e Trassa só ficou sabendo de tudo quando os cobradores começaram a bater na porta dela, preocupando o marido, Seamus Pai. *Que está numa cadeira de rodas.*

Eu já havia escutado a história antes. Mas, na versão que me contaram, a corrida de cavalos era a Kentucky Derby.

— Naquele momento, a dívida dela já tinha triplicado. Como a coitada poderia pagar? Ela vive de aposentadoria! Um dos filhos disse que pagaria com a condição de que ela "fosse para a reabilitação". Então, assim como eu, ela está aqui para agradar aos outros.

Giles agora emitia um som rítmico e agudo como um chiado. Como não tinha muita prática, ele não sabia chorar direito. Até o último fim de semana, eram quarenta e cinco anos sem fazer isso. Na verdade, ele deveria estar uivando e se debatendo no chão, lamentando as décadas perdidas e o rastro de mulheres e filhos abandonados, mas Giles era excessivamente reprimido. Ainda assim, era encorajador que ele enfim estivesse chorando.

— Trassa? Quanto da dívida seu filho pagou por você? — perguntei.

De forma brusca ela respondeu:

— Isso é particular.

Sustentei o olhar dela.

— Você está na reabilitação. Nada aqui é particular. Quanto foi?

Eu sabia que, sem falar os valores, Trassa dava a entender que era uma parcela irrisória, coisa de cinquenta euros.

— Eu saquei, acho que foi... uns dois mil euros no caixa eletrônico.

A surpresa ecoou pela sala. *Dois mil?* Nem Roxy, que já estava bem avançada para entender uma negação, esperava por isso.

— *Dois* mil? — repeti.

— Ah, olha, eu não tenho certeza — disse ela, se transformando na típica velhinha nervosa. — Minha cabeça esquecida.

— Foram quatro mil, Trassa.

Eu sabia. Ela sabia. E agora todo mundo sabia.

— Como você conseguiu um cartão de crédito? — perguntei.

— O banco me ofereceu.

— O banco *ofereceu* a você?

O rosto dela ficou vermelho.

— Ou você está querendo dizer que você que solicitou?

— Isso, isso — concordou ela, doida para me calar.

— No nome do seu marido. Porque o seu crédito pessoal está morto.

O clima na sala era de decepção, todos tinham muito carinho por Trassa e essa história não combinava com ela. Dennis, em particular, parecia desesperadamente confuso.

NA HORA DO almoço, enfiei a cabeça para dentro da sala da administração, torcendo para ver uma caixa da FedEx no canto, mas Brianna se antecipou:

— Nada ainda. Desculpe. O que você pediu dessa vez?

— Tênis.

— *Mais* tênis? Nossa, qualquer um pensaria que você é viciada.

Demos umas risadinhas sem graça.

Como qualquer pessoa sensata que trabalha fora, eu recebia minhas compras online no Claustro. Brianna era uma ótima concierge. Ted desaprovava: "Não devemos misturar nossa vida pessoal com a profissional." Se algum dos meus filhotinhos me visse toda saltitante, rasgando caixas e gritando de felicidade, talvez fosse difícil manter o respeito deles no grupo.

Mas qual seria a alternativa? Chegar em casa do trabalho e encontrar um cartão com as temidas palavras "Vá até o depósito"? *Nem pensar.*

Apesar da decepção, segui com meus afazeres e, por volta das cinco da tarde, estava na minha sala, escrevendo as observações do dia quando meu telefone tocou. Assim que vi quem era, meu coração quase parou. Mas que diabos... Joey. Joey *Rabugento*? Por que ele...? Ele *nunca* ligaria para conversar. Mas, misturadas com o choque estavam a curiosidade e, de um jeito meio insano, a esperança.

Meu coração pulsava nos ouvidos quando atendi.

— Joey?

— Rachel? Olha, Rachel, a mãe do Luke morreu ontem. Ele está voltando pra casa. O enterro será na sexta-feira.

— Luke? O quê? Como...?

Eu tinha tantas perguntas. Como ele havia passado os últimos seis anos? Ele se casou de novo? Teve filhos?

— C-Como... — gaguejei. — Como ele está?

— A mãe dele acabou de morrer. É assim que ele está, Rachel — respondeu Joey, e desligou.

Na melhor das hipóteses, Joey nunca ganharia um concurso de Miss Simpatia. Essa hostilidade, no entanto...

Minhas mãos tremiam tanto que precisei me sentar sobre elas. Aquilo tinha mesmo acontecido? Joey realmente me ligou? Por um momento cogitei que pudesse ter sido coisa da minha imaginação.

— Você está bem? — perguntou Murdo, que me lançou um olhar penetrante.

— Hummmm — balbuciei, sentindo os lábios dormentes. — Tudo bem. São só... umas coisas.

— Tem certeza?

Assenti. Eu estava inundada por muitos sentimentos: perda, saudade e... sim, raiva, e embora soubesse que seria melhor não vê-lo, eu também sabia que queria vê-lo.

Por que Joey ligou? Foi Luke que pediu? Pouco provável.

A menos que... *Será* que ele pediu?

Vou ao enterro? Ignoro? Eu sempre gostei muito da Sra. Costello, mas com o passar dos anos tínhamos perdido o contato.

Esperei para ver se a voz da minha consciência diria algo útil. Mas ela estava em silêncio.

Jura? Insisti com ela. *Sério?*

Nada. Então soube que teria que decidir sozinha. Talvez eu devesse fingir que ninguém tinha me ligado. *Ignore tudo isso e siga com a vida até segunda ou terça-feira, ou até quando o Luke tiver saído do país e voltado pra casa.*

Mas, e se eu me arrependesse? E se eu perder a chance de vê-lo? Ou me sentir culpada por não ter prestado homenagem a uma mulher que tinha sido tão boa para mim?

Há tempos não me sentia tão abalada emocionalmente. Meu Deus, eu não conseguia me lembrar da última vez. O certo a fazer era ligar para Nola, minha madrinha de reabilitação e a "mulher mais sábia que eu conheço", que está limpa e serena há quase vinte e sete anos.

— O que houve, filhotinha?

— Luke.

— O que tem ele? Não precisa falar nada, venha para cá. Dirija com cuidado!

Meia hora depois, eu chegava à casa de tijolinhos vermelhos da Nola.

Inacreditavelmente, vinte anos se passaram desde que fui paciente no Claustro e Nola dava palestras sobre sua história de recuperação da dependência. Com luzes lindas no cabelo, seu carro esportivo e um trabalho impressionante, eu achava que ela era uma atriz contratada pela clínica. Porém, ao sair da reabilitação, descobri que ela *de fato* foi uma viciada. Hoje, Nola estava livre das drogas, feliz, sorridente e forte o suficiente para enfrentar tempestades emocionais. Eu queria ser *exatamente* como ela, e Nola me colocou sob suas asas e me ajudou a crescer.

Minha temporada no Claustro revelou a realidade do meu vício, mas Nola me convenceu de que, sem tomar nada que alterasse meu humor, eu poderia, sim, ter uma vida normal, ou até *melhor*. Que eu poderia lidar com as emoções ruins, ter uma relação saudável com um homem, procurar o trabalho que quisesse — uma vida que eu tinha certeza de que jamais seria possível para uma pessoa tão inútil quanto eu.

Estacionei o carro e caminhei rápido pelo piso xadrez. Harry, o marido encantador da Nola, abriu a porta e me convidou para entrar.

No começo do meu período de recuperação, tive um *crush enorme* pelo Harry. Ele era simplesmente incrível; sempre mantendo uma distância respeitosa, sem nunca deixar de ser gentil. Eu *queria muito* um homem tão bom quanto ele.

Nola costumava dizer que, se eu ficasse sóbria o suficiente, eu também conquistaria uma vida "que iria além dos meus sonhos mais ousados". Era difícil de acreditar.

Ainda assim, acabou acontecendo. A coisa toda que ela prometeu. Incluindo um homem tão incrível quanto o Harry.

Nola colocou uma xícara de chá na minha frente.

— Vamos, conte tudo.

Não demorei muito para reproduzir a história.

— Então? — perguntei. — Acha que eu devo ir ao enterro?

— Joey ligou por iniciativa própria ou foi Luke que pediu?

— Não pensei em perguntar e não vou ligar pra ele de novo, eu tenho *amor-próprio*.

— Ótimo — disse Nola, rindo. — Ninguém vai obrigá-la. Mas ok, vamos analisar os fatos. Por um lado, você e Luke têm assuntos pendentes.

— Será que temos mesmo, Nola? Já faz tanto tempo. Não é... como chamamos aquelas contas que ficam sem movimentação por tanto tempo que deixam de existir? Morta? Inativa?

— Esta pode ser uma oportunidade para você pôr ordem nessa bagunça.

— Mas e se eu me encontrar com ele e ficar arrasada de novo?

— O que a sua voz interior diz?

— Nada. Silêncio total.

Nola pareceu refletir.

— Então, nesse caso, você vai ter de usar a Chave de Ouro.

— Não!

A Chave de Ouro era um recurso de que Nola gostava *bastante*: quando um problema apresenta diversas soluções possíveis, mas nenhuma resposta óbvia, você coloca toda a bagunça numa caixa imaginária e a tranca com uma Chave de Ouro, também imaginária. Depois, você não faz *nada*. Você para de pensar no assunto. Quando ele volta a surgir na mente, você o recoloca na caixa e espera até que o universo revele a resposta.

Você não enlouquece seus amigos e melhores amigas falando sobre o assunto até fazer todo mundo chorar de tédio. Não. Você só fica de boca fechada e espera.

(A lógica por trás disso é que os seres humanos são fracos e optam por soluções que oferecem gratificações imediatas, ignorando deliberadamente qualquer dano a médio prazo. Eu *sabia* de tudo isso. Só não queria escutar.)

— Ah, Nola! Será que você não pode só me dizer o que fazer?

— Não é assim que funciona e você sabe.

— Desculpe. Você tem razão. Claro. Sim. Obrigada. Usando a Chave de Ouro *agora*.

Droga. Eu correria atrás de uma segunda opinião. Mas precisaria escolher com cuidado, para que essa pessoa dissesse exatamente o que eu queria ouvir. Mesmo que eu não tivesse certeza.

Minha irmã Margaret era bem direta e inflexível, tinha uma noção de certo e errado bem enraizada. Eu até já conseguia ouvi-la dizendo: "Você precisa ir ao enterro! Ela foi sua sogra. Tenha vergonha na cara."

Mamãe concordaria, mas só porque ela *adorava* enterros. O sentimentalismo dos cantos religiosos, o choro, poder avaliar a qualidade do caixão... Embora desfrutasse de excelente saúde, ela estava constantemente planejando a própria despedida — "Os cânticos mais tristes que puder encontrar" — e era inflexível sobre um ponto: "Nada desse absurdo de 'celebrar a vida'! Eu quero as pessoas desabando em *lágrimas*." Um caixão caro de madeira nobre havia sido reservado. (*Nem* pensem naquela coisa frágil de compensado. Soube de um homem que deslizou... Que *deslizou* e caiu no chão da igreja enquanto o caixão era carregado. E ele não estava com calça e nem com cueca, só a camisa e o paletó. *Não* deixem que isso aconteça comigo.)

Helen seria da opinião contrária. "Ele que se foda!", diria ela, cheia de desprezo. "Você não deve nada ao Luke Costello!"

Anna? Bem, Anna gostava muito dessas baboseiras místicas e provavelmente concordaria com Nola.

Claire? Difícil saber de que lado ela ficaria.

Papai? Se ele ousasse expressar uma opinião, ninguém nunca prestava atenção...

Minha melhor amiga, Brigit? Ela ficaria totalmente a favor, mas estava *ocupada*. Mãe de três meninos (quinze, catorze e dez anos) e uma menina (oito), ela morava nas florestas deslumbrantes do norte de Connemara e estava sempre à disposição de todos. Trabalhando em casa (e, meu Deus, *que* casa!), o emprego da Brigit era tecnicamente de "meio período", mas o total de horas era bem próximo de um período integral.

Mandar uma mensagem descontraída era a melhor abordagem com a Brigit. Dessa forma, se ela se interessasse pelo tema, poderia se envolver, mas, se estivesse ocupada demais, deixaria passar.

Dei um abraço em Nola e corri para o meu carro. Decidi consultar todas as minhas irmãs. Pelo menos assim conseguiria explorar as opções possíveis.

Eu estava procurando meu celular quando, para a minha surpresa, *naquele instante*, chegou uma mensagem da Claire pelo WhatsApp:

Preciso conversar. Estou num dilema.

Eu respondi: Somos duas. Reunião hoje às 20h? Está livre?

Aham. Mas meu dilema é particular. Preciso de uma reunião sozinha com você.

Nossas reuniões em família geralmente aconteciam na casa da mamãe e do papai, pois eles moravam equidistantes de nós. Mas Claire e eu marcamos nossa *prévia*, às escondidas, para as 19h45.

Depois, mandei uma mensagem no grupo da família Walsh:

Mãe, pai, reunião hoje às 20h. Preciso de um conselho.
A mãe do Luke faleceu e quero saber se vocês acham
que eu devo ir ao enterro.

Imediatamente, meu celular ficou lotado de mensagens de texto e áudio. Parecia que a Beyoncé estava lançando um álbum-surpresa. Todas as minhas irmãs concordaram em se encontrar, exceto a Anna, que ligou para reclamar sobre o incômodo de morar em Nova York. (Ela me aconselhou a "Jogar a questão para o universo".)

Meu próximo passo foi ligar para mamãe e me certificar de que ela estaria em casa. Mesmo que não estivesse, ainda nos encontraríamos lá, comeríamos seus biscoitos e incomodaríamos o pai. Ela me cumprimentou com: "Rachel? Que bom que você ligou. Eu poderia muito bem estar caída *toda torta* no corredor, morta há quatro dias, sem que ninguém percebesse."

Eu ligava para minha mãe e para Margaret todos os dias; mamãe morava com outro adulto: meu pai. Ela jogava bridge cerca de doze vezes por semana; quatro horas por dia eram gastas ao telefone com as amigas, sempre reclamando de tudo, ela era mais saudável e mais sociável que eu.

— Você vai estar em casa à noite? — perguntei.

— Por quê? — retrucou ela, desconfiada na hora. — O que você quer? Olha só, eu não vou cuidar da sua cachorra, não vou fazer bainha em saia nenhuma e não, você não pode pegar meu carro emprestado. Eu também tenho uma vida, sabe?

— Eu só quero um conselho.

— Compre a coisa.

— Que coisa? Não, mãe, não é isso...

— Compre a coisa, qualquer que seja. A vida é curta. Esse é o meu conselho.

— Umas oito estarei aí, ok?

— Já jantamos. Salsichas sem glúten.

— Desde quando vocês são intolerantes a glúten?

— Ah! Não somos! Só estamos nos aventurando. Vou te falar uma coisa, não dá pra perceber a diferença. Semana que vem vamos testar cheddar vegano.

Fui correndo para casa a fim de dar comida a uma Crunchie eufórica — ela sempre se comportava como se eu tivesse saído e sido dada como morta por uns trezentos anos —, depois saí de novo para me encontrar com a Claire. Ingenuamente, cheguei na hora e por isso precisei estacionar cinco casas antes da casa dos meus pais. Sete minutos depois, o carro da Claire saltou sobre as lombadas. Antes mesmo de parar bruscamente, o vidro elétrico gemeu ao abrir, e a mão com unhas pintadas elegantemente de cinza fez sinal para eu me aproximar. (Claire se recusava a entrar no meu carro. O aquecedor quebrado a deixava deprimida.)

A noite estava cheia de névoa, então fui me esgueirando rente à parede, torcendo para que os vizinhos não me vissem, e deslizei para dentro do Audi dela. Com seus bancos de couro, o carro estava quente e perfumado.

— Que cheiro gostoso! — comentei.

— É da Diptyque — disse ela. — Tuberosa. Agora eles fazem aromatizantes para carros.

Essa era a Claire. Sempre na vanguarda da moda. Sempre procurando novas marcas, cremes para o rosto, bolsas, novidades de estilo de vida. *Louca* pela revista *Porter*! Sem medo nenhum de gastar dinheiro.

Ela me deu um abraço rápido.

— Estou atrasada? Nossa, estou. E aí, você está bem?

O cabelo, num tom chique de castanho, estava preso em um perfeito coque francês, sua pele brilhava e, embora eu não soubesse que idade ela alegava ter atualmente, Claire estava muito bem para a idade que tinha de verdade.

— Seu rosto — falei, dando uma segunda olhada. — Para onde seus poros foram? Está incrível.

— Fiz um procedimento.

Claire estava sempre fazendo alguma coisa. A frase favorita dela é: "Não vou desistir sem lutar." (E outra: "Capricha na dose, por favor.")

Ela merecia ter aquela aparência. Claire tinha personal trainer, e chamava a atenção o fato de que, em vez de mandar mensagem dez minutos antes do início do treino dizendo estar com dor de garganta (algo que eu fazia nas poucas vezes em que me comprometia com tal atividade), ela *realmente aparecia para treinar.*

O único carboidrato que passava por seus lábios era a vodca, e ela era muito suscetível à marca Goop, comprando obedientemente todas as novidades deles, fosse pó de casco de unicórnio ou qualquer outra coisa. Seu único ponto fraco era a propensão ao bronzeamento artificial e, sobre isso, ela era irredutível. Todo mundo tem uma fraqueza.

Claire era tão dedicada a manter uma aparência jovem que não gostava de ficar em público com a Margaret, *que era mais nova do que ela*, porque Margaret havia "envelhecido bem" (segundo a Margaret). Ou "ido de vez para o inferno" (segundo a Claire).

O campo de batalha era o cabelo da Margaret: ela tinha parado de tingir alguns anos antes e, a meu ver, isso foi um tremendo lucro porque agora o cabelo dela estava num tom de prateado incrível. Acho até que, na verdade, Margaret estava mais bonita agora do que era aos vinte e poucos anos.

Às vezes, eu pensava em fazer a mesma coisa. A liberdade de não ter que pintar o cabelo era sedutora. Todo o tempo e o dinheiro que eu economizaria... E, o mais importante, toda a energia *emocional* poupada. Os últimos dez dias antes de retocar as raízes eram difíceis.

— Doeu? — perguntei à Claire. — Esse procedimento que você fez?

— Jesus amado! E como! Mesmo depois de seis comprimidos de paracetamol com codeína.

— Seis? Claire!

Eis ao menos duas diferenças entre nós. A primeira: eu também gostaria de ter a pele sem poros aparentes, mas não estava preparada para sofrer. Em vez disso, vivia pesquisando sobre séruns e gastando uma fortuna com eles. Essa era uma das minhas inúmeras micro-obsessões.

A tragédia em tudo isso é que nossa segunda irmã mais nova, Anna, tinha o melhor emprego do mundo: era executiva na McArthur on the Park, uma empresa de Relações Públicas que representava algumas das marcas de cuidados com a pele mais importantes do planeta.

Em termos práticos, significava que tínhamos acesso a produtos de graça. E *nem assim* eu conseguia parar de comprar essas coisas. Produtos grátis são sempre bem-vindos, mas nada é tão irresistível quanto uma novidade. Ou *várias*.

A segunda diferença era que Claire ficava alterada irrestrita e alegremente, mas nunca desenvolveu dependência. Ela bebia bem e tinha sempre um arsenal de medicamentos à mão.

Quanto a mim? Bem, vinte anos atrás fui parar na reabilitação por gostar de cocaína e outras drogas. É claro que ser internada foi a melhor coisa que me aconteceu e, hoje, levo uma vida normal e feliz — desde que me mantenha longe de *qualquer* alterador de humor. O que significava zero codeína, zero Xanax para a ansiedade e menos do que zero de álcool.

O que deixava perplexos meus "entes queridos" (minhas irmãs e meus pais). O álcool não foi o maior dos meus problemas, e sim as outras coisas. Eu era o tipo de pessoa que podia ficar viciada em bolinho de arroz. Em água sem filtrar. Em tofu, em tinta cor de magnólia, em gloss labial, em couve-flor cozida — *em qualquer coisa*. Não importa o quão insosso ou insignificante, tudo seria potencialmente capaz de me tornar viciada. Então, nada de álcool para Rachel.

— Como está se aguentando? — perguntou Claire.

— A gente fala disso na reunião. Agora me conte o que está acontecendo com você.

Minha irmã contraiu os lábios.

— Sabe o Adam?

O homem com quem ela estava casada há vinte e três anos?

— O Ad...

— E sabe os nossos amigos, Piet e Beatriz?

— Hummm...

Esses eram nomes mais novos, mas Claire e Adam pareciam encontrá-los com frequência. Eram um pouco espalhafatosos. Muito Claire. Sem ofensas.

— Então, descobrimos que eles praticam swing.

Ah, *lá* vamos nós! A verdadeira surpresa era Claire não ter aderido à prática bem antes.

Corajosamente, falei: "Sem julgamentos." Minha marca pessoal era "Em Recuperação, mas Ainda Muito Divertida"; era importante parecer otimista sobre todas as escolhas de estilo de vida, caso eu parasse de ser convidada para as coisas. As pessoas já se sentiam desconfortáveis o suficiente quando queriam ficar bêbadas e eu estava lá tomando uma Coca Diet. Eu me esforçava para *nunca* parecer desaprovadora.

Mas, na verdade, eu tinha uma *boa dose* de julgamentos nesse caso. Com base inteiramente no fato de que eu não gostaria de fazer swing com Piet — ele era muito grande, raspava a cabeça e usava grandes anéis de ouro.

— Eles querem fazer... você sabe... com a gente. Beatriz está interessada no Adam e Piet está interessado em mim.

Bom, eram todos adultos.

— Piet quer ficar comigo. E Beatriz ficaria com o Adam. Pois é.

Ficar? Eu tinha imaginado o swing como um lance mais generalizado, onde todos estariam interagindo, como crianças numa piscina de bolinhas. Mas *ficar*? Isso soava muito mais... íntimo.

A menos que "ficar" só significasse "sair".

— Piet sugeriu isso ao Adam. O Adam falou para ele se afastar. Mas eu, sabe... acho que quero.

— Você não pode *obrigar* o Adam a fazer swing se ele não quiser.

— É... Talvez eu devesse apenas ter um caso com o Piet? Ele sempre me lança uns olhares e diz coisas tipo "se eu não soubesse que o Adam me mataria...". É excitante.

— Ter um caso com o Piet é diferente de fazer swing. Então... Sei lá, você tem certeza de que quer fazer swing? Porque para mim parece que você só está interessada no Piet.

Ela respirou fundo.

— Estou mesmo interessada no Piet. Nas *felizmente raras* ocasiões em que transo com o Adam, finjo que é o Piet.

Cada um na sua. Na minha opinião, Adam era um espetáculo. Grande e alto, mas não daquela forma corpulenta do Piet. E ele *combinava* com a Claire. Ambos eram extremamente sociáveis, muito divertidos e diziam sim pra tudo, ou ao menos tudo que envolvesse álcool e outras pessoas. Seria difícil encontrar um casal mais perfeito.

— Adam ficaria chateado se eu tivesse um caso às escondidas...

— Você *acha*?

— Mas, se fizéssemos swing, tudo estaria às claras.

— Presta atenção, Claire. O swing é ótimo se todos estiverem na mesma sintonia. Você e Adam precisam conversar sobre isso. E, lembre-se, você e Adam têm uma boa relação, sabe. É raro e maravilhoso. Sério, você não sabe o quanto tem sorte.

— Ah, para com isso! Não precisa ser tão séria. É só falar o que tenho que fazer. Você é inteligente — disse ela, brincando e me cutucando. — Sim ou não? Fala sim de uma vez!

— Tá bom — disse, e suspirei. — Vou dizer exatamente o que você tem que fazer.

O rosto dela se iluminou.

— Sim?

— Use a Chave de Ouro.

— NÃÃÃÃOO... Ih, lá vem a Margaret naquele casaco horroroso. Morreu o assunto.

Claire e eu saímos do carro, enquanto Margaret nos lançava um olhar ferido de dentro de seu capuz de náilon azul-marinho.

— Seria de se pensar que, a essa altura, eu já tivesse me acostumado a ser deixada de fora das coisas — disse Margaret. Nós três andávamos a passos rápidos pela estranha neblina úmida em direção à porta da frente da mamãe, Claire segurando sua bolsa Bottega sobre seus maravilhosos cabelos. — Mas isso ainda dói — completou ela.

E, nesse momento, Claire, em suas botas de couro, escorregou na calçada molhada, caindo por cima da cerca da Sra. Kilfeather. Terminadas as distrações, mamãe nos empurrou corredor adentro.

— Entrem, entrem — disse ela, girando o braço. — Antes que nos afoguemos.

— Precisa passar lixa na sola das botas novas — pontuou Margaret. — Se você não quiser escorregar.

— Você tem razão. Preciso mesmo. E eu até faria isso se essas botas não fossem da Louboutin — disse Claire, em sua versão de um pedido de desculpas.

— Tirem esses casacos e sapatos — pediu mamãe. — Não quero ninguém respingando na minha sala de visitas.

Margaret obedientemente pendurou seu casaco na base do fim do corrimão da escada, eu joguei o meu sobre ele, mas Claire se recusou a tirar o dela.

— Não é um casaco, é um chemise.

Novamente, a cara da Claire. Pense num ensaio fotográfico de revista. Uma modelo com um chemise de organza até o chão, sobre calças largas e uma blusa justa de malha fina. Você pensa: "É lindo, mas nenhuma pessoa normal usaria isso." Exceto por Claire. Ela usaria.

— Chemise, casaco, chame como quiser — disse mamãe. — Ainda assim, está molhado. Tire-o.

— Pelo amor de Deus!

Claire reclamou, mas obedeceu.

Nós três colocamos a cabeça para dentro da sala de TV a fim de dizer oi ao papai. Ele ergueu a cabeça como um texugo olhando para fora da toca.

— O que está acontecendo? — perguntou num tom ansioso, segurando seu amado controle remoto contra o peito.

— Reunião de cúpula.

— Droga — resmungou ele, olhando a TV com cara de tristeza (era golfe, pelo que pude ver). — Precisam de mim?

Seria cruel interromper o programa dele.

— Só me diz uma coisa: você acha que eu devo ir ao enterro da mãe do Luke?

— Ela morreu? Nossa, que pena. Ela era uma mulher incrível. Quem contou?

— Joey. Ele me ligou. Do nada.

— Joey Rabugento te ligou? Entendi.... — Meu pai fez uma pausa. — Olha, minha opinião não vale nada por aqui.

A frase foi dita sem nenhum sinal de amargura. Pobre papai. Ele tinha aceitado seu lugar no fim da fila havia muito tempo.

— Mas eu acho que você deveria ir. Se conseguir aguentar, claro.

— Jura? Tá bom. Obrigada, pai. Você está liberado de participar da cúpula hoje.

— Nossa! Isso é ótimo! — comemorou ele, parecendo grato, e acrescentou com certa tristeza: — Ficou sabendo das salsichas sem glúten?

— Fiquei, e soube também que você nem notou diferença e que...

— Na semana que vem vai ser cheddar vegano!

— Helen chegou! — gritou mamãe, abrindo a porta da frente para uma criatura pequena e encharcada, vestida toda de preto.

Sua silhueta era a de uma garota de doze anos.

— Preciso de uma toalha!

Ela abriu o zíper do longo casaco impermeável e jogou o capuz para trás com tanta força que voaram gotas por toda parte.

— Minha velha! — disse ela, estalando os dedos. — Traga a toalha.

Enquanto mamãe desaparecia feliz pelas escadas para fazer o que ela mandou, Helen gritou:

— Nada com flores nem cor-de-rosa!

Minha irmã tinha uma loooonga lista de coisas que odiava tanto que tinha vontade de enterrá-las bem fundo com uma pá. (Essa lista era então chamada de Lista da Pá.) Padrões florais e cor-de-rosa estavam entre os inúmeros itens.

— Vou pegar o gim.

Margaret entrou na cozinha e voltou com um litro de gim do supermercado Aldi, uma garrafa de tônica e uma seleção de copos diferentes. Nada para mim, mas eu já estava acostumada. Mesmo depois de todos esses anos, elas continuavam agindo como se minha abstinência e sobriedade fossem uma autoindulgência temporária.

Com as bebidas servidas, todas nós acomodadas na sala de estar e Helen com um turbante de toalha (amarela) gigante, contei minha história. As reações foram previsíveis.

— Claro que você vai. (Mamãe.)

— Você precisa ir. (Margaret.)

— Você está louca?! Ela não precisa ir! (Helen.)

Claire foi a única que perguntou:

— O que você quer fazer?

— Eu sei que vai doer, mas quero ir. Eu acho.

— Então, qual é o problema? — perguntou Margaret. — Você conheceu outra pessoa. Você e Quin estão firmes — disse ela e então, pensando um pouco, acrescentou: — Aliás, por que você não se muda para a casa dele?

— Porque... se eu me mudasse e as coisas dessem errado, eu teria que sair de novo.

— E por que daria errado? Você está punindo Quin pelo que Luke fez. — Às vezes, Margaret conseguia ir direto ao ponto de uma situação complicada. — Você está encurralada.

Às vezes, Nola dizia a mesma coisa.

— Você tem alguma coisa para dor de cabeça? — perguntou Helen.

— Uma boa bengalada — respondeu mamãe, fazendo as duas caírem na risada. — Margaret, vá até a fruteira e pegue um remédio para dor de cabeça para sua irmã.

Uma pergunta me perturbava.

— Você acha que Joey me contou sobre o enterro por mera bondade?

Isso gerou uma resposta animada e unânime.

— Joey Rabugento? Joey *Armstrong*? Ele não é uma pessoa bondosa, Rachel. Joey é um dos homens mais horrorosos que eu já conheci. (Essa parte final dita pela Helen.)

— Será que o próprio Luke não pediu para ele te contar? — perguntou Claire.

Nesse caso...

— É melhor eu ir. Não me julguem, mas acho que pode ser bom retomar o contato. A forma como terminamos foi terrível...

— A culpa foi toda dele — interrompeu Helen.

— Mas fomos felizes por tanto tempo... não deveríamos pelo menos ser civilizados?

Margaret voltou, trazendo a fruteira, repleta de caixas de comprimidos, frascos, pomadas, três bananas escurecidas e uma tangerina murcha.

— Tem *de tudo* aqui. Posso pegar essa pomada? Tem três iguais.

— Fique à vontade.

— Dor de cabeça — lembrou Helen.

— Comprimido, cápsula ou solúvel? À base de aspirina ou ibuprofeno? Codeína?

— Você escolhe.

— Se a Rachel for ao enterro — falou Claire —, precisaremos de um plano.

Ela era uma ótima estrategista, uma figura importante em instituições de caridade, o que geralmente confundia as pessoas, fazendo-as pensar que ela era boazinha. Ledo engano. Claire era capaz de demitir pessoas sem o menor remorso e ficava muito irritada se a arrecadação do Dia da Fita Vermelha contra as drogas fosse abaixo do esperado. ("Esses voluntários são uns preguiçosos! Tudo o que tinham de fazer era ficar na chuva, sacudindo um balde na cara das pessoas, não é tão difícil quanto física quântica.")

Depois de me submeter a uma avaliação mais objetiva, Claire ficou pensativa.

— Você parece bem. Achei que fosse recuperar o peso que perdeu, agora que está feliz de novo, mas ainda bem que não.

Só Claire mesmo para transformar o maior trauma da minha vida em algo positivo.

— Vocês acham que ela precisa de Botox? — perguntou mamãe.

— Eu já *fiz* Botox! Apesar de não ser tão má quanto a Claire, também tenho meu orgulho.

— Onde? — Mamãe se aproximou para ver meu rosto. — Ué, mas você consegue mexer as sobrancelhas!

— A técnica está aprimorada, mãe. Testa paralisada é coisa do passado.

— Mas aí, como as pessoas vão saber que você fez?

— Olha! Belos brincos! — falou Claire.

Levou um tempo para ela notar. Os brincos estavam até então protegidos pelo meu cabelo longo, mas Claire é instintivamente atraída por coisas sofisticadas. À primeira vista, eram só triângulos de acrílico laranja. O que os tornava especiais era um diamante considerável em cada um.

— Deixa eu ver. — Claire ajeitou meu cabelo para trás das orelhas e se aproximou para uma inspeção mais detalhada. — Uau! — exclamou ela. — Quin?

É claro.

Helen e Margaret também estavam em cima de mim, tentando ver. Fiquei virando o rosto de um lado para o outro, mas elas disseram que eu deveria tirar os brincos para que pudessem examinar mais de perto.

— São diamantes... mesmo? — perguntou Helen, parecendo descrente.

— Mas por que alguém colocaria um diamante num pedaço de plástico laranja? — Margaret parecia confusa o suficiente para chorar. — Eu *realmente* não entendo o gosto do Quin.

Em outras épocas, eu já concordei com ela. Quin era *divertido*. Não se importava muito se os presentes eram aquilo de que a pessoa gostava. Se algo agradava a ele — e seu gosto era refinado, mas não era pra todo mundo —, geralmente isso bastava para que sacasse o cartão de crédito.

— São horríveis — opinou a mamãe.

— De jeito nenhum — afirmou Claire. — Quin é super *cool*. Qual o nome do joalheiro? Me manda uma mensagem quando souber, para eu descobrir o preço.

— Isso! — exclamaram as outras três.

Às vezes, Quin acertava em cheio: a pulseira grossa de lucite azul estilo anos 1950 era um dos meus acessórios favoritos. Mas os brincos de acrílico laranja! Com ou sem diamantes, eu nunca os compraria. Mas, como eu gostava do Quin, eu os usava.

— Então, voltando ao assunto, você vai fazer o seguinte... — disse Claire. — Vai com o Quin. Desfile com ele pelo cemitério.

— É um enterro, Claire — retrucou mamãe. — Ninguém vai para ficar desfilando. *Não* vá com o Quin, Rachel.

— Não mesmo — concordou Margaret. — Não seria apropriado.

— Luke abandonou ela, gente! — exclamou Helen. — Ela pode fazer o que quiser!

— Mas Quin está no Novo México — expliquei. — Ele só volta domingo.

— Você quer que eu vá com você? — perguntou mamãe.

A resposta era não. Mas como dizer isso a ela?

— Meninas — continuou mamãe com certa ansiedade —, peguem leve no blush quando eu estiver descansando no caixão, ok?

— Infelizmente eu não consigo ir — disse Margaret. — Só vou ter folga em julho.

— Eu também não posso — comentou Claire. — Reunião importante. Desculpe.

Todas nós olhamos para a Helen, que, parecendo desconfortável, falou:

— Eu tenho um compromisso.

— *Que* compromisso? Você trabalha por conta própria!

— Não é um compromisso de trabalho — disse Helen, que lançou um olhar frio para mamãe. — E é algo que não posso remarcar.

Foi como jogar um fósforo aceso no barril de petróleo. Todas ficaram agitadas na mesma hora. Éramos muito envolvidas na vida umas das outras, minhas irmãs, mamãe e eu.

— Você vai ser julgada? — perguntou mamãe. — Agressão? Perseguição? Invasão?

— Não. Não. Não. E não. Pode continuar perguntando, mas está perdendo seu tempo.

— Você vai se casar? — perguntou ela então, esperançosa. — Finalmente o Artie vai transformar você numa mulher honesta?

Eu estava interessada *demais* na resposta dela. Sabe aqueles relacionamentos difíceis de entender? Bom, esse era o caso da Helen e do Artie. Para mim, eles pareciam incompatíveis demais. Helen gostava de confusão: ela falava o que pensava, mudava de ideia toda hora e era propensa a ressentimentos repentinos e apaixonados. Já Artie — um homem extremamente inteligente que trabalhava com auditoria financeira — era frio, calmo e inabalável. Ele falava pouco, característica que, segundo Helen, combinava com ela porque ela não estava com o Artie por suas habilidades conversacionais, e sim por sua expertise entre os lençóis.

Até dá para entender o argumento dela. Artie era absurdamente bonito — grande e de ombros largos, com aquele jeito meio desarrumado de viking, cabelos loiros e olhos azuis.

A partir de algumas coisas que a Helen deixou escapar, deduzi que Artie não comprava as maluquices dela. Bem, ao menos não todas. Não era possível dizer que ele a tinha domado, porque não tinha, mas Artie era, provavelmente, o primeiro dos namorados que não foi destruído pela tendência de Helen de destruir as coisas boas.

Helen sorriu.

— Eu não vou me casar. Tipo, *nunca*.

— Seja o que for — disse Margaret num tom gentil —, você vai nos contar quando estiver pronta.

— Sim, vou — concordou Helen, ficando corada de verdade.

Impressionadas, vimos o rubor subir por seu lindo rosto de feições felinas.

— Isso por acaso tem algo a ver com a sua melhor amiga Bella Devlin? — instigou Claire.

Bella Devlin, a filha mais nova do Artie, era a melhor amiga da Helen desde que Bella tinha nove anos e Helen, trinta e três. (Bella agora tinha quinze.) Esse comportamento nada ortodoxo era típico da Helen, mas, de qualquer forma, era um alívio que ela tivesse uma amiga.

— Deixe Bella Devlin, minha melhor amiga, fora disso.

— Conta pra gente! — pediu Claire.

— Não.

— Flores — disse mamãe, que claramente tinha perdido o interesse. — Eu quero muitas flores. Quero uma coroa dos meus netos com a palavra "VOVÓ". Quero também um esmalte rosa brilhante e o meu terço, aquele de madrepérola que o Padre Fergus trouxe de Fátima, passado entre os meus dedos...

Claire estava mexendo no celular.

— Rachel? Kate não está escalada para trabalhar no Blossom Hall na sexta-feira, ela poderia ir com você.

A menos que... olhei para a Helen.

— Ela vai trabalhar para *você* na sexta?

— Humm... Pode ser, sim, ela pode tirar a manhã livre.

— É melhor não passar para ela todos os trabalhos arriscados — pediu Claire.

Helen pensou um pouco mais.

— Ah, ela é ótima. Nada tão... perigoso.

— Na verdade, acho que eu deveria ir sim — disse mamãe. — Para prestar homenagem. Afinal, ela foi sua sogra.

Mas quase desde o início, mamãe tinha uma implicância com a coitada da Marjorie Costello.

Ela jamais admitiria, mas, na época, mamãe decidiu que a família Walsh era melhor do que a Costello pelo simples fato de que Brian, pai do Luke, era eletricista, enquanto papai era contador.

Não importava que ela e papai tivessem origens humildes e que o diploma de contador tenha sido obtido por correspondência. Ou seja, papai estava longe de ter sido um jovem arrogante e mimado que durante quatro tranquilos anos frequentou a Trinity College usando casacos de lã elegantes.

Mas, nessa disputa de sogras, ansiosa e obcecada por status, pela primeira vez na vida minha mãe tinha saboreado sua posição de alfa.

Até que a família Costello nos convidou para um chá. Minha mãe foi junto, já preparada para ser generosa com a casinha modesta deles, até que papai estacionou em frente.

— É essa? — perguntara ela, olhando em choque para a casa bonita e bem cuidada.

Sim, era uma casa geminada no subúrbio, mas ostentava vidros duplos, calhas modernas e a porta da frente em fibra de vidro.

Quando entramos, o tamanho a impressionou. Após uma grande reforma no espaçoso jardim dos fundos, havia uma bela cozinha, enorme e cheia de luz. O sótão reformado permitiu dois quartos extras, com armários embutidos e banheiros.

E, para piorar, a qualidade do trabalho em todos os lugares era excelente: as portas bem-instaladas fechavam facilmente e sem ruídos, os interruptores não davam choque e era possível deslizar as mãos pelo corrimão sem dilacerar a pele com lascas de madeira.

Mamãe continuava engolindo em seco. Quando a Sra. Costello nos trouxe uma ampla variedade de bolos e tortinhas, ela gaguejou alguma coisa sobre como deviam ter passado o dia todo cozinhando.

A Sra. Costello deu uma gargalhada.

— A vida é muito curta para ficar na cozinha. Comprei tudo na The Laden Table.

The Laden Table! Minha mãe estava quase obcecada por esse lugar. Ela morria de vontade de ser como as amigas, que podiam simplesmente pegar o telefone e pedir um estrogonofe para dez pessoas. Mas mamãe era impedida pela vergonha, certa de que comprar no The Laden Table era o mesmo que fazer um post no Facebook confessando ser péssima cozinheira.

Foram oitenta minutos bem difíceis. Para ser sincera, geralmente é assim, quando duas famílias se reúnem porque seus filhos se apaixonaram. Luke e eu dominamos a maior parte da conversa. Papai até tentou, mas, como ele quase nunca falava, foi difícil para ele também.

Mamãe soltou uma frase vacilante: "Aquele tapete... parece um Berber de luxo, feito à mão, da Gooch. Ah, é deles mesmo? Oitenta por cento de desconto? Nossa... é lindo."

Ela ficou em silêncio durante a maior parte do percurso de volta para casa. Enquanto cruzávamos o rio Liffey, retornando para o lado sul, ela murmurou, com a voz mais suave possível: "A casa parece um hotelzinho." E depois: "Como eles conseguiram oitenta por cento de desconto naquele tapete? Eu nunca acho nada além de porcarias nas liquidações."

De volta ao presente, falei:

— Mãe, você não precisa ir ao enterro. Você perdeu o contato com ela.

E eu precisava estar livre para ir embora a qualquer momento sem que ninguém dissesse que era desrespeito.

— Agora que tudo está resolvido, eu preciso de um conselho — disse Claire, que ficou de pé e começou a tirar sua calça *flare* da moda.

— Mas o que é isso? — gritou mamãe, que se horrorizava com nudez.

— Francesca disse que meus joelhos parecem o rosto de duas velhas russas com lenços na cabeça. É verdade?

Francesca era minha sobrinha de dezessete anos, engraçada e perspicaz, mas que, ultimamente, vinha se mostrando bem desafiadora. Interessada, eu me concentrei nos joelhos da Claire. Eles eram salientes, sem dúvida, mas eu não via mulheres russas ali.

— Eu não sei — disse mamãe. — Se a gente fixa o olhar em qualquer coisa por algum tempo, qualquer coisa começa a ficar engraçada.

— Tipo o cara que viu o Michael Bublé numa torrada — disse Margaret.

— Eu vejo *sim* duas idosas com lenços na cabeça — falou Helen. — Mas não sei se são russas.

— Sabe uma coisa engraçada? — interrompeu mamãe, claramente entediada com os joelhos da Claire. — Se a gente ficar olhando para o próprio rosto no espelho por algum tempo, começa a se achar parecida com o diabo.

— Bem, enfim — cortou Claire, também entediada. — Isso não vai me impedir de usar vestidos curtos.

— Vista sua calça, menina — ordenou mamãe.

4

Crunchie pulou em mim numa recepção animadíssima.

— Rachel, ei, você está em casa! — disse Kate.

— Oi. Oi-*iii*! Quem é a cachorrinha mais linda do mundo? Quem? — Enquanto Crunchie dançava ao meu redor, acariciei suas orelhas. — *Quem* é a cachorrinha mais linda? Voxê!

Na sala de estar, Kate apontou para a tela pausada.

— Série coreana. *Totalmente* insana, mas estou amando. Talvez você devesse assistir. Quer um chá? Camomila e rosa — perguntou ela, que já tinha pulado do sofá e ido até a cozinha e estava me servindo uma xícara. — Ajuda a dormir.

— E você, minha sobrinha organizadinha! Como foi sua vigilância hoje?

— Foi boa! O cara apareceu, tirei várias fotos.

— Posso fazer uma pergunta? Teórica, por enquanto. Você se importaria de faltar ao trabalho sexta-feira de manhã? — perguntei, e logo acrescentei: — Helen disse que você pode tirar folga, mas só se não estiver precisando do dinheiro.

— O que está rolando?

— Sabe o Luke? Meu ex-marido? A mãe dele morreu, o enterro é na sexta-feira...

— Quin não está e você precisa de companhia? Conte comigo.

— Tem certeza? Não se importa mesmo de faltar ao trabalho? Talvez a Helen te pague mesmo assim.

Esse foi o gatilho para umas risadinhas, que se transformaram em gargalhadas.

— Quando você o viu pela última vez? — perguntou Kate.

— Em 2012, seis anos atrás. No dia em que ele foi embora.

Só de me lembrar da cena, eu chorando e implorando para ele ficar, ainda me dá náuseas.

— Nossa! Isso é... — Geralmente, pessoas na casa dos vinte anos pensam que pessoas como eu, uma mulher na casa dos quarenta, já evoluíram e tiram de letra todos os traumas do passado, mas Kate era diferente da maioria. — E como foi o processo legal? O divórcio?

— Com advogados, basicamente. Às vezes, o amigo dele, Joey, era intermediário. Mas Luke e eu não trocamos mais uma única palavra.

Eu quis conversar com ele milhares de vezes, mas ele bloqueou meu número, meu e-mail, tudo.

— E vocês nunca esbarraram por acaso?

— Ele vendeu a empresa e se mudou para Denver. Ele tinha amigos lá, arrumou um emprego novo. Isso é tudo o que eu sei.

— E as redes sociais?

— Nada — falei, e tive de rir com a cara de espanto dela. — Ele teve Facebook por um tempo, lá atrás, mas *raramente* postava, sabe?

E ele também me bloqueou lá. Mas, segundo a Anna, ele não postou nada por anos. E eu nunca o encontrei em outros lugares. Por dois ou três anos após o término, eu checava o Instagram e o Twitter obsessivamente, mas sempre voltava de mãos vazias.

— Isso pode ser difícil para você — disse Kate. — Depois de terminar com o Isaac, eu estava bem até o batizado do filho da Chloe. Assim que soube que eu o veria, fiquei em frangalhos.

— É. Ainda não tenho certeza se vou.

Por muito tempo, achei que eu nunca perdoaria o Luke. O processo todo tinha sido horrendo e eu estava muito grata por tudo aquilo ter ficado no passado. Que talvez fosse onde devesse ficar.

Resolvi ligar para Quin. De Dublin para Taos, no Novo México, é uma viagem de pelo menos três voos se ele tivesse ido por conta própria. Mas, como o cliente estava junto, tanto ele quanto o arquiteto foram de jatinho fretado e talvez ele já tivesse chegado lá.

— Rach?

— Quin — falei, sentindo um aconchego instantâneo ao ouvir a voz dele. — Como você está? Chegou bem?

— Nossa, cheguei. Jatinhos particulares são simplesmente ótimos, mas também têm um lado péssimo. Sempre que viajo em um, levo meses para me readaptar à classe econômica.

Quin projetava sistemas de áudio e vídeo personalizados para casas de pessoas muito ricas. Ele tinha fama de ter um toque mágico, o que de tempos em tempos o colocava em contato com grandes fortunas.

— É incrível aqui — continuou ele. — Estamos fora da cidade, no deserto. Postei algumas fotos no Insta, se quiser dar uma olhada.

Cliquei no perfil dele e encontrei imagens de uma planície elevada. Ao fundo, uma erupção irregular de granito surgia do nada, parecendo uma catedral de pedra bruta.

— Nossa, Quin, que *lindo*! Olha só, você pode falar um pouquinho?

— Claro — disse ele, em tom instantaneamente de alerta. — Só me deixa ir para outro... — Ruído de movimento e o som de uma porta se fechando. — Pronto, pode falar. O que foi?

— Recebi um telefonema hoje. De um amigo do meu ex-marido.

A longa respiração de Quin foi audível.

— Luke... ou melhor, a mãe dele morreu. O enterro é sexta de manhã. Não sei se devo ir...

— Certo. — Uma pausa. — Rach... — Outra pausa.

Quin sabia tudo sobre mim e Luke.

Bom, *quase* tudo.

Um dos pontos positivos de termos nos conhecido num fim de semana no qual nossa mera presença era a admissão de que estávamos passando por dificuldades foi que, desde o início, Quin e eu éramos completamente sinceros um com o outro. Nos primeiros dias de namoro, eu me senti à vontade para confessar: "Não vou conseguir amar outro homem como amei o Luke."

"Nossa!", Quin tinha ficado visivelmente magoado. "Que se foda esse lance de honestidade radical, hein..."

Mas conseguimos rir disso depois.

Por um momento, a conexão com o Novo México ficou cheia de ruídos. Quando consegui ouvir a voz do Quin novamente, ele estava perguntando:

— O que sua "voz interior" diz?

— Nada no momento. Mas, sabe... você se importaria se eu fosse?

— Se eu me importasse, seria problema meu. Certo?

— Hahaha!

— Vá dormir. Veja como se sente amanhã, ok? Mas... — Quin resmungou. — É melhor não se apaixonar por ele de novo.

— Eu não vou.

5

Apaguei a luz e esperei pelo sono. Só que por trás das pálpebras, meus olhos estavam bem abertos. Fui lançada de volta ao passado, para mais de vinte anos atrás, quando Brigit e eu morávamos em Manhattan.

Havia um grupo de rapazes irlandeses que costumávamos ver por lá. Todos com cerca de um metro e oitenta de altura e cabelos bem compridos. Usavam calças muito, *muito* justas e diversos colares e pulseiras. O típico visual de uma banda de rock pesado dos anos 1970.

Esses caras bebiam Jack Daniel's, que chamavam de JD, eram chegados em coletes de couro ou jaquetas jeans sobre o peito nu e estavam sempre acompanhados por garotas loiras e magras no estilo *groupie* chique.

Morrendo de vergonha por eles serem irlandeses, *aterrorizadas* com a ideia de sermos associadas a eles pela galera mais descolada de Nova York, uma galera cuja aprovação buscávamos, Brigit e eu, cheias de ironia, os apelidamos de Homens de Verdade.

Mas quando, inevitavelmente, começamos a conversar com eles, descobrimos que eram muito legais. Foi um alívio conversar com homens engraçados e quase normais.

Era uma época em que Brigit e eu vasculhávamos Nova York atrás de um namorado. Eu esperava por um cara com um corpo escultural, bonito, com grana e digno de respeito. Na verdade, um que fosse *tão* respeitado a ponto de eu, só por ser sua namorada, também ser respeitada.

No fim das contas, o que eu queria era um salvador. Mas a vinda desse cavaleiro tinha sido inexplicavelmente adiada. Então, enquanto esperava, acabei tendo um relacionamento apaixonado, mas confuso, com um dos Homens de Verdade: Luke Costello.

A parte da confusão foi totalmente culpa minha. Com os cabelos longos, brilhantes como as penas de um corvo, e seu corpo atlético e torneado, Luke era *irresistível*. Eu ficava feliz em passar um tempo — muito tempo — na cama dele, mas não queria ser vista com ele em público (sério, eu era péssima). Isso fez com que ele acabasse perdendo a paciência comigo ao mesmo tempo que eu desmoronava, a ponto de ir parar numa clínica de reabilitação na Irlanda.

Quase um ano e meio depois, quando eu, uma nova pessoa, sóbria, voltei a Nova York para fazer as pazes com Luke, logo ficou claro que a conexão que tínhamos antes ainda existia.

E nós dois estávamos muito felizes e *determinados* a "fazer tudo direito desta vez". Mesmo trabalhando das nove às cinco todos os dias, começamos a estudar à noite. Nem eu nem ele tínhamos feito faculdade e agora estávamos ansiosos para "sermos melhores" em todos os sentidos.

Mas a merda toda passou a ficar *realmente* séria quando comecei o "papo sobre ter filhos".

— Luke, você quer ter filhos?

Ele parou.

— Agora, não.

— Mas o que você realmente acha sobre isso?

Outra pausa.

— Bem, eu vejo meus irmãos e, tipo, eles vivem exaustos. Mas eles moram na Irlanda e têm a família para ajudar. Mas aqui eu e você não temos ninguém. O que você acha?

— A mesma coisa. Acho que quero ter filhos, sim, mas é mais seguro ter uma carreira, uma renda estável, talvez até financiar uma casa e tudo mais, primeiro.

— Legal!

Então concordamos que não haveria pressa, sem decisões loucas e impulsivas, nada das coisas que eu fazia o tempo todo. Eu me tornei uma daquelas mulheres com um planejamento de cinco anos. E o pior é que eu sentia orgulho disso.

A única preocupação era o fato de minha ginecologista ter dito que nós — e por nós ela se referia principalmente a mim — poderíamos já estar com a fertilidade em declínio.

— Então — eu me lembro de dizer a Luke —, marquei um check-up para nós na próxima terça, ok? Para caso precisemos ter um plano B.

— Ah, é? E como vai ser isso?

— Vou fazer uma contagem de óvulos e seu esperma será testado, para ver se é... saudável? — Era essa a palavra? — Para ver se tem espermatozoides o suficiente? Se eles têm boa motilidade?

— Mas como é esse teste? — perguntou ele, um pouco ansioso. — Como seria a coleta?

— Na clínica. Você, hum, faria lá.

— Quer dizer, eu teria que... — Ele ficou pálido. — Minha nossa, *Rachel*. Eu teria que... fazer isso, *lá* mesmo?

— Em uma salinha de exame, eu acho. Não na sala de espera.

Eu também não estava muito entusiasmada com a ideia. Luke numa salinha vazia com revistas pornográficas usadas me dava náuseas, ciúmes e me deixava estranhamente excitada.

Ele colocou as mãos no rosto e resmungou.

— Rachel...? Isso é mesmo importante para você?

— Se tudo estiver bem, podemos deixar a questão de lado enquanto colocamos a vida em ordem. Acho que vai nos deixar mais tranquilos.

— Você está parecendo uma vendedora de seguros pouco confiáveis — disse ele, e expirou, alto e longamente. — Tá bem, mas com uma condição. Que você nunca mais use a palavra "esperma".

— Fechado. Você acha que eu *gosto* disso?

NA TARDE MARCADA para o exame, me vi surpreendentemente nervosa quando chegamos ao prédio no centro da cidade. Tudo relacionado à saúde é estressante, mesmo que sejam apenas exames de rotina. E se eu não fosse fértil? Ou Luke?

Mas lidaríamos com isso. Seria um choque, mas superaríamos. Eu tinha muita fé em nós dois.

Enquanto esperávamos o elevador para o andar do médico, Luke voltou os olhos para mim.

— Mais tranquilos, você disse?

— Mais tranquilos, sim — falei. — Eu, você e as nossas famílias.

Depois de tocar a campainha da clínica, a porta fez um clique e entramos. A recepcionista se levantou um pouco por detrás do balcão, olhou para o Luke, para mim e voltou para Luke. Ele, com cabelo comprido, jaqueta de couro, munhequeiras, corrente de prata no pescoço. Por um momento, acho que ela pensou em chamar a segurança.

Quem poderia culpá-la? A sala de espera estava lotada de grávidas chiques, usando vestidos Michael Kors discretos e sapatos Ferragamo, seus acompanhantes masculinos, em ternos de mil dólares.

Luke percebeu a preocupação da recepcionista.

— Está tudo bem — disse ele com suavidade. — Nós temos hora marcada. *E* plano de saúde.

Quando Luke então sorriu para ela, a recepcionista deu uma risadinha e começou a ficar vermelha.

Pranchetas e canetas apareceram para preenchermos nossos formulários. Depois de uma longa espera, fomos levados à presença da Dra. Solomon, uma mulher pequena com um cabelo cacheado bem cheio.

— Vocês não planejam engravidar tão cedo, certo? — perguntou ela, passando os olhos rapidamente pelos formulários.

— Não por enquanto — respondi, endireitando a postura. — Mas se houver algum problema, isso pode mudar as coisas.

Ela voltou a olhar o meu formulário.

— Você tem, hummm... quase trinta e um anos? E Luke...?

— Eu também.

— Estamos começando tarde. — Na defensiva, eu quis contar toda a nossa história complicada e tranquilizá-la dizendo que Luke e eu éramos um *casal* de fato.

Começamos a morar juntos agora. Em vinte meses, ele vai se formar e tirar a licença de contador e... Eu sei que não dá para dizer olhando para ele, mas bate um coração estável dentro desse exterior sexy. Estou cursando graduação em Aconselhamento para Dependência e nós dois temos empregos formais. Depois que nos formarmos, vamos quitar os empréstimos estudantis, e mais tarde queremos comprar uma casa. Tudo isso precisa vir antes de sequer pensarmos em ter um bebê.

— Não tem problema — disse a médica. — Hoje em dia, trinta e um não é considerado tarde demais para uma mulher engravidar. Se estiver tudo bem, vocês têm muito tempo. Então? — Ela bateu palmas e uma enfermeira entrou na sala. — Rachel, enquanto você faz a tomo, a Tomaka levará o Luke para a coleta do sêmen.

Luke me lançou um olhar angustiado de "Que merda é essa?".

— Você estará sozinho — acrescentou a Dra. Solomon, mas havia um tom irônico na voz dela que me fez imaginar se ela havia alarmado o coitado de propósito. Enquanto Luke seguia a enfermeira, a Dra. Solomon observou-o atentamente e disse: — Não estou dizendo que você necessariamente vai ter problemas de motilidade. Mas, aproveitando a oportunidade, você sabe que jeans apertados são contraindicados, não sabe?

E, com essa observação, Luke e Tomaka saíram da sala.

Quinze ou vinte minutos depois, nos reencontramos na recepção. Luke — claramente constrangido — manteve os olhos baixos. No elevador que nos levou de volta ao térreo, ele permaneceu em silêncio. Só depois de sairmos do prédio e voltarmos às ruas movimentadas me senti à vontade para falar.

— Luke? Foi... ruim? — perguntei. — Revistas com páginas grudadas?

— O quê? — Ele pareceu surpreso. — Não, amor — Luke passou o braço em volta do meu pescoço e me puxou para mais perto, fora do caminho das pessoas. Nossas testas se tocando, seus olhos escuros encontrando os meus. — Não precisei de nada disso. Eu só pensei em você.

6

Assim que acordei, ouvi em minha cabeça: *Você precisa ir ao enterro.*

Ahhh!, pensei. *Até que enfim!*

Sim. Hahaha.

E lá vamos nós. Gostando ou não, eu iria ao enterro.

Mas, antes, fui para o trabalho.

— Giles teve uma noite ruim — disse Hector na reunião da manhã. — Está se sentindo muito culpado. Chorando sem parar.

Ted olhou para mim.

— Você quer uma sessão com ele? Murdo, você está disponível para cobrir o grupo?

Murdo assentiu.

— Desculpe por avisar em cima da hora — falei. — E, Murdo, você também pode me cobrir amanhã de manhã? Vou a um enterro. Minha ex-sogra.

— *Ex*? — perguntou Murdo, com surpresa.

— Tem certeza de que é uma boa ideia? — questionou Ted. — Seu ex vai estar lá?

Quase ri.

— Ted, é a *mãe* dele. De qualquer forma, volto a tempo para a reunião da tarde.

— Ótimo. E sua nova paciente chega amanhã de manhã — disse ele. — Priya vai enviar o arquivo por e-mail.

Fui procurar Giles e, no corredor, cruzei com Dennis. Ele parecia bem animado, *mergulhado* em um papo com Roxy. Só Deus sabe o que Dennis queria com ela, mas, pelo tom de negociação que usava, com certeza não estava pedindo conselhos sobre recuperação. Parecia que ele estava tentando vender uma fossa séptica usada (em bom estado) ou fazendo de tudo para comprar uma pista de patinação a um preço baixo...

Ele me viu e em seu rosto surgiu uma expressão de medo quase teatral.

— Nossa, lá vem a Rachel — disse ele. — Até minhas botas estão tremendo de medo.

(As botas eram galochas cortadas, com as barras das calças surradas enfiadas por dentro. Dennis, mesmo sendo da cidade, era o tipo de pessoa proativa que felizmente se envolveria para ajudar em algum parto de emergência se pensasse que isso lhe renderia votos nas eleições locais.)

— Bom dia, Denis, Roxy — cumprimentei, tentando soar altiva.

Ser má não é natural para mim, mas era importante que eles tivessem medo de mim.

— Estou tremendo — repetiu Dennis, num tom meio falso.

Você deveria mesmo, pensei, quase com tristeza, *estou acumulando tantas informações sobre você e suas trapaças que logo, logo vou fazer da sua vida um inferno.*

Na sala de jantar, Giles, com Chalkie a seu lado, chorava enquanto passava manteiga nas torradas.

— Para com isso, seu babaca — dizia Chalkie, sem maldade. — Você está fazendo papel de bobo.

— Deixe ele chorar — falou Trassa, empática. — Depois das coisas *absolutamente horríveis* que ele fez, das vidas que arruinou, quem não choraria?

Enquanto Giles dava a volta na mesa, ela perguntou:

— O que está procurando, lindinho?

— Compota de laranja — resmungou Giles.

— Harlie! — gritou Trassa. — Passe a compota de laranja para o coitado.

— Giles! — chamei.

Ele olhou para cima, o rosto todo molhado.

— Espero você na Sala de Atendimento Três às dez horas — completei.

Ele assentiu em silêncio.

— Você não vai participar do grupo agora de manhã? — perguntou Chalkie, soando chateado. — Quem vai te cobrir?

— Murdo.

— Certo.

Várias expressões passaram pelo rosto de Chalkie, até assentarem na decepção. Murdo, meu jovem substituto, todo tatuado e cheio de piercings, era *bem* durão, o que não agradava ao Chalkie, ainda tentando evitar enxergar quem ele realmente era.

Seis minutos depois, Giles, ainda chorando, deslizou na poltrona em frente a mim. (As poltronas eram muito mais confortáveis nessas salinhas de atendimento individual.)

Bem-sucedido e privilegiado, Giles passou a vida acumulando e descartando esposas e filhos. Tudo tinha sido fácil para ele. Nos últimos anos, porém, sua vida, cujo foco era jogar tênis e velejar, saiu dos trilhos à medida que o gosto por diversão passou dos limites e se transformou em vício.

A segunda e a terceira esposas ficaram competindo por ele pelo máximo que conseguiram. Assim que uma ousava expressar a opinião de que começar o dia cheirando quatro carreiras de cocaína talvez não fosse bom, ele partia para a outra. Esse pingue-pongue de ex-esposas durou por mais de um ano, com Giles indo e voltando.

Seus colegas também o protegiam, porque ele era "altamente produtivo", o que se traduzia em "ainda capaz de encantar clientes em potencial". (Desde que o dinheiro continue entrando, as pessoas ficam felizes em fingir que está tudo bem.)

Só depois de um surto psicótico numa viagem de divulgação de imprensa é que Giles enfim foi desligado pelo conselho, e esse foi o estopim da sua vinda para o Claustro. Eu nunca vi um dependente procurar ajuda se não estiver correndo o risco de perder — ou já tiver perdido — alguém ou algo importante.

Nas últimas quatro semanas, eu o bombardeei com muitas verdades. Seus amigos, esposas, ex-esposas e filhos adultos também vieram e revelaram verdades sobre Giles.

Aquilo o destruiu, e agora ele estava sentado, aos prantos, com uma caixa de lenços no colo.

— Por que você está chorando? — perguntei com delicadeza.

— Por tudo — respondeu ele com a voz embargada. — Por deixar a Danielle — (a primeira esposa). — Ela ficou arrasada... e eu nem liguei porque achei que amava a Ingrid.

Ingrid era a terceira esposa e, sim, de alguma forma, Giles conseguira encaixar uma esposa extra entre a primeira e a segunda. Ele era cheio de reviravoltas surpreendentes.

— E por meus filhos. Eu os abandonei quando ainda eram bebês...

O momento do reconhecimento é uma etapa delicada do processo de reabilitação e Giles precisava ser guiado com delicadeza. Se ficasse muito sobrecarregado pela tristeza ou pelo arrependimento, havia a chance de que fosse embora, atrás de seus antigos anestésicos.

O regime do Claustro era rigoroso. Sim, os pacientes eram empurrados para fora de suas zonas de conforto, mas sempre com o mais absoluto cuidado. Eram monitorados com olhos atentos para que soubéssemos quando recuar, quando pressionar, quando mudar de estratégia e oferecer um pouco de amor.

— Você trilhou um caminho muito longo, muito longo mesmo, nesses últimos vinte e nove dias — falei. — Você está se tornando uma pessoa nova e eu sei que esse processo é doloroso, mas vai valer a pena. Com o tempo, você vai poder tentar consertar as coisas com as pessoas que machucou.

— Elas nunca vão me perdoar.

Bem, esse é o tipo de coisa que não dá para saber. Se não perdoassem, era direito delas, mas...

— Não importa o que aconteça — eu disse. — Você é capaz de passar por isso, e por qualquer outro desafio que a vida lhe apresentar, sem ter uma recaída.

Eu levei Giles de volta ao grupo e, num impulso, sinalizei para que Harlie se aproximasse, só para ver se ela estava bem depois da partida do Simon.

Harlie entrou na salinha de atendimento com tudo em dia — sobrancelhas, cílios, pele e cabelo. Na realidade, ela gerenciava uma clínica cosmética (chamada Cara de Garota Rica, um nome que eu *amo*), onde tinha acesso a todo tipo de tratamento estético.

— Então — falei. — Simon?

— O que tem ele? — perguntou ela, evasiva.

— Você e ele eram... próximos?

— Está querendo saber se eu gostava dele? — rebateu ela, o olhar desafiador. — Talvez eu tenha gostado. Por uns trinta segundos. Grande erro.

— Não se culpe por isso. Acontece o tempo todo por aqui. Quando nossa droga preferida é retirada, a gente busca outras formas de se sentir bem.

— Sim, mas eu sabia sobre ele e a Prissie. Eles são todos um lixo, não são? Mentirosos e trapaceiros, não tem um que preste.

— De quem *exatamente* você está falando?

Imediatamente a boca da Harlie se contraiu, como se tivesse sido puxada por um barbante. Ela não queria deixar o nome escapar. Em nossa primeira sessão, duas semanas e meia antes, ela resmungou: "Esse desgraçado morreu para mim."

— Quem? — tentei mais uma vez.

— Humm... — Harlie murmurou por trás dos lábios cerrados, os olhos brilhando e bem abertos. Juro por Deus, apesar de sua fúria, a garota era hilária.

Por fim, ela expirou e abriu o jogo.

— Caleb.

O ex-marido, que a tinha deixado cerca de um ano antes. Eu enviei e-mails, mensagens, telefonei tentando convencê-lo a vir confrontá-la, mas tudo o que recebi foi um silêncio ensurdecedor. Provavelmente Caleb estava tentando seguir em frente, e quem poderia culpá-lo?

No entanto, dois amigos da Harlie apareceram e seus relatos coloridos e exaustivos de travessuras bêbadas deixaram-na horrorizada a ponto de perceber que não era apenas uma garota festeira, mas uma alcoólatra de verdade.

— Além da questão do Simon, como você está? — perguntei.

— Estou bem, Rachel. E você?

Esperei.

— Eu só vim aqui para aprender a beber normalmente — continuou ela, mas a voz vacilou e eu não saberia dizer se por pesar ou raiva. — Mas, segundo você, eu nunca mais vou poder beber. Minha vida acabou e só tenho vinte e nove anos.

— E a Tegan? — perguntei. — E se ela tivesse tido a chance de parar de beber?

— Pare de tentar me fazer sentir culpada!

Com delicadeza, lembrei Harlie de que Tegan, uma de suas amigas mais próximas, morreu por intoxicação alcoólica. Após a morte, os pais e os amigos de Harlie fizeram uma intervenção para que ela não fosse a próxima vítima.

— Se Tegan tivesse podido escolher entre morrer ou ficar sóbria, o que você acha que ela teria escolhido?

— Eu não sei.

Ela sabia, sim, mas era doloroso demais para Harlie aceitar naquele momento.

Quando terminamos, abri o arquivo da novata que chegaria no dia seguinte. Ella Black, vinte e oito anos, ao que parecia, dependente de medicação prescrita para dormir. Ella foi convencida de que precisava de reabilitação depois de pegar o carro do namorado às três da manhã e bater na janela da frente de uma casa. Apesar de quebrar a clavícula, ela saiu do carro, foi para casa a pé, voltou para a cama e acordou sem se lembrar de nada.

Também houve alguns incidentes no Facebook no meio da madrugada. Ella trabalhava como criadora de conteúdo de mídia social para uma companhia aérea, uma posição de bastante status e ótimo salário, segundo o namorado Jonah, dono do carro acidentado.

Por duas vezes nas últimas sete semanas, Ella tinha postado coisas estranhas na conta da empresa — uma teoria da conspiração maluca sobre o governo dos EUA e uma afirmação extremamente difamatória a respeito do "verdadeiro" pai do Príncipe Louis. Se não fosse Boyd, o chefe dela (meu Deus, quem se chama Boyd?), deletando as postagens antes que ganhassem qualquer repercussão, Ella sem dúvida teria sido demitida.

Eu ficava animada ao receber recém-chegados; a oportunidade de ajudar alguém a mudar de vida era emocionante. O potencial, a possibilidade *deles*. É claro que nem sempre dava certo. Ou a pessoa não conseguia assumir o vício ou ainda não estava preparada para desistir da melhor amiga (a droga).

Frequentemente, voltavam para o Claustro um ou dois anos depois, muito mais machucados, porém muito mais humildes.

Comecei a mandar e-mails e fazer ligações para as pessoas importantes na vida de Ella, tentando montar sua história com o máximo de detalhes possível. Além de Jonah, havia a melhor amiga Naaz, os pais e dois irmãos. Dentro do Claustro, os pacientes forneciam apenas a versão mais higienizada e trágica de si mesmos. Para ter o cenário completo, era preciso falar com todos os familiares e amigos. Era como investigar um crime.

Falando nisso... Dennis! Embora eu tivesse vários depoimentos por *escrito* sobre suas tramoias, estava sendo difícil conseguir pessoas de verdade que pudessem confrontá-lo.

A esposa, Juliet, havia chantageado Dennis, ameaçando deixá-lo caso ele não fosse para a reabilitação. Mas, nas poucas vezes em que nos falamos desde que ele chegou, ficou claro para mim que Juliet tinha gastado toda a sua energia para trazer o marido até nós. Agora, o que ela parecia querer era alguma transformação mágica que devolvesse Dennis todo consertado. O problema é que isso não aconteceria sem a participação dela, então insisti.

— Não sei, Rachel — disse ela ao telefone. — Na próxima semana vai ser difícil...

— E suas filhas?

— Elas não querem. Já foi muito difícil para elas escreverem aqueles depoimentos.

Eu já tinha sido rejeitada pelo médico de Dennis *e* por seu melhor amigo e por *dois* colegas com quem ele trabalhava no conselho local. Estavam todos com medo, e esse comportamento era longe de ser incomum. Assumir a dependência de um amigo ou parente é um processo doloroso e demorado. As pessoas amam o paciente, querem que ele seja ajudado, mas também querem evitar confrontos.

É claro que vez por outra surgia um amigo ou parente fervendo de ódio e pronto para confrontar o paciente. Mas, com a mesma frequência, as pessoas se esquivavam, envoltas em culpa e questionamentos.

— Juliet, você precisa vir. Caso contrário, estará desperdiçando seu dinheiro.

— Talvez na próxima semana. E quanto a...? — A voz dela ficou mais suave. — Você poderia tentar o irmão dele, Patch. Vou mandar uma mensagem com o seu número e dizer para ele te ligar, ok?

— Mas... — Juliet já tinha desligado.

MEUS TÊNIS CHEGARAM!

— Três pares? — perguntou Brianna.

— Estavam na promoção...

Ela me lançou um olhar compreensivo.

— Estavam mesmo?

Ok, ok, não é legal mentir, mesmo sobre coisas pequenas...

— Não — assumi. — Mas eram todos lindos, eu não conseguia me decidir e, como já estava pagando o frete, aproveitei para dar uma olhada e...

— Chegaram mais coisas — disse ela, apontando a caneta para uma pilha de pacotes. — Se eu gostasse de apostas... — Ela me passou um pacotinho quadrado. — Eu apostaria que é uma vela Pomegranate Noir.

Na mosca. Li o cartão.

— Que legal! É da... lembra da Fiona Headley?

— A viciada em sexo? Cerca de catorze meses atrás? Hum... Bem, se está enviando velas de agradecimento ela deve estar bem, né?

— Aham.

— Nossa, eu faço toda a papelada desse pessoal, com todo o cuidado, mas nunca recebi uma vela chique...

— Pode ficar com esta — falei, empurrando o pacote para ela. — Sério, você merece muito. Eu *insisto*!

— Sério? Então, tá. Eu *aceito*! Obrigada.

— Me passa aquele outro pacote. O que é? — perguntei, lendo os detalhes do remetente. — Ah, é minha pá de jardinagem!

— Abre!

Assim como eu, Brianna também "se aventurava" na jardinagem.

Peguei a ferramenta em aço inox e balancei nas mãos.

— Nossa, olha como é leve! — eu disse, oferecendo a ela.

— Nossa, é verdade. Mesmo com o cabo de madeira.

Ficamos maravilhadas com tamanha eficiência ergonômica.

— A gente sempre precisa de mais pás — falei.

— E regadores.

— E enxadas.

— E tesouras.

E era verdade. Quando se começa a comprar ferramentas de jardinagem, sempre há algo mais extravagante, mais resistente, mais leve, feito de um metal melhor ou de uma cor mais bonita.

Como eu disse, eu poderia me viciar em qualquer coisa.

7

Na sala dos funcionários, Carey-Jane aquecia seu repugnante minestrone no micro-ondas. O cheiro ficaria nas minhas roupas pelos próximos setenta anos. Sabe aquele ditado, o inferno são os outros? Tentando não sentir os diferentes odores que lutavam entre si — o sanduíche de atum da Priya, a salada de beterraba da Yasmine —, comi o meu homus (uma comida civilizada, sem cheiro) com torradinhas e me desconectei por um tempo, pensando em Luke.

Eu o veria no dia seguinte. O que era quase inimaginável. Uma onda de gratidão por ter Quin me atingiu.

Com certeza o que eu sentia por ele não tinha nada a ver com o que eu sentia por Luke. E como poderia? Quin não era Luke. E eu não era a mesma garota cheia de esperança que tinha se apaixonado por ele anos antes. Eu era uma mulher mais velha e mais sábia.

Sempre que pensava que as coisas com Quin poderiam não ter acontecido, eu gelava.

O alívio que eu senti durante o exercício de Bondade-Amorosa no retiro de meditação tinha sido real, sim, mas é verdade que nas vinte e quatro horas seguintes também me perguntei se eu tinha mesmo algo a ver com o Quin. Porque, quem sabe, talvez aquele tenha sido só o momento em que eu estava pronta para me perdoar e Quin tenha surgido como um catalisador. "Quando o aluno está pronto, o mestre aparece." (Esse é o tipo de coisa que falamos nos grupos de "desenvolvimento pessoal". É o que Nola, Anna e até Brianna dizem vez ou outra, e olha que Nola não acredita em *nada* que não possa ser assinado ou arquivado.)

Menos de dois dias depois que a gente se conheceu, Quin mandou uma mensagem e depois ligou.

— Então, acho que a gente deveria sair... Oficialmente — disse ele.

Sua autoconfiança era impressionante. Quase divertida. Mas dizer que eu tinha perdido o jeito com homens era subestimar demais. No ano anterior, eu tinha saído algumas vezes, uma com um primo da Brianna e, outra, com um colega da Claire, mas só porque as duas *me obrigaram*. Não surpreende que não tenha dado em nada.

— Vamos a um *escape room*? Se não for legal e não tivermos nada a dizer um ao outro, pelo menos vamos nos divertir tentando desvendar os enigmas.

— Calma aí, mocinho, e se a gente não conseguir? Desvendar o enigma, quero dizer? Ficaremos presos lá para sempre?

— Hahaha! Não, eles deixam a gente sair depois de uma hora. Você nunca foi?

— Nunca.

— Então vista roupas confortáveis, tipo, nada de saltos nem vestidos apertados.

Vestidos apertados?, me lembro de ter pensado. *Você teria sorte!*

— Essa coisa envolve matemática? — perguntei. — Porque sou péssima. Não quero ser responsável por perdermos.

— Nada de matemática. É basicamente bom senso. E sou muito competitivo. Vamos ganhar com certeza.

"E aí?", joguei para a minha voz da consciência. "Devo ir?"

Mas, naquele dia, ela se manteve irritantemente em silêncio.

Tive que recorrer às minhas irmãs.

— Quantos anos ele tem? — perguntou Claire.

— Acho que a minha idade... Talvez um pouco mais novo?

— Filhos? Ex-mulher? Trabalho? — perguntou Margaret.

— Não sei. Mas, pensando em termos de probabilidade, é provável que ele dê um tique em *alguns* desses itens.

— E tudo bem para você se houver filhos e uma ex-mulher? — questionou Claire. — Tipo, porque é melhor estar. Na sua idade, todo mundo tem bagagem.

— Ele é do tipo que pega leve? — perguntou Helen. — Ele *tem* que ser se estava tentando meditar.

O termo "pega leve" surgiu anos antes, em Nova York, depois que uma amiga da Anna, Jacqui, saiu com um homem gentil e respeitoso que passou a maior parte da noite acariciando o corpo dela tão suavemente que seus dedos pareciam plumas. "Insuportável", disse ela, cujo estilo era mais ser jogada na cama e devorada.

Para ser justa, muitas pessoas adorariam uma sessão de carícias com penas, mas a expressão acabou pegando e virou uma forma de rotular os homens heterossexuais que eram um pouco, eu suponho, *determinados*. Talvez sem muito humor e politicamente corretos: homens que se gabam de suas marinadas caseiras de tamarindo com um ingrediente secreto (que sempre era tabasco); que defendiam a amamentação em público, mesmo quando não havia ninguém criando objeções sobre o tema; que pediam a nossa opinião sobre dar Valium para o gato ou que pronunciavam *kitsch* com um sotaque inexistente que misturava francês e holandês.

Eu, particularmente, não teria interesse em uma *pegação leve*, no entanto, cada vez mais homens inocentes passaram a ser rotulados à medida que a definição se expandia: aqueles que usavam habitualmente a palavra "mantimentos"; que tinham opiniões sobre marcas de amaciante; que passavam mais de trinta segundos fazendo sexo oral ou que não tinham pudor de chupar uma manga no meio da rua.

Se algum desses desafortunados se interessasse por uma das minhas irmãs ou amigas, seriam ridicularizados. E, quando gostamos de um cara, a *última* coisa que a gente quer é que ele seja rotulado como alguém que pega leve.

Como Quin havia feito um retiro de meditação, ele estava prestes a entrar na categoria e, para minha própria surpresa, falei:

— Ele não é. Mas acho que ele faz triatlo e talvez fique falando sobre roupas que absorvem o suor — expliquei, mas corri para acrescentar: — Mas talvez não.

(Falar sobre roupas que absorvem o suor também era suspeito.)

Helen grunhiu.

— Caramba, ele é *desses*. Aposto que ele usa a garrafinha térmica da moda.

Eu estava acabando de saber que a garrafinha térmica da moda se enquadrava no perfil.

Uma rápida enquete revelou que eu era a única das minhas irmãs que nunca tinha ido a um *escape room*.

— Nossa, é muito divertido, juro! — disse Margaret. — Garv e eu fomos com as crianças. O tempo vai passando e você lá tentando decifrar as pistas antes de o tempo acabar... Só conseguimos escapar faltando uns dez segundos. A gente se sente muito especial!

— É uma das coisas mais idiotas já inventadas — comentou Helen, e com essa fala entendi que *ela* não tinha vencido o relógio.

— Angelo e eu *adoramos* — disse Anna, com os olhos brilhando. Ela estava em uma de suas muitas visitas à Irlanda, onde vinha a cada seis semanas mais ou menos, para um fim de semana. — É como ser criança de novo — continuou ela. — Nos *escape rooms* de alto padrão a coisa é de maluco. Fomos em um que era uma caçada aos zumbis num shopping abandonado. Foi incrível!

— Estamos em Dublin — lembrou Helen. — Não existem coisas de alto padrão. Nem de baixo padrão. Ou com qualquer padrão. Somos umas merdas.

— Nem sempre — disse Margaret. — Esse em que nós fomos era um laboratório biológico. Um vírus tinha escapado e nós estávamos...

— Ah, tá — interrompeu Claire vagamente. — Eu fui nesse. Um exercício de criação de equipe para os voluntários.

— *Você?* — perguntou Margaret. — E você participou de tudo?

— *Eu?* De Gucci? De joelhos, rastejando por um espaço apertado? Nem pensar.

— Quem está de joelhos? — perguntou mamãe, entrando na sala para acompanhar a conversa.

— Rachel vai sair com um cara — contou Helen. — Ele sugeriu um *escape room*.

O rosto da mamãe ficou roxo. Ela estava indignada.

— Isso é aquelas coisas de *Cinquenta Tons de Cinza*?

— O QUÊ?

— Aqueles negócios em que o homem amarra a mulher e a espanca com um chicote de equitação? Ou coloca uma bola de pingue-pongue na boca dela e ela tenta escapar? Ouvi sobre isso no programa *Liveline*.

— Pelo amor de Deus! — disse Helen.

O *ESCAPE ROOM* escolhido pelo Quin ficava num parque industrial de armazéns cinzentos e anônimos depois da rodovia M50.

Ele havia se oferecido para me buscar, mas recusei.

— E se as coisas, como você mesmo disse, derem errado? Você teria que me levar para casa e acho que ficar sentada lado a lado no seu carro por quarenta e cinco minutos tiraria dez anos da minha vida.

— Da minha também. Nos vemos lá.

Cheguei na hora marcada e nem sinal do Quin. Fiquei olhando para o meu celular e vi os números avançarem para dois minutos de atraso, depois três... Quando ele já estava seis minutos atrasado, um carro barulhento entrou na área do estacionamento e, com os freios guinchando, parou ao meu lado. Era Quin, desta vez em um jipe.

Atrasado? Dois carros chamativos? Eu começava a ter sérias dúvidas.

— Desculpe pelo atraso — disse ele, saindo do carro. — Meu filho não conseguia encontrar o inalador.

Filho? Certo, então pelo menos um filho.

— E não dava para mandar uma mensagem?

— Eu mandei — respondeu ele, com uma ponta de irritação na voz.

Uma olhada rápida no celular mostrou que ele estava falando a verdade.

— Como eu não vi isso?

— O sinal é ruim por aqui — disse ele, menos ríspido. — Me desculpe.

Eu precisava saber mais sobre o lance do filho.

— Você só tem um filho?

— Dois. Um menino de onze anos, uma menina de treze. Eles são ótimos. Eu tenho quarenta e dois anos e estou divorciado há cinco. Eu e minha ex nos damos bem — explicou ele, e, num tom levemente divertido, acrescentou: — Mais alguma coisa que gostaria de saber antes de começarmos?

Fiz que não com a cabeça.

— Por aqui.

Todo sério, Quin nos conduziu para dentro de um dos armazéns gigantescos.

— Eu sei que não parece promissor — declarou —, mas confie em mim, esses caras são ótimos. — Depois, me avaliando rapidamente, acrescentou: — Você está adequada.

A princípio pensei que fosse um elogio, mas entendi que não quando ele acrescentou "roupas adequadas". Ele, por sua vez, estava vestido como eu tinha imaginado: roupas esportivas escuras e elegantes.

Percorremos um corredor longo e deserto, passando por uma sequência interminável de salas fechadas até que Quin parou diante de uma porta.

— Aqui.

Na recepção pequena mas sofisticada, um homem cuidadosamente penteado, usando gravata preta e fraque (parecendo um mordomo), segurava uma bandeja redonda que não parecia ter um propósito óbvio. Ao seu lado, estava uma mulher em um vestido preto com um avental branco de governanta ao estilo *Downton Abbey*.

— Senhor Quinlivan? Senhorita Walsh? — perguntou o mordomo. — Que bom que estão aqui! Eu sou Smythe, comissário do transatlântico *Queen Anne*. Mas sinto informá-los que um par de brincos de diamante desapareceu da cabine da *Lady* Glenrother. A suspeita recai sobre a jovem Mabel aqui ao meu lado, que é a camareira pessoal dela.

Neste momento, Mabel fez uma reverência.

Incerta sobre a etiqueta, fiz uma meia reverência.

— Eu sei que Mabel é uma mulher honesta — continuou Smythe. — Sei que é inocente. Mas, se vocês não encontrarem as joias, Mabel será levada a julgamento e considerada culpada.

— Vocês são a minha única esperança — disse Mabel. — Aceitam a missão?

— Eu aceito — respondeu Quin.

Então todos olharam para mim.

Ai, meu Deus. Eu não lidava bem com esse tipo de pressão.

— Tudo bem, eu também aceito.

Minha nossa! Será que não poderíamos apenas ter ido tomar um sorvete? Encontros para tomar sorvete estavam na moda e eu era totalmente a favor.

Smythe pegou nossos casacos e celulares e falou:

— Vocês têm uma hora para encontrar as joias e salvar Mabel. O tempo começa a contar... *agora*! — Eu e Quin fomos imediatamente conduzidos por uma porta, que foi trancada assim que entramos.

Estávamos numa sala pequena e escura, talvez um escritório antigo. Um casaco e um quepe de aparência militar pendiam de um suporte empoeirado. Um cachimbo de casco de tartaruga ainda fumegava, abandonado sobre uma pesada mesa de madeira, acima da qual pendia uma lâmpada amarela.

Em um canto, havia uma pilha de malas e baús de couro vintage. Em uma das paredes, um quadro de avisos mostrava uma tábua de marés e uma fotografia, em tom sépia, de um militar com um bigode exuberante que nos encarou. A outra parede estava quase completamente coberta por livros contábeis encadernados em couro.

Era surpreendentemente menos tosco do que eu esperava.

— Bem, estamos atrás de chaves, interruptores, coisas estranhas em pinturas, qualquer coisa — disse Quin, já tentando abrir as gavetas trancadas na escrivaninha.

— Algo assim? — perguntei, segurando uma pesada chave de latão.

— Onde você achou *isso*?

— No bolso do casaco — falei, indicando o cabideiro.

— Uau! — Os olhos cinzentos dele brilhavam.

Passando os olhos ao redor da salinha, eu me concentrei numa bandeja num canto, que tinha um bule de chá e dois recipientes de porcelana. Eu *sabia* que tinha algo escondido ali. O primeiro recipiente estava cheio de folhas de chá, dei uma boa sacudida, rearranjando as folhas e, obviamente, um pequeno cartão laminado com o número 67 surgiu.

— Minha nossa! Você tem o dom! — disse Quin quando mostrei o objeto.

Eu podia ver o respeito dele por mim aumentando.

— Não perca o cartão — disse ele. — Mas antes a gente devia tentar abrir essa escrivaninha com a chave.

A escrivaninha tinha nove gavetas, todas trancadas. Na quarta tentativa, uma delas abriu, revelando mais seis chaves.

— Nossa! Então agora vamos tentar todas as chaves em cada fechadura?

Dividimos a tarefa, três chaves para cada um. Esbarramos um no outro a cada tentativa, mas nada funcionou até — é claro — a última chave abrir a última gaveta, que deslizou e revelou um livro contábil encadernado em couro. Nós o folheamos rapidamente, tentando identificar alguma pista, mas todas as páginas estavam em branco.

— Isso deve significar alguma coisa — falei.

— Nem sempre, há muitas pistas falsas.

Totalmente concentrada, examinei a parede onde havia outros livros contábeis.

Quin começou:

— E esse cartão...

Mas, à frente dele, eu tinha avistado uma pequena lacuna entre dois dos livros na estante. Nem precisei conferir se os números de cada lado do espaço eram 66 e 68; eu tinha *certeza* de que eram. Coloquei o livro de contabilidade no vão e ouvimos um clique alto, seguido por um zumbido.

— Quin! O que está acontecendo?

Surpreendentemente, a parede de livros se abriu do chão ao teto.

— Tem outra sala — disse Quin, parecendo satisfeito. — Atrás dessa aqui.

Sentindo como se estivesse sonhando, entrei no novo espaço: um enorme quarto Art Déco com pé-direito alto, um vidro Lalique maravilhoso, espelhos fumês e piso claro de parquet. Ao longo de uma das paredes havia grandes vigias, através das quais se podia ver um oceano de verdade. Também era possível ouvir o som suave e o bater das ondas e o piar de aves marinhas.

Era emocionantemente convincente, um tipo de milagre audiovisual.

— *Caramba!* Meu Deus, Quin, eu *adorei* isso.

— É muito bom, não é mesmo? — disse ele, me olhando com aprovação. — Mas pense na pobre Mabel. Comece a procurar.

— Sim, mas... — Eu apontei para a cabeceira da cama, um incrível leque feito com a sobreposição de tiras de espelho. — Super *chique*. E o lustre!

O que estava sobre as nossas cabeças parecia a explosão de uma supernova gigante em cromo e vidro branco leitoso.

— Rachel, só temos mais trinta e quatro minutos.

— Tá bom! — Meu olhar percorreu rapidamente o quarto. — E esse quadro? Aposto que tem algo na parte de trás... — Toquei nas paredes cinza-prateadas. — Quin, isso é tecido! Seda, eu acho...

— Trinta e três minutos... Ok, Rachel. Agora você já está me assustando — disse ele, que havia retirado o quadro da parede e estava desdobrando algo preso na parte de trás. — Um enigma. Como você é tão *boa* nisso?

— Sorte de principiante?

Correndo contra o tempo, encontrei um luxuoso banheiro de mármore preto com uma iluminação branca difusa. Em seguida, um camarim espelhado decadente, contendo um conjunto de malas tão bonito que quase me fez cair de joelhos. Eram cinco peças em couro azul-claro: um baú grande, uma mala menor, uma caixa de chapéu, uma maleta de maquiagem e uma que poderia ter sido uma maleta de médico.

— Ei! — Quin tinha me seguido.

— Eu *sei*.

— Não — disse ele, mexendo na combinação do cadeado do baú maior. — Aposto que é isso que estamos procurando, os números que abrem isto aqui. Foco no jogo, Rachel.

Voltei a me concentrar.

O enigma da pintura nos levou a quatro números diferentes, escondidos pelo quarto. As pernas de cromo do criado-mudo, que tinham a forma de um grande X, nos deram 1 e 0. Um padrão geométrico recorrente no tecido de um tapete revelou-se ser um 8. E, na parede do banheiro, um número 9 se revelou no feixe de uma tocha ultravioleta.

Mas ainda tínhamos de encontrar a sequência correta dos quatro números e restavam apenas três minutos.

Eu estava tão concentrada no resultado que mal conseguia respirar. Primeiro, Quin tentou uma combinação, que eu decorei, depois falou:

— Minhas mãos estão tremendo, faz você.

Tentei a combinação. Nada. De novo. Nada. Outra vez. Nada. E de novo. De repente... um clique.

— Minha nossa, Quin, acho que é isso! E se os brincos não estiverem aqui dentro... — Eu tremia de ansiedade. — Acho que vou *morrer* de verdade.

O cadeado abriu, então nós dois puxamos a mala aberta e uma onda de adrenalina me tomou quando vi os dois amontoados de brilhantes. Quase entrei em órbita.

— São eles! Achamos!

Impulsionada pela onda de vitória, levantei a mão para um *high-five* ao mesmo tempo que Quin se aproximava para um abraço. Acabei acertando o rosto dele sem querer.

— VOCÊ JURA que não veio aqui ontem à noite e fez uma rodada experimental?

— Juro.

— Você tem talento para encontrar coisas escondidas.

Dei de ombros.

— Não tenho. É que pareciam lugares óbvios para um esconderijo. Mas foi bem arriscado. Se não tivéssemos encontrado os brincos e a coitada da Mabel fosse condenada, morreríamos de culpa.

— Eu sabia que a gente ia encontrar.

— Isso é coisa de homem? Essa autoconfiança?

— É coisa minha — disse ele, dando de ombros, e acrescentando na sequência: — Gosto de você.

— Você não me conhece.

— Tem alguma coisa rolando aqui, e você sabe.

— Bem, eu não estou procurando nada.

— Entendo. Eu me sinto sozinho. Morro de vontade de estar com alguém, mas também morro de medo de compromisso e sempre acabo estragando tudo. E você, qual é a sua história?

— Meu marido... — Ainda era muito difícil dizer "meu marido me deixou", então recomecei. — Meu casamento acabou. Nós nos amávamos muito... Não sei se vou superar.

Quin parecia interessado.

— Claro que vai. Você só precisava me encontrar.

— E por que *você* se divorciou?

— Hum... Então. Eu transei com outra pessoa.

Mesmo que fosse a história mais antiga do mundo, ainda assim me chateou.

— Foi isso — disse ele, suspirando. — Eu me perguntei se deveria contar logo de cara, mas quando não falo logo no início, as pessoas ficam com raiva quando *conto...*

— Por "pessoas" você quer dizer mulheres?

— Isso. Então ou sou julgado logo de cara ou mais tarde.

— Talvez você não devesse ter traído.

— Não há talvez nesse caso. Eu sou todo errado. Tipo, todo errado *mesmo*. Mas estou tentando melhorar. Tenho feito terapia. Completei onze semanas sem perder nenhuma sessão. E estou voluntariamente... — Quin hesitou. — Celibatário.

— Ah, é?

Fiquei surpresa. A tal coisa rolando aqui *não* parecia ser de amigos celibatários.

— Mas não é para sempre — acrescentou ele rapidamente. — Eu só precisava dar um tempo com as coisas sem sentido.

— E foram muitas as "coisas sem sentido"?

Ele me olhou com cautela e deu de ombros levemente.

— Algumas.

Senti verdade.

— E há quanto tempo esse "celibato voluntário" vem acontecendo?

— Hum... Uns cinco meses, talvez.

— Desde outubro, então?

Ele pensou.

— Acho que não chegam a ser *cinco* meses. Em que mês estamos? Março? Não saí com ninguém este ano.

— Ou seja, nem três meses.

— Hum, pensei que fosse mais tempo. Certamente parecia.

Rachel! Isto é um sinal de alerta.

Eu concordava plenamente com minha voz interior, algo que nem sempre acontecia. Eu não estava preocupada caso Quin me machucasse. Como eu nunca amaria outro homem como amei Luke, me sentia invulnerável. Mas a última coisa que eu queria era drama.

Houve um momento durante a resolução do enigma, quando estávamos muito perto um do outro, tentando abrir gavetas etc., em que senti uma faísca. Quin exalava um cheiro... algo que eu só consigo descrever como *atraente muito perigoso*. Pela primeira vez em anos, meu corpo reagiu como o animal que era e senti um desejo ardente.

Então agora, à luz dos sinais de alerta, eu estava *desapontada*.

Peguei minhas chaves e o celular.

— Obrigada, Quin. A noite foi ótima, mas já vou.

8

Meu Deus, são quase duas horas! Os melhores lugares já tinham sido ocupados na Ala do Abade, mas consegui um de nível intermediário. A última a chegar foi Trassa, que lançou um olhar significativo para a única cadeira restante: duas horas sentada nela era difícil até mesmo para quem não tinha articulações idosas. Imediatamente, Chalkie se levantou e indicou que Trassa se sentasse na poltrona estofada que ele ocupava.

Certo, era hora da história de vida de Trassa.

Havia momentos em que ouvir a versão da vida de um paciente era realmente prazeroso, quase como assistir a um bom monólogo no teatro. A de Chalkie, por exemplo, tinha sido instigante, quase insuportavelmente emocionante e, às vezes, hilária. Roxy, que trabalhava na indústria da música, havia apresentado uma história de viagens e glamour.

Trassa, no entanto. Meu Deus. Que coisa mais monótona.

E sem novidades. Trassa era habilidosa demais em proteger seu vício para deixar qualquer verdade escapar.

— Eu nasci em...

Daí por diante, ouvimos uma enxurrada de baboseiras sobre uma infância feliz na área rural de Carlow: escola, irmãos, pão de soda, caramelos... Fomos brindados com algumas histórias engraçadinhas, uma sobre ela e seus irmãos tentando pegar um carneiro fujão. É óbvio que alguém escorregou na lama e "desnecessário dizer" (embora tenha sido dito mesmo assim) o carneiro foi capturado.

A parte em que conheceu o marido e se casou com ele foi um clichê atrás do outro, assim como o nascimento dos cinco meninos. A frase "a mulher mais feliz da Irlanda" foi dita várias vezes.

Mas alguém *realmente* seria "a mulher mais feliz da Irlanda" ao dar à luz o quinto filho em onze anos? Sem anestesia? Sabendo que esse filho moraria numa casa superlotada, de três cômodos? Onde ela passaria quatro semanas de licença-maternidade antes de voltar ao emprego na linha de produção da fábrica de concreto da cidade?

Seguiram-se páginas de tédio sobre os anos escolares dos filhos, além de muitas menções aos problemas de saúde de Seamus Pai. De repente, me ocorreu que aquela era uma vida muito solitária. Sem referência a amigas, apenas seus três irmãos, os cinco filhos, o marido inválido, homens inúteis por toda parte, ocupando seus dias sem qualquer alegria real.

O vício em jogo foi apresentado em duas linhas; Trassa adorava a sociabilidade do bingo, e um bilhete de raspadinha no sábado à noite era "um pouco de diversão". O motivo que a levou a pegar quatro mil euros no cartão de crédito era ter um palpite para o Kentucky Derby. (Era o Kentucky Derby desta vez, não o Grand National; viciados contam tantas mentiras que muitas vezes acabam se enrolando.) Não foi culpa *dela* o cavalo ter caído.

— E fim — disse Trassa com um sorriso.

Como sempre, o grupo foi convidado a comentar, mas estavam todos estranhamente relutantes. Só a Roxy se manifestou:

— Mas você não falou nada sobre a sua dependência.

Sem saída, Trassa disse:

— Roxy, querida, tenho sessenta e oito anos, onze netos, estou aguardando um novo quadril. Não tenho *nenhuma* dependência.

— Você está tentando nos manipular — repreendeu Roxy. — Tipo, não podemos chamar você de viciada só porque é uma senhora idosa.

— Se eu tivesse ideia do que você está falando... — O rosto de Trassa era de perplexidade.

Eu virei para a minha esquerda.

— Chalkie.

— Sim, senhora! — disse ele, que endireitou a postura e me cumprimentou.

— Por que você cedeu a sua cadeira para Trassa? No início da sessão?

— Porque esta aqui... — Ele se balançou tão forte que quase caiu. — Pertence à Baía de Guantánamo.

— Você teria cedido a cadeira para Giles?

— Hum, *não*. Não suporto o chefe.

— E para a Harlie?

— Harlie? Harlie é jovem e forte — disse ele, e, de repente, sua voz diminuiu.

— E Trassa não é jovem e forte? Você cedeu seu assento por respeito à idade dela?

— Não. Sim. Não sei. Talvez.

— Vocês não estão ajudando Trassa ao protegê-la da verdade — falei, séria. — Isso é o que vocês deveriam ter dito: "Trassa, a raspadinha de sábado à noite não é nada parecido com sacar quatro mil de um cartão de crédito que você obteve de maneira desonesta usando o nome do seu marido, apostar em um cavalo e depois não conseguir pagar." — Olhei para Chalkie. — Diga algo útil para Trassa.

— Ah, *Rachel*... — resmungou ele, incomodado. — Dedos-duros...

— ... Não são bem-vistos, e eu sei disso. Mas Trassa precisa da sua ajuda, ok? Anda.

— Trassa — começou Chalkie, e pigarreou. — Eu pensei que a aposta fosse, tipo, cem euros. Quatro mil é muito diferente. Isso é muito dinheiro.

A expressão dela foi de desprezo.

— Você é viciado em heroína, que é o mais baixo a que se pode chegar.

O grupo ficou chocado. Dependentes tendiam a atacar quando suas mentiras eram desmascaradas, mas aquela era a primeira vez que víamos Trassa fazer isso. De repente, todos os presentes estavam olhando para os próprios pés, com medo de que eu os escolhesse.

— Giles.

Era possível ler "Que merda" em seu rosto. Nervoso, ele disse para Trassa:

— Por que você pegou um cartão de crédito no nome do Seamus Pai? Isso não é... fraude?

Imitando o sotaque de Giles com uma maldade impressionante, Trassa respondeu:

— Fazer um *ménage à trois* com sua primeira e segunda esposa enquanto está casado com a terceira... Isso não é... *fraude*?

A vergonha silenciou Giles. Finalmente, ele conseguiu dizer:

— Para ser preciso, isso é adultério, o que é moralmente errado. O que você fez é um crime real.

Depois de um breve silêncio atordoado, Trassa começou uma defesa vacilante.

— Bom! Está tudo muito bem para o Sr. Giles Cheirador, não é mesmo? Que tem dinheiro de sobra. Mas, para gente decente como eu, que ganha dinheiro *honestamente*, fazemos o que podemos para sobreviver. O que é meu é do meu marido e o que é do meu marido é meu — disse Trassa, e, com um olhar de desprezo, acrescentou: — Você com suas exposições de arte, navegando pelas ilhas gregas ouvindo ópera, nunca vai entender como é a vida de uma mulher como eu, então cala essa sua boca!

Giles obedeceu prontamente. *Todos* mantiveram a boca fechada. O controle de Trassa sobre o grupo era extraordinário.

— Trassa — falei. — Você não está entendendo. O que você fez é ilegal.

— Mas não é errado — retrucou ela em voz alta.

Harlie, que até agora estava enrolando o cabelo e olhando para o horizonte, sentou-se de pronto, de modo que toda a sala olhou para ela.

— Estou cansada dessa merda, Trassa. Você mentiu pra todo mundo aqui, dando a entender que tinha pegado uns cinquenta euros.

Meu coração pulou. Por quase uma semana Harlie estava zangada e preocupantemente distante, então esse rompante indicava progresso.

— Menti? — Trassa explodiu. — Quando foi que eu menti?

— Isso se chama "mentir por omissão" — interferiu Giles, de repente tomado de coragem.

Harlie lançou um olhar de escárnio.

— Obrigada, Giles, eu não tinha, tipo, literalmente nenhuma ideia — disse ela, e então se voltou para Trassa. — Você é uma mentirosa.

— Não, eu...

Mas Trassa ficou sem palavras. Ela parecia confusa.

Finalmente estávamos progredindo. Trassa já não se mostrava convencida das próprias mentiras e eu precisava deixar isso de lado por um tempo, a fim de permitir que a verdade começasse sua sagrada rearrumação interna.

9

Era quinta-feira à noite quando Brigit me ligou de volta. Podíamos passar semanas sem nos falar, mas nossa conexão permanecia tão forte quanto era quando morávamos juntas em Nova York, há mais de vinte anos.

Na época em que entrei em reabilitação, Brigit se apaixonou por um homem do Condado de Galway, com um papinho manso e um olhar travesso. Como todos, o cara "trabalhava com TI". Os dois passaram por alguns anos difíceis no início, apertados num pequeno apartamento no Queens com os dois filhos pequenos, depois voltaram para a Irlanda, construíram a casa dos sonhos (que também era a minha casa dos sonhos) na remota e rochosa fazenda da família de Colm e tiveram mais dois filhos.

Em termos de transformação de vida, a deles foi deslumbrante.

— Quanto maior a cidade, mais eu gostava — disse ela. — E você sabe que tentei muito fazer Nova York funcionar para mim. Quem diria que eu seria mais feliz morando numa península remota, com quatro crianças selvagens, a doze minutos da loja de bebidas mais próxima por uma estrada acidentada?

Mais de uma vez, Brigit disse: "Eu adoro ficar grávida. Teria tido mais quatro filhos sem problemas. Mas Colm e eu estávamos exaustos. Acho que teríamos morrido."

Tudo sobre morar na cidade grande desapareceu para ela — escovas progressivas, roupas da moda, ambição sem limites —, mas, reluzindo de alegria e com uma intensa curiosidade sobre todos, Brigit estava linda.

"Como sou privilegiada por morar num lugar onde conversar é um hobby legítimo!", afirmava ela frequentemente.

Porque, pelo amor de Deus, Maumtully era o ponto de encontro ideal para bate-papos (a cidadezinha onde ficava a adega, que também tinha um caixa eletrônico, uma loja de ferragens, uma "de moda masculina", uma farmácia/veterinária, várias galerias de arte, cerca de cem lojas de suéteres irlandeses feitos à mão e um pequeno hotel). As conversas surgiam nas filas, no corredor do mercado, ao redor de uma lata de tinta misteriosamente abandonada no meio da Rua Principal.

Mais do que qualquer pessoa, Brigit tinha testemunhado o pior da minha dependência. Ela fez muito para me proteger e, no momento crucial, percebeu que eu havia tomado muitos comprimidos e chamou a ambulância. Devo a Brigit o fato de eu estar viva.

— Desculpe ter demorado tanto para retornar — disse ela.

— Me conta o que aconteceu.

As histórias dela eram as *melhores*.

Talvez o motor do barco que levava os alunos de botânica para a ilha tivesse quebrado e Brigit tenha precisado dirigir até Galway para buscar um novo e depois remar até o barco levando oito mantas térmicas de alumínio porque os alunos poderiam estar com hipotermia. Ou talvez o hotel do casamento de Geraldine Skerrett com um astro galês do TikTok tenha inundado, o que significava que dezenove hóspedes precisavam urgentemente de acomodação, então Brigit e Lenehan (seu filho mais velho) tiveram que limpar e aquecer o celeiro que alugavam pelo Airbnb em um ritmo frenético?

— Nada dramático desta vez — respondeu ela. — Só uma série de pequenos desastres. Então... A mãe do Luke...

— Decidi que vou — falei.

— Ótimo — disse ela, parecendo gostar. — Parece... *certo*.

— Por que você acha isso?

Eu creditava à Brigit algumas modestas habilidades psíquicas. Das quais, devo dizer, ela não fez nada para negar a existência.

— Ah, Rachel. Só parece... — Ela fez uma pausa. — Parece o *certo* a fazer.

— Decepcionantemente prosaico.

— Coitado do Luke. E, se você encontrar Joey Armstrong, dê uma piscadinha para ele por mim, ok? Pelos velhos tempos... Quando você vem nos visitar?

Suspirei de saudade daquela península atlântica, um lugar de uma beleza incomumente espetacular, onde rochas cobertas de líquen brotavam da terra ao lado de árvores tortas pelo vento.

Sem falar na casa da Brigit! Três paredes eram feitas com uma pedra azul-esverdeada da região, e a quarta, nos fundos, era quase toda de vidro. Adequadas a uma família agitada, as áreas comuns eram todas arejadas, em arquitetura escandinava fluida, ao passo que os quartos, com suas camas altas de madeira e colchas simples, eram aconchegantes. Sempre que eu a visitava, dormia como uma pedra.

A viagem, porém, era o problema.

— São só quatro horas — disse ela.

Mas parecia muito mais.

— As estradas é que são ruins — admitiu ela.

— Elas são boas até Galway. — Era isso que sempre dizíamos.

Depois de Galway, no entanto, elas ficavam estreitas e esburacadas, até se transformarem numa trilha acidentada de mão única e, se você tivesse a má sorte de encontrar um veículo no sentido contrário, teria que voltar de marcha a ré por cerca de oito quilômetros, evitando que as rodas traseiras caíssem nas valas.

(E — embora eu ficasse constrangida por admitir isso — dirigir no crepúsculo por aquela região me assustava; eu tinha medo de encontrar um púca, apesar de ele não existir.)

— Você viria para o aniversário da Queenie? Dia vinte e nove de março? Venha com o Quin passar o fim de semana.

— Espera, deixa eu ver aqui... Putz, estaremos em Barcelona. É nosso aniversário de namoro. Desculpe, Brige.

— Noooossa, aniversário em Barcelona! Isso parece... sério.

— Hahaha, para com isso!

— Mas parece, Rachel.

— Eu te amo, tchau, a gente se fala!

10

A manhã de sexta-feira estava seca, o céu, azul. Na igreja, o estacionamento gigante parecia quase cheio, e Kate e eu tivemos que parar o carro bem longe. Já eram quase dez horas quando chegamos à entrada principal. O agente funerário e algumas outras pessoas com ar oficial vagavam pelo pátio, mas nem sinal da família Costello.

— Meu Deus, está *congelando*.

Eu tremia no meu casaco preto. Mas o que esperar do início de março?

— Na verdade, não está tão frio assim — disse Kate, parecendo preocupada. — Você está bem?

— Estou. Eu... Você não está mesmo sentindo frio?

— Não, juro.

— Então devo ser eu.

— Anda, vamos entrar — pediu ela, pegando minha mão.

De repente, houve uma mudança, um murmúrio, entre as pessoas que estavam aguardando. *Eles chegaram.*

Congelada no lugar, observei a chegada do carro funerário acompanhado por mais dois carros pretos. Tudo parecia acontecer em câmera lenta. A família Costello, todos vestidos de preto, desembarcou. Havia os dois irmãos do Luke, com as esposas e os filhos, sua irmã, com o marido dela e os filhos também. Um tempo atrás, eu pertencia àquela família.

Um dos sobrinhos parecia tanto com Luke que, por um momento, senti como se voltasse no tempo, para os meus vinte e sete anos.

— Rachel... — sussurrou Kate, e foi quando percebi que estava cravando as unhas na palma da mão dela.

— Desculpe!

Luke não estava à vista em lugar algum e... De repente, para minha surpresa, lá estava ele, ajudando um idoso. Seu pobre pai, que parecia muito mais frágil, acomodava-se numa cadeira de rodas. Com carinho, Luke ajeitou as pernas do pai e ajustou seu casaco.

Fiquei chocada ao perceber como Luke não tinha mudado. Nada de calças jeans apertadas e jaquetas de couro, é claro; por conta da ocasião, ele vestia um terno escuro, e tinha uma expressão mais sombria ainda. O cabelo estava brilhante como sempre, embora agora mais curto. Antigamente era eu quem cortava seu cabelo; me pergunto quem será responsável por isso hoje em dia.

— Rachel — chamou Kate, acariciando meu braço. — Para de encarar.

Tarde demais. Notei a mulher de mãos dadas com Luke. De relance, vi seu casaco preto longo, lábios com um batom brilhante e sapatos elegantes. Mesmo sob o frio que me envolvia, de repente, eu estava ensopada de suor.

Isso é real? Isso está mesmo acontecendo?

O caixão deslizou suavemente para fora do carro funerário e os homens robustos da família prontamente avançaram para pegá-lo. Luke, os dois irmãos, o cunhado, o sobrinho, cuja semelhança com Luke era notável, e um outro jovem de cabelos castanho-escuros.

— Vamos entrar — sussurrou Kate, me conduzindo adiante.

Claire tinha enfatizado que o passo crucial era registrar meu nome no Livro de Condolências, que estaria logo à entrada. "Vai ficar registrado que você esteve lá. Nem é necessário ficar muito tempo. Basta assinar e ir embora."

Mas, com o caixão tão perto, não havia tempo suficiente.

Claire também sugeriu que nos sentássemos perto de uma porta lateral, caso precisássemos sair à francesa, mas o lugar estava lotado e os assentos eram poucos. Kate e eu nos apressamos pelo corredor, o salto das minhas botas ecoando como marteladas em bigornas enquanto buscávamos freneticamente por algum lugar vago. Meu Deus, se não encontrássemos um logo, acabaríamos na primeira fila, ao lado da família! Só de imaginar... a ex-mulher, invadindo o enterro como uma doida desolada.

— Ali — sussurrou Kate, me empurrando para um lugar na sexta fileira. Abrimos caminho.

— Com licença... com licença, desculpe.

Havia, na verdade, espaço para uma pessoa só, mas qualquer porto seguro vale em uma tempestade.

Sentindo como se tudo aquilo fosse um sonho, meus olhos se voltaram para o grupo de homens à direita, algumas fileiras adiante. Mais velhos, mas não menos imponentes, os Homens de Verdade estavam presentes em peso. Meu primeiro impulso foi me encolher dentro do meu casaco preto. (Claire, que parecia saber tudo sobre enterros, me disse que as pessoas não usavam mais preto com tanta frequência, mas a cor me pareceu apropriada em um momento como este.)

De dentro da gola, lancei um olhar furtivo, questionando-me sobre como os rapazes haviam passado nos últimos seis anos. Tínhamos sido amigos; mas, quando perdi Luke, perdi todos eles também.

Lá estava o Joey Rabugento, a estrela em ascensão. (Na época, Brigit e eu concordávamos que se você *tivesse* que ir para a cama com um dos Homens de Verdade — digamos, numa situação hipotética de último homem na Terra —, Joey seria a escolha óbvia, com seu charme diferenciado e seu jeito brincalhão. No fim das contas, Brigit foi *mesmo* para a cama com ele.)

Sentado com os demais, Joey ostentava uma aparência próspera e sofisticada, com um terno elegante e o cabelo impecavelmente cortado. Por outro lado, Gaz ainda mantinha seu estilo característico: calças pretas muito justas, jaqueta de couro e muito spray fixador para domar seus fios rebeldes. Parabéns para ele, que não perdeu a essência. Johnno, quase irreconhecível, sucumbiu à calvície, assumindo a aparência típica de pai de família. E Shake, com a boa compleição de sempre, exibia a esplêndida cabeleira que lhe rendeu o apelido por ter cabelos balançantes.

Os acordes do órgão começaram e um cardume de Costellos disparou pelo corredor em direção aos seus lugares nas primeiras filas. Tentei dar uma olhada melhor na mulher que segurava a mão do Luke, mas ela estava com a cabeça baixa, então só deu para notar o cabelo louro na altura dos ombros e um rosto de feições delicadas.

O Sr. Costello surgiu, empurrado em sua cadeira de rodas pela irmã do Luke, Vanessa. Quando ele ficou nivelado com o nosso banco, nossos olhares se encontraram. Seus olhos castanhos e pequenos brilharam com surpresa e — talvez — carinho.

E então o caixão. Luke vinha pelo "meu lado" e, enquanto ele passava, com o rosto rígido, meu coração batia tão forte que pensei que ele ouviria. Ele deixou o caixão no suporte perto do altar e depois se sentou em um banco na frente, pedindo licença pelo caminho até chegar perto da garota. De trás, observei enquanto ela pegava a mão dele e eles se sentavam juntos, com seus corpos colados.

Com pigarros e movimentos de cadeiras, a missa começou, e a realidade foi tomando forma. Luke estava ali, do outro lado do corredor. Com outra mulher.

Nos meses, até anos que precederam essa ocasião, eu fiquei bem. O modo como terminamos provavelmente seria uma mágoa eterna, mas eu estava bem com isso. Em paz, na verdade.

Mas ali, naquela igreja, o salto temporal estava me deixando tonta. Em um minuto, Luke e eu éramos as pessoas mais importantes do mundo um para o outro; no seguinte, mais de meia década depois, tínhamos sido relegados ao passado um do outro. Era *insano*.

Foi então que notei algo terrível acontecendo abaixo dos meus joelhos. Uma sensação pulsante, como se minhas panturrilhas fossem explodir para fora das botas de cano alto de couro, feito Hulk rasgando sua camiseta.

O problema eram minhas panturrilhas. No geral, meu tamanho era M, mas minhas panturrilhas pareciam ser anormalmente grossas. Era quase impossível encontrar botas que fechassem até os joelhos. Este par específico tinha sido aprovado porque, se eu me deitasse no chão e pedisse para Kate fechar o zíper, elas quase fechavam até o topo. Mas eu não deveria ter desperdiçado meu dinheiro. E *certamente* não deveria tê-las usado hoje. Fui ingênua por achar que a elegância do couro preto junto ao casaco preto causaria uma boa impressão. Bem, vamos ver o quanto as pessoas ficariam impressionadas se minhas pernas explodissem.

Enquanto eu tentava afastar a preocupação, o padre anunciou que Luke faria uma leitura. Ele subiu os degraus do altar e se posicionou atrás do púlpito, o rosto tão pálido quanto a camisa branca, a expressão tão austera que era difícil acreditar que um dia ele me lançara uma cantada tão brilhante quanto "Suponho que um passeio esteja fora de questão?".

Com o olhar fixo para baixo, ele engoliu em seco antes de começar, sua voz baixa e rouca: "Lembre-se de mim quando eu me for..."

Ah, Deus, *esse* poema não. Na mesma hora meus olhos se encheram de lágrimas, que começaram a escorrer pelo meu rosto.

Luke fez uma pausa de alguns segundos antes de continuar: "For embora para a terra silenciosa."

Outra pausa. "Quando você não puder mais segurar minha mão..."

A voz dele falhou nas últimas duas palavras, mas depois ele continuou: "Nem eu ao virar para partir, mas querendo ficar." Desta vez, a pausa se prolongou demais. Seu irmão Mattie já estava a caminho para ajudá-lo.

Luke começou a descer, pálido e curvado, mas de repente olhou para cima, varrendo a congregação com o olhar. E então, no mar de rostos em choque, ele me viu. Nossos olhares se encontraram e percebi o brilho nos olhos dele com um reconhecimento repentino.

Tentei ler alguma coisa — qualquer coisa — em sua expressão, mas seus olhos ficaram distantes e então, com desdém, ele olhou para longe, me deixando trêmula dos pés à cabeça.

Eu me senti completamente humilhada. Só naquele momento consegui admitir que mantinha, sim, uma esperança, uma fantasia absurda de que Luke cairia de joelhos dizendo que nunca tinha deixado de me amar.

Eu me senti constrangida. Um caco. Destruída.

O restante do enterro passou como um borrão, terminando com o caixão sendo levado pelo corredor da igreja, a família caminhando tristemente atrás dele. E, quando Luke passou por nosso banco, sua cabeça permaneceu baixa.

A família estaria esperando na frente da igreja, onde as pessoas poderiam prestar condolências pessoalmente, então falei para Kate:

— Vamos sair pela porta lateral.

— Você não quer falar com ele?

Não. Eu precisava me afastar o mais depressa possível. Não havia espaço para sermos amigos. O olhar vazio dele me confirmou isso.

A realidade era que havia passado muito tempo, ele tinha conhecido outra pessoa e eu também. A situação estava tão definida quanto poderia estar.

— É melhor assinarmos o livro — lembrou Kate.

Não havia necessidade, ele me viu, ele sabia que eu estava lá.

Saímos discretamente, mas, para chegar ao estacionamento, tivemos que atravessar o pátio da igreja, onde as pessoas estavam se reunindo. De cabeças baixas, Kate e eu fugimos rápido, minhas canelas em agonia, mas inexplicavelmente também dormentes.

— Rachel? — alguém chamou.

— Ah, não — sussurrei.

Kate e eu corremos ainda mais rápido.

— Rachel! — A voz estava muito mais perto.

Não havia escapatória, então parei, me virei e vi o irmão do Luke, Justin, e um homem mais jovem, aquele que se parecia com Luke na casa dos vinte anos.

— Ah, eu imaginei que fosse você! — disse Justin.

Abraçá-lo me pareceu natural.

— Sinto muito, Justin. Sua mãe era um amor.

— Margie era uma figura — concordou ele, dando uma meia risada. — É um dia triste. — Então ele se virou para Kate e estendeu a mão. — Justin Costello.

— Já nos conhecemos — disse ela, timidamente. — Há muito tempo, no casamento da Rachel e do Luke. Eu sou Kate, sobrinha da Rachel.

— Uau — disse ele, parecendo levemente chocado. — A gente não sente o passar dos anos, mesmo. — Justin empurrou o jovem para a frente. — Esse é Devin, meu filho mais velho.

— Devin? — Não consegui esconder minha surpresa. — Da última vez que nos vimos você tinha uns doze anos!

De perto, ele não era tão parecido com Luke mais novo. Tinha o mesmo cabelo preto e um tipo de corpo similar, mas seus olhos não eram profundos e misteriosos como os de Luke.

Educadamente, ele apertou as nossas mãos.

— Você vai lá em casa? — perguntou Justin. — Na minha casa, em Rathmichael. Todos estão convidados, adoraríamos que você fosse.

Uma casa. Da família Costello.

De jeito nenhum. Eu precisava me afastar da família Costello, da família toda.

— Não acho que seria uma boa ideia... — Principalmente com o Luke e sua nova mulher lá. — Mas... — Minhas lágrimas começaram novamente. — Só me diz... como ele está? Ele está bem? — Meio rindo, acrescentei: — Além do fato de que sua mãe acabou de falecer, é claro.

Justin pareceu triste e constrangido.

— Ele está bem, ele está bem. Não se preocupe com ele.

— Você poderia... transmitir os meus pêsames?

— Você pode dizer a ele pessoalmente no almoço. Venha, Rachel, adoraríamos te ver. Papai ia gostar de verdade de te ver lá.

Automaticamente, olhei para além de Justin, para o grupo da família Costello que estava reunido perto do carro funerário. De sua cadeira de rodas, o Sr. Costello nos observava. Ele encontrou meu olhar e então levantou a mão gentilmente. Que *diabos*?

Vá para o almoço.

Contraí o maxilar.

— Certo. Nós vamos.

— Ótimo. Nos vemos lá.

Segurando o braço da Kate, voltamos para o carro. Quando estávamos longe o suficiente para falar sem sermos ouvidas, Kate perguntou:

— Nós vamos mesmo?

— Não. Eu não posso ir só para agradar ao pai do Luke.

— Você mentiu?

— Só estava sendo irlandesa, Kate. Justin continuaria insistindo até que eu concordasse. Foi mais fácil fingir.

11

Ted deu uma olhada em mim.

— Vai para casa.

— Não. Estou bem.

Bom, eu *vou ficar*. Mergulhar no trabalho sempre ajudava.

— Você não parece bem — retrucou Murdo. — E onde estão seus sapatos?

— Botas, na verdade. Precisei tirar antes que minhas pernas explodissem. Só preciso trocar de roupa e já fico pronta.

— Rachel — disse Ted. — Murdo pode te substituir...

— Ted. — Encarei-o com meu olhar mais sincero. — Estou bem. Obrigada. E muito obrigada, Murdo. Meu novo paciente chegou? Certo, preciso achar a Priya.

Encerrei a discussão me afastando.

Eu vou ficar bem, disse a mim mesma. Vou ficar mais do que bem, vou realmente ficar bem... não vou?

Difícil dizer. Talveeeez você devesse ter ido à casa do Justin?

Às vezes, minha voz interior podia ser irritantemente convencida.

Vinte anos atrás, Nola se tornou minha madrinha de recuperação com a condição de que eu "encontrasse um poder superior". Eu *realmente* não queria... desistir das drogas já tinha sido suficientemente difícil para ainda ter que barganhar com esse lance de espiritualidade.

Mas, no fim, uma coisa tranquila e gentil começou a surgir, e eu mantinha diálogos internos com algo que não parecia ser eu. Naquela época, isso era o máximo que eu conseguia compreender. No entanto, ao longo dos anos, a voz na minha mente amadureceu, adquirindo uma personalidade distinta. Às vezes, ela se tornava quase insuportável.

— Rachel! — Lá estava a Priya.

No escritório ao lado, ela me atualizou sobre Ella Black. A nova paciente tinha se mostrado descontente em entregar o celular durante a estada, algo nada incomum. Era assim com todos. Eu mesma teria reclamado se tivesse um celular na época.

Também não foi surpresa ouvir que Ella tinha perguntado sobre aulas de ioga — quase todas as mulheres admitidas no Claustro eram *obcecadas* por exercícios, pensando que o verdadeiro benefício da reabilitação seria a chance de perder alguns quilos. Algo do tipo, que se *dane* aprender as ferramentas para superar um vício, o que realmente as deixava animadas era ter seis semanas ininterruptas para ficarem fortes, sem ficarem magras. (Eu já fui assim.)

Descobrir que não tínhamos academia, nem piscina, nem nada do gênero, geralmente era um momento interessante — objeções raivosas e agudas nas quais frases como "alto astral natural", "me mantém sã" e "direitos humanos" eram usadas. (Eu, outra vez.)

O divertido é que ao descobrirem que fariam muito exercício limpando banheiros, aspirando corredores e mantendo a casa toda limpa e cheirosa, as pessoas ficavam ainda mais furiosas. (Mais uma vez eu.)

As malas da Ella foram revistadas, e o inevitável contrabando foi confiscado. (Mais uma vez eu. Tentei entrar no Claustro com um frasco de Valium.)

— Mas os exames de sangue dela vieram limpos — disse Priya.

O que significava que ela podia ser aceita.

Na sala de jantar, havia uma jovem com o braço enfaixado que só podia ser Ella. Vestindo uma calça de ioga, tênis e um suéter (que eu tinha numa cor diferente), notei um verdadeiro brilho nela. Com cabelos escuros brilhosos e sardas, ela era bonita e tinha uma aparência saudável.

— Ella? Sou Rachel, sua terapeuta. Tudo bem? Pode vir comigo para conversarmos um pouco?

Em uma sala de atendimento, nós nos sentamos frente a frente.

— Como você está se sentindo? — perguntei.

— Ah, você sabe — disse ela, e seus olhos se encheram de lágrimas. — Isso nunca fez parte do meu plano de vida.

— Ficar viciada em comprimidos para dormir?

— Não, eu quis dizer... Acabar numa clínica de reabilitação.

— E quanto a ficar viciada em comprimidos para dormir? *Isso* fazia parte do seu plano de vida?

— Bom, não, porque não sou viciada — respondeu ela, e seus olhos pareciam claros e sinceros. — Eu não sou.

— Então...? — Fingi confusão. — Por que você está aqui?

— Meu namorado e minha melhor amiga meio que surtaram. Houve um problema com o carro do Jonah, e eles exageraram.

— E quanto ao seu chefe? Boyd?

Ela pareceu surpresa que eu soubesse quem ele era.

— Boyd também exagerou.

— Bem, isso é muita gente surtando.

— Eu sei o que parece. — Ella estava ansiosa para explicar. — No papel, os fatos são ruins. Mas eu me conheço razoavelmente bem. Eu *saberia* se tivesse algum problema. E, acredite em mim, se tivesse mesmo um, eu ia querer lidar com isso.

— Então por que você está aqui?

— Achei que se eu ficasse aqui por algumas semanas eles parariam de surtar.

— Humm, entendi. Então você veio para provar que não é viciada?

De vez em quando eu fazia o papel da policial boazinha.

Ela encontrou meu olhar.

— E eu também sei como isso parece. Mas eles estavam me pressionando tanto que pareceu mais fácil ceder.

Meus pacientes nunca paravam de me surpreender. Eles podiam se convencer de que o dia era noite só para continuar com o vício. De vez em quando, a realidade poderia se impor, mas, na maioria dos casos, eles realmente acreditavam que poderiam justificar a bebida, os comprimidos, as apostas ou os convites para sexo casual. Não importava quem fossem: pessoas razoáveis, inteligentes, educadas. O vício era a onda que varria os fatos, o bom senso, a bondade, tudo o que era bom.

— Certo. Então eu gostaria que você começasse a escrever sua história de vida — falei, passando um papel para ela. — Este é um modelo. Como você pode ver, gostaríamos que desse ênfase ao seu relacionamento com as drogas.

— Mas eu não sou...

— Certo, mas escreva mesmo assim.

— Claro! — disse ela, muito animada e positiva. — Por que não?

— Você pode voltar para a sala de jantar e a gente se vê no grupo em quinze minutos, ok?

MAL EU HAVIA garantido o melhor lugar na Ala do Abade, Ella entrou tropeçando, acompanhada por Giles. Nenhuma surpresa, pois Giles flertava com as mulheres tão automaticamente quanto respirava.

Identificando minha cadeira com pernas tortas desde a manhã de quarta-feira, ele instruiu Ella:

— Evite essa cadeira a todo custo. E aquela também. Mas esta é boa.

Assim que Ella se sentou, Dennis passou pela porta. Estando aqui há menos de uma semana, Dennis já tinha a "sua cadeira" e parou de repente ao ver Ella sentada nela. Ella — sintonizada com os humores dos outros — levantou-se rapidamente.

— Desculpe! Este lugar é seu?

Dennis, com sua necessidade profunda de ser amado, declarou:

— De jeito nenhum, de jeito nenhum. — E, com isso, de alguma forma ele foi capaz de transmitir que, sim, aquela *era* a sua cadeira, mas que ele era uma pessoa extraordinariamente flexível que a deixaria ficar e a receberia de braços abertos. — Sente-se, sente-se — disse ele, acenando e, com um tímido "Obrigada", Ella se sentou.

O próximo a chegar foi Chalkie, depois Harlie e imediatamente a energia na sala mudou. Harlie e Ella se avaliaram e uma vibração surgiu entre elas. Era óbvio que Harlie achava que Ella, com suas sardas e cabelos naturais desalinhados, era patética. E Ella achava que Harlie, com seus alongamentos de cabelo e maquiagem elaborada, era ridícula.

Foi um ódio mútuo instantâneo.

— Ella — comecei. — Você poderia se apresentar?

— Humm, sim, eu sou... Meu nome é Ella, sou nascida em Waterford, mas agora moro em Dublin e sou mamãe do melhor gato do mundo.

— Tem cachorro? — perguntou Dennis. — Tenho muito respeito por gatos, mas... você já cogitou a hipótese de que seu pet está te julgando? Cachorros não se importam com o que a gente faz, mas gatos...

— De jeito nenhum. Mooch é *divertido*, ele...

— *Noooossa!* — sussurrou Harlie.

— Algum problema?

O tom de Ella era afiado, o que fez Chalkie sorrir. O que, por sua vez, fez Ella se concentrar nele e em seus olhos azuis carismáticos, ficando ligeiramente corada.

— Ella — interrompeu Roxy. — Por que você está aqui?

— Desculpe — disse Ella, rindo e ficando mais corada, o que a deixava fofa e muito charmosa. — Eu poderia ficar falando sobre gatos o dia todo. Então, estou aqui porque aconteceu uma coisa meio doida, eu tive uma reação medicamentosa esquisita. Eram medicamentos *prescritos*... por um médico.

— E...? — provocou Dennis.

— Meu namorado estava surtando — continuou Ella. — Minha melhor amiga também, por causa da minha reação aos comprimidos. Todos falaram: "*Você vai acabar morrendo*" — disse ela com uma voz engraçada, arrancando risadas de Dennis e Trassa. Os outros, no entanto, ficaram pouco impressionados. — Eu sei que estou bem, mas pareceu mais simples dar entrada aqui para eles pararem de se preocupar.

— Você gostaria de contar ao grupo os fatos que desencadearam tudo isso? — perguntei.

— Ah... Tudo bem! Então... em fevereiro, um ano atrás, eu voltava do trabalho. Era tarde, estava escuro. Eu estava andando até minha casa e duas pessoas, dois homens, simplesmente *surgiram do nada* e... e... — A cabeça dela pendeu para o peito e ela sussurrou: — Desculpe...

— Sem pressa, Ella.

— Eles me agarraram... Arrancaram minha mochila. Tudo meu estava dentro dela, meu telefone, minha carteira, meu notebook, todo o meu trabalho, minhas coisas...

— Eles te estupraram? — perguntou Dennis, sempre muito delicado.

Ela levantou a cabeça e o encarou.

— Não, mas eles me machucaram e me assustaram pra caralho — disse ela, olhando na minha direção. — Desculpe pelo palavrão.

O pedido de desculpas todo educado foi cômico. Se Ella fosse como os outros, em questão de dias a metralhadora de palavrões estaria ativada.

Esperei em silêncio. Eu tinha a sensação de que Harlie iria intervir.

Ela, como esperado, balançou sua espessa cabeleira e perguntou:

— E depois, o que aconteceu?

— Como assim?

— Você não está em reabilitação por ter sido assaltada. — Ah, o *sarcasmo*. — Em que você se viciou? — insistiu Harlie.

— Em nada.

— Comprimidos — disse Harlie. — Você disse que estava tomando comprimidos. E seus amigos disseram: *Você vai acabar morrendo*. Então, o que você *fez*?

— Eu não conseguia dormir. Sempre que fechava os olhos, sentia as mãos deles em mim e eu estava com muito medo. Meu médico disse que eu estava com TEPT... Então ele me prescreveu uns comprimidos para dormir.

— E...? — insistiu Harlie. — Ninguém está em reabilitação porque o médico prescreveu um remédio.

— Entendi...

Ella olhou para mim em busca de orientação, mas permaneci impassível. Era algo que eu achava muito difícil no início, essa coisa de ficar impassível. Meu impulso sempre é intervir e ajudar. Agindo por impulso, também sou uma pessoa que gosta de agradar.

— Então, ah... Bem, aconteceu uma coisa esquisita. Eu tinha tomado meu comprimido para dormir, estava na cama dormindo e, é muito louco, eu não me lembro de ter feito isso... Mas parece que eu saí com o carro do meu namorado.

— Você não se lembra de *dirigir o carro*? — atacou Harlie.

— Às vezes acontece com esses comprimidos — explicou Ella, toda sincera. — Nos Estados Unidos, há casos judiciais. A culpa é da medicação.

— Você chegou em casa em segurança naquela noite? — perguntei.

— Humm... não. Eu bati o carro numa parede.

— Bateu na janela da frente de uma casa — corrigi.

— Calma aí! — disse Roxy. — Então, foi assim que você quebrou a clavícula? Foi *esse* "o acidente"?

— Foi! — Ella estava sorrindo, mas com o rosto vermelho. Tinha sido descoberta.

— Eu pensei que você tivesse escorregado no gelo ou algo parecido — disse Roxy.

É *claro* que Ella tinha sido vaga sobre a causa de sua lesão, tentando de todas as formas desfazer qualquer ligação entre acidentes e comprimidos para dormir.

Ela tentaria se ater a uma versão simplificada e inofensiva do que tinha feito, mas a história verdadeira seria revelada ao longo dos próximos dias e semanas. A menos, é claro, que ela começasse a ter relações sexuais com um dos outros pacientes atrás do sofá na sala de recreação. E, a julgar pelos olhares de desejo que continuava lançando para Chalkie, tudo era possível.

12

Na sala dos funcionários, peguei minhas coisas.

— Você tem certeza de que está bem? — perguntou Murdo. — Quin vai voltar...?

— No domingo de manhã.

Eu queria que ele já estivesse de volta.

— O que você vai fazer agora?

— Encontrar a Claire em Dundrum para comer um hambúrguer. E contar tudo sobre o enterro.

— Dundrum — repetiu ele, fazendo uma careta. — Aquele monte de lojas e a cascata falsa... Bom, aproveite. Se isso for realmente possível. Até segunda.

— E ENTÃO? — Claire perguntou enquanto desmontava rapidamente seu hambúrguer, descartando o pão e me oferecendo as batatas fritas. — Você conseguiu falar com ele?

Neguei com a cabeça. Já estava arrependida de não ter ido à casa do Justin. Eu teria tido a chance de confrontar Luke, talvez interrogá-lo sobre os motivos que ele teve para me deixar, mas recusei.

— Mas ele me viu. Ele sabe que eu estive lá.

— Isso é bom... — Uma pausa significativa. — Como ele estava?

— Triste.

— Bem, isso é *óbvio.* — Por cerca de meio segundo, a expressão da Claire foi falsamente triste, depois ela mudou de assunto. — Mas ele ainda está... gato?

É, não tinha como fugir disso. Suspirei.

— Está, Claire. Ainda um gato.

— Cabelo preto e cheio? Olhos intensos e sombrios? Corpo ainda sexy pra caramba?

Senti náuseas.

— Sim. E sim. E sim.

— É... — Ela ficou num silêncio pensativo, depois me pegou de surpresa como um raio. — Sabe, eu ia dizer: "Que pena." Que talvez teria sido melhor para você se as coisas tivessem dado errado. Mas um cara tão gato quanto Luke Costello seria um desperdício para o mundo.

— Isso não está ajudando, ok? Só para constar, caso essa fosse a sua intenção.

— Desculpa, querida. Coma o seu... seja lá o que for essa coisa vegetariana. Mas olha, você vai se sentir esquisita por alguns dias. Vai dormir mal, tomar muito sorvete e os fabricantes de tênis do mundo inteiro devem se preparar para um aumento nas vendas. Mas tudo isso também vai passar.

Ela estava certa. Esse era o lado bom de não ser mais jovem: saber por experiência própria que os sentimentos, até os piores deles, se acalmam e acabam aliviando. Provavelmente não desapareceriam para sempre, é claro. Isso era outra coisa que eu tinha aprendido: a ideia de "encerramento" é irreal. Se eu sentisse uma emoção uma vez, ela ficaria arquivada *pa-ra sem-pre* e poderia ser reativada se as condições certas surgissem ou, mais precisamente, as *erradas*.

— Com que roupa ele estava?

— De terno.

— Fotos?

— Claire...

— Calças justas?

— Não de maneira obscena.

— Que pena... Ok, desculpe, Rachel, desculpe. Enfim! Por que você se importaria com Luke quando está pegando Nick Quinlivan? Quin é um cara sexy, é isso o que eu quero dizer.

Mesmo antes de Claire conhecer Quin, ela havia gostado do estilo dele. Ela me repreendeu por descartá-lo depois do primeiro encontro. "Ele foi sincero com você", disse ela. "Ele errou ao trair a esposa, e agora está tentando melhorar. E você honestamente acha que vai encontrar alguém que nunca tenha errado? É da natureza humana, todo mundo erra. Dê uma chance ao cara, pode ser?"

E, para minha surpresa, eu decidi que talvez fizesse isso mesmo. Percebi uma mudança em como me sentia em relação a mim mesma desde aquele retiro para meditação. Definitivamente, tinha havido algum perdão, alguma cura. Só isso já me fazia sentir algo positivo em relação a Quin.

E, inesperadamente, senti atração por ele.

Algo que descobri quando Claire perguntou:

— Como você se sentiria se ele ficasse por cima e metesse com tudo?

— *Oi?* — Fiz uma careta.

— Desculpe, desculpe. É o gel de testosterona. Desde que comecei a usar, penso em sexo doze vezes por segundo. Acho que é assim que é ser homem.

Era um mistério para mim os motivos que teriam levado o médico de Claire, diante de tudo o que está disponível atualmente, receitar suplementos de testosterona. Não parecia algo para lhe dar mais confiança. A menopausa era uma terra estranha, com alguns costumes bem esquisitos, e eu fazia de tudo para fingir que nunca seria velha o suficiente para chegar lá.

De fato, eu poderia muito *bem* já estar na perimenopausa, uma vez que apresentava vários sintomas, mas era difícil ter certeza. Insônia? Entre na fila! Cansaço? Bom, isso é só a vida moderna.

— E aí? — insistiu Claire.

Imaginei o "meter com tudo" e... *uau*. *Sem dúvida* havia algo ali.

— Meu Deus — disse ela, cheia de alegria. — Você gostou de ouvir isso! É melhor responder da próxima vez que Quin te mandar uma mensagem!

De volta ao presente, espetei meu garfo nas batatas fritas da Claire.

— Pegue todas — ofereceu ela. — Salve-me dos carboidratos. E, Rachel, se um dia você se cansar do Quin...

Ai, meu Deus, lá vamos nós de novo nos aproximar perigosamente da ideia de troca de casais. Eu estava torcendo tanto para que ela tivesse esquecido isso.

Falando mais alto, perguntei:

— Você já encontrou um vestido para a festa da mamãe?

Mamãe iria completar oitenta anos dali a quatro semanas, e fomos encarregadas de fazer uma festa surpresa para ela. Entre o dinamismo da Claire e a natureza meticulosa da Margaret, os preparativos estavam bem adiantados: oitenta familiares e amigos foram convidados para um coquetel com champanhe e um jantar requintado no SugarLoaf Inn; um vestido bem elaborado estava sendo confeccionado por uma *couturier* que Margaret descobriu e, em Nova York, Anna estava em negociação com os chefes para conseguir uma grande quantidade de maquiagem e produtos para a pele gratuitos que seriam as lembrancinhas do evento.

— Meu Deus, os vestidos — disse Claire. — Se fosse só com o meu que eu tivesse que me preocupar... mas tem o da Kate, da Francesca *e* da Molly.

Molly era sua enteada, filha do Adam de outro relacionamento. Com a mesma idade da Kate, Molly era esbelta, linda, charmosa e tinha um emprego de destaque como cientista numa empresa de energia limpa. Todas nós estávamos apaixonadas por ela, mas mamãe era a pior — ela era absolutamente *fascinada* pelas habilidades sociais impecáveis de Molly. Ela também estava sujeita a frequentes acessos de raiva provocados pelo quanto todos os seus próprios filhos e netos ficavam aquém em qualquer comparação.

— E ainda tenho que me preocupar com o Luka. Encomendei para ele um moletom com tachas da Balenciaga e ele se recusa até mesmo a experimentar. "O planeta", diz ele. Quantos garotos de quinze anos têm a chance de vestir Balenciaga, pelo amor de Deus!

Luka era um rapaz incrivelmente alto, incrivelmente magro, incrivelmente sincero. Não muito divertido, para ser honesta. E não era culpa dele. Como todos os adolescentes, ele rejeitava os valores dos pais, e seus pais eram *só* diversão.

— É sério, Rachel, isso *estressa*.

— Você não está estressada. Você adora!

— Ah, adoro mesmo — disse ela, fazendo um gesto pedindo a conta. — Tenho que ir.

— Aonde você vai?

Ela acenou na direção do quarto andar, onde ficava um spa.

— Marquei um procedimentozinho de radiofrequência para melhorar o corpo.

— O que isso faz?

— Dá uma remodelada. — Claire fechou os lábios com evidente satisfação. — Re-mode-lando. Até amanhã.

Amanhã? Eu não estava sabendo de nada.

— Reunião do comitê da festa da mamãe.

Outra? Já houve *tantas.*

— Vem cá, você sabe o que está rolando com a Helen?

— Não faço ideia. Vamos ter que arrancar isso dela. Ok. Tchau!

Sem Claire, vacilei por um momento, sem saber o que fazer em seguida. As lojas estavam ali... Eu poderia só dar uma voltinha, matar o tempo e... Não.

Chamar Quin pelo FaceTime? De novo não. Eu estava tão vulnerável que provavelmente diria algo que poderia magoá-lo. Falar com a Nola? Minha nossa, não! Essa era a pior ideia até agora. Eu estava totalmente sem energia para a imersão profunda que ela me obrigaria a fazer nas minhas emoções e motivações.

Vá a uma reunião.

Se eu corresse, daria tempo de uma reunião dos Narcóticos Anônimos às oito e meia. Era tão tentador ignorar e simplesmente ir para casa e desabar no sofá...

Vá à reunião.

Está bem! Eu vou!

Quem nunca foi a uma reunião dos Doze Passos imagina que não passa de um monte de dependentes lamentando como a vida é terrível sem álcool ou drogas. Mas não é nada disso. Nas reuniões, falamos sobre tudo o que está acontecendo em nossa vida, de bom ou ruim, gerenciamos nossas respostas a emoções descontroladas, celebramos tudo o que é bom e identificamos velhos hábitos destrutivos, para que não tenhamos recaídas.

Quando cheguei lá, fiquei feliz imediatamente. Era bom me sentar numa cadeira dura, em um círculo com pessoas iguais a mim e me conectar comigo. Sim, eu sou a Rachel; sim, sou uma dependente; sim, meus sentimentos hoje estão difíceis, mas sim, sou capaz de lidar com eles.

De que mais eu precisava?

13

Não havia sinal da Kate em casa. Depois de levar Crunchie para um rápido passeio pelo quarteirão, fui direto para a cama e fiz uma videochamada com o Quin. Seria uma conversa rápida, aquela ligação educada de fim de noite. O momento não era bom para uma conversa profunda e significativa.

— Como foi o enterro? Encontrou seu ex?

— Não. Mas foi tudo bem. Podemos falar sobre isso no domingo, se você quiser. Mas, de verdade, está tudo bem.

Nós nos despedimos e fui atingida por uma onda de gratidão por, dois anos antes, ter ouvido os apelos da Claire e dado uma segunda chance a Quin.

— Me pergunte *qualquer coisa* — disse ele —, e vou responder com toda a sinceridade.

— Por que você traiu sua esposa? — perguntei. — Por que você se considera o Sr. Upgrade?

— Não, eu não era assim com a Shiv. Mas ela estava se envolvendo, sabe, *flertando* com um cara do trabalho. Eu estava... magoado. Magoado, com medo, humilhado... Então decidi me vingar. O que é patético, nem precisa me dizer. Eu esperava que ela visse o que estava perdendo, mas a verdade é que ela já estava de saco cheio de mim e eu era idiota demais para perceber.

— Isso é muito dramático, Quin.

— A Shiv é... ela tem uma personalidade forte. Somos muito parecidos. Mas todo esse drama foi temporário. Já faz cinco anos. Hoje, ainda somos importantes um para o outro, mas não do jeito que costumávamos ser. — Ele fez uma pausa. — Mas você, eu gosto *de verdade*.

— Por quê?

— Por que alguém gosta de alguém?

— Sei lá, eu sinto que a única razão pela qual você me quer é achar que não pode ter a mim.

— Não *posso* ter você? — retrucou ele. — Se não posso, por que você me mandou mensagem? — quis saber Quin, e foi a primeira vez que eu o vi sorrir. — Rachel, talvez você esteja certa, talvez a única razão pela qual eu queira você seja porque acho que não posso tê-la. Mas só vamos saber se tentarmos. Você vai precisar arriscar.

Ele sustentou meu olhar e fiquei paralisada por ele não ser Luke. Sendo bem sincera, cheguei a acreditar que nunca mais pensaria em outro homem e, mesmo que isso parecesse ter mudado, a falta de familiaridade com o Quin me confundia.

Aquela fantasia do "Depois de dez minutos senti que o conhecia a vida toda" não se realizou. Ninguém gosta de ouvir isso, mas a intimidade não é um presente concedido pelos Deuses do Amor à Primeira Vista, é algo que precisa ser trabalhado, como aprender a se equilibrar num monociclo.

Aquele quase estranho queria coisas de mim. Meu tempo, meus pensamentos, acesso ao meu corpo. E, pela primeira vez em muito tempo, a ideia não tinha parecido assustadora. Algo que atribuí ao estranho evento que aconteceu entre nós no retiro de meditação.

Não seria fácil. Eu tinha perdido a prática. Mas, se eu quisesse uma vida com amor, teria que passar um tempo com aquela pessoa que eu não conhecia, precisaríamos nos sentar em silêncio, mesmo que, às vezes, isso fosse desconfortável, e eu teria de aceitar de uma vez por todas que ele não era o Luke.

Em dado momento, eu passei a me sentir bem com isso.

ISSO NÃO VAI durar. Foi o que pensei no começo. Ri da impaciência do Quin e não me dei ao trabalho de ser intimidada por seus humores efêmeros. E essa, sem eu saber, era a atitude perfeita.

Ele era interessante. Intrigante. Frequentemente divertido.

E sexy. Senhor amado, ele era sexy. Havia uma intensidade nele que acendia algo na bateria fraca do meu coração.

Por outro lado, tinha muita coisa errada com ele. Mesmo que houvesse uma ou duas mulheres desoladas em seu passado recente, era tranquilo afirmar que ele não era um conquistador; ao menos não de imediato. Seus sorrisos eram raros e ele conseguia ser tão direto que chegava perto de ser ofensivo. Seus humores oscilavam, sua energia era inquisitiva, quase faminta, e ele era ávido por soluções rápidas.

Isso era o tipo de coisa que acontecia com frequência. Em um sábado, ao folhear o jornal, ele leu a resenha muito positiva de um livro. "Rach, ouve só isso!" Ele leu algumas frases e depois afirmou: "Vou comprar!" Imediatamente, Quin baixou o livro no Kindle e mergulhou na leitura, mas, cerca de meia hora depois, abandonou, reclamando que quem escreveu a resenha "não sabia de nada".

— Você nem deu uma chance direito — falei.

— Dei, sim!

— Tudo decepciona você.

— Menos você.

— Mas ainda vou, é só esperar.

Então, comecei a sair com ele e me divertir, mas me segurei em relação a qualquer contato físico. Sempre seria difícil ter intimidade com um homem que não fosse o Luke. Com Quin ainda mais. Ele parecia encantado, mas realmente era *muito* crítico em relação à aparência. Havia uma boa chance de ele concluir que meu corpo de quarenta e poucos anos era flácido ou tinha muita celulite. Ou muito qualquer outra *coisa*.

— Fui colocado na *friendzone*? — perguntou ele por volta das cinco semanas. — Vai valer a pena ser paciente?

— Você não quer continuar saindo se não houver chance de...?

— Não.

Ele foi categórico.

— Eu estou...

Tentei encontrar a palavra certa. *Apavorada*, era essa a palavra. Já fazia quase vinte anos que eu não transava com alguém que não fosse o Luke. Eu o desejava tanto... Bastava sentir o cheiro do Luke para o meu corpo se acender. Nossa vida sexual tinha sido descomplicada. Funcionava para ambos, e isso me deixou em desvantagem.

Claire tinha me perguntado:

— Do que *exatamente* você tem medo com o Quin?

— Que ele seja muito "técnico". Que fique dando instruções, tipo "Vamos lá, Rachel, faça o cachorro de três pernas!", ou "Monte em mim de lado!", como se fôssemos acrobatas ensaiando para um show. Estou fora do jogo há muito tempo e, pelo que ouço dizer, as coisas mudaram. Preciso de ternura, preciso de conexão emocional além do lado físico. E eu quero ir devagar.

— Bem, então *diz* isso pra ele.

Que escolha eu tinha?

— Tá bom.

Então, expus minhas preocupações, e Quin as recebeu tão tranquilamente que me lembro de falar para a Claire:

— Na verdade, não seria um sacrifício transar com ele.

— Não seria um sacrifício? — repetiu ela e, então, sendo muito sarcástica: — Vou até comprar um chapéu para esse grande dia! Rachel, você idealizou o Luke e colocou ele num pedestal. Está na hora de seguir em frente. Até parece que você e o Luke eram um casal perfeito.

— Nós éramos.

— Bom, se fossem, ainda estariam juntos. Segue com a sua vida. E *divirta-se* quando for pra cama com o Quin.

E eu realmente me diverti! Contra fatos não há argumentos: eu era tímida sem os efeitos desinibidores de meio litro de vinho. No entanto, nossa primeira vez foi...

— Na verdade... meio... fabulosa — contei à Claire. — Ele está *interessado* no que eu gosto, mas não por obrigação. E ele ficava o tempo todo checando se eu estava bem.

— Parece *maravilhoso*. Alguma acrobacia?

— Ahhhh... nada muito complicado. Mas ele *sabia* apertar os botões certos. Ele, ah... — Pigarreei. — Ele sabe direitinho o que fazer. Não rolou nada com que me *preocupasse*.

— Algum flashback do Costello?

— Não. Não foi nada parecido. Até porque, perto do fim, eu e Luke só usávamos rotinas testadas e comprovadas. Com o Quin eu sinto que estamos embarcando numa aventura com diversas possibilidades emocionantes, sabe? Acho que vai ser... — Levei um bom tempo para encontrar a palavra exata. — *Divertido*. Ele é um cara focado no que quer. E ele... me quer? — Nós duas caímos na gargalhada. — Pensei que nunca mais fosse gostar de um cara, Claire.

— E você gosta do Quin?

— Meu Deus, gosto! Estou *realmente* interessada.

Claire bateu palmas de felicidade.

— O cachorro morto ainda vive! E estou falando de você, não dele!

— Agora que eu sei como... — Senti meu rosto corar. — É *maravilhoso*, é tudo o que eu quero.

— Ele faz escalada? Abdome tanquinho? E o...?

— Faz. Tanquinho! Bração! Depila o peito, mas nada exagerado. Com certeza, não o suficiente para me incomodar.

— Ele parece perfeito.

14

— Ótimas notícias, mamãe! — disse Claire, olhando para a tela do seu iPad. — Todas as suas cinco irmãs confirmaram presença.

— Elas confirmaram? — Mamãe parecia pateticamente feliz. — Até Imelda?

— *Todas* elas. É isso que "todas" significa. *Todas*, sua besta! E os maridos delas. *Todo mundo* vem.

Os olhos da mãe estavam perigosamente brilhantes.

— Isso é tão... — Sua boca tremia. — Bem, são ótimas notícias. Então, quando eu chegar ao hotel, acho que Margaret e seu pai devem entrar comigo. Devo usar uma venda nos olhos?

— Não — disse Claire, seca. — Segurança em primeiro lugar. Em outras palavras, você com certeza vai tropeçar e cair. Não vale a pena arriscar.

O iPad da mamãe começou a tocar.

— É a Anna. Meu Deus, onde eu aperto?

Nervosa, ela tocou em alguns locais, e, mais por sorte do que por sabedoria, o rosto de Anna apareceu na tela.

— Ei, mãe, ei, Claire, Rachel! Como foi o enterro? Você viu Luke?

— Eu o vi, ele me viu, mas não conversamos.

— Então, como ele... estava?

— Ainda gostoso — disse Claire.

— Não era isso que... Eu queria saber se ele estava...

Ninguém caiu na dela.

— Nada de calças de couro — completou Claire. — Só um terno.

— Ah, que pena... Você está bem, Rachel? Me ligue se precisar conversar. Então, como vão os planos para a festa?

— Anna Walsh, você jura para mim, de joelhos, que tem oitenta séruns da Lucerne Bio para as lembrancinhas da festa? — perguntou mamãe.

— Juro. E um monte de outras coisas também. Suas irmãs ficarão tão impressionadas que nem vão acreditar.

Um tumulto na porta anunciou a chegada da Helen. Ela usava um agasalho escuro e colado ao corpo e tinha o cabelo preso em um rabo de cavalo alto.

— Você está parecendo uma assassina! — disse mamãe, admirada.

— Nossa, quem me dera. — Helen analisou o ambiente e se concentrou em mim. — Você, garota! Conte tudo sobre Luke Costello. Como estava a parte íntima dele?

— Era o enterro da mãe dele, Helen — falou mamãe num tom afiado. — Tenha um pouco de respeito.

— Ele estava de terno — disse Anna, diretamente de Nova York.

— Ternos podem ser bem apertadinhos — retrucou Helen. — Lembram do casamento deles? Puta. Merda. Lembram que a gente ficou especulando se as calças eram sob medida ou se era só o... dele?

Ao ver minha expressão angustiada, Helen murmurou:

— Enfim, mesmo assim ele é um idiota.

— Parem de falar dele — pedi. — *Por favor.*

Se elas não parassem, eu teria que sair. Eu me sentia completamente humilhada desde o enterro, uma sensação tanto antiga quanto nova. Toda hora que minha memória repetia o videozinho mental do olhar de desdém que Luke me lançou na igreja, uma nova onda de vergonha recaía.

E, por trás disso, havia uma tristeza terrível.

Mas eu iria ficar bem. Desde que não fugisse da dor — e eu não fugiria —, aquele terrível desconforto cederia.

— Se eu puder ter a atenção de vocês — chamou mamãe. — Claire, Helen, antes de eu chegar ao hotel, vocês precisam elevar o astral dos convidados, ok? Ensaiem o grito de "SURPRESA!" algumas vezes. Minhas irmãs, principalmente Imelda e Philomena, não vão querer e algumas das primas, que também são umas vacas, também não. Mas digam que elas não vão receber as lembrancinhas se não participarem. Ah, oi Margaret. O que é isso que você está usando?

— Um chemise. É novo!

Um chemise de flanela quadriculada azul e preta, cheio de botões, com as mangas dobradas sobre uma camiseta cinza desbotada, era muito a cara de Margaret. Com botas de couro preto de cano alto e seu corte de cabelo irregular, ela parecia bem confortável e estilosa. O look era lindo e combinava muito com ela.

— Você está... bem-vestida — disse mamãe, parecendo surpresa.

— Está parecendo uma assistente social — alfinetou Helen.

— Uma assistente social que está tendo um caso — disse Claire, tentando ser gentil e fazendo Margaret rir.

Não que houvesse alguma chance de Margaret ter um caso. De todas nós, seu relacionamento era o mais convincente. Ela e Garv eram muito *lindos* um com o outro.

— Como você está, Rachel? — perguntou ela. — Como foi com o Luke?

— Não conversamos.

— Hum, mas como... Como ele estava?

— *Alguma* de vocês está interessada na minha festa surpresa? — perguntou mamãe, irritada. — Ou só querem falar das calças justas do Luke Costello?

— Eu pagaria quinhentos dólares pelas calças justas do Luke Costello — falou Claire.

— Ah, vamos parando! Um pouco mais de respeito pelo Dr. Garrafinha Térmica! — disse Helen.

— Quem? Ah, o *Quin* — resmungou mamãe.

Ela não gostava dele. "Muito convencido", tinha sido sua avaliação amarga.

Autoconfiança geralmente é vista como algo positivo, mas mamãe era daquela geração de mulheres irlandesas que se orgulhavam de ter criado filhos com autoestima praticamente nula. Nada a irritava mais do que uma prole confiante. Quin poderia ter se safado se tivesse se esforçado para encantá-la — porque ele podia ser *muito* encantador quando lhe convinha —, mas, como era teimoso demais, ele optou por não fazer isso. ("Por que eu faria isso? Eu não deveria ter que pedir desculpas por ser quem sou.")

— O Garrafinha vai à minha festa? — perguntou mamãe.

Eu ri.

— Mãe! Estamos juntos há quase dois anos — falei, como ela sabia muito bem.

— Dois anos? O que ele planejou para comemorar o aniversário de vocês? Uma viagem... — Ela parou para pensar, em busca de algum local adequadamente exótico. — ... para *Bora Bora* no fim de semana?

Mamãe tinha um pouco de razão. Quin adorava visitar países cujo nome as outras pessoas não conseguiam pronunciar, ou aqueles que o Ministério das Relações Exteriores aconselhava evitar, como o Iraque. (Não me surpreenderia se Quin dissesse: "É, há uma província no norte do Iraque, absolutamente linda, parece a Suíça. Eu *sei*. Mas é totalmente pacífica, toda a população é ruiva e usa rastafáris. Deve ser algum resquício genético. Nós deveríamos ir.")

No último verão, nossas férias foram fazer caminhada na Transilvânia, e eu suspeitava de que o motivo principal do interesse dele era o nome.

— Bora Bora, não — falei. — Barcelona.

— Ah! — disse Margaret, encantada. — Barcelona!

— Bom! — Mamãe soou muito convencida. — Eu odeio cagar na sua festa, mas...

— Mãe! — Um clamor de vozes se levantou. — Que nojo!

— *Nojo?* Vocês dizem coisas muito piores! Enfim, como eu ia dizendo, Rachel, eu odeio cagar na sua festa...

— Você não odeia — falei. — Você adora.

— Mas você será assaltada em Las Ramblas. Todo mundo é assaltado lá. Agora podemos parar de falar sobre os homens da Rachel, por favor? A questão é... — Sua voz vacilou. — Eu nunca tive nada *legal*, nunca. Tenho cinco irmãs e sempre fui ofuscada por elas. Passei a vida *toda* querendo uma festa surpresa. Essa é minha única chance de ser especial, então se comprometam com isso, ok? — Ela se virou para Margaret. — Como é aquilo que você fala?

— Engaje-se.

— Isso. Engaje-se. Porra. Engaje-se!

— Eu me engajaria muito mais se tivesse um pouco de chocolate — disse Helen, zanzando em direção à cozinha.

Ela parecia... na verdade... um pouco pálida. Eu fiquei gelada. Ela não estava doente, estava? Tipo, gravemente doente?

Quando éramos jovens, Helen parecia invulnerável: corajosa, crítica, deliberadamente da oposição. As pessoas, os homens em particular, ficavam deslumbrados por ela.

No entanto, nos últimos oito anos, ela enfrentou três episódios de depressão suicida, todos culminando em internação em hospital psiquiátrico. Ela estava bem havia alguns anos, mas, desde o primeiro episódio, nunca mais deixei de me preocupar com ela.

Às vezes, esse medo era tão pequeno que eu mal registrava, mas estava sempre ali, como um leve zumbido no fundo da mente.

Naquele momento não era pela saúde mental dela que eu temia, mas tinha sido um choque tão grande quando Helen ficou doente que eu tinha me acostumado a pensar nos piores cenários.

Ela poderia te deixar maluca — só um tolo negaria isso —, mas, em algum momento ao longo dos anos, entendi que ela não fazia de propósito. Ela só não conseguia se controlar. Com sua impaciência incontrolável e opiniões fortes, a vida, muitas vezes, era difícil para Helen. Para cada pessoa que ela encantava, havia cerca de dez outras que se tornavam inimigas instantâneas.

E a questão era que Helen falava verdades desagradáveis quando todo mundo tinha medo de abrir a boca. O mundo precisava de mais pessoas como ela.

Eu a segui até a cozinha. Uma miniavalanche de chocolate e biscoitos caiu sobre ela quando abriu o armário de doces.

— *Mint* Aero? Qual o *problema* da mamãe?

— Você está bem? — perguntei.

— *Eu*? — Helen parou de fuçar as coisas. — Ótima. Exceto pela seleção horrível de doces desta casa.

— Você está com câncer? É esse o seu grande segredo?

— O quê? Não! Meu Deus, Rachel, não. Não é nada disso. Ah, pelo amor de Deus... — Ela me mostrou um pacote de biscoitos. — Recheado com cobertura de chocolate com *menta*? Ela precisa de *ajuda*.

Meu celular tocou.

— Quem é? — perguntou Helen.

— Número desconhecido.

— Atenda! — provocou ela. — Viva um pouco!

— Ok. Alô?

— Rachel? — berrou uma voz masculina. — É o Patch. Patch Dooley.

Quem? Ah, *certo*, o irmão mais novo do Dennis.

— É você que estava me procurando? — gritou ele, mais alto que os ruídos de motores. — A Juliet disse que você quer falar comigo sobre o Dennis.

— Obrigada por retornar — falei. — Você está ciente de que seu irmão está em um centro de tratamento para alcoolismo?

— Estou "ciente", com certeza — disse ele, parecendo achar graça. — Você pode na quarta-feira de manhã? Eu estarei na sua região, visitando um homem em Baltinglass para resolver o lance dos *bagels*.

— *Bagels*?

— *Bagels*. Os cachorros! Para caçar coelhos.

Ah, *beagles*.

— Ótimo. Mas precisamos conversar um pouco antes disso. Patch, o quanto você é próximo do seu irmão?

— Melhores amigos, mas preciso ir agora. — Máquinas agrícolas, pelo som dos motores, estavam sendo aceleradas. — Eu gosto da minha perna, não quero perdê-la.

— Ligo para você na segunda-feira para conversarmos...

— Faça isso! Boa sorte! — disse ele, e desligou.

De volta à sala de estar, mamãe estava interrogando Margaret sobre o que ela planejava vestir na festa.

— Vou ver o que tenho no guarda-roupa.

Mamãe, gastadora inveterada, ficou chocada.

— Mas você precisa comprar algo novo!

— Não preciso, não.

Mamãe lançou um olhar triste para ela, depois voltou sua atenção para mim.

— Se você aparecer de jeans, pode voltar para casa imediatamente!

Claire e eu trocamos um sorriso malicioso. Por semanas mamãe vinha me pressionando para "fazer um esforço" e usar "algo *glamouroso*". Agora a ficha estava caindo.

Duas semanas atrás, tinha chegado um vestido da Vampire's Wife. Quin tinha gostado bastante. Até porque era tudo de que ele gostava: caro e bonito, meio cult.

Mas, com sua gola alta, mangas compridas e a cor verde-acinzentada, provavelmente seria o tipo errado de glamour para a mamãe, que gostava de vestidos brilhantes de cetim de poliéster, enfeitados com apliques brilhantes.

A única coisa que talvez ela aprovasse era o comprimento curto. Também comprei sandálias pretas de plataforma. Quando mostrei o vestido para a Claire, ela tentou me persuadir a usá-lo sem meias. Eu podia jurar que a intenção dela era que eu fizesse o seu amado bronzeamento artificial, mas me recusei. "As meias me deixam segura", falei.

— Mas, então, use uma sexy — suplicou ela. — Nada daquelas suas opacas de fio sessenta, use uma com brilho.

— E se elas rasgarem? Claire, *não dá*, a noite já vai ser estressante o suficiente. Talvez eu use fio vinte.

— Alguma chance de você usar meias 7/8 em vez de meias-calças?

— Não. Eu e lingerie sexy *não temos* diálogo.

Não era totalmente verdade. Mas, da última vez que usei, para ir a um restaurante com Quin, a calcinha incomodava tanto que, depois da entrada, fui ao banheiro, tirei a calcinha e escondi na bolsa. Eu ainda não tinha certeza do que tinha dado errado... Ela estava confortável quando saí de casa, mas talvez eu tenha sentado incorretamente? Ou comido muito pão?

— Chame seu pai — ordenou mamãe.

— Por quê? — perguntei.

— Só faz o que eu pedi, pelo amor de Deus!

— Estou aqui.

Papai, que claramente tinha sido preparado para esperar o chamado, estava à porta. Ele entrou, sentou-se e todas nós o encaramos. Lá vem bomba!

— Certo — disse ela, lançando um olhar para ele. — Nós. Decidimos. Que a festa vai ser...

Ambos respiraram fundo e completaram a linha fatal:

— Open Bar.

— A noite *toda*? — perguntou Margaret, escandalizada. — Com os seus amigos? Nossa, podem ir decretando falência agora mesmo.

— E teremos champanhe na chegada. *Nada* de prosecco.

— Isso mesmo — concordou papai. — Champanhe na chegada. *Nada* de prosecco.

— Mas...

— Shhhh! — Mamãe levantou a mão para silenciar Margaret, que imediatamente se virou para o papai e disse:

— Mas pai, isso vai sair ca...

— Shhhhh! — De novo mamãe. — Seu pai já disse que podemos pagar.

— Nós podemos pagar — afirmou ele.

— Sim, vocês podem, mas...

— E também já fechamos o menu — continuou mamãe, interrompendo Margaret. — Aspargos na entrada, carne bovina para o prato principal...

Helen reclamou alto e longamente.

— Como uma mulher pode ser trágica, não é mesmo? Aspargos são a coisa mais chique que você pode imaginar, mãe?

— Aspargos são uma iguaria sazonal e, se não servirmos carne bovina, vão dizer que somos pobres ou mesquinhos.

— *Temos* que servir carne bovina — disse papai.

— Existem coisas mais gostosas e que custam mais, se esse for seu critério — falei. — Teremos alguma opção vegetariana?

— Ninguém que eu conheço é vegetariano.

— Eu sou vegetariana e sou sua filha.

— Você não é vegetariana, você é panfletária. Coma as batatas e os legumes. Ou leve um KitKat na bolsa.

— Deveríamos ter uma opção vegetariana — disse papai. — Vou ligar para eles amanhã.

— Então você resolve isso. Agora, meninas, a sobremesa! Vamos ter mousse de chocolate com *folha de ouro de verdade*. Eu provei uma vez naquele restaurante em Nova York, lembram? Onde o papai teve intoxicação alimentar...

— Qual das vezes? — perguntei.

Papai sempre passa mal quando sai da Irlanda, algo *sempre* dá errado. Somos uma família bem neurótica.

— Era um lugar muito agradável — acrescentou ele. — Não foi culpa deles.

— Bom, se foi intoxicação alimentar, meio que *foi*, sim — disse Helen.

— Talvez não tenha sido exatamente intoxicação alimentar...

— Será hilário — disse mamãe. — Aquelas desgraçadas não saberão se comem ou se levam para casa!

— E que tal termos um drinque especial criado para a noite? — sugeriu Claire. — Poderíamos dar o seu nome.

— Essa é uma ótima ideia! — falou papai.

Mamãe considerou, depois negou com a cabeça.

— Vão dizer que estou querendo me exibir.

— Suponho que sim — disse papai, parecendo decepcionado.

Meu Deus, o mundo que minha mãe habitava tinha regras complexas e ilógicas. Eu *nunca* entenderia.

15

— Ok, todo mundo indo embora. Eu e seu pai temos que assistir ao nosso programa — ordenou mamãe.

— Rachel, vamos jantar lá em casa? — ofereceu Margaret — Garv está fazendo *enchiladas.*

Era uma oferta atraente. Margaret, Garv e seus dois filhos, JJ de quinze anos e Holly de treze, eram uma família linda e *muito* harmoniosa. Uma casa tranquila, onde sempre havia bolo caseiro, arranjos de flores silvestres explodindo de vasos e pilhas de romances antigos da Agatha Christie esperando para serem lidos.

De todas as casas da família, a de Margaret seria a melhor para se recuperar de um colapso nervoso.

Nos dias sombrios que se seguiram após a venda do apartamento que Luke e eu tínhamos e de eu ter deixado Nova York, fiquei na casa dela por cinco meses. Com toda a gentileza, aquela família me manteve de pé. Se eu estivesse deitada de costas, olhando para o teto, perguntando-me sobre o sentido de tudo, um leve toque soava na porta do meu quarto e alguém pedia minha ajuda para fazer um ensopado, para passear com os dois cachorros idosos, ou cuidar de um canteiro de flores.

Foi nesse período que meu amor pela jardinagem surgiu. Garv me fazia trabalhar todo fim de semana, arrancando ervas daninhas, compostando e plantando. Eu fazia tudo obedientemente, curtindo apenas um pouco, até que, numa manhã de domingo, ele disse: "Tenho algo para te mostrar." Ele apontou para um amplo campo de flores silvestres que estavam crescendo e falou: "Lembra das sementes que você plantou há uns dois meses? É isso o que acontece."

Dizer que fiquei impressionada seria um eufemismo. Era a primeira vez que eu testemunhava o ciclo da vida dessa forma, e a revelação me afetou profundamente porque nós, a família Walsh, crescemos evitando o "mundo lá fora", principalmente porque o sinal da TV só captava transmissões locais. O pequeno jardim nos fundos, visível da janela da nossa cozinha, era um lugar assustador e imprevisível, que todos concordavam ser melhor evitar.

Mas, naquela manhã de domingo com Garv, me lembro de ter dito: "Vamos plantar mais! O que cresce mais rápido?"

Ele riu e disse que ia pesquisar, mas na mesma hora eu mudei de ideia e pedi que ele não fizesse isso, porque eu precisava trabalhar o meu desejo por gratificação imediata.

Era difícil acreditar que já houve um tempo em que eu desprezava Garv; um tempo em que todos nós desprezávamos, com exceção de Margaret, é claro. Mas as coisas mudam e hoje Garv poderia até ser meu cunhado favorito. Eu ficava entre ele e Adam. Ele era um homem tão *bom*.

— *Enchiladas*? — repetiu Margaret.

— Obrigada, mas... — Dei uma olhada no celular. Ainda nada da Kate. — Eu tenho que ir para casa. Preciso passear com a Crunchie.

Kate me ajudava muito, mas, no fim das contas, Crunchie era minha cachorra.

Ainda assim, hesitei e, então, falei sem pensar:

— Sabe, eu não consigo parar de me perguntar se Luke realmente *pediu* para o Joey me contar.

— Talvez você devesse ter ido ao almoço do Justin — disse Claire, dando voz ao pensamento que me atormentava.

Talvez eu devesse mesmo. Aquela tinha sido a minha única chance de obter respostas. Mas, se eu tivesse ido, quem sabe agora estivesse ainda mais cheia de conflitos.

— É tarde demais? — perguntou Margaret, sempre prática. — Para vê-lo agora, quero dizer. Ele deve estar na casa do pai... Você poderia ir até lá.

— Não! — exclamou Helen.

A ideia era tentadora. A pressão de seis anos de silêncio virou-se contra mim e me encheu de adrenalina. A possibilidade irresistível de *saber* era tão sedutora!

Mas e se Joey *tivesse* me ligado por conta própria? E se Luke tivesse ficado horrorizado em me ver na igreja (porque Deus sabe que ele sem dúvida expressou isso)? E se eu aparecesse na porta dele e ele me tratasse com a mesma indiferença cruel de quando me deixou?

Não. De jeito nenhum. Não havia a menor chance de eu me arriscar com *esse* cenário. O que me deixou feliz. Isso significava que eu tinha mudado, que eu não era mais uma bagunça desesperada, mas uma mulher firme, que reconhecia o próprio valor.

— Não chegue perto daquele idiota — disse Helen, furiosa. — Venha para casa comigo e faça um *ménage à trois* com Artie.

— Isso, sim, vale a pena! — disse mamãe, efusiva.

— Ou podemos pedir pizza e assistir a alguma coisa? — sugeriu Helen. — O que você quiser. Só não saia dirigindo por Dublin atrás do Luke Costello.

— Obrigada — agradeci. — As coisas ficaram meio confusas pra mim depois do enterro, mas já vai passar.

EM CASA, CRUNCHIE ficou histérica de alegria ao me ver.

Mesmo que já fossem quase sete horas, ainda não estava totalmente escuro, então saímos para um rápido passeio no bosque perto de casa. Em duas semanas adiantaríamos os relógios; a primavera definitivamente estava chegando.

Quando voltei para casa, peguei meu iPad, me joguei no sofá e cliquei no aplicativo "Luxury Exchange" para admirar uma bolsa Chanel, amor antigo, que atualmente não saía da minha cabeça. Minha vida não tinha espaço para algo tão feminino — nem tão absurdamente caro —, mas eu continuava dando zoom no belo couro de bezerro na cor azul, tão macio e fofinho que dava vontade de *morder*.

Depois, fui para o "RealReal" e encontrei duas opções semelhantes. Depois, abri o "Vestiaire", no qual havia *dezenas* de pequenas belezas em couro, todas muito além do meu alcance financeiro. Clicando e rolando, mergulhei na alegria do desejar.

Nunca deixei de ser propensa a obsessões e, graças ao desconforto causado por Luke, eu fiquei ainda mais ansiosa pela dopamina gerada por essas belas bolsas.

Pelo menos sei o que estou fazendo, disse a mim mesma enfaticamente. Em seguida: *mesmo sabendo o motivo, é melhor eu parar antes que realmente compre uma delas.*

Porque comprá-las não faria o desejo acabar. Paradoxalmente, só pioraria.

Eu sofria da Doença do Sempre Mais: se uma coisa era boa, então dez delas seria excelente. Se uma receita dizia meia colher de chá de cominho, eu colocava uma colher de sopa cheia; se comprasse uma bolsa irresistível, queria outras vinte imediatamente.

Então, me forcei a esquecer o couro de bezerro e fui dar uma olhada no Vulture, procurando novas recomendações da Netflix; e de lá para o site de sementes Mr Fothergill's Flower Seeds, no qual comprei dez pacotes de malvas, quando dois teriam sido suficientes; e por fim abri o Atlantic, que misturava cultura e comércio de uma forma extremamente agradável.

Sim, eu sabia que estava realmente *escravizada* pelo meu dispositivo. Sim, eu tinha perdido literalmente semanas da minha vida com ele, quando poderia ter aprendido a falar tagalo ou me tornado uma celebrante humanista, mas sempre me divertia tanto que era difícil eu me incomodar com isso.

Antes de ir para a cama, acendi uma vela e configurei o timer no celular. Eu estava dando mais uma chance à meditação. Surpreendentemente, considerando tudo o que estava acontecendo, minha mente de fato se aquietou. Só que logo uma lembrança surgiu para estragar tudo, vívida e completa, de uma tarde de julho em Connemara mais de uma década atrás.

Ah, pelo amor de Deus!

Pouco depois de Brigit e Colm terem se mudado para sua espetacular casa de vidro, Luke e eu fomos visitá-los.

Naquela época, a impressionante casa ainda estava parcialmente construída. E Luke perguntou assim que chegamos: "Como é possível construir qualquer coisa aqui?"

Além das janelas gigantes da cozinha, parecia que uma paisagem perfeita tinha sido despedaçada e reconstituída de qualquer jeito. Lá fora, nada era nivelado, *nada*.

— Ah, meu Deus, pare! — pediu Brigit. — Eu chorei todos os dias por sete meses. Todos... Os... Dias... Morando com meus sogros, ficando louca. Foi um milagre Colm e eu termos sobrevivido.

Cinco ovelhas, que pastavam tranquilamente no campo quase vertical, nos observavam sem curiosidade. Árvores pequenas e retorcidas, com galhos antigos coloridos pelo musgo, brotavam da terra em ângulos absurdamente improváveis.

— Seu quarto, na verdade, está pronto — disse Brigit para mim. — Mas, como você pode ver, no restante... — ela indicou as paredes de concreto cru ao redor —, será exatamente onde você vai participar. — E, solenemente, me passou um rolo de pintura.

— Alguma coisa para mim? — perguntou Luke.

— Ah, claro! Que tal instalar o piso? Nós alugamos uma serra elétrica.

Os olhos de Luke brilharam. Ele adorava ferramentas elétricas.

Foi uma semana mágica, trabalhando ao lado de Brigit e Colm, seus dois meninos tentando participar de tudo. O trabalho era árduo, mas gloriosamente recompensador, todos os dias pontuados por uma caminhada de dez minutos até a praia para um mergulho revigorante no Atlântico.

Passávamos as noites no "jardim", conversando, rindo, observando as andorinhas circularem sobre nós, pretas contra a luz do verão de Connemara, onde nunca ficava totalmente escuro.

— E o que vocês pretendem fazer quando a casa estiver pronta? — perguntei certa noite depois do jantar. — Qual é o próximo projeto?

— Outro bebê — respondeu Brigit.

— E eu acho que deveríamos nos casar — disse Colm.

— Isso é... um *pedido de casamento*? — perguntou ela.

— Bom... por que não? Vai facilitar para as crianças quando forem para a escola.

— *Esta* é uma história para os netos — disse Luke, se divertindo muito.

— E vocês dois? Algum plano de...?

— Estamos bem assim — falei, cortando o assunto.

Luke me pediu em casamento algumas vezes e eu o dissuadi. Minha desculpa era o feminismo, mas na verdade era uma boa e velha superstição. Minha vida estava tão boa quanto poderia estar, o que Luke e eu tínhamos era muito precioso para arriscar querer mais.

No último dia daquela semana perfeita, Colm, Brigit e as crianças tiveram que ir até a reluzente Galway para um compromisso oficial. Luke e eu ficamos e decidimos explorar os limites da propriedade.

Na extremidade dos oito acres de Brigit e Colm havia uma área de calcário, com a forma de uma bacia rasa, com talvez dez metros por vinte. Com árvores retorcidas e a total ausência de sinais de vida humana, era quase demais para mim. Era quase como estar em outro planeta.

Um som nos interrompeu. Surpresos, olhamos para baixo. A água jorrava das rachaduras entre as rochas, como um cano estourado.

— Mas que diabos...

Assustada, me afastei, enquanto a água jorrava de uma área maior da terra e depois de todos os lados. Parecia que estávamos no centro do que quer que fosse aquilo.

— Luke! Que diabos é isso? Não é melhor... — Melhor o quê? Chamar as autoridades? Mas aquilo não era nada parecido com um cano estourado. Seria algo natural ou... *sobre*natural? Eu não tinha certeza.

— Relaxa — disse Luke, empolgado enquanto nos movíamos para uma área mais alta. — Acho que sei o que é isso.

Desconcertada, assustada, observei enquanto uma grande poça começava a se formar.

— É um lago temporário — disse ele, admirado com o que víamos. — Colm me falou sobre isso. Abaixo de nós há uma nascente.

— *Logo* abaixo de nós? — perguntei, dando um passo para trás.

— A rocha é porosa. Às vezes, a água borbulha para encher o espaço vazio, criando um lago temporário.

— E se não parar? E se a gente afundar?

Ele sorriu.

— É melhor chamarmos Colm.

— Ele está em Galway, meu amor. Não há nada com que se preocupar. Isso é... um milagre.

Espantosamente rápido, o espaço vazio se transformou em piscina. Em pouco tempo, havia profundidade suficiente para dar umas braçadas. Refletindo o céu, a água era de um turquesa intenso, com uma estranha aparência opaca.

— Por que parece leitoso?

— Sedimentos — explicou Luke. — Minerais. Cálcio.

Era uma explicação muito lógica — tudo isso — para um evento muito estranho.

— Faz anos desde que isso aconteceu pela última vez — disse Luke.

— E por que está acontecendo agora?

Novamente, ele sorriu, admirado com tudo. Aos poucos meu medo se transformou em admiração.

— É esquisito — admiti. — Mas... é um esquisito bom?

Ele riu se divertindo.

— É incrível. Você estava certa agora há pouco. *Poderíamos* estar em outro planeta. Eu poderia ser o último homem na Terra.

— Nesse caso, que sorte a minha.

E pensei: *Se você me pedisse agora, eu diria sim.*

Virei, prestes a falar para ele, mas ele leu o que estava escrito no meu rosto e riu delicadamente.

— É sério?

— Pede. Fale as palavras.

— Rachel Walsh, você aceita se casar comigo?

— Sim, Luke Costello, eu aceito.

16

— Oi! — falei à garota impecavelmente arrumada. — Vim buscar Nick Quinlivan.

— Claro! Acredito que o avião dele pousou há alguns minutos. Me mostre só o seu documento, por favor, e Valeria irá acompanhá-la.

Valeria era ainda mais cativante que sua colega: pele radiante, cabelos brilhosos presos em um coque pesado e um sorriso deslumbrante, quase bonita demais para um domingo de manhã. Embora eu achasse que, no universo dos ricos e seus jatinhos, fosse sempre 2h45 da manhã numa boate.

Ela me levou para uma sala de estar pequena e elegante, do tipo que se encontra em hotéis boutique.

— O que posso servi-la? Champanhe? Mimosa?

— Humm... não, obrigada, estou bem.

— Algo para comer? Tem certeza? Nossa chef pode fazer *qualquer coisa* para você. Ela adoraria.

Quando balancei a cabeça, ela riu. Meu deus, ela era um amor.

— *Amando* sua força de vontade... — disse ela. — Bem, o Sr. Quinlivan deve chegar logo.

Eu me sentei numa bela poltrona baixa. Linda. Depois troquei para o sofá. Ainda mais lindo. Uma fruteira com frutas frescas, bananas perfeitamente maduras, uvas lustrosas e maçãs grandes e brilhantes repousava sobre a mesa de centro. Não haveria problema em comer o que eu quisesse, mas eu me sentiria mal por destruir o arranjo perfeito.

Ainda mais tentadoras eram as caixas de chocolate artesanais empilhadas numa prateleira. Mas, se eu começasse com essa brincadeira, quem sabe onde terminaria? Provavelmente comigo tentando invadir a fábrica da Cadbury em Coolock. (Eu não conseguia fazer *nada* com moderação. *Nada*.)

Olhei para a geladeira, imaginando o que tinha dentro. Leite, talvez. E manteiga. Básicos entediantes. Mesmo assim, ela continuava a exercer um certo fascínio sobre mim. Eu *adoro* geladeiras dos outros. São quase sempre empolgantes, muito mais do que, digamos, simples despensas (com grão-de-bico e sua turma monótona).

A questão era que eu estava muito nervosa. Em algum momento no dia anterior, eu estava sentindo calafrios ao perceber que havia uma chance de encontrar Luke hoje. Uma *pequena* chance, admito, porque apenas pessoas ricas ou seus sortudos funcionários usavam este terminal privado.

Além disso, eu não fazia ideia de quando era o voo dele. Mas sei que as pessoas têm tão pouco tempo de folga nos EUA, mesmo em ocasiões de morte, que eu não conseguia imaginar ele ficando aqui por muito mais tempo do que hoje. No máximo até amanhã.

O que significava que depois de amanhã à noite eu poderia respirar aliviada, mesmo sabendo que também sentiria certa decepção e um anticlímax absurdo. Sentimentos, sabe como é. Irritantemente contraditórios.

Para me acalmar, listei as partes boas da minha vida, coisas que eu sabia serem *fatos*. Eu estava livre das drogas e, bem, tinha um trabalho que amava, bons amigos, uma família peculiar, mas amorosa, e estava em um relacionamento saudável com um homem bom.

Quin e eu éramos pessoas bastante diferentes, mas nos divertíamos *muito*. Mesmo quando discordávamos, sempre era com bom humor.

Ele tinha interesse em mim, nas minhas opiniões, nos meus pensamentos, em tudo a meu respeito. Ele estava ao meu lado, de verdade.

E eu sentia atração por ele. Ao contrário de Brigit, Claire e Brianna, o sexo não me fazia exclamar: "Meu Deus, como se minha vida já não fosse suficientemente uma merda! Eu *desabo* na cama depois de um dia *terrível* e, então, *ele* aparece, esfregando o negócio em mim! Ele tem quase cinquenta anos! Alguém pode me dizer *quando* isso vai parar?"

Mas eu estava longe de me vangloriar disso. Minha libido ainda pulsava regularmente, e acho que muito disso se devia ao fato de Quin e eu não morarmos juntos. Se morássemos, eu sabia que no exato segundo em que eu tivesse alinhado o último par de tênis no chão do guarda-roupa, eu começaria a gritar: "Aniversários, Natal e nosso aniversário! Qualquer outra noite do ano? Nem pense nisso!"

Eu tinha muita certeza de que amava o Quin, mas ainda não tinha dito isso a ele (ainda), porque essas palavras não devem ser jogadas por aí até que a gente tenha certeza.

A questão era que o que eu sentia por Quin era muito diferente do que eu sentia pelo Luke. Depois de uns quatro ou cinco meses que eu e o Quin estávamos saindo, ele me pressionou sobre isso.

— Qual é a diferença entre mim e seu ex? Seja sincera, Rach. Quero saber onde estou pisando.

— Luke era como... — Escolhi as palavras cuidadosamente, tentando ser precisa. — ... um molho francês que foi bastante reduzido.

Quin recuou.

— Caramba. E eu sou o quê?

— Você é... — Em pânico, eu tentava encontrar algo que aplacasse sua dor. — Como as batatas fritas com queijo do Jo Burger. Absolutamente *deliciosas*. E viciantes. Apenas diferentes.

Ele não ficou feliz, mas não insistiu. A não ser de vez em quando, talvez depois de me fazer rir muito ou depois de passarmos algumas horas animadas na cama, ele murmurava sombriamente: "Batatas fritas com queijo do Jo Burger..."

Quin dava fortes indícios de que me amava, mas, sendo Quin, ele era muito competitivo para correr o risco de falar sobre isso e ser deixado no vácuo.

Às vezes, eu me perguntava por quanto tempo poderíamos passar sem dizer: "Eu te amo." Aguentaríamos um relacionamento por inteiro? Uma vida?

Mas, tendo visto Luke, eu me perguntava se tinha sido errado ter resistido a Quin. Era como se um holofote estivesse de repente iluminando diferentes tipos de amor romântico. A minha versão que havia se apaixonado por Luke era muito mais inocente do que a mulher que conheceu Quin. Eu era mais sábia agora, moldada e transformada por tudo o que a vida me oferecera, de bom e de ruim.

E Quin era muito diferente do Luke. Então, é claro que o amor que eu sentia por ele — e eu estava começando a aceitar que *era* amor — também seria diferente.

Alertada por um barulho na porta, me levantei e lá estava ele: Sr. Quinlivan. Deixando a mala de rodinhas de lado, ele atravessou a sala, me envolveu em seus braços e me beijou. Sua presença máscula era um grande conforto — ele era real, minha vida agora era real —, mas, enquanto o beijo continuava, eu não parava de pensar: *Imagina se Luke estivesse pegando um avião particular de volta para Denver e nos visse? Isso seria uma ótima maneira de me vingar daquele cretino!*

Eu afundei o rosto no pescoço do Quin.

— Você está todo perfumado!

— Tomei banho.

— No *avião*?

— Sim. Eu sei! — Os olhos dele brilharam. — Vou te contar tudo. E por aqui? Tudo bem? — Ele examinou a sala de espera. — Você pegou algum agradinho?

— Tem uns chocolates... — Indiquei a pilha.

— Pode pegar — disse ele, segurando mais duas caixas. — Leva para sua mãe. — Ele insistiu com um sorriso maldoso. — Depois que ela comer, diga que eu que mandei.

Eu ri.

— Pare com isso, vamos.

Outro benefício do terminal particular era poder estacionar literalmente na frente da porta, em vez da caminhada tradicional de quatro quilômetros em piso de concreto. Quin jogou sua mala no banco de trás e nós pegamos a estrada; tínhamos um plano, um pelo qual Quin havia lutado muito: nadar no mar gélido do mês de março em busca do frisson que isso causava no corpo.

Dois anos atrás, no fim de semana da meditação, minha primeira impressão do Quin foi correta: ele era viciado em adrenalina, seu veneno particular sendo a escalada. Duas ou três vezes por ano, ele e um grupo de amigos da escola fundamental seguiam para qualquer parte do mundo cheia de granito a fim de prender peças metálicas nas falésias, pendurar-se em cordas e, geralmente, colocar a vida em risco.

Mas ele também era um caçador de endorfina, convencido de que a felicidade constante era alcançável se fosse possível reunir os ingredientes certos da vida da maneira correta. Quin vivia sugerindo *coisas* e tentando me envolver: "As pessoas acreditam no poder da ayahuasca" ou "Deveríamos entrar para um coral?"

Às vezes, eu cedia. Sendo honesta, Quin não era para qualquer um. Mas meus interesses frequentemente se sobrepunham aos dele, porque quando você não bebe nem usa drogas, precisa gerar a própria dopamina e fazer compras; embora isso seja maravilhoso, tem suas limitações.

EMBORA FOSSEM 7H50 de uma gelada manhã de março, o movimento era intenso nas ruas estreitas ao redor da área de mergulho Forty Foot. Um ar gélido pairava sobre a água salgada. Pessoas com toalhas enroladas desapareciam por uma abertura na parede de pedra, e outras surgiam, molhadas, mas empolgadas. Várias usavam uns casacos estranhos — enormes, acolchoados, tipo poncho, em tecido impermeável.

Não havia vagas disponíveis no estacionamento, mas Quin avistou uma mulher enrolada numa toalha aproximando-se de um carro e colocou a cabeça para fora da janela.

— Ei, bom dia. Podemos pegar sua vaga?

— Claro!

— Ela parece feliz, não parece? — disse ele para mim. — Vai ser legal, Rach.

— Eu *estou* feliz — disse a mulher. — Isso aqui é melhor que antidepressivo.

— Se importa se eu perguntar qual você estava tomando? — perguntou ele.

— Quin!

Como quase todo profissional com um salário alto no sul do condado de Dublin, Quin fazia uso de antidepressivos. Na minha opinião, não havia nada de errado com ele, só estava incomodado por ter dinheiro e não poder comprar felicidade em tempo integral. Em vez disso, comprava antidepressivos que não o ajudavam, mas amorteciam essa pontinha de frustração.

Quin pegou suas roupas de banho da mala, eu lhe joguei uma toalha e lá fomos nós, ambos — mas principalmente o Quin — tentando parecer frequentadores regulares.

— Ali deve ser o vestiário — murmurou ele, me guiando para algo que se assemelhava a um ponto de ônibus de concreto. Nada comparado à Sugar Beach, em Santa Lúcia.

Enquanto nos despíamos, olhávamos nervosamente ao redor, tentando entender a situação. Havia talvez umas vinte pessoas, de todas as formas e tamanhos, o que era um alívio. Eu já não era mais tão neurótica com o tamanho das minhas coxas, mas suspeitava de que essa vergonha do corpo nunca desapareceria de verdade.

O mar, no entanto, parecia fundo, frio e pouquíssimo convidativo. Quin me intrigava. Em certos momentos eu me sentia feliz por ter topado qualquer plano tolo que ele tivesse tramado, mas, em outros, como aquele, eu me preocupava; talvez ele estivesse ligeiramente fora de si. Talvez nós estivéssemos?

Ainda assim, se Luke me visse naquele momento, com certeza pensaria que eu era uma pessoa impressionante, interessante. Nadar em águas bravias no inverno era algo que só tipos corajosos e aventureiros faziam.

Nossas opções eram pular diretamente na água ou descer alguns degraus e nenhuma das duas me atraía. Então, a coisa certa a fazer era nadar um pouco e conversar com os outros nadadores. Grupos de três ou quatro cabeças flutuavam na água, suas vozes alegres vindo em nossa direção pelo ar gelado.

Meus dentes batiam e meus pés nos chinelos já estavam dormentes. Eu teria me agarrado a qualquer oportunidade de recuar, mas Quin pegou minha mão e se aproximou dos degraus com uma descontração casual. Demonstrar fraqueza não era a dele.

A temperatura do ar estava um pouco acima de zero — dava para sentir o *cheiro* do frio.

— É assim que se deve agradar uma mulher! — falei.

— Pelo menos você nunca fica entediada comigo — retrucou ele, apertando minha mão. — Três, dois, um!

Pulamos.

O impacto foi tão chocante que pensei que estava tendo um infarto. Eu respirava com dificuldade, o peito chiando.

— Jesus, Jesus amado! — Dei uma volta, procurando Quin. — Meu Deus! — Gritei para ele, empolgada. — Nós conseguimos!

Ele segurou meus punhos, e seus olhos brilhavam de alegria. Quin se aproximou, e ficou claro que ele estava se preparando para um beijo.

— Quin, sem demonstrações públicas de afeto! — Na hora, fiz um sinal com a cabeça para os cidadãos respeitáveis em seus trajes de banho comportados. — Não estamos nas Maldivas.

Ele riu, exageradamente, como se estivesse chapado.

— Sessenta segundos — disse ele, com gotículas de água salgada caindo dos cílios espetados. — É o tempo que temos que ficar aqui dentro para obter o benefício. Devemos fazer a contagem regressiva?

— Já estou fazendo! — falei, embora mal conseguisse articular uma palavra de tão entorpecidos que meus lábios estavam.

Quando os sessenta segundos acabaram, saímos da água com a pele formigando e o humor nas alturas. Envoltos em toalhas, com nossos casacos jogados sobre elas, entramos no carro. Paramos para pegar um café para viagem e seguimos até a casa do Quin, uma construção vitoriana de quatro quartos, totalmente reformada, com uma enorme cozinha moderna que se estendia até o grande jardim dos fundos.

Olha só para mim agora, Luke.

Quin jogou nossas coisas na ilha da cozinha.

— O que você quer primeiro? Café ou um banho?

— Banho — respondi, já na metade das escadas. — Preciso me aquecer.

— Eu vou te aquecer! — disse ele, maliciosamente.

— Você não tem a menor chance quando fala assim!

Sob o dilúvio de água escaldante, estremeci de prazer. Quin apareceu no banheiro, colocando sua toalha no cesto de roupa suja. Eu coloquei a cabeça para fora do box e disse:

— Vem cá.

— Tem certeza?

O alívio em seus olhos me inundou de ternura.

Pobre Quin, perturbado pelo repentino reaparecimento de Luke e tentando não supervalorizar isso. Eu o puxei para perto, colocando as palmas das mãos em seu peito, deslizando suavemente ao longo da largura de seus ombros, pressionando o meu corpo contra o dele. Quin era forte e real, e eu precisava disso.

O passado era terrivelmente triste, mas era passado. Aquilo era minha vida agora e era uma vida muito boa.

Olhe para mim agora, Luke.

— Está tudo bem? — perguntou Quin, recuando para me olhar.

— Aham. Só... estou feliz que tenha voltado.

— Eu também.

Nos intervalos entre nossas palavras, muita coisa estava sendo comunicada.

Eu te amo.

Eu também te amo.

Eu poderia simplesmente dizer. Seria tão simples.

Mas dizer isso pela primeira vez dois dias depois de ter visto meu ex-marido, de alguma forma parecia macular o momento. Eu sentia.

Quin desligou o chuveiro e me enrolou nas toalhas. No quarto, enquanto eu tomava meu café, ele penteou meu cabelo úmido e o secou com o secador de cabelo ridiculamente caro e multifuncional que ele comprou quando finalmente concordei que estávamos num relacionamento de verdade.

— Então, me conta — pediu ele.

Escolhendo minhas palavras com todo o cuidado, falei:

— Estou bem. No geral, estou bem. Ver Luke mexeu com coisas que eu pensava... bem, nunca pensei que elas tivessem desaparecido *para sempre*, mas estavam escondidas em algum lugar, esquecidas. Eu não estava pronta para senti-las de novo.

— E você está se sentindo...?

— Triste. Muito triste... É como querer visitar um país que não existe mais. Mas já vai passar e vai ficar tudo bem.

— Você... você ainda... o ama?

Eu vi o quanto custou a Quin me perguntar isso, e meu coração apertou dolorosamente.

Cheguei mais perto.

— Não, querido. Mas eu lembrei como era amá-lo naquela época. Foi algo importante. Estou um pouco abalada, mas tudo isso é passado.

Ele comprimiu os lábios, assentiu e, então, decidiu que já tínhamos falado o suficiente sobre o assunto.

— E agora? Mais café?

Olhei as horas. Dez e dez, muito tarde para cafeína se eu quisesse dormir à noite.

— Descafeinado.

Quando ele voltou da cozinha, estava lendo em seu iPad.

— Roupão de secagem rápida — disse ele. — É o nome daquelas roupas esquisitas que todo mundo estava usando lá no Forty Foot, sabe? É uma mistura de roupão e casaco. Precisamos deles.

— Você está pensando em fazer disso uma coisa rotineira?

— Para obter os benefícios eu teria que fazer isso todos os dias. E não quero ir sem você, então, você teria que ir todos os dias também. — Quin deu um zoom na tela. — Você quer um preto com forro azul? Ou com forro vermelho?

— O quê? Esses casacos gigantes?

— *Roupão de secagem rápida.*

Eu estava *tão* feliz por viver numa época em que o tamanho grande estava na moda. Uma blusa gigante fazia o restante do meu corpo parecer menos gigante. Seria de se imaginar que eu teria superado esse tipo de pensamento, não é mesmo? Mas não, e, pelo que parecia, nunca superaria.

Mas aqueles roupões eram exagerados. E *uma* vez já tinha sido o suficiente para saber que água gelada não era para mim.

— Para com isso, Quin, você é maluco. Não compre para mim.

— As cores são meio básicas... Ué, você não quer que a natação vire rotina?

— Eu... ah, acho que não. Não estou tão insatisfeita com a vida quanto você.

Isso o fez rir.

— Mas e se você morasse aqui o tempo *todo*, Rach?

Aqui estávamos nós outra vez.

— Nossa vida é agitada — continuou Quin. — Nós saímos muito à noite. Seria tão bom voltar para casa juntos. E Crunchie adora ficar aqui.

Ela adorava. Mas...

— Crunchie adora estar em qualquer lugar.

Havia muitas considerações sobre morar com o Quin, sendo a mais importante seus dois filhos. Eu me dava bem com Liberty e Finley, mas seria diferente se eu me mudasse para lá de vez.

E quanto à minha casa, que eu *amava*? E meu jardim que, na verdade, talvez eu amasse ainda mais? Quando me mudei pela primeira vez, cinco anos antes, eu ainda estava em choque pela minha separação do Luke e não tinha interesse em criar um lar. Ser funcional era tudo o que importava. Uma cama para desabar, um sofá para se jogar, um micro-ondas para fazer pipoca quando eu me lembrava de comer.

Os móveis que Luke e eu tínhamos em Nova York foram doados para a Goodwill. Voltei para a Irlanda com muito pouco dinheiro, e só comprei o essencial.

Mas o tempo realmente cura *tudo,* porque um dia me vi desembolsando uma quantia absurda de dinheiro por uma penteadeira estilo anos 1960. No eBay! Nem tinha visto pessoalmente, mas alguma certeza vibrava dentro de mim de que daria certo, e deu.

Deve ter sido na mesma época em que Claire e eu começamos a vasculhar brechós. A melhor amiga-inimiga dela tinha achado uma mesa de centro fabulosa, baixinha ao estilo dos móveis da série *Mad Men*. Mas Claire achou intoleráveis as madeiras arranhadas e os estofamentos rasgados. "A vida é muito curta para ficar procurando potencial nas coisas, sabe? Me mostre algo perfeito, não me faça perder tempo", comentou ela.

Mas eu tinha mergulhado justamente na ideia do *potencial.* No dia em que vi duas poltronas meio surradas da metade do século, mas com uma ótima angulação, imediatamente quis saber o preço. Claire perguntou, totalmente confusa: "Para que você *quer isso*? Vai usar de cobertura para os seus... arbustos? (O jardim dela era lindo, porque ela pagava caro para um paisagista e sua equipe de eslovacos habilidosos. Claire jamais tinha segurado uma pá, e meu pequeno hobby a deixava perplexa.)

Sentindo-me emocionantemente envolvida, mandei refazer o estofamento e agora elas ocupavam lugar de destaque no meu "escritório".

"Não invente de virar uma daquelas pessoas metidas com 'peças exclusivas', ok?", advertiu ela.

Era uma identidade que eu teria ficado encantada em abraçar, mas, até então, as cadeiras continuavam sendo meu maior sucesso.

— Eu amo minha casa, Quin — falei.

— Sim, ela é ótima, se fôssemos só nós dois. Mas as crianças precisam de um espaço para elas.

— Eu sei.

— Nós podemos desenterrar sua cerejeira e replantá-la aqui.

Mas havia outra razão pela qual eu estava resistente: o modo terrível como Luke e eu terminamos.

— Quin, se as coisas derem errado entre nós... — Eu tentei encontrar as palavras. — E eu tiver que ir embora...

— As coisas não vão dar errado.

Eu poderia ter sorrido. Não demorou muito para ele voltar ao seu eu confiante e arrogante.

— E, mesmo se derem, você vai ficar bem, Rach. Você sobreviveu a muita coisa, você é *capaz*.

E ele estava certo, percebi, ligeiramente surpresa.

Os anos entre Luke e Quin tinham sido muito dolorosos, sobretudo no começo, mas eu não sucumbi. Na época em que comecei a sair com o Quin, eu já havia mudado: estava acostumada a nunca me sentir "segura", ou talvez tivesse aprimorado minha versão de segurança, uma habilidade que não teria adquirido se Luke não tivesse me deixado. O que indicava que, quando conheci Quin, eu já não me entregava tanto. Não é que eu fosse mais forte, só estava melhor em cuidar de mim mesma. E isso tinha que ser bom.

Os fatos eram: Luke tinha seguido em frente — eu vi isso com meus olhos —, e eu também. Agora bastava parar de vez com aquele comentário constante na minha cabeça, em que eu continuava mostrando minha vida boa para o Luke para que ele visse como eu estava bem.

— O problema é a casa? — perguntou Quin. — Porque podemos mudar as coisas. Ou nos mudarmos para algum lugar novo? Um novo começo?

Ele morava na mesma casa desde o fim do seu casamento, sete anos atrás.

— Talvez possamos começar por este quarto — falei. — Dar uma repaginada nele.

— Você não gosta? Mas... eu comprei uma cama nova pra gente.

A cama foi comprada na mesma época do secador de cabelo, da roupa de cama nova, das toalhas e de toneladas de almofadas. ("Mulheres adoram almofadas, certo?")

Eu acenei para as paredes de tijolos expostos e os móveis escuros e elegantes.

— Este quarto é muito... *masculino.*

— Por que você não disse antes?

Mas, redecorar a casa do Quin, mesmo fazendo pequenas mudanças, significaria um compromisso para o qual eu não estava pronta.

— Então, Rach, vamos reformar! O que você quiser, pode fazer.

— Até aquelas luminárias de neon de parede com as palavras "Viva, Ame, Sorria"?

— Você nunca teria uma luminária "Viva, Ame, Sorria". Que é o motivo principal de você ser minha pessoa favorita — disse ele, logo acrescentando: — Gente! Estão todos esgotados! O tal do roupão. Não é *possível.*

17

— Aqueles ali — apontou Quin. — Sem dúvida aquele par.

Eu estava mostrando os três pares de tênis que tinham chegado na quinta-feira.

— Humm... — Eu ainda me sentia indecisa. — Estes não?

— Pegue os dois.

Eu ri.

— Não! Juro por Deus, Quin, você é pior do que eu.

Se dependesse dos meus instintos mais básicos, eu ficaria com os três, mas eu *tinha* que fazer as coisas com moderação.

Peguei meu celular. Ainda nada.

— Quin. — Fiz cara de desculpas. — Preciso ir para casa. Tenho que passear com a Crunchie.

— Nenhum sinal da Kate?

— Nada.

Eu tinha mandado algumas mensagens, mas ela não respondeu o dia todo, o que não era comum.

— Eu vou com você.

A ideia me agradou, tudo era mais legal se eu estivesse com ele.

— Não. Você está exausto. Eu vou e volto em uma hora.

— Ok. Vou cuidar do jantar enquanto isso, então.

EU ESTAVA COLOCANDO comida na vasilha da Crunchie quando a chave da Kate fez barulho na porta.

— Estou na cozinha — avisei.

— Oi!

Os olhos da Kate brilhavam. Brilhavam demais.

— Oi… você está bem?

— Rachel, podemos conversar? Preciso te contar uma coisa.

Fiquei imediatamente alarmada.

— Então… Sabe o enterro na sexta? Da avó do Devin?

Calma aí.

— Avó do Devin?

Com certeza ela quis dizer mãe do Luke.

— É que Devin e eu…

Ah, não, isso só pode ser *brincadeira*. Ela só pode estar BRINCANDO!

— Devin e você, o quê?

— Nós… ah, é, nós estamos conversando…

— "Conversando"?

Até eu sabia que isso era um eufemismo para um tipo totalmente diferente de comunicação.

— Como ele entrou em contato com você? Não, isso não importa. E…?

— Eu gosto dele. Acho que ele gosta de mim.

Mais eufemismos. "Eu gosto dele" significava que provavelmente passaram o fim de semana inteiro na cama.

— Eu acho, talvez, que esteja rolando algo entre a gente — explicou Kate.

— Vocês se conhecem o quê, há *dois dias*?

Kate ficou vermelha.

— Não aconteceu nada, ele mora com os pais e eu não queria trazê-lo aqui antes de conversar com você… Olha, não deve ser nada de mais, só um… lance. Mas não parecia certo que você não soubesse.

Eu me senti extremamente culpada. Não só por Kate ser a pessoa mais doce que eu conhecia, mas também por ela ser adulta e não me dever explicações.

— Espera — falei. — Obrigada por me contar. Desculpe por ter estranhado.

Mas a minha mente disparou, indo rumo à Catástrofe Total: Kate e Devin fazendo sexo barulhento no quarto ao lado; Kate e Devin esparramados no sofá assistindo à Netflix, eu amargurada numa poltrona, com ciúmes por estar ali empatando os dois.

Por mais que eu amasse Kate, não poderíamos mais morar juntas, não se houvesse a chance de esbarrar com o sobrinho do Luke toda hora, vendo-o sair sem camisa do banheiro, com uma toalha envolta nos quadris estreitos da família Costello.

Isso poderia ser desconfortável. Mas é uma oportunidade.

Uma oportunidade para...?

Crescimento pessoal.

Suspirei internamente. Maldito crescimento pessoal. Sempre tão desagradável.

— Então, me conte sobre o Devin — falei, fazendo um esforço. — Quantos anos ele tem?

O rosto da Kate se iluminou.

— A mesma idade que eu! Vinte e três. Nossos aniversários têm apenas dezessete dias de diferença, somos praticamente irmãos!

Ah, meu Deus.

Timidamente, ela admitiu.

— É a primeira vez desde Isaac que eu realmente gosto de alguém. E ele tem uma banda, então ele meio que entende quem eu sou. Exceto... — Kate antecipou minha pergunta. — Que eles ainda não fizeram sucesso, então ele não tem dinheiro. Outra coisa em comum — disse ela com uma risada nervosa e eu me senti péssima.

— Estou feliz que você tenha conhecido alguém, Kate. — Pelo menos consegui dizer isso sem passar o que eu sentia. — Não faz diferença de quem ele é sobrinho.

— Jura? — O rosto dela se iluminou com alívio. — Estou tão feliz que você não esteja chateada comigo. É que... sabe quando você conhece uma pessoa e sente como se a conhecesse a vida toda? — Com um jeito sonhador, ela acrescentou: — E não é só isso. Ele é MUITO gostoso.

Não havia como discordar disso.

Peguei a coleira da Crunchie, que veio correndo feliz. Geralmente, a gente dava só uma voltinha pelo bairro, o que levava no máximo vinte minutos. Mas esta noite fomos até o bosque.

Minha casa ficava entre dezesseis outras casas, escondida na periferia de uma tranquila área rural de Wicklow. Com solo de granito e muita vegetação nativa, as construções foram feitas num esforço para integrá-las à paisagem. Mas os moradores não gostavam muito de nós, forasteiros. Talvez, depois de morarmos aqui por setenta anos, eles consigam conversar conosco nas lojas. Enquanto isso, toda transação era um tanto angustiante.

Ainda assim, era muito bom morar pertinho da natureza.

Crunchie estava solta e farejando tudo em um estado frenético, mas voltava toda hora para verificar como eu estava. Eu tinha tido alguns dias difíceis — desde a fatídica ligação de Joey — e ela sentia isso.

Com o surgimento do tópico Kate-Devin, eu me perguntava se o universo estava me dizendo para eu me mudar para a casa do Quin.

Eu tinha mantido Luke e eu como o Padrão Ouro por tempo demais. Com alguns ajustes, acho que eu poderia viver muito feliz com o Quin. E não havia necessidade de começarmos do zero numa nova casa que tivéssemos comprado juntos, não havia necessidade de desalojar os filhos dele.

Será que teríamos vida longa? Eu não fazia a menor ideia e, no fundo, será que isso importava? Achei que o Luke e eu ficaríamos juntos para sempre e errei feio. Tudo o que havia era o hoje. E o hoje estava bom.

18

Na manhã de segunda-feira, não eram nem sete e meia quando entrei no Claustro. Depois de acordar às seis, não consegui mais dormir, então decidi que poderia, muito bem, fazer algo útil.

Lá embaixo, na cozinha, alguém cantava uma versão muito alta e desafinada de uma música melosa. O nome "Demis Roussos" piscou na minha cabeça. "La la, la la la, la lala la lala, você SEEEEERÁ A ÚNICA!"

Segui o som e encontrei Dennis fazendo uma serenata para Ella enquanto os dois preparavam o café da manhã de todos. Os novatos sempre recebiam as piores tarefas.

— Você SEEEEERÁ A ÚNICA!

— Para! — implorava Ella, curvando-se de tanto rir. — Vou morrer de tanto rir.

— Já te contei sobre quando participei do *The Voice* Irlanda? — perguntou ele. — É verdade, juro!

— Eu quase acredito em você. Minha nossa! — Ella me olhou e pareceu ter visto uma assombração. — De onde você surgiu? Passou a noite aqui?

Dei meu sorriso enigmático.

— Sanduíche de bacon? — ofereceu Dennis.

Outro dos meus sorrisos enigmáticos.

— Isso é um sim ou um não? — perguntou ele.

— É um não.

E então surgiu Ted, faminto por detalhes.

— Como você está, Rachel?

— Bem, Ted. Está tudo bem.

Não era totalmente verdade, mas com o tempo seria.

— Seu ex já foi embora?

— Provavelmente — respondi, forçando outro sorriso. — De qualquer forma, está tudo bem.

Minha intuição me dizia que Luke tinha ido embora e, agora que era tarde demais, eu ainda me sentia desesperadamente arrependida por não ter ido ao almoço do Justin. Uma sensação de perda infinita sussurrava que eu tinha deixado passar uma oportunidade de... *de quê*, exatamente?

Apagar os últimos seis anos como em um passe de mágica?

Porque isso jamais aconteceria. A verdade era que algumas coisas simplesmente não podiam ser consertadas. Meu desafio era viver com isso, e eu estava vivendo. A ânsia que havia sido despertada dentro de mim lentamente voltaria para o fundo, para onde vivia, e com o tempo a vida voltaria ao normal.

Fui a primeira a chegar à Ala do Abade. Minutos depois, entraram Dennis e Ella.

— Olha ela de novo! — Dennis estava em ótima forma. — Você perdeu um *cafezão* de primeira!

Franzindo a testa, apurei o olhar. Minha Nossa Senhora, olha o *estado* dele! Quantos dias mais ele precisaria para perceber que suas roupas estavam imundas? Obviamente, em casa, a esposa fazia tudo por ele.

Não que Ella parecesse se importar com as roupas nojentas do Dennis. Com o braço bom, ela deu um empurrão nele, ambos tentando reivindicar a segunda melhor cadeira. Ella e as de sua espécie sobreviviam sendo amáveis com todos, mesmo com aqueles que não trocavam de cuecas fazia seis dias. Ela poderia literalmente ficar sufocada pelo cheiro do Dennis, mas jamais admitiria.

— Uau! — Ella tinha notado meu tênis novo. — Seu tênis é demais!

Era demais *mesmo*! Branco, mas com estrelas de estampa de leopardo e um acabamento na frente. Abri a boca para me empolgar com a Ella, mas me contive a tempo. Meu Deus, eu não estava na minha melhor forma.

Acenando levemente com a cabeça, me limitei a um sorrisinho de canto de boca. Ao longo dos anos, o feedback era que esse sorriso estranho era bem aterrorizante. Quando se leva em consideração as horas de prática que dediquei a ele, foi gratificante saber disso.

Mas, coitada da Ella. Elogios e adulações eram sua forma de se conectar. Quando as pessoas não entravam no jogo dela, ela ficava sem saída.

Giles surgiu, alto e elegante, e não ficou feliz ao ver Ella com Dennis. Meu Deus, você pode tirar a cocaína do mulherengo, mas...

— E DEPOIS... — Dennis leu em voz alta. — O cara se senta no caixão e diz: "De quem é esse batom que estou usando?!"

A Ala do Abade explodiu em gargalhadas. Estávamos sendo presenteados com a história de vida do Dennis e ela era uma comédia agitada; uma série de histórias hilárias. O álcool era mencionado ocasionalmente, mas apenas como um ingrediente necessário para "uma ótima noite".

Era muito comum. Alcoólatras que assumem a responsabilidade pelo vício ao escondê-lo à vista de todos, com relatos dramáticos e divertidos de aventuras sem limites. *Parecia* que ele estava admitindo que tinha um problema, mas na realidade era apenas uma grande distração. Qualquer vergonha que Dennis sentisse — e deveria ser muita — estava velada sob uma casca quase impermeável de piadinhas dissimuladas.

Ele parecia ser dono de metade da cidade de onde veio: proprietário de um pub, de uma lanchonete, de uma empresa de táxi e de uma pequena funerária. A empresa de táxi (que se resumia em apenas ele e seu irmão, Patch, compartilhando um carro) operava no mesmo local que a funerária, o que levava a alguns enganos "hilários".

— Nossa! Acabei de pensar em outra! — Dennis abandonou seu roteiro escrito. — Minha Experiência de Quase Morte! Imaginem a cena... O dia seguinte de um enterro. Agora, sou um homem que adora um enterro, não há nada tão bom quanto um sanduíche de presunto da cantina de um cemitério.

Eu conseguia visualizar a cena: Dennis cumprimentando as pessoas entre os enlutados enquanto mentalmente calculava quanto estava sendo gasto no Open Bar do *seu* pub. Assim como Chalkie, Dennis era uma simpatia. Isso significava que as pessoas aceitavam seu vício, inventavam desculpas para ele, encobriam seus erros e não suportavam confrontá-lo.

Dennis estava de pé, interpretando os vários personagens da sua história. Eu o deixaria terminar esta e, depois, ele não seria mais o centro das atenções até que seu irmão Patch chegasse na quarta-feira de manhã e contasse toda a verdade.

— Estive clinicamente morto! Por quatro minutos, dá pra acreditar? Eu sabia que estava na maca do hospital, mas vi a luz branca do corredor. Então, falei: "Tem *open bar* no céu?"

Ella soltou uma risada.

— Eu estava falando sério — disse ele, e seus cachos balançaram. — Se tivesse *open bar*, eu continuaria indo em direção à luz. Mas uma voz me disse: "Nada de bar. O céu é uma secura só." Então falei: "Valeu, galera! Vejo vocês depois." E voltei!

Quando a risada diminuiu, Ella declarou:

— Você poderia trabalhar como comediante!

— Se a bebida não o matar primeiro... — comentou Giles calmamente.

Um manto de silêncio caiu sobre a sala, e seis cabeças se viraram para encarar Giles. Para ser sincera, até eu me espantei. Mas como a Roxy iria embora em três dias, claramente Giles havia começado sua transição para o posto de Estadista Júnior do grupo. O caçador ilegal se tornando um fiscal de caça.

— Mas...

Ella ficou horrorizada ao ouvir seu amigo Dennis ser acusado assim. Ela acreditava na história de que ele havia sido chantageado pela esposa para se internar. O que também consolidou sua convicção de que ela mesma estava internada só para agradar aos outros.

— O que diabos deu em *você*? — perguntou Chalkie a Giles.

Giles deu de ombros.

— Ele quase morreu por intoxicação alcoólica. Isso não é engraçado.

— Ah, para com isso! — protestou Dennis. — Estamos só rindo um pouco.

Assentindo fortemente com a cabeça, Ella lançou um olhar de raiva para Giles.

NO FIM DA sessão, quando se levantaram para sair, eu disse:

— Dennis, pode esperar um pouco?

— Ih, pessoal... Me dei mal!

Depois de fechar a porta, falei:

— Dennis, suas roupas.

Ele mexeu no paletó.

— Feitas pelas boas mãos do Makee, de Mullingar. Sem dúvida uma mulher linda como você tem um marido ou namorado que precisa de "alfaiataria sob medida", certo? Mencione meu nome para Mossie Makee e ele cuidará de você e do sortudo em questão — explicou ele, e seus olhos piscavam de forma exagerada, indicando que eu teria um grande desconto.

— Dennis, suas roupas estão sujas — falei, indicando as manchas na gravata, as manchas não identificáveis na camisa. — Você precisa lavar suas roupas. Além disso, você está aqui há quase uma semana e ainda não tomou banho.

— Eu tomo banho todo Domingo de Páscoa. Quer eu precise, quer não! Hahaha!

— Dennis, você precisa tomar banho todos os dias. E peça para alguém te mostrar como funciona a máquina de lavar.

— Ah, minha mulher vai trazer roupas limpas para mim no próximo fim de semana.

— Lave suas roupas... — Eu podia ser bem assustadora quando me esforçava. — Hoje à noite, Dennis.

Enquanto saía da sala, ele gritou atrás de mim, com uma raiva repentina e real:

— O que isso tem a ver com beber demais?

Muito. Dependentes costumam odiar a si mesmos e muitos não são capazes de se cuidar com um mínimo de civilidade. Mas ele aprenderia.

Quando liguei meu celular, entrou uma mensagem da Helen:

Pode me encontrar? Preciso falar com você.

Esse tipo de coisa — Helen propondo um encontro casual só nós duas — era um pouco estranho. Ela deve querer conversar sobre o assunto que já tinha começado a falar na manhã de sexta, sobre o enterro da Sra. Costello. Impossível adivinhar o que seria. Ela poderia estar se separando do Artie, embarcando numa expedição solo ao polo Norte... Conhecendo a Helen, poderia ser literalmente qualquer coisa. Mas eu esperava que ela estivesse bem.

Quando? Hoje? Fazenda Red Kite às 17h45?

Ela respondeu imediatamente:

Red Kite, não. Odeio aquele lugar. É cheio de mães escrotas.

É claro. Todo mundo adorava a Fazenda Red Kite — a estética brega, as mesinhas de apoio artisticamente descombinadas, seus enormes e supercaros bolinhos de cereja. Helen *tinha* que ser diferente. Então chegou outra mensagem.

Tudo bem, Red Kite. Só não me encha o saco com os malditos bolinhos. Eu sei, eles são ENORMES.

Fiquei levemente ofendida. Nunca na minha *vida* mencionei o tamanho dos bolinhos do Red Kite. Eles eram grandes demais para uma pessoa, mas eu não me incomodava com isso. Até gostava que fossem.

COMO JÁ ERA tarde, foi fácil encontrar vaga para estacionar — os grupos agitados de Mães Mimadas vestidas com roupas de ioga geralmente iam embora por volta das três e meia, amontoando-se em seus Range Rovers para buscar os filhos nas escolas particulares.

Helen já estava sentada, olhando o celular e parecendo levemente suspeita.

Ela me avistou e cantarolou:

— Oláa, Rachel!

Helen *nunca* cantarolava. Cantarolar estava na sua Lista da Pá.

Um sorriso sinistro apareceu em seu rosto perfeito, e eu pressenti uma coisa muito ruim.

— Senta aí — disse ela, e apontou para a cadeira em frente. — Pedi um chá de hortelã para você. É este, não é? E um brownie. Não quis arriscar com os bolinhos.

— Então, o que tá acontecendo?

Seu olhar voltou-se para a mesa.

— Então... Eu e o Artie, nós estávamos pensando...

De repente, eu sabia o que ela ia dizer.

Ela encontrou meu olhar.

— Nós queremos ter um bebê.

Isso era o que eu estava preparada para ouvir.

— Me desculpe, Rachel. Sei que isso vai deixar você chateada e eu sinto muito mesmo.

Ainda estávamos travadas em um olhar infinito. Meu rosto ardia, e as palavras certas não vinham.

— Você vai dizer que é adulta e que suas coisas são responsabilidade sua e tudo mais, porém...

— Mas é verdade — consegui dizer.

— Você não precisa ser forte. Não para me proteger.

— Eu... — Havia muitas emoções tumultuadas dentro de mim, uma grande bagunça.

— Diga que me odeia...

— Mas eu não te odeio, Helen. Tipo, *claro* que não. Já abandonei esse pensamento há muito tempo. Você tem que fazer o que é melhor para você. Eu não aguentaria se você não fizesse isso por minha causa.

— Coma seu brownie. De repente, o açúcar ajuda.

— Eu pensei que você não quisesse ter filhos.

— Eu não queria. Aí, de repente, passei a querer. A princípio, achei que poderia ter algo errado comigo, então fui à médica. Imaginei que ela receitaria alguns comprimidos para fazer isso parar. Mas ela disse que eu estava com o "instinto maternal" aflorado. Instinto maternal? Eu!? Enfim, fiquei impressionada com a coragem dela em me dizer isso. Acha que eu devia ter pedido um bolinho gigante para você? — Ela empurrou a cadeira para trás. — Vou pegar um para você agora.

— Sente aí, sua boba. Então... onde vocês estão no processo?

— Extremamente dedicados.

— Ah, que bom. Quer dizer, é bom mesmo?

Minha experiência era que ter relações sexuais de acordo com um cronograma tirava muito do prazer.

— Nós começamos agora, então está tudo bem por enquanto. Na sexta de manhã eu fiz uma coisa exploratória, sabe, um procedimento, por isso não pude ir ao enterro. O médico disse que mesmo que eu esteja quase chegando aos quarenta, ainda tenho alguns óvulos. Então, pode dar certo. Se não der, teremos que "explorar outras opções". Talvez fertilização *in vitro*.

— Eu desejo toda a sorte do mundo, Helen, e estou sendo muito sincera. Espero que dê tudo certo.

— Mesmo? Então estamos bem? Você e eu?

— Claro!

— Obrigada, Rach. Ah! E me fala, que história é essa da Kate com o sobrinho do Luke? Eu encontrei os dois hoje de manhã...

— Os *dois* juntos?

— Ela estava fazendo uma vigilância e ele estava só "acompanhando". Eu não tenho nada a ver com isso, mas eles pareciam... — Ela fez uma pausa e considerou a palavra. — Interessados. Sim. *Muito* interessados um no outro. E, se eles, tipo, se casarem e você tiver que ver o Costello no casamento?

— Ah, Helen, não vamos tirar conclusões precipitadas.

— Enfim, seja como for, por que você se importaria, não é? Você gosta do Dr. Garrafinha Térmica, ele é um namorado legal.

— Ele é um ótimo namorado.

— Mesmo usando garrafinhas térmicas. E, olha, você tem certeza de que está bem com minha ideia de ter um bebê?

— Com certeza. Nem pense mais nisso.

— Certo. Só mais uma coisa. O verbo "tentando"?

— Lista da Pá?

— Um dos principais da lista. Nunca mais diga isso. Vou indo, então.

19

Vi Helen se afastar e, com isso, meu rosto estava livre para demonstrar como eu realmente me sentia. Triste, muito, muito triste.

Mas você vai ficar bem. Sem dúvida.

Estava acontecendo tudo ao mesmo tempo. Primeiro, cruzei o caminho do Luke novamente, depois, Kate se apaixonou por Devin e agora isso. Para quem acredita em astrologia, com certeza algo grande estava acontecendo. Justaposições cósmicas e afins.

Mesmo com tudo isso, comecei a me animar um pouco com a ideia. Se Helen e Artie tivessem um bebê, eu ia adorar. Sentimentos contraditórios podem, sim, coexistir: esperança para Helen e tristeza para mim.

Um desejo repentino por Quin surgiu, mas ele passaria a noite ocupado com uma reunião online do projeto no Novo México.

Era quase uma surpresa eu querer tanto falar com ele, porque até bem pouco tempo nosso relacionamento era como uma colcha de retalhos incompleta, muitos aspectos positivos diferentes que, juntos, não formavam um todo. Ainda assim, tinha funcionado. Mas algo extra tinha sido incorporado à mistura, e todas as partes isoladas de repente se encaixaram.

Essa mudança começou há alguns meses, numa daquelas conversas inesperadamente significativas em que as pessoas se envolvem sem aviso prévio.

Quin mencionou de novo a história das batatas do Jo Burger e, em vez de simplesmente rir, falei: "Eu queria nunca ter dito isso."

— Você disse porque é verdade.

— Mas era uma situação muito diferente. Quando nós nos conhecemos, ainda era difícil para mim confiar em você. Você foi muito claro sobre, sabe, sua tendência a ser mulherengo. Se eu o tivesse conhecido, digamos, dez anos atrás, eu o teria evitado *totalmente* — confessei, e, de repente, algo se tornou claro. — Hoje sei que você se importa comigo, mas...

— O quê?

Eu precisava contar pra ele.

— Digamos que numa dessas suas viagens a trabalho você acabe conhecendo alguém, se interessando. Eu não acho que você se torturaria muito pensando em mim antes de ir pra cama com a pessoa. E acho que você me falaria a verdade, não para me machucar, mas porque... — Engoli em seco, porque era um pensamento horrível. — Somos adultos.

— Você está errada — rebateu Quin, para minha surpresa soando zangado. — Como você sabe que *não* conheci pessoas e pulei fora da situação?

— Você pulou?

— Sim. Algumas vezes. — Os olhos dele brilharam e ele me encarou com raiva. — Rachel, você me magoou.

— Desculpe.

A decepção dele foi inesperada.

— Eu faço o possível para não te magoar. Mas isso... essa *ideia* de eu ser um mulherengo, é bem conveniente. Significa que você pode se comprometer parcialmente comigo, sem precisar estar comigo por inteiro usando essa justificativa. É o mesmo que dizer que você está comigo porque não há potencial para isso ser sério. O que é condenável, Rachel.

— Desculpe, Quin — falei, de coração. — Eu entendi errado. Sei que você é uma pessoa diferente agora. Eu só preciso... deixar meus sentimentos acompanharem os fatos.

Daquele momento em diante, meu apego por Quin se tornou mais estável e profundo.

Mas, como não poderíamos nos encontrar à noite, então, fui a uma reunião do meu grupo de apoio das segundas e isso me ajudou. Cheguei em casa *exausta* e entrei revirando a cozinha em busca de alguma coisa fácil para jantar.

Não foi a primeira vez que desejei que meu endereço estivesse na área de entrega dos aplicativos de delivery.

Nem sinal da Kate, e eu não sabia onde ela estava. Não ficávamos vigiando a vida uma da outra. Eu não era a mãe dela e não queria agir como uma, mas a notícia sobre Devin tinha mudado isso.

Ela está com ele agora? E se — como Helen sugeriu —, isso se tornar sério e eles decidirem se casar? Eu teria que ver Luke no casamento. Se eu não tivesse levado a Kate ao enterro...

Uma caixa de cereal com uva-passa apareceu no armário, mas não tinha leite na geladeira. Sem problemas! Eu me encolhi no sofá, comendo aos punhados direto da caixa e abri meu iPad, clicando aqui e ali, em busca de boas sensações.

Passei no Luxury Exchange para dar um oi para a "minha" bolsa Chanel. Depois de olhar para ela com amor, me ocorreu que, cedo ou tarde, alguém a compraria. Alguém com mais dinheiro que eu, ou simplesmente com menos restrições. Um dia, eu clicaria e clicaria de novo e não haveria sinal dela. Sem detalhes sobre quem a comprou, nem se mereciam, nem se ficariam tão felizes com ela quanto eu teria ficado. Ela só... teria *sumido*.

Crunchie deu um latido de advertência, e a campainha soou — crianças do bairro querendo alguma coisa, sem dúvida. Não passava uma semana sem que me pedissem dinheiro. Peguei minha bolsa, ansiosa para entregar o dinheiro rápido, abri a porta e...

Luke. Parado na minha soleira.

O choque me deixou sem ação.

Na minha cabeça, ele já tinha voltado para onde morava atualmente. Vê-lo do lado de fora da minha casa, a garoa enfeitando seu cabelo sedoso e os ombros do seu sobretudo escuro, era simplesmente muito estranho.

— Posso entrar?

Em um transe obediente, abri espaço para ele.

Crunchie começou a rodeá-lo e cheirá-lo, suas unhas batendo no chão.

Por que ele estava aqui? Talvez tivesse vindo se desculpar...? Apontei para a sala de estar.

— Posso entrar com os sapatos?

Olhei para as botas dele.

— Sim, não, tudo bem. Entre.

Meu Deus, quem se *importava* com sapatos numa hora dessas?

Eu o segui e indiquei o sofá.

— Sente-se. Quer me dar o seu casaco?

Ele enfiou as mãos nos bolsos do casaco e permaneceu em pé.

— Não, vou ser breve.

Luke não parecia muito amigável. Duas marcas de expressão sombrias percorriam dos cantos do nariz até as extremidades da boca. Não tinham sido tão visíveis na igreja.

Bom, ele tinha envelhecido, assim como eu.

— Em que posso... Por que você está aqui?

— Devin e Kate? — disse ele, ganhando vida de repente. — Que *merda* é essa? Você a incentivou?

Raiva. Essa era a emoção em Luke, reconheci enfim.

— Eu a incentivei a quê?

— A se envolver com um cara que *por acaso* é meu sobrinho.

Magoada, gaguejei.

— Eu só soube ontem à noite, e também não fiquei feliz.

Furioso e em silêncio, ele me encarou, respirando profundamente.

— Por que eu "a incentivaria"?

— Para me atingir.

Sua hostilidade foi chocante.

— Eu não faria isso — falei, com a voz baixa e confusa. — Mas o que isso tem a ver com você? Eles são adultos, podem fazer o que quiserem.

— Você consegue imaginar como eu me senti quando entrei na casa do Justin e encontrei a *sua sobrinha* à mesa da cozinha? E se ela ferrar tudo com ele?

— Kate não faria isso, é um amor de pessoa! Mas aí eu te pergunto: e se *ele* ferrar com *ela*? Isso é muito mais provável, se ele for como você. — As pupilas do Luke se dilataram em choque. Ah, sim, eu *disse mesmo* isso. — Enfim... — Respirei fundo e tentei me acalmar. — Isso não é da nossa conta. Pode ser que não dure nem um mês. E você nem mora aqui.

— Eu devo ficar aqui por mais algumas semanas.

— O quê? Por quê?

— Meu pai não está bem. Era minha mãe quem cuidava dele, mas agora... Bem, eu vou ficar até encontrarmos alguém que possa cuidar dele... Ele está rabugento, difícil de agradar... Enfim, vamos ver onde isso vai dar.

Apesar de tudo, senti empatia por ele.

— Sinto muito. Por seu pai. E pela sua mãe.

— É, bom... — Luke suspirou longamente. — Nunca vem um problema de cada vez, é sempre uma enxurrada deles.

Por um momento desconfortável, seus olhos escuros procuraram os meus; e, com um rodopio do casaco, ele se virou e saiu da sala. A porta da frente abriu e fechou. E, depois, um motor começou a funcionar do lado de fora e rugiu para longe.

Eu estava tremendo e precisei me sentar. *Você vai ficar bem. Vai demorar, mas você vai ficar bem. Só precisa deixar o tempo passar, só isso.*

Seria bom se eu falasse com alguém? Mas com quem? Nola? Quin? Brigit? Claire?

Quin, não, Quin estava ocupado. Claire? Não, Claire é muito mandona. Brigit? Provavelmente já está na cama. Nola, então. Peguei o celular e percebi que eu o tinha colocado no modo avião durante a reunião do NA e esqueci de ligá-lo de volta. Assim que a rede se reconectou, havia duas, três... não, *quatro* chamadas perdidas da Kate tentando me avisar que o Luke estava a caminho.

Zonza e agitada, havia grande chance de que eu vomitasse. Provavelmente, eu estava em choque. Nunca seria fácil reencontrar Luke depois de tanto tempo. Mas, por experiência, eu sabia que aconteceria, mais cedo ou mais tarde.

Um latido agudo da Crunchie me fez pular, então Kate entrou correndo na sala, parecendo horrorizada.

— Rachel? Você está bem? O Luke veio aqui?

— O que aconteceu?

— Devin e eu estávamos na casa dos pais dele. Luke apareceu, fomos apresentados — disse ela, abrindo as mãos, impotente. — Ele ficou com ódio, ficou perguntando por que eu estava lá. — Kate estava à beira das lágrimas. — Então o Devin explicou, mas o Luke não acreditou e me obrigou a dar o nosso... O seu endereço, aí pegou as chaves da moto do Justin e simplesmente *saiu*, deixando a Kallie conosco.

— Kallie?

— A namorada dele.

— Ela ainda está aqui?

— Está. Eu tentei te ligar, mas seu telefone estava desligado. Então disse que iria pra casa, eu ia tentar ser rápida o suficiente para chegar aqui antes dele, mas o pai do Devin falou que seria bom se vocês conversassem e... Foi bom? Conversar?

Meus pensamentos estavam todos atrapalhados e totalmente agitados. Nada fazia sentido.

— Como ela é? — perguntei.

— Kallie? — Kate pareceu consternada. — Eu mal a conheci. Ela é, ah... Rachel, você tem certeza de que quer ir por esse caminho?

Minha expressão disse que sim.

— Ok. Bem, ela parece legal. Rolou um climão depois que o Luke saiu correndo e ela tentou fazer uma piadinha sobre isso. Ela disse: 'Aí você conhece um cara e ele diz que não gosta de complicação...' Enfim. Eles moram em Denver. Ela tem... uns quarenta anos, acho? Mas é legal. Como você — acrescentou Kate animadamente.

Havia tanta coisa mais que eu queria perguntar.

— Estou bem, Kate, não se preocupe. Vem cá.

Eu a puxei para um abraço apertado e, quando ela saiu para fazer as coisas dela, liguei para Nola e a atualizei.

— Estou sentindo um monte de coisas. Todas horríveis.

— A única questão é... Você vai tomar algo?

— Eu não tenho nada aqui para tomar! Desculpe. Não vou tomar nada. É claro que não.

— Então você vai ficar bem. Tudo faz parte do processo, é só mais crescimento emocional e espiritual para você!

Nola fez parecer que aquilo fosse uma coisa boa, como se eu tivesse ganhado um prêmio.

— E, quando eu sair desse crescimento, serei... o quê? Mais forte? Mais resiliente?

— Só o tempo dirá.

— Mas dói. Será que tudo o que tem a ver com o Luke nunca vai parar de doer?

— Como posso saber, meu amor? Chave de Ouro nele.

— *Argh*!

Era isso que ela sempre falava quando o assunto era sobre o Luke. Eu estava usando a Chave de Ouro nele havia anos e o universo ainda não tinha resolvido isso.

— Agora vá dormir, querida. Me ligue se precisar de mim. Harry nunca se importa.

Novamente, pensei em ligar para o Quin, talvez ir até a casa dele e me enfiar debaixo do cobertor, onde ele me abraçaria apertado. Mas seria um erro deixar que ele visse o estado em que eu estava. Ele ficaria magoado. Desconfiado, até. E isso persistiria muito depois que meus sentimentos por Luke voltassem ao normal.

Mais na esperança do que na expectativa, fui para a cama. *Por favor, me faça dormir.* Mas não era assim que minha força superior agia. Não havia sentido *algum* em pedir algo específico — bolsas Chanel, resfriamento global, sinal verde o caminho todo para casa —, porque a única coisa que me era dada consistentemente era a aceitação, mesmo que parcial, da minha situação, seja lá qual fosse.

Como esperado, bastou me deitar para sentir uma descarga de adrenalina. Eu ficaria acordada a noite toda nesse ritmo. Precisei sair da cama e fazer todo o suposto trabalho de respiração para acalmar, mesmo que não tenha adiantado nada.

Quando passou da uma da manhã, a raiva começou a aumentar. Eu sempre fui uma pessoa de reações tardias, *inútil* para me defender no auge do acontecimento. Em vez disso, eu tinha diálogos fabulosamente articulados no meio da noite, dentro da minha cabeça, várias horas, dias ou mesmo semanas depois.

Como Luke Costello ousava entrar na minha casa e me acusar daquele monte de besteiras? Depois de todas as vezes que tentei falar com ele, foi essa situação que o trouxe aqui?

E a total audácia dele de agir como a parte injustiçada! Foi *ele* quem *me* abandonou.

Por volta das duas da manhã, admitindo a derrota, eu me vesti, chamei a Crunchie, peguei a lanterna e saí. (A lanterna era um dos meus marcos, um sinal seguro de que eu era adulta. Foi a primeira vez que gastei dinheiro com algo que não precisava de imediato, mas "apenas em caso de falta de energia". E ela nem era de uma cor bonita.)

Seguimos em direção às árvores, Crunchie lançando olhares inquietos para mim: será que essa caminhada noturna pela floresta viraria rotina?

— Quem sabe? — disse a ela.

Nunca fui tão grata pela Crunchie. Quando se tem um cachorro, pode-se ir a *qualquer lugar*. Uma mulher de meia-idade com cabelos longos, caminhando sozinha pelo bosque no meio da noite, é candidata a ser queimada como uma bruxa. Mas acrescente um cachorro à cena e, de repente, está tudo bem. (Apaguem a fogueira, rapazes, ela tem um cachorro!)

Enquanto eu caminhava na quase escuridão, detalhes que só haviam sido registrados no meu subconsciente foram começando a ficar mais claros. As botas que o Luke usava o deixaram alguns centímetros mais alto, mais intimidador. Eu me perguntava se tinha sido intencional. Qualquer coisa era possível, porque ele não era mais o homem que eu tinha conhecido.

Até o cheiro dele era diferente — estávamos tão próximos um do outro na minha sala que o calor zangado do corpo dele chegou até mim. Mas todos os elementos que contribuem para o cheiro único de uma pessoa — shampoo, sabonete, comida, ambiente — haviam mudado.

Além disso, o sobretudo não era do estilo dele. Talvez ele tenha pedido emprestado a um dos irmãos? Ou talvez esse fosse o visual dele agora, porque o jeans dele também era diferente. Definitivamente não tão apertado quanto costumava ser. Minhas irmãs ficariam decepcionadas.

Ao meu lado, Crunchie estava ofegante. Ela era uma mistura de corgi com golden retriever, e suas perninhas curtas não estavam preparadas para isso.

— Tudo bem, vamos para casa.

Peguei no sono por volta das 3h30, e às 7h25 meu celular tocou.

Luke.

Que inferno!

— Luke? — falei, sentindo gosto de raiva na boca. — O que eu fiz agora?

— Me desculpe — disse ele num tom pesado. — Pela noite passada... Eu... Eu perdi a cabeça. Indo até a sua casa. Não deveria ter feito isso. Nada disso. Me desculpe.

Eu não tinha ideia do *que* dizer.

— Você ainda está aí? — perguntou ele.

Recorri à fala terapêutica.

— Sua mãe acabou de morrer — falei. — Você está em choque.

— Não sei o que deu em mim.

— Está tudo bem. Deixa pra lá.

— Tem certeza?

— Tenho. Se cuida.

— Hum, ok, então. Você também.

— Tá bom. Tchau.

— Tchau.

Sua respiração ainda era audível quando desliguei.

20

Luke *precisava* ser tirado da minha cabeça; grandes questões de trabalho estavam acontecendo naquele dia. Imprimi todos os documentos que eu precisava e fui para a reunião da manhã. Assim que me sentei, uma onda de exaustão me atingiu. Eu poderia ter cochilado ali mesmo.

Felizmente, Murdo colocou a cabeça dentro da sala e fez um sinal com o dedo. Veio me avisar que o filho da Trassa, Ronan, tinha chegado.

— Ele está na sala de estar, ok? Nos vemos no grupo.

A adrenalina disso me manteria ativa.

O filho da Trassa era um homem nervoso, na casa dos quarenta anos, e estava olhando para uma xícara de chá intocada. Um prato igualmente intocado de biscoitos estava sobre a mesa diante dele.

— Ronan? — chamei, estendendo a mão. — Sou Rachel. Obrigada por vir.

Ele meio que se levantou e, com a voz cheia de angústia, perguntou:

— O que eu tenho que fazer?

Meu coração doeu por ele. As pessoas que se importam com parentes e amigos dependentes têm uma vida muito difícil. Grande parte do tempo, são assombradas por suspeitas, medo, esperanças frustradas, raiva e, quando enfim convencem seu ente querido a procurar ajuda, em geral se sentem terrivelmente culpadas.

— Basta ser honesto — falei. — Eu vou te guiar.

— Você acha que ela vai... Surtar comigo?

Pobre Ronan, estava aterrorizado.

— É possível. Ela vai tentar proteger o vício e uma maneira de fazer isso é culpando os outros. — Eu já tinha explicado isso para ele ao telefone. — Talvez ela chore. Provavelmente vai tentar fazer você se sentir culpado. Ou como se estivesse exagerando.

— Isso é tão difícil.

— Você conseguiu trazê-la até aqui, você já fez a parte mais difícil. Tente ser forte um pouco mais.

Ele assentiu, pálido de medo.

Assim que me certifiquei de que todos estavam seguros no grupo, levei Ronan para o corredor, abri a porta da Ala do Abade, e o conduzi para a cadeira de "visitantes" que Waldemar havia deixado ali, marcada com um pedaço de papel A4 escrito "Não Sente Aqui."

Murdo já estava na sala. Ele sempre fornecia apoio quando tínhamos "visitantes".

O silêncio era tamanho que daria para ouvir um alfinete caindo. Ella não entendia o que estava acontecendo, sua cabeça ia de uma pessoa para outra, buscando respostas. Os demais, no entanto, não conseguiam evitar se sentir um pouco animados. Essas confrontações muitas vezes eram de tirar o fôlego, desde que você não fosse a pessoa a estar na berlinda.

— Trassa — comecei. — Você gostaria de dizer "oi" para seu filho?

Sua boca se movia, mas nenhuma palavra saiu. Por fim, ela conseguiu dizer:

— Quem está cuidando de tudo lá em casa enquanto você está aqui?

— Keith.

— Ele não sabe nada sobre gado.

— É só um dia, mãe.

— Diga isso para as pobres vacas que não serão ordenhadas.

Ronan já estava se distanciando. Eu o vi murchar bem diante dos meus olhos.

— Você tem *alguma* ideia do sofrimento que é um úbere cheio? — perguntou ela ao filho.

— *Você* tem, Trassa? — me intrometi.

— Eu não sou uma vaca!

— E nem Ronan. Dê uma olhada nisso, por favor.

Passei a ela um monte de faturas de cartões de crédito.

Depois de um pouco de dificuldade com seus óculos de leitura, ela os examinou... À medida que a ficha caía, o sangue visivelmente ia sumindo do rosto dela.

— Falando da minha vida para todo mundo! — disse ela para Ronan.

— Trassa, você gostaria de contar aos outros do grupo o que você tem em mãos? — perguntei. — Ou eu conto?

— Eu... — A raiva que ela direcionava a Ronan era colossal. — Eu sou sua *mãe*.

— Trassa, eu tenho mais cópias dessas páginas. Eu as folheei. — Devo distribuir para todos?

— Não — murmurou ela. — Eu vou contar. São... faturas de cartões de crédito.

— De quem? — perguntou Dennis, sempre curioso.

— Minhas.

— Quantos cartões de crédito? — perguntei.

— Onze...

— E as faturas somam quanto? — perguntei.

— Eu não sei.

— Você sabe. Eu também. Devo contar para todo mundo?

Chorosa e tentando resistir, Trassa sentou-se e olhou para os integrantes do grupo.

— É bastante. Mas eu tive azar. É culpa dos bancos e do governo, os juros são muito altos e...

— Trassa?

— São... cerca de cinquenta e nove mil euros.

O choque na sala foi imenso. Na sessão da tarde da última quinta-feira, muito havia sido revelado sobre a verdadeira Trassa, e todos pensaram que aquilo era o pior que poderia acontecer. A revelação do momento era demais para ser absorvida de imediato.

Ella ficou tão pálida que suas sardas saltaram. *Meu Deus,* provavelmente pensou, *eu não tenho nada em comum com essa senhora. Eu não deveria estar aqui.*

Dennis ficou ainda mais abalado. Ele acreditou em Trassa, tinha se identificado com ela, mas se ela era de fato dependente, onde isso o deixava? O sagrado momento em que a negação de um começa a desmoronar e a verdade de sua situação começa a se firmar sempre me fazia pensar em um rio encontrando o mar: a água doce se misturando à água salgada, dois poderosos fluxos separados que não têm outra escolha além de se fundirem e se tornarem um novo corpo combinado.

— Ronan — falei. — Você pode dizer a sua mãe como isso impactou sua vida?

Hesitante, ele disse:

— Eu precisei fazer um segundo empréstimo hipotecário da minha casa para conseguir pagar as dívidas e...

— Você vai receber seu dinheiro de volta! — explodiu Trassa. — Você vai herdar a casa quando eu e seu pai partirmos.

— Não é só sobre o dinheiro — continuou ele.

— É claro que é sobre o dinheiro. — Trassa parecia vestida com uma armadura de aço. — Tudo o que ouvi de você foi cinquenta e nove mil euros isso, cinquenta e nove mil euros aquilo. Mas você não vai sair no prejuízo, ok?

— Mas... mãe, preste atenção! — O corpo dele estava tenso. — O oficial de justiça foi até a sua casa para apreender seus bens...

— Como você sabe?!

— Meu pai me contou. Ele não está bem — sussurrou Ronan. — Foi uma experiência horrível para ele. Depois *eu* recebi uma visita... Collie Byrne.

Trassa ficou paralisada. Isso era algo pelo qual ela não esperava.

— O que... o que ele queria?

— Os vinte mil euros dele.

— *Vinte* mil? — exclamou Trassa. — Na última vez em que soube eram só doze mil.

— Trassa. Diga ao grupo quem é Collie Byrne — pedi.

Olhando atordoada, ela conseguiu dizer:

— Ele... empresta dinheiro.

— Ele trabalha no banco? — perguntei, sabendo que não.

— Não. Ele é... independente.

— Collie é um agiota — disse Ronan, com raiva pela primeira vez. — Ele foi até a minha casa...

— Por quê?

— Porque ele sabe que sou o único que ainda está falando com você. Eu não pude dizer ao Keith que eu vinha para cá hoje, porque ele nunca mais vai fazer qualquer coisa para te ajudar.

— O que o Collie fez...? — perguntou ela, parecendo verdadeiramente envergonhada.

— Ele disse que não era nada pessoal, mas que se não fosse pago até o fim desta semana, as coisas ficariam complicadas.

— Complicadas?

— Sim, mãe, complicadas. O que significa difíceis. Ele me deu opção entre acontecer algo com o papai ou comigo.

— E o que você disse? — Os olhos da Trassa brilharam com terrível interesse.

— Comigo, mãe, eu disse comigo.

Um aceno de aprovação firme.

— Muito bem.

RONAN NÃO SUPORTARIA muito mais, então encerrei a sessão mais cedo e o levei para a sala de estar, onde, branco como um lençol, ele balançava a perna compulsivamente.

— Isso ajudou em alguma coisa? — perguntou ele, gaguejando.

— Espero que sim. Provavelmente. — Eu não podia fazer promessas. Talvez o confronto tenha acabado com a negação de Trassa, mas o vício é uma coisa poderosa. — Você foi muito corajoso, Ronan. Obrigada por vir. Você vai ficar... bem? Com esse tal de Collie Byrne?

Essa questão já não fazia parte do meu trabalho. Eu não podia assumir os problemas da família e dos amigos dos meus clientes, mas fiquei muito preocupada com o pobre Ronan.

— Vai exigir um pouco de malabarismo. Alguns cartões de crédito vão ter que esperar. O dinheiro do Collie é prioridade.

— Menos mal. Você está bem para dirigir até sua casa?

— Estou, sim. Melhor voltar antes que o Keith acabe com todo o rebanho.

Ronan esboçou um sorriso sem brilho e saiu em direção ao carro, parecendo pequeno e muito jovem.

21

Quando o carro de Ronan desapareceu de vista, vi as três chamadas perdidas do Luke, seguidas de uma mensagem pedindo para que eu ligasse.

O que estava acontecendo? Por que tanta insistência? Além da minha mãe, ninguém que eu conhecia ainda telefonava. *Tudo* era feito por mensagens de texto ou de voz.

Para ter privacidade, fui para o meu carro. Minhas mãos tremiam ao pressionar os botões.

— Oi, sou eu. Rachel.

— Obrigado por retornar — disse Luke, parecendo exausto. — Quero pedir desculpas de novo. Só agora entendi por que eu estava surtando. Posso explicar?

— Hum... Pode, claro.

— Ela se parece com você. Kate, quero dizer. Quando eu a vi sentada naquela mesa, por um instante pensei... — Ele suspirou pesadamente. — Confundiu tudo aqui dentro. O passado e o presente, sabe?

— Bem — tentei apelar para o humor —, não preciso lembrá-lo de que sua mãe acabou de morrer.

— Eu sei — disse ele, dando outro suspiro cansado. — Pensei que tivesse a ver só com o luto, mas está tudo ferrado. Justin e eu estamos brigando do mesmo jeito que fazíamos quando éramos crianças. Acho que posso mesmo esquecer qualquer fantasia louca sobre voltar para a Irlanda, porque a gente não consegue trocar uma única palavra civilizada. O que não é o ideal quando estamos ficando na casa dele.

— Você não está com o seu pai?

— Você não sabe? Eles venderam a casa há alguns anos, agora eles... Quero dizer, meu *pai*, Meu Deus... Eu esqueço toda hora. Enfim, ele está num apartamento de um quarto. Eu poderia dormir no sofá, mas não é justo fazer isso com... — Ele hesitou. — Com a Kallie, minha companheira.

QuemÉElaOndeAConheceuVocêAAmaMaisDoQueMeAmou?

Pigarreei.

— E como ele está? Seu pai?

— Hoje é um dia bom. Ele tem uma doença pulmonar, DPOC, caso você não saiba.

Como eu *saberia*? Eu nem sequer sei o que é isso.

— Antes era chamado de enfisema. É difícil de ver. Para ser sincero, depois de um dia com ele, fico feliz em fugir correndo de volta para a casa do Justin. — Depois de uma breve pausa, ele desabafou: — E sim, eu me sinto superculpado por isso.

— Tente não se sentir culpado. — Mais uma fala da Rachel terapeuta, mas era a única maneira de me sentir segura falando com o Luke. — Mas saiba que é normal que cuidadores se sintam assim, sempre achando que não fazem o suficiente. Só que cuidadores também precisam cuidar de si mesmos.

— Eu estou bem. Não preciso cuidar de mim.

Tudo bem, como queira.

— Bem, preciso voltar ao trabalho — falei, e ele percebeu o tom ríspido da minha voz.

— Você agora tem um cachorro? — perguntou ele depressa.

— Ah, sim, a Crunchie. — Só de pensar nela, meu coração se aquecia. — Foi resgatada.

— Mistura de golden retriever? E o que mais...?

— Corgi. Ela tem perninhas fofas de corgi. Ela me faz muito feliz.

— É, cachorros são ótimos.

— É verdade. E *você* tem...?

— Ah, não. Eu não tinha certeza se... Não. Sem cachorro. Ainda não. Enfim, desculpe por incomodá-la no trabalho.

— Tudo bem, estou no intervalo do almoço.

— Joey disse que você ainda é terapeuta para dependentes. No *Claustro*, entre tantos lugares?

— Coordenadora de conselheiros, na verdade. Eu treino os novatos.

— Sério? Uau. E como isso funciona? Eles fazem exames regulares para garantir que você está sóbria?

— Oi? *Não*. Eles confiam em mim. E *eu* confio em mim.

— Você ainda tem contato com a Nola? Diga a ela que mandei um oi.

Contraí os lábios. Luke podia ferrar tudo agindo como se fôssemos amigos outra vez.

— Enfim. Obrigado por ser tão legal comigo depois de eu invadir sua casa. Esse tipo de coisa não combina comigo.

Bom, tecnicamente combina, sim, *uma vez que você invadiu*. Mas eu só disse:

— Tudo bem.

Desliguei e fiquei no carro, respirando forte, esperando me acalmar. Então era isso. Luke reaparecendo e despejando as coisas dele em mim, depois de tudo o que tinha feito. Era bem confuso.

Por impulso, fiz uma chamada de vídeo para a Anna. Eram 8h20 em Nova York, então, talvez eu a pegasse antes de ela começar o dia.

E lá estava ela! Meu coração se acalmou.

— Acertou na hora — disse Anna. — Estou me arrumando.

Anna era uma raridade entre as mulheres bem-sucedidas de Nova York; ela não tinha medo de açúcar e continuava na cama quando todo mundo estava acordando de madrugada para ir malhar na Barry's. "E daí se eu virar uma baleia, e daí? A gente só tem uma vida e eu quero aproveitar a minha."

Mas ela nunca virava uma baleia. Diferentemente da Claire, da Margaret e de mim, que éramos as modelos tipo A da família Walsh — altas nunca-magras e que puxamos a mamãe —, Anna e Helen eram Modelos tipo B: baixas e magras, com uma capacidade de queimar calorias ao estilo de cães galgo.

Eu a atualizei sobre as novidades no tema Luke.

— Entendo — disse ela, suspirando. — Você e o Luke tinham uma história de amor *tão* bonita, não é? Vai doer para sempre. Mas é opção sua ignorar o universo.

— O quê?

Ela estava se enfiando num jeans super *skinny*. Com um puxão na cintura e a fechada rápida do zíper, estava devidamente vestida. Era prazeroso assistir.

— Você e ele, foi um... — Anna jogou uma blusa de seda sobre a cabeça e falou através dela. Término *brutal* — continuou ela, e seu rosto delicado reapareceu. — Mas agora ele está na Irlanda... — Anna colocou vários colares fininhos de ouro. — É como se o universo tivesse armado para que vocês pudessem fazer as pazes.

— Então o universo deu ao pai do Luke uma DPOC só para que a gente aprenda a ser civilizado?

— Ah, Rachel. — Anna emitiu um som de simpatia enquanto vestia um blazer largo demais e soltava o rabo de cavalo da gola do blazer. — Você entendeu o que eu quis dizer.

— Ah, Anna — respondi. — *Você* não é dessas esquisitas que pensam que o universo se envolve atentamente nas causas das pessoas.

— Sou, sim. E ele se envolve. Está acontecendo. — Ela estendeu o braço, que ostentava uma grande pulseira de latão. — Muito exagerada?

— Não. Mostre os sapatos.

A câmera balançou e mostrou um par de Valentino Rockstud bege e preto.

— Você vai pegar metrô com eles?

Meio que se desculpando, ela respondeu:

— Agora eles me mandam um carro.

Eu estava muito orgulhosa dela. Minha irmã conseguiu prosperar no desafiador mundo corporativo americano, mas ainda tinha mantido a essência. Era motivo de grande orgulho pessoal que ela nunca tivesse demitido alguém. Se um subordinado não estivesse se saindo bem em seu papel, ela o realocava numa posição mais adequada ou buscava ter uma conversa sincera, que geralmente terminava com o funcionário decidindo unilateralmente mudar de carreira e agradecendo-a por isso.

— Como está o Angelo? — perguntei, querendo continuar a conversa.

Com seu cabelo comprido e liso, rosto magro, roupas escuras e as diversas tatuagens, o companheiro da Anna não era exatamente a ideia de filho perfeito da mamãe. ("Você não ia gostar de encontrar esse cara à noite num beco escuro.") Mas ele era *ótimo*: compassivo, interessado, seguro de si sem ser arrogante. E não importa o que a mamãe possa resmungar sobre o Angelo, ele era atraente de uma forma estranhamente bela.

À primeira vista, talvez você pense: *Não. De jeito nenhum*. Mas depois de dois segundos conversando com ele: *Hum, espera um pouco*. E, depois de mais dois segundos, você teria certeza: *Ok, ok, entendi! Ele está longe de ser alguém comum e eu adoro isso!*

Avoado, mas centrado, era a melhor maneira de descrever seu jeito incomum de levar a vida. Sua energia (e Angelo falava *muito* sobre "energia") era sábia e tranquilizadora, o que significava que ele tinha a capacidade de acalmar as pessoas em momentos difíceis.

Angelo *meditava* e, diferentemente de mim, ele *realmente* meditava. Duas vezes por dia, todos os dias, por pelo menos uma década, e parecia óbvio que ele não passava cada sessão de vinte minutos preocupado porque tinha esquecido de tirar o ensopado do freezer para o jantar.

Considerando-se que ele era a pessoa menos insistente que você poderia imaginar, foi uma surpresa descobrir que trabalhava como *marchand*. Os vendedores de arte em Nova York eram uns tubarões. Mas, em vez de pressionar as pessoas para comprar coisas pelas quais não podiam pagar, inventando compradores fictícios que "aguardavam" do lado de fora, atirando punhados de dinheiro na porta, Angelo era do tipo "se for para ser, vai ser". Se um cliente hesitava a respeito de uma pintura, ele dizia: "Por que vocês não levam para casa e veem se funciona no seu espaço? Não, não precisa dar garantias, vocês têm boa energia. Energia de gente *honesta*."

Quando minha mãe soube disso, ela disse que Angelo era um completo idiota, que merecia ter dezenas de pinturas roubadas.

— Nunca aconteceu — disse ele. — Nenhuma vez.

— *Ainda* — replicou ela, iniciando imediatamente uma investigação sobre sua renda, interrogando-o até que ele admitisse que ganhava "uma fortuna". (Palavras dela.) (Ele nunca seria tão grosseiro.)

Anna era uma pessoa que vivia no mundo da lua e que havia se infiltrado na sociedade convencional dominante, mas ainda mantinha um pé nas nuvens, então fazia todo o sentido que se relacionasse com o Angelo.

— Ele é ótimo — disse ela. — Ele é sempre ótimo.

22

— Roxy — falei. — Como você vai embora na quinta-feira...

— AHHH! — berrou Dennis.

Eu o encarei e ele logo se calou.

Dennis estava parecendo melhor hoje, muito mais limpo e arrumado. Na noite anterior, ele convenceu várias mulheres a lavarem as roupas dele, a pregarem os botões de suas camisas e a tirarem as piores manchas de seu terno. Ele terceirizou todo o trabalho e isso era uma metáfora para a vida dele: sempre haveria alguém para salvá-lo.

— Roxy — recomecei. — Como sua partida está próxima, você gostaria de falar alguma coisa para cada uma das pessoas aqui? Talvez algum conselho ou...?

— Claro!

Executiva da indústria musical em seus trinta e poucos anos, com dupla dependência (álcool e maconha), Roxy passou por uma enorme transformação nas últimas seis semanas. Eu tinha grandes esperanças nela.

— Trassa — disse Roxy, analisando-a e assentindo lentamente. — Você está chegando lá.

— Chegando aonde? — perguntou Trassa, tremendo.

— Onde você precisa estar.

Sendo a integrante mais antiga do grupo, Roxy irradiava sabedoria. Em terra de cego, quem tem um olho é rainha.

Chalkie foi o próximo.

— Todo mundo ama o Chalkie — disse ela, com um sorriso caloroso. — Você é excelente com as palavras, meu amigo, mas como está se saindo na prática?

Ela estava certa. Chalkie era tão generoso com os detalhes sórdidos de seu vício que era capaz de fazer qualquer um pensar que ele havia abraçado a ideia da recuperação. Mas suas histórias de guerra eram desvios para evitar que escavássemos muito fundo. Enterrada dentro de Chalkie havia uma tristeza infinita ou uma raiva ardente (eu ainda não sabia qual das duas) que explicava suas recaídas. Sua parceira, Skye, já havia participado do grupo, mas seu depoimento em lágrimas não trouxe o avanço que eu esperava.

Roxy virou-se para Giles.

— Meu caro Giles, tem *certeza* de que a cocaína é a sua droga de escolha e não o sexo? Só estou perguntando... E, quanto a Dennis... É muito hahaha, muita risadinha. Chega. Eu estou de saco cheio de você.

A gargalhada de Dennis não foi surpresa, mas percebia-se um leve indício de desconforto.

— Harlie. Você está partindo meu coração. Sim, você é alcoólatra, sim, isso é horrível. Mas lide com isso, ok? Pare de ficar tão *irritada*.

Harlie a encarou com frieza.

— Ah, querida, está tudo bem — disse Roxy. — Eu senti uma dor no fundo da alma quando me dei conta de que nunca mais conseguiria lidar com bebidas e drogas. Mas agora eu me apego à lembrança de como eu me sentia péssima *o tempo todo*, acordando na casa de algum estranho, sem saber se era dia ou noite. Viver desse jeito é difícil demais.

— Você não vai sentir falta de beber? — perguntou Harlie.

Roxy deu de ombros.

— Já cheguei na minha cota. Já caí no bafômetro. Agora *acabou*, querida. Minhas opções são ficar sóbria ou... dizer adeus a qualquer tipo de vida boa.

— Se eu não puder beber de novo, minha vida acabou. Nunca mais vou me divertir — revelou Harlie.

— Mas o quanto você *estava* se divertindo?

— Meu Deus, *para*! Você é pior do que a Rachel!

Roxy deu um sorriso simpático, depois virou-se para Ella.

— Entããããããão... — Roxy fez um gesto de prender as mãos. Eu realmente aprovava o que ela estava fazendo com o pequeno poder que tinha. — Eu olho para você e penso: uma pessoa que tem opinião sobre tudo não tem opinião sobre nada.

— Oi? — A voz de Ella soava trêmula.

— Você é tão "por favor, me aceite, por favor, me ame. Eu sou sua amiga, ei, eu também sou *sua* amiga."

O que Ella faria em seguida seria muito interessante. Se concordasse com Roxy, seria um mau sinal. Felizmente, porém, ela reagiu.

— Como é que é, Roxy? Você é o quê? Uma alcoólatra? E viciada em maconha? Sem julgamentos, mas quem é você para achar que me conhece? Eu nem deveria estar aqui.

Roxy riu e vários outros deram sorrisos de sabedoria.

— Não *deveria* mesmo — insistiu Ella. — Assim, sem ofensa, vocês todos parecem legais...

Houve outra troca de olhares.

— Enfim, deixa pra lá — finalizou Ella, irritada.

— Ella... — intervim. — Você pode nos contar sobre as três cartelas de comprimidos para dormir que Priya achou costuradas sob o forro da sua bolsa na manhã em que você chegou?

O sangue desapareceu do rosto dela. Até seus lábios estavam brancos. Ela pigarreou.

— Por que você não...

Eu não tinha mencionado o fato até aquele instante, o que provavelmente a levou a concluir que eu não sabia de nada. Mas todos nós sabíamos *de tudo.*

— Se você não é dependente, Ella, por que precisaria contrabandear comprimidos para dormir para dentro da reabilitação?

— Eu... Eu fiquei com medo de não conseguir dormir aqui, só isso — respondeu ela, gaguejando. — Desde que fui atacada é difícil dormir até nas melhores circunstâncias, achei que seria ainda mais difícil numa cama estranha.

— Como você tem se saído nas últimas quatro noites? — perguntei.

— Ah. Acho que bem.

— Segundo Moze e Hector, você tem dormido bem.

— Eles ficam me *espionando*?

— Ficam.

— É sério isso?

— *É*. Você está em reabilitação. É assim que funciona.

Por um momento, ela pareceu confusa, até mesmo perdida, então simplesmente ignorou.

Uma mensagem da Claire.

Me ligue. Urgente

O que é *agora*?

Com as mãos trêmulas, cliquei no contato e Claire atendeu imediatamente.

— Kate? — disse ela, suspirando. — Com o sobrinho do Luke?

— Pois é...

— Como ele é? Legal? Gentil? Tão sexy quanto o Luke?

Meu *Jesus*.

— É cedo demais para convidá-lo para jantar?

— É, sim, Claire, *muito* cedo.

— Vou ver algumas datas com eles. Você gostaria de vir?

— Não. Obrigada.

— Não mesmo? Certo, ótimo. Ele come frutos do mar?

— Tchau, Claire.

23

— Oi. — Quin, usando um avental e um pano de prato pendurado sobre o ombro, me deu um beijo distraído. — Você sabe onde está o pote de tahine?

Eu não sabia onde estava o pote de tahine e planejava continuar sem saber. Eu gostava de cozinhar, mas Quin estava preparando um daqueles jantares desnecessariamente complexos em que só um desavisado se envolveria.

Eu precisava contar a ele sobre a visita e as ligações do Luke, mas não era o momento, não com o Quin grelhando berinjelas e estressado com o preparo de um jantar suficientemente elaborado para impressionar a ex-esposa.

Embora tivessem se separado há sete anos, ele e Shiv ainda tinham essa estranha competição. Ela era interessante: rápida e inteligente, sempre analisando situações para encontrar um ângulo lucrativo. Seu cabelo escuro tinha um corte bem moderno. Ousado, talvez? Mas, fora isso, ela era bastante comum, só que ninguém percebia isso, porque Shiv emitia rajadas de confiança em intervalos regulares, como se fosse um aromatizador de ar automático.

Shiv trabalhou por anos para uma rede de lojas de roupa. Quando o varejo começou a morrer, ela se adaptou ao comércio online, criando um site de roupas infantis bem legais. O site foi um sucesso enorme, tanto que ela se tornou consultora do conselho de moda irlandês. Em seguida, ela começou um negócio de importação de saunas móveis que também era um sucesso.

Segundo Quin, Shiv tinha amedrontado todas as suas namoradas anteriores. Mas, mesmo que eu a achasse meio malvada, ela não me assustava.

Eu me sentei à mesa, vendo e-mails, comendo edamame para aliviar o estresse e lançando olhares furtivos para Quin. Encontrar o Luke cara a cara tinha feito meu passado colidir com meu presente e eu estava confusa. Eu me sentia com um pé na minha vida antiga e com o outro no presente e por isso minha situação com Quin parecia ligeiramente esquisita.

— Quin? — perguntei. — Podemos conversar? Rapidinho?

— Podemos — respondeu ele, meio sombrio, mexendo algo na panela.

— Luke apareceu lá em casa ontem à noite.

— O quê? — Quin parou de mexer a colher de imediato. — Ele ainda... Achei que ele tivesse ido embora.

— Ele ainda está aqui. Apareceu lá em casa para reclamar sobre a Kate e o Devin.

— Sério? O que isso tem a ver com ele? — perguntou Quin, e acrescentou: — Você está bem?

— Estou. Bem, vou ficar.

— Por que você não me contou antes?

— Ontem à noite, eu estava... chocada, suponho que seja a palavra. E hoje fiquei ocupada com o trabalho e... Enfim, não foi nada, Quin. Ele ligou para pedir desculpas hoje de manhã.

— Ah! Tudo bem, então...

Finley entrou.

— Tem comida?

Ele abriu e fechou os armários até que encontrou um pacote de Doritos e começou a devorá-los.

— É bom que você coma o jantar — disse Quin, mas a ameaça soou desanimada.

— É claro que vou comer o jantar — concordou Finley, sorrindo com a boca cheia de metade dos salgadinhos mastigados, e saiu da sala.

Finley era um garoto alegre. Além de comer sem parar e precisar de sapatos novos quase toda semana, não havia muito drama com ele.

Liberty era um pouco mais complicada. Desde que nos conhecemos, ela passou dos treze aos quinze anos, dois dos anos mais difíceis na vida de qualquer mulher.

No começo, fui apresentada como "amiga". Eu só dormia na casa do Quin quando eles estavam com a mãe. Mas, em dado momento, Liberty me encurralou.

— Não sou burra. Você é a *namorada* do papai. E você não é minha mãe.

Tentando soar calma, concordei.

— Você já tem uma mãe. Não precisa de outra.

Minha tentativa de ser uma Adulta Legal foi *patética*, eu sei. Nas minhas fantasias mais felizes, Liberty e eu teríamos um relacionamento tipo de filme da sessão da tarde, onde eu ensinaria maneiras de esconder as espinhas horrorosas que brotavam no queixo dela ou diria que não se preocupasse com o fato de que ela ainda iria passar por um estirão de crescimento, o que tornaria suas pernas proporcionais novamente.

Mas não foi bem assim. Embora eu evitasse questões disciplinares, a cada duas semanas havia uma crise nova. Liberty jogava coisas, gritava que odiava o pai, me odiava, odiava a mãe, odiava o Garrett e que não tinha pedido para nascer.

Eu não levava para o lado pessoal. Minha vida anterior tinha sido um Poço de Birra: Liberty era uma amadora em comparação com Claire e Helen. Sendo honesta, eu também tinha feito birra algumas vezes.

— Então o que ele esperava que você fizesse em relação a Kate e o sobrinho? — perguntou Quin.

— Não sei muito bem. Talvez nada.

A campainha tocou e Quin parecia aflito.

— Deve ser a Shiv. Podemos falar sobre isso depois?

— Não há mais nada para falar, mas claro.

Shiv e seu companheiro Garrett chegaram com duas garrafas de vinho sem álcool. De todas as coisas que eu amava em Quin, Shiv e seu namorado Garrett estavam no fim da lista. Arrogantes e chamativos, eles se empolgavam com pessoas ricas e achavam que cocaína era uma coisa glamourosa.

Garrett, de cabelos cacheados, alto e barulhento, era "do ramo imobiliário". Ele não era minha pessoa favorita, e eu não era a dele, mas todos nos cumprimentamos com beijos, porque éramos de classe média.

Quin fez uma pausa em sua fervura para avaliar o vinho sem álcool.

— Estamos indo por esse caminho... Mas por quê?

— Para diminuir o consumo de álcool durante a semana — disse Shiv. — Dá para ter a experiência do vinho, sem o álcool real.

— Legal.

Por estar na moda, Quin queria experimentar.

— Rachel deve conhecer — disse Garrett. — Nada de álcool durante a semana.

— Ou nunca — acrescentou Shiv.

— Essa sou eu! — falei, sorrindo corajosamente. — Nada de diversão!

(Uma vez, quando estava muito bêbado, Garrett confidenciou o quanto ele e Shiv ficaram preocupados quando perceberam que eu estava com o Quin. "Nós adoramos ir à França. A gente ama vinho. Costumávamos ir com o Quin e a Elin." Elin foi a namorada antes de mim. "Mas agora não vai mais rolar, né? Meu parceiro é louco por você.")

— Estou aqui pensando... — admitiu Shiv. — Se essa moda de vinho sem álcool pega...

Era a marca registrada da Shiv — o quanto as pessoas ganhavam e como poderiam ser persuadidas a gastar parecia ocupar cerca de nove partes do cérebro dela.

Na terceira vez em que nos encontramos, ela me interrogou sobre minhas finanças: "Você recebe bônus? Não? Uau." "Será que não ganharia mais atuando no setor privado?" "Ganharia? Então por que você não faz isso?" Perguntas que se tornavam cada vez mais pessoais até que encontrei a coragem de dizer: "Chega de falar de mim. Quanto *você* ganha, Shiv?"

Ela me deu um longo olhar, seguido de uma breve risada e um aceno, e falou:

— Você serve.

Shiv olhou ao redor da cozinha e perguntou:

— Onde está a Liberty?

— No quarto, chorando — explicou Finley. — Ela está naqueles dias, segundo ela.

Garrett resmungou.

— Meu *Deus*...

Se Claire estivesse presente, ela o teria enfrentado e diria, entre dentes cerrados: "Cinquenta por cento da população passa por isso todo mês durante trinta anos, é tão natural quanto respirar, supera." Infelizmente, eu não era a Claire.

— Acho melhor eu ir até lá — disse Shiv, e deixou a sala.

Quin retomou seu barulho na cozinha e Garrett e eu nos entreolhamos.

— Como andam as coisas no trabalho, Rachel? Os doidões estão se comportando? Legal, legal.

Ele e Shiv ficavam perplexos com meu trabalho; me achavam altruísta.

— Por que você não abre o vinho fake? — sugeri, e Garret aceitou prontamente a tarefa.

Shiv voltou, acompanhada por Liberty, que parecia pálida e muito jovem. Além disso, por causa da desproporção entre o torso e as pernas, a pobrezinha parecia ter sido cortada ao meio e remontada com as pernas erradas. Meu coração se compadeceu dela.

— O jantar está pronto — disse Quin, e todos se apressaram em direção à mesa.

— O que é isso? — perguntou Shiv, examinando o prato artisticamente apresentado.

— Massa com berinjela tostada, romã e creme de tahine. Do Ottolenghi.

— Ottolenghi!? — Shiv pareceu impressionada, depois irritada por ter demonstrado que ficou impressionada. — Aqui, pegue um pouco do vinho fake. Rachel? Vinho fake?

— Não, obrigada.

— Ué, mas por que não? — perguntou Quin. — Não tem álcool.

Tentando esconder meu constrangimento, expliquei:

— Não é recomendado que eu sinta a experiência de beber.

E ele sabia disso. Normalmente, ele era compreensivo com a minha sobriedade; as poucas vezes em que me lançou olhares desaprovadores como aquele coincidiram com a presença de Shiv e Garrett.

Ou talvez nessa ocasião específica tivesse a ver com ele estar machucado por eu ter demorado a contar sobre a visita do Luke?

— Ah? — Ele deu de ombros. — Tudo bem.

Garrett girou o líquido amarelo pálido e deu um gole, pensativo.

— Sabe, não é *ruim*.

— Parece de verdade, mesmo — concordou Quin. — Então, saúde!

Eles brindaram com as taças.

Eu daria uns quarenta minutos.

Finley começou a encher a boca de comida e então murmurou, parecendo surpreso.

— Nossa, tá muito bom.

Finley comia qualquer coisa, mas estava de fato gostoso.

— Um pouco ambicioso para uma noite de semana — disse Shiv, e apontou o garfo para Quin.

— Você acha? — Quin parecia se divertir.

— Você realmente fez *tudo* isso pouco antes de a gente chegar? — O olhar dela era intenso.

Quin sorriu mais um pouco, desviou o olhar e depois olhou de volta para ela.

— Eu adiantei algumas coisas ontem à noite.

— Ah! — Shiv ficou encantada. — Eu sabia!

Todos continuaram a se fartar da comida até literalmente tudo ter sido ingerido. Assim que as crianças deixaram a mesa, Quin pousou a taça com um ar de rendição.

— O vinho fake não está funcionando para mim.

Garrett soltou um suspiro.

— Agradeço por alguém ter dito isso.

— Normalmente, depois de duas taças... — disse Quin. — Eu me sinto bem, mas a vida ainda está parecendo...

— Real demais. Sem dúvida... — Shiv lançou olhares de avaliação para mim. — Como deve ser para a Rachel o tempo todo.

Mais uma vez, convoquei meu sorriso forçado. Às vezes, eu me perguntava sobre a energia que eu gastava fazendo os bebedores se sentirem bem com o fato de eu não beber. Eu poderia ter velejado ao redor da Irlanda em um caixote tamanho o esforço.

Quin se levantou e abriu uma garrafa de vinho de verdade.

Os três bebedores o engoliram com gratidão.

— Definitivamente tem mais a ver com o que eu queria — falou Garrett, ofegante ao esvaziar a taça. — Vamos recuperar o tempo perdido.

— Vamos tentar de novo com as outras coisas — disse Shiv. — Mas não esta noite. E, sério, o jantar estava ótimo. Principalmente por ser vegetariano.

— Vegano — corrigiu Quin.

— *Tudo*?

— Sim. *Plant-based*. Esse sou eu. A não ser nos dias em que estou mais a fim de um bife malpassado...

— Eu também.

— Mas tenho que me ajustar ao programa, certo?

— Certo!

Eles sorriram um para o outro e, contente em ver Quin na melhor forma, perguntei, com carinho.

— Por que vocês dois se separaram mesmo?

— Porque ele estava transando com a irmã da minha melhor amiga.

Eu sabia disso. Não tinha sido uma pergunta de fato.

— Você começou — respondeu o Quin. — Escapadinhas para almoços longos e drinques com o chefe do seu chefe!

Ambos riram alto e, por um breve momento, muito assustador, me perguntei o que eu estava fazendo ali com aquelas pessoas.

— VOCÊ VAI encontrá-lo de novo? — perguntou Quin. — Você *quer*?

Eu não sabia dizer. Pela primeira vez em muito tempo, eu sabia onde encontrar Luke. Eu poderia confrontá-lo, e todas as conversas que tive com ele na minha cabeça poderiam se tornar realidade.

— Não, mas... pode ser uma boa ideia se conversarmos sobre a parte do ressentimento. Você e Shiv se dão bem...

— Sim, somos amigos, mas porque não há mais nada, nenhum sentimento.

— Não tem sentimento nenhum entre mim e o Luke.

A ferida ainda doía, mas era uma sombra do que já tinha sido.

— Talvez essa seja uma chance de consertar uma parte dolorosa do meu passado, sei lá. Mas não estou indo atrás dele para tentar fazer isso acontecer.

— Certo — disse Quin, de repente parecendo muito cansado. — Só me mantenha informado, tá? E agora realmente preciso dormir.

Quin virou de lado e eu enlacei meu braço ao redor dele, me apertando contra as suas costas. Em pouco tempo, ele roncava suavemente; mas, mesmo estando exausta, minha mente continuava a mil.

Eu não podia deixar o Luke minar a vida que eu havia reconstruído. Aquele momento no jantar, quando eu tinha me perguntado o que estava fazendo ali... Isso não poderia se repetir.

Sim, Quin tinha defeitos — assim como eu, assim como todo mundo. Ninguém na Terra era perfeito. Talvez até o Dalai Lama deixasse a luz do banheiro acesa a noite toda, mantivesse o ventilador ligado, mesmo que tivesse sido repetidamente instruído a desligá-lo quando terminasse de escovar os dentes.

É absolutamente normal ter momentos em que a gente pensa *Essa pessoa é um pouco idiota*. É normal. Quin não era perfeito, mas Luke também não tinha sido. Eu tinha levado muito tempo para perceber isso porque eu idealizava tudo sobre o Luke. Foi por isso que seu comportamento no fim pareceu tão inesperado e cruel.

Quando finalmente consegui dormir, não é de surpreender que tenha sonhado com Luke e Yara. Ela estava nos braços dele. Os olhos dele estavam fechados, seus lábios pressionavam a testa dela e ele a segurava com uma ternura insuportável.

Ele foi o primeiro a me notar. Seus olhos se abriram e, silenciado pelo choque, ele olhou bem no fundo da minha alma.

Então, ainda em seus braços, ela se virou para mim e sorriu.

24

Ah, pelo amor de Deus! Patch Dooley tinha prometido que estaria no Claustro às 9h15, mas já eram 10h25 e nem sinal dele, e ele não atendia ao celular.

Murdo estava segurando as rédeas por mim no grupo, mas eu não esperava estar tão atrasada. Naquele momento, um Mercedes velho, marrom e muito rebaixado despontou na entrada e veio na direção da casa. Algo me dizia que seu dono já não pagava impostos, não tinha seguro, que a suspensão estava estragada e que o carro tinha sido reprovado nas últimas cinco vistorias. Era o irmão de Dennis, eu apostaria minha vida nisso.

O carro parou com um movimento brusco, ocupando duas vagas do estacionamento. Então, a porta do motorista se abriu, liberando uma cacofonia de latidos agudos, que cessou quando a porta foi fechada novamente.

Eu fui para a recepção e, pouco depois, Patch entrou. Era um segundo Dennis; o mesmo andar desalinhado, a mesma camaradagem, a mesma aura de leve embromação.

Seus olhos brilhantes encontraram os meus.

— Rachel? Estou atrasado e você venha rápido comigo! Olha, a culpa é do vendedor de "bagels". O cara foi duro na queda. Mas, para compensar meu atraso, consegui um para você!

— Conseguiu um o quê?

— Um filhote. Uma fêmea. De bom tamanho. Está no banco de trás. Vem aqui dar uma olhada?

O quê?

— Ah, não... — A energia caótica dele estava me afetando. — Mas os filhotes vão ficar bem no carro?

Ele sorriu.

— Vai ficar tudo bem! Tem uma janela aberta! Eles provavelmente vão correr por todo lado, mas nada pior do que já acontece dentro desse carro em um sábado à noite!

Caramba.

— Esse é o Táxi Dooley — disse ele, apontando com o polegar por cima do ombro. — Você sabe que o Dennis e eu temos uma empresa de táxi? Bem, é isso aí que você está vendo!

— Você precisa de alguma coisa? Chá? Banheiro? Repassar as coisas novamente?

— Nadinha. Estou de boa.

— Lembre-se, Dennis provavelmente vai tentar fazer você se sentir culpado...

— Ah, não se preocupe. Vamos lá.

Levei Patch para dentro e observei Dennis com atenção. No primeiro momento, ele ficou boquiaberto, mas logo isso se transformou em admiração e Dennis ficou de pé, lançando-se em direção ao irmão.

— Patch! Eles também pegaram você? — Ele berrava, a perfeita imagem da felicidade. — Você também é "alcoólatra"?

— Você acha que eu sou o quê? — Rindo, Patch estendeu a mão para Dennis. — Eles nunca vão me pegar! — Patch bateu de leve na lateral da cabeça. — Aqui dentro tem juízo.

Juntos, eles apontaram para os pés.

— Vamos dançar!

Ah, não. Não, não, *não.*

Murdo estava me encarando e eu me virei, envergonhada pela surpresa dele.

— Você veio me buscar? — Dennis exigiu do Patch. — Sábado é Dia de São Patrício!

— A grande fuga! — disse Patch. — Thelma e Louise! Vamos cortar o teto do Mercedes, vai ser conversível!

— Dennis... — Eu tentava desesperadamente restaurar a calma. — Volte para o seu lugar. Patch, por favor, sente-se aqui. Dennis! Dennis! — Pigarreei. — Dennis. Você pode nos dizer quem é esse visitante?

— Ele é meu irmão!

— Deu pra perceber — disse Ella, encantada e com olhos brilhando.

— Patch. Patch! Gente!

Relutantemente, todos se acomodaram, então continuei.

— Você sabe que seu irmão está aqui porque ele é alcoólatra. Mas Dennis diz que não é. Sendo assim, será que poderia nos dar alguns exemplos de momentos em que a relação dele com a bebida preocupou você?

Eu já tinha repassado tudo isso por telefone com Patch na segunda-feira.

— A filha dele, Abigail, diz que ele dirigiu muitas vezes embriagado. Isso é verdade, Patch?

— Bom... — Patch parecia pensativo. — Eu não chamaria exatamente de "embriagado".

— E eu não chamaria exatamente de "dirigir"! — completou Dennis.

A sala caiu na risada.

Nossa, como fui ingênua...

Persisti um pouco mais, só que Patch era muito astuto. Aquilo tudo só fortaleceria a convicção do Dennis de que ele não deveria estar internado. Depois de vinte minutos, encerrei a conversa.

Enquanto levava Patch para fora, ele perguntou: "Ajudei em alguma coisa?"

— Não — falei.

— Você quer a cachorrinha?

— Não.

— Então, boa sorte.

— Tchau.

E não disse para ele dirigir com segurança. Porque eu esperava que não dirigisse. Eu esperava que ele caísse no canal e que perdesse a habilitação.

Enquanto lágrimas de raiva e vergonha se acumulavam nos meus olhos, entrei pisando firme a fim de ligar para Juliet Dooley. Ela precisava vir aqui e trazer as filhas o quanto antes e, dessa vez, eu não deixaria que me enganassem.

Em circunstâncias normais, eu era boa no que fazia. Tipo, *habilidosa* em ler pessoas, sabendo quando ser gentil e quando ir direto ao ponto. Mas, desde que toda a confusão com Luke começou, as coisas andavam meio... Como dizer? Abaixo de boas. Meu sono estava mais fragmentado do que o habitual e eu me sentia... perturbada.

Quer dizer, que tipo de terapeuta razoavelmente boa teria arriscado com Patch Dooley? Assim que ele chegou com sua carga de "bagels" eu deveria tê-lo mandado embora.

Só havia uma pessoa responsável por esse fracasso e essa pessoa era eu. Mas eu não gostava desse sentimento, então decidi culpar o Luke.

Era culpa *dele* que minhas habilidades de tomada de decisão estivessem comprometidas. Se Dennis Dooley não ficasse sóbrio, se ele bebesse até morrer, deixando uma viúva devastada e duas filhas sem pai, Luke Costello seria o culpado.

SERÁ QUE ESSE horário de almoço *nunca* acabaria?

Pela primeira vez, eu estava em dia com meu trabalho. Minha carga horária era sempre pesada, e minhas tendências obsessivas não ajudavam. Eu geralmente pesquisava meus pacientes tão minuciosamente que poderia muito bem me disfarçar e tomar o lugar deles sem que ninguém notasse. E eu tinha mandado e-mails e telefonado para todos os amigos, colegas e familiares relevantes de todos os meus pacientes. Além disso, estava atualizada sobre os novos lançamentos das muitas, *muitas* lojas online de que eu gostava. Tinha encomendado novas tesouras de poda com cabos alegres cor-de-rosa. Visitei "minha" bolsa Chanel e me perguntei o que exatamente eu precisaria vender para poder comprá-la. Depois, pesquisei matérias sobre como viver com um único rim e cheguei à conclusão de que vender um dos meus poderia ser um erro. Em resumo, eu tinha esgotado todas as distrações possíveis. Não é de surpreender que eu tenha embarcado nas lembranças e voltado seis anos no tempo, para aquela terrível tarde de quinta-feira em que percebi que Luke ia me deixar.

Na ocasião eu estava dormindo, mas acordei assustada, com muito medo, sem saber por quê.

Uma estranha sensação de movimentação me atraiu para a sala de estar. De costas para mim, Luke retirava livros de uma prateleira, a camiseta úmida grudada ao corpo.

O chão estava coberto de CDs e livros. Eu não conseguia entender a cena.

— O que está acontecendo?

Luke me deu um olhar rápido. Havia mechas de cabelo caindo sobre os olhos, as pontas úmidas.

— Estou empacotando minhas coisas.

— Por quê?

— Você sabe por quê.

Oi?

— Eu... não estou entendendo nada...

Ele deu de ombros, seus olhos frios como gelo.

— Calma aí. Fala comigo, Luke. Por favor!

Com ações rápidas, ele foi até uma pilha de papelão ondulado marrom — caixas de embalagem desmontadas. Eu fiquei ainda *mais* confusa. De onde elas tinham vindo?

Tentei interceptá-lo, mas, com uma eficiência fria, ele me contornou.

— Estou ocupado, Rachel.

Com um único golpe, o pedaço de papelão marrom se transformou numa grande caixa, dentro da qual ele começou a colocar as coisas.

Atordoada, eu o encarei.

— Você realmente está indo embora? — perguntei com a voz fraca.

Ele não respondeu. Então perguntei:

— Quando... você está planejando...?

— Amanhã de manhã.

Eu não conseguia acreditar. Estávamos passando por um momento péssimo, paramos de ser gentis um com o outro, sim, mas era temporário. As coisas mudariam. As coisas *sempre* mudavam e ficaríamos bem novamente.

Mas Luke continuava colocando coisas na caixa de papelão, os músculos das costas e os ombros trabalhando eficientemente sob o algodão branco apertado.

— Para onde...? Você vai ficar com o Joey? — perguntei.

— Estou me mudando para Denver.

Denver? Realmente achei que ele tinha ficado maluco.

— Mas... e a sua empresa?

— Estou vendendo para o Gustavo.

O fato de ele ter uma resposta foi devastador. Aquilo era mesmo... *real*?

— Por que Denver?

— Arrumei um emprego lá. Vou ficar com o Johnno e a Elaine até arranjar uma casa para mim.

Mesmo depois de tantos anos, a lembrança daquele dia ainda tinha o poder de me fazer tremer.

Na esperança de encontrar uma distração, fui até o refeitório. Cerca de dez pacientes estavam em um grupo barulhento numa mesa, todos falando ao mesmo tempo. Devia ser a corrida pelo chocolate. Tinha que ser. Nada mais os deixava tão agitados.

Todos os dias, dois pacientes tinham permissão para sair e, cheios de moedas nos bolsos, iam até a cidadezinha mais próxima, encarregados de comprar uma longa lista de doces e cigarros.

Pessoas que nunca tinham comido doce na vida se tornavam aficionadas enquanto estavam aqui. Eu me lembrava bem disso. Quando os dias eram muito desafiadores, esses pequenos confortos eram muito importantes.

Só quem já estava internado havia mais de duas semanas era confiável para sair: o par escolhido do dia foi Rudy, do grupo de Carey-Jane, e Chalkie.

Eu me acomodei numa cadeira junto à parede, perto da Harlie, que tinha se afastado do grupo principal. Um olhar curto e zangado veio na minha direção, depois ela voltou a pintar as unhas. (Com esmalte cintilante infantil...)

Chalkie tinha uma caneta pronta sobre uma folha de papel e Rudy estava aceitando notas e dando troco. Pareciam gerentes de uma casa de apostas improvisada.

— Leia meus lábios — disse Dennis, que parecia estar repreendendo Chalkie. — Não traga: Mars Bar, Mint Crisps, Chomps, Boosts, Curly Wurlies, Twirls e Daims, que eu nem sei o que são.

— São suecos — gritou Stanley, um recém-chegado barbudo e robusto, paciente de Yasmine.

— Ah, feito o ABBA, mas não quero comer nenhum deles. — Resmungou Dennis. — Quer dizer, talvez a loura.

— Humm — disse Ella. — Daims é uma delícia.

— Porém péssimos para quem tem dentadura — acrescentou Trassa, cautelosa.

— Meus dentes são de fábrica! — completou Dennis.

— São mesmo, você comprou na Dealz por dez euros.

— Dez euros? Que roubo.

— Hahaha. Ah, não, custou mais caro por causa do tom amarelado lindo!

— Olha só — falou Dennis. — Só estou pedindo algo que... como é que dizem? "Desperta alegria."

— Alegria! — zombou Chalkie. — Coisa típica de classe média. Na hierarquia de necessidades da teoria da alegria de Maslow...

— Dennis, olha só... Que tal aquele Caramelo Wispa? — perguntou Trassa.

— Humm.

— O nome correto é Wispa Gold — corrigiu Giles, com arrogância.

— Como *você* sabe, Sr. Verde e Preto? — perguntou Chalkie.

Stanley foi chamado para arbitrar, mas se ofendeu.

— Ei! Vocês me entenderam mal — disse ele, gesticulando para sua estrutura corpulenta. — Estou aqui por causa dos esteroides, não por causa da comida, ok?

— Uau! — disse Dennis. — Para um cara que não tem *paixão* por chocolate, você sabe muito sobre o tema.

— Enfim. — Stanley estava de repente mais tranquilo. — Wispa Gold é mesmo o nome certo. É um Wispa com caramelo dentro.

Um tumulto mal-humorado voltou-se para a Trassa.

— Ei, ei, *ei* — resmungou Stanley. — Sejam legais, esse é um erro comum.

Meu Deus, eu mesma não rejeitaria um Wispa Gold, mas não havia a *menor* possibilidade de eu pedir para comprar um. Por um breve momento, desejei ser paciente em vez de terapeuta. Mas logo o pensamento se foi e acabei desistindo do Wispa.

— Eu gosto de chocolate recheado com coco... — disse Dennis.

Um alvoroço se ergueu.

— Eles são horríveis!

— Parece que você está comendo um purificador de ar!

— Mofo com sabor de coco!

— Humm, delícia.

— Não vou mentir — disse Harlie, que nem sequer moveu os olhos da sua diligente pintura de unhas. — Eu tomaria um tiro por um sorvete de chocolate com coco.

— Ok, ok — falou Giles. — Vamos resolver. Que tal aquele chocolate com coco da embalagem *vermelha*?

— Humm.

— Qual é a diferença?

— Esse da embalagem vermelha é chocolate amargo.

— Céus! — disse Chalkie. — Chocolate com coco já é ruim, com chocolate amargo então?

— Humm.

Harlie pulou da cadeira e explodiu com Ella, me assustando.

— Será que dá para você parar com essa merda de humm?

— Hummmmmmm!

POR CAUSA DO maldito Patch Dooley, eu me sentia envergonhada quando voltei ao grupo para a sessão da tarde, com medo de ter perdido o respeito deles. Vesti minha cara de pau e minha expressão imperturbável. Enquanto todos entravam, Dennis parou para piscar — *piscar*! — para mim.

Consegui dar um pequeno sorriso, enquanto pensava, *eu vou te pegar, seu charmoso desgraçado*. Então, minha atenção se voltou para Trassa.

Na esteira das revelações de Ronan, era hora da operação de limpeza. A maioria das pessoas na reabilitação fica destroçada quando seus erros são expostos publicamente, mas a primeira reação tende a ser uma raiva defensiva.

— Trassa, como você se sentiu enquanto Ronan estava falando? — perguntei.

Ela deu um sorriso torto.

— Ele sempre foi desleal. Um covarde. Mas ainda vou deixar a casa para ele.

— Ei! Ele não é covarde — retrucou Chalkie. — O pobre rapaz estava um caco.

Era interessante — encorajador, na verdade — como a maioria das pessoas aqui era capaz de pegar pesado com algum colega, pesado mesmo, e depois simplesmente voltar para a sala de jantar como se nada tivesse acontecido.

— Um covarde — repetiu Trassa. — E ele vai receber o dinheiro de volta.

— Não é só pelo dinheiro, Trassa — interveio Giles, parecendo chocado. — Um agiota foi até a casa dele.

— E deram um susto no seu marido — disse Chalkie. — Ele não está bem. Santo *Deus*. Estou concordando com Giles. Me tirem daqui.

— Seamus está ótimo, ele vai enterrar todos nós — disse Trassa com um sorrisinho bondoso do tipo "estou com uma torta de maçã no forno".

— E nesse caso Ronan nunca vai herdar a casa — completou Harlie.

— Eu só quis dizer... — disse Trassa, se atrapalhando. — Enfim, você entendeu.

— Pelo amor de Deus! — Harlie surpreendeu a todos. — Eu sou a única aqui que está ficando maluca com a ideia de que um agiota vai machucar seu filho se ele não pagar vinte mil euros até sexta-feira?

— Ele não é agiota!

— Ele definitivamente é agiota — falou Chalkie.

— Disse o homem que roubou o dinheiro da fiança arrecadado pelos vizinhos e usou para comprar heroína! Você não tem o direito de me criticar, Chalkie! Por sua causa, um homem inocente passou sete meses preso esperando o julgamento.

— Pelo menos eu não vou ser responsável pelo meu filho ter os dedos amputados!

— Mas que ideia é essa? — Trassa estava escandalizada. — Collie Byrne não é desse tipo! Alguns tapas é o pior que pode acontecer.

— Certo, então vamos contar nos dedos quantos tapas serão — disse Giles. — Sem trocadilhos.

Giles sorriu para Chalkie, que retribuiu o sorriso. Então, ambos perceberam o que estavam fazendo e expressões idênticas de horror apareceram em seus rostos.

Chega de Trassa por enquanto. Ela havia sido colocada no caminho certo; agora era apenas questão de tempo.

25

— É nas montanhas de Dublin — disse Kate. — E é *grande*. Tem *tudo*. Lavanderia. Sala de cinema. Eles têm uma torneira com água quente.

— Aaaah!

Nós rimos. Nós duas cobiçávamos aquelas torneiras.

Naquela noite, Kate e eu estávamos em casa. Ela havia dormido com o Devin na noite anterior e se, na melhor das hipóteses, eu já era naturalmente fascinada pelas casas dos outros, minha obsessão estava pior do que a habitual por ter a ver com o Luke.

Talvez eu não devesse bisbilhotar, mas talvez fosse impossível não fazer isso. Luke estava na minha mente o tempo todo, zumbindo feito um ruído de fundo. As lembranças continuavam surgindo... No trabalho, no trânsito, no meio de uma conversa com minha mãe.

O que não era exatamente surpresa. Nosso término me deixou num limbo, com um milhão de perguntas sem resposta e agora, do nada, Luke estava atendendo às minhas ligações. Se eu tentasse engatar uma conversa com ele sobre o que deu errado, suspeitava que ele não fugiria.

Mas ainda não era hora. Eu me sentia revirada do avesso desde o enterro. Precisava esperar até ficar menos sensível.

— Devin tem seu próprio espaço longe da casa principal, onde a banda ensaia — disse Kate. — Está equipado com tudo.

— Quantos quartos na casa?

Kate refletiu.

— O quarto do Devin, dos pais, da irmã, o irmão mais novo, o quarto em que Luke e Kallie estão... Cinco, eu acho. E um *zilhão* de banheiros.

— E os pais do Luke estão de boa com você, hum... passando a noite lá?

— Aham. — Eles são realmente legais. Bem, você conhece o Justin. E Sarina também é um amor.

NãoPergunteNãoPergunteNãoPergunte.

— Você viu... — Era difícil dizer o nome dela. — A Kallie de novo?

— Hoje de manhã.

Eu esperei.

— Rach, não fique brava, mas sinto pena dela. Ela não conhece ninguém aqui além de Luke e ele passa o dia inteiro fora, com o pai. A casa do Devin fica fora da rota do ônibus e ela não sabe dirigir com câmbio manual... Isso é aquele carro com marchas?

— Aham.

Deus, que coisa difícil. Eu precisava acabar logo com isso.

— É claro que não estou brava. As coisas entre mim e Luke não têm nada a ver com... — Era mais fácil dizer da segunda vez. — Kallie.

— Ah, ok. Que bom, então.

Eu tinha que ir para a cama. A semana tinha sido muito difícil e eu queria me desligar por um tempo.

Mas, em vez disso, uma vez deitada, acabei pensando no Luke.

HÁ MUITO, MUITO tempo, bem antes de eu ser internada, Luke e eu fazíamos um sexo incrível. Era a parte de nós que sempre funcionava. A urgência com que ele me queria era a coisa mais excitante de todas e, mesmo quando eu tinha vergonha das suas roupas ou dos seus amigos (sério, eu era *péssima*), eu o achava incrivelmente atraente.

Mas a verdade desconfortável era que, quando começávamos a nos despir, muitas vezes eu estava levemente alterada. Sempre que esse meu estado era óbvio, Luke se recusava a me tocar. Isso o confundia, ou o deixava irritado.

Ele não conseguia entender por que eu exagerava, e o fato era que eu também não.

Grandes quantidades da minha energia eram gastas fingindo para ele, para Brigit e, acima de tudo, para mim mesma que meu uso de drogas era tão inofensivo quanto algumas taças de vinho no jantar. E, às vezes, *era mesmo*. Diga a palavra "viciado" e as pessoas imediatamente imaginam um beco cheio de agulhas. Mas houve momentos em que Brigit e eu ficamos em casa assistindo a um filme e dividindo um baseado em vez de uma garrafa de vinho.

Quando Luke identificou que eu tinha um problema, tentou ajudar, mas, em vez de ver um homem gentil que *realmente* se importava comigo, tudo o que eu vi foi um estraga-prazeres. Pouco antes de eu ir para a reabilitação, ele terminou comigo.

Avance rápido um ano e meio, quando voltei a Nova York e logo percebi que estava apaixonada por Luke — e ele por mim.

Eu sabia, no entanto, que precisava esperar antes de transar com ele novamente. Só um pouco mais. Tudo na minha vida pré-internação tinha tido a ver com gratificação instantânea e isso não me fez bem. As coisas estavam diferentes. Eu estava levando Luke a sério; era importante tentar agir de um jeito melhor.

Não que fosse fácil, porque Luke era tão atraente. E muito *entusiasmado*.

Mas, quando o momento chegou e eu estava jogada nua na cama do Luke Costello, a timidez me paralisou. Eu tinha passado as semanas anteriores numa cama de solteira de um albergue só de mulheres, fantasiando sobre sua pele linda, os pelos pubianos, o calor da sua boca em mim. Mas a realidade do corpo dele, seu desejo inegável, me assustava.

O que não fazia sentido — já tínhamos feito isso diversas vezes. Mas não: a Rachel que tinha feito sexo selvagem com Luke Costello era uma pessoa diferente. A Rachel do presente era sóbria e não sabia como estar no próprio corpo.

— Podemos...?

Puxei Luke na minha direção. Eu queria que acabasse, queria estar longe. Eu só queria provar que era capaz.

— Já? — Ele me lançou um olhar confuso.

— Aham.

Com os olhos contraídos, senti o corpo dele deslizar sobre o meu e a plenitude enquanto ele se movia dentro de mim. Ele parou e gemeu meu nome, enfiando as mãos no meu cabelo, e então começou a se mover. *Tudo bem, tudo bem, eu consigo fazer isso.* Tentei deixar meu corpo assumir o controle, reduzindo tudo a uma coleção de sensações.

— Rachel. — Luke ofegou em cima de mim. — Abra os olhos. Olhe para mim.

Mas eu não conseguia. Só queria que ele terminasse e que tudo acabasse.

— Não para — implorei, arqueando os quadris para cima.

Ele diminuiu o ritmo e, para meu horror, saiu de dentro de mim. No repentino choque do vazio, comecei a chorar. Eu havia falhado com ele, havia falhado conosco.

Eu me sentei e comecei a buscar minhas roupas, mas, gentilmente, Luke me puxou de volta para que eu me deitasse ao lado dele. Acariciando meu cabelo para longe do meu rosto, ele beijou minhas lágrimas.

— Está tudo bem.

— Não está.

— A intimidade te assusta.

Eu chorei e ri ao mesmo tempo.

— Como você sabe?

— Eu li os livros que você me deu. Eles dizem que pessoas com problemas de vício têm medo de intimidade. Porque não se sentem boas o suficiente.

— Eu *não* sou boa o suficiente.

— Você é *mais* do que boa. Eu te amo. Mas você está com medo.

— Anda, vamos nos vestir. — Eu me sentia desolada, certa de que nunca mais teria confiança para tentar isso de novo.

— Ei — disse ele, rolando sobre mim. — Não precisamos fazer nada que você não queira. Mas você confiaria em mim?

— Para?

Ele se sentou na cama.

— Então, se você vier aqui...

Ele me ajudou a subir em seu colo. Passei meus braços firmemente ao redor do pescoço dele, puxando sua fina corrente de prata e o cordão de couro trançado, rezando para que o que quer que estivéssemos tentando funcionasse.

— Está tudo bem — falou ele, sua voz quase um sussurro. — Só continue olhando pra mim.

Carinhosamente, ele moveu as mãos em direção às minhas coxas para que minhas pernas deslizassem ao redor dos quadris dele, nos aproximando ainda mais.

— E não se concentre nisso — disse ele, mencionando a ereção. — Só olhe pra mim e respire.

— Respire?

— Vamos respirar juntos.

Tuuuudo bem. Eu inspirei, ele também, e, juntos, nossas caixas torácicas se expandiram. Eu expirei, ele expirou e nossos ombros desceram. Focar na minha respiração diminuiu o desconforto daquele olhar ininterrupto.

Após algumas tentativas fracassadas, um ritmo se estabeleceu até estarmos inspirando e expirando em perfeita sincronia. A intimidade de combinar nossos corpos dessa forma era diferente de tudo o que eu já havia experimentado.

— Isso estava em um dos livros que você leu? — sussurrei.

Ele assentiu, ainda mantendo meu foco.

Enquanto nosso contato visual persistia, Luke se transformou num estranho irreconhecível, e depois mudou novamente para o homem com quem eu tinha uma conexão profunda.

Levou um tempo para perceber que, mantendo o ritmo de nossas respirações, ele nos balançava com ternura. Um fogo havia se acendido em mim, inesperadamente quente.

Isso era diferente.

— Tudo bem?

— Tudo bem — falei, minha voz alta de surpresa. — Talvez pudéssemos...?

— Não faça nada que você não queira fazer.

— Acho que quero.

— Talvez hoje não.

— *Sim*, hoje.

Ele riu e, enquanto se movia em mim e nossos corpos se encaixavam, as pupilas dele se dilataram. De repente, todo aquele contato visual se tornou demais e meu olhar se desviou para o lado.

— Volta aqui, volta pra mim — sussurrou ele.

Vários segundos se passaram antes de eu conseguir encará-lo novamente. E, então, lá estava ele.

Com o tempo, a velocidade de nossos corpos aumentou e minhas respirações se tornaram mais curtas. Ainda assim, mantive os olhos nos dele e meu Deus, era *intenso.*

Sempre que eu começava a me perder, ele falava: "Fica aqui comigo."

Meu desejo selvagem me fazia sentir vulnerável.

— Rachel, fica aqui comigo — repetiu ele. — Eu te amo, está tudo bem.

Eu me senti exposta e tímida, mas Luke me segurou firme, com toda a força do mundo, e tudo o que eu tinha que fazer era respirar, depois a próxima respiração, depois a próxima. Houve momentos em que as sensações em meu corpo se tornaram quase insuportáveis.

Mas fiquei ali, com ele.

26

— Mas eu não estava usando todo dia — disse Chalkie. — Eu tinha uns picos. Eu ficava sem usar por meses... Quase consegui um ano inteiro duas vezes. Mas, nessas duas ocasiões, eu voltei a usar pouco antes de conseguir minha ficha comemorativa do NA. Eu pensava estar curado, mas... Adivinha? Eu ainda era um drogado. — Ele lançou um sorriso velado para mim. — Desculpa, Rachel, um dependente. — A seguir, com mais animação. — Você já reparou que os filhos da classe média nunca são chamados de "drogados"? Né? Enfim, mas esses coitados, criados nos apartamentos...

Pigarreei.

— Chalkie, foco... Então você decidiu ficar sóbrio? Por quê?

— Não sei, realmente. Lá estava eu numa sala imunda com mais três cabeças, todo mundo chapado, e simplesmente eu soube que não queria mais fazer aquilo. Chega. Eu queria um novo caminho, sabe?

— O que aconteceu de diferente naquele dia, Chalkie?

Ele deu de ombros, seus olhos azuis ardentes.

— Difícil dizer, Rachel. Nada em que eu consiga pensar. Eu simplesmente estava pronto. Outras vezes teriam feito mais sentido. Depois que Maarit morreu...

Maarit foi a mãe do segundo filho do Chalkie, uma menina, Vida. Maarit lutou contra o vício e cerca de dois anos antes tirou a própria vida.

— Quando roubei o dinheiro da fiança de Rixer e enfiei na veia... Vou carregar essa vergonha até meu último dia, mas ainda assim isso não foi o suficiente para me fazer parar. E então eu simplesmente... decidi.

Mesmo sabendo o fim da história, ninguém na sala respirava.

— Foi esperança? — perguntou Ella, respirando.

Ele a encarou com seu olhar azul enquanto pensava.

— Não sei exatamente se eu chamaria isso de esperança. Mas me perguntei se as coisas seriam diferentes se eu tentasse de um jeito novo.

— Se nada muda, nada muda — disse Trassa, que recebeu alguns olhares surpresos.

— O que há com *vocês*? — resmungou Dennis.

Trassa pareceu confusa, como se não soubesse que tinha falado.

— Eu sabia com o que estava lidando... a abstinência não é brincadeira. — O breve sorriso de Chalkie se transformou numa careta. — "Pai, afasta de mim esse cálice" Mas a real é que eu estava *fazendo aquilo*.

— Isso se chama "insight" — disse Giles. — Priya falou sobre isso numa palestra.

Giles estava certo. Normalmente uma crise era o gatilho de recuperação para o dependente: perder um emprego, terminar um relacionamento, infringir a lei. Às vezes, mesmo a ameaça de uma crise era suficiente.

Mas havia momentos em que, sem nenhuma desgraça iminente, os dependentes decidiam parar. Uma rara brecha em suas nuvens de negação deixava entrar a luz que mostrava quão exaustivo era manter aquele hábito, quão exaustivo era machucar a si mesmos e aos outros, repetidamente.

No entanto, esses momentos de clareza geralmente eram precedidos por meses, talvez anos, de pessoas implorando para que parassem.

De qualquer forma, era para ser aproveitado. Momentos de clareza em geral não duram muito antes que a janela se feche e mais uma vez os dependentes voltem à Terra da Negação.

Inesperadamente, fui lançada de volta no tempo, para uma manhã há muitos anos, em Nova York. Acordei cedo e sozinha, me sentindo diferente. Inexplicavelmente calma.

Algo havia mudado e minha alma estava quieta.

Abri as cortinas do quarto. Do lado de fora da janela, o primeiro indício do amanhecer embaçava o horizonte. Enquanto eu observava, o sol espreitava e a luz começava a cintilar sobre a cidade. Minha janela estava úmida, devia ter chovido forte mais cedo. À medida que o sol continuava a nascer, um raio pegou numa gota de chuva no vidro e se dividiu nas sete cores diferentes do arco-íris, tornando-se listras manchadas de cor transparente no chão de madeira, bem diante de mim.

Ver "sinais" nunca foi o meu forte, mas a mesma estranha calma com que eu tinha acordado insistia que aquele arco-íris pessoal era uma mensagem muito clara: *Seja corajosa. Diga adeus. Você vai ficar bem.*

Chalkie ainda estava falando e logo voltei a prestar atenção.

— Eu ia tentar o NA novamente. Eu fiz muitas tentativas lá.

Mas Chalkie nunca ficou tempo suficiente para se curar — e havia tanto para ele se curar. Nascido de mãe solteira, viciada, Chalkie mal tinha três anos quando ela morreu de overdose, em casa. Por setenta e duas horas, ele ficou ao lado dela, tentando acordá-la. Ele até tentou alimentá-la, colocando uma panela no fogão e tentando abrir latas de sopa rasgando os rótulos de papel.

O pai nunca foi presente, então Chalkie foi morar com a avó. Infelizmente, ela morreu quando ele tinha quinze anos.

— Então Skye me diz que estou no plano de saúde dela.

Era difícil saber exatamente como chamar o relacionamento dos dois. Skye era mãe do seu filho de oito anos, Tito. Depois que Maarit morreu, Chalkie pediu a Skye que adotasse Vida. Agora Vida morava com Skye em tempo integral, mas Chalkie ia e vinha.

Skye era assistente social e ativista comunitária. Chalkie disse — com calorosa admiração — que ela era "uma mulher da classe trabalhadora presa num corpo de classe média".

— Ter plano de saúde me deu acesso a isso aqui — disse ele, me dando um sorriso ousado. — Ser beneficiário da *considerável* sabedoria da Rachel, fazer três refeições por dia, ter uma cama quente à noite. Mas e os pobres desgraçados desmaiando nas escadarias dos pré... — Ele viu minha cara. — Desculpe. Enfim, acho que era apenas a minha hora de parar. Você não percebe até ver, você não ouve até ouvir. "A verdade deve brilhar aos poucos, ou cegaria todo homem", Emily Dickinson.

Ella deu um suspiro curto e ofegante. Seu queixo tremia enquanto ela olhava, apaixonada, para Chalkie.

— Pois é — disse Chalkie, lançando um olhar de lado para Giles. — Como pode um cara como eu saber sobre poesia?

— Bem, eu...

— Relaxa, cara — disse ele com um sorriso. — Só estou implicando com você.

Pode me chamar de delirante, mas eu tinha certeza de que havia afeto ali em algum lugar.

As lágrimas de Ella agora corriam plenamente, e Harlie observava com desprezo visível.

Eu estava preocupado com ela. Harlie parecia atolada em raiva.

Normalmente, quando a verdade se revelava para um dependente, a raiva era uma das reações. Mas as pessoas tendiam a superá-la e seguir em frente para o luto, alternando entre os dois, muitas vezes incluindo alguma barganha no meio do caminho. No entanto, Harlie havia chegado na raiva, gostado e decidido ficar nela.

Desde sua chegada, eu não a tinha feito chorar uma vez sequer, uma falha que senti profundamente. E se eu não conseguisse avançar mais com ela? Às vezes — muito raramente, veja bem, mas acontecia — as pessoas resistiam a todas as abordagens que eu empregava durante suas seis semanas e saíam ainda sob forte domínio do vício. Isso era o *pior*. Obviamente, eu sentia pelo paciente e por todas as pessoas que o amavam, mas — e isso era superficial e vergonhoso — *eu* me sentia um fracasso.

Pensei em tentar novamente, fazer com que os pais da amiga de Harlie, Tegan, viessem. Talvez algo mudasse se eles conversassem com Harlie sobre a filha falecida?

Enquanto isso, Ella ainda estava soluçando.

— O que foi? — perguntei.

— Nada, nada. Só estou feliz porque o Chalkie está aqui. Que ele vai ficar bem.

— E você? Está feliz por estar aqui? Feliz por que *você* vai ficar bem?

— Mas eu *estou* bem.

ENQUANTO SAÍAM NO fim do grupo, Trassa, parecendo assustada, ficou para trás.

— Rachel. Você sabe se...? — Ela segurou meu braço. — Estou pensando no Ronan.

Esperei. Sua mão no meu braço apertou e ela se inclinou para perto de mim.

— Estou com medo... — A voz dela era rouca — De que Collie Byrne possa machucá-lo.

Continuei esperando.

— Ele não é muito do tipo violento, Collie Byrne. Provavelmente só vai pegar alguma das máquinas do Ronan para quitar a dívida. Mas eu não consegui dormir, não consigo parar de pensar em... — O maxilar dela se contraiu e a pele estava tão branca quanto papel. — O Ronan não é forte, sabe? Ele é um rapaz gentil, não vai saber se defender e... você pode me ajudar, Rachel?

— O que você quer fazer?

— Talvez eu possa falar com o Collie Byrne? Traçar um plano para quitar a dívida?

— Pelo que entendi — falei, cuidadosamente. — Você já fez promessas para o Collie Byrne. Lá no passado.

— Mas desta vez estou falando sério. Eu também estava falando sério da outra vez — acrescentou ela rapidamente. — Mas agora é diferente.

— Diferente como? Você sempre soube que o Collie operava fora da lei.

— Eu nunca tinha pensado direito sobre isso — disse Trassa, parecendo verdadeiramente assustada. — Eu só sabia que conseguiria o dinheiro de algum lugar. Mas amanhã é sexta-feira, o dia em que Collie Byrne disse que ia... Não quero que aconteça nada de ruim com o Ronan.

Finalmente, Trassa desabou. Lágrimas pesadas brotaram dos seus olhos e uma tempestade de soluços a sacudiu.

— Ele é meu garotinho, Rachel. Não quero que ninguém o machuque.

27

— Então! Quando cheguei aqui pela primeira vez, pensei que vocês eram todos malucos! — anunciou Roxy de cima de uma cadeira em seu discurso de despedida. — E eu não estava errada!

A sala explodiu em risadas.

Os outros vinte pacientes e quatro dos terapeutas compareceram, assim como Brianna, o enfermeiro Hector, Starling, que ensinava arte, Florian, o jardineiro e Karlin, o cozinheiro. Karlin tinha feito um *gateau* Diane especial de despedida, o favorito de Roxy. Quase todos os pacientes que recebiam alta ganhavam um bolo cheio de conservantes do posto de gasolina. Não havia dúvida de que a Roxy tinha feito um enorme sucesso na clínica.

— Eu entrei aqui para salvar meu emprego — disse ela, sorrindo para todos na sala. — Depois descobri que era alcoólatra e viciada em drogas. Foda-se a minha vida!

Radiante de gratidão e otimismo, Roxy era uma mulher muito diferente da criatura resistente e mal-humorada que havia chegado ao Claustro seis semanas antes.

A única pessoa que destoava era a pobre Trassa. Sentada numa cadeira, com Giles e Chalkie pairando protetoramente ao redor, ela parecia catatônica. Uma de suas duas ligações telefônicas permitidas por semana foi usada para falar com o Ronan, quando ela descobriu que estavam movendo céu e terra para conseguir os vinte mil do Collie Byrne até a data marcada. Aquela preocupação imediata havia passado, mas mudanças muito maiores estavam ocorrendo dentro dela.

— Há seis longas semanas — disse Roxy — eu pensava que todo dependente era uma daquelas pessoas que dormiam na porta das lojas. Imagine o meu choque quando entendi que, mesmo tendo um emprego e um apartamento, eu fazia parte desse grupo. — Ela sorriu. — Preciso confessar que eu *não* estava feliz! Eu estava muito, *muito* infeliz. Depois, decidi que poderia continuar bebendo e usando drogas e que só precisava ter cuidado.

— A barganha! — gritou alguém.

— Sim, isso mesmo. Mas não durou muito. Nossa Rachel, ali... — ela apontou para mim, encostada na porta — disse que eu nunca mais beberia ou usaria drogas normalmente. Olha, você precisa aprender a dar más notícias, viu, garota? Porque depois disso eu chorei por oito dias seguidos.

— E como você está se sentindo sobre voltar lá pra fora? — perguntou Chalkie.

— Triste, entende? O que é estranho. Seis semanas atrás, eu odiava este lugar, odiava todo mundo aqui. — Com um sorriso irônico, ela assentiu. — Principalmente a Rachel, não vou mentir — disse ela, e acrescentou — desculpe.

— Não precisa — respondi com uma *meia* verdade.

Não era a mim que ela odiava.

— Mas, uau! — Ela arregalou os olhos. — Você conhecia minha ladainha de cima a baixo! Você é *boa demais* no que faz. Às vezes, nem *eu* sabia que estava mentindo, mas você sabia. Isso é que é treinamento!

Eu me permiti dar um sorriso discreto.

— Até chegar aqui eu não fazia ideia de como estava exausta. O tempo todo! Todo planejamento... de onde minha próxima bebida viria, de onde eu arranjaria dinheiro para comprar, tendo que manter o controle de todas as minhas mentiras... Enfim, agora quero ouvir sugestões para ficar limpa e sóbria.

— Reuniões — gritou alguém. — Muitas reuniões! Pegue os números das garotas, faça contatos. Vá ao seu acompanhamento toda semana.

— Nunca esqueça que você é uma viciada! Nunca pense que está curada!

— Não consigo *acreditar* que estou dizendo isso — exclamou Roxy. — Mas estou aliviada que tudo isso tenha acontecido. Eu vivia tão envergonhada, sabe? — Ela riu ao olhar para os rostos naquele semicírculo. — É, eu sei que vocês *sabem*.

— Quando vamos cortar o bolo? — perguntou Ella.

Confusa e desconfortável, Ella não estava gostando da situação. Dennis ainda menos. Embora o momento com Patch tenha sido um erro brutal da minha parte, Dennis estava vacilando. Retirá-lo do seu dia a dia, bombardeando-o com palestras e reuniões do AA, impedindo qualquer acesso ao álcool e cercando-o com outros dependentes que também já foram igualmente resistentes, estava começando a funcionar. Eu podia ver em seu rosto — uma terrível suspeita de que ele não era tão diferente da Roxy.

— Alguns de vocês aqui não querem parar — disse Roxy. — E eu entendo, é como dizer adeus ao amor da nossa vida.

Com essas palavras, senti um nó no peito, algo que eu não sentia há um tempo. A agonia, o luto de se afastar da coisa que eu mais amava. Tinha sido excruciante. Eu estava sóbria havia muito tempo, mas era bom ser lembrada de que eu ainda era dependente, e que seria para sempre.

— Mas a dependência é uma doença assassina, então, se você quer continuar vivo, não tem escolha. Simplesmente faça alguma coisa! Agora, deem uma última olhada em mim porque em dez minutos, quando eu sair por aquela porta, sem ofensas, pessoal, eu nunca mais vou voltar pra cá.

Entre aplausos animados, Roxy desceu da cadeira e embarcou numa série de abraços entusiasmados. Esperei até que todos se dispersassem, então fui até ela.

— Eu gosto muito de você, Roxy, mas *não* quero te ver aqui novamente.

— Entendido. Obrigada, Rachel. Obrigada por tudo.

Nem sempre parecia certo abraçar um paciente que estava partindo, mas com Roxy não havia como não fazer isso. Eu a abracei forte e desejei que ela fosse feliz. Quando nos afastamos, ambas tínhamos lágrimas nos olhos.

28

Eu precisava passar uma camiseta e saí correndo, ainda de pijama, do meu quarto para o corredor — *no exato momento* em que se ouviu o clique da fechadura da porta do banheiro e Devin Costello, com apenas uma toalha enrolada nos quadris, surgiu de uma nuvem de vapor.

Trocamos olhares surpresos e rapidamente recuei para o meu quarto, onde permaneci, furiosa com a terrível coincidência. Eu tinha esperado de propósito até pensar que não haveria chance de encontrá-lo! A água ainda estava correndo! Por que diabos ele saiu do banheiro se o chuveiro ainda estava ligado?

Devin e Kate tinham chegado tarde na noite anterior. Rindo baixinho, eles entraram na sala de estar e disseram oi, depois assumiram a cozinha, na qual prepararam algo com queijo halloumi. Mesmo com a porta fechada, escutei os dois dizendo "Gente, o queijo faz barulho, olha isso", e então rindo como loucos.

Amor jovem.

Muito jovem.

Devin me parecia infantil, muito mais imaturo que o Luke, mesmo com apenas alguns anos a mais. Talvez porque todas as crianças eram mais mimadas nos dias de hoje? Ou talvez porque seus pais não tivessem problemas financeiros?

Ou talvez eu apenas estivesse velha...

Os dois foram se deitar pouco depois de eu ter ido. Por um tempo, o murmúrio baixo de vozes e risadas ocasionais era audível do quarto da

Kate, então tudo ficou muito silencioso e eu peguei no sono. Até que o som de um gemido abafado — masculino — chegou até mim enquanto eu dormia.

De repente, eu estava totalmente acordada, assolada por pensamentos catastróficos.

De jeito nenhum eu continuaria morando nesta casa se tivesse que ouvir um homem da família Costello gemendo no quarto ao lado. Eu me mudaria. Ou a Kate.

Mas, pobre Kate. A distância da casa da Claire é brutal. Não, teria que ser eu. Eu me mudaria para a casa do Quin e encontraria alguém para ajudar a pagar a minha parte dividindo o aluguel com a Kate. Alguém jovem e tranquilo, que não se importasse com uma casa com isolamento acústico inadequado.

Mas eu não avançaria meu relacionamento com o Quin só para escapar do sobrinho do Luke Costello.

Ou avançaria?

Levei *horas* para voltar a dormir e, quando consegui, caí direto em um pesadelo. Era Nova York, há mais de vinte anos, e o Luke gritava:

— Você está mentindo!

— Não, não estou, Luke, não estou — eu gaguejava de medo.

— Eu encontrei seus esconderijos! Olha aqui!

Dramaticamente, Luke arrancou uma tira do papel de parede e centenas de comprimidos caíram, se espalhando no chão do quarto. "Por que você mentiu? Você sabe que isso é *pior* do que usar drogas."

No início do pesadelo, nós dois tínhamos vinte e poucos anos, então, como acontece nos sonhos, mudamos até ficarmos mais ou menos com a idade atual, ele com o cabelo mais curto e um casaco desconhecido, eu com minha testa lisa de Botox e tênis novos.

Quando acordei, tremia. Deus, aquilo tinha sido *péssimo*. Desde aquela ligação do Joey Armstrong, um monte de sentimentos enterrados tinha subido à superfície.

E, de toda forma, já eram sete da manhã, quase hora de me levantar. Então ouvi: "É tão barulhento!"

Estavam acordados.

Minutos depois, um deles (Devin, ficou evidente) entrou no banheiro e fechou a porta. Depois abriu de novo e perguntou:

— Qual sabonete líquido eu uso?

— O da Origins. Adivinha por quê?

— Por que é *tão barulhento*?

— Sim!

Ele riu, ela riu, provavelmente riram na casa de Benigno e Jasline ao lado, a Crunchie estava em convulsões de tanto rir lá embaixo na cozinha. *Muito bem, eu já estava acordada*, tive vontade de gritar.

Então, me ocorreu que eu teria que esperar até Devin terminar porque o sistema de aquecimento não suportava dois chuveiros quentes ao mesmo tempo. Bufando, andei de um lado para outro, organizando minhas roupas, e de repente lembrei que todas as minhas camisetas estavam no armário de secagem.

O chuveiro ainda estava ligado. *Isso é bom*, pensei. Eu estava *segura*. Então, saí, e o desastre aconteceu.

Outros namorados da Kate já haviam pernoitado antes. Duas ou três vezes, o infame Isaac (um idiota), e havia algum outro aleatório que ela tinha encontrado em algum lugar. Eu não me importava com o que esses garotos pensavam de mim, mas havia um medo real de que Devin pudesse soltar algum comentário depreciativo numa conversa durante o jantar, com o Luke presente. Você sabe como os garotos falam sobre qualquer mulher com mais de dezesseis anos? O completo desprezo que eles despejam sobre nós? "Eca, o estado da tia da Kate. Eu a vi literalmente de pijama! Prefiro espetar meus olhos com um compasso enferrujado do que ver essa cena de novo!"

Malditos, todos eles.

Sério, o que diabos ele estava fazendo?

Talvez ele estivesse mantendo a água corrente para que ficasse quente para a Kate? Nesse caso, alô, desperdício! Pense no planeta! Ou talvez ele tivesse planejado atraí-la para o chuveiro para algumas brincadeiras matinais? Nesse caso, uma falta de educação!

A situação era muito, *muito* desconfortável.

Você vai se acostumar.

De jeito nenhum.

Você vai ver. Vai por mim.

— ENCOMENDA PRA você — disse Brianna assim que cheguei ao trabalho. Ela segurava uma caixa embrulhada contra a luz e semicerrava os olhos. — Parecem chocolates. Lily O'Brien's.

Gemi de desejo, mas, no estado de espírito em que me encontrava, se eu comesse um, comeria todos.

— Pode ficar.

— Sério? — Brianna estava encantada.

— Sério.

Abri a carta anexada, que era de um homem que tinha estado aqui para tratar o alcoolismo cerca de dois anos atrás. Fui direto para o fim da carta a fim de ver se ele ainda estava sóbrio (estava), então a dobrei e coloquei na minha bolsa para ler depois. Naquele momento eu precisava ver como estava a Trassa.

— Vou dividir com o pessoal — anunciou Brianna.

— Como preferir, só não me ofereça.

Não hoje.

Trassa estava na mesa do café da manhã, segurando uma xícara de chá e olhando para o vazio. Aparentemente, ela quase não tinha comido nada do jantar da noite anterior e tinha ido para a cama às oito.

Vinte anos antes, eu me sentia igual a ela quando não consegui mais fugir da realidade da minha condição; quando ficou claro que eu não era apenas uma usuária recreativa, que não conseguia parar.

A avalanche de verdade tinha sido avassaladora. Ver o dano que causei aos outros — e a mim mesma — me chocou e envergonhou. Pior ainda, ter certeza absoluta de que minha melhor amiga, a coisa que eu mais amava no mundo, a única substância que me trazia alívio genuíno, não podia mais fazer parte da minha vida, bem, foi como uma morte. O fim da maior história de amor de todos os tempos.

Mas tinha que ser enfrentado. Eu precisei passar por isso. Trassa precisava passar por isso. Não podia haver recuperação de outra forma.

* * *

MINHA NOVA PACIENTE estava prevista para chegar esta manhã. Entrando numa das pequenas salas de entrevista, que tinha uma janela com vista para os jardins da frente, revisei seu arquivo de novo. "Bronte, quarenta e três anos, viciada em heroína. Casada com Eden Tollemarche, Visconde Kilsharvan." Não seria a primeira vez que um membro da aristocracia teria aparecido aqui: a dependência não respeitava títulos.

> Abusa de heroína de forma intermitente desde os vinte anos, mas perdeu o controle há seis. Após um ano de abuso intravenoso, foi para a reabilitação no Reino Unido. Ficou limpa até que quebrou o tornozelo em junho passado e recebeu prescrição de opiáceos, aos quais a paciente atribui a culpa por seu retorno à dependência. Nos últimos oito meses, voltou a injetar heroína. Na avaliação, o marido parecia alguém com cujo apoio se poderia contar.

Minha atenção foi capturada por um Land Rover sujo que vinha pelos portões, um pouco rápido demais. O carro estacionou e quase na mesma hora um homem alto, com o rosto vermelho, saltou, caminhou até o porta-malas, pegou uma bolsa e a jogou em seu ombro.

Bronte demorou mais para aparecer. Ela saiu do carro com relutância. Vestindo uma calça jeans, uma jaqueta curta e um gigantesco cachecol de feltro em volta do pescoço e dos ombros, parecia ter uns catorze anos.

Ela parou e lançou à casa um olhar apreensivo. Para a maioria das pessoas, ser admitido na reabilitação é o pior momento da vida. Elas não conseguem acreditar no que realmente está acontecendo – por muito tempo, mentiras e manipulações as mantiveram à frente do jogo, mas o fim chegou, e tudo está prestes a mudar para sempre.

No entanto, essa era a segunda vez de Bronte – e a segunda vez é sempre pior. Recaídas são momentos de muita vergonha. Quando um dependente fica limpo ou sóbrio pela primeira vez, ele precisa se esforçar para reconquistar a confiança das pessoas que ama, mas, quando enfim consegue, o resultado é lindo. Os relacionamentos muitas vezes se tornam honestos e puros, talvez pela primeira vez.

Mas fazer isso repetidamente era bem mais difícil. As pessoas estão dispostas a perdoar uma vez, mas uma recaída azeda tudo.

Lá fora, Bronte e o marido trocaram algumas palavras. Ele tocou o rosto dela e ela assentiu, então eles se viraram em direção aos degraus que levavam até nossa porta e desapareceram da minha vista.

Embora não fosse necessário, fui até o escritório de admissões, onde tudo parecia movimentado. Brianna e Eden processavam a papelada, e Priya estava com a bagagem de Bronte em cima de uma mesa, revirando o conteúdo, procurando por itens proibidos.

Bronte estava sentada numa cadeira, passivamente, o braço dobrado no cotovelo, enquanto a enfermeira Moze tirava uma amostra do sangue dela. Ela estava pálida como leite, a não ser por um grupo de vasinhos rompidos no meio de cada bochecha. Sem maquiagem — as sobrancelhas e os cílios eram tão claros que ficavam quase invisíveis, e o cabelo esvoaçante e desbotado estava descuidadamente preso com um elástico. Tive vontade de dizer que ela deveria usar um elástico adequado, que não era de se admirar que seu cabelo estivesse quebrado e arrepiado, do jeito que ela o tratava. Mas infelizmente isso não fazia parte do meu trabalho.

As roupas eram um caso à parte — o jeans parecia ter vindo direto de 1973, quando foi visto pela última vez num menino de dez anos que andava na sua bicicleta Chopper. Seria isso coisa de aristocrata? Dedos longos e elegantes, sem esmalte nas unhas, mas não dava para não notar o anel de casamento, um ornamento monstruosamente extravagante em ouro e rubi, no estilo vitoriano.

— O que é isso? — perguntou Priya, tendo encontrado uma cartela de comprimidos na nécessaire de Bronte.

— Anticoncepcional — disse Eden, sua voz alta demais para a sala pequena.

— É isso mesmo, Bronte? — perguntou Priya.

— Ah? Hum... sim.

Priya examinou a marca, fez uma anotação no arquivo de Bronte e moveu os comprimidos para uma bandeja de entrada.

— Ela precisa tomá-los — disse Eden, agora com uma expressão sombria.

— Certo, mas precisamos verificar o que são.

— Você acha que ela tentaria contrabandear...?

Não seria a primeira vez, camarada.

Com gentileza, Priya repetiu:

— Precisamos verificá-los.

— Por favor, devolva os anticoncepcionais. Ela é minha esposa e eu *insisto.*

Bronte acompanhava a conversa calmamente.

Eu estava *encantada* por estar participando daquele momento! Esse tipo de visão era inestimável.

— Bronte está sob nossos cuidados agora — anunciou Priya, firme.

— Eden...? — Bronte negou com a cabeça. — Por favor...

Eden tentou se acalmar.

— Certo, eu tenho que ir — disse ele, e então lançou um olhar irritado para nós. — Posso ter privacidade para beijar minha esposa?

— Não — falei. — Bronte está em reabilitação agora.

Minha nossa, eles estavam *todos* em negação? É de se esperar que o paciente esteja, faz parte da condição. Mas quando as próprias pessoas que os traziam também pareciam estar, era de se questionar.

Incrédulo, ele perguntou:

— Você acha que vou passar algo para ela enquanto a beijo?

— Já aconteceu! — Moze, Priya, Brianna e eu exclamamos ao mesmo tempo.

De mau humor, Eden Tollemarche foi embora.

Era hora de começar o grupo e, como Bronte estava presente, ela poderia muito bem me acompanhar.

— Bronte, os exames de sangue que a enfermeira Moze fez? Eles vão dar negativo? — perguntei a ela.

— Eu não sei... Quer dizer, eu passei pelo detox, não tomei nada desde então.

— Certo. Vamos lá.

Na Ala do Abade, enquanto Bronte se sentava, Harlie a examinava minuciosamente. Conseguia ler a mente dela. *Uma tintura para cílios e sobrancelhas, um pouco de primer para acalmar a vermelhidão seguido por uma base de cobertura decente. Talvez até algumas extensões de cabelo para dar um pouco de volume nesses fios quebradiços.*

Bronte tirou o casaco e revelou uma camiseta que dizia: Desculpe o Atraso, Eu Não Queria Vir.

— Bom dia, pessoal! Como podem ver, um novo membro se juntou a nós. Bronte, gostaria de se apresentar?

— Humm. Tudo bem — disse ela, e começou em voz baixa. — Meu nome é Bronte. Eu sou... — Pausa para um pigarro. — Viciada em heroína. Estive limpa por mais de quatro anos. Nove meses atrás, quebrei meu tornozelo, receitaram Vicodin e então... recaí.

Chalkie a observava. O anel enorme, braços e pernas esguios e elegantes, tudo.

— Camiseta legal — observou ele.

— Ah? — Bronte mal olhou para a camiseta. — É da minha filha.

— Você tem filhos?

— Três. Uma filha de dezoito anos. Dois filhos, dezesseis e treze.

— Quantos anos você tem, Bronte? — perguntou Dennis.

— Tudo bem — disse ela, dando de ombros. — Tenho quarenta e três.

— E do que você vive, Bronte? — perguntou Chalkie. — Como sustenta os filhos? Paga aluguel?

— Bom... meu marido... É o dinheiro dele.

— E o que ele faz... *para ganhar dinheiro*?

— Ele... Bem, nós administramos uma fazenda.

— Ele é fazendeiro? — Olhos preocupados a percorreram. — Você não se parece com nenhuma esposa de fazendeiro que eu já vi.

— Como é que você sabe? — perguntou Giles para Chalkie. — Você já saiu da... digamos, "cidade pobre do interior"? Você nos disse que não sujaria seus pulmões de "homem do povo com o oxigênio do privilégio"!

— Onde fica sua fazenda? — perguntou Chalkie, mantendo os olhos em Bronte.

— No Condado de Meath.

Dennis interveio.

— Quantos acres?

Esta era uma de suas áreas de interesse.

— Dois mil.

— Caralho! — disse Chalkie, quase levitando.

— Isso é muito? — perguntou Ella a Dennis pelo canto da boca.

— É grande pra caralho. — Dennis inclinou-se para Bronte. — É uma quantidade de terra enorme que você tem. Você cria gado leiteiro? Cultivo? Misturado?

— A maior parte é arrendada. Criamos cavalos.

— Criadores de cavalos?

Chalkie estava encantado. Aqui estava a chance para uma verdadeira indignação. "Lady Bronte."

— Na verdade, sou uma viscondessa...

— Você está brincando!

— Chalkie. Qual a relevância de tudo isso? — perguntei.

— Se eu vivesse de privilégio — gaguejou ele —, porque roubei terras de outras pessoas, a culpa me faria correr para comprar heroína. Não é de admirar que a porra da Lady Bronte esteja aqui.

— Porra da Lady Kilsharvan — interrompeu Bronte.

Atordoado por sua arrogância, Chalkie virou-se para encará-la.

— Mas não há necessidade de usar meu título — disse ela em tom azedo, mas com um sorriso travesso.

29

— Ella, você está lendo a história da sua vida — falei.

— Claro! — respondeu ela, alegre como sempre.

Ella estava no Claustro havia uma semana e, com exceção da Harlie, todos gostavam dela. De fato, ela se esforçava o suficiente para tal. Era engraçada, gentil e, mesmo que um de seus braços ainda estivesse enfaixado, ela fazia suas tarefas sem muita reclamação.

Depois de uma semana de palestras, reuniões do NA e imersão com outras vinte pessoas em vários estágios do processo de recuperação, a erosão de sua negação já estava bem avançada. Mas escrever e ler a própria história de vida deveria levá-la mais adiante.

E lá ia ela. A caçula de três, Ella teve uma boa infância. Foi uma criança muito desejada por sua mãe após dois meninos, e essa mãe a mimava. Ella gostava da escola, mas não de esportes; havia dinheiro suficiente, mas não muito; seu pai era firme, mas justo; seus irmãos a provocavam, mas não muito.

Como faço com todos, pedi a Ella que relatasse lembranças felizes e infelizes dessa época. Havia muitas do primeiro tipo: ela aconchegada na cama, se recuperando da catapora, sendo alimentada com Seven-Up por sua mãe; uma véspera de Natal em que nevou; toda a família indo para Londres para o seu décimo aniversário.

Sim, sim, muito bom. Mas eu estava ansiosa para ouvir as coisas menos felizes, que eram sempre muito mais reveladoras. Finalmente chegamos a elas. O pior momento tinha sido em seu último ano na escola primária.

— Durante o verão, veio minha primeira menstruação e... — Ela lançou um olhar para os homens na sala e hesitou. — E meu peito tinha ficado... — Ela parou e começou de novo. — Eu comecei a usar sutiã. Minhas três amigas não queriam mais andar comigo. Elas disseram que eu estava me exibindo.

— Isso é difícil — interrompi. — Como você lidou com isso?

— Eu, ah... — Ella começou a chorar e pareceu chocada com isso, tratando de enxugar as lágrimas. — Desculpem, eu não estava esperando por isso... Eu... Eu apenas superei. Só que depois precisei começar a fazer tudo sozinha, pegar o ônibus sozinha, almoçar sozinha... Eu nunca tive um... um aliado, acho que é a palavra. Eu nunca me acostumei. Foi um ano longo.

— Você não fez novos amigos?

Ela negou com a cabeça.

— Minhas ex-amigas estavam falando mal de mim, dizendo que podiam sentir o cheiro da minha menstruação. Todo mundo se afastou.

— *Nossa*... — Dennis pareceu desfalecer.

— E depois? — perguntei.

— Quando começamos o ensino médio as coisas tinham mudado. Talvez todo mundo já tivesse se ajustado, sei lá. Uma amiga da minha mãe tinha uma filha na minha turma e começamos a andar juntas. Depois de um tempo, as coisas ficaram mais normais.

— Suas ex-amigas pediram desculpas?

— Não.

Percebi sua hesitação.

— Mas...?

— Eu voltei a ser amiga de uma delas, de certa forma. Tipo, havia cinco ou seis de nós. Mas essa amiga e eu nunca falamos sobre aquele ano. Eu meio que... me odiava por não ter resolvido as coisas com ela. Mas na época era mais fácil apenas ir deixando tudo passar.

— Vocês ainda têm contato?

— Instagram. E só porque estou esperando que algo realmente, realmente ruim aconteça com ela — disse Ella, rindo, depois parou e olhou os rostos na sala, se perguntando se estava sendo julgada.

— Você aprendeu algo com aquele ano? — perguntei. — Bom ou ruim?

Ela pensou sobre isso.

— Sentir-se segura não é real. Toda a nossa segurança pode ser tirada de nós sem aviso. Não precisa de muito para uma pessoa acabar sozinha.

Ela continuou lendo e tudo era bastante tranquilo: bons resultados na escola, um ano viajando pela Ásia, seguido de três anos na faculdade. Ela se mudou para Dublin, conseguiu bons empregos, conheceu o namorado e fez uma amiga, Naaz. Até o momento do assalto, que a levou ao caminho da dependência, a vida dela tinha sido quase perfeita.

— Seu médico chegou a dizer que os comprimidos para dormir não devem ser tomados por mais de duas semanas? — perguntei. (Mas eu já sabia. Raramente faço uma pergunta para a qual não conheço a resposta.)

— Mas eu fiquei muito mal depois de ser... — Ela baixou a cabeça e sussurrou: — Atacada. Eu continuava tendo flashbacks.

— Você procurou terapia?

— Hum... bem, não. Terapia é caro. E conseguir tempo livre no trabalho para ir, você sabe...

— Bom, se você for demitida e não controlar sua dependência, você terá tempo livre de sobra.

Ela parecia muito triste, mas se recompôs.

— Estou há dez dias sem eles agora, *não posso* estar viciada.

Internamente, suspirei. Todo paciente que conheci me deu alguma versão dessa frase.

— É fácil estar limpa enquanto está aqui, Ella. Seus passos são monitorados. Mas é muito diferente lá fora, onde existem estresses, pressões e escolhas.

— Mas, se eu fosse viciada, eu não estaria fissurada?

Outro suspiro interno. As pessoas pensam que, na abstinência, os dependentes se contorcem, chorando e implorando por sua droga de escolha.

— Essa palavra "fissurada" é culpada por muita coisa, Ella. Mas a dependência não é apenas física, é emocional, é mental, é espiritual. Esses são os aspectos que causam quase toda recaída, não só um desejo físico.

Ela deu de ombros, sem interesse.

— Por que Jonah, Naaz e Boyd disseram que você está viciada?

— Acho que Jonah só quer terminar comigo e não sabe como.

— Então, ele disse que você estava viciada em comprimidos e te mandou para a reabilitação? Isso é um pouco radical.

Ela deu de ombros.

— Homens.

— E Naaz? Qual é o motivo dela?

Ela se contorceu.

— Houve um... Um momento, com o namorado dela. Não foi nada. Só um... Sério, não foi nada. Mas Naaz não entendeu assim. Ela é muito possessiva com ele.

— E os motivos do Boyd?

O desconforto dela aumentou.

— Boyd... Acho que ele tinha... Desculpa se isso soar mal, mas acho que ele queria ficar comigo. E quando eu... não quis, ele decidiu me perseguir.

— Então você está dizendo que seu chefe estava assediando você? Porque isso é uma acusação grave.

— Não — disse ela, e respirou ofegante. — Eu não diria isso. Só acho que ele gostava de mim e, depois, não gostava mais.

— Você estava transando com o Boyd?

— Não!

— Não?

É melhor trazê-lo aqui, trazer *todos* eles.

Enquanto eu interrogava Ella, Trassa começou a chorar. A cadeira de Giles era a mais próxima dos lenços e eles estavam sendo passados aos punhados de mão em mão como baldes de água em uma cena dramática de cidade medieval em chamas.

— Trassa, por que você está chorando?

— Porque... porque... eu sou uma pessoa muito má. Não consigo acreditar que fiz Ronan pedir uma segunda hipoteca e, justo ele, com uma família tão jovem.

— E?

— Eu fiz isso com Keith também. E com Michael, meu mais velho, ele me emprestou quinze mil para pagar o Collie Byrne uma vez e eu nunca devolvi. É tanto dinheiro, Rachel... Como eu não vi isso?

Michael, meu mais velho. Algo vibrou dentro de mim. Eu teria que voltar a esse assunto.

— Você não sabia o quanto Ronan teve que pedir emprestado? — perguntou Ella.

— Eu sabia! — Trassa virou um rosto manchado de lágrimas para Ella. — Eu sabia! Mas não me incomodava. Não sei como isso não me incomodava.

Quando as pessoas saíam da negação, não era como se de repente se lembrassem de coisas que convenientemente esqueceram. Os fatos sempre estiveram ali, à vista de todos, mas o dependente arruma meios de mascarar sua importância. Os detalhes do vício da Trassa eram os mesmos de sempre, mas pela primeira vez ela os estava vendo como eles realmente eram. Ela estava em choque.

— Eu sabia que era muito dinheiro — disse ela. — Mas meus meninos são educados, tiveram oportunidades que eu nunca tive, têm as próprias casas. Eu sabia que eles poderiam pagar.

— Mas eles não podem, Trassa — falei. — Ronan teve que fazer uma segunda hipoteca. E Keith também.

Seus olhos suplicaram.

— Talvez eu simplesmente tenha decidido que eles podiam pagar?

— E por que você faria isso?

— Eu não sei. Talvez porque me conviesse. Porque eles eram as únicas pessoas que poderiam conseguir esse dinheiro para mim.

— Por que você achou que eles deveriam te ajudar? — perguntei.

— Porque eu sou mãe deles! Eu coloquei eles no mundo e a minha vida naquela casa era muito difícil. O espaço não era suficiente, os uniformes de atletismo deles viviam espalhados por toda parte. Eles viviam com fome, sempre pedindo mais comida. Keith estava sempre doente, então eu ia toda hora ao médico com ele, e Seamus Júnior vendeu drogas por um tempo e eu tinha medo de que a polícia batesse à minha porta. Meu marido era completamente inútil e ninguém nunca disse obrigado ou se ofereceu para me fazer uma xícara de chá. Nunca havia nada para mim.

— Então você sentia como se eles te devessem alguma coisa, certo? Quanto do seu comportamento intimidador influenciou nisso?

— O quê? — respondeu ela, parecendo cautelosa de repente.

— Eles têm medo de você, seus filhos.

Bem, eu sabia com certeza que Ronan, Joe e Seamus Júnior tinham medo. Michael e Keith não teriam nada a ver com isso.

— Você sabia que se dissesse a eles que precisava de muito dinheiro eles fariam de tudo para conseguir. Não sabia?

As lágrimas dela tinham secado.

— Eles *não* têm medo de mim.

— Eles têm, mas... — disse Chalkie. — O pobre Ronan estava morrendo de medo.

— E parecia terrivelmente culpado por você estar aqui — completou Dennis, soando sério.

Nos últimos dias, ele havia se distanciado de Trassa, preocupado de que a dependência pudesse ser contagiosa.

— Não parecia nada. — A voz da Trassa soava incrédula.

— Trassa, se me permite — disse Giles, que irradiava sabedoria e compaixão... e Chalkie revirou os olhos para ele. — Houve um tempo em que me senti exatamente como você está se sentindo agora. Usei uma combinação letal de chantagem emocional e ameaças veladas para persuadir minhas esposas a apoiarem meu vício. Eu peguei dinheiro da Ingrid, disse que sem cocaína não podia fazer meu trabalho direito e que se eu fosse demitido, todos ficaríamos sem nada.

— Mas você é um manipulador, Sr. Poderoso Cheio da Grana, e eu sou apenas uma pobre velha de Carlow. Eu não sou nem um pouco como você!

30

Na manhã de sábado, Quin e eu estávamos cochilando quando meu celular tocou, assustando nós dois.

— É a Kate. — Kate só me ligava em emergências. — Oi, querida, o que foi?

— Oiee. Onde você está?

— Na casa do Quin — respondi, com o coração acelerado. — O que aconteceu? Você está bem?

— Simmm. Eu preciso da sua ajuda. Bom, não eu.

Kate soava como se tivesse levado uma pancada na cabeça.

— Ajuda?

— É a Kallie.

— *Kallie?* — Eu me sentei na cama imediatamente. Ao meu lado, Quin murmurou "O que foi?".

— Aconteceu um acidente — disse Kate.

— Acidente? Ela está machucada?

Nesse caso, o que eu deveria fazer? Eu não era médica.

— Não é esse tipo de acidente. Um acidente com um... preservativo.

Levei um momento para entender. Ah, certo. Sexo. *Com Luke.*

— Ela precisa de um plano B — continuou Kate, sussurrando as últimas palavras.

— Pílula do dia seguinte? Diga para ela ir à farmácia. Qualquer farmácia.

Mesmo agitada como estava, até eu conseguia ver que isso era básico.

— Ela não quer que o pessoal aqui julgue e tal.

— Ninguém vai fazer isso.

Bem, eles poderiam, dependia do farmacêutico, mas isso não a mataria.

— Ela quer ir ao médico.

— Ninguém a está impedindo — falei, e fiz uma pausa. — Ou está?

— O Luke não, foi ficar com o pai e não está atendendo ao celular. Kallie está desconfortável em pedir para a mãe do Devin, ela não quer que as pessoas saibam.

— Mas você sabe. E eu sei.

— E eu sei — disse Quin, que ouvia atentamente.

— Ela perguntou se eu poderia conseguir uma consulta com o meu... Com o nosso médico — explicou Kate. — Mas está tudo fechado por causa do Dia de São Patrício. De repente eu posso ligar para a mamãe e perguntar...

Isso era um completo absurdo.

— Kate, por que simplesmente ela não conversa com o Luke?

— Eu disse, ele não está atendendo.

Quin estava mexendo no celular.

— Que tal o meu médico? Ele tem um horário livre às onze e quarenta e cinco. Se ela quiser.

Silenciosamente, furiosa, fiz que não com a cabeça.

Mas Kate ouviu.

— O que o Quin está dizendo?

Eu não respondi.

— Rachel...? — insistiu Kate.

Ah, pelo amor de Deus!

— Ele disse que o médico dele tem um horário. Às onze e quarenta e cinco.

— Certo, ótimo!

Após uma consulta abafada com outra pessoa (Kallie, presumi), Kate voltou.

— Pode marcar. Qual o endereço?

— Diga para elas virem pra cá — disse Quin para mim. — A consulta vai ser marcada no meu nome, eu vou ter que ir com ela.

Assim que desliguei, virei para ele.

— Que *porra* é essa?

Era a situação mais bizarra do mundo. *Luke* sabia? É lógico que não, decidi. Havia várias centenas de pessoas a quem ele preferiria que a namorada pedisse ajuda antes de mim.

— Ela quer conhecer você — disse Quin, parecendo entretido. — Acho que você não vai à ioga.

— Por quê?

— Porque você sabe que também quer dar uma boa olhada nela.

Bom, sim, eu *queria*. Mas também *não queria*. A curiosidade me prendia numa garra dolorosa. A mulher que Luke amava estava vindo ao nosso encontro. Para que — supostamente — *eu* a ajudasse. Independentemente do que acontecesse, haveria consequências.

É melhor eu começar a me arrumar.

— Vou tomar banho. Meu cabelo está bom? Preciso lavá-lo?

Quin me analisou.

— Talvez. Sim. Espere, vou com você, eu lavo.

Ter o Quin no chuveiro comigo geralmente resultava em muito mais do que lavar o cabelo.

— Querido, talvez não agora. Estou meio...

— Ah... Claro.

Quin ficou decepcionado, mas sobreviveria.

Era frustrante — *ao extremo* — não ter acesso à minha gama completa de roupas e maquiagem. Eu precisaria recorrer a um visual natural, como se eu tivesse acabado de acordar, com as peças aleatórias que tinham se acumulado na casa do Quin.

— Ah, dane-se!

Revirei minha bolsa e alinhei cinco batons na borda da pia, todos errados.

— Meu neutro favorito não está aqui. Talvez eu consiga um com a Liberty. Será que ela tem alguma coisa...?

— Sim, se você quiser evocar o Anticristo.

Verdade. Se Liberty fosse acordada cedo, ela poderia incendiar o mundo.

— Por que isso importa? — perguntou Quin.

— Por quê?! — Eu estava exasperada. — Porque *importa*. E *muito*.

Eu estava aplicando uma terceira camada de rímel quando o som de portas de carros sendo fechadas ecoou na rua. Corri para a janela do quarto para ver que Kate e Kallie — e *Devin* — tinham chegado.

— Quin, eles estão aqui — sussurrei. — Como estou?

— Linda — disse ele, me abraçando. — Você é linda. Lembre-se disso.

Apoiando o corpo de lado na janela para não ser vista, observei Kallie. Ela era esbelta e mais alta do que eu lembrava. Seu cabelo louro batia na altura dos ombros e era cortado em camadas com uma franja pesada. Havia algo vagamente Isabel Marant nas roupas. Jeans skinny básicos, botas no estilo pixie largas, uma blusa larga no estilo cigano e um casaco tamanho GG que parecia familiar. Então percebi que era da Kate. E, antes disso, tinha sido meu.

Mas em mim ela não parecia ser GG...

Descemos, o Quin puxou a porta de repente e houve um frenesi de "Oi! Eiiiii! Prazer em conhecê-la, então vocês nos encontraram, hahaha".

Kallie veio até mim. Ela deslizou sua mão suave na minha.

— Então... — disse ela, e seu rosto se iluminou, as ruguinhas de expressão irradiando dos cantos dos olhos azuis. — Isso não é nem um pouco constrangedor.

Imediatamente meu coração amoleceu. Talvez ela estivesse, de fato, sendo sincera. Ela poderia estar em pânico mesmo, presa com a família do namorado em um país europeu, precisando de algo tão crítico quanto uma pílula do dia seguinte.

— Não precisa ser — gaguejei, desesperada por tranquilizá-la. — Podemos simplesmente decidir que não é.

— Tá bem! — Ainda segurando a minha mão, ela falou: — É tão bom te conhecer. Obrigada por me ajudar.

Então esta é a pessoa que Luke ama agora.

Quin já estava discutindo caminhos com Devin.

— Homens — disse Kate e revirou os olhos.

— Que tal todos nós irmos no mesmo carro? — sugeriu Kallie.

— Não — falou Quin com tranquilidade. — Vamos em dois, é melhor.

— Por quê? — perguntei quando estávamos no carro dele, liderando o caminho.

— Porque não queremos ficar presos com eles depois que a consulta acabar.

— Isso parece um pouco... pesado. E o que você achou dela?

— Mistura de garota roqueira com professora de escola primária.

— Não é sobre o visual dela. O que quero saber é se ela parece realmente simpática.

— E por que está me perguntando isso? Porque o que vejo é só muito drama.

— Talvez ela seja apenas muito reservada?

— Rach, olha só. Um comboio de dois carros com cinco pessoas. Isso não é muito reservado.

— Ah, você está sendo...

Não tinha sentido em dizer mais nada para ele. De qualquer forma, eu sabia o que queria dizer.

Na clínica, Quin, Kallie e eu nos amontoamos na sala de espera vazia. Kate e Devin decidiram esperar do lado de fora e serem *jovens*.

— Então, isso é *sim* constrangedor — disse Kallie para mim, baixinho. — Não é o tipo de coisa com que uma mulher de trinta e oito anos deveria ter de lidar.

— Não, não, não — eu me apressei em tranquilizá-la. — Acidentes acontecem.

Então ela só tem trinta e oito anos? É um pouco mais jovem do que eu gostaria que fosse.

— Rasgou — disse ela, se inclinando para mim. — O preservativo.

— Acontece! — falei alegremente. — A vida é uma caixinha de surpresas.

Não me faça pensar em Luke e preservativos.

Ela voltou a atenção para o Quin.

— E então? — perguntou ela, animada. — Em que área o senhor trabalha?

— Prefiro falar de você. Em que área *você* trabalha?

Quin estava sendo um pouquinho babaca, mas ninguém além de mim teria percebido.

— Cantora e compositora.

O quê? Meu Deus, isso é tão legal.

— É mesmo? — perguntou ele. — Eu já ouvi você?

— Kallie Lampart? Não — disse ela, rindo. — Acho que não.

— Que tipo de música você faz?

— Homens infiéis, desilusões amorosas. — Kallie cutucou meu braço. — Esse tipo de coisa, você sabe. Mas também tenho um emprego de verdade, que paga as contas. Sou contadora. Como o Luke.

Ela disse o nome dele, simplesmente soltou. Embora minha respiração tenha ficado presa na garganta, o mundo não acabou.

— Foi assim que nos conhecemos. Ele me contratou para um projeto.

— E vocês ainda trabalham juntos? — perguntei, soando impressionantemente normal.

— Não, só como freelancer de vez em quando. Além disso, nunca é boa ideia ter o namorado como chefe.

— Kallie Lampart? — chamou um homem. — Oi, sou o Dr. Benson.

Kallie entrou e em pouco tempo estava de volta, os olhos baixos, uma receita na mão.

— Vou só preencher os formulários e depois podemos ir.

Ir. Que bom. Voltei para o meu celular. Mas depois de muito tempo, ela ainda estava no balcão. Senti um clima meio esquisito no ar.

— Está tudo bem? — perguntei, indo até ela.

— Sim. — Kallie estava nervosa. — Eles não aceitam meu seguro saúde aqui.

— Porque estamos em outro país — disse a recepcionista, seca.

— E meu cartão de crédito está sem limite. Posso te pagar com Venmo?

Venmo? Mais uma vez a recepcionista foi extremamente direta.

— Não.

— Não tenho outra forma de pagar. Acho que não pensei que teria que...

— Eu pago — disse Quin.

— Ah, Meu Deus, você é um salva-vidas!

Ele não era, só estava entediado.

— Agora preciso encontrar uma farmácia — falou Kallie.

— Tem uma logo ali — disse ele, e apontou com a cabeça o outro lado da rua.

— Depois posso pagar um café para vocês, para agradecer?

Quin lançou um olhar na minha direção e o que quer que ele tenha visto o fez dizer:

— É gentil da sua parte, Kallie, mas temos outros planos.

— Claro! — disse ela, corando ligeiramente. — Claro! Obrigada pela ajuda.

Depois de uma hesitação que achei encantadora, ela me deu um abraço.

— Rachel, foi muito bom te conhecer.

Envolvi meus braços em suas costas estreitas, sentindo o cheiro de eucalipto de seu xampu, e senti um tipo de felicidade agridoce. O peso do que eu havia perdido e a sensação calmante de estar curada. Naquelas primeiras semanas e meses após o Luke me deixar, pensei que nunca superaria, mas ali estava eu, naquela situação, abraçando a mulher que ele ama agora. Fiquei maravilhada.

Assim que estávamos no carro, Quin disse:

— *Isso* foi estranho pra *caramba*.

— Quin, acredite em mim, não foi. Estou vendo isso por outro ângulo agora. Você não é mulher, não sabe como é ser julgada.

— Mas depois de tudo isso, ela ainda teve que ir a uma farmácia. Rach, ela estava te avaliando. E marcando o território. Deixando você saber que ela está tendo sexo selvagem, do tipo que rasga camisinha, com seu ex-marido.

— Eu... Eu não tenho certeza se é isso. Acho que ela estava realmente em pânico.

— Ho-ho, *não*! Você vai ver. Agora ela vai sugerir um encontro duplo.

Meu Deus, não. Progresso havia sido feito, mas de jeito nenhum eu estaria pronta para esse tipo de coisa. Mesmo assim...

— Não é melhor estar de boa? Por que você disse não para um café com ela?

— Porque você teve uma semana muito difícil.

Assim que ele disse isso, uma onda de cansaço me atingiu.

— Eu queria plantar minhas mudas hoje, mas...

— E você não quer que elas fiquem "presas às raízes" — disse ele, me fazendo sorrir.

Em nossos primeiros dias, eu tinha recusado um encontro com ele por esse mesmo motivo.

— Amanhã a gente planta, ok? Eu te ajudo.

Mas eu gostava de ter sozinha meus breves momentos de jardinagem. Sentir minhas mãos na terra, transferindo suavemente mudas brotadas para canteiros de flores, ajudando aqueles seres vivos a crescerem quase do nada, me fazia bem.

Quin não tinha interesse em meus esforços amadores, então foi tocante que ele tenha oferecido ajuda. Mas eu veria se conseguiria sair do trabalho mais cedo na segunda-feira para fazer isso enquanto ainda estivesse claro.

— Você acha que consegue ir ao BanDearg hoje à noite? — perguntou ele.

Meu Deus, eu tinha me esquecido completamente. Quin levou meses tentando reservar, acessando o site toda sexta-feira às sete da manhã. O dia da reserva finalmente havia chegado e ele estava fora de si de tanta empolgação. *E* íamos com a Claire e o Adam; ou seja, muitas pessoas ficariam desapontadas se eu não fosse.

— Faltam muitas horas. Vou estar bem até lá.

— "PÃO RESPIRÁVEL"? — leu Adam no menu. — O que vocês acham que é isso?

— Eu diria que estamos prestes a descobrir. — Quin acenou para o garçom, que seguia seu caminho pela penumbra das paredes pretas do restaurante carregando quatro pratinhos. Algo na maneira como ele surgiu das sombras me lembrou o momento da revelação no programa *Stars in Their Eyes*.

— Na verdade... — O jovem sorriu orgulhosamente para os pratos, cada um coberto por uma minicúpula de vidro contendo uma fumaça branca. — Em vez de pãezinhos tradicionais, temos...

Neste momento, viajei. Eu só consegui ouvir as primeiras palavras de uma longa descrição dos pratos.

— ... fermento ativado, bláblábIá de trigo e outras baboseiras. Aproveitem!

— Mal posso esperar! — disse Claire, que colocou a mão ansiosa no braço dele. — E, ah... a carta de vinhos...?

— Está chegando.

Com certeza estaria, tendo sido Claire quem pediu. Nos melhores momentos, ela inspirava respeito e Claire estava particularmente reluzente naquela noite, em um macacão preto com ombreiras exageradamente futurista. Ok, era ridículo, mas ela sustentava e eu *adoraria* ter o cabelo dela. No entanto, simplesmente não conseguia dominar aquele visual chique, solto, largado, não importa quantas vezes tentasse.

— Um, dois, três e... já!

Ao sinal de Quin, levantamos nossas cúpulas e inalamos os tentáculos de fumaça branca.

— Parece que acabou de assar — observou Adam. — Este lugar é incrível.

— Não é?!

Quin estava radiante. Conseguir uma mesa aqui tinha sido uma cruzada pessoal, porque ele insistia que era a única pessoa na Irlanda que ainda não tinha vindo.

Quando a fumaça se dispersou, não restou nada nos pratos. Adam parecia consternado, então se aproximou de mim porque sabia que o Quin e a Claire o zombariam.

— Desculpe pela pergunta de principiante, mas teremos comida de verdade em algum momento esta noite?

Isso me fez rir. Eu gostava muito do Adam. Ele era do tipo que controlava o valor da conta e estava *bem longe* da sua zona de conforto aqui, mas muito animado como sempre.

— Com certeza você será alimentado — respondi, porque tinha dado uma pesquisada. — Embora eu não tenha certeza se aqui tem barriga de porco.

— É trágico gostar de barriga de porco?

— Patético — disse Claire ao mesmo tempo que eu disse: "Não."

A chegada da carta de vinhos mudou tudo. De repente os três estavam com as cabeças juntas, o clima sério. Eu me desliguei enquanto a discussão fervia sobre qual vinho combinaria melhor com Morte por Salsinha ou Codorna Impressa em 3D.

— Para você — disse o garçom se dirigindo a mim: — Temos bebidas e infusões sem álcool, especialmente criadas para harmonizar com cada prato. Gostaria de começar por uma limonada de carvão ativado?

— Claro!

Quer dizer, por que não? O BanDearg era um desses lugares levemente ridículo, mas muito divertido. Sem dúvida, eu precisaria de quatro fatias de torrada quando chegasse em casa, mas, e daí.

— Vocês ficaram sabendo da história de hoje? — perguntou Quin a Claire e Adam, e começou a contar a história sobre a Kallie.

Fisgados e de olhos arregalados, eles ouviram com *atenção*.

— O que vocês acham? Ela estava só avaliando a Rachel?

— Parece que sim — respondeu Adam. — Quantas vezes ela mencionou o preservativo estourado?

— Uma — falei.

— Pareceu muito mais — disse Quin. — Juro por Deus, em dado momento achei que ela ia tirar o tal da bolsa e nos mostrar.

— Quin! — Dei um empurrãozinho nele. — Você só decidiu que não gosta dela, mas ela é um amor.

— Sério? — perguntou Claire.

— Ela é afetuosa. *Muito* afetuosa. E muito divertida. Dá pra perceber.

— E ela é...? — Claire olhou para Quin. — Gata?

— Ai, meu Deus, sim. Não tão gata quanto você, Claire, mas sim, gata.

Os dois se entreolharam com um sorriso. Era bom que meu namorado se desse bem com minha irmã. Mas, às vezes, eles me irritavam...

— Por que ela ainda está na Irlanda? — perguntou Claire. — Ela não trabalha?

— A mãe do namorado dela acabou de falecer. Ela está sendo solidária.

Mas eu também tinha me perguntado isso.

— Qual é o nome dela? — Claire já estava no Instagram, no qual eu já havia feito uma investigação profunda. — Ai, meu Deus, está tudo muito "Eu e Meu Gato"!

Para ser justa com a Kallie, ela nunca havia postado as palavras "Eu e Meu Gato". Mas, em qualquer foto com o Luke, estava implícito.

Por exemplo, uma foto do Luke, ocupado num fogão, com uma frigideira na mão, um pano de prato pendurado no bolso da calça jeans, estava legendada como "Nada é tão gostoso... quanto o que esse cara me serve". Seguido por emojis salivantes, piscadelas e vários corações de cores diferentes.

Kallie gostava de emojis.

Mas eu também.

Aparentemente, era coisa da nossa idade.

— Ela... anda a cavalo?

Claire estava analisando o perfil da Kallie, as muitas fotos dela, esbelta e deslumbrante usando jeans, camisa xadrez e um chapéu de cowboy, sempre ao lado de um cavalo, parada sob o sol forte, as sombras curtas de ambos no chão queimado de sol.

— Uhmm, é. Acho que combina com a imagem dela.

Então, Claire soltou um: "Ah, *OIÊ*!" Ela tinha encontrado as fotos da Kallie, mais cavalos, mais Luke. Contrastando com ela, Luke muitas vezes era pego de surpresa ou estava deliberadamente evitando a câmera. Havia uma foto realmente bonita, na qual a aba do chapéu dele lançava uma sombra sobre a maior parte de seu rosto, deixando apenas o sorriso à mostra.

— Nem dá pra dizer que ela é *cantora*! — disse Claire, clicando mais.

Isso eu achei bastante humilhante. Uma cantora-compositora que fazia shows de verdade para clientes pagantes era uma identidade mais elevada do que terapeuta de adictos. Luke definitivamente tinha *evoluído*.

— Folk pop. Violão acústico — comentou Quin, sendo desdenhoso. — Ou ela faz covers de baladas dos Doobie Brothers ou coisas autorais meio "a Taylor Swift de 2012 acabou de ligar e disse que quer a identidade dela de volta".

Mais cedo, eu tinha mergulhado no YouTube da Kallie, tentando reunir pistas sobre seu relacionamento com Luke. Mas suas músicas variavam de baladas angustiantes a canções de amor ternas, então era difícil de *entender*. Sua voz, no entanto, era leve e atrativamente melancólica.

— Nossa! Olha só isso! — Claire tinha encontrado um vídeo da Kallie com um vestido leve, sentada em um banco alto com um violão. — Vamos ouvir e... Ou não.

Uma tosse educada do garçom anunciou a chegada do nosso Sonho de Blini e tanto Quin quanto Claire se transformaram em fotógrafos, tirando dezenas de fotos da comida que foram direto para o Instagram.

Por um instante, considerei copiá-los, mas logo decidi que não tinha paciência. Instagram era um saco. A única coisa que eu sempre tinha vontade de postar eram fotos da Crunchie.

Muito mais tarde, acabávamos de terminar nosso Espinheiro-mar em Sete Formatos (desidratado, gelificado, congelado, carbonizado, purê, cozido e "revertido") quando meu celular tocou. A desaprovação de todo o restaurante me atingiu. Quem era a mulher que deixava o telefone tocar durante uma experiência gastronômica intensa?

"LUKE" piscou na minha tela.

Meu coração quase saltou do peito.

— Outro preservativo estourado? — perguntou Quin.

Eu me levantei e fui até a porta.

— Desculpa, gente, mas é melhor eu atender. Alô?

— Rachel? Sou eu, Luke. — Ouvir sua voz ainda era muito estranho. — Kallie me contou sobre hoje. Desculpe você ter se envolvido.

Ele estava...? Ele estava me culpando, não estava? De alguma forma, era minha culpa que a namorada dele tivesse pedido minha ajuda.

— Obrigado por ajudá-la. Foi muito gentil da sua parte.

— Isso é sarcasmo?

— Não. Foi *realmente* gentil da sua parte.

— Ah. Tudo bem. — Levou alguns momentos para minha indignação se acalmar. — Está tudo bem.

— Ela não deveria ter incomodado vocês. Havia outras pessoas que poderiam ter ajudado.

Luke estava me dizendo que Kallie *tinha* me avaliado? Bom, não importava. A gente se encontrou, se conheceu, e tudo bem.

— Então, eeeh... Como está seu pai? Conseguiu encontrar um cuidador?

— Ainda não. Ele está sendo um idiota, provavelmente de propósito.

De repente, Quin estava ao meu lado.

— Está tudo bem? Eles já vão servir o Feno Fermentado.

Assenti para ele e depois falei para Luke.

— Preciso desligar.

— Aproveite seu... — Luke fez uma pausa. — Feno Fermentado. E obrigado. Novamente, não é sarcasmo.

O restante da noite transcorreu sem incidentes, até quase no fim, quando Claire estava no banheiro, Quin organizava os casacos e eu fiquei sozinha com o Adam por um breve momento.

— Rachel — disse ele, e detectei algo urgente em sua voz. — Você ficou sabendo que Claire e eu estamos fazendo swing?

— Fiquei. Mas... ainda não aconteceu, certo?

— Você conhece sua irmã. Uma vez que ela põe uma ideia na cabeça... — Ele parecia totalmente inconformado. — Mas talvez eu curta.

— Então suponho que você não queira...?

Ele respirou fundo.

— Não, Rachel. Estou bem como estou. Gosto da minha vida. Gosto da minha esposa...

31

Deitada de bruços na minha cama, eu gemi de prazer.

— Quem precisa de sexo quando Nick Quinlivan está massageando minhas panturrilhas doloridas?

Atrás de mim, Quin riu. Tínhamos estado nas montanhas, uma caminhada de doze quilômetros por uma trilha cheia de riachos e samambaias, com "nossos amigos de caminhada Taryn e Timothy".

À primeira vista, os dois não pareciam o tipo de pessoa que gosta de atividades ao ar livre: Taryn, magra, nerd e carrancuda, parecia que uma criança pequena poderia quebrá-la ao meio. Timothy, com seus óculos e ar pálido e acadêmico, parecia um garoto aristocrático dos tempos vitorianos, com pulmões fracos, prestes a morrer jovem.

Conhecemos o casal dois verões atrás, durante um fim de semana na casa da Brigit. (Eles também "trabalhavam com TI" junto do marido da Brigit, Colm.) Quando souberam que Quin e eu planejávamos subir o Errisbeg no dia seguinte, eles se convidaram.

Quin ficou escandalizado.

— Quem são esses estranhos com aparência de acabados? Eles nunca vão conseguir acompanhar a gente!

Mas Brigit teve uma conversa com o Quin: Taryn e Timothy estavam muito mais em forma do que pareciam. E assim foi provado. Subindo a montanha, os dois tinham tanta velocidade, resistência e entusiasmo que de vez em quando Quin pedia: "Diminuam o ritmo, pessoal. Não se esqueçam da Rachel."

No fim das contas, os dois eram encantadores. Eram abertos à vida, às pessoas, às experiências e nós tínhamos nos entrosado de uma forma bem legal.

— Quando a gente acha que está velho demais para fazer novos amigos — disse Quin depois. — Aí acontece uma surpresa dessas.

A trilha de hoje tinha sido divertida. Agora, Quin e eu estávamos na minha casa.

— Faça aquela coisa com os polegares — implorei. — Pressiona. Ah, meu Deus, isso!

— Você deveria tomar um banho... Ou melhor, *nós* deveríamos tomar um banho. Relaxar os músculos.

— Não temos tempo.

Tínhamos sido convidados para "jantar" na casa dos pais do Quin às cinco horas. Quin não se importava se chegássemos atrasados, mas eu, sim.

— Um banho rápido — falei. Assim que os olhos dele se iluminaram, acrescentei: — Nada além disso!

OS PAIS DO Quin moravam numa construção sólida e grande dos anos 1950, rodeada por aquilo que um corretor de imóveis chamaria de "um jardim grande, antigo e voltado para o sul". Havia árvores adultas, arbustos imponentes e canteiros de flores cheios de narcisos.

Como família, os Quinlivan me *fascinavam*. Tão talentosos, tão confiantes, tão certos do seu lugar no mundo.

A porta da frente estava entreaberta.

— Quem está aí? — chamou uma voz feminina vinda do corredor. — Nicholas! Rachel! Bem-vindos!

A mãe do Quin, Genevieve, conhecida como Vivi, se aproximou de nós, seu lenço Hermès tremulando. Loura, esbelta e produtiva, ela havia sido juíza do Alto Tribunal até sua aposentadoria há cinco anos.

Beijando-nos rapidamente, ela recolheu nossos casacos e nos direcionou para a cozinha para tomar algo.

— Seu pai está lá embaixo, fazendo alguma poção.

— Primogênito!

Roly, colocou a jarra na mão do filho. Parecia encantado ao ver Quin — ou Nicholas, como o chamavam.

— Estou fazendo negronis holandeses! Nós bebemos em Amsterdã e sua mãe gostou.

Grande e barbudo, Roly era um homem bastante agradável. Bem-intencionado, para dizer o mínimo. O problema é que ele tinha sido um constitucionalista muito renomado. Ele passou a vida profissional aconselhando o governo da época, geralmente sendo tratado como um oráculo. Nos últimos anos, tinha se tornado apenas um cidadão comum, mas ainda achava que sabia de tudo.

Isso tornava os jogos de tabuleiro um pouco constrangedores.

Do corredor, Vivi chamou:

— Robert e Ava *sont arrivés.*

Robert — uma versão mais jovem e mais quieta do Quin — tinha uma esposa bonita e organizada e três filhos obedientes. Também era advogado.

Assim como a irmã do Quin, Michelle. A mais jovem dos irmãos, Michelle parecia mais com o Roly do que com a Vivi. Sua estrutura era robusta e seu rosto era grande e quadrado. Mas, em vez de lamentar não ter herdado o porte esquelético e as maçãs do rosto da mãe, Michelle era uma mulher vibrante e segura de si, aproveitando o melhor da vida. Tinha se tornado sócia em um escritório de advocacia grande e renomado aos trinta e um anos, sendo a funcionária mais jovem da história da empresa. Seu marido, um ruivo encantador chamado Barry, também era advogado e seus dois filhos eram fofos e engraçados. (Ao contrário dos de Robert e Ava, que eram quietos e tímidos.)

Por Quin não trabalhar na área jurídica *e* por seu casamento ter acabado, ele era considerado o rebelde da família, algo que, segundo diziam, deixava-os orgulhosos. "Nicholas marcha ao som do próprio tambor. Seguiu seu caminho e fez a própria trajetória. Isso exige personalidade."

Com certa graça, todos apresentavam as próprias carreiras estelares e os casamentos harmoniosos como um pouco monótonos e previsíveis.

— Sente-se, Rachel, por favor! — pediu Vivi, passando suavemente com um discreto aroma do perfume Coty Chypre e me direcionando para a mesa de jantar. — Onde você quiser. Sem *lugares marcados* hoje, pois somos família.

— Jesus — falou Quin, balançando a cabeça. — Os bárbaros estão à porta.

— Atrevido.

Os olhos de Vivi passaram do meu copo para a jarra menor de suco na bancada, verificando se Roly tinha feito a coisa certa. Os Quinlivan nunca seriam grosseiros o suficiente para fazer um drama sobre o fato de eu não beber. Em vez disso, sempre tinham algo especial preparado — hoje era suco de abacaxi fresco, com um toque de gengibre — que serviram sem comentários.

— Meninos, venham comigo — disse Vivi, que pegou os filhos do Robert e os fez carregar quiches e tigelas de salada para a sala de jantar. — E legítimos *stroopwafels* holandeses para a sobremesa! — Ela afastou as agitadas filhas da Michelle. — *Não*, obrigada, meninas. Não precisamos de mais ajuda. Todos! *À table*!

— E ENTÃO? — começou Michelle, depois de um gole em seu negroni holandês. — Como foi Amsterdã, mãe?

Os Quinlivan mais velhos cumpriam (o que me parecia) uma agenda punitiva de eventos culturais. Eles estavam sempre indo para o Festival de Ópera de Wexford ou para Oberammergau ou para um recital de Mozart numa igreja desconsagrada. Eles acompanhavam o rúgbi, eram fãs de tênis, o xadrez era uma paixão particular e haviam acabado de retornar de Amsterdã, onde passaram quatro dias imersos nos Mestres Antigos.

— Honestamente foi um deleite — respondeu Vivi, apoiada por Roly. — Embora meu Bloemaert favorito estivesse fora para restauração. Mas em nosso último dia visitamos o Moco.

— Ah-ah! — Michelle fez uma careta decepcionada. — Arte do novo imperador.

Vivi concordou tristemente.

— Que pena.

Meus olhos permaneceram fixos em meu prato. Eu tinha adorado o Moco quando fui alguns anos atrás, mas era melhor guardar isso para mim.

— O que foi, Rachel? — Vivi, de olhos afiados, tinha notado. — Você discorda?

Olhei para cima e sorri.

— Eu não disse nada.

— Mas diga! — insistiu Michelle.

Nem pensar. Eu adoraria ter dito: "Eu gosto, você não gosta, deixa quieto." Mas uma opinião divergente na mesa de jantar dos Quinlivan levava diretamente a um debate. Eles adoravam essa brincadeira, eu "defendendo" minha posição enquanto era *atacada* por um dilúvio de questões filosóficas: "Mas o que estamos *dizendo*?" "Terá mérito daqui a duzentos anos?"

Para eles, era um simples exercício intelectual, que eles realmente gostavam de ganhar. Para mim, no entanto, debater parecia muito semelhante a um confronto. Eu só queria entrar, comer meu *stroopwafel* e sair. Viva, de preferência.

A família do Quin era composta por pessoas realmente agradáveis, sem um osso de malícia. O problema era a autoconfiança. Eles tinham tanta certeza de quem eram que esperavam que o mundo se remodelasse ao redor deles. Enquanto eu, na condição de pessoa normal, estava em constante processo de recalibração, tentando negociar equilíbrio emocional com cada nova pessoa que eu conhecia.

Conhecer a família do Quin explicou muita coisa: até Shiv ter se desapaixonado por ele, a vida sempre lhe entregava exatamente o que ele queria: um ótimo emprego, filhos saudáveis e um círculo íntimo de amigos, muitos dos tempos da escola. A partida de Shiv humilhou o Quin. Um pouco. Tipo, jamais seria possível chamá-lo de manso ou modesto, mas eu tinha certeza de que se tivesse conhecido o "Quin De Antes", eu o teria achado *extremamente* arrogante.

32

— Então, há esse hotel no deserto, que costumava ser um forte da Legião Estrangeira Francesa e...

Enquanto esperávamos a série *Line of Duty* começar às nove, Quin estava em um de seus passatempos favoritos: pesquisar férias incríveis. Desta vez, Marrocos era o destaque.

Enquanto qualquer pessoa sensata ansiaria por um belo *riad* marroquino, completo com fontes e jardins exuberantes, no centro de Marraquexe, Quin tinha que ser complicado.

Eu costumava dizer que o local de férias perfeito dele seria um enclave entre sete senhores da guerra concorrentes, com comida de rua estrelada pelo Guia Michelin e uma loja Zegna operando dentro de um Boeing 747 acidentado.

— Legião Estrangeira Francesa? — perguntei. — Não me diga. Uma das "Atrações Locais" seria a chance de passar por um pouco de tortura leve?

Ele gostou do comentário.

— Hahaha. Não menciona, mas nunca se sabe. Então, o Danny, aquele cara que conheci em Taos, disse que eles fazem umas coisas diferentes. Tipo levar o pessoal para o deserto e deixar um tempo lá.

— Eu não estou... *amando* isso, Quin.

— Vamos ficar numa tenda de luxo, óbvio, mas eles bagunçam com a nossa sensação de segurança. Sem celulares, sem estradas, sem outras pessoas. Danny disse que vamos experimentar um medo real de termos sido abandonados. Os caras do hotel voltam para o acampamento base, ficam chapados até cair e não vêm nos buscar até estarem melhores.

— Quiiiiiiin...

— Então, no terceiro dia, bem quando estivermos surtando por não ter mais água, vai ser quando vou te pedir em casamento.

Eu ri. As fantasias grandiosas de pedido de casamento do Quin, sempre tocando levemente na questão de que nós dois éramos muito cautelosos, era uma piada recorrente.

— E, assim que eu aceitar, uma picape Toyota aparecerá no alto de uma duna, onde esteve escondida o tempo todo. Ótimo!

Meu celular acendeu. Luke, de novo! Que diabos? Ele andava me ligando com mais frequência do que quando éramos casados.

Eu agarrei o celular e falei um "Oi?" irritado.

— Rachel? Olha, pode dizer apenas não, mas eu disse que iria perguntar.

— O quê?

— Kallie falou que talvez devêssemos nos encontrar, os quatro, você e seu parceiro, eu e ela. Ir a uma pizzaria ou algo assim.

De *jeito* nenhum. Quin tinha previsto isso, e eu não acreditei nele.

— Eu... Olha... Eu não sei.

Ansiosamente, olhei para Quin, que estava balbuciando *O quê? Diga sim*.

Minha cabeça estava repassando todas as possibilidades. Mas eu não precisava fazer nada que não quisesse — e eu não queria fazer isso.

— Acho melhor não.

— Tudo bem. Legal. Eu disse que perguntaria. Então perguntei.

— Você realmente perguntou. — Meu tom era sarcástico-alegre. — Considere-me *perguntada*. Valeu, *até mais*!

De repente, fiquei de péssimo humor, mas levei um tempo para entender que estava me sentindo *ofendida*. Sim, eu estava *ofendida* porque seu comportamento era uma presunção implícita de que eu o perdoara. Será que ele realmente achava que seria tão fácil? Tipo, sem nenhum pedido de desculpas ou explicação? Por quê? Bem, porque seis anos se passaram e havia um prazo de prescrição para Coisas Hediondas Feitas por Ex-Maridos?

Não funcionava assim.

— O que está acontecendo? — perguntou Quin.

— Era o Luke. Convidando para um encontro duplo, exatamente como você previu.

— Puta merda, eu sou bom nisso! E o que você...

— Preciso falar com a Nola. Desculpe.

Enquanto saía da sala, com o celular da Nola já tocando, Quin chamou atrás de mim.

— Era um casamento a três!

— Alô, Nola? Então, preciso contar o que acabou de acontecer.

Quando ela estava cem por cento atualizada, falei:

— A última vez que vi Luke, eu estava chorando no meio da rua implorando para ele ficar. Implorando, Nola. E ele pensa que vou simplesmente esquecer tudo e sair para um jantar amigável com ele e a nova namorada?

— Situação de carvão em brasa — disse ela.

— Não!

— Segurar a raiva é como segurar um carvão em brasa.

— Eu não vou me encontrar com o Luke e a namoradinha dele.

— Por que você está chamando ela assim? Você gosta dela!

— Eu... não sei. Olha, Nola, mesmo que eu passe pelo jantar sem chorar, estaria destroçada depois. E acho que já me curei o máximo que pude. Posso conviver com o resto.

— Rachel, eu passei os últimos anos dizendo para você usar a Chave de Ouro na questão do Luke. Eu sempre disse que o universo desembaraçaria as coisas quando chegasse a hora certa, *se* fosse para ser. Ele está aqui, está disposto a vê-la, essa é uma oportunidade que você seria tola em recusar.

Nola era muito sábia e bem-intencionada. Mas eu me conhecia melhor do que qualquer um — meus limites, meus pontos fracos.

— Levei muito tempo, mas acabei encontrando uma maneira de ser feliz de novo. Isso é precioso, Nola.

— Mas você está presa — disse ela, parecendo séria, quase brava. — Você precisa resolver essa situação.

Nola sempre dava a impressão de ser despreocupada, cheia de sugestões cantarolantes em vez de ordens severas. Essa foi a postura mais incisiva que ela teve comigo em muito tempo.

— Quin nunca vai concordar com isso.

— Fale com ele.

— O QUANTO estamos comprometidos um com o outro? — perguntou Quin.

— Cem por cento.

— Certo. Sendo assim, eu não me importo de encontrá-lo.

— Sério? — perguntei, consternada. — Mas você não gosta da Kallie.

— Não *confio* nela, é diferente. E eu... — Quin agitou as mãos. — Quero saber como ele é. Só pra checar se sou mais forte e mais bonito que ele.

— Você é.

Objetivamente falando, Luke era bonito, mas a confiança inabalável do Quin era muito atraente. E, ao contrário do Luke, Quin era um amor comigo.

— Ah, sim, eu sei disso. — Quin sorriu. — Mas estou curioso sobre ele, sim. Que mal tem em nos encontrarmos?

Suspirei profundamente.

— Sua competitividade é bem relevante nesse sentido.

— Como você se sente?

— Não consigo pensar em nada pior. *E* eu quero ir. O que não faz sentido, mas é assim que é.

— Então vamos. Ligue pra ele.

Quando Luke atendeu, falei sem pensar:

— Diga à Kallie que vamos jantar com vocês.

— Certo. Claro. Quando?

— Terça à noite — falei. — Vai ser exaustivo.

Depois de um silêncio, ele respondeu:

— É provável. Mas ainda assim vai valer a pena.

— Você tem falado com a Nola? — perguntei, mas logo me arrependi. — Não, deixa pra lá. Certo, onde você sugere?

— Como foi o lugar do feno fermentado?

Isso era típico do Luke: sem ideia de como seria difícil entrar lá.

— Esquece, esquece. Não quero comer feno fermentado.

— Foi delicioso. — Na verdade, não tinha sido ruim. — Você pode ver fotos no Insta do Quin.

— Não importa.

Essa era uma das coisas que eu tinha esquecido; Luke não era muito aventureiro.

— Vou reservar um lugar e envio pra você por mensagem — falei. — Alguma restrição alimentar?

— Nenhuma.

— Você não é vegetariano?

— Não mais.

Havia um sorriso sarcástico em seu tom?

— Ok.

Assim que desliguei, gritei:

— *Foda-se você!*

QUIN ERA BOM em escolher restaurantes.

— Nada muito barato, mas também nada muito chamativo — eu disse a ele. — Nada de menu degustação e muita comida sem graça.

— "Comida sem graça?". De jeito nenhum, Rach.

— Só faz o que eu pedi!

— Ok, ok. Não me mata, mas posso apenas perguntar... Que tal comida peruana?

— Não.

— Chinesa da província de Sichuan?

— Não. Quin, é sério. Não! Olha, que tal o Jake's Place?

Eles trazem batatas e legumes extras com o prato principal, é o tipo de coisa que ele gosta.

Quin piscou.

— Uau. Isso é...

— Eu sei. Mas é assim que ele é. Ou era...

— As mesas são bem próximas no Jake's Place, você tem certeza?

— Tenho. Eles sempre são rápidos lá, querem que a gente vá embora logo para liberar a mesa. Rápido é bom para mim.

Quando a mesa foi reservada, Quin ficou alternando entre a angústia sobre a boa aparência do Luke e o autoelogio, fazendo ameaças murmuradas sobre "causar um estrago nele".

— Devo dar comida na boca para você? — perguntou ele.

— Faça isso.

Pelo menos a gente conseguia rir da situação.

33

A esposa do Dennis, Juliet, foi uma surpresa – saltos, bolsa cara, perfume sedutor, excelente blazer. Seu visual era moderno, bem legal. Eu estava me perguntando quem ela me lembrava e percebi que era, dentre todas as pessoas, a *Claire*!

Tudo bem, ela não estava sempre tão na última moda quanto minha irmã mais velha, mas não era a mulher oprimida e com mãos vermelhas de trabalho doméstico que eu esperava. O erro foi meu. Dennis era tão encantador que não deveria ser surpresa que sua esposa fosse classuda.

Quanto à filha de dezessete anos deles, Joya, bem, ela era *fabulosa*. Cabelos longos em tom de lavanda com dois pequenos coques. Calça jeans muito larga, um moletom grafitado, uma bolsa tiracolo rosa néon e sandálias com solado emborrachado, usadas com meias listradas.

Abigail, a filha mais velha, não tinha vindo. Mas ter aqui a Juliet e a Joya já era uma vitória. E como não havia chance de eu arriscar a tragédia da visita do Patch, eu as havia treinado até que estivéssemos todas cansadas de tanto ensaiar.

Quando Juliet e Joya me seguiram até a Ala do Abade, todos pareciam surpresos com a onda de glamour. Os saltos, o batom e o cabelo; não eram coisas que os pacientes viam muito por ali.

Dennis se levantou cambaleando.

– Joya... – Ele gaguejou, se movendo em sua direção.

– Pai, não. – Ela o interrompeu com a mão. – Não me toque.

O choque na sala foi quase palpável. *Essa* criatura fabulosa era filha do Dennis? *Essa* mulher estilosa e tonificada de ioga era a esposa?

Juliet e Joya mal tinham se acomodado em suas cadeiras quando Dennis começou:

— Antes que alguém diga alguma coisa, eu posso...

— Não, Dennis, você não pode.

— Mas, e o meu lado da história?

— Você está aqui há duas semanas. Já conhecemos o seu lado.

— Mas como vai ser...

— Por favor, pare de falar. Comece a ouvir.

Comecei com Joya, cuja expressão corporal recurvada indicava sua relutância.

— Eu não queria estar aqui.

— Claro que não! Vai embora, então! — exclamou Dennis. — Sem problema. Seja uma boa garota, vá embora. — Dennis meio que se levantou, tirando uma grossa pilha de notas de cinquenta sujas de dentro do bolso. — Deixe-me só te dar um...

— Pare — falei. — Joya vai ficar. Sente-se de novo e guarde esse dinheiro.

Quando todos se acomodaram, perguntei:

— Joya, que tipo de pai é o Dennis?

— Depende... — disse ela, a voz hesitante. — De qual versão ele está entregando a você.

— O que isso significa? — Dennis soou ferido.

— Tipo, ele pode estar de ótimo humor. Em dias assim, você pode pedir *qualquer* coisa e ele vai dizer sim. Nos dias ruins, ele grita muito. Grita com a mamãe.

— Sobre o quê?

— Coisas assim, a máquina de lavar de uma das eleitoras dele quebrou, então, ele disse que minha mãe lavaria a roupa dela. Mas ele não *pediu* para a minha mãe, ele só chegou em casa com duas sacolas de roupa suja de outras pessoas. Minha mãe disse para ele lavar, mas ele disse que não era trabalho dele.

— E quem lavou?

Ela deu de ombros.

— Não sei. Mas não foi ele, aposto. Mas coisas assim não eram incomuns, ele está sempre fazendo promessas que depois não cumpre. Tipo, uma vez, ele deu para mim e para a Abigail um cartão de crédito para cada, com um limite de quatrocentos euros. Ele disse que nós podíamos comprar o que quiséssemos e que ele pagaria tudo todo mês. Mas isso nunca aconteceu, nem uma vez sequer.

— Dinheiro, dinheiro, dinheiro, é tudo que vocês querem! — explodiu Dennis.

— A gente nunca pediu esses cartões — retrucou Joya em voz alta. — Você nos *deu*. Então é *claro* que ficamos empolgadas, você não tem direito de ficar chateado com a gente por isso. Depois descobrimos que era mentira. *Mais* mentiras.

— Diga ao Dennis o que você percebeu sobre o consumo de álcool dele.

Nervosa, Joya falou:

— Às vezes, não te víamos por dias, pai. Às vezes eu estava saindo para a escola e encontrava você caído de cara no chão do lado de fora da casa, desmaiado de bêbado. A primeira coisa que eu sempre pensava é: ele está morto. Isso realmente me assusta.

Dennis parecia abalado.

— Você nunca está sóbrio. — O queixo de Joya tremia. — Mas o pior foi quando eu estava na cidade com meus amigos e vimos seu carro. Uma mulher estava dirigindo, você estava no banco do passageiro e parecia *bêbado*. Meus amigos... eles riram. Foi tão constrangedor e... Eu disse que você estava dando aulas de direção para ela, que por isso você não estava dirigindo. É claro que eles não acreditaram e só não disseram nada porque se sentiram muito mal por mim. — Ela olhou nos olhos dele. — Eu tinha vergonha de você. Eu queria ter um pai diferente. Me desculpe, pai.

Joya choramingou e começou a soluçar.

Perguntei se ela gostaria de sair e ela negou, então me virei para Juliet.

— Vocês estão casados há vinte e dois anos, certo, Juliet? Quando você percebeu que Dennis era alcoólatra?

— Ele sempre bebeu bastante — admitiu ela. — Mas no começo ele era muito divertido. Nos últimos anos, mesmo quando ele ficava muito bêbado e dava seus showzinhos, conseguia se safar. Dennis consegue vender gelo para esquimó. Mas, há uns cinco anos, isso mudou.

— Como?

— Sempre foi aquela dinâmica de o Médico e o Monstro. Fora de casa, eram as conversas e as piadas, mas em casa o temperamento dele era sempre péssimo.

— Nunca encostei um dedo em você! — disse Dennis.

— Nem precisava — rebateu Juliet.

— Dennis nos disse... — Consultei minhas anotações. — "Minha esposa nunca está satisfeita. Ela está sempre pedindo coisas."

— Eu trabalho — disse Juliet. — Eu ganho meu próprio dinheiro. Nunca peço nada a ele. Deixei de pedir.

— Mas... — Dennis se empolgou. — Você está sempre reclamando e querendo que as coisas sejam feitas em casa.

— Como o quê? — perguntou ela. — Como... o... quê?

— Bem, por que você não lavaria a roupa da Sra. Fallon? Você disse para *eu* lavar.

— E, no fim, quem *lavou* a roupa da Sra. Fallon?

Os olhos da Juliet se fecharam e Dennis se contorceu. Então, dirigindo-se a mim, Juliet disse:

— Ele é um péssimo marido e um péssimo pai. Não há limites ou disciplina, exceto quando ele perde a paciência. E ele não volta para casa em pelo menos três noites a cada sete.

— Qual é o seu desejo para Dennis? — perguntei a ela.

— Eu não quero ter que ver ele bebendo até morrer.

— Isso não vai acontecer!

— Diga isso às suas filhas — falou Juliet. — Elas amam você, mas eu não me importo mais. Estou pronta para me divorciar.

— Calma aí! — Dennis ficou pálido.

— Você não quer se divorciar? — perguntei.

— Eu não quero! Ela é minha esposa!

— Você a ama?

— Com toda a minha vida!

Para Juliet, falei:

— Você sabe onde ele fica nessas noites em que não volta pra casa?

Juliet assentiu.

— Fico no sofá do Patch — disse Dennis alto.

— Onde ele fica? — perguntei a Juliet.

— Com a mulher para quem ele estava "dando aulas de direção". O nome dela é Maudie Letter.

— Aquela mulher é uma completa lunática! Eu a ajudei a preencher os formulários para o auxílio da mãe dela e ela se transformou numa lunática obcecada. Ela ficou me perseguindo.

— Uma lunática obcecada? — repeti e esperei que ele concordasse.

Então, me levantei e abri a porta. Do lado de fora estavam Murdo e uma mulher loura, a quem convidei para entrar na sala.

Maudie contradizia seu nome simples; tinha um ar muito bonito, uma coisa meio Reese Witherspoon.

Dennis ficou perplexo. Quando conseguiu falar, olhou para mim e gritou:

— Rachel! Por que você trouxe todo mundo no mesmo dia?

— Você acha que isso é coincidência? — perguntou Juliet. — Nós três viemos no mesmo carro, vamos para a Harvey Nichols em Dundrum depois disso. A propósito... — Ela pegou a mão esquerda da Maudie e a mostrou para a sala. — Deem os parabéns, pessoal. Dennis está noivo!

ASSIM QUE ELES saíram, Dennis começou a lamentar.

— Ela está inventando isso. Todos estão inventando.

— Ah, tudo bem. — Chalkie o acalmou. — Vem, vamos tomar um chá.

— Isso, um chá. E biscoitos — disse Giles.

— Mas ela acabou com a minha reputação!

— Eu sei, eu sei...

Assim que conseguissem trazer Dennis de volta para o grupo, eles o confrontariam com a verdade, mas, por enquanto, aqueles pacientes ainda eram seus amigos, seus camaradas, eles entendiam sua vergonha e medo e tudo o que queriam era cuidar dele.

Com exceção de Ella, que, neste momento, observava-o com desprezo.

34

Após o almoço, quando conduzi a parceira de Chalkie, Skye, até o grupo, Ella teve que conter um gemido de angústia — Skye era deslumbrante. Sua beleza era uma mistura de etnias, e ela exalava charme e inteligência.

Bronte, por outro lado, mal piscou e só passou os olhos por Skye de forma descuidada e desinteressada. Muito impressionante. Porque não importava o quão tranquilamente ela agisse, não importava o quanto Chalkie parecesse desaprová-la, havia uma faísca ali, potente o suficiente para iluminar Dublin por uma semana.

Era a segunda visita de Skye ao grupo porque eu estava começando a ficar sem ideias para quebrar a barreira do Chalkie. Rixer, o jovem cujo dinheiro da fiança Chalkie havia roubado, tinha se sentado nesta sala e detalhado como o roubo do Chalkie havia impactado sua vida. Deveria ter sido devastador, mas Rixer tinha tanto afeto por Chalkie que não conseguiu ser realmente duro com ele.

O caminho para quebrar a negação de um dependente geralmente passava pelo testemunho de uma pessoa que ele amava. Chalkie se importava com dezenas de pessoas, a maioria delas membros de comunidades desfavorecidas, mas, pelo que eu podia ver, havia apenas três pessoas que ele de fato amava: Skye e os dois filhos.

— Chalkie... Se você tiver uma recaída, você vai morrer. Acho que não está entendendo isso.

Meu medo era que Chalkie *estivesse* entendendo e não se importasse.

— Até agora, você teve sorte — disse ela. — Em toda recaída, você sobreviveu. Mas um dia você não vai voltar.

— Ah, Skye... Meu amor, não chore. Eu não valho a pena.

— É disso que estou falando! Você não dá valor a si mesmo, mas tem muita gente que te ama.

— Chalkie — falei. — Há algo que você sabe, com certeza, e que está te segurando?

Ele suspirou.

— A questão de Deus. Eu não consigo fazer isso.

— Você não precisa.

— Ah, não me venha com isso! Eu fui às reuniões do NA, eles estão sempre falando sobre Deus. Você sabe como me sinto sobre religião.

Bom, eu senti que estava prestes a descobrir...

— "A religião foi inventada quando o primeiro trapaceiro encontrou o primeiro tolo." Mark Twain disse isso. Eu quero ficar longe da heroína, sim, mas não insultem a minha inteligência me pedindo para acreditar em Deus.

Eu entendia como ele se sentia. Por muito tempo, pensei que apenas pessoas ignorantes acreditavam em Deus.

Vinte anos antes, Nola me disse: "Não precisa ser o barbudo sabichão lá em cima, mas você precisa de *algo*. Se uma pessoa normal sofre um acidente, ela consegue lidar com os próprios sentimentos. Mas gente como você e eu? Não. A gente precisa envolver algo mais, maior e melhor que nós. Mesmo que seja imaginário."

Eu falei para o Chalkie.

— O deus sobre o qual eles falam nas reuniões não tem nada a ver com religião organizada. É a palavra "deus" que é demais para você? Você prefere usar "poder superior" em vez disso?

— É o conceito, minha senhora! Por que precisa haver alguma coisa?

— Porque dependentes são egomaníacos. Vocês tendem a se tornar os próprios deuses. Seu poder superior pode ser qualquer coisa, Chalkie. Qualquer coisa que não seja você. Eu sugiro que você finja, Chalkie. Finja até conseguir.

— *Por quê?*

— Porque a recuperação é mais fácil quando você aceita que não controla tudo. Na verdade, a *vida* é mais fácil se você viver assim.

Apesar da minha resistência inicial, uma crença quase nebulosa e amorfa acabou se instalando quando percebi que, independentemente do que estava acontecendo comigo, eu sempre me sentia melhor depois de uma Reunião do NA. Mesmo quando eu não queria ir. Mesmo quando várias pessoas lá me irritavam. De alguma forma, quando a última pessoa terminava de compartilhar sua história, eu gostava de como nosso espírito coletivo criava algo maior e melhor do que a soma de nossas energias individuais.

Se eu tentasse analisar essa magia, ela se desfazia na hora. Mas, eventualmente, eu conseguia me conectar com aquele sentimento mesmo quando não estava numa reunião.

Quem sabe com o tempo Chalkie encontrasse algo?

— Pense sobre isso — falei.

— Não. — Ele estava irredutível. — Só posso depender de uma pessoa e essa pessoa sou eu.

— Mas você pode? Pode depender só de você? O seu senso crítico te fez usar heroína por dezessete anos.

— Eu parei. Estou aqui.

— Parar é fácil. Permanecer longe não.

— Vou permanecer longe.

Meu coração doeu. *Alguma* coisa precisava mudar em relação a Chalkie, porque as emoções que impulsionavam suas recaídas ainda estavam guardadas em alguma parte secreta. Não era culpa dele. Seja o que for, onde quer que estivessem, elas eram simplesmente muito dolorosas para serem processadas.

Mas, sem se conectar com elas, Chalkie voltaria ao mundo, onde sua recaída era inevitável. E, naquele momento, eu não podia suportar essa ideia.

Assim que a reunião em grupo terminou, senti uma forte vontade de ligar para Gemma Kaye, a mãe da amiga de Harlie, Tegan, a jovem que morreu por intoxicação alcoólica. Eu não entendia a urgência que ardia em mim, mas, de repente, parecia imperativo persuadir Gemma Kaye a fazer uma visita. Nós tínhamos conversado na semana anterior. Ela estava relutante, mas eu tinha sentido que, se continuasse pressionando, ela cederia. Eu não fazia ideia do que isso tinha a ver com o Chalkie, mas liguei mesmo assim.

35

Ajoelhada, ao lado do canteiro de flores, eu muito, *muito* delicadamente soltei o broto de áster do vaso, tendo um cuidado extra com as raízes, e o coloquei no buraco que eu tinha cavado com a minha linda pá de jardinagem nova. Depois do cuidado intensivo que o broto tinha recebido no calor da lavanderia, ele parecia vulnerável e minúsculo enquanto partia para os mares tempestuosos do ar livre.

Não se preocupe, instruí o pequeno rapaz enquanto despejava punhados de composto orgânico ao redor dele. *Seu solo está com o pH correto, você está num lugar lindo e protegido e está cercado por seus amigos.*

Na verdade, eu não falava em voz alta com as plantas, mas não podia negar que, na minha cabeça, aconteciam diálogos animados.

Você está muito grande agora para ser comido pelos pássaros, prometo. E, se uma geada tardia vier, eu imediatamente vou cobrir você com plástico bolha para mantê-lo quentinho. E não se preocupe com a Crunchie, ela tem medo de flores.

Desde quando ela comeu um canteiro de narcisos e vomitou por três dias, mas não preciso entrar em detalhes.

Quando comprei minha casa, ela tinha muitas vantagens: era do tamanho perfeito, ficava perto do trabalho e, convenientemente, tinha o preço certo (baixo). Mas ficava num pedaço de terreno grande. Havia muita grama, que eu teria que aparar, e eu não sabia nada sobre cortadores de grama, nem sobre jardinagem. Mas, graças ao que Garv me mostrou, eu fiquei muito interessada.

Nola me levou a um centro de jardinagem e me fez comprar um monte de bulbos "para iniciantes": campânula branca, narcisos e flor de açafrão. Plantei tudo sob seu olhar atento, mas, por vários meses, absolutamente nada aconteceu, exceto que o tempo ficou muito frio.

Justo quando eu tinha começado a me perguntar se este seria o ano em que era inverno para sempre, estranhas coisas brancas começaram a surgir do solo congelado. Minhas flores de neve!

— Mas como? — perguntei à Nola. — São coisinhas tão delicadas e pequenas.

— Delicadas? Elas? Rachel, as pétalas delas são como *lâminas*. É assim que elas abrem caminho da escuridão do solo para a luz. Elas podem parecer frágeis, mas são bem capazes de sobreviver.

Eu franzi a testa.

— Isso é algum tipo de metáfora?

— E se for?

Pouco depois, as flores de açafrão apareceram, bonitas e surpreendentemente vívidas. Depois os narcisos, em explosões exuberantes de amarelo. Por toda parte, eram visíveis brotos frescos que impressionavam contra a palidez de janeiro. Eu estava "curtindo". Eu era uma jardineira. Toparia seja lá o que essa atividade me proporcionasse.

A sensação de ter as mãos na terra, de ajudar seres vivos a crescerem a partir de quase nada me causava um sentimento bom. Trabalhar em silêncio e na solidão, envolvida em concentração e cuidado, era a coisa mais próxima da meditação que eu pude encontrar. Eu poderia passar horas no jardim.

Quando, inevitavelmente, as flores morriam, eu sentia muito, mas, em poucos anos, a aceitação veio. Tudo tinha seu momento, seu tempo para estar vivo; então, elas davam lugar para uma nova vida.

— Ei! — Claire, seguida por Kate, entraram no jardim. — Rachel. Vamos!

— Vamos, para onde?

— Vestidos — disse Kate. — Para a festa da vovó. Mamãe pediu muitos para eu experimentar.

Abandonei a jardinagem de imediato e segui as duas até o andar de cima, para o quarto da Kate.

— Não posso ficar muito tempo, estou indo para uma reunião.

— Muito bem... — Claire nunca se interessou por essa parte da minha vida.

Parei de repente ao ver várias caixas de papelão no chão do quarto.

— Claire... Você pediu *tudo* na Net-a-Porter?

— Quase tudo. Ok, então. Vamos lá! — Com alegria, Claire pegou um minivestido com gola alta e lantejoulas e o mostrou para a Kate. — Experimente este. Com essas... — Ela vasculhou uma das maiores embalagens e pescou uma caixa de sapatos. — Sandálias plataforma!

Kate vestiu as peças e parou diante do espelho. Eu era tendenciosa e sabia disso, mas, com aquelas pernas longas, cabelo brilhoso e a pele clara e viçosa, ela estava linda.

— Acho que não... — disse ela.

— Você ficou doida! — exclamei.

— É muito... — Ela deu de ombros. — Brilhante? Eu não sou uma pessoa de lantejoulas.

— Experimente com esses tênis — sugeriu Claire, pegando outra caixa de sapatos.

— É melhor — disse Kate depois de calçá-los. — Mas ainda não é para mim.

— Tudo bem — concordou Claire, sem se intimidar. — Experimente este.

"Este" era um vestido corset rosa pálido.

— Burberry — anunciou Claire.

Mas, uma vez dentro dele, Kate negou com a cabeça.

— Parece... um uniforme.

— Então tire.

Justiça seja feita, Claire não tentou persuadir Kate a mudar de ideia. Ela simplesmente ia passando para a próxima opção — que agora era um vestido preto de organza com uma capa.

— Meu Deus, que coisa *linda* — falei, suspirando.

Linda e combinava com a Kate. Ao contrário dos dois vestidos anteriores, este era discretamente *emocionante.*

— Quanto custa este? — perguntou a Kate. — Um milhão de euros?

— Quem se importa!

— Ah, mãe!

— Gente, eu tenho que ir — falei.

— Fica, Rachel!

Mas eu não podia. A reunião daquela noite era especial, era aniversário de sobriedade da Nola. Limpa há vinte e sete anos.

Dirigi feito uma louca e cheguei bem a tempo.

No fim da reunião, um bolo cuidadosamente decorado, com vinte e sete velas, foi colocado diante dela. Cantamos parabéns e ela foi apagando as velas. Demorou um pouco.

— Meu Deus! — disse ela, rindo e com a mão no peito. — Você precisa de pulmões fortes para vinte e sete.

— Vinte e sete anos — disse o rapaz ao meu lado, encarando Nola. — Isso é literalmente inacreditável. Estou há sessenta e quatro dias.

— Sessenta e quatro dias é incrível — falei, ansiosa para incentivá-lo. — Todos nós precisamos começar de algum lugar. E, para qualquer dependente, passar vinte e quatro horas sem usar é um milagre.

Seus olhos se iluminaram de interesse.

— Jura?

— Claro. Quando você pensa em como foi difícil passar uma só noite sem usar, digo, ao menos se você for parecido comigo, sessenta e quatro dias é uma vitória e tanto.

— Por quanto tempo você...

Nola apareceu ao meu lado e deslizou a mão na minha.

— Meses? — perguntou ele. — Anos? Você não vai me dizer que tem vinte e sete anos também...

Respirei fundo.

— Muito tempo, mas eu não conto dessa maneira. Tudo que importa é o hoje. E hoje estou limpa.

— Isso significa que você não ganha bolo de aniversário? — perguntou ele, decepcionado por mim.

— Hahaha, pois é. Nada de bolo.

— Eu vou querer bolo — disse ele, com convicção.

— Vai, meu bem? — Nola parecia encantada com ele. Embora ela fosse assim com a maioria das pessoas. — Então é melhor você continuar vindo aqui e continuar limpo. Quando você completar um ano, vamos te dar um bolo fabuloso.

36

Eu havia cancelado a reunião de grupo da terça para me dedicar à Trassa.

— Como você está, Trassa?

— Eu...

Ela apertou os braços sobre a barriga e soluçou por alguns minutos. Lenços começaram a passar de mão em mão até chegar a ela.

— Tenho lembrado de coisas — disse ela por fim. — Eu penhorei meu anel de noivado. Ele tinha pertencido à avó do meu marido e valia alguma coisa. Michael descobriu, ficou furioso, me deu dinheiro para comprá-lo de volta, mas eu... sabe, gastei. É por isso que ele não fala comigo.

Outra torrente de lágrimas.

— Já era. Sumiu. E eu me sinto... — Ela se engasgou. — Como o coração partido.

— Por quê, Trassa?

— Porque o anel era lindo. Era a única coisa boa que eu já tinha possuído. E significava alguma coisa, sabe? Quando Seamus o colocou no meu dedo, eu fiquei feliz. E eu... abri mão deleeeee.

— Você gostou do que fez com o dinheiro?

Desconfiada, ela me observou através dos olhos lacrimejantes.

— Como assim?

— A aposta que você fez, você gostou? — perguntei de novo, e acrescentei em tom suave: — Não é uma pergunta capciosa, Trassa.

— Eu gostei — respondeu ela, e quase que se desculpando, falou: — Não há nada no mundo igual a essa sensação. Quando a vontade surge eu fico cheia de... parece uns brilhos, coisas cintilantes. A vida parece uma árvore de Natal. — Ela sorriu só de se lembrar da sensação. — Parece a sensação daquelas noites de sábado em que o pai sai para beber com os amigos e ficam só você e sua mãe em casa. E aí vocês assistem a um filme, comendo um monte de doces? Essa é a sensação. Isso me faz *feliz*. — Trassa desabou em novos soluços. — Sinto falta da minha mãe. Sinto muita falta dela.

Metade da sala estava com um nó na garganta ou chorando. Eu também.

— Desde que ela se foi... — Trassa soluçou. — Desde que ela nos deixou, eu nunca me senti segura. Ela era a única pessoa com quem eu me sentia bem. Hoje eu vivo sempre na defensiva.

— Quantos anos você tinha quando sua mãe morreu?

— Treze.

— E quando você se casou?

— Com dezessete. Fui de um grupo de homens para outro.

— Seu primeiro filho, Michael, nasceu quando, exatamente? Quanto tempo depois de você se casar?

— Quatro meses.

— Trassa? — perguntei, tentando soar leve. — Há alguma razão pela qual você não deu o nome de Seamus Júnior ao seu primeiro filho?

Cada uma das minhas células estava em alerta máximo, desesperada para ler as pistas que ela dava. O momento era dela. Se Trassa quisesse, encerraríamos naquele segundo. Ou poderíamos deixar para uma conversa individual. Só não podíamos fazer isso desaparecer como num passe de mágica.

— Seamus Júnior é seu segundo filho? — perguntei. — O nome é em homenagem ao seu marido, Seamus?

Ela assentiu.

Nossos olhos estavam trancados numa troca intensa de confiança e responsabilidade.

— Trassa. — Minha voz era quase um sussurro. — Quem é Michael?

Depois de um longo, longo silêncio, em que o mundo prendeu a respiração, ela disse:

— Meu pai.

Imediatamente, eu me levantei e encerrei a sessão. Subjugados e em silêncio, os outros seis saíram em fila, enquanto Trassa e eu fomos para uma sala privada.

— Com dois meses e meio minha barriga já aparecia. Eu me certifiquei de que todos pudessem ver. Eu caminhava pela cidade, com aquela barriga enorme, aquela... — Trassa gaguejou as palavras. — Aquele outdoor. Tenho certeza de que todo mundo sabia... Não havia segredos, ainda não há, mas nada foi dito.

— Enquanto estava viva, sua mãe a protegia?

— Ele a aterrorizava também, mas ela fez o que pôde. Depois que ela morreu, foi um vale-tudo.

— Seu marido sabe?

— Ele nunca disse uma palavra. Mas imaginei que se eu desse o nome do meu pai ao bebê, de repente ele poderia... Porque Seamus sabe que eu odiava o homem. Mas, não, ele nunca disse nada. E ninguém nunca me perguntou. Ninguém. Até você.

— Não havia outras mulheres em sua vida? Uma professora? Tias? Amigas?

— Minhas professoras eram freiras. Eu tentei contar para as garotas na escola, mas... é difícil descrever. Não adiantaria nada porque nada poderia ser feito. Se eu fosse até a polícia, colocariam a culpa em mim. Eu era uma menina de dezessete anos, sem namorado. Eu andava pela cidade, sem esconder a barriga, torcendo para que *alguém*... Enfim, o que aconteceu foi que meu pai e o pai de Seamus tramaram um esquema. Seamus Higgins, asmático e com o coração fraco, se casaria com a vagabunda grávida. Mas poderia ter sido pior — continuou ela. — Seamus é um homem decente. Mas doente, sempre doente.

Eu assenti, com medo de dizer qualquer coisa, com medo de errar.

— Mas, Rachel! — Trassa parecia ter se animado. — Agora que sabemos qual é minha "causa raiz", posso voltar a comprar minhas raspadinhas?

Meu coração doeu.

— Ah, Trassa. Sinto muito pelo que você passou. E faremos de tudo para encontrar a ajuda especializada de que você precisa e merece. Mas você ainda é uma dependente e nada pode mudar isso. Depois do que você passou, é claro que é compreensível que você tenha buscado um escape. Mas sinto muito, querida.

— Você quer dizer que, mesmo depois de tudo o que contei, ainda assim vou ter que parar?

— Você sabe que sim.

Ela me encarou, encarou e encarou.

E depois *chorou de soluçar.*

37

Aquela provavelmente não era a melhor noite para encontrar o Luke. Mesmo tendo todas as ferramentas para me proteger da dor dos meus pacientes, como não ser afetada pelo sofrimento da Trassa?

Em todo caso, eu tinha feito tudo o que podia por ora. A equipe de enfermagem do turno da noite estava em alerta máximo e uma terapeuta especializada em abuso sexual estava com Trassa.

Quando cheguei à casa do Quin, ele estava fazendo barulho no banheiro, de costas para mim. De uma prateleira, ele pegou um vidro de 5 O'Clock do Lutens e aplicou uma quantidade generosa.

— Adoro esse cheiro — falei.

— Ah, é? — No espelho, os olhos dele encontraram os meus. — Eu deveria...

Ele pegou o vidro mais uma vez.

— Chega, está bom assim!

Obviamente, eu queria que Luke ficasse impressionado com o meu namorado bonito e perfumado, mas em hipótese alguma poderia parecer que ele havia se esforçado.

Quin se virou e exclamou:

— Você está ótima!

Minha hora de almoço tinha sido gasta arrumando o cabelo. Fiz uma escova em ondas, uma vibe bem praiana, no pequeno salão de beleza da cidadezinha. (O atendimento era na base da roleta: ou o experiente cabeleireiro gay ou a mulher mais velha apaixonada pelos bobes aquecidos.

A sorte me favoreceu hoje.) Depois, numa rápida entrada e saída após o trabalho, fui para casa trocar minha roupa por um vestido casual tipo chemise e botas de cano baixo.

Quin inspecionou meus joelhos.

— Eu imagino que seu ex-marido seja um homem que goste de pernas?

Fiz uma careta.

— Não estamos nos anos 1970. Mas sim... — Porque eu prometi que nunca mentiria para Quin sobre Luke. — Ele costumava gostar das minhas pernas. Eu não estou tentando... — Agitei as mãos. — Reconquistá-lo ou qualquer besteira desse tipo, mas eu não seria humana se não quisesse parecer bem.

— Também sou um homem que gosta de pernas, sabia?

— Você pode olhar as minhas pernas sempre que quiser.

— Posso, mesmo...? Quando foi a última vez que te vi usando um vestido?

Eu o puxei para perto e sussurrei:

— Cala a boca.

Então ambos caímos em risadas um pouco exageradas.

CHEGAMOS AO RESTAURANTE barulhento e lotado, mas Luke e Kallie ainda não estavam lá. Quin e eu tínhamos acabado de nos sentar quando eu o senti se encolher.

— *Puta que o pariu* — resmungou ele. — Que péssimo dia para ter olhos.

Segui o olhar dele: Luke estava no topo dos degraus. Ele tinha acabado de tirar o casaco, revelando uma camiseta branca e calças de couro preto, que estavam desleixadamente enfiadas nas botas de motoqueiro.

Quin também havia caprichado no visual da noite. Vestindo calças de sarja preta da Z (a linha “acessível” da Zegna) e o que havia sido descrito na revista GQ como um “moletom poderoso”, ele parecia elegante, discreto e descolado.

Mas Luke Costello usando couro era imbatível. A personificação da demonstração de poder.

Luke e Kallie estavam entregando os capacetes ao atendente do guarda-volumes. As roupas de couro do Luke tinham uma função prática, então. Mesmo assim, me senti um pouco nauseada, me perguntando por que concordei com essa ideia terrível, *terrível*.

Luke me viu e sinalizou nossa posição para Kallie. Com a mão no quadril dela, ele a guiou escada abaixo, os músculos da frente das coxas flexionando a cada passo.

Quin se levantou, deu um passo à frente e — juro que não foi imaginação minha — se esticou um pouco para parecer mais alto. Ele estufou um pouco o peito e apertou a mão do Luke.

— Quin. Prazer em conhecê-lo, cara. Sinto muito pela sua mãe. É uma perda difícil.

— Obrigado — murmurou Luke, e então assentiu. — Rachel.

Kallie, em um vestido esvoaçante com babados na barra, estava graciosamente vestida à la Stevie Nicks.

— Oi, oi, oi! — Seus olhos azuis brilhavam enquanto ela se lançava na minha direção, depois na de Quin, para um abraço.

— Que *delícia* de perfume — disse ela para Quin, toda cheia de flerte. — Que lugar legal, pessoal. Boa escolha. Vamos sentar? Vamos sentar!

Ela me puxou para a cadeira em frente à dela.

— Seu vestido é lindo — falei.

— Zara! Hoje. Também achei! — E depois... — Ops! — Ela agarrou as taças de vinho posicionadas diante do meu lugar e as tirou. — Com licença — disse ela para um garçom que passava. — Você pode levar? — pediu com uma voz séria. — Minha amiga não pode beber álcool.

— Não se preocupe.

— Não é um gatilho para você?

Eu ri.

— Não.

— Ah, eu pensei... Não? Ok, então.

Quin abriu o zíper do seu moletom poderoso e o tirou, revelando uma camiseta justa, que delineava seus braços e peitorais bem definidos. Boa jogada, pensei. Belo contra-ataque do nosso Quinzinho: *estou vendo suas coxas vestidas de couro, mas dobro a aposta com meus bíceps discretamente impressionantes.*

Olhei de lado para ele e falei: *muito bom*.

Com um sorrisinho de canto, ele respondeu: "*Ao seu dispor, baby.*"

— Bebidas? — O garçom que havia removido os copos voltou.

— Água com gás para mim — pedi.

— Isso mesmo — disse ele, sério. — Acredito que você não possa beber *álcool*.

Ele esperava que eu sorrisse, mas eu me senti mal. Kallie tinha boas intenções.

— Água para mim também — disse ela, e Luke a olhou com surpresa.

— Nada de vinho, Kal?

— Não.

Kallie transmitiu alguma coisa urgente com os olhos, então eu entendi.

— Kallie, não por mim, por favor. Eu nem percebo. E o Quin vai beber, então pode ir em frente.

— Tem certeza? Não quero ser inconveniente.

— Você não está sendo.

— Mas você não se incomoda? — perguntou ela para o Quin. — Que Rachel possa ter uma recaída?

— Rachel é a pessoa mais forte que conheço — disse ele, e sua voz tinha uma leve tensão. — Além disso, eu não sou dono dela.

— Ah, sim... Mas... O relacionamento de vocês... Ou não é nada sério?

— É bem sério — intervim, então expliquei. — Estamos juntos há quase dois anos. Iremos morar juntos em breve. — Eu não deveria ter dito isso. — E vocês?

— Dezesseis meses — respondeu ela, e piscou para mim. — Casas separadas por enquanto. Luke é superindependente. Como você bem sabe.

Bom, *agora* eu sei. Só queria ter sabido antes de nos casarmos.

— Nosso aniversário é daqui a uma semana — disse Quin. — No próximo fim de semana, vou levar a Rachel para Barcelona...

— Isso é na Espanha, certo? — perguntou Kallie.

— Não, Barcelona, Texas.

Lá estava Quin sendo um pouquinho babaca novamente. Não que eu me importasse. Não muito.

— Desculpe, brincadeira. Sim, é na Espanha. Eu aluguei a Sagrada Família inteira para nós sabe, a igreja do Gaudí? Vou pedir a Rachel em casamento lá...

— O quê? Parabéns...

— Não. Não. É brincadeira! — Quin estava desconcertado. Envergonhado. — Rachel e eu... — Em desespero, ele sinalizou para mim através da mesa. — Nós brincamos com essa coisa de...

— Pedidos de casamento em lugares "óbvios" — completei.

Diante da expressão confusa de Kallie, Quin falou:

— No alto da Torre Eiffel? Voando sobre o Grand Canyon de helicóptero...

Um clima de constrangimento pairava sobre nós, então num tom pomposo de locutor, Quin anunciou:

— E é por isso que piadas internas deveriam permanecer internas. Desculpe, Kallie.

— Ei, tudo bem — disse ela, dando um sorriso verdadeiro.

Por um curto período, a discussão dos pedidos gerou a ilusão de uma conversa fluida. Mas assim que fizemos — e todos pulamos alegremente a entrada, pois claramente ninguém queria prolongar a noite —, a coisa desandou. Kallie e Quin tiveram que fazer a maior parte do trabalho pesado.

Luke, sentado na diagonal oposta a mim, não deixava nada escapar. Mas a mãe dele tinha morrido havia menos de duas semanas, então dificilmente alguém poderia esperar que ele estivesse conversando de maneira alegre. Já eu estava tonta com ondas sucessivas de incredulidade. Eu, Luke e nossos novos parceiros, jantando feito pessoas civilizadas. *Como* isso tinha acontecido?

Luke brincava com o saleiro. Havia anéis em três dedos, mas nada de aliança. Lembrei do exato momento em que ele tirou a nossa.

Meu Deus.

Estava consumindo toda a minha energia para evitar olhar para ele. Kallie, diretamente do outro lado da mesa, era a pessoa em quem eu tentava me concentrar. Mas outro daqueles turbilhões de memória me atingiu e meus olhos se voltaram para o Luke. Só para descobrir que ele também estava me observando. Nosso olhar colidiu com tanta intensidade que meu corpo ficou quente.

Baixei logo o olhar, mas precisei voltar a erguê-lo, para checar se Luke Costello realmente *estava* a um braço de distância. Ele estava, e ainda me analisava. Havia uma leve ruga em sua testa e muita coisa acontecendo em seus olhos.

Voltei seis anos no tempo, para a manhã em que ele partiu.

Estávamos no corredor do nosso apartamento e um som metálico me assustou. A aliança dele. Tirada e jogada na mesa do corredor. Depois, outro som metálico, seu molho de chaves, também sendo jogado no chão.

Embora uma parte de mim ainda pensasse que tudo aquilo era um blefe, a convicção de que era real se estabeleceu prontamente. De repente, ficou difícil respirar.

Cheguei a tentar impedi-lo fisicamente. Mas, frio e impenetrável, Luke se desvencilhou das minhas mãos e me mantive à distância me segurando pelos ombros.

— Luke, por favor, eu te imploro... — Meu rosto estava encharcado de lágrimas. — Eu te amo tanto. Nós podemos consertar isso, podemos fazer terapia, o que você quiser.

Buscando um pequeno vislumbre de conexão, um elo com o homem que eu conhecia havia tanto tempo, um caminho de volta, eu teria prometido *qualquer coisa*.

Seu olhar gélido deixou claro que ele não estava interessado.

— Você não tem compaixão? — sussurrei.

Luke me olhou diretamente nos olhos, avaliando minha desesperança crua, e sua resposta foi a indiferença.

Abalada, tentei me reconectar com o presente. *Estou aqui, em 2018. Estou segura. Eu sobrevivi.*

Quin estava perguntando para Kallie:

— Como você conseguiu tanto tempo de folga do trabalho? Para ficar em Dublin com o Luke?

— Você está brincando?! — exclamou Kallie. — Eu trabalho remotamente. Posso trabalhar de qualquer lugar, só preciso de um Wi-Fi e café. Mas tenho uma apresentação marcada para daqui a umas duas semanas, então vou precisar voltar.

— E você, cara? — perguntou Quin para Luke.

— Igual. Trabalhando remotamente, encaixando os horários em torno do meu pai.

— Luke é empresário — disse Kallie, orgulhosa.

Luke negou com a cabeça.

— É uma empresa pequena.

— Oito funcionários, querido. Quase chegando aos dois dígitos.

Eu quase nunca notava outras pessoas bebendo, mas percebi que a primeira garrafa de vinho desapareceu rapidamente.

— Vamos...? — Quin consultou Kallie, e depois Luke. — Pedir outra?

— Claro! — Kallie estava totalmente a favor. — Se ainda estiver tudo bem por você, Rachel?

— Ainda está tudo bem por mim.

Em *nenhum* lugar do universo eu me permitiria ser julgada como a Sra. Julgadora! Não nesta noite.

— Como vocês se conheceram? — Kallie direcionou sua pergunta para o Quin.

Ele pigarreou.

— Em um fim de semana num retiro de meditação — respondeu ele, se ajeitando na cadeira.

— Que fofo! Casal que reza junto...

— Hahaha, ninguém disse nada sobre rezar — cortou Quin. — Depois, no nosso primeiro encontro, fomos a um *escape room*. Foi quando eu soube que ela era a mulher certa para mim.

— Nunca fomos a um *escape room*, não é, amor? — disse Kallie para Luke. — Eu adoraria!

— Quando você for, precisa ter Rach na sua equipe. — Quin sorriu ao redor da mesa. Ele estava se esforçando *muito*. — Ela encontrava pistas em *todo* lugar.

Chame-me de patética, mas eu gostei do elogio de Quin.

— Ela é muito talentosa — disse ele.

— É mesmo? — perguntou Luke, e havia algo estranho em seu tom.

— Juro pra você. Ela encontrava coisas escondidas nos lugares mais improváveis. Coisas inacreditáveis.

Desviei o olhar de Luke e esbarrei numa emoção que não soube identificar. Uma espécie de angústia? Ou era raiva...? Definitivamente era algo forte. Então, quebrando o climão, uma enxurrada de pratos foi jogada diante de nós por uma equipe ágil de garçons, armados com panos de prato e promessas de "mais batatas".

— Nossa! — Kallie encarou sua montanha de comida. — Isso parece...

— Comestível? — perguntou Quin, provocando risadas de constrangimento. — Vamos torcer.

A luz tinha aparecido no fim do túnel. Quin foi instruído a recusar sobremesa e café, então o tormento logo terminaria.

Peguei meu garfo e a faca, mas algo me impedia de mergulhar na comida. Fiquei esperando Quin fotografar a refeição, como ele costumava fazer em restaurantes. Mas logo soube que *não havia como* ele se gabar do jantar de hoje.

— Rachel, posso fazer uma pergunta? — disse Kallie.

— Claro.

Foi só então que percebi que ela já estava bêbada.

— Você sente falta... de ficar chapada? De enlouquecer um pouco? É tão divertido ficar doidona com quem a gente ama. Você sente falta?

— Não — sorri, mesmo com a mandíbula começando a ficar contraída.

— Às vezes, Luke e eu fumamos maconha lá no deck dele e colocamos música alta e dançamos e... Sério mesmo? Você não sente falta disso?

— Kal... — disse Luke. — Acho melhor a gente mud...

— Está tudo bem — falei com os lábios apertados. Eu não precisava que ele me defendesse.

— Mas, Quin, às vezes, você não deseja ter uma namorada que possa beber? Ficar um pouco chapada? Ei, se eu estiver sendo ofensiva, por favor me digam, ok? Só... quero entender.

Eu fiquei tensa. Havia momentos em que Quin se importava, *sim*, mas se ele insinuasse isso agora, nunca mais eu falaria com ele.

— Tá doida? — disse Quin. — Rachel é incrível de um milhão de maneiras diferentes *e* eu sempre tenho uma motorista disponível. Mas olha... — com uma mudança de assunto tão brusca que quase nos deu torcicolo — ... por que você não nos conta como é viver em Denver?

— Nossa vida é bastante ao ar livre — falou Kallie, olhando para Luke. — Não é? Bastante ao ar livre?

— Aham — disse ele, dando de ombros levemente. — Quando não estamos fumando e dançando no deck.

A expressão da Kallie mudou. Ela olhou para o Luke e para mim.

— Ah, não. Me desculpe, Rachel. Eu fui uma idiota? — Ela mesma assentiu. — Eu fui uma idiota.

* * *

KALLIE APERTOU O fecho do capacete, levantou a barra do vestido, revelando uma coxa esguia levemente bronzeada, depois pulou na moto atrás do Luke, agarrando-o pela cintura.

— Tchau, pessoal! Já estou com saudades!

Quin e eu acenamos enquanto eles se afastavam.

— Ela vai congelar — disse Quin enquanto voltávamos para o meu carro.

— Que bom.

Eu estava me sentindo enjoada e diminuída.

— Não estou acreditando que o deixei pagar a conta — resmungou Quin.

Sim, isso foi ruim. Quando a conta chegou, os dois homens se lançaram sobre ela, mas Luke venceu. "Esta noite foi ideia nossa", disse ele, com um tom duro. "Você pode pagar na próxima", completou Kallie.

Mas não haveria uma próxima vez. Quin teve que se contentar em deixar uma gorjeta bastante generosa.

— Podemos por favor não falar sobre eles? — pedi. — Eu literalmente não aguento nem mais um segundo desses dois na minha cabeça, ok? Amanhã, ou em outro momento, a gente fala sobre isso, mas agora preciso assistir a dois episódios de *Ozark*, talvez três, e não pensar em nada. Tem sorvete na sua casa?

— A menos que o Fin tenha comido tudo. Mas eu saio e compro mais se ele tiver comido.

Havia maneiras mais saudáveis de lidar com as emoções desagradáveis que a noite havia despertado, mas minha paciência tinha acabado. Eu queria meu sorvete e meus dois episódios. Mas a verdade é que eu não conseguia parar de pensar em Kallie. Ela me *fascinava*. Luke se sentiu atraído pelo quê? Pela sua leveza? Será que era real?

Quando Quin subiu na cama, perguntei:

— O quanto a Kallie é atraente?

— É atraente, ponto.

Resposta sem hesitação.

— Quem é mais atraente? Eu ou ela? E, Quin, a resposta é "você", ok? — Porque, às vezes, Quin era honesto até demais.

— Você, é claro. — A expressão dele era preocupada e sincera. — Mas tem alguma coisa nela... Ela... é interessante — concluiu ele, com os braços atrás da cabeça. — Mas é paradoxal em certo sentido. Fofa por fora, toda divertida. Por dentro, ela é... mais dura. Resistente. Ainda não sei se confio nela.

— Por que não?

— Talvez por ela ser uma sobrevivente. Ela sempre vai ficar bem. A insinuação dela de que nós rezávamos juntos. Ela tem uma pitada meio cristã, não tem? Um pouco?

— Humm. Talvez. Ela é muito positiva... — Isso me fez rir. — Não há nada de errado em ser cristã, se ela for. Olha só para nós, uma dupla de pessoas amargas, deitadas aqui, destruindo as personagens deles.

— Provavelmente estão fazendo a mesma coisa com a gente neste momento.

Ah, não, essa doeu.

— Você acha que o Luke também é? Cristão?

— Não temos certeza se a Kallie é. Mas o Luke... Quando eu o conhecia, ele meio que tinha *tendências*. Ele é bastante... — Eu não conseguia encontrar a palavra certa. — Moralista, eu acho. Não exatamente santo, tradicional é provavelmente a melhor palavra. Tipo a questão da conta hoje. Do ponto de vista dele, como ele convidou, *ele* tinha que pagar. Ou, digamos que ele encontrasse cinquenta euros que alguém deixou cair no banco de trás de um táxi? Ele nunca diria "Uau! Dinheiro fácil!", e colocaria no bolso. Ele daria para o motorista, mesmo que o motorista ficasse com ele. Luke não hesitaria, nem por um segundo.

— Nossa... — Quin fingiu piscar. — Isso é... nossa...

— Hahaha, eu sei. Então me diga, eu sou uma sobrevivente, como a Kallie?

O olhar de Quin era avaliativo.

— Você é mais complicada. Por ser dependente, em tese você é vulnerável. Na prática, se mantendo limpa, você é imbatível.

— Com quem você preferiria transar? Comigo ou com a Kallie?

Ele soltou um gemido barulhento.

— Agora estou pensando em um *ménage à trois* com as duas.

— Bom, então *pare* de pensar!

Ele me deixava louca, mas me fazia rir.

Quin dedilhou uma guitarra invisível e cantou: "A ex do meu namorado é uma linda mulher... Fingi uma camisinha rasgada só pra ver como ela é..." E depois, continuou: "Você, é claro, Rach, sempre você. Eu te quero mais do que qualquer uma. Isso não vai mudar."

Já tínhamos apagado a luz e estávamos nos acomodando para dormir quando, na escuridão, Quin disse de repente, com uma voz esganiçada:

— Nossa vida é bem ao ar livre! — E, depois, na sua própria voz: — Dois idiotas.

38

Acordei cedo, com a cabeça cheia da noite anterior. Martelava na minha mente a maneira gentil como Luke a chamava de "Kal". Ainda mais doloroso foi o vislumbre que Kallie deu da vida que eles levavam. Pensar nos dois ficando chapados e dançando no deque me matava de inveja.

Soava tão atraente. Eu podia *sentir* o Luke envolvendo a Kallie pela cintura, puxando-a para ele, contra seus quadris. Kallie girando para longe, enquanto ele a observava admirado, então girando de volta, aterrissando com força contra o corpo dele, descobrindo o quanto ele a queria.

Sortuda.

Do.

Caralho.

Esta manhã, minha vida sóbria parecia entorpecentemente entediante, um pensamento muito perigoso. Eu queria ser a garota que eu era quando tinha vinte e poucos anos, antes que meu vício me alcançasse, quando havia noites de loucura e aventura e nenhuma preocupação com o amanhã.

Eu precisava ligar para a Brigit. Ela detalharia quão trágica e desesperada eu realmente tinha sido.

Eram 7h30, mas, como eu já estava acordada, pareceu uma boa ideia ir trabalhar. Eu estava preocupada com a Trassa. Eu sabia que ela estaria vulnerável depois das revelações do dia anterior.

Muitas vezes, durante o período de internação no Claustro, traumas que ficaram escondidos, talvez por décadas, vinham à tona. O que no fim das contas era algo bom; mas, no curto prazo, Trassa precisaria de muita atenção.

Todos os conselheiros eram treinados em gestão de crise e a equipe de enfermagem iria observá-la com atenção no turno da noite, mas Trassa era, em última instância, responsabilidade minha.

Eu estava dividida quanto a acordar o Quin, mas ele acordou justo quando eu estava saindo.

— Volta aqui — disse ele, e me puxou para o calor do seu peito.

— Não, querido. Te vejo amanhã à noite.

— Hoje à noite, não?

— Lavar roupa.

— Traz tudo pra cá. Eu lavo.

Hahaha! Que piada. A faxineira dele, Irini, acabaria fazendo o serviço.

— Também preciso ir ao Aldi.

E espero falar com a Brigit, mas guardei isso para mim.

— Dica de vida — disse ele. — Faça suas compras grandes às segundas--feiras, às vinte para as nove em Dundrum. O melhor momento da semana. Ninguém vai estar lá para te incomodar.

Mas era quarta-feira e minha casa estava sem nada.

— Amanhã à noite, você, Taryn e Timothy vão à minha casa para jantar comida da Transilvânia. Lembra?

Eu o beijei, depois corri escada abaixo e saí para o dia.

Quando eu estava entrando no meu carro, meu celular vibrou: uma mensagem de WhatsApp, da Kallie: Meu Deus, Rachel, me desculpe, me desculpe, me desculpe!

Em um arroubo de simpatia, decidi ligar e ela já estava acordada.

— Rachel? Você me odeia, né?

— Não, sua bobona.

— Eu estava ansiosa. Bebi muito vinho em pouco tempo. Aquelas perguntas que fiz para você e o Quin, sobre drogas... eu estou muito envergonhada. Me desculpe.

— Está tudo bem, é sério.

— Meus motivos...? Luke me ama, eu sei disso. Mas, de certa forma... Ok, de *muitas* formas, ele é inacessível. Você sabe, né? Então quando descobri que ele já tinha sido casado, eu... *nossa,* foi um *grande* choque. Eu pensei, nossa, ela deve ser uma mulher incrível.

— Ah, sim.

— Eu quero entendê-lo. Pensei que você fosse me dar umas pistas.

Devo dizer que é provável que ela nunca vá entendê-lo? Sejamos honestos, um dia o cara era absolutamente *louco* por mim e no outro... Veja como isso acabou.

ALGUÉM COMPROU "MINHA" bolsa Chanel! A princípio eu não consegui acreditar. Cliquei e rolei a tela para cima e para baixo, mudando os parâmetros de pesquisa e começando tudo de novo. Quando a verdade me atingiu, fiquei quase tão perturbada como se minha bolsa *real* tivesse sido roubada. Por alguns segundos desconfortáveis, me senti genuinamente triste. Qual seria minha nova obsessão agora?

No entanto, se eu seguir meu padrão, encontrá-la não seria assim tão difícil. Enquanto processava rapidamente as emoções, prestei atenção especial na ansiedade, imaginando que tipo de loucura me envolveria. Eu torcia para que fosse outra bolsa inalcançável. Elas proporcionavam muita distração em troca de pouco problema. Não eram como, digamos, carrinhos de mão para jardinagem, que eram acessíveis *e* mais difíceis de manusear. (Eu comprei um no verão passado depois de treze dias de obsessão absurda. Foi entregue no trabalho, mas era muito grande para caber no meu carro e Murdo teve que pedir emprestada a van de um amigo para levá-lo até minha casa. E, depois de todo esse drama, só foi usado três vezes.)

— EU ODEIO ter que fazer isso.

Jonah, um rapaz muito magro, olhava sua xícara de chá esfriando sem realmente vê-la.

— É difícil, eu sei. Mas vocês estão ajudando — falei.

— Ela vai ficar completamente surtada — disse Naaz, que mordeu o lábio e pegou outro biscoito. — Sério, Rachel... Posso te chamar de Rachel? Isso vai ser um apocalipse.

— Talvez não. Vamos?

Murdo já estava na Ala do Abade. Quando entrei, seguida por Jonah e Naaz, Ella pareceu atordoada. Sua boca ficou entreaberta, a expressão congelada, apenas seus olhos se moviam, piscando ansiosamente enquanto Jonah e Naaz tomavam seus lugares.

Flashback de vinte anos atrás quando Luke e Brigit me surpreenderam aparecendo certa manhã nesta mesma sala e logo botaram tudo para fora. Meu Deus, eu quase morri de vergonha.

— Bom dia, pessoal. Como podem ver, temos duas visitas hoje — falei com um sorriso, e pedi que se apresentassem.

Jonah pigarreou.

— Meu nome é Jonah. Sou o namorado da Ella, estamos juntos há cerca de três anos. Nós moramos juntos.

— E eu sou a amiga dela, Naaz. Divido a casa com ela e o Jonah.

— E vocês vieram aqui hoje porque... — Olhei para Jonah a fim de que ele falasse.

— Ella tem tomado comprimidos para dormir...

— Porque fui *atacada* — interrompeu Ella, fervendo de raiva.

Firme e calma, continuei:

— Jonah tirou a manhã de folga do trabalho para te ajudar. Tenha a educação de ao menos escutá-lo, por favor.

— Nossa, mas que mer...

— Pare, Ella — ordenou Murdo.

Surpresa, Ella obedeceu.

— Vocês sabem que ela bateu o carro? — perguntou Jonah. — Enfim, a questão é que mesmo antes disso as coisas estavam estranhas. Ela estava faltando muito ao trabalho por estar "doente". Ela ficava "doente" com frequência.

— Que tipo de doenças?

— Cólicas menstruais. Gripe — disse Jonah, e olhou para a Naaz pedindo ajuda.

— Intoxicação alimentar. Mononucleose. Mas ela mesma se diagnosticou com mononucleose.

— E a intoxicação alimentar não fazia sentido — disse Jonah —, porque todos nós comemos a mesma coisa. Ela não estava vomitando nem nada, só dizendo que estava com dor no estômago. Então, uns dois meses atrás, eu estava no trabalho e Ella estava em casa "doente" quando me mandou uma mensagem *nada a ver*, dizendo que tinha alguém no telhado. Eu liguei para ela, mas ela não atendeu. Fui correndo pra casa, é claro, e quando cheguei ela estava andando pela cozinha, falando que estava fazendo panquecas. Perguntei sobre o intruso e ela não tinha a menor ideia do que eu estava falando. Ela estava *completamente* perdida. Não apenas bêbada ou zonza, mas totalmente sem noção. Não havia nada em seus olhos.

— O que você pensou?

— Pensei em algo como, sei lá, um derrame? Mas àquela altura eu já estava suspeitando dos comprimidos para dormir. Todo mundo já ouviu essas histórias, só que a gente nunca acha que vai acontecer com a gente.

— Quais histórias?

— Que depois de tomar o remédio as pessoas fazem coisas, que parecem estar acordadas, mas não estão. E no dia seguinte não se lembram de nada.

— Isso aconteceu com a Ella?

— Bom, sim. Às vezes transávamos e no dia seguinte ela não se lembrava. Ou ligava para as pessoas e marcava compromissos... Uma noite, ela falou para a mãe que ia visitá-la depois do trabalho no dia seguinte. O que era loucura porque é uma viagem de três horas de carro. Na manhã seguinte, saindo para o trabalho, ela me pediu para fazer o jantar e eu disse "amor, você vai para Waterford", mas ela não fazia a menor ideia.

— E teve uma noite — continuou Naaz — que ela se deitou na cama comigo e com o Oliver, meu namorado, totalmente nua. Agindo como se quisesse um trisal.

— Você gostou! — explodiu Ella.

— Ella, não. Você sabe disso.

— Você a confrontou, Naaz? — perguntei.

— Sim, mas... Mas ela disse que o Oliver estava interessado nela e que eu estava com ciúmes.

— Eu nunca disse isso!

— Você disse, sim — disse Jonah. — Eu estava lá. Mas você estava tão fora de si que não se lembra.

— Jonah, você tentou questioná-la?

Ele deu de ombros, impotente.

— Ela... Aconteceu o assalto, e eu sei que isso a afetou... ela estava muito mal. Sempre que eu tentava falar sobre os comprimidos, ela me lembrava disso. Eu estava tentando ser empático, então, senti que deveria ficar quieto. Mas nós, Naaz e eu, começamos a notar que ela devia estar tomando mais do que a quantidade prescrita. A gente investigou e descobriu receitas de dois médicos em Dublin e outra de um médico em Waterford. Ella também tinha encomendado alguns frascos online. Pela internet os comprimidos são vendidos sem receita, mas custam uma fortuna.

Era *muito* comum comprar medicamentos pela internet.

— Além dos soníferos, ela também tinha receitas de Valium e Xanax. Os comprimidos estavam escondidos pelo apartamento *inteiro*.

— Por exemplo?

Jonah e Naaz deram de ombros ao mesmo tempo.

— Nos bolsos dos casacos, dentro de almofadas, presos com fita adesiva embaixo do sofá.

Um alarme soou bem no fundo da minha cabeça. Esse tipo de subterfúgio era comum nos depoimentos.... O que era diferente ali que eu não estava percebendo?

Fiquei pensando nisso por um segundo, mas tive que seguir em frente.

— Ela cortou as cartelas dos comprimidos em pequenas quantidades — disse Naaz. — Geralmente com dois, às vezes com quatro. Encontramos dois comprimidos dentro de um saco de batatas fritas no congelador. Esses foram totalmente por acaso.

— Então a gente colocou todos na mesa da cozinha... — disse Jonah. — Junto com as receitas e a chamamos.

— Você está fazendo parecer que eram milhares — gritou Ella. — Eram literalmente uns... vinte.

— Havia trinta e um soníferos, dezoito Xanax e vinte e nove Valium — informou Jonah. — E a quantidade em si nem era o maior problema, mas o fato de estarem escondidos.

— Mas...

Novamente, Murdo fez sinal para Ella ficar quieta.

— Esperávamos que isso a chocasse e a fizesse parar — continuou Jonah. — Mas ela ficou feito louca. Chorando. Dizendo que não sabíamos como ela estava traumatizada. Eu me senti realmente culpado, mas também com raiva, porque como eu a faria parar se eu não podia dizer nada?

— O mesmo comigo — disse Naaz.

— Antes do assalto, você já tinha percebido algum padrão de comportamento impulsivo por parte da Ella?

Já tínhamos discutido isso por telefone, eu estava cercando por todos os lados.

— Ei! — A expressão no rosto da Ella estava pesada de indignação. — O que isso tem a ver com comprimidos para dormir?

Com um olhar, consegui silenciá-la, mas o pobre Jonah estava angustiado. Assenti para que ele continuasse.

— Aham. Tipo, nós gostamos de maratonar séries, como todo mundo, mas quando Ella gosta de algo, ela literalmente fica acordada a noite toda. Isso acontece com frequência. O que é ruim por causa do trabalho, e ruim porque era algo que deveríamos compartilhar. Eu sempre pego no sono e quando acordo de manhã ela ainda está lá sentada, assistindo ao último episódio.

Ella chiou de indignação e Jonah sussurrou:

— Desculpe.

— Uma vez estávamos assistindo a um K-drama — disse ele, olhando para mim. — Uma série de TV coreana.

Eu sei o que é um K-drama! Me desculpe, filho, estou por dentro das coisas dos jovens!

— Estávamos comentando sobre como a Coreia do Sul parecia legal e que adoraríamos ir, mas sabe, era apenas... uma conversa, nada sério. Então fui dormir e, quando acordei, descobri que ela havia reservado passagens e um Airbnb para nós. Em Seul!

— Ela perguntou se você poderia tirar folga do trabalho?

Eu sabia que ela não tinha feito isso.

— Não. E, quando tentei, não consegui. Mas o mais importante é que a gente simplesmente não tinha como pagar por uma viagem dessas. Conseguimos cancelar o Airbnb, mas não o voo. Tivemos que arcar com o prejuízo.

Ella se levantou.

— Vai se foder — gritou ela para Jonah. E depois falou para a Naaz: — Vai se foder você também. E foda-se todo mundo aqui! Eu não vou ficar neste maldito buraco de merda nem mais um segundo!

— Ella — falei. — Sente-se.

Se Ella realmente estivesse determinada a sair, eu não poderia impedi-la, então, tive de apelar *pesado* para a Rachel Assustadora.

— Todo mundo que se importa com você quer que você esteja aqui. Não só Jonah e Naaz, mas sua mãe, seu pai e seus irmãos. E o restante de nós aqui no grupo? Certo?

— Sim — disse Chalkie. — Verdade.

Trassa, Bronte, Giles, até Harlie, fizeram sons de concordância. O pobre Dennis, ainda aos pedaços depois da surra de segunda-feira, foi o único que não conseguiu demonstrar entusiasmo.

Ella pairava, dividida pela indecisão. Eu sabia onde ela estava: absolutamente convencida de que tudo aquilo era uma grande injustiça, mas com medo de que algo estranho e terrível estivesse acontecendo e que todos, exceto ela, soubessem.

— Pelo menos fique para o almoço? — pediu Chalkie. — Vamos lá, Ella, quem mais aqui vai fazer palavras cruzadas comigo?

— Fique, garota — acrescentou Trassa.

— Tudo bem. Mas vou embora esta tarde.

Parecia um bom momento para encerrar as coisas. O grupo se levantou e cercou Ella, levando-a para tomar chá e comer biscoitos de chocolate. Ela poderia desabafar e faria um escândalo nas próximas horas, mas, pela minha experiência, eu tinha quase certeza de que ficaria.

39

Ella ficou. Às duas horas, voltou sorrateiramente para o quarto, parecendo esgotada. Uma confrontação como a que Ella teve naquela manhã era muito desgastante. Sem mencionar que todos os medos e suspeitas que ela nutria sobre o próprio hábito foram revelados, exigindo atenção. Os próximos dias seriam difíceis.

Meu plano para a tarde era focar no Dennis, mas algo me fez decidir arriscar com Bronte.

— Bronte, conte-nos sobre sua recaída.

— Minha, ah, recaída... — Ela não estava esperando por isso. — Estou escrevendo minha história de vida, vocês não preferem esperar? Não? Ah. Bem. Foi... eu não planejei. Foi um acidente. — Ela esperou um momento. — Eu estava indo muito bem. Nunca senti falta das drogas, minha vida era *boa*, mas eu caí do cavalo e quebrei o tornozelo. Foi a primeira vez que quebrei um osso e a dor foi muito pior do que eu esperava. Pedi analgésicos...

— E? Você disse ao médico que era viciada em heroína?

— Disse. Ele me deu analgésicos comuns, mas não funcionou. Eram aspirina. Eu não estava aguentando, eu precisava de algo muito mais forte.

Giles se inclinou para a frente.

— Me desculpe, mas eu preciso perguntar. Você exagerou na intensidade da dor? Para o médico.

Uma coisinha estranha despertou em mim.

— Ah... ah... Não!

— Mas você fez isso, Bronte? — perguntei. — Você pensou: "Eis uma chance de tomar opiáceos de novo, mas de forma legítima?"

— Não, eu juro. A dor era realmente terrível.

— Ambas podem estar presentes, a dor e a tentação. Nos quatro anos em que esteve em recuperação, você frequentou reuniões? Tinha um padrinho? Seguiu os passos? Aceitou que era viciada? Aceitou que isso não tem cura? — interroguei.

Ela assentiu.

— Aceitou que uma recaída sempre é possível?

Depois de uma pausa, ela falou:

— Talvez não. Quatro anos era muito tempo. Acho que eu meio que me esqueci das recaídas.

— Então, você estava com dor e seu médico receitou opiáceos. Você ligou para algum de seus amigos de recuperação para contar sobre esse dilema? Ou para o seu terapeuta no seu antigo centro de tratamento?

— Não. A dor era tão forte que eu não conseguia pensar direito.

— Há muitas maneiras de controlar a dor. Compressas quentes e frias, acupuntura. Você tinha opções, Bronte.

— Mas você não as queria — disse Harlie, carregada de julgamento. — Você queria uma desculpa para *voltar às drogas*.

— Você! — Bronte transbordava de desprezo. — Você é uma...

— Bronte — interrompi. — Quanto tempo depois de começar a tomar a medicação a compulsão física voltou?

— Foi rápido — respondeu ela, o rosto desbotado. — Muito rápido, na verdade.

— Como você se sentiu?

— Eu... — Ela cerrou a mandíbula. — Eu me senti muito culpada, mas...

Meu corpo estava tenso. A resposta a esta pergunta parecia importante de um modo que eu apenas intuía.

— Foi como voltar pra casa.

40

— ...E então eu desejei ficar chapada e dançar com ele no deque e...

— Não! — Brigit me interrompeu. — Não seria atraente nem legal, não para você. Você acabaria caindo do deque ou desmaiando em cima de um vaso de plantas. Algo ruim aconteceria porque, quando você começa, não consegue parar.

— Sim — falei, calmamente, com toda a minha euforia indo embora. — Tudo bem.

— Me desculpe, Rach.

— Não, você está certa.

— Mas pense pelo lado bom. Você nunca tem ressaca. Nunca precisa acordar e pensar "Meu Deus, o que eu fiz *mesmo* ontem à noite?". Rach, ser você é muito bom!

Era, eu supus. Eu só precisava me reconectar com minha parte grata.

Depois que desligamos, fui até a lavanderia para checar a saúde do meu próximo lote de mudas quando Kate chegou em casa.

— E aí, o que você decidiu sobre os vestidos?

Ela riu.

— Não tem a menor condição. O único que eu gostei? O vestido com capa. Rachel, você não tem ideia do *preço*. Honestamente, eu não posso.

— Mas...

— Eu sei. Minha mãe disse que vai pagar, mas custa o dobro do que eu ganho em um mês e... — Ela fez uma careta. — Eu preciso de um pouco de amor-próprio, sabe. Enfim... Eu conheci o avô do Devin hoje. Ele pediu para te dizer que... como é mesmo? Ah, que ele envia seus cumprimentos.

— É impressão minha ou isso soa ligeiramente ameaçador? Sabe, como quando o mafioso diz "Sua filha é bonita, seria uma pena se algo acontecesse com ela"?

— Ele disse para você ir ao negocinho de aniversário dele.

— Negocinho de aniversário? Mas... a esposa dele acabou de morrer.

Kate parecia ansiosa.

— Tudo o que sei é que é sábado à tarde, na casa dos pais do Devin. Pizza e prosecco. Então, o que eu digo para ele?

Eu estava surpresa.

— Não, Kate. Você diz a ele que eu não vou.

O que diabos o pai do Luke queria comigo? Ele já tinha sido meu sogro. Um homem agradável, sem dúvida, mas não é como se fôssemos amigos. Mesmo quando as coisas estavam boas com o Luke, o Sr. Costello e eu morávamos em continentes diferentes.

E, depois que Luke saiu, a vergonha me impediu de manter contato com os Costello.

— Ah, sim — disse Kate, tirando algo da bolsa. — Está de olho em alguma coisa da Zara? Eu tenho um vale-presente.

— Como assim?

— Eu emprestei cinquenta euros para a Kallie e ela me pagou com este vale-presente, é de sessenta e sete euros. Mas eu não estou podendo comprar roupas no momento.

Estendi a mão.

— Posso ver?

Conferi o código do item no vale-presente e descobri que era referente ao vestido que Kallie havia usado no restaurante ontem à noite. Tentando entender o que tinha rolado, concluí que ela o comprou, usou, devolveu e, por algum motivo — talvez porque fosse óbvio que a peça tinha sido usada —, eles não deram o reembolso em dinheiro.

Então... Kallie estava com pouco dinheiro, queria usar um vestido novo e deu um golpe na Zara? Era difícil sentir uma revolta real quanto a *isso* especificamente, mas enganar a Kate quando ela estava precisando de dinheiro... Isso não era legal.

— Eu estava de olho numa camisa. Vou comprar o vale de você, ok?

— Vai mesmo? — O rosto dela se iluminou de alívio. — Obrigada, Rachel!

* * *

LOGO ANTES DE dormir, meu celular tocou. Luke.

— Sábado é aniversário do meu pai. A Sarina está organizando um negocinho aqui em casa, pizzas, bolo. Umas vinte, vinte e cinco pessoas. Papai gostaria que você viesse. Com o Quin.

— Mas... por quê?

— Para amarrar pontas soltas, segundo ele. Você fazia parte da família dele, depois não fazia mais e... — Na defensiva, ele falou: — Foi o que ele me disse. Faça o que quiser.

— Mas só faz duas semanas que a sua mãe morreu.

Parecendo cansado, ele disse:

— Sim. Ele ficou um pouco... Olha, estamos *todos* um pouco fora de nós nesse momento, mas ele está decidido, diz que pode ser o último aniversário dele... Um mestre em chantagem emocional.

Vá.

Não.

Vá!

Eu não sabia o que fazer. Eu não sabia o que eu *queria*. Todos aqueles sentimentos e lembranças vindo à tona estavam me deixando exausta.

— Eu acharia muito difícil entrar numa casa cheia de pessoas da sua família. Seria... — eu explodi — depois de tudo, seria humilhante!

Uma pausa. Uma respiração profunda.

— Se isso ajudar, todos me culpam e todos ainda gostam muito de você.

O Que Que Eu Faço? O Que Que Eu Faço?

— *Você* quer que eu vá?

— Isso facilitaria minha vida. Eu gostaria, ele está enchendo meu saco com isso.

— Kallie se importa?

Ele fez uma pausa por um tempo um pouco longo demais.

— Por que a Kallie se importaria?

Ótimo, ficamos assim.

— Vou pensar e te aviso.

41

Assim que desliguei, fui inundada por uma lembrança. De uma noite, há mais de sete anos, quando Luke chegou do trabalho.

— Adivinha! — falei.

— O quê? — O rosto dele ficou branco de ansiedade.

— Não, senhor apavorado, é coisa boa. Adivinha. *O. Quê!*

Os olhos dele se arregalaram, ele atravessou a sala e pegou minhas mãos.

— Você está...? — Ele engoliu em seco. — De verdade?

— Eu fiz quatro testes, *todos* deram positivo!

— Amor! Isso é... Você tem certeza? Como você sabe? — Ele tirou as mãos das minhas, moldando-as ao redor do meu corpo. — Você deveria estar... de pé? Sente-se, sente-se, você precisa se sentar.

Só pela novidade, deixei que ele me levasse até o sofá. Eu era uma mulher grávida e meu marido queria que eu me sentasse!

— Uau, Rach... É difícil acreditar que finalmente...

Levou muito mais tempo do que imaginávamos quando começamos a tentar. Quando fomos ver a Dra. Solomon pela primeira vez, ingenuamente imaginei que seríamos pais aos trinta e quatro anos. Mas, entre estudar, estudar mais e ter dois empregos cada um para pagar os financiamentos estudantis, descobrimos que, de alguma forma, tínhamos trinta e seis anos.

O próximo passo, lógico, foi comprar um apartamento. Eu não estava tão preocupada, mas Luke disse: "Eu não quero ter cinquenta anos e ainda estar morando num apartamento minúsculo de um quarto no Lower East Side." Lidar com os corretores de imóveis de Nova York foi uma experiência dolorosa e, quando finalmente conseguimos um apartamento de dois quartos em um sobrado em Boerum Hill, tínhamos trinta e sete anos. (Além disso, nos sentíamos exaustos e com nossa fé na natureza humana um tanto diminuída.)

Quando *enfim* estávamos prontos para começar nossa corrida contra o tempo, Luke teve a oportunidade inesperada de comprar a própria firma de contabilidade, o que nos daria mais segurança do que jamais sonhamos. Só que para isso precisávamos de um empréstimo bancário e, quando conseguimos quitar as parcelas, tínhamos trinta e oito anos.

Durante esses anos de "Esperando a Hora Certa", eu me sentia, na maioria das vezes, feliz e, muitas vezes, muito feliz. Eu adorava estar sóbria, adorava meu marido, adorava meu trabalho, tinha uma vida ocupada e gratificante e cheia de pessoas incríveis.

Mas ainda havia períodos angustiantes de dúvida. Cerca de uma vez a cada seis meses, eu ligava para Nola e perguntava:

— E se a gente não arriscasse e torcesse pelo melhor?

A resposta dela sempre era confiar no destino: se fôssemos destinados a ter filhos, nós os teríamos.

— Você quer garantias, mas isso não vai acontecer. Você precisa aprender a conviver com a incerteza.

— Mas e se eu estiver velha demais?

— Mas e se não estiver? A Dra. Solomon diz que você está em boa forma... E honestamente, sinto como se conhecesse essa mulher tão bem quanto meu *próprio* médico, e você precisa lembrar que não é como as outras pessoas. É provável que você possa ter tudo o que quiser, desde que saiba esperar. Se você se lançar em tudo de uma vez, pode acabar destruindo a sua vida. Muito estresse aumenta o risco de recaída.

A mera sugestão de que eu pudesse ter uma recaída me deixava irritada — não havia chance! —, mas ela estava certa: eu não queria que minha vida ficasse uma bagunça.

Luke tendia a concordar com a Nola.

— Amor, olhe a nossa vida! Temos *muitos* pratos girando aqui. Se um cair, outros também cairão. Se você engravidar agora, vai ter que parar de trabalhar, pelo menos por alguns meses, e nós simplesmente não temos dinheiro.

Se tivéssemos tido um acidente com contraceptivos, teríamos seguido em frente e tido o bebê, é claro. Mas não houve acidentes. E isso, de certa forma, me dizia bastante.

No entanto, finalmente chegou o dia em que ambos estávamos prontos. Nossos financiamentos estudantis tinham sido pagos. Luke era dono de um negócio pequeno, mas sólido, fazendo contabilidade pessoal, declarações de impostos etc. Eu tinha sido contratada como funcionária na Hope House, uma clínica de reabilitação em Nova Jersey.

— Olha só pra gente! — falei. — Estamos sendo adultos como ninguém, Luke! — Então, tomada pela ansiedade: — E se acabar ficando tarde demais? E se meus ovários fecharem a loja?

— E se fecharem? — perguntou Luke. — Nós temos uma vida boa assim. Não temos?

— Luke... se você está tendo dúvidas sobre termos filhos, agora seria um bom momento para você dizer...

— Não é nada disso.

A partir desse dia eu parei com a pílula, baixei um aplicativo de ovulação, comprei um termômetro e elaborei um cronograma de relações sexuais.

Sendo eu mesma, com minha tendência para o dramático, eu estava convencida de que tinha funcionado logo no primeiro mês.

— Estou enjoada. E meus peitos estão doloridos.

— Sua menstruação só está prevista para daqui a três dias — disse ele.

— Sim, mas...

Luke estava certo, é claro. Eu não engravidei naquele mês. Nem nos muitos outros que se seguiram. Sete ou oito meses depois, Luke me encontrou chorando porque, mais uma vez, eu tinha menstruado.

— E se nunca acontecer?

Com delicadeza, ele falou:

— Podemos ter uma boa vida sem filhos.

Mas àquela altura eu já estava obcecada.

— *Não podemos*. Vou procurar a fertilização *in vitro*.

Luke ficou sério. Shake e a esposa Melanie haviam gastado dezenas de milhares de dólares em fertilização *in vitro*, que não funcionou. Tinham acabado de se divorciar.

— Enquanto isso... O sexo vai continuar até que o ânimo melhore.

Levou mais de um ano de sexo (que foi se tornando cada vez mais estressante), mas ali estava eu, enfim grávida!

A empolgação lutava contra o medo. Eu queria ser a melhor mãe do mundo e a ideia do fracasso era aterrorizante.

— O que a gente faz agora? Você deveria ver um médico, certo? Estou sendo condescendente? Tipo, você não está doente, está grávida.

— De fato, não estou doente. Mas... tipo, eu estou *grávida* e quero tratamento especial. Almofadas para minhas costas, todas essas coisas.

Ele riu alto. Luke era ótimo quando estava alegre.

— E acho que tenho que decidir como... — E aí citei o que tinha ouvido outras mulheres dizerem — controlar minha experiência de parto.

Minimizar a intervenção médica no parto era a cara do Brooklyn. E muito do NA. Quase todas as mulheres que eu conhecia falavam sobre seus direitos de escolher onde e como dariam à luz. O parto em casa era popular. Minha madrinha de Nova York, Olga Mae, tinha planejado ter seu bebê numa bela cerimônia com seu parceiro e seus dois filhos em um pomar no norte do estado, mas, no dia em que entrou em trabalho de parto, ela ficou presa no trânsito caótico a caminho de Stone Ridge e o bebê, Carter, acabou chegando ao mundo na RBS, uma loja de móveis com descontos no Bronx.

Decidida, eu disse ao Luke:

— Precisamos de uma doula.

— Uma o quê?

— Uma mulher. Eu não sei, mas ela vai nos defender, me defender. No hospital. Caso eles queiram fazer uma cesárea, ela vai dizer não.

— Mas e se você *precisar* de uma? — Luke pareceu preocupado, mas logo mudou de assunto. — Desculpa, desculpa. Eu entendo, você é quem vai fazer todo o trabalho, você decide tudo e... — Mas ele não conseguia se conter. — Mas e se algo der errado?

Luke começou a suar um pouco e me senti aliviada. Enquanto estávamos "tentando", eu achava interessante a ideia do parto normal. Mas agora que estava realmente grávida, tinha medo. A dor me deixava em pânico. Outras mulheres, mais evoluídas do que eu, talvez pudessem enfrentá-la. Ou "encará-la", como elas provavelmente diriam (e boa sorte para elas e tudo mais, essas esquisitas). Mas tenho certeza de que, assim que começassem as contrações, eu estaria pedindo anestesia aos berros.

Então falei sem pensar:

— Estou tão feliz por estar grávida, mas, Luke, estou com medo da dor.

— Amor!

— Eu quero todas as epidurais e analgésicos e tudo, mas estou com medo de ser julgada.

— Você *vai ter* todas as epidurais e analgésicos e tudo! Tudo o que você quiser, *habibi*, tudo. E dane-se quem julgar. Lembre-se — disse ele, com um brilho nos olhos. — A opinião das outras pessoas sobre você não é da sua conta.

— Hahaha!

Era engraçado quando ele repetia slogans de recuperação para mim.

— Eu devo dizer "estamos grávidos"? Ou "minha esposa está grávida"? "Minha esposa está grávida" nos faz parecer meio antiquados, mas "estamos grávidos" me faz parecer um idiota com um coque samurai.

Eu juntei os cabelos sedosos dele e os segurei nas minhas mãos atrás de sua cabeça.

— Você ficaria lindo de coque samurai.

— Não é meu estilo, amor — disse ele, bruscamente.

De fato. Luke não era *nada* metrossexual. Ele considerava protetor solar uma indulgência boba e usava o xampu mais barato e deprimente, mas mesmo assim seu cabelo era sempre brilhante e lindo.

— Você poderia dizer "estou prestes a aumentar enormemente minha pegada de carbono". Ou então só "vou ser pai".

— Não, não. Isso deveria ser sobre você. "Minha esposa diligente está carregando meu primogênito e herdeiro."

— Primogênito? Você planeja ter mais de um?

— Ah, sim. Seis, pelo menos.

42

— Dennis? Como você está?

Era quinta-feira de manhã, ele havia tido três dias para absorver as revelações de Juliet, Joya e Maudie e era hora de pressioná-lo. Os olhos dele, agora focando em mim, pareciam as janelas de uma casa saqueada.

— Poxa, Rachel, agora que você perguntou...

— Foi uma revisão bem completa que elas fizeram sobre você — disse Bronte gentilmente.

— Foi, sim — concordou Dennis. — Está sendo difícil absorver tudo isso...

Pobre Dennis, havia tanto com que se preocupar. Sua esposa e filhas sabendo sobre a namorada; Juliet dizendo que queria o divórcio; Joya o desprezando abertamente. E o fato enorme que ancorava todos os outros: a probabilidade de ele realmente ser alcoólatra e ter que parar de beber.

— Vocês acham que Joya pensa mesmo isso? — perguntou ele para a sala. — Que eu sou um péssimo pai? — Dennis olhou para sua velha amiga, Ella, em busca de apoio, mas, depois do confronto da véspera, Ella estava no próprio inferno particular. — Você acha que ela quis dizer isso?

— Sim, mas e *você*, você acha? — perguntou Chalkie.

— Eu fiz tudo por aquelas garotas! — Dennis explodiu em defensiva. — Qualquer coisa que pedissem, elas tinham. Ingressos para o show da Lizzo, bolsas Jacquemus, leggings que custavam mais que meu terno!

No silêncio que se seguiu, ele perguntou:

— Sabe o que está me destruindo por dentro? Joya me vendo e pensando que eu estava morto. Fazer isso com uma criança é desesperador. Costumava acontecer com o meu velho, eu vivia encontrando o coroa desacordado e sempre pensava que ele estava morto.

— Quantos anos você tinha? — perguntou Giles.

— Ele bateu as botas quando eu tinha catorze anos, mas isso acontecia desde que eu estava no berço.

— Então você era criança quando costumava encontrá-lo? Isso deve ter sido muito assustador — falei.

— Era — disse ele, e seus lábios tremiam.

— Como você ficou quando ele morreu?

Ele olhou para os joelhos, lutando para segurar o choro.

— Eu fiquei arrasado, mas jurei que se fosse pai algum dia, eu seria o oposto dele.

— E em vez disso você repetiu o comportamento.

Ele pareceu chocado.

— Mas foi sem querer! Você acha que elas vão me perdoar? Se eu prometer ser diferente? É desesperador quando as pessoas ficam bravas comigo.

— Aprenda a conviver com isso — falei.

Ele se contorceu.

— Não. Vou ligar para elas e pedir desculpas. Posso fazer isso agora?

Balancei a cabeça.

— Eu sei que é difícil, Dennis. Você tem tão pouco amor-próprio que não consegue viver sem o amor dos outros, mas você precisa aprender a suportar o desconforto. E isso vale para todos vocês, aliás.

— Eu terminei com a Maudie. Não consigo acreditar na audácia dessa mulher, vindo aqui, agindo como se fosse algo especial...

— Você a pediu em casamento — pontuou Harlie.

— Como eu faria isso se já sou casado?

— É você quem tem que nos dizer, Dennis. Foi você quem fez isso.

— Ah! Foi um momento de loucura. Provavelmente... Para ser sincero, não me lembro de ter pedido a mão dela. A primeira vez que soube disso foi quando Maudie me colocou no carro, um dia de manhã, para irmos ao shopping Athlone escolher um anel. Ela disse que eu tinha feito o pedido na noite anterior, mas talvez eu não tenha feito! Talvez ela estivesse inventando. Com certeza ela vai pagar caro por isso. Que maldade com minha esposa e meus filhos!

— Vai se foder, Dennis! — esbravejou Harlie. — Foi você quem traiu sua esposa e pediu sua amante em casamento! Maudie não fez nada de errado, isso é tudo culpa sua.

Dennis se esforçou para se defender.

— A única coisa que mereço ser culpado é por me envolver com a mulher errada. Da próxima vez, não vou escolher uma louca. Hahaha.

Um círculo de rostos impassíveis o encarou, em silêncio.

— Hahaha? — repetiu ele, um pouco suado.

Quando, mais uma vez, foi recebido com um silêncio impassível, vislumbrei em seus olhos um medo legítimo.

43

— Por que seu ex-marido continua convidando você para essas coisas? — perguntou Quin.

— Duas vezes. Duas coisas. E, tecnicamente, foi a Kallie quem nos convidou para a primeira e agora é o pai dele. E então? Acha que vai?

— Não, Rach. Isso seria loucura. E não me olha assim, você sabe que seria. Vou escalar no sábado, mas, mesmo que eu não fosse, ainda assim não iria ao aniversário do pai do ex-marido da minha namorada.

— Muitas vezes as pessoas são amigas dos ex-parceiros e de suas famílias.

— O problema é que vocês *não* são amigos.

Tampouco consigo imaginar que isso venha a acontecer, percebi. A conexão que Luke e eu compartilhamos foi muito intensa para sobreviver a uma transição para algo tão saudável quanto uma amizade. Eu queria outras coisas dele — remorso, expiação. E, uma vez que as tivesse, eu poderia deixá-lo completamente no passado.

— *Você* quer ir?

— Querer não é a palavra, Quin. Eu sinto que *devo* ir. É tipo tomar dipirona em gotas. O gosto é péssimo, mas é para o meu bem. Gostaria de uma explicação do Luke. Na verdade, eu adoraria uma. Um pedido de desculpas seria ainda melhor. Mas ele não vai fazer isso por conta própria porque se fosse, já teria feito. Não vai acontecer, a menos que eu meio que... *insista*. Mas você é importante para mim, Quin, você é muito importante e não vou se isso te incomodar.

Franzindo a testa, os olhos dele percorreram meu rosto.

— Se é para o seu bem, então você deveria ir.

— Quanto isso te incomoda?

— Eu não sei — respondeu ele, e a vulnerabilidade que brevemente me surpreendeu foi engolida pela casca do macho alfa. — Não, está tudo bem, Rachel. Faça o que tem de fazer. Nola diz que você está presa nessa história, então se *des*prenda. Vá atrás do seu pedido de desculpas. Destrua esse desgraçado! A quantas anda essa sopa? — Ele se virou para a panela borbulhando no fogão da minha cozinha e provou um pouco. — Caramba, está gostoso. Talvez um pouco mais de sal?

Eu o expulsei. Ele sempre se metia quando eu cozinhava.

— Abre um vinho — falei. — Eles vão chegar a qualquer minuto.

— PROMETE QUE não vai ter vampiros — disse Timothy, olhando para o Quin através do vapor na minha cozinha.

Quin fez uma careta.

— Desculpe, cara. Não posso.

— Ursos pardos? — perguntou Taryn, que tinha feito sua pesquisa. — Eles realmente são encontrados na Transilvânia.

— Não vimos nenhum no ano passado.

Provei a sopa mais uma vez e decidi que estava pronta.

— Ficaremos bem — disse Quin. — *Bem*.

Taryn deu um gole cauteloso no vinho de sua taça, depois um segundo mais entusiasmado.

— *Nossa!* Esse vinho é muito bom. Tem certeza de que é da Transilvânia?

— Tenho — confirmou Quin.

— Vamos comer — falei, colocando a panela na mesa. — Sopa de cominho, salada de pimentão e *cozonac*, o pão doce da Transilvânia.

Timothy atacou o pão. Ele era uma daquelas criaturas malnutridas que poderiam comer por toda a população da Irlanda.

— É com isso que eles vão alimentar a gente? — perguntou ele com a boca cheia de comida. — É algum tipo de paraíso terreno?

Até agora, nós quatro tínhamos feito algumas viagens curtas bem-sucedidas, nas quais ninguém ficava muito para trás ou tinha discussões acaloradas sobre leitura de mapas (ocorrência comum entre pessoas que fazem trilha), então decidimos arriscar uma viagem de seis noites para a Transilvânia.

Quin e eu tínhamos ido em junho do ano anterior. Embora ele preferisse que a viagem tivesse sido mais difícil, ambos tínhamos ficado encantados.

Eu fiquei. Havia prados de flores silvestres, aldeias medievais e castelos altos e pontiagudos, verdadeiramente aterrorizantes à noite. As pousadas variavam de lindas a encantadoramente peculiares.

Só que nessa primeira visita, algumas vezes fiquei frustrada com a rota recomendada, suspeitando de que estávamos perdendo belezas negligenciadas. Então, desta vez, *eu* estava no comando, ajustando e desviando do itinerário do ano passado.

— Colem comigo e eu mostrarei a verdadeira Transilvânia.

— Mas e os ursos pardos, hein? — perguntou Taryn educadamente.

— Farei todo o possível para evitar que sejamos dilacerados por eles. Isso é tudo que posso prometer.

44

Era sexta-feira de manhã e Bronte estava lendo sua história de vida. Eu tinha de admitir que estava *muito* interessada. A pequena tribo anglo-irlandesa era muito diferente do restante de nós. Eram pessoas que tendiam a ser grandes proprietários de terras e ter fortes laços com a Inglaterra, muitas vezes enviando seus filhos para internatos lá.

Bronte tinha mais três irmãos. Era uma filha temporã, bem distante do terceiro filho, o que significava que "a família já não tinha dinheiro". Cresceu no Condado de Tipperary, numa pequena fazenda de criação de cavalos e gado para abate. (Sem motivo claro, Dennis saiu brevemente de sua catatonia para expressar que esse era um empreendimento bom e lucrativo.)

— Você morava num belo casarão? — perguntou Trassa nostálgica. — Com tapeçarias e cortinas lindas?

— Ah, *não*. Era um bangalô dos anos 1970. Todo mundo tinha mais dinheiro que a gente.

— Todo mundo? — perguntei, buscando mais contexto.

— Digo, não as pessoas da cidade...

— Os camponeses — respondeu Chalkie.

— Quero dizer nossos primos, nossos amigos. Sempre fomos os parentes pobres. Era deprimente. Todo mundo ia para os internatos e... não todo mundo na cidade, mas...

— Seus primos, seus amigos — completou Chalkie por ela. — As pessoas que importam.

— E então você foi para a escola local? — perguntei.

— Isso. Como minha família não é católica romana, fui para uma escola da Igreja da Irlanda numa cidade diferente. Não havia número suficiente de crianças em idade escolar para justificar uma escola na cidade em que morávamos. Mas essa escola ficava a cerca de 45 km de distância, por isso, eu não tinha amigos.

— Os camponeses não eram bons o suficiente para você? — perguntou Chalkie.

Bronte lançou um olhar longo e frio para ele.

— Eu teria adorado ser amiga dos camponeses — disse ela calmamente. — Eu *adoro* o povo do campo.

Chalkie corou visivelmente e Dennis se mexeu de sua letargia para resmungar:

— Por que vocês não vão para um quarto?

— Mas... — retomou Bronte — os camponeses desconfiavam de mim. Eles me chamavam de "aquela ricaça da fazenda de cavalos".

— Não é de se admirar, pois seus ancestrais roubaram as terras deles.

— Chalkie, pare — ordenei.

Estava claro que Bronte era a verdadeira excluída. Sua própria tribo a desprezava enquanto as pessoas locais mantinham distância. Mesmo dentro da família, ela estava sozinha: o pai tinha problemas com controle da raiva, a mãe e o pai bebiam muito e o irmão mais próximo era nove anos mais velho.

Mas ela já sabia disso, porque já havia sido revelado durante sua primeira passagem numa clínica de reabilitação. Eu não estava descobrindo nada útil aqui.

Com quinze anos, numa festa de fim de semana com seus primos mais ricos, Bronte teve o primeiro contato com drogas.

— Só haxixe — explicou ela. — Foi muito divertido.

— Só haxixe? — perguntei.

— Comparado à heroína, é "só" — retrucou ela de pronto.

Bronte não se abalava facilmente, isso eu tinha que admitir.

Apenas aos vinte e dois anos, em Londres, foi que ela experimentou heroína.

— O que você estava fazendo em Londres?

— Eu tomava conta da casa da minha tia-avó e trabalhava numa galeria de arte.

— Como você conseguiu esse emprego? — perguntou Chalkie.

— Minha madrinha era a melhor amiga da irmã do proprietário.

— Vocês riquinhos realmente cuidam uns dos outros.

— E como foi a sua primeira experiência com heroína? — perguntei.

— Foi indescritível — respondeu ela, sonhadora. — Uma euforia completa combinada com o maior e melhor sentimento de amor e segurança.

— Sim, é bom, com certeza — murmurou Chalkie.

O próximo evento da vida de Bronte foi conhecer Eden, também anglo-irlandês, mas, ao contrário de Bronte, rico e com títulos.

— Ele disse que eu tinha que parar de usar drogas, e então parei. Nós nos casamos, montamos residência em Riddlesden Hall, tive meus filhos e trabalhava com meus amados cavalos. Tudo estava perfeito.

— Mas de repente você começou a consumir mais drogas seis anos atrás? Qual é a explicação?

— Olha, eu realmente não me lembro. Não tenho certeza... Não sei dizer.

Tive um pressentimento horrível de que Bronte estava apenas seguindo o protocolo. Ela já havia passado por uma reabilitação antes, ela sabia os movimentos certos.

Procurando outra abordagem, falei:

— Conte um pouco sobre seus filhos. Você teve a primeira, Freya, quando tinha vinte e cinco anos?

— Hugo aos vinte e sete e Gerald aos trinta. Então Eden disse que não queria mais, agora que ele tinha dois filhos homens, um herdeiro e um de reserva.

Bronte deu uma risadinha, que logo morreu no ar. Os outros, até mesmo Giles, estavam bem longe do estilo de vida de um herdeiro ou de um provável reserva.

Muito curiosa, perguntei:

— Como é a relação com seus filhos?

— Eu os *adoro* demais — disse ela e, quando estava prestes a dizer mais, parou.

— Mas...?

— Eles estão em internatos na Inglaterra. Bom, exceto Freya, que está fazendo um ano sabático. Não os vejo tanto quanto gostaria. Talvez... umas cinco semanas por ano. Ou seis. Eles vão para um acampamento francês durante as férias de verão.

Minha nossa.

— Com que idade eles começaram a estudar em internatos?

— Sete. Eu sei que parece cedo, mas é assim que se faz. Eden tinha *cinco* anos quando foi pela primeira vez. Ele diz que isso fez dele um homem.

Aquilo soava cruel.

— Antes da sua recaída... O que costumava fazê-la feliz? — perguntei.

— Meus cavalos — respondeu ela, sem hesitação. — Eu sou só uma tratadora, mas adoro. Faria isso o dia todo, todos os dias.

Algo estava errado ali e eu não sabia o quê, mas talvez Bronte fosse uma daquelas pessoas que amava mais animais do que humanos.

NA HORA DO almoço, fui varada pelas estradas secundárias de Wicklow até Enniskerry para pintar minhas sobrancelhas e cílios; ideia da Claire. Ela disse que eu também precisava de uma limpeza de pele e de uma escova antes de amanhã à tarde, para eu parecer "incrível na festa de aniversário do Sr. Costello".

— E chegue cedo — disse ela em tom firme. — Certifique-se de que todos a vejam e depois disso saia de fininho assim que a sala estiver cheia. Compre um presente para o velho, algo incrível, talvez um *test drive* em um Aston Martin. E o que está pretendendo vestir? Você precisa parecer deslumbrante, mas sem esforço.

Ela decretou que eu usasse jeans, uma blusa solta, caída dos ombros e todas as joias que o Quin me deu.

Eu estava completamente de acordo.

— Eu, desfilando no meio da família Costello, exalando uma aura de "olhem só como estou maravilhosa". Foi pra isso que eu vim!

— Exatamente. E você deve transmitir uma coisa meio "Eu não sou uma mera sobrevivente, eu prosperei pra cacete! Olhem só meu cabelo brilhoso e minha pele radiante e minhas roupas adequadas para a idade, mas muito modernas".

— Posso dizer: "Sim, meus jeans *são* absurdamente caros porque têm o corte perfeito. Sim, meu casaco *é* com pluma de ganso; sim, eu *sei* que essa cor realça os meus olhos. Você acha que tudo isso é coincidência?"

— Sem dúvida! "E meus brincos? Ah, sim, são diamantes. Nossa, *você* tem olhos apurados! Foram presente do meu namorado. Namorado, isso! Se o relacionamento é sério? Seriíssimo!". É isso, Rachel. Vai lá e arrasa!

— Arrasa?

— Os jovens estão falando assim. Então, agora nós também falamos.

— Arrasa — tentei falar. — Não sei, não... Claire! Me conta das novidades sobre o swing.

Eu tinha contado a ela sobre Adam revelando sua relutância para mim naquele dia no BanDearg.

— Estou preparando o terreno. Mas é estranho porque a maioria dos homens ficaria radiante com uma oportunidade como essa. Não sei o que há de errado com Adam.

— Ah, Claire... Você e Adam são muito sortudos. Não estrague isso.

— Pare de se preocupar, está tudo ótimo!

45

Gemma Kaye segurava um lenço nos olhos.

— Eu sabia que ela estava bebendo muito. Demais. Mas nunca pensei que ela fosse morrer — disse a pobre mãe da Tegan, a amiga falecida da Harlie.

Era um relato extremamente doloroso de ouvir.

— A polícia batendo à nossa porta naquela manhã de domingo — disse ela, se engasgando. — Foi o pior momento da minha vida.

Quem saberia que tipo de mulher Gemma tinha sido antes de sua vida ser virada tragicamente de cabeça para baixo? Agora estava claro que ela tinha passado por algo devastador. A mulher era um estudo sobre negligência. As roupas pendiam soltas e a pele parecia cinzenta e empoeirada.

— Harlie — disse ela, e seu tom era de súplica. — Se você não consegue fazer isso por você, por favor, faça por seus pais. Não gostaria que outra pessoa passasse pelo que estou passando. Darragh, meu marido, está sem trabalhar desde então. Ele está tomando remédios. Posso te dizer com certeza, querida, que nunca superaremos isso.

O rosto da Harlie estava fechado como um bloco de granito e o pânico me congelou. E se eu não conseguisse ir adiante com ela?

— Se tivesse tido escolha, eu teria morrido no lugar dela — disse Gemma. — Se não fosse por Darragh, eu estaria morta.

Trassa chorava abertamente, e algo estava acontecendo com o Chalkie. A boca dele estava fechada com firmeza, seus olhos saltados, e ele parecia... em choque?

— Harlie, você é jovem — suplicou Gemma. — Você não pode imaginar o que é ser mãe e perder sua filhinha. Não há nada pior nesse mundo, acredite em mim.

Ah, meu Deus, agora eu *estava* prestes a chorar.

— Eu a amava tanto... Sempre vou amar. Tegan sempre será minha garotinha e essa dor nunca vai me deixar.

Fiquei em pé subitamente. Já tinha sido o bastante para todos nós e seria cruel fazer Gemma continuar esse relato por mais tempo. Eu a levei para tomar um chá e, quando ela estava mais calma, coloquei-a em um táxi e a mandei para casa.

Quando voltei, Brianna me abordou.

— Chalkie está te procurando. Ele está lá fora, fumando um cigarro.

Encontrei-o sozinho no jardim, um grupo de outros fumantes lhe lançando olhares preocupados.

— Chalkie? — Meu Deus, o olhar dele. — Vem comigo.

Levei Chalkie até a melhor das salas do consultório.

— Sente-se.

— Eu não consigo — disse ele, a mandíbula travada.

— O que está acontecendo, Chalkie?

Ele andava de um lado para outro.

— Ouvindo aquela mulher... A forma como ela amava a filha. Comecei a pensar na minha mãe. Ela simplesmente... *fodeu* com tudo e me abandonou. Eu não tinha nem *três anos* de idade, Rachel. Que merda.

— Você está com raiva.

Já era hora.

— Estou muito puto — afirmou ele, quase rosnando. — Se ela estivesse aqui agora, eu a mataria.

— Você acha que ela não te amava?

— Obviamente que não — respondeu ele, sua dor tamanha que era difícil de assistir. — Se ela me amasse o suficiente, não teria morrido.

— Mesmo sabendo o quanto a dependência é poderosa, Chalkie? Quem está sob esse domínio não tem escolha.

— Exatamente, por isso que é tão revoltante. Como posso estar com raiva se eu mesmo sou um viciado? O problema é que estou, Rachel, *estou* com muita raiva.

— Você sabe que tem permissão para se sentir assim, não sabe?

Ele revirou os olhos.

— As pessoas, vocês, profissionais da área, me dizem que meu vício é por causa do grande buraco que ficou onde minha mãe deveria estar.

— E?

— Acho simplista demais. "Procurando por um lar." É a conclusão óbvia, não concorda? Mas hoje, aquela mulher falando e essa sensação foi me invadindo e... achei que fosse vomitar.

— A sensação era...?

— De raiva. Estou com ódio, Rachel. Eu quero matar alguém. Não. Eu quero sair por aquela porta, ir até a cidade, comprar um pacote cheio de drogas e injetá-las nas minhas veias.

— Mas você não vai fazer isso. Não enquanto estiver sob minha supervisão.

— Estou falando sério — disse ele, parecendo frenético. — Eu não quero, mas não consigo lidar com esses sentimentos. Eu tenho que fazer alguma coisa.

— Certo — falei, pegando o telefone e discando para a Brianna. — Oi, ache o Giles. Traga-o para a sala sete, obrigada.

— Giles? — disse Chalkie, se engasgando. — O que você quer com aquele idiota?

Levantando um dedo para que ele esperasse, chamei Waldemar pelo walkie-talkie.

— Oi, Waldemar. Sou eu, Rachel. Você pode vir até a sala sete?

— O que está acontecendo? — perguntou Chalkie. — Estou te dizendo, Rachel, eu...

Uma batida na porta anunciou Giles, Waldemar o acompanhando.

— Giles, Chalkie precisa da sua ajuda.

— Eu não preciso de porra nenhuma!

— Waldemar, você tem as chaves do portão? E do galpão? Tem? Ótimo. Pessoal, vamos lá.

Andando rapidamente, afinal, eu tinha marcado um tratamento facial com Carboxy Gun que eu não queria perder, os três homens se esforçavam para me acompanhar, enquanto eu liderava o caminho para fora da propriedade.

Waldemar destrancou o portão até o campo maltratado e nos levou até o galpão.

— Meu Deus! — disse Giles. — É uma academia.

Na verdade não era. Mas um saco de pancada gigante pendia do teto e uma caixa transbordava de luvas de boxe, bolas de tênis, cordas para pular e outros equipamentos básicos de exercícios.

— O que você precisa? — perguntou Waldemar para mim.

— Raquetes de tênis e bolas.

— Tênis? — perguntou Chalkie, incrédulo. — Eu não vou jogar tênis. Principalmente com *ele*.

— Qual é — disse Giles. — Quem perderia a oportunidade de, como você disse, desfilar por aí e gritar *Deuce*?

Eu queria que ele não tivesse dito isso. Chalkie estava perigosamente volátil, era arriscado pra caramba.

Rapidamente, peguei uma raquete e coloquei na mão do Chalkie.

— Vá lá fora e acerte aquela bola. Giles vai te mostrar como é. Faça isso até ficar exausto. Faça até a raiva desaparecer.

— Eu não vou fazer porra nenhuma!

Segurei firmemente o punho dele.

— Faça isso agora, Chalkie! A raiva vai voltar e vai continuar voltando. Quando isso acontecer, você avisa o Waldemar ou o Florian e eles vão preparar o saco de pancadas, ou o Giles vai jogar mais tênis com você. Certo, Giles?

— Com certeza.

— Hoje é sexta-feira — falei firme com o Chalkie. — Estou indo embora, mas, quando voltar na segunda de manhã, é melhor você ainda estar aqui, entendeu?

Absolutamente furioso, ele me encarou.

— Entendeu? — repeti.

Mesmo assim, ele não respondeu.

— Se você sumir... — prometi a ele. — Eu vou te encontrar e vou te matar.

— Ela tem habilidades muito peculiares — disse Waldemar.

Eu recuei. Não era hora para piadas. Mas Chalkie não tinha empurrado Giles ou corrido na direção do portão, então decidi ser otimista.

De volta à casa, informei à equipe do fim de semana que ficassem atentos ao Chalkie e a Trassa, Harlie, Dennis e Ella. Tinha sido uma semana intensa.

Depois disso, saí para minha limpeza de pele.

RISADAS E SONS de gritos surgiram quando abri a porta de casa. Devin devia estar aqui. A menos que Kate tivesse começado a conversar com ela mesma. E, considerando sua genética Walsh, qualquer coisa era possível.

Mas não, lá estavam os dois, na cozinha, fazendo algo.

— Rachel, ei! — disse Kate, parecendo muito feliz.

— Ei! — Devin apareceu por trás dela.

— Ei — falei, e sorri para ele, pensando, *imagina, eu não me incomodo NEM UM POUCO de ouvir seus gemidos de prazer.*

— Fizemos o jantar — anunciou Kate. — Agora só precisa ir ao forno por uma hora. Você vai comer com a gente?

— Claro. Ótimo. Obrigada.

Merda.

— Enquanto isso, um favor? A festa surpresa da vovó... Posso pegar algo seu emprestado?

— Claro! Tipo, se você conseguir encontrar algo que sirva.

Eu não tinha muitas ocasiões para vestidos de festa.

— Posso olhar as coisas vintage no quarto de hóspedes?

Chamar aquilo de vintage era um exagero. Eram apenas roupas antigas que eu não usava fazia anos, mas às quais ainda era apegada.

— É, *talvez* tenha algo lá.

— Legal! Podemos dar uma olhada?

Kate cutucou Devin e os dois subiram as escadas rapidamente.

Não muito depois, Kate chamou:

— Rachel? Você pode vir aqui?

No quarto pequeno, o rosto dela irradiava alegria.

— Este aqui!

Ela segurava um vestido de gala vintage azul-marinho. O vestido era *realmente* vintage, de 1980. O corpete com barbatanas era sem alças e bordado com paetês metálicos, a saia era uma explosão de tule.

— Posso experimentar?

Kate se abaixou para começar a tirar a legging, mas, pudica e corada, ordenou a Devin:

— Vira pra lá.

— Ah, *agora* você está tímida? — disse ele com um sorriso, mas se virou para a janela.

— Vou te avisar a hora em que for para olhar — disse ela para as costas dele. — Rach, você pode subir o zíper?

O zíper subiu facilmente, o tecido brilhante envolvendo a cintura e o torso, seus cabelos ondulados caindo sobre os ombros nus. Ela estava *linda*. Olhando-se no espelho, ela puxou a alça do sutiã.

— Vou precisar de um sutiã sem alças.

Eu nunca me preocupei com sutiã. O começo dos anos 2000 era uma época diferente.

— Dev, pode olhar agora.

Ele se virou... E ficou boquiaberto.

— Gata, você está *incrível*. Sensacional!

— Jura? — Os olhos dela brilhavam como estrelas. — Ainda precisa de... alguma coisa?

— Lenço no cabelo. Cabelo bagunçado e um lenço. E talvez algo em volta do pescoço? Um crucifixo?

Apesar dos barulhos sexuais intrusivos e do desperdício com a água do banho, eu estava começando a gostar do Devin. Se envolver com o visual da namorada com tamanho entusiasmo era admirável.

— Quando você usou isso? — perguntou Kate.

— Para ir a algumas festas de amigos, uns quinze anos atrás, depois que fiquei sóbria e voltei para Nova York. Era o melhor vestido do mundo.

Passando pelos cabides no guarda-roupa, cada novo item destravava lembranças de outra vida. Até que meus dedos encontraram um vestido de seda cor-de-rosa, em cetim deslizante. Eu o tirei, com seu cardigã felpudo curto combinando e uma bolsinha ridícula.

— Meu Deus! Eu amava esse conjunto.

— Muito bonitinho.

Kate não estava realmente interessada, mas eu precisava falar sobre ele.

— Eu o usei no casamento do Johnno e da Elaine, por volta de 2006. Estávamos tão sem dinheiro, eu não tinha nada para vestir, mas Luke vendeu um disco, um dos raros...

— Qual? — perguntou Devin.

— Um do Led Zeppelin... — Eu estava tentando lembrar. — *Houses of the Holy*? Edição Limitada.

— Eita! — Devin fez uma careta. — Sério?

Eu ri.

— Acho que você é muito jovem para conhecer Led Zeppelin, né?

— Com Luke sendo meu tio, não tive como escapar — disse ele. — Deve ter sido *doloroso* vendê-lo.

— Siiim. — Eu ainda estava um pouco sonhadora e deslumbrada, acariciando o tecido escorregadio. — Acho que sim. Mas eu o compensei bem.

Saindo do meu devaneio, notei que os dois pareciam levemente constrangidos e comecei a rir. Agora eles sabiam como eu me sentia.

46

Balançando os cabelos depois de uma escova, entrei em mais uma reunião do comitê. Claire, que estava lá com Francesca e Molly, sua enteada, assentiu, aprovando os meus jeans rasgados e o suéter casualmente desleixado.

— Você está... — Helen virou-se abruptamente. — Está *disfarçadamente glamourosa.*

— Você está usando os brincos laranja engraçados? — perguntou Margaret, ansiosa. — Ah, está. Bem...

— Todo esse esforço só porque vai encontrar seu ex-marido? — Francesca, de dezessete anos, estava cheia de desdém. — Você não acha um pouco *trágico*?

— Não, absolutamente! — disse Molly, gentil e diplomática. — Ela está fazendo a coisa certa. Além disso, Rachel, seus tênis? — Ela juntou o indicador e o polegar para formar um círculo. — Perfeitos.

— Sendo sincera... — falei à Molly. — Eu *sou* trágica, sim, mas tudo bem. Luke me descartou, mas não há necessidade de agir como se eu fosse um lixo.

— Então, Rachel? — disse Francesca. — Você conheceu esse... Devin. Como ele é?

Meus olhos se voltaram para a Claire.

— Sim, eu o convidei para jantar na próxima semana.

— Para conhecer a família — disse Francesca com um sorriso assustador.

— Eu ia pedir pra você ser legal, mas você não vai ser, não é? — falei, sem esperanças.

Ela negou com a cabeça e deu outro sorriso bizarro.

— Eu *vou ser* legal — disse Molly.

— Nós temos muita sorte de ter você, querida — falei. — Ok, lá vou eu para a festa de aniversário do pai do Luke.

— Só um minuto — disse minha mãe. — Se você vai para o aniversário de Brian Costello, Luke pode vir para o meu?

— Não! — respondi, horrorizada com a ideia. — Não, não, não, não e não. Adeus.

PARA MINHA CONSTERNAÇÃO, mesmo que fossem apenas três minutos após as cinco, vários carros já estavam estacionados na espaçosa calçada de Justin e Sarina. Toquei a campainha, que berrou: "Invasor, invasor!", seguida por uma sirene de alerta aéreo.

Momentos depois, Sarina, parecendo estressada, abriu a pesada porta da frente.

— Essa maldita campainha! — disse ela, enquanto me conduzia até o hall de entrada de dois andares para um abraço. — Filhos adolescentes com tempo de sobra. Não sei como reprogramar isso.

— Que bom rever você, Sarina.

Nós já tínhamos sido cunhadas. Não éramos próximas, mas nos dávamos bem.

— Obrigada por me receber hoje e sinto muito por Margie — falei rapidamente, sem saber se deveria ser respeitosa ou comemorar algo.

Meu Deus, pense num climão...

— Eu sei que parece estranho dar uma festinha, mas Brian foi irredutível.

Ela foi balançando a cabeça enquanto me levava por quilômetros de piso de carvalho desbotado até uma enorme cozinha moderna, o paraíso dos tons de cinza e granito. Para neutralizar meu absoluto desconforto em ser uma fracassada, tentei me convencer de que a decoração era "impessoal", embora não fosse. Se eu tivesse feito uma cozinha como essa, ela pareceria tão convidativa quanto uma pedreira. Algumas pessoas têm o dom.

A cozinha "fluiu" para uma enorme área de jantar e de estar de plano aberto, com sofás modulares em camurça cor de pedra e mesas baixas de resina branca, iluminadas por pendentes de vidro cintilante.

Muitas pessoas estavam lá: a irmã do Luke, Vanessa, o marido e os filhos adolescentes; Kate e Devin, de mãos dadas e reluzindo de paixão juvenil. (Kate e eu nos abraçamos como se não nos víssemos há doze anos, em vez de cinco horas.) Em um outro grupo ao redor da cadeira de rodas do Sr. Costello estavam três homens mais velhos.

E, lá no canto da janela, me observando, estava Luke.

Nossos olhares se encontraram e o contato visual durou um tempo além do necessário. Então, em um movimento fluido, ele se afastou do vidro e cruzou a sala.

— Obrigado por ter vindo — disse ele. — Eu... agradeço muito. Quin não veio?

— Ele já tinha planos. Escalada. Então... Melhor eu ir dizer olá ao aniversariante.

E entregar a ele as meias embrulhadas para presente. (Não havia *test drives* disponíveis em nenhum Aston Martin na Irlanda, então, em vez disso, optei por três pares de meias de lã com padrão Argyle.)

Luke me conduziu em direção ao quarteto de homens idosos.

— Garotos... — sussurrou ele aos amigos do Sr. Costello, que se retiraram discretamente.

— Pai, aqui está...

— Rachel!

— Sr. Costello.

— Brian — disse ele, e me indicou uma banqueta de camurça enquanto Luke desaparecia. — Vivo pedindo para você me chamar de Brian. Eu te vi no enterro. Você foi muito gentil em ir.

— Era o mínimo que eu poderia fazer — eu disse, corada. — Ela foi minha sogra. Sempre tão gentil comigo.

— É mesmo? — Eu não conseguia realmente entender o tom dele.

— Feliz aniversário, Sr. Coste... Brian — falei, entregando o presente.

— Você é muito gentil. Ah, Kallie.

Acompanhando o olhar dele, avistei Kallie, de pernas nuas em um vestido camiseta e botas de cowboy, balançando o cabelo para o Justin.

— Me diga. — O Sr. Costello me puxou para mais perto. — O que você acha dela?

— Ela parece... um doce.

O que *exatamente* estava acontecendo aqui?

— Você acha que Luke vai se casar com ela?

— Eu... Sr. Costello, Brian, eu não sou a pessoa certa para responder isso.

— Eu adoraria ver meu filho estabelecido. Feliz.

Ah, pelo amor de Deus! Ele está falando sério?

— Me diga agora, você largou as drogas mesmo?

Espertinho!

— Há muitos anos.

— Bom, bom, bom. Foi realmente muito triste o que aconteceu entre você e o Luke. Nós gostávamos muito de você.

— Eu também gostava muito de vocês.

Eu estava tentando calcular quantas pessoas estavam entre mim e a porta. Seria fácil sair?

— A questão é, quando um bebê morre...

— É, pois é...

Comecei a me levantar às pressas antes que as lágrimas começassem a cair.

— Ah, Rachel — disse ele, tentando pegar minha mão. — Eu não quis chatear você.

O que ele esperava? A única maneira de lidar com a perda dela era mantendo isso guardado.

— O senhor me dá licença um minutinho?

— Justin! — chamou o Sr. Costello de repente.

Meu Deus, não, eu *não* queria um espetáculo.

Sem enxergar nada, fui em direção à porta, esperando escapar sem mais delongas.

— Justin! Luke!

Merda. Luke foi alertado e parecia furioso. Ele deu um passo à frente para bloquear minha saída e viu meu rosto.

— O que ele disse?

— Nada.

— Aham, realmente parece que não foi nada — disse ele, vasculhando a sala e me puxando pela manga. — Vem.

Ele me levou pelo corredor e abriu uma porta que dava para uma sala de estar menor e mais formal, com poltronas primorosas e um sofá duro e com tecido engomado. Apetrechos metálicos brilhantes repousavam ao lado de uma lareira de mármore imaculada, e sobre uma mesa excessivamente polida havia uma disposição artística de fotos da família em molduras de prata.

Para minha surpresa, quase horror, uma foto da Yara entre elas. Luke percebeu e ficou rígido em resposta.

— Merda — disse ele. — Eu não sabia...

Meus portões se abriram. De repente eu não tinha mais forças, nem uma gota, e tudo — as últimas três semanas, os últimos vários anos — caiu sobre mim, me afundando de volta ao passado.

47

— Luke! Luke, vem cá!

Ele colocou a mão na minha barriga e depois me olhou, arregalando os olhos.

— Consegue sentir? — sussurrei.

— Sim. É tipo um... um *tremor*?

— É exatamente isso! — falei. — Como se tivesse uma borboletinha aqui dentro.

Tive uma gestação dos sonhos. No primeiro trimestre, pouco enjoo matinal, toneladas de energia, e a maior parte do meu tempo foi passada flutuando num estado de alegria extasiante.

Deixei de lado minha amada cafeína, comprei todas as vitaminas e os suplementos recomendados pelos diversos blogs sobre gravidez que eu tinha começado a ler e fiz mais uma tentativa de engatar na meditação.

Luke comprou o livro *O que esperar quando você está esperando* e consultava-o diariamente.

— Nesta semana, está do tamanho de um cranberry.

— Amanhã será do tamanho de um blueberry. Nossa frutinha!

Parar na banca de frutas da Mia no Mercado do Agricultor se tornou um evento. Luke pegava, digamos, um morango, dizendo a qualquer pessoa parasse para ouvir que, naquela semana, nosso bebê estava daquele tamanho.

— Desculpe, Mia. Estou bagunçando suas mercadorias, me desculpe — dizia ele depois.

Mia, que eu conhecia das minhas reuniões, congelava sempre que Luke falava com ela. Gentil e bonita, ela me lembrava um ursinho de pelúcia, com seus grandes olhos castanhos emoldurados por cabelos escuros curtos e bagunçados.

Depois, Luke me desviava da bancada dos queijos, olhando com desprezo para qualquer queijo macio que pudesse estar chamando minha atenção.

— Desculpa, cara — dizia ele para Lionel, o queijeiro. — Rachel está grávida! Voltaremos em sete meses.

Carne crua era vista com o horror normalmente reservado aos resíduos nucleares e Luke continuava trazendo coisas aleatórias para casa. Tipo gengibre fresco para o meu enjoo inexistente; ácido fólico, mesmo que eu já estivesse tomando há dois anos; um saco de três quilos de frutas secas mistas.

— Ferro e cálcio — disse, jogando-o no balcão.

No segundo trimestre, minha pele de repente ficou radiante e meu cabelo cresceu em grandes e brilhantes espirais. Em contrapartida, eu explodia em lágrimas por qualquer motivo. Se alguém me cedia o assento no trem, eu chorava. Se alguém *não* me cedia o assento e me deixava em pé durante a jornada de uma hora para o trabalho, eu também chorava. Tudo parecia ser ou *incrivelmente belo* ou *indescritivelmente abominável*.

— E se eu for uma mãe péssima? — eu perguntava aos soluços enquanto Luke acariciava meu cabelo. — Eu sou uma pessoa tão fraca, *tão fraca*.

Quando nos aproximávamos da marca dos cinco meses, Luke disse:

— Meu amor, nós vamos fazer um chá revelação? Gaz me perguntou se faríamos. Ele disse que pode pensar em algo com fogos de artifício.

— Ah, meu Deus, não! Gaz provavelmente explodiria todo mundo.

Gaz destruía tudo o que tocava. Seu apelido era Shiva.

— Além disso — continuei —, eu acho tão cafona. O estilo de vida do Queens já tomou a cabeça do Gaz. Mas lembre-se de que somos do Brooklyn, querido!

Na ultrassonografia seguinte, o radiologista perguntou:

— Vocês querem saber o sexo?

— Claro! — exclamou Luke, mas olhou para mim. — Nós queremos, né?

— Vocês estão esperando uma menininha.

Naquele momento, Luke chorou.

— Alergia — disse ele, enxugando as lágrimas.

Assim que saímos, perguntei:

— Você não está decepcionado por não ser um menino?

— De jeito nenhum! Até porque o próximo vai ser. Mas, enquanto isso, precisamos começar a pensar no nome dela.

TODO SÉRIO, LUKE entrou no nosso quarto.

— Yara.

— O quê?

— Yara. O nome dela! Eu estava lá com o Ebrahim e a Saira. — O casal iraquiano dono da loja de conveniência da esquina. — Eu contei a eles sobre a sensação da borboleta, na sua barriga. "Yara" é "borboletinha" em árabe. É perfeito, não é?

— É, sim.

Meus olhos brilhavam. Tínhamos um nome.

Com sete meses, Anna organizou um chá de bebê para mim na Williamsburg House. A quantidade de pessoas presente foi excepcionalmente alta, com gente que eu não via há *anos*, porque todos esperavam que a Anna fornecesse produtinhos de beleza como lembrança aos convidados.

O que, felizmente, ela fez, sobretudo porque os presentes para a bebê eram vergonhosamente luxuosos. Havia *montanhas* de brinquedos e roupas, além de vale-aulas para Baby Yoga e certificados de árvores plantadas em nome da Yara (de alguns dos habitantes mais alternativos do Brooklyn). Vários amigos elegantes de Manhattan se uniram para comprar um carrinho de bebê Baby Jogger City Mini. Eles insistiram que nenhuma mãe gostaria de ser vista com um carrinho de bebê MacLaren Globetrotter.

— Hum, *obrigada*. Eu não sabia disso.

— Você nunca deveria ter deixado a cidade, amorzinho.

Às vésperas do nono mês, vesti meu macacão de grávida, amarrei meu cabelo com uma bandana vermelha e Luke e eu pintamos o quarto da Yara de amarelo-claro.

— Você nunca esteve tão linda, sabia? — disse Luke. — Você é uma deusa.

— Ah, para! Fala outra vez!

Yara dormiria em um moisés em nosso quarto nos primeiros meses, mas queríamos criar um lindo quarto para ela.

Penduramos cortinas com estampas de girafas e macacos, montamos uma cômoda e enchemos as gavetas com roupinhas minúsculas e fraldas; e então Luke timidamente montou um dossel branco de musselina, de princesa, que prendeu no teto acima do berço dela.

— Eu sei que é muito feminino e que a gente pode ser expulso do Brooklyn por estereotipagem de gênero, mas olha isso! Eu não consigo resistir.

Ele estava tão angustiado que eu ri e o beijei.

Quando terminamos, o quarto estava absolutamente lindo.

— Acho que ela vai aprovar — disse Luke.

— Estou tão animada pra ver o rostinho dela... — falei, e, dominada pelo medo, continuei: — Mas e se eu falhar com ela, Luke?

— Você não vai falhar com ela, sua bobona! Vamos lá, vamos ver se ela está a fim de dançar.

Descobrimos que, se colocássemos música, principalmente o amado Led Zeppelin do Luke, ela ficava muito animada.

Nossa obsessão do momento era observar minha barriga.

— Foi um... cotovelo?

— Um joelho, talvez?

— A gente poderia cobrar ingressos para isso.

48

Na marca das trinta e sete semanas, eu estava começando a desacelerar no trabalho; faltavam duas semanas para o início da licença. Cinco meses era o máximo a que eu tinha direito, três meses não remunerados, mas tínhamos economizado para isso.

A gerência da Hope House ficou um pouco chateada com o tempo de ausência, mas disseram que me aceitariam de volta.

Quando acordei na quinta-feira daquela semana, algo parecia... *errado*. Eu logo notei que não tinha acordado nenhuma vez desde às duas da manhã, e, naquela fase da gravidez, Yara costumava me acordar com suas travessuras várias vezes por noite. Não houve atividade por horas.

— Acorde, minha pequena — pedi, acariciando minha barriga. — Vamos lá, vamos brincar um pouquinho.

Não houve resposta. Eu olhei e olhei, rezando por um joelho ou um cotovelo se projetando para mim, mas nada.

— Luke!

Ele saiu do banheiro, metade do rosto coberto de espuma de barbear.

— O que foi?

— Ela não está se mexendo, ela não me acordou durante a noite. Talvez eu esteja exagerando, mas...

Ele colocou a mão na minha barriga. Em silêncio, nos olhamos, ambos aterrorizados, ambos procurando uma garantia que o outro não poderia dar.

Luke foi até o banheiro, pegou uma toalha e limpou a espuma de barbear do rosto.

— Vamos descer e pegar um táxi.

No caminho para o hospital, Luke segurou minha mão com força enquanto eu começava a barganhar com Deus. Já fazia muito tempo desde que eu tinha começado a acreditar em um poder superior, um que ouvia minhas solicitações específicas com toda a atenção e as executava prontamente, como se fosse um gênio da lâmpada. Eu *sabia* — nos meus ossos, no meu cérebro, na minha alma — que em qualquer situação o melhor resultado pelo qual esperar era a aceitação. Tentar persuadir Deus a realizar algo específico nunca funcionava. Aquela situação, porém, era diferente: era importante demais. *Faça com que ela fique bem*, implorei. *Só desta vez e eu nunca mais vou pedir nada, mas, por favor, me dê, nos dê, isso.*

Isolados pelo medo, assistíamos a legiões de pessoas a caminho do trabalho e as invejávamos. Naquele dia eu queria ser qualquer um, menos eu.

De vez em quando, Luke e eu murmurávamos frases esperançosas um para o outro, oscilando entre a incredulidade e o terror. Silenciosamente, eu implorava para a Yara, "Dá um chutinho, filha! Faça sua pobre mãe aqui se sentir uma boba por entrar em pânico à toa".

Primeiro foi um alívio, depois não foi, o fato de o hospital ter nos levado a sério. Em pouco tempo, eu estava conectada a um monitor e, ah, a onda de *alegria* quando o som de um coração pulsante ecoou pela sala!

— Esse é o *seu* batimento cardíaco — informou a técnica. — Vamos esperar pelo da sua filha.

Ela apertou os botões e ligou e desligou um interruptor, mas não houve outro som.

— Tente outra máquina — pediu Luke com a voz rouca de medo.

Mas, na nova máquina, ainda havia apenas o meu batimento.

Alguém disse:

— Vamos fazer um ultrassom.

Daí pra frente tudo aconteceu muito rápido. Em uma sala diferente, subi na maca, Luke ao meu lado, esmagando minha mão. A técnica espalhou gel na minha barriga e começou a mover a sonda ao redor. Prendi a respiração. Eu estava esperando, esperando, esperando que ela dissesse: "Ela está aqui! Está tudo bem!"

Diga, rezei. *Diga e faça tudo ficar bem*.

Mas um longo momento silencioso passou, e outro. A técnica ainda movia a sonda e seu silêncio durou tempo demais. O pânico em seu rosto era inegável, então eu a ouvi dizer: "Sinto muito." Imediatamente, todos os sons se tornaram abafados e a sala ficou embaçada.

Eu sabia o que ela estava me dizendo, mas não estava pronta para aquilo.

— Ela não está... bem? — me ouvi perguntar.

— Sinto muito — repetiu ela.

— Mas ela estava bem ontem à noite. Diz pra ela, Luke. A neném estava se mexendo e, tipo, tão animada...

Luke era a imagem da desolação.

— Isso está acontecendo? — perguntei a ele.

Olhando para mim atordoado, ele assentiu.

— Não parece que seja verdade.

— Mas é, querida.

Ridiculamente, eu esperava que Luke consertasse a situação. Era ele quem lutava minhas batalhas quando eu não conseguia. Mas aquilo não era conseguir assentos num voo superlotado ou nos mudar de um quarto de hotel barulhento. Aquilo era algo muito diferente e ele não podia fazer milagres.

— O que aconteceu com ela? — perguntei. — O que eu fiz de errado?

Uma obstetra de plantão apareceu de algum lugar. Gentilmente, ela falou:

— Provavelmente nada, querida. Vamos verificar infecções, mas às vezes esse tipo de coisa acontece sem motivo algum.

— O que a gente faz agora? — perguntei, atordoada pelo choque e pela confusão. — Ela ainda está aqui dentro.

A situação me fez pensar nos mineiros chilenos que ficaram presos no subterrâneo. Como tiraríamos minha filha de lá?

Ainda mais gentilmente, ela falou:

— Faremos o parto.

— Como? Se ela não está viva? Isso não faz sentido.

— Nós vamos induzir o parto, você passa por todo o trabalho e, quando ela nascer, você e Luke podem passar um tempinho com ela.

— Mas...

— Você pode vesti-la, tirar fotos, pegar um tufinho de cabelo, podemos tirar as impressões dos pezinhos. Faça uma caixinha de lembranças dela, minha querida. Lembre-se de que você e Luke ainda são os pais dela, que ela ainda é a garotinha de vocês.

A médica fez com que aquilo tudo parecesse uma coisa boa. Mas como enxergar algo de positivo?

Enquanto me preparavam para o parto, um pastor apareceu, carregando uma bíblia e encenando um sorriso "amoroso". Tocando minha mão, ele murmurou:

— Tudo acontece por um motivo.

Jura?

— Deus tem seus propósitos.

Ao meu lado, Luke se inflamou de raiva. Luke, que raramente ficava bravo.

— Ei! — ele cuspiu as palavras. — Agora não, cara.

O pastor pareceu tentar sair elegantemente da situação.

— É sério, cara — disse Luke, ameaçando se levantar.

O pastor bateu em retirada rapidamente.

TODAS AS PREOCUPAÇÕES que eu tinha sobre a dor do parto de repente pareceram tão bobas. Eu teria suportado qualquer coisa para ter minha filha comigo, viva.

Minha lembrança mais forte foi a do silêncio anormal. O nascimento de um bebê sempre pareceu um evento barulhento, talvez como assistir ao Grand National, uma corrida intensa e cheia de adrenalina com muitas vozes diferentes gritando palavras de encorajamento. "Vai lá, muito bom, garota! Mais rápido! Mais forte! Recupere o fôlego, agora empurre *de novo*! Última etapa agora, continue assim. De olho no prêmio, Rachel, de olho no prêmio!"

Mas meu trabalho de parto ocorreu em silêncio quase total.

Em dado momento eu me ouvi contendo meu choro. Então percebi que não era eu quem estava chorando, era o Luke.

Mesmo após o parto, ninguém disse nada. Mas, quando Yara foi colocada em meus braços, uma calma repentina baixou sobre nós. Lá estava ela, nossa garotinha, em miniatura e perfeita. Sua pele estava fria quando deveria estar quente, seus olhos nunca se abririam, mas, ah, a maravilha de suas unhas dos pés minúsculas, seus cílios pretos espetados, seus dedinhos enrolados como camarõezinhos.

— Oi, menininha. Oi!

Luke passou o dedo ao longo da curva da bochecha dela.

— A pele dela é tão macia.

— E olha o cabelo! — Havia um tufo grosso no alto da cabeça, preto como um melro. — Ela puxou isso de você.

O queixo de Luke tremeu.

Inspirei o cheiro da cabeça dela. O mais perfeito cheirinho de bebê.

Lágrimas caíam sobre ela. Lágrimas de nós dois.

— Nós sentimos muito que você não tenha podido ficar, meu amor — eu disse a ela.

— Mas você não deve se sentir mal — completou Luke. — Não foi culpa sua.

Em algum momento, Anna trouxe a mala da maternidade que tinha ficado no corredor da nossa casa nas últimas três semanas. Luke e eu escolhemos um macacão supermacio, com um aplique de coelho e patinhas nos pés, para vestir a Yara.

Conforme nos foi instruído, tiramos muitas fotos, para que pudéssemos nos lembrar de tudo sobre ela. Então uma das enfermeiras sugeriu tirar fotos de nós três juntos.

— Vamos tentar sorrir — pedi ao Luke. — Você ainda é o papai dela, eu ainda sou a mamãe dela.

Na maioria das fotos, Luke e eu parecemos zumbis, mas houve uma em que nossos rostos pareciam mais suaves e amorosos, parecíamos quase felizes; então outra, na qual Luke tinha os olhos fechados e os lábios pressionados contra a testa peludinha dela.

Nos disseram para ficar com ela o quanto precisássemos, mas depois de um tempo Luke disse:

— Querida, precisamos ir agora.

— Mas...

— Querida — repetiu ele, me olhando com olhos vazios.

Entendi. Não poderíamos ficar ali para sempre: um de nós tinha que ser o “vilão”.

— Ela pode vir conosco?

Ele negou com a cabeça. O hospital precisava ficar com ela para tentar descobrir o que tinha dado errado. Ela seria devolvida em breve e faríamos uma pequena cerimônia.

Voltamos para casa sem ela.

49

O vazio uivava dentro de mim. Fiquei no aconchegante quarto amarelo que tínhamos preparado, toquei no berço dela, a textura suave dos lençóis de algodão, as delicadas mantas de bebê tricotadas, tanta suavidade e inocência. No canto havia uma poltrona estofada e fofa, reconfortantemente sólida, para que eu pudesse me sentar e oferecer as mamadas noturnas. Móbiles pendiam sobre o berço dela e o quarto transbordava de brinquedos.

Dias antes eu tinha comprado um pequeno elefante peludo, uma compra impulsiva e alegre porque eu estava simplesmente animada. Tinha havido muito disso, eu comprando coisas para ela só porque queria comprar. Luke também. No fim de semana anterior, ele chegou em casa com uma roupinha de bailarina em miniatura — com todos os detalhes —, uma saia de tule e um par de sapatilhas de cetim. ("Sim, é rosa. Foi mal. Culpa do Gaz, ele é um bobão, ainda pior do que eu.")

Tudo acabou. Tanto tempo gasto na expectativa daquele evento maravilhoso que era o nascimento de uma pessoa completamente nova. Mas nada disso aconteceu e nunca iria acontecer.

Minha cabeça entendia, mas meu coração, não. E nem meu corpo, porque começou a vazar leite das minhas mamas. Olhei, sem emoção, para as duas manchas molhadas na camiseta.

— O que eu faço? — perguntei ao Luke.

Ele se lançou nas informações que nos entregaram.

— Compressas de gelo — disse ele, lendo de um panfleto. — Ibuprofeno para o desconforto. Deve passar em alguns dias.

Mas eu não queria que passasse. Era uma maneira de eu continuar sendo mãe da Yara.

Nossos celulares estavam abarrotados de mensagens, mas as palavras não ressoavam em mim porque eu ainda não acreditava que aquilo estivesse acontecendo. Eu não acreditava que era para *mim* que todos diziam "o choque e a dor vão diminuir com o tempo".

Qualquer pessoa pode ser atingida por uma tragédia, eu sabia que não estava imune, mas ainda assim, estar do lado oposto nesse caso, ser o objeto da pena em vez de ser quem consolava, parecia completamente errado.

— Vai se foder, cara! — explodiu Luke, olhando furiosamente para o telefone. — Tudo acontece por um motivo? Por que as pessoas continuam dizendo isso? É ridículo!

A raiva dele era perturbadora. Percebi que Luke e eu estávamos no fundo de um abismo, presos um ao outro. Ninguém mais poderia entrar ou sair. Por um breve momento, foi aterrorizante.

— Luke, as pessoas estão tentando ajudar.

— Ajudar? Ajudar como? Nós perdemos tudo.

— Ainda temos um ao outro.

— Aham, ok.

Cansado, ele me abraçou.

Ainda faltavam duas semanas para o início da minha licença, mas tive que ligar para o meu trabalho e dizer que precisava sair imediatamente. É claro que era um inconveniente, mas minha chefe me tranquilizou: "Fique o tempo que precisar."

Ela não quis dizer isso literalmente, é claro. Era apenas mais uma coisa sem sentido que as pessoas falavam, como "beba muito líquido". Em uma semana ou dez dias, alguém do RH ligaria para determinar uma data de retorno. Mas eu me preocuparia com isso depois.

Lembranças da Yara estavam por toda parte. No banheiro, fiquei chocada com a banheirinha que estava dentro da nossa banheira maior. Ela não seria necessária agora. Nem a pilha de brinquedos de banho, esperando por ela para brincar. Nem a bomba de amamentação que Olga Mae tinha me emprestado, nem as mamadeiras, o esterilizador ou o tapete de secagem.

Meus braços doíam com o vazio. *Literalmente* doíam. Eu tinha ouvido a frase mil vezes e pensava que era apenas um ditado, mas os músculos dos meus braços de fato doíam. Pior do que isso, porém, muito pior, era a suspeita de que tudo isso era minha culpa. Assim que os primeiros sinais de alarme em relação à Yara começaram, uma velha voz interior tinha soado, me dizendo que eu não merecia coisas boas. Como pessoa, eu era muito falha, muito defeituosa, para atrair e manter qualquer coisa que fosse pura. Ou talvez eu tivesse feito algo na minha vida antiga, na do vício ativo, que fez do meu corpo um lugar inseguro para um bebê.

NO SEGUNDO DIA da nossa nova vida, Luke disse:

— Você não acha que deveria ir a uma reunião?

Era uma coisa óbvia. Não importa o que aconteça na vida de um dependente em recuperação, de bom ou ruim, uma reunião sempre é importante para manter o equilíbrio emocional.

Mas a ideia de sair do apartamento, de sair para o mundo quando eu ainda estava tão vulnerável, me parecia estranha, então Luke ligou para minha madrinha, Olga Mae, que veio me buscar.

Sentada em cadeiras duras numa antessala de igreja, Olga Mae ficava me tocando com o cotovelo para que eu compartilhasse minha história. Em dado momento decidi fazê-lo, mas dizendo o mínimo possível.

— Perdi minha bebê. Estou enlouquecendo, mas não vou tomar nada para acabar com a dor.

Em seguida, fui cercada por pessoas bem-intencionadas que me lembraram de que outros dependentes tinham sofrido perdas insuportáveis e não haviam recaído. Eles insistiam que eu poderia sobreviver a isso e permanecer limpa, contanto que eu buscasse ajuda. Toda hora me diziam: "Não se esqueça de que você é dependente."

— Eu não vou esquecer — eu respondia, mas a intensidade deles era exaustiva.

De volta para casa, no banheiro, falei ao Luke:

— Vamos ter que... — Indiquei a banheira, os brinquedos. — Não podemos ficar com essas coisas, podemos?

— Claro que podemos. Vamos colocar tudo no guarda-móveis... Porque nós vamos... Quer dizer, nós vamos ter outro, né?

Mas como poderíamos ter outro quando a amávamos tanto? E como eu sobreviveria a outra gravidez e à certeza de que isso aconteceria novamente?

50

Na sala de estar da Sarina, eu me sentei numa poltrona, meu corpo se dobrando sobre ele mesmo, me afastando ao máximo possível do Luke. Solucei e solucei e solucei.

— Desculpe — falei com a voz rouca. — Eu sinto muito mesmo.

— Me desculpe também. Nunca teria trazido você aqui se soubesse da existência dessa foto.

Ele estava na beirada do sofá, inclinando-se para a frente, bem dentro do meu espaço pessoal, mas sem me tocar. Eu só precisava parar de chorar, então conseguiria ir embora.

— Fique aí, não se mexa.

Luke se levantou rapidamente, saiu da sala e voltou minutos depois, rasgando folhas de um rolo de papel-toalha. Pressionei-as contra minha pele salgada.

— Queria conseguir chorar — confessou ele.

Eu o olhei nos olhos.

— Eu queria conseguir parar.

Ambos demos uma risadinha fraca e baixei o olhar.

— Rachel? — O tom dele me fez olhar para cima. — Só porque não estou chorando não significa que eu não sinta.

— Eu não pensei nisso. Não acho isso.

— Você provavelmente acha que eu... Eu sei que você deve me odiar.

Surpresa, falei:

— Bem. Quer dizer...

— Você precisa saber que perdê-la me mudou para sempre. — De repente, lá estava ele. O homem que eu costumava conhecer, sofrendo, mas ainda ele. — Não tive escolha em nada disso. Eu estava impotente.

— Ah...

— Por favor, acredite em mim. — O olhar do Luke era mortalmente sério e os pelos do meu pescoço se arrepiaram. Aquilo, entendi de repente, era um pedido de desculpas, o pedido pelo qual esperei por seis anos. Havia sinceridade em seus olhos. E culpa. — Se as coisas pudessem ter sido diferentes... *Eu* queria ter agido diferente.

A tão esperada admissão do remorso não tinha nada a ver com minhas fantasias mais loucas, mas Luke me deu uma razão crível para o motivo pelo qual tinha parado de me amar.

— Muitas vezes me perguntei... — disse ele. — Você sabe como é...

Mas algo estava acontecendo do lado de fora da janela, algo que não podia ser ignorado.

— Luke. Um segundo, um segundo — falei, já correndo para abrir as cortinas. — É um arco-íris! Vem ver.

Me virei para ele.

— O arco-íris é *ela*. Eu os vejo em momentos importantes da minha vida, eu sei que parece loucura, mas é ela, Luke. Ela está *aqui*.

— Você está falando sério?! — exclamou ele, parecendo surpreso e quase desconfortável.

— Com certeza.

Ele franziu a testa.

— Então, você não...

Uma batida suave soou na porta, que imediatamente foi aberta por (zero surpresa) Kallie.

— Pessoal! Só vim checar se vocês estão bem.

Luke já havia colocado vários metros de espaço vazio entre nós.

— Estamos bem, tudo bem.

Kallie segurou meus ombros.

— Sogros, né! Brian é um dos bons, ele só não tem muita noção de limite.

Desconcertada, concordei com a cabeça.

— Eu teria trazido uma taça de conhaque para você, mas... — Kallie deu de ombros. — Você não pode beber. É uma pena. — Ela se virou para o Luke. — E você, querido? Algum remedinho?

— Estou bem, Kal, obrigado.

— Acho melhor a gente... — falei, e comecei a me mover em direção à porta.

DESCENDO A COLINA em alta velocidade, aliviada como se tivesse fugido da prisão, liguei para o Quin para dizer que estava a caminho.

Assim que entrei na casa dele, anunciei:

— Foi a última vez! Não vou vê-lo de novo.

— E por que isso?

— Ele pediu desculpas — expliquei para o Quin. — Quer dizer, não foi o rastejar que eu sempre quis. Mas ele me deu uma explicação plausível. É o suficiente.

— Que bom. Que *ótimo*. Você está bem?

— Estou. Acho que estou.

— Vem aqui — disse ele, me puxando para si.

Eu estava saindo com o Quin havia várias semanas quando contei sobre a Yara. Eu precisava ter certeza absoluta de que ele entenderia.

— Eu nem consigo imaginar... — dissera ele, visivelmente consternado. — Eu amo tanto meus filhos e se algo acontecesse com eles... Não tenho certeza se superaria. Nossa, Rachel. — Ele balançara a cabeça. — Você realmente passou por muita coisa.

Ver a vulnerabilidade dele me surpreendeu. Sem dúvida, aquilo nos uniu de forma mais amorosa e, embora Quin nunca tentasse se envolver em meu luto, ele sempre foi solícito e gentil.

— O que você gostaria de fazer hoje à noite? — perguntou ele. — O Dr. Quin sugere repouso na cama.

— Ele sugere isso agora? — perguntei, rindo. — Bem, a Dra. Rachel concorda.

— Espera... Que *tipo* de repouso a Dra. Rachel está prescrevendo?

— O tipo gostoso — provoquei. — O melhor tipo.

Mais tarde, deitados na cama, conversávamos distraidamente sobre coisas aleatórias, quando mencionei o estranho lance do crédito na Zara.

— O quê? Essa mulher é uma aproveitadora.

— Sei lá, acho que ela só está meio sem dinheiro.

— Ah, Rach… E aquela história do preservativo? Mesmo que fosse verdade, pedir logo a *sua* ajuda foi suspeito. E ela não veio preparada para pagar pela consulta, nem me pagou de volta. Eu não ligo, porque posso pagar. Mas fazer isso com a Kate é muita sacanagem. Vai por mim, Rach, essa mulher é uma aproveitadora.

— Ah, será?

— Ela é simpática, não estou dizendo que não. Ela é divertida. Mas é uma golpista.

— Acho que o Luke não ficaria com uma pessoa assim.

— Ué, ele poderia. — A certeza do Quin era surpreendente. — Tipo, ele não é o cara mais inteligente do mundo, é? O Luke.

Ele não era?

Ok, ele não era nada como o Quin, que estava sempre ligado nas notícias e em cultura popular, consumindo tudo com uma fome impaciente, tentando captar a essência das coisas o mais rápido possível. Diferente também do Quin, o Luke tinha uma tendência a pensar o melhor das pessoas até que provassem o contrário. Bem, ele ao menos tinha sido assim no passado, agora poderia estar diferente. Mas isso não justificava dizer que ele "não é o cara mais inteligente do mundo".

Mas fiquei quieta. Quin tinha direito a ter a opinião dele. Além do mais, seria estranho se eu discordasse abertamente para defender o Luke.

51

Após a morte da Yara, Luke tirou uma semana de folga do trabalho, enquanto seu sócio, Gustavo, cuidava das coisas. Mas, depois, ele teve que voltar. Eu, por outro lado, me via incapaz de sair da cama. Minha tristeza era insuportável.

Era impossível parar de percorrer mentalmente o cronograma da gravidez, indo e voltando ao longo dos meses, procurando o ponto de ruptura, o momento em que eu tinha feito algo que a prejudicou. Teria sido o voo longo para a Irlanda? Mesmo que eu só estivesse grávida de cinco meses na época, será que tinha sido seguro? Será que tinha sido a química da tintura de cabelo? Eu tinha retocado as raízes um pouco antes de descobrir que estava grávida e... Será que foi nesse momento que o dano foi causado? Ou teria sido alguma coisa que eu comi?

Eu chorava sem parar o dia todo, todos os dias. Luke chegava do trabalho e me encontrava exatamente onde tinha me deixado oito horas antes.

— Me desculpe. Isso é péssimo, eu sei, mas não consigo me controlar.

— Está tudo bem — dizia ele, exausto. — Está tudo bem.

Quando a inevitável ligação do RH chegou, falei que ainda não conseguia voltar.

— Vocês podem continuar com a terapeuta que cobriu minha licença maternidade?

— Ah... sim, acho que sim.

Mas para isso eles precisariam de um laudo do meu médico. Luke me ajudou a entrar no chuveiro para tomar meu primeiro banho em seis dias.

A Dra. Carlotta Esposito era nossa médica de família havia cerca de três anos e era a bondade em pessoa. Depois de redigir o laudo, que dizia que eu não estava fingindo minha condição pós-traumática, ela me ofereceu antidepressivos.

Eu estava relutante.

— Não sei... Não me sinto deprimida. Isso é luto, certo? Eu não deveria simplesmente *sentir* isso?

— Mas olhe só para você, Rachel! — Ela acenou com a mão para meus olhos inchados, minhas calças de moletom largas, minha pele sem cor. — Você não está bem.

— Carlotta, você sabe que estou no NA, não sabe? Eu não posso tomar esse tipo de medicamento.

— Antidepressivos não são viciantes, não alteram o humor. Bem, um pouco talvez, mas a mudança é sutil e lenta, é difícil abusar deles. Também não vão deixar você chapada. Mas você decide. Estou aqui se precisar de mim.

Depois de me oferecer algumas informações sobre grupos de apoio para pais enlutados, fui dispensada.

Graças ao laudo, a Hope House me deu três meses de licença com salário integral e, sim, isso foi um alívio. Seria impossível voltar naquele momento porque eu literalmente não conseguia parar de chorar.

Todos os dias, eu dizia para mim mesma, *amanhã vai ser melhor. Amanhã eu vou me levantar, vou arrumar o apartamento, vou a uma reunião, vou me sentar no parque e deixar o sol bater no meu rosto.* Mas, o dia seguinte chegava e eu ficava na cama, engasgada em lágrimas, procurando o momento em que tinha feito algo que a tinha machucado.

Eu não tinha ido a nenhuma reunião desde aquela primeira com a Olga Mae, e, quando Nola soube, disse que estava vindo para Nova York. Eu falei:

— Agora, não. Não estou em condições de ser cuidada.

— O que isso significa?

Significava que a presença dela me pressionaria a agir. E eu a amava demais para deixá-la pensar que estava falhando comigo. E mais: Luke e eu estávamos atordoados, desconectados. Ter outra pessoa entrando e saindo da nossa casa só tornaria as coisas mais difíceis.

Mas eu não queria preocupar Nola, então prometi ir às reuniões.

Meu maior medo era qual seria o veredito do hospital sobre a morte da Yara. Aterrorizada, eu me perguntava se o motivo teria sido simplesmente *eu*. Se tinha sido loucura esperar que uma pessoa defeituosa como eu pudesse fazer algo tão bonito e amoroso quanto dar à luz uma criança.

Havia anos que esse ódio de mim mesma não tinha mais controle real sobre mim, mas ele estava de volta, à solta. Havia momentos em que eu me perguntava se meu vício de alguma forma tinha danificado meu organismo, tornando-o incapaz de manter um bebê vivo. Com mais frequência, no entanto, meu medo era que o defeito fosse minha personalidade, meu espírito, qualquer que seja a essência que compõe uma pessoa.

Medo e vergonha me mantiveram suspensa em um silêncio cada vez mais difícil de suportar e, no fim, desabafei para o Luke.

— Acho que a culpa é minha, Luke. Ela sabia que não estava segura para nascer porque sou uma inútil.

— Isso... — Ele franziu a testa. — Isso é loucura, Rachel. Pare com isso. Não diga coisas assim.

— Só estou com medo de que...

— Não!

Eu deveria ter ficado feliz por ele não me deixar ser menosprezada, mas como ele não quis prolongar o assunto, não consegui me livrar da sensação terrível de que talvez ele compartilhasse minha preocupação.

E, quando o médico simpático finalmente ligou, as notícias não poderiam ser piores: não encontraram motivo para a morte da Yara.

Ele estava ansioso para enfatizar que, às vezes, aquilo simplesmente acontecia. Mas, se não havia causa óbvia — nenhum vírus, nenhum coágulo —, então, definitivamente, a culpa era minha.

Contar ao Luke foi difícil.

— Me desculpe — sussurrei.

— Por quê?

— Deve ter sido algo que eu fiz. Ou talvez seja apenas *eu*.

As lágrimas me sufocavam.

— Não é culpa sua.

Ele me abraçou, mas não antes de eu ver seus olhos vazios de expressão.

* * *

ENTÃO VEIO O enterro. Luke de terno. Aquele caixãozinho branco. Luke lendo um poema dilacerante.

Lembre-se de mim quando eu me for,
For embora para a terra silenciosa;
Quando você não puder mais segurar minha mão,
Nem eu ao virar para partir, mas querendo ficar.
Lembre-se de mim quando não mais, dia a dia,
Você me falar do futuro que planejou para nós.

Eu não sabia como era possível sentir tanta dor e ainda estar viva.

AS PESSOAS REAGIRAM de maneiras diferentes à não chegada da Yara. Algumas simplesmente desapareceram (só uma mulher do meu grupo de pré-natal entrou em contato). Outras, pessoas que eu mal conhecia, tentaram se convidar para nos visitar e ofereceram clichês sem sentimento quando neguei.

Os presentes continuavam chegando. Limonada de flor de sabugueiro, caixas de chás especiais, doces, potes de sorvete. Meus colegas da Hope House plantaram uma árvore em memória da Yara. Os Homens de Verdade — um número considerável se somássemos os membros das Listas C, D, E e F — doaram uma boa quantia para uma instituição de caridade infantil.

As pessoas mais legais perguntavam: "Você consegue receber visitas? Simplesmente diga se não suportar." E eu sempre dizia. Não importava o quão gentis elas fossem, o fato permanecia: nossa tragédia nos tirou do meio da multidão e nos colocou numa ilha desabitada, onde as pessoas podiam nos ver, mas nunca nos visitar.

Nós éramos os que haviam recebido o golpe a fim de poupar os outros, como se houvesse apenas um número xis de tragédias para distribuir. As pessoas nos agradeciam, mas também tinham medo de se aproximar demais, com receio de que a má sorte fosse contagiosa.

52

Então, parei de dormir.

Na noite da véspera da data prevista para o parto, fiquei pensando em tudo o que estaria acontecendo se não tivéssemos sido tão azarados: minha bolsa rompendo, de preferência em algum momento digno de filme — talvez no metrô voltando do trabalho? —, as contrações começando; a corrida louca para o hospital com Luke; a alegria inocente daquele momento. Até a dor teria sido gloriosa! Eu suando e gritando, Luke me encorajando, a equipe médica entrando e saindo fazendo seus exames — e, por fim, o emocionante milagre de uma nova vida chegando ao mundo.

Passei a noite inteira pensando "no que poderia ter sido" e, quando o Luke acordou de manhã, eu não havia pregado os olhos, nem por meia hora.

Naquele dia, dormi um pouco à tarde, mas, quando a noite chegou e Luke se jogou na cama, desajeitado pelo excesso de uísque, minha mente começou a disparar novamente, repassando tudo. Pela segunda noite seguida, o sono me escapou. Depois de tentar relaxamento muscular progressivo e ouvir uma meditação guiada, nenhum dos dois funcionou, eu me levantei, me sentei no sofá, assisti a cinco episódios de *As Super Gatas* e teria continuado assistindo indefinidamente se Luke não tivesse acordado para ir ao trabalho.

— Amor...? Você não conseguiu dormir de novo? Literalmente nem um piscar de olhos?

Ele se sentou e segurou meu rosto entre os dedos espalmados.

— Ontem e hoje. Foram os piores dias. Eu fiquei pensando no que poderia ter sido.

— Você também?

— É *claro*. Mas vamos superar.

Depois que ele saiu, eu me levantei, me lavei, me vesti — o que por si só já era um feito impressionante — e fui até a loja de produtos naturais; comprei spray de lavanda, uma mistura calmante de óleos de banho e adesivos para pontos de pressão que induziam ao sono.

Novamente, à tarde, caí num sono profundo e sem sonhos por quase três horas. Acordei em um mundo cheio de perdas.

Nas três semanas desde que Yara partira, Luke vinha bebendo mais do que o normal. Ele ficava acordado até tarde, ainda com a roupa do trabalho, com sua garrafa de Jack Daniel's. Eu não o culpava. Nunca me importei com o fato de ele beber e, mesmo com toda aquela dor, eu não queria ficar bêbada nem chapada, só queria dormir.

Apesar de encharcar meu travesseiro com spray de lavanda, tomar um longo banho com óleos perfumados e usar os adesivos de pontos de pressão, uma terceira noite quase inteiramente em claro se seguiu. Sempre que eu estava quase adormecendo, eu me lembrava de que Yara tinha morrido e, com uma explosão de adrenalina, a vigília se instalava mais uma vez.

No dia seguinte, fui a uma reunião do NA. Minha dor de cabeça era como ter uma tira de cobre apertando o meu crânio. Uma chuva de lugares-comuns caiu sobre mim e, quando o orador me convidou para compartilhar minha história, tudo o que consegui dizer foi:

— Não consigo dormir e realmente quero. Preciso de um escape.

Assim que a reunião acabou, fui cercada e sobrecarregada de conselhos. "Seja forte, Rachel. Aguente." Inúmeras vezes me disseram que os comprimidos para dormir eram bons para pessoas normais, não para mim. "Eu sei, eu sei", respondi antes de fugir para a consulta de acupuntura.

— Faça a sessão mais intensa possível, por favor. Eu preciso dormir esta noite — pedi ao Sr. Lee.

Com a ajuda do Dr. Google, eu tinha identificado a causa da minha insônia: Yara tinha morrido enquanto eu dormia. Enquanto eu estava nos braços de Morfeu, deixei minha pequena morrer. Fazia todo o sentido, e eu tinha dúvidas se seria capaz de voltar a dormir tão cedo.

Naquela noite, Luke tinha chegado há pouco quando o interfone tocou. Olhamos um para o outro com cautela. Não tínhamos a menor condição de lidar com um visitante "bem-intencionado". Então meu celular apitou com uma mensagem.

— É a Mia — falei. — Ela está lá embaixo, na portaria. A Mia da banca de frutas, do NA.

— Ah? Ok. Você quer que ela suba?

Na verdade, não, mas senti que ela deveria.

— Ei! — disse ela quando chegou, afobada e se desculpando, seu rosto de ursinho de pelúcia ansioso, seus olhos castanhos enormes. — Não quero incomodar, Rachel. Só preciso te dar algo e depois vou embora.

Sua franqueza era difícil de resistir.

— Entre.

Ela já estava tirando algo da bolsa a tiracolo verde-musgo, que usava transpassada sobre uma jaqueta de couro vermelha e o que parecia ser uma calça de terno masculino. Mia era uma combinação atraente de fofa e descolada.

Quando entrou na sala de estar, Mia avistou Luke, com os três primeiros botões da camisa abertos, o cabelo bagunçado, e falou:

— Desculpe interromper...

— Você não está interrompendo nada — disse Luke. — Oi, Mia.

Ela acenou para ele, seu rosto corando.

— Ei.

— Você quer se sentar? — perguntei.

— Na verdade, não. Vai ser rápido.

Esta era a deixa para Luke sair para que Mia e eu pudéssemos conversar em particular, mas ele não se mexeu.

— Na reunião de hoje você disse que não está conseguindo dormir, certo? — Mia colocou um pequeno pote em minhas mãos. — Melatonina. É um composto natural, não viciante. Seguro para você e para mim. Isso pode ajudar.

— Obrigada.

Fiquei emocionada e de repente esperançosa. Como eu não tinha pensado na melatonina? No passado, eu a tinha usado para o *jet lag*, mas não tinha pensado em usá-la para a insônia.

— Tenho dificuldades para dormir — explicou Mia. — Sempre tive. Tentei de tudo. Como você sabe, Rachel...

Mia tinha chegado ao NA depois que a dependência em Ambien e Xanax levaram-na ao fundo do poço.

— Ah, eu também trouxe... — Ela tateou na bolsa e tirou uma caixinha com cerejas escuras e brilhantes. — São de hoje.

Luke deu um passo à frente para pegá-las.

— Espero que a melatonina ajude, mas, se não ajudar, fique sabendo que ninguém nunca morreu por falta de sono.

Enquanto se virava para sair, foi com grande sinceridade, com o olhar passando do meu rosto para o de Luke, que Mia disse:

— Sinto muito mesmo pelo bebê de vocês. Isso é terrível.

A porta se fechou com um estrondo.

Por um breve momento, Luke e eu ficamos em silêncio, ele segurando a caixinha de cerejas; então, com um vestígio de sorriso, ele falou:

— Que legal da parte dela.

53

No parque, mantive meu rosto voltado para o sol e implorei para que seus raios fizessem a mágica na parte do meu cérebro que controlava o sono. Luz do dia; aparentemente era disso que eu precisava. Com o tempo que eu vinha passando dentro de casa, talvez não fosse surpresa eu estar com insônia.

Ninguém nunca morreu por falta de sono, Mia tinha dito. Talvez não, mas uma pessoa pode enlouquecer por não dormir. Na noite anterior, a quarta sem dormir — mesmo depois de tomar a melatonina da Mia —, me senti presa como um rato na própria cabeça, onde o tempo corria em saltos. Eu esquecia o que tinha acontecido, pensando que ainda estava grávida, esperando para dar à luz, para no fim descobrir que tudo tinha acabado, que eu não tinha bebê algum, então, eu caía no desespero.

Rezei e rezei pedindo por sono, para não enlouquecer.

Pela manhã, quando Luke me trouxe chá, senti que ele parecia mais leve de alguma forma.

Arrastei-me para me sentar, exausta e enjoada.

— Você não dormiu? — perguntou ele, muito surpreso. — Nem com a melatonina? Quer dizer que da meia-noite às sete da manhã você literalmente não cochilou nenhuma vez? Você tem certeza?

Pela primeira vez, Luke pareceu impaciente.

O calor no meu rosto diminuiu. O sol havia se escondido atrás de uma nuvem, então, abri os olhos e olhei ao redor do parque. Era um lugar pequeno e desajeitado, mas era o mais próximo do nosso apartamento.

No parquinho, um homem com um pequeno volume preso ao peito, enrolado por tiras de pano, estava sentado no balanço. Suavemente, ele ia para a frente e para trás, falando com aquela protuberância...

... e por um momento eu me perguntei se aquilo realmente *era* um bebê? E se ele estivesse conversando com um saco de batatas ou com uma camiseta enrolada numa bola? Era uma ideia estranha, quase engraçada e, talvez, tivesse a ver com o fato de eu não ter dormido nada em cinco dias — tudo parecia fora do lugar, ligeiramente louco, como se eu estivesse sonhando.

Então, avistei um bebê num carrinho vindo na minha direção. Meu primeiro impulso foi de me levantar e sair correndo — eu tinha medo de me aproximar demais do que havia perdido —, mas uma terrível fascinação me manteve congelada no lugar. O carrinho chegava cada vez mais perto, a mãe andando animadamente e cantarolando uma música.

O bebê estava perto o suficiente agora para que eu pudesse tocá-lo. Fizemos contato visual enquanto ele passava, talvez tivesse uns três meses, rechonchudo e cheio de leite.

Em um segundo ou dois, o carrinho se foi. Observei a mãe se afastando com suas sandálias de cortiça Birkenstocks, imaginando como seria se eu fosse ela, com seu bebê saudável. Aquela mulher sabia o quanto era incrivelmente abençoada? Por um momento tive a impressão esquisita de que ela estava contraindo deliberadamente as nádegas a cada passo que dava. Deduzi que isso explicava a animação de sua caminhada. Não era felicidade, como eu tinha pensado de início, mas uma tentativa de "voltar ao corpo pré-gestação".

Meu próprio corpo estava longe de ser o que era antes do bebê. Talvez a mulher me emprestasse o dela um pouquinho, para que eu pudesse caminhar e contrair minhas nádegas... Do nada, fui tomada pelo medo de que o bebê no carrinho morresse por ter estado perto de mim. Que eu era, de alguma forma, tóxica.

No parquinho, o homem e seu bebê ainda estavam no balanço. E se aquele também morresse? E aquele outro, sendo amamentado sobre a grama? E se tudo fosse rastreado até mim? Porque *poderia* acontecer. Eu já tinha sido responsável por uma morte.

Eu sabia que estava ficando louca. Com tanta privação de sono, não era surpresa. Mas uma parte de mim realmente acreditava nisso e essa parte estava aterrorizada.

Aquilo não podia continuar.

Levantei-me e fui direto para a farmácia, onde comprei uma caixa de Unisom. Comprar medicamentos era um território perigoso para mim, mas eu estava desesperada. Unisom era horrível, um anti-histamínico que me deixaria com a boca seca e nenhuma sensação feliz, mas poderia me fazer dormir.

Mas eu não podia contar para o Luke.

Não podia contar para ninguém. Tomei o comprimido às 22h50, cochilei e acordei duas horas e treze minutos depois, com a boca seca como algodão. E foi isso.

Deitada no escuro, eu estava silenciosamente histérica. Onde isso iria parar? Sério?

Minha mente começou a repassar o dia, focando no bebê no carrinho. E se, em casa, em seu apartamento, ele tivesse começado a apresentar febre alta? Ou tivesse dificuldade para respirar?

Um arrepio de terror me dominou. Talvez já estivesse no hospital, sua mãe e pai doentes de preocupação?

Isso era bobagem, eu *sabia* que era, eram só delírios causados pela privação de sono. Mas e se não fosse?

Minha mente pulou do bebê anônimo no carrinho para o pequeno Carter, filho da minha amiga Olga Mae. Com um aninho e bonito como um botão de flor. E se ele morresse?

O pânico aumentou e precisei sair do quarto e ligar a TV, o que me acalmou brevemente. Mas em pouco tempo o medo voltou a se acumular até eu estar convencida de que Carter estava em perigo.

Era melhor ligar para Olga Mae.

Não, não. Carter estava bem e eu só precisava dormir um pouco.

Mas e se a manhã chegasse e com ela a notícia de que Carter estava morto? Assim que tive esse pensamento, peguei meu celular.

— Rachel...?

— Você pode verificar o Carter? Ver se ele está bem?

— São cinco da manhã. O que está acontecendo?

— Só vai dar uma olhada nele. Por favor.

— Claro — disse ela. Segundos depois: — Está tudo bem. Ele está dormindo. Ele está bem.

— Respirando normalmente? Sem febre?

— Sim, tudo normal. Rachel, o que está acontecendo?

— Nada. Obrigada, Olga. Volte a dormir.

O pico de alívio ao saber que Carter estava seguro durou pouco, porque de repente eu estava preocupada com o Luke. Fui para o quarto em silêncio e, para minha surpresa, não consegui ouvir a respiração dele. Eu me aproximei furtivamente. Luke estava quieto, o peito sem movimento.

Coloquei minha mão sobre a barriga dele, tremendo de medo de encontrá-la fria. Luke estava quente ao toque, mas, se tivesse acabado de morrer, ele ainda não estaria frio... De repente, ele acordou com um susto e, quando me viu parada sobre ele, pareceu aterrorizado.

— Rachel! O que vo...?

— Você está vivo?

— Sim! O que está acontecendo?

— Luke, eu matei nossa filha?

— O quê? Querida, não! — Ele me puxou para a cama com ele. — É claro que não. Vamos falar sobre isso de manhã. Vamos só dormir.

Em questão de segundos, ele mergulhou de volta no mundo dos sonhos.

Nossos corpos estavam pegajosos e grudados e ele roncava suavemente no meu ouvido, cada expiração levantando uma mecha do meu cabelo. Tentei não odiá-lo, mas era difícil.

Quando ele acordou às sete da manhã, eu me afastei do seu abraço e voltei para a sala a fim de assistir à TV. Ele veio andando, olhando para o celular, lendo a mensagem da Olga Mae.

— Amor, o que está acontecendo? — perguntou ele.

Então contei sobre meu medo de ser perigosa.

— Isso é... tão *triste*. Nada disso é culpa sua. Mas isso não pode continuar, Rachel. Você precisa conversar com a Carlotta.

— O que ela vai fazer?

— Ela é *médica*. Talvez ela possa prescrever algo.

Luke era muito mais inocente do que eu. O problema era que eu *sabia* que não havia nenhum comprimido para dormir que eu pudesse tomar com segurança.

Carlotta sugeriu antidepressivos novamente, que também poderiam ajudar com o sono.

— Mas eu não estou deprimida, Luke. Eu estou... eu não sei... sofrendo? Traumatizada?

— Não tenho certeza se essa distinção realmente importa, pois você está mal.

Eu considerei. Decidi ir até a Carlotta para ver qual seria sua próxima oferta.

— Posso encaminhá-la para um bom terapeuta especializado em luto, mas vai levar tempo. Como você não está conseguindo dormir *agora*, que tal se a gente tentasse um tratamento curto com Ambien? Ele não é viciante no curto prazo.

— Talvez não para pessoas normais, mas para mim, eles... Provavelmente são. Eu sou dependente, Carlotta. Comprimidos para dormir fazem parte do meu problema.

— Cinco comprimidos — disse ela. — Nenhum a mais.

Era tão *sedutor*. Cinco noites de sono tranquilo. Eu me sentiria muito mais normal depois disso e com certeza conseguiria evitar qualquer problema se fossem apenas cinco noites, certo?

Eu me sentia à flor da pele. Eu estava limpa fazia mais de treze anos, uma conquista pela qual eu era grata e realmente orgulhosa. Se eu tomasse aquele medicamento, não estaria fazendo nada de errado. As coisas só ficavam complicadas se eu começasse a dobrar a dose, a mexer com a dose prescrita ou a tomá-los em outros momentos além da hora de dormir.

Eu não estaria fazendo nada de errado.

E, com isso, minha decisão foi tomada.

— Só cinco. Nenhum a mais, você promete? Mesmo que eu implore?

Ela riu.

— Nem que você implore.

— Tudo bem — respirei, já me sentindo melhor.

Caminhei para casa, segurando com gratidão aqueles cinco pedacinhos mágicos na sacola da farmácia. Eu não queria contar a ninguém. Tinha medo de ser julgada nas reuniões. Mas eu tinha que contar para Nola, Olga Mae e Luke. Esses relacionamentos eram muito importantes.

— O que a Carlotta disse? — perguntou Luke.

— Você pode não gostar, mas ela me prescreveu Ambien.

— Remédio para dormir? — A preocupação passou pelo seu rosto. — Rachel, não.

Meio exasperada, perguntei:

— O que você *achou* que ela poderia fazer por mim? Médicos não fazem milagres, Luke.

— Havia outra opção?

— Antidepressivos.

— Talvez você *esteja* deprimida?

— Não estou. Estou... — Tentei encontrar a palavra exata para resumir minha tristeza, meu choque, minha autocrítica, meu desejo. — De luto. Nós dois estamos.

— Mas remédios para dormir... Você sabe que não é seguro.

— Ela me deu cinco comprimidos, o suficiente para cinco noites de sono. Eu disse para ela não me dar mais, mesmo que eu implore. Estamos numa emergência de curto prazo.

Luke se sentou, a cabeça entre as mãos.

— E se isso provocar uma recaída, Rach? Eu não quero perder você também.

— Você não vai. Você sabe o quanto sou forte. Mas eu te juro, Luke, vou perder a cabeça se não dormir um pouco.

NAQUELA PRIMEIRA NOITE, foi, sim, como um milagre. Eu estava consciente e era noite. De repente, eram sete da manhã e Luke estava se levantando para ir trabalhar.

— Meu Deus! — Eu estava maravilhada. — Dormi oito horas!

Tinha sido *maravilhoso.* Sem interrupções no sono, sem pesadelos, apenas um vazio perfeito, como se eu estivesse temporariamente morta.

Eu me senti como uma pessoa nova! Sim, minha filha tinha morrido, mas eu poderia lidar com isso. Por hoje. Principalmente porque eu sabia que chegaria um momento mais tarde no dia em que toda a dor pararia novamente.

A segunda noite me ofereceu o mesmo sono profundo delicioso.

Na terceira noite, quando olhei para o frasco, para os três comprimidos restantes — apenas *três* —, o pânico me dominou.

Na quinta noite, eu estava acordando intermitentemente. Se tivesse algum comprimido restante, teria tomado num segundo.

Na sexta noite, era hora de tentar dormir por conta própria e... Eu ainda estava acordada quando o sol nasceu.

— Ninguém morre por falta de sono — disse Luke, repetindo as palavras de Mia.

Mas aquelas cinco noites tinham me transformado. Agora eu sabia a magia que os comprimidos podiam fazer, eu estava sob o domínio de suas maravilhas.

Passar o dia tornou-se muito mais difícil do que antes, porque já não haveria um ponto de corte em que eu pudesse engolir um pequeno comprimido branco e toda a dor se dissolveria.

Eu não aguentava mais passar por aquilo. Não quando eu sabia que havia uma solução. Então voltei para Carlotta e supliquei por misericórdia.

— Você me disse que eu não deveria te dar mais.

— Eu sei, mas eu não fazia ideia, Carlotta. Eu não estava entendendo o quanto é ruim... como é profundo o dano que tudo isso me causou. Não consigo parar de me perguntar que tipo de mãe dorme depois que seu bebê morreu?

As pupilas dela se dilataram com pena. Ela me estudou duvidosamente.

— Posso confiar na sua sensatez?

— Completamente. A última coisa que quero é ter uma recaída, as coisas já estão ruins o suficiente.

Ela suspirou.

— Tudo bem. Vou te dar uma receita para um mês, renovável por três, para serem tomados *apenas* se você precisar, entendeu bem?

— Claro, claro — respondi, sem fôlego, de alívio.

— E você deve procurar um psiquiatra. Você precisa de uma ajuda mais especializada do que a que eu posso dar.

Eu concordaria com qualquer coisa, desde que conseguisse dormir.

— Quem devo... Há alguém que você recomende?

— É melhor se você encontrar um médico. Funciona melhor se for alguém com quem você se sinta confortável. Talvez alguém com experiência em dependência?

Prometi que resolveria isso e saí do consultório muito grata com a minha receita em mãos.

Mas desta vez eu não poderia contar para o Luke. Ele ficaria louco.

Era fácil para ele, ele podia beber uísque, tinha a opção de se automedicar da maneira que quisesse. Eu precisava dormir. Sabia que iria enlouquecer se continuasse insone e estava desesperadamente grata por aquela medicação. *Eu* sabia que não tinha escolha e *eu* sabia que era apenas temporário, até que o luto amainasse. Felizmente, eu sabia o suficiente sobre dependência para saber como lidar com isso.

54

Fui acordada por um sonho com Yara e Luke. O quarto do Quin estava completamente escuro e os detalhes do sonho já começavam a se dissipar, deixando apenas uma vaga tristeza. Eram 3h20 da manhã, mas não haveria volta para o sono, não por um bom tempo.

Eu me levantei da cama silenciosamente.

— Tudo bem? — murmurou Quin.

Eu parei. Quin tentava tanto ser gentil sobre a Yara, mas nada do que ele pudesse dizer me faria sentir bem. Era melhor apenas deixá-lo dormir.

— Tudo bem, amor.

Desci até a sala. Como estava integrada a algum sofisticado sistema de áudio e vídeo, eu não conseguia ligar a TV. Honestamente, por *Cristo*, de que adiantava ter, em teoria, novecentos canais em som estéreo se eu não conseguia assistir a um simples episódio de *Brooklyn 99* para distrair meu coração enlutado?

Decidi voltar para casa. Pelo menos lá a tecnologia não ria de mim.

Conferi meu celular. Claire tinha mandado uma mensagem durante a noite.

Só pra te avisar, a aniversariante está decidida a convidar Luke para a festa.

Ah, não! Minha frágil aceitação estava longe de ficar feliz com a ideia de ver Luke Costello comendo folhados de cogumelo no meio da família Walsh, sendo interrogado por tia Imelda sobre meus muitos defeitos.

Assim que cheguei em casa, tropecei nas botas do Devin no corredor, o que me fez pensar em Luke novamente. Por um momento, quis ligar para ele, porque era a única outra pessoa na Terra que sabia como eu me sentia.

Em vez disso, trouxe a Crunchie para perto de mim. Nós nos aconchegamos sob um cobertor, ouvindo Nigel Slater ler seus *Diários de Cozinha*. Eu esperava que a voz tranquila dele me acalmasse o suficiente para cochilar de novo, mas não. Então, me lembrei de que havia uma reunião do NA às 7h30 em Bray. Era domingo. Eu poderia muito bem tomar um banho e ir.

O quórum no centro paroquial de Bray era bem pequeno; éramos apenas oito.

— Como os relógios adiantaram — disse alguém —, o pessoal só deve aparecer daqui a uma hora.

Ah, é mesmo. O horário de verão havia chegado oficialmente. Como eu tinha deixado isso passar? Com minha mente lotada de coisas do passado, obviamente.

Quando foi minha vez de falar, fiz um rápido resumo do que havia acontecido no dia anterior.

— Eu queria poder voltar no tempo, para quando eu estava grávida. Queria magicamente evitar seja lá o que fez o coração do meu bebê parar de bater. Queria voltar e resgatar nós três.

De repente, eu estava chorando tanto que mal conseguia falar. Lenços vieram de todos os cantos da sala. Quando consegui falar novamente, disse:

— Eu tenho tido sorte e quase sempre aceito isso. Mas rever Luke mexeu com muitos sentimentos dolorosos e eu gostaria de poder dormir por um mês. Ou desaparecer me afundando em alguma série tipo *Big Little Lies*, mas eu já a assisti duas vezes.

Assim que a reunião terminou, recebi muitos conselhos, alguns muito específicos.

— Você já viu *Ozark*? E que tal *Mad Men*? *The Fall*? *Breaking Bad*? Essa é óbvia, mas já viu *Família Soprano*? — Eu já havia assistido a tudo o que o homem sugeriu e meus olhos estavam ficando vidrados. — *Tin Star*? — tentou ele.

— *Tin Star* é uma porcaria — disse uma mulher mais velha chamada Loretta, que pegou meu braço e me afastou do Sr. Netflix. — Não perca seu tempo. Vá passear ao ar livre hoje. Passe um tempo com as suas emoções. Fale com seu bebê. E não enfie coisas nos ouvidos para se distrair.

— Está bem.

Talvez eu fizesse mesmo isso.

No carro, mandei uma mensagem para o Quin.

Não consegui dormir. Cabeça meio derretida. Vou dar um passeio na praia feito uma personagem da sessão da tarde. Nos vemos mais tarde, ok? Bjs

Apertei enviar e meu pensamento seguinte foi: *Eu quero falar com o Luke.*

Merda.

A Rachel de Hoje invejava a Rachel de Ontem, tão certa de que não precisava vê-lo nunca mais. O problema era, é claro, que a única outra pessoa no mundo que amava a Yara era o Luke.

Eu ainda estava segurando meu celular. Olhei para ele. Continuei olhando. Será que eu realmente ia fazer isso?

Luke *havia* se desculpado. Minha raiva e minha dor não tinham desaparecido completamente, mas eu conseguiria superar. Mas naquele momento eu sentia que precisava dele — e estava curiosa para ver se ele estaria disponível.

— E aí? — respondeu ele de pronto, como se estivesse com o celular na mão esperando que eu ligasse.

— Oi... tudo bem? Olha só... desculpe por isso, mas você está bem hoje? Eu sonhei com ela na noite passada, tipo muito, e...

— Eu também — disse ele, soando aliviado. — Foi por causa de ontem? Por ter visto a foto dela? Falado sobre ela?

Eu estava com medo de chorar novamente.

— Mexeu com muitas lembranças.

— É. — Depois de um silêncio, ele perguntou: — Com que frequência você pensa nela?

— Todos os dias. Eu converso com ela, na minha cabeça.

— Sobre o quê?

— Sobre *tudo*. Qualquer coisa. E ela responde. Temos conversas. Ela quer o melhor para mim, mas também é divertida.

Ele parecia interessado.

— Comigo não é assim, mas ela é quase sempre o meu primeiro pensamento quando acordo. Nos dias em que não é, fico meio aliviado, porque talvez signifique que estou melhorando, mas aí me sinto culpado. Não quero que ela pense que eu a esqueceria.

— Ela sabe que você nunca faria isso — falei confiante. — Kallie sabe sobre ela?

— Claro. Mas eu não falo muito sobre isso.

— Para ninguém?

— Ninguém sabe o que eu passei.

— Eu sei.

— Sim, mas você e eu...

Deixei o silêncio perdurar.

— A gente podia... Você gostaria de tomar um café? — perguntou ele. — Hoje. Tipo, agora?

— Eu ia dar uma volta. Até a praia. Ouvir o som das ondas me acalma.

— Posso ir junto?

SimNãoTalvezMerrrrrda.

— Tudo bem.

EMBORA A MANHÃ estivesse seca e tentando ser ensolarada, a Praia dos Seixos estava deserta. Luke já estava lá, relaxando encostado num muro baixo, as mãos nos bolsos, a brisa salgada agitando seu cabelo.

O rosto dele estava voltado para o sol, que se esforçava para aparecer, mas, ao ouvir o som do meu carro, ele me procurou. De longe, nossos olhos se encontraram. O impacto foi físico.

Quando estacionei, ele já tinha caminhado até mim. Abri a porta do carro e senti uma brisa forte. No céu, as aves marinhas circulavam com seus gritos agudos.

— Oi!

Luke não tinha se barbeado. Pelos escuros sombreavam a mandíbula e contornavam sua boca. De perto, na luz clara, alguns fios brancos reluziam em seu cabelo. Eram novos. Pelo menos para mim.

De repente, o chão parecia instável. Isso foi um erro. Era cedo demais.

— O que foi? — perguntou ele, notando que algo estava errado. — Mudou de ideia?

— Não, eu...

Os olhos dele examinaram meu rosto.

— Desculpe, Luke. Esqueci como tudo isso é estranho. Acho que fiquei confiante demais.

— Confiante demais? — perguntou ele num tom que eu não soube interpretar. — Certo. — Cerrando a mandíbula, ele olhou em direção à água e falou: — E então? Vamos ou não vamos?

— Talvez seja melhor ficar. Você dirigiu toda essa distância.

Todos os sete quilômetros.

— Sarcasmo?

Uma raiva súbita tomou conta de mim.

— Sim.

Ele me lançou um olhar de lado; parecia pouco impressionado.

Comecei a andar sobre as pedras cinza-azuladas, o som da minha bota lembrava moedas sacudindo em um jarro. Luke seguiu atrás, depois me alcançou.

— Obrigado por me ligar hoje.

— Hum, tudo bem. Fazia sentido ligar. Você é a única outra pessoa na Terra que entende como eu me sinto. Ninguém pode nos ajudar da forma como nós dois poderíamos nos ajudar. — Eu queria acrescentar: *E, finalmente, você está conversando comigo*. Mas, com um autocontrole incrível, me contentei com: — Nunca tivemos a chance de fazer isso antes.

— E de quem é a culpa?

Surpreso com o tom dele, falei:

— *Sabemos* de quem é a culpa.

Perplexa, eu o observei até que seu olhar raivoso desaparecesse.

— Pois é — disse ele, e suspirou. — Quin sabe que você está aqui?

— Sabe.

Sim, ele sabia *onde* eu estava, mas não com *quem* eu estava.

— Kallie sabe?

— Claro.

Embora eu não soubesse direito o que pensar da Kallie, parecia importante enterrar qualquer sinal de ciúme.

— Eu gosto dela — eu me ouvi dizendo. Em seguida, forcei a palavra: — Muito.

Observando as ondas, ele falou:

— Eu também. — Luke se virou para olhar diretamente o meu rosto e enfatizou: — Muito.

Ouvir isso foi surpreendentemente doloroso.

— Vocês pensam... em ter filhos?

A ideia mexeu com algo horrível dentro de mim, mas precisei admitir que outro filho do Luke no mundo só poderia ser uma criança linda.

— Não — respondeu ele, parecendo chocado. — Kallie é ótima, mas sempre fui honesto com ela. Eu não estou disponível... — Luke pigarreou. — Essa coisa de entregar minha vida a outra pessoa, de... de parar de ser eu e me tornar um "nós", eu não consigo. Mas eu gosto dela. É muito bom tê-la por perto e... Eu gostaria de poder oferecer mais, mas minha vida aconteceu do jeito que aconteceu e foi assim que ela me deixou. Sou grato por ainda poder aproveitar muitas coisas.

— Tipo fumar maconha no deque com ela. Isso deve ser bom.

De repente, senti um nó na garganta.

— Não faça isso, Rachel. — Luke parou de andar. — Eu nunca senti falta disso quando estava com você.

O olhar dele se fixou em mim. Fui a primeira a desviar o olhar.

— Como está seu pai? — perguntei, numa tentativa bem ruim de mudar de assunto.

Ele negou com a cabeça.

— Se comportando mal de propósito só porque não quer que eu vá embora. Ficar mais tempo com ele parece a coisa certa. Preciso voltar pra Denver em breve, mas... — Encarando o mar, ele continuou: — Eu queria ter passado mais tempo com minha mãe.

— Não é fácil viver tão longe da família — eu disse, com empatia genuína.

— Nem me fale. Foi por isso que você decidiu voltar?

Toda a empatia desapareceu. Ele estava falando sério?

— Minha filha morreu. Meu marido me abandonou.

Ele se virou.

— Sério? Esse é o seu... — Luke fez aspas no ar. — "Motivo"?

Surpresa, falei:

— Não, Luke. É o meu *motivo* — repeti, enfatizando corretamente a palavra. — Que droga, o que mais seria?

Luke não tinha sido exatamente simpático no dia anterior, mas parecia disposto a seguir em frente. Hoje parecia que tínhamos dado um passo para trás. Eu não sabia o que tinha mudado.

Ele voltou a observar as ondas.

— Ela faria sete anos agora. Em julho. Como você acha que ela seria?

Precisei de um momento para me recompor.

— Parecida com você. Ela tinha o seu cabelo.

Ele me lançou um olhar.

— Mas a genética da família Walsh é *bem* forte. Mais cedo ou mais tarde, ela teria se tornado você. Ela estaria perdendo os dentes de leite...

— Lindinha e banguela.

— Receberia a visita da Fada do Dente — disse ele, contraindo a mandíbula. — Isso é... uau. Você consegue imaginar?

Eu não conseguia falar. O pensamento era muito doloroso.

Nossos olhos se encontraram. Ele parecia chocado.

— Meu Deus, Rachel, você tinha razão. Isso não foi uma boa ideia.

Pequenas manchas pretas flutuavam na minha visão. Eu precisava me sentar.

— Você comeu hoje? — perguntou ele.

— Comi. — Era mentira.

— Posso te dar uma bala de menta?

Ele me ofereceu o pacote e nos sentamos na calçada. Eu coloquei uma bala na boca e me deitei, deixando o açúcar agir, ouvindo o ruído das ondas. Por um momento, o universo me segurou, me livrou da dor.

— No que você está pensando?

— Que o borbulhar das ondas, nos últimos segundos antes de as bolhas acabarem, parece o som de uma aspirina se dissolvendo no copo.

— Nunca deixa de pensar em drogas...

Ele estava tentando ser engraçado? Eu me sentei.

— Só para deixar claro, Luke, estou *limpa*.

— Dificilmente estaria trabalhando no Claustro se não estivesse. Terapeuta-chefe. Uau!

— Luke? O que você...

— Fico feliz que esteja limpa — disse ele, sem soar de fato "feliz". — Você consegue ficar perto de crianças? — perguntou, em mais uma dessas mudanças bruscas de assunto. — Ou dói demais?

— Depende do dia — respondi, e minha voz pareceu tensa.

— Isso está sendo muito difícil pra você? Devemos parar?

— Mas é para isso que estamos aqui. Para tentar tornar isso mais suportável, não? — Uma gota de chuva respingou na minha mão e decidi ignorar. — Na maioria das vezes, adoro estar perto de crianças.

— Eu também — disse ele, olhando para o mar, com expressão sonhadora. — As possibilidades... Quando me mudei para Denver, só queria ficar sentado no parquinho e observá-las nos brinquedos e nos balanços... Mas as mães chamavam a polícia.

— Sério? Meu Deus. E como você fica perto de crianças hoje em dia? Melhor?

— Acho que essa ferida não tem uma cura completa. Acho que seria errado me curar totalmente. Eu estava conversando com uma pessoa em Denver. Um terapeuta. Achei que, se fizesse terapia por tempo suficiente, essa estranheza acabaria. Sinto como se... — Ele fez um gesto com as mãos. — Como se uma das minhas pernas fosse mais curta que a outra. Eu me sinto... *deslocado*. Pensei que a terapia faria com que minhas pernas voltassem a ter o mesmo comprimento.

— Não fez?

— Não, mas ainda consigo andar. A perda sempre estará presente, mas hoje não percebo tanto que sou diferente de todo mundo. Mas, e você, Rachel? Você parece bem. Quin parece ser um cara legal.

— Quin é ótimo — afirmei, porque ele era mesmo.

— O que você fez com a sua parte das cinzas?

— Plantei uma arvorezinha no meu jardim.

Outra gota caiu. Vários pontos escuros eram visíveis no chão de pedra.

— Uma cerejeira.

— Espera, agora você faz *jardinagem*? — perguntou ele, e então: — Está chovendo? Mas estava sol trinta segundos antes...

De repente, fiquei muito irritada.

— Não chove em Denver?

— Quase nunca.

— Bom, agora você está na Irlanda. Enfim, já, já vai passar.

Mas irritantemente não passou. O clima tinha decidido me desafiar. Quando a chuva fria começou a cair com mais força, sugeri:

— Vamos embora.

Ele levantou a gola do casaco, eu envolvi meu cachecol em torno do cabelo e começamos a voltar pelo mesmo caminho.

— Sabe o que acabou de acontecer? Fiquei ansioso. Com medo de que seu cabelo ficasse desarrumado na chuva.

— Isso não é mais responsabilidade sua.

Tecnicamente, nunca tinha sido, mas nos dias em que ele me amava, minhas preocupações eram dele também.

— Isso mostra o quanto o condicionamento é profundo — resmungou ele.

Quando nos despedimos no meu carro, falei:

— Luke, lembranças nem sempre são tristes. Você se lembra da gente pintando o quarto dela? Estávamos tão felizes naquele momento. Aquilo foi real.

Ele piscou e colocou a mão no topo da cabeça.

— Caramba. Acabei de ter... um déjà vu ou algo assim.

— Eu sei que o que veio depois foi horrível, mas precisamos nos lembrar das partes boas.

Ele assentiu.

— Estou feliz que você esteja bem agora. Muito feliz mesmo.

Para minha surpresa, Luke segurou minha mão gelada entre as dele e pressionou os lábios na minha palma. Seus olhos encontraram os meus e ele gaguejou:

— Me desculpe. — Ele deixou minha mão cair como uma pedra. — Outro déjà vu. Não sei o que foi e... Enfim, me desculpe. E obrigado pelo dia de hoje.

Luke então subiu na moto e saiu fazendo barulho.

Perplexa, eu o vi desaparecer, o calor de sua boca ainda aquecendo minha pele. O que tinha sido *aquilo*? Talvez fosse assim que se despediam em Denver? A não ser pelo fato de que, obviamente, não era.

Estava tudo tão confuso. Ontem, Luke parecia disposto a aceitar a culpa, mas hoje ele estava com raiva. Até o momento desse Adeus Estilo Denver.

Agora, eu estava exausta. *Agora*, eu estava pronta para cair no sono ali mesmo.

Assim que cheguei em casa, deslizei agradecida para a cama e dormi até as cinco da tarde. Ao acordar, descobri que uma reunião do Comitê de Emergência havia sido convocada em resposta às ameaças de mamãe de convidar Luke para a festa.

55

Imediatamente liguei para a Claire.

— Ela não pode fazer isso, de jeito nenhum.

Eu estava irredutível.

— Eu sei, querida.

A ideia de o Luke ir a uma festa da minha família me deixou nauseada. Ter que ficar horas no salão de festas de um hotel três estrelas, comendo palitinhos de queijo enquanto dezesseis das tias mais insuportáveis da família comentavam "Não é de se admirar que ele tenha fugido" era *demais* pra mim!

— Estou do seu lado, querida.

Mas minha mãe, teimosa e vermelha de irritação, se manteve firme.

— Ontem você foi à festa de aniversário do Brian Costello! Qual é a diferença?

— Luke queria que eu fosse. Eu *não* quero que ele vá à sua festa.

— Por quê?

— Por quê? Você consegue *imaginar*. Tia Imelda falando de que mil maneiras Kallie é melhor do que eu? Imagina que horror.

— Se esse desgraçado aparecer — disse Helen —, vou jogar vinho tinto na camiseta branca dele.

Está vendo? É por esse tipo de coisa que as pessoas não costumam gostar da Helen. Um dos seus muitos pontos positivos era uma lealdade ferrenha.

— E como eu sei que ele vai estar de camiseta branca? — continuou Helen. — Porque ele é básico e ficou preso no mesmo visual de três séculos atrás.

Outro atributo da Helen era sua tendência a falar verdades desagradáveis.

— Mas ele seria uma companhia para o Angelo — disse Anna pela chamada de vídeo no tablet da mamãe.

— Angelo é adulto! — gritei. — Ele não precisa de um amiguinho. — Eu me virei para nossa mãe. — Você não passaria vergonha na frente das suas irmãs? Ter o meu ex-marido lá? Com a nova namorada dele?

— Não! Somos uma família moderna...

— Esse não é o conceito de família moderna, mãe.

— Mas mostraria que todos somos amigos de novo. Seria um cala-boca enorme na Imelda.

— Por favor, mãe. Você não se preocupa comigo?

— Já passou muito tempo. E eu soube que ele se desculpou ontem...

Eu fuzilei Claire com o olhar, que murmurou um *Desculpa, querida.*

— ... e que agora vocês estão bem.

— Por que mesmo que você quer que ele vá? — perguntou Helen.

— Eu gostava dele. Luke era parte da família. Foi difícil para todos nós quando eles se separaram.

— Admita, você o acha um gato — provocou Helen.

— Talvez eu ache — confirmou mamãe, ficando ainda mais vermelha. — Mas esse não é o único motivo.

— Calma aí, calma aí. É claro que eu gostaria de dar uma olhada nele. *E* na Kallie. Sou uma pessoa superficial e isso não é novidade. Mas, se a Rachel não o quer lá, ele não deve ir — disse Claire, indo direto ao ponto.

— Concordo plenamente — disse Helen.

Margaret tinha ficado muito quieta até então e a opinião dela era sempre interessante.

— O que você acha? — perguntei.

Com cuidado, ela respondeu:

— Eu sei que um aborto espontâneo precoce provavelmente não é o mesmo pelo que você passou, Rachel, e se eu estiver falando algo errado peço que me desculpe. Mas, quando eu tive um aborto espontâneo, a única pessoa que ficou tão desesperada quanto eu foi o Garv. O que o Luke fez com você foi... As pessoas fazem coisas horríveis quando estão alucinadas pela dor. Mas ele está aqui, está falando com você agora. Ele se desculpou. Acho que ajudaria se as coisas fossem acertadas. Então, sou a favor de convidá-lo.

— Eu também — disse Anna. — Por mais ou menos os mesmos motivos. Não dá para evitar o que o universo quer para você.

— Vamos fazer uma votação — disse minha mãe, levantando ambas as mãos.

Mamãe, Margaret e Anna eram a favor de o Luke vir para a festa; Claire, Helen e eu éramos contra.

— A festa é minha. O voto de minerva é meu — disse mamãe.

— Mas o ex-*marido* é da Rachel — gritou Helen. — O voto de desempate é *dela*.

— Eu sou a pessoa mais velha aqui, *eu* tenho o voto de desempate.

— Sim, você *é* a pessoa mais velha aqui — disse Helen, impiedosa. — E claramente está ficando gagá. Até a Crunchie faria um desempate melhor do que você.

— Chega, gente. — Eu já tinha chegado ao meu limite. — Pode convidar o Luke, mãe, mas, se fizer isso, eu não vou. E não estou falando da boca pra fora. — Embora eu falasse da boca pra fora o tempo todo, dessa vez era sério. — Estou indo, ok? Vou para a casa do Quin fazer nossos planos para o próximo sábado quando todos vocês estarão na festa. Divirtam-se.

Em meio a um alvoroço, saí da sala e tropecei no papai, que espreitava no corredor.

— Minha nossa! — gritei. — O que você está fazendo?

— Alguém tem interesse em ouvir a minha opinião? — perguntou ele.

— Nossa, papai. Você não está morto? — disse Helen. — Eu poderia *jurar*...

— Vem cá — chamou mamãe, que o observava. — Diga o que acha.

Nervoso, papai ficou no meio do tapete.

— O bebê deles morreu, depois eles se separaram e nunca tiveram a chance de conversar sobre isso. — Frustrado, ele deixou as mãos caírem e me olhou nos olhos. — Mas as pessoas precisam falar sobre as coisas.

— Você ouviu, Rachel? — disse mamãe. — O pobre do seu pai...

— Que acaba de voltar do mundo dos mortos — acrescentou Helen.

— Eu não estou morto! Eu sou o chefe desta família... — disse ele, mas o restante da frase foi abafado por uma chuva de gargalhadas.

— Obrigada, Claire, obrigada, Helen — agradeci, já vestindo o casaco. — Quanto ao restante de vocês... vocês são loucas e muito cruéis. Tchau.

Sem fôlego, cheia de dor e de raiva, me joguei no carro e fui para a casa do Quin.

QUIN ME OLHAVA feio.

— Ontem à noite você disse que não o veria novamente. Doze horas depois, você passa metade do dia com ele. Eu devo me preocupar, Rachel?

— Não, Quin. De jeito nenhum. Posso tentar explicar? É que desde ontem um monte de sentimentos sobre a Yara, de repente, emergiram... de onde eu os mantive escondidos pelos últimos seis anos. Estou feliz pela chance de falar sobre ela.

— Você pode falar sobre ela comigo.

— Eu sei, e isso é lindo da sua parte. — Eu estava tentando encontrar as palavras certas e, ao mesmo tempo, evitar machucá-lo. — Mas falar sobre ela com a única outra pessoa que a amou como eu...

— Eu entendo — admitiu Quin. — Mas... — Ele ficou irritado de repente. — É que eu nunca consigo me sentir seguro com você.

— Mas você deveria! Eu não fiz nada de errado, Quin.

De repente, ele parecia exausto. Meu coração doeu de frustração e, em seguida, amoleceu com pena dele.

— Eu só te peço que... — A voz dele parecia cansada. — Se algo mudar, seja honesta comigo, ok?

— Não vai mudar. Eu sou louca por você. Nós estamos juntos.

O *eu te amo* não dito pairava no ar, mas dizê-lo naquele momento, em resposta à sua insegurança, pareceria errado.

— Estou falando sério. Consigo lidar com qualquer coisa, menos ser enganado. Ser "protegido da verdade" é a pior coisa que você poderia fazer comigo. Mesmo que você saiba que vai me machucar, eu prefiro saber a verdade.

— Tudo bem. Mas...

— Você jura?

— Eu juro, mas honestamente, Quin...

— Vamos encerrar este assunto.

56

Embora fosse algo que eu guardava para mim mesma, eu *gostava* das segundas-feiras. Como meus filhotinhos estavam em constante processo de mudança, era empolgante me sentar na Ala do Abade e ver o que poderia ter acontecido durante o fim de semana.

Mas, nesta segunda-feira, enquanto eu corria para conseguir uma boa cadeira, o medo me apertava como um estrangulamento. Eu estava distraída, levemente desconectada da realidade — o que era esperado, considerando-se toda a agitação do fim de semana — e preparada para algo ruim.

Que, por eliminação, supus que seria *um acesso de raiva do Luke*.

Em algum momento durante o sono fragmentado da noite passada, percebi que ele estava zangado comigo. Apesar de suas mensagens contraditórias, o Adeus Estilo Denver mostrou que ele estava tentando ser gentil, porém sua raiva continuava jorrando.

Ele nunca havia *dito* que me culpava pela morte da Yara, mas ficou claro que ele me culpava, sim. Provavelmente ainda me culpa.

Ele ia me acusar, e era isso que eu temia: ouvir aquelas palavras terríveis. A ironia, no entanto, era que eu mesma já não me culpava mais. Não me culpava desde o fim de semana de meditação em que conheci o Quin.

Quin não me conhecia e nossa estranha conexão durante o exercício de Bondade-Amorosa me absolveu. Foi o maior presente que já me deram.

Não importava o que Luke ainda pensasse, a morte da Yara não tinha sido culpa minha e eu precisava me lembrar disso.

Meu celular tocou, fazendo meu cérebro bater no teto do crânio. Meu Deus, eu estava *desmoronando*. Mas não era o Luke, como eu esperava. Em vez disso, era o marido da Bronte, falando de um jeito brusco e mandão.

— Nossa filha mais velha, Freya, está vindo de São Francisco amanhã de manhã. Só para passar o dia. Ela está vindo para confrontar a mãe.

Ah, é? Agora ela vem?

Mas não era assim que funcionava. Ele não podia decidir a agenda da Bronte. Será que ele esqueceu que existem outras seis pessoas no grupo da esposa? Que poderia haver inúmeras coisas já marcadas para amanhã?

Com frieza, falei:

— Preciso verificar a agenda, pode ser que não haja oportunidade para a Freya...

— Ela vai pegar um voo de volta imediatamente após a sessão. Estaremos com vocês às dez da manhã. Partindo às onze.

E ele desligou.

Filho da puta autoritário!

Por sorte, a manhã do dia seguinte poderia ser liberada para esse fim, mas eu não teria chance de entrevistar Freya, de prepará-la. O depoimento dela por escrito tinha sido mais do que inútil, visto que ela só disse coisas gentis sobre a mãe. Qual seria o sentido de ela vir se não fosse capaz de ter uma conversa difícil?

Desliguei o celular e consegui chegar a tempo de pegar o melhor lugar na Ala do Abade, de onde fiquei observando meus filhotinhos entrarem. Trassa foi a primeira. A pobre coitada estava sofrendo imensamente, mas passou um fim de semana tranquilo.

Dennis, no entanto, parecia animado enquanto entrava a passos largos. Até animado *demais*, na verdade. Eu suspeitava de que estivesse engajado em alguma manipulação cognitiva sofisticadíssima, convencendo a si mesmo de que, apesar de todas as evidências, ele não era alcoólatra. Isso não era novidade para mim.

Aparentemente, Ella tinha passado o fim de semana todo andando de um lado para outro, difamando Jonah e Naaz, mas ainda estava aqui, então era óbvio que não acreditava que era inocente de todas as acusações deles.

Giles, partindo hoje, irradiava sabedoria e compaixão. Algumas pessoas achariam a postura deveras irritante.

E, falando em irritante, lá vinha Chalkie. Ele tinha quebrado uma raquete de tênis no sábado, outra na véspera e bateu tão forte no saco de pancadas que o negócio caiu, trazendo metade do teto do galpão junto. Só notícias boas!

Pelo menos alguma coisa *verdadeiramente* boa tinha surgido da visita da coitada da Gemma Kaye, pois a Harlie ainda não tinha chorado. Secretamente, eu estava começando a entrar em pânico. Harlie só tinha mais duas semanas de internação e, se permanecesse presa na raiva por muito mais tempo, eu não conseguiria ser bem-sucedida com ela.

Às vezes, acontecia de um cliente avançar muito no processo para depois ficar travado. Não com frequência, mas, quando acontecia, isso meio que me *matava*.

E lá estava a Bronte, calma e ligeiramente inescrutável. Ela era desafiadora, sem dúvida alguma, muito habilidosa em proteger seu vício. Provavelmente por já saber tanto sobre ele.

Seu recuo era interessante. Era difícil quando um dependente precisava voltar a usar medicamentos dos quais já fora usuário. De muitas maneiras, era mais fácil ser alcoólatra: você simplesmente não bebia. Nunca haveria motivo para vodca medicinal (não importa o que a Claire diga).

Eu estava bastante certa de que a Bronte havia exagerado na dor do tornozelo quebrado, embora também tivesse certeza de que de fato tinha doído. E era isso que tornava o quadro tão complicado, o fato de que a dor tinha sido *real*. O mesmo aconteceu comigo, quando não conseguia dormir. E, nessas situações, o médico certo era vital.

Carlotta tinha sido gentil comigo. Assim como o Dr. Gagnon, o psiquiatra que encontrei, por ordens dela.

Uma das avaliações de paciente que li na época o descrevera como: "Um médico que realmente entende, que sabe como é a insônia real." Quando li isso, meu coração se encheu de alívio e marquei imediatamente uma consulta.

Eu me sentei diante dele e contei minha terrível história. Não precisei exagerar, eu realmente estava exausta.

— Poxa vida, que dor — disse ele. — E depois disso você relata uma insônia aguda, certo? Você já ouviu falar sobre higiene do sono? São mudanças de hábito que implicam coisas do tipo, nada de eletrônicos no quarto, usar óculos para reduzir a luz azul etc.

— Eu já faço tudo isso — falei com cansaço, morrendo de medo de que ele fosse recomendar banhos quentes e chá de camomila. — Eu pratico *atenção plena*. Ioga. Como uma banana antes de dormir. Faço absolutamente tudo o que *todo mundo* recomenda.

Ele franziu a testa.

— Também parece que você está com problemas de ansiedade.

Bom, com certeza eu estava, pois a recomendação para começar a Yin Yoga (o mais chato de todos os tipos) parecia cada vez mais provável.

— Mas você acha que tomar Ambien está ajudando?

— Tem sido meu salva-vidas.

Mais uma vez eu não estava exagerando.

— Tomado conforme prescrito, ele não é viciante. Mesmo para uma pessoa com histórico de dependência, como você.

— Sim. Com certeza.

Por mais de treze anos eu havia pensado diferente, mas as semanas anteriores tinham mudado minha opinião.

— Estou pensando em prescrever um ansiolítico — disse o médico. — Você se dá bem com Xanax?

— Não, por favor, não. — Eu não *precisava* de um tranquilizante, mas poderia tê-lo tomado mesmo assim. Tê-lo comigo parecia perigoso. — Só medicação para dormir.

Ele pareceu surpreso.

— Tudo bem.

Em seguida, o Dr. Gagnon imprimiu uma receita e assinou.

— Você pode pagar lá fora.

Pareceu minha deixa para ir.

— E quando devo voltar?

— Em um mês.

As avaliações tinham mesmo dito que ele era direto. E caro, também. Meu seguro de saúde não cobriu todo o preço da consulta, mas o importante é que eu tinha sido ouvida e compreendida.

Eu estava na calçada quando me dei conta de que ele havia dobrado a dose de Carlotta. Fiquei surpresa, mas também muito grata. E então me lembrei de uma última avaliação negativa que dizia "costuma resolver o problema com comprimidos".

Mas, às vezes, era exatamente isso que o problema exigia.

NO FIM DA sessão, Dennis veio até mim.

— Rachel, querida, posso ter uma palavrinha?

Ah, lá vamos nós...

— Claro. Pode ser agora?

— Claro! Agora é perfeito!

Em um dos consultórios, ele se sentou na beirada da cadeira, fixando os olhos brilhantes nos meus.

— Estive pensando na Trassa. Aquilo que aconteceu com ela é uma coisa desesperadora, não se deseja isso pra ninguém. Mas, Rachel, será que eu também sofri um trauma ou algo parecido?

— Talvez...

Ele se animou.

— Será que foi quando Patch ganhou a corrida do ovo na colher? Lá estava eu, pensando que voltaria pra casa como um herói, e, no último minuto, o pequeno sacana rouba a vitória certa das minhas mãos.

Encarei Dennis com firmeza.

— Mas, Rachel, falando sério. Se isso é a pior coisa em que consigo pensar, não há nada ali.

— O que você está tentando dizer?

— Que, bem, faz sentido que Trassa tenha se viciado em alguma coisa. Causa e consequência, certo? Mas comigo, não há causa. Então, não há consequência — disse Dennis, e seus cachos pulavam enquanto ele se sentava e anunciava: — Não tem como eu ser alcoólatra!

Em circunstâncias menos trágicas, até seria engraçado.

— Ah, Dennis, Trassa é Trassa e as pessoas são únicas. Elas se tornam dependentes ou alcoólatras por diversos motivos e algumas por motivo nenhum. Nada é óbvio.

Ele inclinou a cabeça.

— O que você quer dizer?

— Às vezes, o trauma pode ocorrer quando a pessoa é jovem demais para lembrar. Outras vezes, não há trauma, só desculpas e justificativas.

— Como assim?

— Dependentes são ótimos em contar histórias tristes. Pais que não os amavam o suficiente ou um chefe que não os valorizava ou uma esposa que não era grata o bastante. Todos podem ser motivos para beber ou usar drogas. Mas, Dennis, você beberia mesmo se não tivesse desculpa. Tudo o que importa é que você é alcoólatra e precisa melhorar.

Ele parecia desanimado. Com a voz baixa, falou:

— Eu não quero ser alcoólatra.

Eu concordei. Eu sabia.

— Dennis? Quando você costumava encontrar seu pai desacordado, parecendo que estava morto... O que isso causou em você?

Ele baixou a cabeça.

— Como vou saber? Você é a especialista.

— Eu imagino que ser um menininho de seis ou sete anos e encontrar seu pai caído e achar que ele estava morto deve ter sido desesperador.

A cabeça dele permaneceu baixa. Então, ele me lançou um olhar furioso.

— Foi — disse ele, se engasgando, com lágrimas nos olhos. — Foi!

Dennis se encolheu inteiro. E então, esfregando bruscamente o rosto com as mãos, ele se transformou no menininho diante dos meus olhos.

Ora, ora. Até que foi fácil. Muito mais fácil do que eu esperava.

Deixei-o chorar. Dennis tinha uma vida inteira para repensar.

GILES ESTAVA MUITO animado. Era sua última sessão no grupo.

— Provavelmente há crimes piores do que os que eu cometi — começou ele. — Mas essa lembrança é a pior que consigo ter. Estão prontas, crianças? Então, vamos lá. Uma noite, depois de uma boa farra, achei que estava tendo um infarto, então fui ao pronto-socorro. Eu queria fazer um eletrocardiograma. A imagem na minha cabeça sou eu em pé na sala de espera, gritando para as pessoas doentes e feridas ali "Estou tendo um infarto! *Eu*! Giles Freyne! Vocês sabem quem eu sou!".

— Puta merda — resmungou Chalkie. — Eu teria deixado você morrer.

— Os seguranças estavam tentando me pegar, mas eu saí correndo, abrindo as cortinas dos cubículos. Em um deles, disse para a mulher na cama sair, que eu precisava me deitar. E disse que eu tinha uma arma.

— E você tinha? — perguntou Chalkie.

— Onde eu conseguiria uma arma?

— Não? Tudo bem. Continue.

— Tentei arrancar o acesso do braço da mulher. Até que conseguiram me pegar, a polícia. Disse a eles que tinha estudado com o ministro da Justiça e que faria com que eles ficassem controlando o trânsito pelo resto de suas carreiras. *É* o tipo de coisa... Pela qual eu nunca mais quero passar.

— E não precisa — comentou Trassa. — Desde que vá às suas reuniões e ao acompanhamento.

— Claro — disse Giles, dando uma piscadinha para ela. Um sinal de reconhecimento de que, junto com Chalkie, agora ele mesmo era um dos anciãos do grupo. — Estou ansioso para não me sentir envergonhado. Nem ter que ficar me lembrando de qual mentira contei pra quem. E de me livrar de todo o *planejamento* de onde conseguir dinheiro, quando usar cocaína, como esconder que eu estava fora de mim. Era *mesmo* uma vida muito difícil.

— E, lembre-se, Giles — falei. — A dependência é um parasita que nunca desiste. Mantenha isso no seu coração. Quando ela percebe a fraqueza, ela volta, tão forte quanto antes.

Por um momento, tive uma sensação estranha de confusão, uma espécie de déjà vu, depois a realidade voltou. Eu estava *realmente* estressada.

— Trabalhe suas defesas todos os dias. Nunca baixe a guarda. Entendeu? — reforcei.

— Entendi!

Levantei-me da cadeira.

— Hora do bolo!

Infelizmente, nada de gateau Diane para Giles, que não tinha sido popular com a equipe da cozinha. Mas havia um bolo de massa de pão de ló Victoria da loja Spar e um bom quórum para vaiá-lo.

— Seis semanas atrás, eu me negava a *acreditar* que tinha vindo parar num lugar tão horroroso! — Giles estava em cima de uma cadeira, proferindo seu discurso de despedida. — Eu só aceitei vir para recuperar meu emprego...

Aproximando-se por trás, Brianna agarrou meu braço e sussurrou:

— Problemas à vista. A primeira esposa apareceu para levá-lo pra casa. A terceira também. As duas estão lá em cima no escritório, com cara de "hora de lavar a roupa suja". O que faço?

— Nada.

Giles resolveria isso. Ele diria às duas que, na verdade, voltar a viver com a segunda esposa poderia ser seu primeiro desafio limpo e sóbrio. Começar com o pé direito, por assim dizer.

Quando desceu da cadeira, as pessoas fizeram fila para abraçá-lo. Sempre me emocionava que, apesar de todas as palavras duras ditas dentro do Claustro, no fim das contas, todos desejavam o melhor uns aos outros.

Eu o vi abraçando Trassa, depois Dennis, pessoas com quem ele provavelmente nunca tinha cruzado antes.

E lá vinha Chalkie. Ele e Giles se encararam e, por um momento, nenhum dos dois se moveu. Uma energia tensa pulsava entre eles, depois se abraçaram fortemente.

— Cuide-se, cara — disse Chalkie com um sorriso malandro. — Vá às *suas* reuniões.

— Você vá também às *suas*.

— Se ambos formos às nossas reuniões, provavelmente nos encontraremos. Imagine isso. Você e eu, saindo juntos, batendo papo. Nooooossssaaa!

— Ou... — Giles brincou. — Podemos jogar uma partida de tênis?

— Ah, Gilesy, acho que isso seria o suficiente para me levar de volta às drogas.

57

Esperei encontrar uma chamada perdida do Luke quando liguei meu celular após o expediente, mas nada. Eu deveria ter ficado aliviada, mas esperar pelo próximo passo era insuportável. Eu preferia acabar logo com isso.

No entanto, Helen tinha mandado mensagem, perguntando se eu topava o que ela descreveu como "comida noturna".

Eu presumi se tratar de um jantar, mas a palavra "jantar" estava na Lista da Pá dela. Só Deus sabia o porquê (não que qualquer um dos seus ódios de estimação fosse racional).

Depois de um longo tempo, Helen me atendeu.

– Oi, Rachel. Não dava pra falar por mensagem?

– Teria demorado muito. Mas aqui está o que eu teria mandado: "Sim, obrigada, Helen, eu topo uma 'comida noturna' com você. Eu tenho uma reunião em Stillorgan às oito, então um lugar ali perto seria bom. Dei uma olhada rápida e há três restaurantes com mesas disponíveis às seis e meia, que é mais ou menos o horário que eu chegaria..."

– Mas não são restaurantes com aqueles cardápios de happy hour não, né? Eles se *orgulham* desses negócios, gente. Mas eu não aguento, Rachel! Eu ficaria muito irritada.

– Já pensei nisso – respondi, me sentindo o máximo. – Chopping Block às seis e meia.

Sempre havia a chance de que o Chopping Block estivesse na lista dela por algum outro motivo, talvez o nome fosse irritante? Ou enganoso? Talvez o lugar não combinasse com o nome?

Para meu alívio, ela falou:

— Beleza! Por que todo mundo não pode ser tão compreensivo quanto você, Rachel? É por isso que você é minha irmã favorita.

— Eu *sou*? Obrigada.

— A não ser pela Anna, claro.

Quando cheguei ao restaurante, ela estava numa conversa profunda com um garçom. Imaginei que estivessem discutindo sobre a salada de repolho. Helen gostava de salada de repolho. Sanduíches de queijo e salada de repolho eram praticamente tudo o que ela comia.

— Oiiii! — gritou ela quando me viu. — Sente-se. Este é o Ultan, ele vai conseguir um sanduíche de queijo e salada de repolho pra mim. E uma garrafa de Coca Diet. Eu tinha falado da Coca, Ultan?

— Tinha, sim — disse ele, olhando para o bloco de pedidos. — Temperatura ambiente. Sem limão ou lima ou qualquer fruta, principalmente sem peras, cranberries ou kiwis.

— Muito bom. Rachel vai pedir comida normal.

— Tudo bem.

Ultan me entregou um cardápio e saiu para fazer as vontades de Helen.

— E então? Como estão as coisas? — perguntei.

— Você quer saber por que eu te convidei? O motivo dessa comida noturna?

— Algum problema?

— Não. — E, muito orgulhosa, ela disse: — Eu vim pra saber de você e te ouvir.

— Ah! Isso é... ah... legal.

— Pois é. Estou tentando agir como uma pessoa normal.

Helen estava *muito* contente consigo mesma.

— Saber de mim e se eu por acaso estou chateada por você e Artie estarem tenta... — Eu me interrompi. — Desculpe. Eu quase falei a palavra "tentando".

— Que bom que não falou.

E nós duas rimos.

— Veio saber se estou chateada com você e Artie por estarem *esperando* um bebê? Helen, eu estou bem com isso. Bem, *quase* bem, mas isso vai ter que bastar.

— Não foi só por isso. Eu fiquei pensando no fato de você rever o Costello depois do que aconteceu com sua bebê. E agora a senhora nossa mãe com aquela conversa fiada de chamar ele pra festa. Acho que é muita coisa para você, né?

Muito surpresa, falei:

— Obrigada.

— Você passou por coisas difíceis. Eu entendo, agora que estou... com *vontade* de ter um bebê também. O problema é que, provavelmente, eu não seria de grande ajuda, Rach. Simpatia não é meu forte e... — Helen fez uma pausa, seu humor de repente mais sombrio. — Ou ao menos foi o que me disseram. Ou será empatia? Talvez os dois... Mas, se você precisar, estou... sim, pronta para ajudar.

— Obrigada, irmã.

— Você tem sido boa para mim. Quando estou mal, você não fica falando só sobre você.

Achei a confissão quase insuportavelmente emocionante.

— Quase todo mundo faz isso — disse Helen. — As pessoas não conseguem evitar, eu acho. Mas você é diferente.

Engoli em seco.

— E como você está com tudo o que está acontecendo?

— É um saco, não é? Querer ter filhos. Há tanta coisa a perder. Eu estava melhor quando não queria nada e não amava ninguém — disse ela, exasperada.

— Ah, Helen, não. Isso não é vida.

— Mas é seguro. — A ansiedade dela ficou, de repente, muito evidente. — Rachel, e se eu não conseguir engravidar? E se eu pirar de novo? Ou e se eu tiver um bebê e depois ficar com depressão pós-parto? Porque isso pode acontecer com... com mulheres com histórico de depressão — disse ela, e então revirou os olhos e mostrou a língua. — Que sou eu. Caramba! E se... Me desculpe, Rach, mas e se eu engravidar e depois perder? Eu voltaria direto para o hospício.

Caramba.

A questão era que qualquer um desses cenários *poderia* acontecer. Embora as chances fossem pequenas, a perspectiva era aterrorizante. Senti um desejo frenético de proteger minha irmã.

— Vou dizer uma coisa. Eu queria ter reuniões para ir, como você.

— Mas *existem* grupos de apoio para pessoas com depressão.

— Eu sei. — Helen revirou os olhos. — Eu fui uma vez, mas as pessoas me irritaram profundamente. Eram tão... *dramáticas*. Então não voltei mais.

CHEGUEI EM CASA exausta depois da reunião. Subindo lentamente as escadas para o quarto, sabia que não teria problemas para dormir. E quanta *gratidão*, meu Deus. Mesmo tanto tempo depois, só a lembrança da insônia me lançava de volta àquelas semanas terríveis depois da partida da Yara.

Naquele ano, o mundo mudou de eixo e nada mais seria o que era antes. Uma dimensão inteiramente nova de tristeza se abriu para mim e só quando consegui um suprimento regular de comprimidos para dormir comecei a suportar.

Acordar todas as manhãs para viver outro dia sem Yara era sempre um choque. Sobreviver a cada minuto era exaustivo. Mas saber que às dez da noite eu poderia parar de aguentar aquilo e desaparecer em um delicioso esquecimento me dava forças.

O problema é que desenvolver tolerância ao medicamento era um processo rápido. Não foi surpresa que, depois de uma semana ou mais, a duração do sono tenha caído de oito para cinco horas, depois para quatro. Por algumas noites, permaneci deitada, acreditando que pegaria no sono outra vez, mas era difícil, principalmente sabendo que havia um pequeno estoque de comprimidos por perto, enrolados num par de meias na cômoda. Na terceira noite, fui até ela e tentei puxar a gaveta sem fazer barulho. Mas, com um rangido de madeira, Luke se mexeu na cama.

— O que você está fazendo?

— Nada — sussurrei. — Volte a dormir.

Tirei o comprimido da cartela, coloquei-o na língua, voltei para a cama e logo fui levada para o nada sem dor.

Depois daquela noite, passei a manter um segundo comprimido escondido na fronha do meu travesseiro para quando acordasse às 2 ou às três da manhã.

Em um desenrolar sofrível, os dias pareciam se tornar mais dolorosos. Já fazia cerca de sete semanas desde o ocorrido e o desespero inicial havia se transformado. O peso completo da minha — da nossa — perde começava a se estabelecer. Em vez da vasta expansão de amor e felicidade para a qual Luke e eu estávamos preparados, a vida que nos restava parecia pequena, truncada e muito triste.

Até que chegou a vez de *Luke* passar por um período de insônia. Em várias manhãs encontrei-o de olhos ocos e exausto e sugeri que ele fosse ver a Carlotta. Minha esperança era que, se ambos estivéssemos tomando medicamentos para dormir, Luke entenderia o quanto eles eram úteis — e eu poderia dizer a ele que ainda estava tomando os meus.

Mas ele falou:

— Eu vou superar. Seu sono voltou ao normal, não voltou?

Eu não podia ter certeza, mas imaginei ter visto Luke olhar rapidamente para a gaveta de meias e senti um calafrio. Se ele descobrisse, me obrigaria a jogar tudo fora e eu não podia. Aqueles comprimidos eram a minha salvação.

Quando Luke saiu para o trabalho, dei uns vinte minutos, só para garantir que ele não voltaria, e recuperei meu precioso estoque: três cartelas, vinte e sete comprimidos restantes. Elas precisavam ser partidas e escondidas por todo o apartamento, para que ainda houvesse bastante caso ele encontrasse algum esconderijo.

Enquanto cortava as cartelas em quartos, eu me senti envergonhada, depois ressentida. Por que Luke tinha que ser tão difícil? Se ao menos ele entendesse que essa situação era muito temporária e, assim que eu estivesse mais forte, eu pararia...

O banheiro parecia óbvio demais, provavelmente seria o primeiro lugar que ele olharia. Mas parecia seguro esconder alguns comprimidos no bolso de um casaco que eu já não usava mais. Na cozinha, enfiei a mão no fundo de um pacote de arroz basmati em que não tocávamos havia anos e enterrei quatro comprimidos. Contanto que Luke não resolvesse fazer uma limpeza na cozinha, o que era muito improvável, eles estariam seguros ali.

Olhei as três fotografias penduradas nas paredes da sala de estar: fotos sorridentes e felizes da Brigit e eu numa noite com os Homens de Verdade, mil anos atrás. Elas estavam nos mesmos lugares havia tanto tempo que nem eu nem Luke as víamos mais.

Mas, enquanto eu colava os comprimidos nos versos com fita adesiva, tive um vislumbre de como aquilo era louco. Tipo, era *loucura*. Eu não deveria simplesmente contar para o Luke? Não havia problema algum. Aquela medicação tinha sido prescrita por um médico. Bem, na verdade, por dois médicos. Carlotta não sabia que o Dr. Gagnon me deu uma receita e o Dr. Gagnon não sabia, ou não estava interessado em saber, da receita da Carlotta.

Mas o fato é que eram todos *prescritos*. Admito que eu estava superdosando, mas só porque eu precisava de ajuda para passar por aquele momento difícil. Apesar de Luke ter surtado com os cinco Ambien iniciais da Carlotta, ele estava esquecendo que eu era a pessoa menos propensa a dar errado. Eu sabia tanto sobre mim mesma *e* tanto sobre vícios que garantiria que a dependência nunca mais acontecesse.

58

Acordei com uma série de mensagens da Claire.

Devin Costello é um GRANDE sucesso. Luka e ele já viraram amigos! Até a Francesca parou de implicar depois de um tempo.

E outra:

Porém, zero trabalho, né? Será que algum dia eles terão empregos? Nós, da Geração X, mantemos o mundo girando e depois eles nos fazem nos sentir culpados por comprar roupas. Não é legal.

E mais:

E eu mal sou da Geração X. Quase jovem o suficiente para ser millennial rsrs. Pra eles é cômodo pegar nosso dinheiro e deixar a gente pagando as coisas.

Depois:

Não se parece muito com o Luke. Seria estranho se parecesse. Ele parece louco pela Kate. Nunca gostei daquele Isaac.

E então:

O que você vai fazer esta noite? Luka e eu vamos ter um tempo mãe-e-filho. Indo fazer compras. O que só prova a minha questão anterior. Depois vamos comer comida mexicana. Adolescentes e essa obsessão por tacos.

Bem, que bom para Kate que tinham gostado do Devin. Esse foi o máximo de espaço mental que pude dedicar ao tema. Depois fui trabalhar.

Às dez e dez, Freya Tollemarche subiu as escadas, seguida pelo mandão do pai, Eden.

Diferentemente da loira delicada e magrinha que eu imaginara, a filha de Bronte tinha um cabelo cheio e ruivo, mal contido por um chapéu tricotado. Seu rosto era longo e fino, com dentes proeminentes, mas ela era linda, com uma pele fresca e viçosa e olhos brilhantes.

Eden me cumprimentou berrando:

— Hoje deve ser só sobre Freya.

— Como é?

O bastardo atrevido estava mesmo me dizendo como conduzir minhas sessões?

— É que eu posso estar aqui sempre que você mandar. Mas Freya está visitando por apenas um dia, então ela deve ter a palavra.

— Veremos.

Dei-lhe um sorrisinho e virei minha atenção para a filha dele. Freya parecia um carrossel de emoções, sorrindo sem parar, mas ao mesmo tempo à beira das lágrimas. Coitadinha, ela tinha apenas dezoito anos.

— Rachel — disse ela, me dando dois beijos com toda educação, como se nos encontrássemos socialmente. — Estamos muito gratos pela sua ajuda com a mamãe. — Freya puxou minha manga. — Seu macacão é divino.

Ela deu um sorriso ansioso e as lágrimas começaram a rolar. Do bolso da calça de sarja marrom, ela tirou um lenço de algodão e enxugou os olhos.

Preciso admitir que o visual dela era *hipnotizante*. Nos pés longos e estreitos, sapatos escuros modelo brogue polidos até brilhar. Um vislumbre de uma camiseta em verde vibrante aparecia sob um blazer de ombros largos, complementado por uma bolsa transversal que parecia ser uma relíquia de família. Ela poderia ter saído direto da passarela da Margaret Howell *ou* do "Tudo que Você Pode Vestir por Dez Libras" da loja Oxfam.

— Punky? — perguntou Bronte baixinho, ao ver sua filha. — Ah! É você mesma!

— Mãe!

Freya e Bronte se abraçaram, com Eden pairando atrás delas.

— Sinto muito por você estar neste lugar.

— Não, Punky — disse Bronte, enchendo o rosto de Freya de beijinhos. — Por favor, não se preocupe. Todo mundo aqui é muito legal. Mas... por que você está aqui? Desistiu de São Francisco?

— Não, não. Eu volto pra lá amanhã.

— Você veio passar um dia? Por minha causa?

— Sim!

E depois ambas estavam rindo e chorando.

Todos os outros estavam *cativados*.

Indicando a cadeira de Dennis, que estava ao lado da de Bronte, Freya perguntou:

— Posso?

— Claro que *pode* — respondeu ele.

Dennis se levantou e atravessou a sala para se sentar ao lado do Eden que estava com o rosto impassível. Nervoso, ele deu um aceno e murmurou:

— Um dia ótimo para isso.

Freya acariciava a mão da Bronte, que, por sua vez, fazia cafuné na filha. Estavam literalmente *cuidando* uma da outra. Ou seja, precisavam ser separadas se eu quisesse obter algum proveito daquela visita. Desse modo, recoloquei Dennis em sua cadeira original.

Quando todos se acomodaram, comecei.

— Freya, você tinha treze anos quando sua mãe foi para a reabilitação pela primeira vez. Como foi crescer com uma mãe dependente química?

Freya era angulosa, joelhos e cotovelos, dedos longos e expressivos.

— Preciso que vocês entendam que minha mãe é a pessoa mais doce do mundo. Sabíamos que ela tinha ido para a reabilitação, mas acho que nunca a vi... qual é a palavra? Fora de si? Chapada? Drogada?

Oi?

— Nunca? — perguntei.

— Sinceramente, não. Ela é sempre tão divertida, tão gentil. Sempre me senti muito amada por ela. Hugo e Gerald também. Nós a adoramos.

De certa forma, acreditei nisso.

Bronte mandou beijos para a filha do outro lado da sala.

— *Bisous* — disse ela, com lágrimas nos olhos.

— Quê? — sussurrou Dennis, inclinando-se para o lado em direção a Chalkie.

— É "beijos" em francês — explicou Chalkie, revirando os olhos.

Nem todo filho de dependente químico é necessariamente desequilibrado. Talvez Freya estivesse prejudicada de maneiras menos óbvias, mas eu estava certa de que ela amava a mãe.

— Sou louca por cavalos — comentou Freya. — Nós duas somos. Nossos cavalos são os amores de nossas vidas.

— Você vai conseguir ver a Bubble enquanto estiver aqui? — interrompeu Bronte.

— Sim! — gritou Freya, animada de repente. — Vou passar em casa para dar um carinho nela se sobrar um tempo.

Freya olhou para Eden, que assentiu. Ele havia *me* dito que eles iriam direto para o aeroporto.

— Dê um beijo nela por mim, Punky?

— Claro. E vou visitar a Merryweather, certo?

— Ah, por favor!

Algo sobre todo esse amor por cavalos me fez pensar na escolha de carreira da Freya.

— Freya, lá em São Francisco... Você trabalha num banco?

— Aham, num banco de investimentos. Só por um ano, antes de começar a faculdade.

— Você planeja ser bancária? Não preferiria trabalhar com cavalos?

— Sim, sim. Mas com cavalos, não — disse ela, lançando um olhar furtivo para o pai. — Não é uma carreira.

— Não é?

Certamente havia todos os *tipos* de trabalhos no mundo equestre.

— Não, não financeiramente. Não.

Eu queria pressionar mais, mas Freya não era minha cliente, não era da minha conta.

— Como você se sentiu quando soube que sua mãe teve uma recaída?

— Eu...

O pomo de Adão de Freya subia e descia. Depois de um longo silêncio, perguntei:

— Você ficou surpresa?

— Bom, sim, porque eu nunca a vi... Como posso dizer... Agindo como uma dependente. Mas acho que posso afirmar que minha mãe é uma pessoa frágil. Acho que ela sente a vida de forma mais dolorosa do que os outros.

— Você quer que ela pare de usar heroína?

Depois de mais uma pausa, ela falou:

— Eu quero que ela seja feliz. Hugo e Gerald também querem isso para ela. Acima de tudo.

— Freya — recomecei, tentando ser gentil. — Sei que você ama sua mãe e quer protegê-la da dor. Mas a heroína é uma droga muito perigosa, com uma alta taxa de mortalidade.

Não era justo. Freya era jovem e inocente. Mas eu tinha sido enganada por Eden, que fez Freya voar cinco mil milhas para dizer verdades desagradáveis para que ele não tivesse de fazer isso.

A pobre Freya estava em agonia.

— Bem, então ela deve parar — disse ela, voltando a chorar. — Sinto muito, mãe. Nós te amamos demais. Você deve parar.

Bronte parecia desolada. E de repente entendi que o gatilho dela era esse. Era *isso* que eu tinha deixado passar: Bronte *adorava* os filhos.

59

Eu estava quase certa de que tinha descoberto a raiz da questão. Assim que Freya e Eden foram embora, corri para o escritório, *ansiosa* para me concentrar na linha do tempo da recaída de Bronte, mas Brianna me interceptou carregando um pacotinho pesado.

— Aposto que é de outro paciente grato.

Eu deveria ter deixado para depois, mas Brianna estava ansiosa para ver o conteúdo, que acabou se revelando um pedaço gigante de torrone.

Brianna recuou.

— Eu tenho literalmente fobia dessa coisa. Você não tem medo de perder todos os dentes?

— Não. Eu adoro.

Mas eu sabia de alguém que amaria ainda mais: Harry, o marido da Nola. Torrone era a praia dele.

E eu gostava *tanto* do Harry. Obviamente, ele nunca me conheceria tão bem quanto a esposa, porque Nola sabia *tudo* sobre mim. Mas só pelo fato de me receber em sua casa dezenas de vezes por ano, um afeto caloroso se criou.

Deve ser estranho ser o parceiro de uma madrinha, ver pessoas chegarem à sua casa, em todos os estados, bons e ruins, mas não ser informado de nenhum dos detalhes.

Foi exatamente o mesmo para Luke. Eu era madrinha de uma mulher muito simpática chamada Jessamay. Ela estava se saindo muito bem, então, de repente, teve três recaídas em cinco meses. Sua namorada, Britt, ameaçou ir embora se isso acontecesse novamente. Até que realmente aconteceu: Jessamay escorregou e Britt terminou com ela.

Jessamay me ligou arrasada e eu disse para ela ir até meu apartamento. De alguma forma, Luke chegou à porta primeiro e Jessamay se jogou contra ele.

— Ah, Luke! Eu tive uma recaída e a Britt foi embora e você pode falar com ela, por favor? Pode dizer a ela...

Apavorado, Luke voltou os olhos para mim.

— Sinto muito ouvir is...

— Jessamay, vem aqui.

Peguei Jessamay pela mão e levei-a para o meu quarto, onde tentei acalmá-la. Conversamos por um longo tempo e depois fomos para uma reunião. Depois, eu a acompanhei de volta até a casa dela.

Quando finalmente cheguei em casa, Luke pulou do sofá, angustiado.

— Ela está bem? A Britt realmente terminou com ela? Eu sei. Não é da minha conta. Você não precisa me contar. Mas foi difícil de ver.

Fechei a boca com força, tentando impedir que as palavras escapassem.

— Eu sei que você não pode me contar, mas Britt foi embora? E se ela não voltar?

— Talvez seja melhor.

Eu não estava contando nada, disse pra mim mesma. Foi uma resposta hipotética a uma pergunta hipotética.

— O quê? Rachel, não! — Luke parecia ofendido. Chateado, até. — Por quê?

— Escuta aqui, seu romântico incurável. Quantas vezes eu já te expliquei que, se não perder alguma coisa, o dependente não tem estímulo para mudar?

— Entendo.

Entendeu, mas não gostou.

— Na verdade, se... E não vai acontecer, mas *se* eu tivesse uma recaída, você não poderia ficar comigo.

— Mas e se eu quisesse?

Eu ri.

— Você não iria querer. Eu não seria eu. E você não estaria me ajudando, estaria fazendo exatamente o oposto.

Ele negou com a cabeça.

— Isso é um tipo de amor insensível. Eu não gosto. Não gosto nem um pouco.

QUANDO DESCOBRI A linha do tempo da Bronte, fiquei tão contente que literalmente esfreguei as mãos. Assim que voltamos ao grupo depois do almoço, comecei.

— Bronte? Você ficou feliz em ver a Freya?

Ela se iluminou.

— Eu estava *bouleversée*!

— Estava o quêêêê? — perguntou Dennis.

— "Muito feliz" em francês — disse Chalkie.

— Eu *adoro* a Punky — disse Bronte. — Eu adoro meus três filhos.

— Então como você concilia ser uma mãe amorosa com o uso da heroína?

— Isso não foi conciliado, Rachel — respondeu ela, parecendo surpresa. — Meus filhos estudam fora, em internatos. Eu nunca usei drogas perto deles.

Verdade? Bom, *talvez*. Isso se encaixava com a versão dos acontecimentos de Freya.

— Depois de casada, você, na maior parte do tempo, parou de usar heroína, certo? Mas recomeçou há cerca de seis anos, segundo consta. Por quê?

— Eu não tenho certeza...

— Seu filho mais novo tem treze anos, certo? Que idade ele tinha quando foi para o internato?

— Sete.

— Isso foi há quantos anos?

— Seis.

Deixei-a pensar por um tempo.

— Eden mandou você para a reabilitação há cinco anos e você ficou limpa e permaneceu limpa até oito meses atrás. Correto? Mas, antes de quebrar o tornozelo, como estava indo sua vida? Havia algo diferente? Alguma mudança? Grande ou pequena?

Bronte arregalou os olhos.

— Nada de que eu me lembre.

— Vamos retroceder, então. Seu acidente foi em junho. O que mais estava acontecendo em junho passado?

— Humm. A maioria das éguas havia parido...

— Alguma coisa com seus filhos? Com Freya? Ela tinha terminado o ensino médio e voltado para casa do internato, não é? Por quanto tempo ela ficou?

— Duas semanas.

— Mas você esperava que ela ficasse mais?

— Sim. Na verdade, eu pensei que ela ficaria para sempre. Para estudar veterinária em Dublin.

— Então, o que aconteceu?

O rosto da Bronte se contraiu.

— Eden conseguiu um estágio em um banco para ela. Em São Francisco. Foi um choque enorme para Freya. E para mim também. Quando o ano dela no banco acabar, em vez de voltar para cursar a graduação na Irlanda, ele disse que ela vai estudar economia em Durham.

— E como você se sentiu quando soube disso?

— Foi terrível — disse ela com a voz fraca. — Nós, Freya e eu, tínhamos planos maravilhosos, de trabalhar juntas com nossos cavalos. Estávamos tão animadas. Foi uma agonia viver tanto tempo longe dela, longe dos três. Mas eu fiquei forte porque sabia que tempos melhores estavam por vir. Mas aí descobri que o fim dos estudos dela significava que ela estaria mais distante de mim do que nunca.

— E você caiu do cavalo.

Surpresa, ela disse:

— Você está sugerindo que fiz de propósito?

— Você fez? Vamos colocar de outra forma. Você esperou muito tempo para ter um relacionamento mais próximo com sua filha, então descobriu que o que você tanto queria nunca ia acontecer. Como você se sentiu?

— Desolada.

— E bem nesse momento você caiu do cavalo. Não duvido de que você estivesse com muita dor física, mas os medicamentos que foram prescritos eram velhos conhecidos seus e você sabia que eles amorteceriam sua angústia sobre Freya. Havia muitas maneiras de aliviar a dor do osso quebrado, mas apenas uma de anestesiar a dor de não ter Freya. Heroína.

Dennis arfou. Sendo sincera, todos na sala ficaram maravilhados, provavelmente achando que eu era algum tipo de bruxa.

— Então a culpa é do Eden? — perguntou Bronte.

— A usuária é você.

— Mas o Eden é tão.... — Ela parou de repente.

— Todo-poderoso? — sugeriu Dennis. — Mandão?

— Autoritário? — ofereceu Chalkie. — Tirânico? Ditatorial? Um porre?

— Pra mim ele parece um amor — disse Ella, dando a Bronte um olhar venenoso.

— Chega — falei. — Isso não é sobre ele.

— Ah, Rachel, eu estava gostando disso — disse Chalkie.

Eden Tollemarche parecia mesmo um tirano, mas o Claustro não era um paraíso de reinvenção, onde mulheres submissas vinham recuperar as rédeas. Bronte poderia resolver seu casamento mais adiante — ou talvez não, quem sabe? No entanto, por mais que eu adorasse intervir e dar todo *tipo* de conselho de vida, meu único trabalho era ajudá-la a ficar — e, crucialmente, *permanecer* — limpa.

60

Quando liguei meu celular, ele apitou: uma chamada perdida do Luke, depois uma mensagem curta de duas palavras:

Me liga.

Meu estômago remexeu.

Ele atendeu após meio toque.

— Preciso te ver. Precisamos conversar.

— Sobre o quê?

— Algo que temos de esclarecer. — A voz dele estava calma, controlada, furiosa. — No domingo, na praia, você disse que eu te abandonei, mas não foi assim...

— Claro que foi — retruquei, atordoada. — Você alugou uma van, empacotou suas coisas, se mudou para Denver...

— Rachel, *você* me abandonou.

— Luke, você está... bem? — Eu estava confusa. — Você parece um pouco...

— Você não estava mais comigo, Rachel. Você ficou com seus remédios para dormir, estava num lugar onde eu não conseguia te alcançar.

— Mas... — Eu não sabia por onde começar. — Você sabe por que eu tinha que usá-los. E por que você está voltando nisso só agora? Por que não disse nada no domingo?

— Porque... — Ele fez uma pausa. — Porque eu me senti... Eu me sentia... Mal. Eu me sentia mal com tudo isso, com o modo como nós...

terminamos. Mas aí acordei no meio da noite e foi como se uma bomba tivesse explodido na minha cabeça. Você não pode colocar toda a culpa em mim, Rachel. Precisamos ter uma conversa séria.

— Precisávamos ter uma conversa séria seis anos atrás, mas...

— Eu tive muitas conversas sérias com você, Rachel. Naquela época. *Muitas*, e você sabe o que de bom isso me trouxe? Nada. Eu vou terminar aqui com o papai em cerca de uma hora, posso ir para...

— Hoje eu não posso. — Na manhã seguinte, Quin ia voltar para o Novo México por alguns dias. Tínhamos combinado de assistir a um filme naquela noite. — Amanhã à noite?

— Não — disse ele de pronto, mas reconsiderou. — Que horas? Vou levar a Kal ao aeroporto e...

— Kallie está indo embora?

— Ela tem um show na sexta à noite. Posso encontrar você por volta das oito e meia, nove horas? Muito tarde?

— Tudo bem. No Huntsman?

— Um pub?

— É no meio do caminho para nós dois.

O que eu não disse foi que eu poderia ir embora se ficasse pesado demais. A raiva do Luke, a convicção dele de que os eventos tinham sido diferentes do que eu me lembrava, dispararam um turbilhão de medo em mim. O mundo todo parecia agora sombrio e ameaçador.

O FILME NÃO era um *blockbuster* qualquer, mas um documentário sobre um jovem alpinista que escalava rochas gigantes sem equipamento de segurança.

Correndo para o Irish Film Centre, a qualidade dos frequentadores daquela noite quase me fez rir. Homens, na maioria, todos musculosos e sérios, compartilhando histórias de bravura em grandes altitudes. Enquanto eu procurava por Quin, fragmentos de conversas chegavam até mim: "O tempo piorou, decidimos não arriscar...", "... carregando quarenta quilos de equipamento...", "... uma queda enorme, mas aguentou..."

Lá estava ele, com Murph e Golden, os três vestidos a caráter em suas roupas de escalada. Provavelmente foi inconsciente, da mesma forma que Anna e eu fomos só com roupas de grife assistir a *O Diabo Veste Prada*.

Quin esticou o braço e me puxou para um beijo, eu disse olá aos outros dois, Murph (um homem) e Golden (uma mulher). Junto com outros dois homens, eles eram amigos desde o ensino fundamental. O grupo de amigos havia feito muitas escaladas.

Golden claramente não gostava de mim e, de forma incomum, isso não me causava angústia. Por pelo menos dez anos, Golden esteve num épico relacionamento de idas e vindas com um dos outros caras, Prosser. Nas fases de "idas", ela transava com Embury, o quarto homem do grupo. Mas, em vários momentos ao longo dos anos, ela tinha transado com *todos* eles: Prosser, Embury, Murph, até mesmo Quin, antes de ele se casar com Shiv. Eu suspeitava que ela os considerava sua propriedade.

— Você quer alguma coisa? — perguntou Quin, indicando o café com a cabeça. — Comemos o bolo de cenoura.

Não havia pipoca ou doces, não era esse tipo de cinema. E não era esse tipo de noite. A clientela era *séria* sobre escalada, *séria* sobre nutrição.

Exceto pelo bolo. Eu tinha notado que os escaladores gostavam de bolo. Embora eles só parecessem comê-lo com outros escaladores.

Para minha surpresa, o filme era ótimo.

— Você gostou *mesmo*? — perguntou Golden após a sessão, quando já estávamos no restaurante nepalês. — Ou só está falando isso para nos fazer sentir bem sobre você ter pegado o ingresso do Embury?

Olhei para Quin.

— Eu...?

— Isso foi reservado semanas atrás — disse ele, dando de ombros. — Mas estarei fora de amanhã até sábado, queria te ver hoje à noite. Ele fez um favor para mim.

— *Tão* altruísta da parte dele — falei, e sorri para Golden, que lançou olhares ferozes de seus olhos azuis pálidos. — Você e Prosser? Terminaram de novo?

O rosto dela ficou vermelho. Embora antes disso já estivesse bem vermelho.

Ela parecia uma gata envelhecida pelo tempo.

— Vai se foder — resmungou ela, que me fez rir.

Ao meu lado, Quin se mexeu.

— Rachel não teve culpa, Golden. Eu que pedi — disse Quin.

— Sei... Vamos pedir algo?

JÁ ERA TARDE quando chegamos em casa e tanto eu quanto o Quin estávamos relaxados e risonhos. Seria tão fácil não dizer nada.

Mas teria sido muito traiçoeiro.

— Quin, amanhã à noite vou encontrar o Luke — falei, de súbito. — A maneira como nos separamos, o motivo, ele vê de forma diferente do que eu. Seria bom... desvendar isso.

Depois de um bom tempo em silêncio, ele perguntou:

— Está rolando alguma coisa?

— Nada desse tipo que você está pensando. Mas...

— E se você "desvendar" que ainda o ama?

— Isso não vai acontecer, mas espero conseguir um pouco de paz.

— Rach? — O tom do Quin tinha um desprezo nítido. — Acho que você deveria saber que seu ex-marido é apenas um homem. Um homem comum que, apesar de como ele a tratou, você idealizou. Eu o conheci e posso dizer que ele não é um molho francês que foi reduzido e reduzido até ser... uma porra de um... — Ele agitou as mãos, procurando a frase certa. — Manjar dos deuses. E eu sou melhor do que batata frita com queijo do Jo Burger. Muito melhor. Eu sei disso. E gostaria que você também soubesse.

— Eu nunca deveria ter dito isso, Quin. Não consigo expressar o quanto me arrependo. Por favor, me desculpe. — Nesse momento, senti que perdi o fôlego. — Talvez tenha sido o que eu pensava no começo, mas em todo caso foi cruel e *errado*. As coisas são diferentes agora.

— Diferentes de que forma?

— Bom, são. Não são?

— É. Enfim. Podemos dormir agora?

Quin virou de costas para mim e apagou a luz.

61

Nas semanas e meses após a morte da Yara, ainda frequentei as reuniões do NA, mas não com tanta assiduidade Pela primeira vez, elas haviam deixado de me confortar. Minha perda era muito grande e me isolou dos demais numa ilha deserta.

As pessoas eram amáveis, solidárias e positivas como sempre. Viviam me garantindo que eu seria capaz de superar sem recair. Mas o fervor me exauria. Elas não... não tinham como saber o quanto eu me sentia mal, então não tinham o direito de me dizer como lidar com a minha dor.

E, se soubessem que eu estava tomando remédios para dormir, provavelmente surtariam.

As reuniões por muito tempo foram meu poder superior, mas depois da Yara eu não acreditava mais nisso. Não acreditava mais em nada, na verdade.

Todas as manhãs, Olga Mae me enviava mensagens reconfortantes: coisas como "só por hoje" e "isso também vai passar". Mas tudo o que elas me faziam sentir era culpa.

Mia tinha o hábito de aparecer por volta das seis da tarde, trazendo uma caixa de tomates comuns ou um cesto de amoras que sobravam do seu dia na banca. Esse momento se tornou mais uma coisa a temer — ter que buscar palavras no fundo da alma para agradecê-la por comida que eu não tinha capacidade de comer. Por fim, deixei para Luke a tarefa de lidar com ela.

Carlotta tinha nos incentivado a experimentar grupos de apoio para pais enlutados, mas eu queria ir a um que fosse só para mulheres. Por pior que fosse a dor do Luke, e eu imaginava que fosse terrível, a que eu sentia, graças ao impacto da minha vergonha corrosiva, tinha que ser pior. Era a coisa mais natural do mundo dar à luz um bebê saudável, e eu havia falhado. Talvez se eu pudesse conversar com outras mulheres que tivessem falhado da mesma maneira, eu teria algum conforto?

Mas, quando tentei explicar, Luke ficou magoado. Irritado, até.

— Você está me excluindo, amor.

Eu não precisava fazer isso porque já estávamos nos excluindo mutuamente. Eu não conseguia cuidar dele e ele não conseguia cuidar de mim.

E, no fim das contas, até mesmo num grupo de mães enlutadas, eu me senti isolada. Depois de apenas duas sessões, desisti.

A maneira da Claire de demonstrar apoio era me mandar links de histórias de celebridades fazendo espetáculos de si mesmas. Duas ou três vezes por dia um "Olha que idiota!" aparecia no meu telefone. E, para ser justa, alguns minutos lendo sobre o colapso de outra pessoa *era* de fato uma distração.

Anna me visitava quase todos os fins de semana, geralmente trazendo produtos caros de cuidados com a pele, às vezes até alguns para Luke.

— Então, isso é um... — Luke se prontificava a ler as caixas. — Um sérum de renovação celular noturna. Parece... legal. Obrigado, Anna. — Eu notava minha irmã lutando para parecer descontraída. — Da próxima vez que me vir, vou parecer vinte anos mais jovem.

— E vinte vezes mais gato!

Rolava uma gargalhada constrangida e um tempinho depois Luke dava um jeito de nos deixar a sós.

Foi Anna quem sugeriu timidamente que Luke e eu poderíamos tentar ter outro bebê.

— É tarde demais, Anna. Eu já tenho quarenta anos.

— Quarenta não é velha! Você tem todas as chances de engravidar novamente.

Eu quase sorri. Era uma maneira tão nova-iorquina de pensar, que a ciência poderia fazer a natureza dançar ao seu ritmo.

— Estou muito... Anna, não acho que eu esteja predestinada a isso.

— Você não pode desistir, Rach — disse ela, bem irritada. — Você precisa ter esperança.

— Anna... — Era tão difícil dizer as palavras. — Luke... Ele me culpa. Pela morte dela.

— Não! Ele não...

— Culpa, sim, Anna. Ele não falou abertamente, mas a maneira como ele me olha é péssima. — Engasguei. — Estou com tanta vergonha, com tanto medo. Eu e ele, não estamos bem, não estamos sendo legais um com o outro.

Eu tinha lido sobre casais que perdem um bebê. Sobre como era comum que se culpassem. Que o relacionamento se fragilizasse e acabasse. Era isso que parecia acontecer com Luke e eu. Uma separação antes era algo inimaginável, nós éramos muito conectados, éramos um casal. Mas, quando Yara morreu, algo se rompeu.

Não notei imediatamente, porque estávamos cambaleando, chocados, incrédulos. Mas, depois de algum tempo, a paisagem começava a parecer mais nítida e muito diferente do que era antes.

Eu pegava Luke me observando, quase me avaliando, como se eu fosse um quebra-cabeça que ele precisava resolver.

Ele estava distante. Irritável. Às vezes era frio.

E eu me sentia... Bem, eu só queria dormir.

Precisávamos conversar, mas, se ele admitisse que achava que a culpa era minha, talvez nunca superássemos o estrago.

Certa manhã entrei sorrateiramente no quarto da Yara e encontrei Luke sentado no chão, segurando um ursinho de pelúcia e soluçando. Fiquei tão chocada, tão *envergonhada* pelo sofrimento que causei que tudo o que consegui fazer foi olhar, depois me afastar.

Perdemos nossos sonhos quando perdemos nosso bebê e parecia que estávamos perdendo um ao outro também.

62

— Bom dia — disse Brianna. — Seu novo paciente está na sala três.
— Obrigada.

Precisava retomar o foco e me concentrar em Lowry Cooke. Lowry tinha trinta e nove anos, era viciado em álcool e cocaína e tinha sido persuadido a se internar depois que sua vida desabou: a namorada o deixou, os amigos se afastaram e ele estava sendo processado por um casal por ter arruinado a festa de casamento deles.

Abri a porta e lá estava ele, bonito, magro, desajeitado e um pouco sujo, jeans largos na cintura, cabelos pretos caindo sobre a testa.

— Lowry? Sou Rachel, sua terapeuta.

Ele piscou, fazendo um cumprimento meio teatral.

— Uau!

Um sorriso lento se espalhou por seu rosto e ambas as mãos se fecharam ao redor das minhas.

Ah, meu Deus, não. Não me diga que é um daqueles tipos patéticos que flertam e não descansam até que todo mundo esteja a fim dele.

Ele era fotógrafo, de alto nível, mas se vestia como um cantor de banda indie, com uma camiseta desbotada Karen Carpenter e botas de cowboy bordadas. Pulseiras hippie e outras bobagens adornavam seus punhos, tatuagens subiam e desciam pelos braços, uma placa pesada de identificação de cachorro do exército pendia em seu pescoço e a tatuagem cruzando de uma clavícula a outra dizia “Morto ao Chegar”.

— Por favor, sente-se.

Ele se esparramou na cadeira, abrindo as pernas de forma exagerada, as pernas longas e as botas mais longas ainda se esticando quase até a parede oposta.

— E então? — perguntei.

— E então? — repetiu ele, sorrindo de forma sarcástica, como se estivéssemos num primeiro encontro.

— Por que você está aqui, Lowry?

— Este lugar tem uma boa reputação. Um acampamento para a mente. Vocês precisam me colocar nos eixos.

— O que você quer dizer com isso?

Ele respirou fundo.

— Depressão. Grave. Tenho tido altos e baixos há anos. É a razão pela qual eu bebo e uso drogas. Mas aqui vocês descobrem a raiz do problema, né? — Ele tirou um maço de cigarros do jeans, pegou um e perguntou: — Tudo bem se eu fumar?

— Tem uma área para fumantes no jardim.

— Uau! — Irradiando sofrimento, colocou o cigarro de volta no maço. — Então é isso. Assim que você descobrir o que há de errado comigo eu não vou precisar beber tanto.

Era comum. Dependentes convencidos de que o problema todo era um trauma esquecido. Eles esperavam que nós cavássemos até descobri-lo e depois o removêssemos, feito um pelo encravado, para que pudessem voltar a beber ou consumir qualquer outra substância sem mais problemas.

Mas todas as vezes nossa investigação revelava que o motivo pelo qual se sentiam deprimidos era *justamente* o consumo pesado de álcool ou drogas.

Mesmo assim, eu tinha de ser clara com ele.

— Isso aqui é um centro de reabilitação, não um hospital. Não temos médicos. Tratamos alcoólatras e dependentes químicos. Se não é isso que você quer, sugiro que vá embora.

— Você me entendeu errado. Não sou alcoólatra.

— Lowry, você foi contratado para fotografar um casamento, que em geral é o dia mais especial da vida de alguém. Só que você ficou tão bêbado que a maioria das fotos ficou inutilizável. Você caiu dentro de um lago ornamental. Derrubou o bolo de casamento e pisou em cima dele...

— Foi sem querer e...

— Você vomitou no carro dos noivos. E deu em cima da noiva...

— Ei...

— E depois deu em cima do pai do noivo.

Ele acenou com a mão.

— Amor é amor.

— Para mim se parece bastante com alcoolismo.

— Ok, tudo bem, eu não estava no meu melhor dia. Mas é por isso que estou aqui. Quando descobrir o motivo que me leva a beber, esse tipo de coisa vai parar de acontecer comigo.

— "Parar de acontecer com você?" O álcool não se infiltrou magicamente em você, Lowry. Você *escolheu* ingeri-lo.

— Sim, mas só porque me sentia muito mal. Foi a única forma de aguentar aquele dia. Minha namorada tinha me deixado... Fotografar um casamento depois de um pé na bunda foi *difícil*.

Eu quase ri. Lowry Cook não poderia personificar melhor o alcoólatra clássico nem se *tentasse*. Firmemente agarrado à sua posição de vítima, recusando-se a assumir as próprias ações, insistindo em justificar qualquer coisa vergonhosa.

— Naquele dia... O jeito que eu bebi. Não foi comum.

Eu voltei às minhas anotações.

— Mas você tinha recebido uma advertência por beber e se comportar de maneira desordeira no mês anterior...

— Rachel, o término com a Sienna me atingiu bem aqui. — Ele tocou o peito. — Beber feito um louco, ficar tão descontrolado... Eu... — Ele negou com a cabeça. — Eu não sou assim.

Novamente, tive vontade de rir. Se ao menos ele soubesse o *quão* clichê estava sendo. Eu torcia para que Lowry ficasse por tempo suficiente para descobrir.

63

A porta do Huntsman se abriu e lá estava Luke, sua silhueta – altura, cabelo, ombros – inconfundível. Ele olhou ao redor de todo o salão e, quando me viu, abriu caminho entre os conjuntos de cadeiras e sofás.

De pé na minha frente, abriu o zíper da jaqueta de couro, encolheu os ombros e a jogou numa cadeira.

– Quer beber algo?

Indiquei minha água e ele foi ao bar, retornando logo depois com um copo com alguma coisa. Batendo-o na mesa, falou:

– Então, fui eu que abandonei você?

O humor? Não totalmente zangado. Mas longe de ser amigável.

– Você sabe que sim.

– E você me abandonou. Nós nos abandonamos.

– Eu realmente não...

– Você pode deixar eu contar o meu lado da história? – perguntou ele, com os olhos fixos em mim. – Por favor?

Foi o *por favor* que me fez parar.

– Tudo bem – respondi, mas eu estava cheia de medo.

– Tudo começou quando você disse que estava passando todas as noites em claro. Mas eu também não estava dormindo tão bem e costumava conferir como você estava. Muitas vezes, eu te encontrava dormindo.

Eu o encarei, imaginando por que ele diria isso.

– No dia em que me contou que Carlotta prescreveu uma dose suficiente para cinco noites foi a última vez em que você foi honesta comigo.

— Calma...

— Calma, *você*. — Um lampejo de raiva. — Você conseguiu outra prescrição dela e de pelo menos mais dois outros médicos e não só não me contou, como *mentiu* quando eu te perguntei.

— Calma aí, Luke. — Ele estava tentando distorcer os fatos. — Eu estava ficando maluca por causa da abstinência de sono e os médicos me prescreveram a medicação. Mas você era tão contra eu tomar qualquer coisa, *sempre*, que eu não tive saída a não ser esconder a verdade de você.

— "Esconder a verdade" de mim? Isso é só uma forma elegante de dizer que você mentiu, certo? Assim que começou a tomar os remédios em segredo, você se colocou em perigo e você sabe disso. Você é uma autoridade em dependência aqui, Rachel.

— Só foi segredo porque você teria me impedido e, Luke, eu precisava deles.

— Você está *se ouvindo*? Se um paciente seu te dissesse isso, você o colocaria na linha imediatamente. Você não *precisava* deles, você os *queria*...

— Você está errado. Eu...

— Você consegue imaginar o quanto *eu* estava assustado? Nossa filha tinha morrido e eu estava te perdendo. Quando você disse que não tinha tomado nada... — Luke cuspiu as próximas palavras. — Eu não consigo nem começar a te dizer o *quanto* eu quis acreditar. O problema é que eu tinha estado lá com você, no passado. Eu conhecia os sinais. Pouco tempo depois que você começou a tomar os remédios, eu percebi que estava tomando mais do que deveria. Você tomava durante o dia, além da hora de dormir. *E* no meio da noite. Mas sempre que eu perguntava, você mentia.

Eu estava tentando me agarrar ao que sabia ser verdade. Admito que eu tinha *sim* tomado mais do que a quantidade prescrita, e havia manhãs em que a dor de mais um dia sem a minha filha era insuportável demais. Mas tomar os remédios sempre foi uma escolha ativa. Eu estava sempre no controle.

Eu sabia que a versão do Luke era uma distorção, mas as bases sólidas da minha convicção estavam começando a oscilar sob os meus pés. Eu estava confusa.

— Teve uma noite que você ficou completamente chapada. Foi horrível, você estava falando arrastado, tropeçando...

Não.

— Às vezes eu acordava meio grogue...

— Foi pior do que isso. Nesse dia eu resolvi vasculhar o apartamento e encontrei comprimidos escondidos por toda parte. Rachel...

A lembrança ainda era capaz de me deixar enjoada. Eu me lembro de acordar e ver um monte de comprimidos de Ambien sobre o balcão da cozinha, Luke furioso, andando de um lado para outro.

— Na caixa de saquinhos de chá — dissera ele naquele dia, segurando dois comprimidos. — No congelador. No bolso do seu casaco. Colados com fita adesiva no verso das fotos. Eu me esqueci de algum?

— No arroz. No saco de arroz basmati.

Procurei até encontrar as quatro que eu tinha escondido ali e entreguei a ele.

— Só isso? — perguntara ele. — Só isso?

— Só isso. Me desculpa, Luke. Eu te amo, eu sinto muito.

Ele me puxara para seu colo e eu enterrei meu rosto no seu pescoço, cedendo ao desespero. Naquele momento, chorei pela morte da nossa filha, por ser uma fracassada, pela terrível suspeita de que estava perdendo tudo.

Eu havia pensado que o cerne da minha imperfeição tivesse sido curado anos antes. Como fui parar naquele mesmo lugar?

— Está tudo bem — dissera ele, beijando meu cabelo. — Está tudo bem.

Mas não estava tudo bem. Porque eu não tinha contado a ele sobre os comprimidos que estavam escondidos na tampa do meu frasco de base ou no pote de ácido fólico ou no fundo da gaveta com todos os carregadores antigos. Luke não entendia, jamais entenderia, porque a única pessoa que poderia me tirar daquele inferno era eu.

De volta ao presente, Luke retomou.

— Naquele dia... Você chorou no meu colo e jurou que pararia. Mas você não parou. Não é de admirar que você tenha se saído tão bem no *escape room* com o Quin. Você sabia como encontrar coisas porque sabe como escondê-las!

A frase me abalou por inteira. Era uma maneira tão louca de ver as coisas e talvez... Luke não estivesse errado. E acho que isso explicava por que ele pareceu tão estranho e alerta quando Quin elogiou minhas habilidades no *escape room*.

— Você sabe que estou certo — disse Luke. — Posso ver em você.

— Não... de jeito nenhum... você não está vendo nada.

Mas eu estava com medo: eu tinha acabado de vislumbrar a possibilidade de que talvez houvesse duas maneiras de olhar para aquela situação. Na primeira, meu bebê tinha morrido, meu luto era temporariamente insuportável e eu precisava dormir. Na outra, eu era uma dependente química que havia se utilizado dos próprios sintomas para conseguir de forma legítima remédios para dormir — e que tinha tomado uma quantidade bem maior do que deveria.

Ambas poderiam ser verdadeiras?

— Luke, eu... Eu não sei o que pensar. Estou... É tudo um pouco demais... Estou com medo.

Ele me observou com atenção.

— Você vai ficar bem — disse ele, soando muito objetivo. — Dê tempo ao tempo, deixe a ficha cair.

— Luke... olha. Acho melhor eu ir para casa. Eu preciso...

— Claro, com certeza. Mas acha que ficar sozinha é uma boa ideia? Quin vai estar lá?

— Ele está no Novo México. Mas eu vou ficar bem.

Quando começamos a andar em direção à saída, minha sanidade voltou. Depois de tudo o que ele tinha feito, Luke de alguma forma conseguiu me convencer, brevemente, de que eu era culpada.

— Luke?

Lá fora, na noite muito escura, sua figura se elevava sobre mim.

— Luke — chamei, e agora eu estava zangada. — Você não pode colocar toda a culpa em mim.

Ele piscou.

— Você ainda não entendeu, Rachel? — Ele pareceu chocado. — Passei quase seis meses tentando ajudar você a parar. Literalmente não havia mais nada que eu pudesse fazer. Eu tive de ir embora.

— Não foi só isso o que você fez.

Houve uma pausa que se estendeu por tempo demais. Eu o observei enquanto ele tentava ligar os pontos e vi quando algo menos agradável passou em seu olhar.

— Você está falando da Mia?

Eu assenti.

— Ah, sim. É verdade, eu quase esqueci. Eu transei com a Mia.

Engoli em seco. Na época, ele tinha negado. Negado várias vezes, mas sempre tive minhas suspeitas. Ter isso confirmado — mesmo seis anos depois — era doloroso demais.

Ele baixou o rosto até o meu, mechas do cabelo dele roçando a minha pele.

— Vai se foder, Rachel. Vai se *foder*.

Dando um giro para longe de mim, Luke saiu pisando duro no cimento, subiu na moto e, com o rugido zangado do motor, partiu noite adentro.

64

Com as pernas trêmulas, me apoiei no carro. Seis anos antes, Luke jurou que não tinha nada acontecendo com Mia. Ele me fez duvidar da minha sanidade e, agora, saber que eu estava certa não me confortava.

Isso não deveria ter piorado as coisas. Com Mia ou sem Mia, ele me abandonou do mesmo jeito. E depois passou vários anos me ignorando.

E, mesmo assim, eu sobrevivi. Construí uma nova vida e estava feliz com Quin. O que quer que o Luke e a Mia tenham feito naquela época não deveria importar agora. Mas, estupidamente, importava.

Conferi as horas. Meu Deus, ainda eram 21h20. Como podia ser tão cedo quando tantas coisas tinham acontecido? Quin estava em um avião, Nola estava na ópera, então liguei para a Claire.

— Estou indo aí — disse ela. — Chego em dez minutos.

Os "dez" minutos da Claire foram mais próximos de vinte e cinco. Quando ela finalmente surgiu no estacionamento, parando com um derrapar nos cascalhos, ordenou:

— Entre. Eu te trago mais tarde.

Ela estava supermaquiada. E estava usando *cílios postiços*? E um vestido de couro preto.

— É vegano. O vestido. Só para o caso de você estar pensando em me dar uma lição de moral.

— Eu não estava. Mas... você está muito elegante para uma noite de quarta-feira, em casa, sem fazer nada.

— É assim que eu sou, querida.

Claire dirigia como tudo o que fazia: de um jeito rápido e focado. Mas, quando chegamos à saída para a casa dela, ela seguiu em frente.

— O que é isso, Claire? Para onde você está me levando?

— Para a cidade. Vamos ao clube. Um lugar tranquilo para conversar.

A casa dela era realmente tão barulhenta? Humm...

Então, meu celular tocou e nós duas pulamos de susto.

— Meu Deus! — disse Claire. — Quem morreu?

Recusei a chamada.

— Ninguém. É o Luke.

— Ele é do tipo que *liga*? Quem liga quando não é uma fatalidade? Completamente *antiquado* e... O que você está fazendo?

— Mandando uma mensagem.

Para de me ligar.

E depois uma segunda.

Não me liga nunca mais.

— Agora estou bloqueando o número dele. Vamos ver se ele gosta.

Senti um prazer amargo em fazer o que ele havia feito comigo, depois joguei meu celular de volta na bolsa.

— ENTÃO, ME conta — falou Claire quando estávamos numa cabine luxuosa, em um lounge com pouca iluminação. — Uma dose grande de Ardbeg — pediu ela ao garçom barbudo e bonitão. — Em um copo aquecido. Aquecido que digo é morno, recém-saído da máquina de lavar louça. E minha irmã aqui vai querer um...

— Copo de água da casa — falei.

— Não, não vai — retrucou Claire, desgostosa. — Ela vai querer uma Silver Mountain.

O garçom se afastou.

— É água mineral. Terrivelmente cara. Mas agora vai, me conta.

— Eu estava certa sobre a Mia.

— Ah, *querida*. — Claire apertou minha mão. — Sinto muito. *Mentiroso* desgraçado!

— Luke tentou fazer parecer que a culpa foi minha. Disse que eu estava fora de mim porque estava tomando remédios pra dormir o tempo todo.

— E daí se estivesse?

— Pois é, mas eu não estava.

— Mas quem iria te *culpar*?

Calma. Isso é meio confuso.

— Claire, você se lembra do período logo depois que ele me deixou? Quando você foi para Nova York? Como eu estava?

— Totalmente em frangalhos.

— Mas eu estava... coerente? Quero dizer, parecia... você sabe, que eu estava tomando remédios pra dormir?

— Deus do céu. Sim.

— Mas, digo, não estou falando só à noite...

— Sim, sim, eu sei. Você estava tomando o tempo todo. Mas sua filha tinha morrido, seu marido tinha te deixado. Qualquer pessoa faria isso, não?

Ah. Entendi.

— Ele foi muito babaca — continuou ela, puxando pela memória. — Antes de abandonar você, ele costumava me ligar, reclamando que você estava tomando remédio demais. E não ligava só pra mim. Ele ligava pra Anna, pra Brigit e pra sua amiga Nola.

— Eu lembro.

Eu lembrava porque logo depois que Luke telefonava para a pessoa, a pessoa me ligava e eu tinha o trabalho de corrigir tudo. "Você sabe como é o Luke, todo certinho. Ele fica louco quando eu tomo literalmente uma aspirina."

— Até aquele momento eu não sabia que ele podia julgar tanto as pessoas — disse Claire.

Seguiu-se um silêncio.

— Claire, depois que ele me deixou, você em algum momento ficou *preocupada* comigo?

— Claro! Seu bebê tinha morrido, seu...

— Não, não. Preocupada por causa dos remédios para dormir. Preocupada com a possibilidade de eu... voltar a tomar outras drogas?

— Ou que tivesse uma overdose? Sim, fiquei preocupada. Mas conversamos sobre isso. Você explicou.

— O que eu falei?

— Que você sabia tudo o que havia para saber sobre vício. Que você precisava do Ambien até que o momento mais agudo do seu luto pela Yara passasse e que depois você pararia. E depois, um ou dois meses depois, você *parou*. Ponto provado. Ah, olha só quem está aqui! Piet! Oi!

Ah, pelo amor de *Deus*! Piet, o cara do swing, aqui claramente por ter sido convidado.

Claire se levantou e ela e Piet se beijaram na bochecha, depois trocaram um olhar ardente e silencioso.

Por fim, Claire se lembrou que eu estava ali.

— Ah, você conhece a Rachel? Minha irmã?

E justificativa, quis dizer.

Pobre Adam em casa, pensando que a esposa estava cuidando dos necessitados quando, na verdade, a esposa havia *sequestrado* os necessitados, levado eles para um clube privativo, numa corrida de táxi de trinta euros, para justificar de forma plausível um encontro com um homem meio brutamontes, de cabeça raspada e sexy de uma maneira sinistra.

Como saudação, tudo o que Piet recebeu de mim foi um aceno de cabeça, sem sorriso. Por um momento, ele pareceu considerar dois beijinhos, mas matei a possibilidade com o olhar.

Não é que eu estivesse chateada com Claire. Até porque Claire era Claire, ótima em muitos aspectos, mas essa jogada saía direto do livro de estratégias dela. O problema era que havia coisas demais passando pela minha cabeça. Eu simplesmente não conseguia ignorar a tensão sexual entre os dois e seguir em frente com uma conversa fiada.

Consegui suportar quase sete minutos de baboseiras antes de sair e pegar um táxi de volta para o meu carro.

65

A quinta-feira amanheceu clara e de céu azul. No trajeto para o trabalho, narcisos amarelos balançavam na brisa e cordeirinhos pulavam nos campos. O mundo parecia puro e cheio de esperança, mas minha mente estava sombria.

Tantas coisas aconteceram na noite passada e a pior delas, a mais preocupante, foi ouvir a Claire dizer que eu estava tomando comprimidos dia e noite. Sim, eu *estava*, mas por um motivo muito plausível. Só que, pela primeira vez, eu pude ver as coisas do ponto de vista do Luke. Eu estava tomando remédios para dormir, mais do que a quantidade prescrita e nos horários errados.

Eu vi o meu lado e vi o lado dele.

Eu estava certa, mas, talvez, ele também não estivesse errado?

Então, me lembrei da Mia e mudei de ideia. Ele *definitivamente* estava errado.

Tudo em relação a esse episódio tinha sido horrível. As primeiras suspeitas surgiram certa noite, quando Luke voltou para casa bem tarde, emanando uma energia incomumente desafiadora.

— Onde você estava? — perguntei.

— Com a Mia.

— *Mia*? O que você estava fazendo?

— Eu e a Mia?

Ele foi para a cozinha e, bem nervosa, eu o segui. Com um sorriso insolente por cima do ombro, ele falou:

— Batendo papo.

— Batendo papo? — repeti, surpresa.

Ele pegou um pedaço de queijo na geladeira, depois colocou algumas fatias de pão em um prato.

— Você e a Mia estavam batendo papo?

Ele olhou por cima do sanduíche, me encarou, fez um muxoxo e disse.

— *Aham*.

O que ele estava me dizendo?

— O que você... Luke, está rolando alguma coisa? Entre você e a Mia?

Sua alegria rebelde desapareceu.

— Não.

Mas não demorou muito para que eu os visse juntos, olhando nos olhos um do outro, Mia acariciando carinhosamente a mão do Luke, nenhum dos dois sequer fingindo esconder. Eu quase vomitei no meio da rua.

Quando voltei a confrontá-lo, Luke olhou nos meus olhos e jurou que nada estava acontecendo. Eu não tinha certeza se ele falava a verdade ou não. Por muito tempo, mesmo anos depois de nos separarmos, eu oscilava entre acreditar nele e odiá-lo. A combinação de humilhação, tristeza e dúvida era a única coisa sobre meu casamento que eu nunca havia contado ao Quin.

E, na noite anterior, eu finalmente soube da verdade.

NO TRABALHO, EU olhava pela janela do escritório, preocupada que Caleb, o ex da Harlie, talvez não aparecesse. Tinha sido uma grande conquista convencê-lo a vir e, se ele me decepcionasse... Opa! Tinha alguém vindo pelo longo caminho de entrada.

Por favor, Deus, que seja ele.

Mesmo de longe, suas roupas pareciam ridiculamente na moda, desde o sobretudo de tweed Harris, até os quatro centímetros de tornozelo nu entre a barra da calça e os sapatos.

Encontrei com ele na entrada, assim que ele empurrou a porta. Caleb era enorme e me deu um sorriso nervoso.

— Rachel?

Que homem *elegante*! Sobrancelhas impecavelmente arrumadas, dentes brilhantemente brancos e seu cabelo obviamente recebia muito cuidado. Parecidíssimo com Harlie.

Na sala de estar, ele recusou chá e biscoitos.

— Eu trouxe um lanche — disse, segurando a garrafinha preta com *whey protein*, suas mãos trêmulas. — Estou feliz que ela esteja aqui. — Caleb falava rápido demais. — Mas, foi um pesadelo. Tudo ficou tão pesado tão rápido.

— Guarde isso para quando estivermos na sala — falei, e senti uma pena enorme dele.

— Podemos começar, então? Eu só quero acabar com isso.

Quando entramos, todos olharam para o Caleb, se perguntando a quem aquele homem bonito pertencia.

Lowry Cooke, que obviamente tinha acabado de entender o que estava acontecendo, estava animado e alerta, praticamente esfregando as mãos em antecipação. *Pois bem, aproveite enquanto pode*. Ele que esperasse até que Sienna, sua ex, viesse para contar todas as suas travessuras!

— E aí, seu idiota? — disse Harlie para Caleb. — Que diabos você está fazendo aqui?

Caleb estava pálido como cera.

— Sua mãe me contou — gaguejou ele. — Eu queria ajudar.

— Não quero sua ajuda.

— Harlie... — Eu a silenciei com um olhar.

Caleb fez menção de pegar a cadeira.

— Posso...?

E, com isso, começou a tirar o casaco, revelando ombros enormes e bíceps volumosos delineados sob o tecido. Todos nós estávamos hipnotizados.

Caleb era atraente, mas seus bíceps exagerados me entristeciam. Já era ruim o suficiente que as mulheres vivessem angustiadas pelas mil maneiras que seus corpos não correspondiam aos padrões de beleza impostos. Mas parecia que agora os homens jovens estavam se juntando ao grupo, indo à academia, vivendo à base de ovos crus e falando sobre cetose. Que Deus os abençoe!

— Sou ex-marido da Harlie — disse Caleb. — Ainda estamos casados, mas separados...

— Não o vejo nem sei nada sobre ele há onze meses — disse Harlie. — Ele empacotou as coisas enquanto eu estava no trabalho, sem me avisar.

— Eu avisei, sim.

— Quando eu cheguei em casa, tudo tinha sumido. Ele não atendia às minhas ligações. Fui até a casa da mãe dele e ela não me deixou entrar. Fui até o trabalho dele. A mesma coisa.

Com delicadeza, Trassa silenciou Harlie.

— Deixe o rapaz contar o lado dele da história. Continue.

— Conheci a Harlie quando eu tinha vinte e cinco anos — começou ele com a voz rouca. — Ela, vinte e quatro. Na primeira noite eu já tive certeza, era ela. — Para meu alívio, ele estava ganhando confiança. — Ela era a garota dos meus sonhos. Linda, ótima risada, ótima dançarina, trabalhadora, ambiciosa. Assim como eu, ela gostava de moda fitness. Ambos queríamos filhos, dois, mas só dali a alguns anos.

— Harlie já bebia? — perguntei.

— Ah, ela *bebia*. Mas todo mundo também bebia. Cinco anos atrás, os fins de semana eram centrados em festas, todo mundo ficava acabado. De segunda a sexta eu ia para a academia, comia comida saudável, focava no trabalho. Eu morava com a minha mãe e Harlie estava em casa com o irmãozinho dela. Uma ou duas vezes por semana ela vinha e ficava comigo. Sempre chegava com a sua garrafinha de vodca, mas, sei lá... Eu achava que era uma noite por semana, não todas as noites. Tipo, não parecia um problema.

"Então, dois anos e meio atrás, nos casamos e compramos uma casa. De repente, tínhamos uma hipoteca, estávamos com o orçamento apertado, não tínhamos a mesma grana para viver saindo, mas estava tudo ótimo. Eu e Harlie estávamos juntos, na nossa nova casa. Eu estava praticando Drill, um treinamento fitness coreano, e falávamos em comprar uma franquia aqui na Irlanda, abrir um negócio próprio. Estávamos animados, realmente empolgados, como se tivéssemos um *plano*. No entanto, Harlie continuava comprando vodca..."

— Eu *não* continuei comprando...

— Continuou, sim. — Caleb parecia tão desolado que ela se calou. — No começo, o dinheiro era minha preocupação. Mas... eu não bebo vodca. Então sei lá, era um dia de semana qualquer, nós dois estávamos resolvendo coisas pela casa, passando roupa ou o que fosse, e Harlie bebendo vodca enquanto eu tomava meu suplemento. Era *estranho* demais. Beber é uma coisa que a gente faz socialmente, sei lá. Mas eu continuava dando desculpas para ela. Ela dizia que o trabalho dela era estressante, que precisava relaxar...

— *Era* estressante e pelo menos não sou viciada em academia, como você.

— Meu trabalho também era estressante...

— Caleb, não é você que está em reabilitação — falei. — Você não precisa se explicar.

— Ah, ok. Obrigado. — Ele parecia tristemente jovem e grato. — Então... Harlie ficava bêbada. Muito. Muitas vezes, na hora de dormir ela estava fora de si, falando enrolado e sem sentido. Isso depois de uma noite assistindo *The Sinner* e jantando omelete, sabe? Tipo, não fazia *sentido*. Então, eu a ajudei a conseguir um novo emprego, um com menos pressão.

"Mas nada mudou, a não ser as garrafinhas de meio-litro, que viraram garrafas inteiras. E ela consumia duas todas as noites, a 'oficial', que ficava na geladeira, e a 'secreta', que ficava embaixo da pia. Mesmo quando eu mostrava que sabia, ela não parava."

Esta era uma história familiar, mas ainda terrivelmente triste.

— Os fins de semana viraram um desastre total; sexta à noite, sábado à noite, nunca dava para saber o que ia acontecer. Brigas. Tipo, brigas de verdade, com estranhos. Ou ela sumia e só voltava no dia seguinte. Então ela, Tegan e algumas das outras meninas começaram esse negócio de *brunch* aos domingos. Harlie chegava em casa tipo, uma da manhã, totalmente *acabada*.

Caleb se encolheu com a lembrança.

"Ela disse que estava deprimida, fomos ao médico dela e ele prescreveu uma medicação. Eu realmente queria acreditar nos motivos dela para beber, porque isso significava que havia uma solução. Mas nada funcionava e tudo estava indo pelo ralo. As faturas dos cartões estavam atrasadas e a gente detesta dever dinheiro. Bem, ao menos ela detestava.

Em dado momento, ela parou de ir à academia. Perdeu todo o interesse em comprar a franquia."

Mesmo sabendo como essa história terminava, ouvir o inevitável declínio tinha dado um nó no meu estômago.

— Quando você percebeu que ela era alcoólatra?

— Demorou muito. Tipo, ela é bonita e jovem, sempre se cuidou muito, do cabelo e das roupas. Nada parecido com aqueles velhos que a gente vê no banco do parque. E eu não queria que fosse verdade, admito. Algumas vezes, ela parava de beber durante a semana, talvez por três ou quatro dias. Ela dizia que isso provava que ela não era alcoólatra porque alcoólatras bebem todos os dias. — Caleb deu de ombros (gigantescos). — Acho que isso não é verdade.

— Não é — concordei. — E você amava a Harlie?

— Eu a amava demais. Tipo, falo sério, ninguém sequer chegou nem perto. — Ele fez uma pausa e respirou fundo. — Ela também me amava. A gente foi feliz por um tempo, realmente feliz.

Eu estava com um nó na garganta. O vício destruía o que era bom e puro.

— Por que você a deixou?

Caleb se encolheu; ficou claro que ele se sentia envergonhado com isso.

— Todo mundo me dizia que eu estava facilitando para ela continuar bebendo, porque eu fazia coisas como ligar para o trabalho dela quando ela estava "doente". As pessoas diziam que, se eu fosse embora, talvez ela se desse conta de que precisava buscar ajuda. Mas foi difícil. Ela era minha melhor amiga. — A mandíbula dele se contraiu. — Então eu continuei esperando... Continuei dando mais uma semana, esperando que as coisas voltassem a ser como eram antes. Mas estava tudo misturado e ferrado. Essa garota incrível, linda e cheia de futuro de repente tinha se tornado um desastre. Mesmo que a pessoa que eu amava não estivesse mais ali, eu me sentia muito culpado por pensar em ir embora. Eu me preocupava com a Harlie o tempo todo, sabia que seria pior se eu fosse embora. E foi. Deixá-la foi a coisa mais difícil que já tive que fazer, e olha que eu vi meu pai morrendo de Parkinson. — O pobre Caleb parecia completamente atormentado. — Mas eu não a estava ajudando. — Nesse momento, ele começou a chorar. — Eu fui embora porque ficar estava piorando tudo.

Estavam todos focados em Caleb. Todos, menos eu. Eu observava a Harlie, prendendo minha respiração. A cabeça dela estava abaixada, eu vi movimento em seus ombros, um tremor rítmico. Mas ela poderia facilmente estar rindo.

Mas não! Espere! Ela estava esfregando os olhos. Então, ela se endireitou, procurando os lenços de papel e consegui ver direito. Harlie estava chorando. *Ela estava chorando!*

Obrigada, Deus!

66

Depois do trabalho, passei três horas sentada na cadeira do cabeleireiro, fazendo uma grande mudança na coloração. Eu tinha adiado o máximo que pude, mas a viagem iminente a Barcelona fez minha decisão parecer subitamente *vital*.

Em dado momento, Claire ligou. Levei cerca de dez minutos desbravando a floresta barulhenta de papel-alumínio para levar o telefone ao ouvido.

— Desculpa, estou no salão.

— Está podendo falar?

— Como eu disse, estou no salão.

— Então. Está tudo planejado. O... — Claire sussurrou a palavra seguinte: — *Swing*. Sábado à noite. Reservamos um hotel. Vai ser uma Páscoa inesquecível!

— Tá certo.

— Está sendo sincera?

— Não.

— Estou fazendo a coisa certa?

— Não.

— Como você sabe?

Na verdade, eu não sabia. Eu não era a Claire.

— Olha, Claire. Se é isso que você quer, então aproveite.

— Você acha que vou gostar?

— Talvez.

— Você *realmente* acha?

— Não.

Quando, *finalmente*, fui liberada do papel-alumínio, voltei para casa e a encontrei vazia. Kate estava fazendo um plantão noturno. Desejei que ela estivesse ali. Eu não conseguia parar de pensar no Luke e precisava me distrair.

Eu odeio o Luke. Sem dúvida, eu o odeio.

Será que ele estava chateado por eu ter bloqueado as ligações dele? Eu esperava que sim. Na verdade, eu esperava tanto que queria saber. Então *des*bloqueei o número dele.

Em questão de minutos, o nome dele iluminou a tela. Puxei o celular da mesa e falei bruscamente:

— O que foi?

— Você está em casa? Posso passar aí?

— Sim, e absolutamente não.

— Por favor, Rachel. Não estou pedindo para entrar, eu não mereço, mas por favor, posso te ver?

— Está tarde.

Não estava (eram 21h30), mas eu estava com muita raiva.

— Vai ser rápido. Estou a cinco minutos de você.

— Ok.

— Obrigado por desbloquear meu número.

Fiz silêncio por um momento.

— Horrível, não é? Quando você está desesperado para falar com a pessoa e...

— Eu já chego aí.

Tranquei a Crunchie na cozinha. Ela era muito fofa e essa conversa seria estritamente profissional. Depois, vesti meu casaco. Estava escuro e longe de estar quente lá fora.

Momentos depois, a campainha tocou. Luke estava apoiado na soleira da porta. Sob a luz da entrada, ele parecia exausto.

— Eu não transei com a Mia — confessou ele.

— Sim, você tr...

— E você sabe que não. Você inventou essa história para me tornar seu inimigo. Para não precisar me ouvir implorando que você parasse de tomar remédio. Mas eu realmente sinto muito por ter te xingado na noite passada. Aquilo foi... — Ele negou com a cabeça. — Passei dos limites. Sinto muito mesmo.

— Você *agiu* como se estivesse transando com a Mia, todo... debochado e...

— Sim. Eu fui um idiota ontem à noite. Irritado e cruel, um pouco bêbado. Eu estava muito magoado e quis magoar você também. Me desculpe, Rachel.

— Mas eu te vi com ela.

— Na Coffee Express, à vista de todos, tipo, *cinquenta* pessoas, a maioria deles do NA. As pessoas me conheciam, conheciam você. Mia tinha conseguido parar de tomar remédios para dormir, então eu estava pedindo conselhos a ela sobre como te ajudar. Isso é tudo. — Luke expirou longamente. — Você sabe disso.

— Então por que vocês estavam de mãos dadas?

— Não estávamos. Ela estava tocando meu braço. Por pena, Rachel.

— Ela estava interessada em você. Você a encorajou.

O rosto dele se contorceu exasperado.

— Ela não estava interessada em mim e eu não a encorajei. Eu não sou esse tipo de homem. Nunca fui.

A frustração se acendeu.

— Como ela não estaria interessada em você?

— Por que ela estaria? E mesmo que estivesse, eu amava *você*.

— Mas nós mal falávamos um com o outro...

— Ainda assim, eu não teria transado com outra mulher. Eu não sou esse tipo de homem. Sempre joguei limpo. Nunca tive imaginação para ser um conquistador. Lembra, você mesma me disse isso?

Um lampejo de memória surgiu, de uma discussão que tivemos. Ele tinha encontrado mais comprimidos e estava ameaçando ir embora. Eu estava na defensiva, depois cheia de desdém...

Talvez ele realmente não tivesse transado com a Mia? Difícil ter certeza, porque o homem que eu um dia pensei que conhecia tinha desaparecido, metafórica e literalmente. Mas Luke sempre foi tradicional e bastante crítico com relação à infidelidade.

— Na época, nem minha esposa me achava atraente.

— Quem...? Ah, *eu*. Eu não achava?

— Você não se lembra. Claro que não. Mas teve uma noite...

Luke deu de ombros.

De repente eu me lembrei. Daquela noite.

— Eu esperava que pudéssemos... Sei lá, nos reconectar. Mas você não estava interessada.

Outra daquelas lembranças em câmera lenta. Luz de velas e óleo perfumado... Meu Deus, Luke segurando meu rosto entre as mãos, o intenso desejo dele pressionando contra mim através da calça jeans.

— Eu me lembro — falei, envergonhada. — Mas estava com medo.

— De *mim*?

— De engravidar novamente. Eu não me sentia segura para ter um bebê, nunca me senti. Eu era muito... tóxica. Muito fodida. Seja lá qual for a palavra. Você também achava isso.

— O quê? Eu *jamais*... Rachel, nós tivemos azar, só isso.

Mal ousando respirar, observei-o atentamente.

— Você *achava* isso, sim.

— Isso é loucura. — Luke parecia decidido. — Eu não faria isso. Você mencionou algumas vezes, mas eu achava que você só estava tentando fazer eu me sentir culpado.

— Pra quê?

— Para que eu sentisse pena de você. Para que você pudesse tomar seus comprimidos sem problemas. Eu não achava que você realmente *acreditasse* nisso. — Ele se afastou e murmurou: — Meu Deus, isso é muito pior. — Depois, voltando a me encarar, ele falou: — Se for verdade, você deve ter passado por um inferno.

— Era verdade, mas não é mais. Quin me "curou".

Algo passou pelo rosto dele.

— Isso é bom. Ótimo.

— Posso perguntar uma coisa? Na manhã em que a Kallie precisou do plano B. Você sabe, na manhã seguinte...

— Eu sei o que é. E você vai perguntar se foi uma armadilha dela? Minha resposta é: eu não sei. Na noite anterior... A gente... Mas eu não sabia que tinha acontecido um acidente. — Claramente desconfortável, ele desviou o olhar. — É de imaginar que eu perceberia esse tipo de coisa, né? Mas eu só soube quando cheguei em casa naquela noite.

— Será que ela inventaria isso?

— Humm, talvez. — Pelo sorrisinho, Luke parecia um tanto entretido. — Ela é... meio... ela é determinada. Kallie quer o que Kallie quer, sabe como é? E ela queria conhecer você. — Subitamente, ele parou. — Não quero desrespeitá-la nem nada, mas eu e ela... Eu sou um homem diferente agora, meus relacionamentos vão ser diferentes do que tivemos. Kallie combina comigo. Nós funcionamos.

— Eu não disse nada.

— Sim. Mas. Tudo bem, desculpe. — Fazendo um esforço para mudar o tom, ele perguntou: — Quin voltou?

— Não, ele chega no sábado de manhã, por volta das cinco.

— Ui.

— Pois é. Sábado é aniversário do meu enteado, ele vai fazer treze anos. Estamos organizando tudo por ele estar entrando na adolescência. Meus sogros estão preparando uma festinha pra ele. Nada muito grande, só família.

Finley não era meu enteado. Vivi e Roly não eram meus sogros, eu não fazia parte da *família* deles. Mas eu queria ferir o Luke. Eu realmente acreditava no que ele tinha dito sobre a Mia, mas, a sua defesa da Kallie, sua admiração pela provável mentira dela doíam. Ele não me deixava sair impune quando estávamos juntos.

— No sábado à noite nós... Vamos para Barcelona. Eu e Quin.

— Bem legal. Barcelona, no Texas, né?

— Hahaha. Sim. É nosso aniversário. E quando Kallie...? Ela vai voltar para a Irlanda?

— Não.

Kallie tinha ido embora sem se despedir. Nem mesmo uma mensagem de texto. Inesperadamente, doeu.

— Dinheiro — disse ele. — Ou a falta dele, melhor dizendo. Ela está se esforçando tanto para seguir na música que teve de abandonar a maior parte do trabalho de contabilidade. Outro voo pra cá seria simplesmente demais.

Bem, isso explicava por que ela deu o vale-presente da Zara para a Kate. Eu ainda não aprovava, mas pelo menos entendia.

— Enfim. Eu vou estar com ela em breve. Vou embora em algum momento da próxima semana.

Isso *também* doeu.

Mas o que eu esperava? Que Luke e Kallie ficassem na Irlanda e formássemos uma duplinha de casais, visitando restaurantes, nos empanturrando de batatas cozidas e cenouras com muita manteiga?

— Você encontrou um cuidador de que seu pai goste?

— Isso nunca vai acontecer. Mas o papai tem dois outros filhos, uma filha e quatro netos adultos na Irlanda, há gente suficiente para cuidar dele. Minha vida é em Denver, tenho uma parceira lá, um negócio. — Luke deu de ombros. — Não preciso ficar aqui e não preciso me sentir culpado por ir embora.

De repente, algo em seu tom me lembrou aquela terrível manhã em que ele partiu.

Era final de janeiro, um dia escuro e congelante. Acordei abruptamente, sozinha na cama. Meu celular marcava 3h43 da manhã. Fora do quarto, havia sons furtivos e arrastados. Impulsionada por uma onda de adrenalina, corri pelo quarto, abri a porta e encontrei Joey e Luke no corredor, parecendo estressados e suados.

Joey estava pegando uma caixa quando me viu.

— Eu levo isso e....

Luke virou-se rapidamente ao mesmo tempo que percebi que as caixas fechadas na sala de estar ao longo do último dia tinham desaparecido. Isso significava que...? Já tinham sido levadas para algum tipo de carro ou van?

— Você estava tentando sair de fininho? — perguntei, sem conseguir acreditar que ele faria algo tão cruel. — Sem dizer nada?

— Típico — disse Luke. — Que justo hoje você não esteja apagada.

— Vou esperar na van — murmurou Joey, saindo com a última caixa.

Um som de tilintar fez meus nervos se agitarem. A aliança de casamento. Luke a tinha tirado e a jogado na mesa do corredor. Com o barulho metálico de algo caindo, ele falou:

— E aqui estão as minhas chaves.

Eu esperava que fosse algum tipo de encenação, mas a convicção de que era real estava ganhando.

— Luke, por favor, eu te imploro... — Desesperada, coloquei minhas mãos no peito dele, tentando fazê-lo parar. — Eu te amo tanto. — Minha respiração ofegante era humilhantemente alta. — Nós podemos consertar isso, podemos fazer terapia, o que você quiser.

Com um olhar frio, ele tirou minhas mãos do corpo dele e me afastou.

Eu estava reduzida a um estado de desespero, uma bola de terror. Mas ele vestiu o casaco, pegou a mala e saiu pela porta. Movida pelo pânico, agarrei as chaves que ele tinha acabado de abandonar, enfiei meus pés num par de pantufas e o segui por três lances de escada, até a rua gelada. De leggings e casaco, tentei acompanhá-lo enquanto ele avançava em direção à van.

Quando ele abriu a porta da van para subir ao lado do Joey, me lancei contra ele.

— Não — disse ele, frio e impenetrável. — Por favor.

Chocada, dei um passo para trás, ouvindo o rangido do metal quando a porta se fechou. O motor ligou e a van se afastou em direção à leve corrente de tráfego.

Fiquei na rua por um longo tempo. Ainda acreditando que voltariam, torcendo para que voltassem. Foi o frio que me fez retornar ao apartamento, e a primeira coisa que fiz foi ligar para ele. Meu número tinha sido bloqueado.

Aterrorizada, liguei para o Joey, que falou:

— Você não vai conseguir falar com ele, Rachel. Qualquer conta, assunto oficial, passe pra mim e eu repasso pra ele, ok? Estou desligando meu celular agora. Olha só, se cuida, ouviu? Fique bem.

Atordoada, me sentei no chão, me perguntando se aquilo era real. Depois, engoli um comprimido para dormir e esperei a misericórdia do esquecimento me levar.

Sob a luz da porta da frente, percebi que Luke me observava.

— O que foi? — perguntou ele, com cuidado. — O que fiz agora?

Sobrecarregada pelas lembranças, uma raiva fresca me inundou.

— Estava me lembrando do dia em que você me deixou.

— Meu Deus, Rachel. Eu sei, aquilo foi...

— Monstruoso, cruel, sem compaixão nenhuma — esbravejei. — Você foi perverso e sem coração. — Eu mal conseguia encontrar as palavras. — Você foi frio...

— Eu detestei ter que fazer isso.

— *Você* detestou?

— Rachel, por favor. Me escuta. *Por favor.* Minha filha... Porque ela também era minha filha, estava morta. E minha esposa, a mulher que eu adorava, tinha recaído...

— Eu não tinha...

— Eu estava destruído, a solidão estava me matando e você se foi, Rachel. Você poderia muito bem estar morta também.

— Por mais que tenha sido ruim para você, foi pior para mim.

Ele respirou fundo.

— Eu acredito em você. Mas você sempre me disse que eu deveria ir embora se você tivesse uma recaída.

— Mas eu não tinha tido uma *recaída*. Essa não é a palavra...

Ignorando-me, ele continuou falando.

— Por muito tempo eu não conseguia imaginar. Você estava tão empenhada em ficar limpa. Então quando aconteceu foi um pesadelo. Quantas vezes implorei para você parar? E você só mentia, e mentia. — O rosto dele se contorceu. — Todas as suas amigas, Claire, Anna, Nola, Brigit e Olga Mae. Eu liguei para elas tantas vezes que elas pararam de me atender. Eu continuava fazendo buscas no apartamento e encontrava mais remédios escondidos. Eu estava pensando em cancelar seus cartões...

Eu teria arranjado dinheiro de alguma forma.

— Mas obrigar você a parar não teria te deixado limpa. A única pessoa que podia tomar essa decisão era você. Demorei quase seis meses para encarar isso, você não me amava o suficiente...

— Claro que te amava!

— Mas você amava mais os remédios e isso é fato, Rachel. Eu não podia te curar. Só por estar lá, eu estava sendo permissivo. Se nada na vida de um dependente muda, ele não acorda. Quantas vezes ouvi você dizer isso? Eu esperava que ir embora te chocasse o suficiente para você acordar.

— Calma aí...

Aquilo estava tão confuso.

— Mas eu não podia me mudar para oito quarteirões de distância. Eu não conseguiria ficar longe de você.

— Você realmente queria ficar bem longe de mim.

— Eu não queria te deixar de jeito nenhum. Mas, sabe, Rachel, eu não estava exatamente *são* naquela época.

Ele parecia tão angustiado que, de repente, foi fácil de acreditar.

— Nos anos seguintes ficou óbvio que exagerei... Mas, na época, desaparecer pareceu a única escolha que me restava. Eu tinha chegado ao fim da linha.

Pela primeira vez, tive uma ideia de como ele poderia ter se sentido.

— Para fazer o certo, eu precisava que você estivesse fora de alcance. E eu estava morrendo de medo, Rachel. Minha vida era no Brooklyn com você. Na melhor das hipóteses, eu odeio mudanças. Escolhi Denver porque conhecia duas pessoas lá e isso eram duas a mais do que qualquer outro lugar. Tive que começar em um novo emprego, encontrar um lugar para morar e acordar todas as manhãs e enfrentar o dia a dia feito um morto-vivo. Ninguém queria sair comigo, nem mesmo Johnno e Elaine depois de um tempo. Eu devo ter ficado muito... deprimido. Eu não conseguia me conectar com as pessoas, a vida delas parecia tão estupidamente despreocupada... — Ele me olhou com um olhar brilhante e lacrimejante. — Aquela manhã que eu saí, eu nunca vou esquecer, a maneira como você implorou me dilacerou por dentro. Eu quase cedi. — Luke cobriu a boca com a mão. — Eu não queria ir, mas senti que precisava.... — As palavras estavam abafadas. — Porque...

Para meu choque, vi que ele estava chorando.

— Ficando, eu só estaria piorando tudo.

67

— Luke! — Eu fui em direção a ele.

— Não — disse ele, se afastando. — Não. — Dando outro passo para trás, ele enxugou os olhos com a manga do casaco num movimento brusco. — Eu estou bem. Vou embora agora.

— Não. Por favor. Espera um pouco. Só até você ficar bem.

— Eu estou bem.

De repente, parecia errado conduzir essa discussão intensa e carregada de emoções na minha porta, numa noite escura e fria.

— Luke, você gostaria de entrar um pouco?

Luke olhou nos meus olhos. Parecia cansado. Mais do que isso até. Por mais improvável que parecesse, ele poderia estar se divertindo.

— Sim — disse ele, com uma pitada de ironia. — Sim, Rachel, eu gostaria.

Eu dei um passo para o lado.

— Então entre.

Com um pequeno sorriso, ele assentiu.

— É melhor eu ir.

Que diabos? Sim? Não?

Ele definitivamente estava indo embora, recuando em direção à grande motocicleta estacionada no meio-fio. Perplexa, eu o observei.

Por cima do ombro, ele clicou no controle remoto e a moto ganhou vida.

— Tchau, Rachel — disse por fim, sua voz carregada pelo ar noturno.

* * *

DENTRO DE CASA, tentei fazer uma videochamada com o Quin, mas ele não atendeu. Eu me senti desolada. Seu bom senso, sua objetividade, eram muito reconfortantes.

Como não sabia o que mais fazer, fui para a cama. Justo quando estava pegando no sono, uma pergunta me acordou: *Se você não tivesse pedido os remédios para Carlotta, será que ainda estaria casada com o Luke? Será que teriam tido outro filho?*

Será que aquele pedido desencadeou um efeito dominó que alterou completamente o rumo da minha vida? Da vida do Luke?

Mas quem sabe o que o futuro nos reserva? E, considerando que tínhamos perdido uma criança, era notável que tanto o Luke quanto eu tivéssemos reconstruído vidas boas e voltado a ser felizes. Não era o que teríamos escolhido, mas estávamos bem agora.

Estava tudo bem.

68

— Harlie Clarke? — disse Hector. — Chorou sem parar desde ontem à tarde. Não quis jantar. Foi para a cama cedo. Chalkie desceu por volta da uma da manhã e reclamou que o choro não estava deixando ninguém dormir.

— Excelente — comentou Ted. — Boas notícias.

Houve concordância geral ao redor da mesa.

— Ella tem estado muito quieta, Dennis está de bom humor novamente, Chalkie ainda está furioso, Bronte parece calma e feliz, Trassa do mesmo jeito, e Lowry tem contado suas histórias tristes pra todo mundo. Pai cruel, namorada ingrata, você sabe como é.

Na Ala do Abade, Chalkie já estava lá, cercado por um campo de força de fúria. Então, Dennis entrou.

— *Bisou*, Rachel — disse ele, me mandando um beijo. — *Bisou*, Chalkie.

Chalkie olhou para cima.

— *Bisou* pra você também, seu maluco.

— Opa, opa, opa! — Dennis recuou. — Não preciso desse tipo de tom, ok? Estou melhorando meu comportamento. Bronte me inspirou. Ela é chique, chique e *poderosa*. E eis ela aqui! *Bisou*, Bronte.

Bronte pareceu surpresa, depois começou a rir, a primeira vez que a vi fazer isso.

— *Bisous*, Dennis, *bisous* — disse ela, mandando beijos para ele.

Dennis retribuiu e eles sorriram um para o outro.

— Veja só... — Dennis disse para Chalkie. — É bom ser legal. Olha a Harlie. *Bisou*, Harlie.

Harlie chorava copiosamente.

— Ah, não, não, não. — Dennis deu tapinhas delicados nas costas dela. — Ainda chorando pelo seu homem? É. Eu entendo, não dá pra te culpar. Ele é um partidão, aquele garoto, um partidão *e tanto*. Qualquer um ficaria encantado com ele.

Isso só fez Harlie chorar mais, e, assim que todos se acomodaram, comecei por ela.

— Estávamos realmente apaixonados, eu e Cal — revelou Harlie. — Sabe aqueles casais que nem parecem que se *gostam*? A gente era o oposto, éramos melhores amigos. — Enquanto as lágrimas a tomavam novamente, ela soluçou as próximas cinco palavras. — Ele era meu melhor amigo.

Deixamos Harlie chorar.

— Sempre quis conhecer o homem perfeito, e Caleb era. Mas mesmo assim não foi o suficiente.

— O que você quer dizer?

— Achei que ele tivesse se transformado no chato que atrapalhava minha bebida. Mas fui eu que mudei. Preferi a bebida a ele. E, mesmo assim, eu o *odiava* por ter ido embora e me deixado. Achei que ele fosse muito egoísta. Agora meio que entendo.

— O que você entende?

— Ele me deixou porque achou que isso me ajudaria.

Todos os pelinhos dos meus braços se arrepiaram. Aquilo era exatamente o que Luke tinha me dito ontem à noite. Se eu acreditava em Caleb — e eu acreditava — deveria acreditar em Luke?

SE MEUS FILHOTINHOS acharam que teriam uma tarde fácil porque era sexta-feira, acharam errado. O chefe da Ella, Boyd Heffernan, tinha chegado.

Com trinta e tantos anos, de terno e gravata e já ficando calvo, Boyd era uma proposta muito diferente do namorado da Ella, Jonah.

Pelos poucos papos que tivemos, ele me pareceu um homem que um dia esperou grandes coisas da vida, mas acabou vendo tudo se transformar numa tediosa mediocridade. Seja lá qual fosse a relação disfuncional que tinha com a Ella, ele estava depositando muitas esperanças nisso.

Quando eu o conduzi ao grupo, a cabeça da Ella se ergueu bruscamente e o suor visível brotou em sua pele. Aparentemente, havia uma chance real de que ela desmaiasse.

Pedi a Boyd que se apresentasse.

— Sou o supervisor da Ella no trabalho. Também temos um relacionamento.

Um choque audível percorreu o grupo e Dennis soltou:

— Mas e o outro rapaz? — Em seguida, meio mortificado, ele falou: — Desculpe, filho, não ligue pra mim.

— Você está falando do Jonah? — perguntou Boyd. — Porque eles tinham terminado. Ela só estava esperando o momento certo para deixá-lo.

Eu tinha certeza de que isso seria novidade para o Jonah.

Boyd olhou para Ella, esperando que ela o apoiasse, mas ela estava abatida e sem energia, incapaz de falar.

— Boyd, Ella já pediu que você comprasse medicamentos pra ela? — perguntei.

— Hum, sim. Você sabe que ela foi assaltada e depois não conseguia mais dormir, certo? Então, cerca de cinco meses atrás, o próprio médico dela interrompeu a medicação.

Aquilo não era verdade, mas deixei passar por enquanto.

— Cerca de cinco meses atrás, não foi, querida? — Boyd consultou Ella, que conseguiu assentir, atordoada.

— Só que ela não conseguia viver sem a medicação, então perguntou se eu tinha como conseguir mais. Então fui ao meu médico, disse que não estava conseguindo dormir e ele me deu uma receita para dois meses. Eu sei que parece errado, mas Ella estava sofrendo e eu tinha meios de ajudar. Estou bem com isso.

— Você fez isso com outros médicos?

— Não...

— Mas...? — insisti. Havia algo ali que eu não esperava.

— Não na Irlanda. Mas eu viajo muito a trabalho, frequentemente para os Estados Unidos. Muitos hotéis têm médicos de plantão e em geral eles não têm problemas em receitar comprimidos para dormir.

Do nada, senti um frio na barriga.

— Quantas... — O pânico me percorreu. — Quantas vezes você fez isso?

De longe, vi Boyd dar de ombros.

— Acho que umas cinco vezes.

— Esses médicos... — Precisei pigarrear antes de recomeçar. — Mas esses médicos são caros?

A partir desse momento comecei a improvisar. Não tínhamos ensaiado isso. Decidi que qualquer coisa que estivesse acontecendo comigo *tinha* que ser deixada de lado até o fim da sessão; meu dever era com Ella. Com um esforço enorme, me recoloquei no meu corpo, de volta à sala.

— Quem pagou os médicos? — perguntei a Boyd.

— Ah, sim, eu paguei.

— Ella te reembolsou?

— Não.

— Por que não?

Todos se viraram para Ella, que falou:

— Humm, eu não... Boyd, você alguma vez me pediu o dinheiro?

— Não sei. — As maçãs do rosto dele ficaram rosadas. — Posso ter esquecido.

Não pude deixar de sentir pena dele. Boyd estava louco por ela. Não era recíproco, mas, enquanto ele continuasse sendo útil, Ella continuaria transando com ele. A parte mais dolorosa era que ele suspeitava disso.

— Boyd, você fez várias coisas duvidosas do ponto de vista jurídico. — Agora eu estava de volta ao meu ritmo. — Coisas que também lhe custaram muito dinheiro. Por quê?

— Porque eu amo a Ella. A gente se ama. E ela estava numa situação ruim e eu pude ajudar. Não tinha o que pensar.

— Ella estava tomando uma medicação que não tinha sido prescrita pelo médico dela. Nenhum médico sabia a quantidade que ela estava tomando. Ela poderia ter tido uma overdose acidentalmente. Você não se preocupou com isso?

— Eu estava mais preocupado com o que aconteceria se ela não tivesse os comprimidos. Ela falava sobre suicídio...

— Boyd, você não tem obrigação de responder — falei, tentando ser gentil. — Mas você é casado?

— S-sim. — Ele lançou um olhar para Ella. — Sim. Mas estou deixando minha esposa.

— Quando?

— Quando Ella estiver... — Ele olhou para Ella, procurando um sinal, mas minha paciente permaneceu olhando para baixo. — Quando Ella estiver... pronta?

O que seria precisamente nunca, se eu tivesse entendido de maneira correta.

Era horrível. Pobre Boyd, pobre esposa do Boyd, pobre Jonah, pobre Ella. Tantos danos, tanta vergonha, tantos segredos.

ASSIM QUE VI Boyd sair, fui para uma sala de consultas e tranquei a porta, enquanto tentava respirar através da dor lancinante nas minhas costelas. Quando ele começou a falar sobre visitar médicos de hotel, uma lembrança — terrivelmente vívida — surgiu inteira na minha cabeça, de uma vez, de um momento em que procurei um desses médicos.

O surpreendente era que até agora eu tinha conseguido esquecer completamente esse fato.

Isso tinha ocorrido em algum momento durante aqueles tristes meses após a Yara, provavelmente no fim do outono. Eu me lembro de como estava frio. Meu estoque de Ambien vinha acabando numa velocidade alarmante e eu estava em pânico, me perguntando como conseguir mais.

Eu não poderia pedir a Carlotta e era cedo demais para mais uma visita ao Dr. Gagnon, mas, então, me lembrei de um médico ao qual papai tinha ido alguns anos antes, quando ele visitou Nova York com minha mãe. Meu pai tinha tido um problema estomacal — como eu disse, *sempre* acontecia alguma coisa quando ele saía da Irlanda — e ele procurou um clínico geral nas proximidades que atendia em hotéis no centro de Manhattan.

Na consulta mais rápida de todos os tempos, o médico deu ao meu pai uma receita para vários medicamentos fortes, tirou dele umas notas de cem dólares e o liberou.

Com a ajuda do Google, foi surpreendentemente fácil rastreá-lo e ainda mais fácil conseguir um horário para mais tarde naquele dia.

Tomar banho e me vestir foi um pouco complicado, mas peguei o metrô até a cidade, me sentei no consultório e disse ao médico que estava visitando Nova York por cinco semanas.

— O *jet lag* desencadeou minha insônia, mas preciso estar bem para o trabalho.

— Isso é péssimo — dissera ele, todo empático, como bem deveria ser, considerando como ele cobrava caro.

— Eu já usei Ambien no passado e sempre funcionou bem.

— Certo — dissera ele, rabiscando algo num bloco. — Cinco semanas, você disse? Também precisa de Xanax?

Um forte desejo me dominou, mas respondi rápido:

— Ah, não. Não, obrigada. Não.

Eu não podia deixar que os comprimidos para dormir fossem uma porta de entrada para outros medicamentos. Me manter limpa era *vital*. O Xanax — ou Valium ou qualquer tipo de benzodiazepínico, na verdade — teria amenizado as dificuldades do mundo. Eu não poderia honestamente dizer que não teria gostado, mas eu não *precisava* dele da mesma forma que precisava do Ambien.

Enquanto eu entregava meu cartão de crédito — emitido por um banco de Nova York, não que o médico estivesse preocupado com isso —, o preço quase anulou meu alívio.

Por ser uma "turista" eu não poderia pedir reembolso do plano de saúde e me perguntava o que diria para o Luke se ele visse o valor na fatura. Talvez eu pudesse fingir que precisei ir ao dentista? Ou... feito Botox?

Ele surtaria com o Botox.

Mas não tanto quanto surtaria com o Ambien.

Mesmo assim, consegui tornar o assunto pequeno e não importante: eu precisava dormir e encontrei uma solução engenhosa.

Mas, sentada na Ala do Abade, interrogando Boyd, a lembrança do que eu fiz de repente me surpreendeu. Eu tinha ido a um médico — o terceiro médico em talvez dois meses — e mentido.

Mesmo na época, minha história ruim e falsa tinha me constrangido e era óbvio que o médico também não acreditava nela. Ambos saímos manchados pela farsa.

Luke havia me perguntado o que eu pensaria se um paciente me contasse exatamente a minha história. Eu tive de admitir que visitar mais de um médico, mentir para eles e esconder tudo isso do meu marido eram sinais básicos do vício.

À medida que a ficha foi caindo, senti meu corpo inteiro gelar. Arrepios me percorriam.

Naquela época, rejeitei hipocritamente a oferta do Xanax como prova de que eu estava no controle. Certa de que se simplesmente *decidisse* não me viciar em comprimidos para dormir, não me viciaria.

Mas me viciei.

Não é?

69

Eu não conseguia pensar nisso. Não naquele momento. Eu estava indo para Barcelona com o Quin, precisávamos estar *juntos*. Eu pensaria nisso quando voltasse. Eu me preocuparia depois.

Embora talvez não houvesse nada com que me preocupar. Talvez tudo estivesse bem.

Em casa, Kate e Devin estavam alegres e morrendo de rir porque a Crunchie estava usando uma touca.

— Ela *queria* usar isso — insistiu Kate. — Ela tirou da gaveta.

Crunchie parecia bastante feliz, o que era um alívio, porque Kate e Devin estavam cuidando dela durante o fim de semana e eu não queria que transformassem a pobrezinha numa boneca.

— Ô meu amorzinho, eles estão rindo de você? — perguntei com minha voz especial para a Crunchie. — Estão zombando de você?

— De jeito nenhum — interveio Devin. — Ela parece uma mulher sábia...

— De uma das séries da Jane Austen — completou Kate.

— Sim!

Devin ergueu a mão e os dois fizeram um *high-five*.

Ela meio que estava parecendo mesmo. Os olhos castanhos da Crunchie eram muito gentis e *talvez* perspicazes.

Ou, muito mais provavelmente, eu estava apenas sendo tendenciosa.

No andar de cima, no meu quarto, terminei de fazer as malas, jogando alguns vestidos curtos e um par de saltos na mala de rodinhas. Na noite em que fomos ao Jake's Place, quando Quin reclamou que nunca via minhas pernas, me senti mal por ele.

Não havia mal em ser gentil, principalmente neste momento.

Por isso, também joguei na mala algumas calcinhas e sutiãs caros.

— CRUNCHIE! VAMOS!

Ela veio correndo para o último passeio da noite.

— Vamos só tirar essa porcaria de touca.

Lá fora, no bosque, enquanto a lanterna iluminava nosso caminho, Crunchie e eu, em perfeita harmonia, minha mente de repente disse: *Você teve uma recaída e arruinou tudo.*

Aterrorizada, tropecei numa raiz. Mesmo depois de me firmar, ainda sentia como se estivesse caindo.

Eu precisava ir para casa.

Mas, quando cheguei lá, eu não queria ficar. Então tomei a decisão impulsiva de surpreender Quin estando na cama dele quando ele chegasse em casa às cinco da manhã. Eu tinha uma chave, o código do alarme e passe livre para entrar e sair, então, por que não?

Ansiosa para ir logo e me sentindo levemente amedrontada, joguei as últimas coisas na bagagem de mão, me despedi de Crunchie, Kate e Devin e saí.

Era estranho estar sozinha na casa do Quin. Toda vez que um assoalho rangia ou um cano batia, eu pensava que era um ladrão ou um fantasma, algo ruim.

Mas eu precisava me acostumar. Aquela poderia ser a minha casa em breve. O que era *bom*. Prova de que, não importa o que tivesse acontecido com o Luke — mesmo que eu *tivesse* tido uma recaída —, eu havia sobrevivido e construído uma nova vida. Os canos barulhentos da casa do Quin, possíveis ladrões, eram marcos reais e tangíveis de progresso.

Quando subi na cama e estava prestes a apagar a luz, percebi que, se minha vida fosse um filme, em questão de horas Quin poderia surgir, seminu e semiconsciente, com outra mulher. Quem seria...? Uma comissária de bordo? Shiv? Golden?

Eu apostaria na Shiv.

A ideia me fez sentir mal. Não consegui destrinchar a sensação até os sentimentos de origem; eram só estranhos. Um estranho ruim.

Mas eu estava cansada demais para me levantar, me vestir de novo e ir para casa. Se, em cinco horas, Quin aparecesse com a ex-mulher, eu apenas teria que lidar com isso.

A LUZ DO quarto acendeu e eu acordei, piscando contra o brilho.

— Ei! — disse Quin, parecendo confuso. — Você está realmente aqui. Eu vi seu carro, mas... — Deixando a bagagem cair, ele falou: — Bom, isso é ótimo! — E, me fazendo rir, deu grandes beijos estalados na minha testa, nas minhas pálpebras, na minha orelha. — Mas como? — perguntou ele.

— Surpresa!

— Sou totalmente a favor desse tipo de surpresa. Vou só escovar os dentes e vamos dormir um pouco.

Minutos depois, ele saiu do banheiro, nu e cheirando a pasta de dente.

— Dá um espacinho aí — pediu ele, se aconchegando na cama. — Quero dizer, chega *mais perto*.

Ele apagou a luz e na escuridão falou:

— Como assim eu chego em casa e te encontro na minha cama? — perguntou ele, ainda parecendo duvidar. — Quero dizer, estou feliz...

— Feliz quanto?

— Isso parece uma pergunta sugestiva.

— Vamos ver...

Por cima dele, eu deslizei para baixo.

— O que está... acontecendo? Não, não responda. Estou apenas extasiado que isso esteja acontecendo...

70

Trinta e dois andares acima do mar, a luz azul inundava um quarto branco e fresco, as enormes janelas sugerindo um espaço vasto no além. Deslizei da cama, ansiosa pelo meu primeiro olhar sobre Barcelona à luz do dia.

E era espetacular. Lá embaixo havia uma pequena piscina, uma faixa minúscula de areia e, se estendendo até o infinito, mar e céu intermináveis.

Eu estava com a camisa do Quin porque tinha acordado durante a noite, com frio por causa do ar-condicionado. Mas eu poderia ficar nua o dia inteiro se quisesse, porque ninguém conseguiria nos ver naquele quarto.

— Ah, Quin, olha essa *vista*!

Da cama, ele respondeu:

— Estou olhando.

— Hahaha!

Puxei a camisa para cobrir meu bumbum.

— Volta aqui — disse ele.

— Eu não vim a Barcelona pra passar o tempo todo fazendo... *isso* — retruquei, apontando em direção à virilha dele.

— Eu vou ser *bem* rápido — prometeu ele, com um brilho nos olhos.

— Um segundo. — Peguei o telefone. — Vou pedir nosso café da manhã. Sim, eu vou. Shhh!

Depois de fornecer todos os detalhes e complementá-los com pedidos extras do Quin ("Eles têm suco detox? Sim, ótimo. Mas sem mamão, Rach. Diga a eles, sem mamão"), eu desliguei.

— Vão entregar em quinze minutos — falei, tirando a camisa. — Seu tempo começa... *agora*!

Nós tínhamos chegado a Barcelona bem tarde, no frenesi do sábado à noite. Trânsito parado, buzinas tocando, música pulsando de diferentes locais. E estava *quente*. As ruas eram ladeadas por palmeiras e foi emocionante descobrir que nosso hotel ficava bem ao lado da praia.

Quin tinha dormido no avião. Depois de voltar pra casa no meio da noite, ele conseguiu cerca de quatro horas de sono antes de se levantar, desfazer e refazer as malas e, em seguida, dirigir cinco quilômetros no tráfego congestionado da manhã de sábado para pegar doze garrafas de vinho laranja das Fincas de Azabache, uma icônica loja de vinhos ao sul de Dublin, onde papais do rúgbi, sempre dirigindo seus Audis, se engajavam em discussões acaloradas com outros papais do rúgbi dirigindo seus Audis por causa das vagas no estacionamento.

O tal vinho laranja era para o *brunch* de aniversário de Finley na casa de Vivi e Roly, que foi surpreendentemente agradável, mesmo com a presença da Shiv e da Golden. Shiv, sendo mãe de Finley, meio que *tinha* que estar lá. E Golden era madrinha de Finley.

Mas o bom era que Shiv e Golden tinham uma história, tão antiga que mal era disfarçada. (Entre outras coisas, elas tinham brigado por causa do Quin, por causa de um fomento do Irish Enterprise Board e por causa de um velho tapete de piquenique que Roly estava jogando fora.) Isso significava que a atenção de uma estava sempre focada na outra e isso me permitia voar abaixo do radar, passando momentos agradáveis.

Principalmente com Vivi e Michelle, que me envolveram em conversas sobre livros, mas sempre que eu me sentava ereta e declarava: "Nossa, eu *amei*", elas franziam a testa e usavam palavras como "espúrio" e "falacioso".

Isso aconteceu tantas vezes que acabamos rindo incontrolavelmente.

— Você deve achar que somos esnobes impossíveis de agradar — disse Michelle.

— E vocês devem pensar que sou uma imbecil!

— Mas pelo menos você tenta — disse Vivi, inadvertidamente olhando para Shiv, depois corando por sua gafe.

Meu coração se encheu de carinho pela família inteligente e culta do Quin. Certo, eles não eram os mais empáticos do mundo, mas eram ótimas companhias e tinham boas intenções.

Não importava o que você fizesse de errado, tudo dava certo no final.

No aeroporto, Quin adormeceu no sofisticado assento da área VIP e depois novamente no avião. Mas Barcelona o despertou.

— Ei! Vamos dar uma volta — sugeriu ele, animado de repente.

Apesar de já passar da meia-noite, topei. Deixar de lado todas as reviravoltas emocionais e descobertas da semana anterior e estar ali, presente, com Quin, era importante. Eu estava ansiosa para fazer qualquer coisa que ele quisesse. Exceto...

— Nada de um lugar com piscina.

— Por que não?

— Sábado à noite, numa cidade festeira? Eu, tímida e completamente sóbria, observando jovens bonitos, fora de si, se comportando mal na água? Eu tenho meus limites, Quin.

Por um breve momento, ele contraiu os lábios, depois olhou ao redor.

— Onde está o concierge? Ah, é *a* concierge.

Quin a envolveu num bate-papo intenso, questionando-a sobre bares próximos sem piscina e fazendo-a rir. Voltou com uma reserva.

— Fica a cinco minutos daqui, à beira-mar. Parece bom.

Depois de uma rápida troca de roupas por algo mais deslumbrante — eu, em sandálias de salto agulha e num dos meus vestidos curtos, e ele em um terno casual —, partimos.

O bar era *deslumbrante*. Três paredes abertas para a noite amena, revelando um espaço sofisticado com um toque praiano. Painéis de vidro formavam espaços íntimos — e que assentos! Nos meus primeiros sete segundos, eu vi duas poltronas Eames, uma cadeira Barcelona e um sofá Marshmallow. Uma cadeira de bolha transparente balançava do teto, indo e vindo, parecendo ligeiramente atrevida.

— Ótima música — comentou Quin.

— E não muito alta!

Fomos levados até um par de poltronas baixas, situadas em um círculo de luz suave. Escondida atrás do meu cardápio, dei uma olhada cautelosa ao redor. Para meu alívio, a clientela parecia ser de pessoas bem comuns... talvez ligeiramente mais bonitas que a média, em vez do usual lixo europeu — chapado de cocaína, pulando de iate em iate — que eu temia.

Apertei o braço do Quin.

— Nem estamos tão velhos!

— Fale por você, vovó.

Então, abri meu cardápio...

— Eita. A vibe animada e tranquila *não* é nada barata.

— Não, Rach.

— Não o quê?

Depois de um momento de silêncio, Quin tocou meu joelho com a ponta do sapato.

— Diga, qual é a dessa roupa sexy?

— Precisa ser sobre alguma coisa?

— Não é porque naquela noite com a Kallie e o Luke eu reclamei que quase nunca te via usando, né?

— Bem... você tinha razão. Quin? Você está bem?

— Sim. Desculpe. Talvez só um pouco cansado — explicou ele, e, fazendo um esforço visível para ser gentil, falou: — Então, como estão as coisas com seu ex-marido.

Escondendo mil sentimentos confusos, falei:

— Kallie foi embora e ele está indo também daqui a alguns dias.

— E...? Você está bem?

— Estou. Mas... — De repente, a chance de desabafar com Quin era enormemente atraente. Ele se importava comigo, ele ouviria. — As coisas com Luke não eram tão preto no branco como eu pensava.

— Como assim?

— É que talvez ele não fosse totalmente culpado. — Eu me forcei a dizer o indizível. — Quin, acho que posso ter tido uma recaída depois que a Yara morreu...

— Hum... Como é? Você "acha"? Uma situação de recaída não é algo do tipo sim ou não?

— Eu não tenho certeza. Eu não conseguia dormir e minha médica me receitou uma medicação. Era um remédio prescrito, tudo direitinho, mas eu comecei a tomar mais do que deveria. Fui a um segundo médico, então...

— Mas eles foram prescritos, certo? Não é como se você estivesse ligando para o seu traficante, certo?

— Não, não era. Mas...

— E você não está fazendo isso agora, está? *Ele ainda é* o idiota que se mudou para Denver e bloqueou qualquer contato.

Eu respirei fundo.

— Ainda estou tentando entender tudo.

— Rach! — interrompeu Quin. — Estamos mesmo fazendo isso? Gastando nosso tempo nesta cidade incrível falando sobre quem foi o culpado em um casamento que terminou há seis anos?

— Não! Claro que não.

Internamente, comecei a reprimir meus pensamentos e sentimentos de novo. Não era o momento. O que foi um alívio estranho.

Exceto que... Sobre o que falaríamos agora? Lancei um olhar ao redor do bar e notei uma mulher usando um colar incrível, do tipo que a Claire usaria.

— Nossa, acabei de me lembrar. Queria saber como a Claire e o Adam estão...

— Devem estar ótimos.

— Humm.

— Você está muito crítica.

— Não estou. — Eu soava irritada, porque realmente não estava julgando ninguém. — Só preocupada que Claire não esteja sendo honesta com o Adam.

— Se acalme — pediu Quin.

Respirei fundo.

— Tudo bem. Desculpe.

Depois de alguns drinques extremamente caros, voltamos para o hotel caminhando pelo calçadão, o som das ondas nos alcançando na escuridão.

— São dez para duas — falei. — E eu sei que são apenas dez para uma na Irlanda, mas ainda me sinto glamourosa. Quase depravada!

O calor tinha diminuído, a brisa estava mais forte e Quin tirou o paletó e o colocou em meus ombros.

— Como se estivéssemos em um comercial de perfume! Como deveria ser chamado? O perfume? "Miniférias"? — Sussurrei a palavra algumas vezes.

— Precisa ser uma emoção — disse Quin.

— Amouurr — sussurrei. — Seeeeexo. Amannnntes.

— Infidelidaaaaade — Quin falou.

— Nostallllllgia.

— Traiçãooooo.

71

— Mamãe disse que não devemos ir para Las Ramblas. Que seremos assaltados.

— *Não* vamos para Las Ramblas. — Ah, tanto *desprezo* vindo do Quin. — Seria tão trágico quanto visitar Londres e ir a Oxford Circus.

Você teve uma recaída e arruinou tudo.

— Eu li num blog que o calçadão onde estávamos ontem à noite é "um lugar popular para um passeio romântico". Vamos, Quin, vamos fazer um passeio romântico.

Meu celular tocou e Quin ergueu a cabeça.

— Mensagem do seu ex-marido? — perguntou ele. O tom era ácido.

— Da Claire.

— E aí, como foi o swing?

Foi um desastre completo.

— Putz, coitada da Claire — falei.

Eu fiquei COM CIÚMES. Do Adam e da Beatriz.

Depois:

Adam estava gostando. Eu não!

Depois:

Fui longe demais dessa vez.

— É isso que acontece — disse Quin dissimuladamente.

E eu tive bom senso suficiente para não perguntar o que ele queria dizer.

Havia uma mensagem final da Claire.

Mamãe convidou o Luke para a festa dela. Ele aceitou.

— Quin? Minha mãe convidou o Luke para a festa dela e, aparentemente, ele aceitou o convite.

— Então nós não vamos?

— Exatamente. Vamos lá, vamos ver Barcelona.

Lá fora o dia estava azul e dourado e as ruas muito movimentadas. Homens bronzeados e musculosos corriam no calçadão e ciclistas com viseiras, inclinados sobre suas bicicletas, vinham em nossa direção como insetos atacando.

— Cooom licença! — pedi, quando três patinadores passaram zunindo, cortando o ar ao nosso redor. — Estamos tentando fazer um passeio romântico aqui!

Sorri para o Quin, mas, naquele exato momento, ele estava virando a cabeça para longe de mim.

Na praia movimentada, jovens bronzeados jogavam vôlei ou faziam movimentos lentos e graciosos que poderiam ser tai chi chuan. Já do outro lado do calçadão, era a *vida real*. Um bairro pitoresco de prédios de apartamentos de quatro e cinco andares, separados por ruas estreitas e sombrias. Roupas penduradas em varandinhas de ferro ou em cordas esticadas entre os prédios, e palmeiras baixas e bonitas, mais parecidas com arbustos de palmeira, haviam sido dispostas em intervalos regulares.

Uma senhora idosa estava conversando aos gritos, de varanda para varanda, com outra mulher, que poderia ser sua gêmea. Grupos de homens mais velhos estavam sentados em cadeiras rústicas, conversando animadamente.

Perguntei:

— Podemos dar uma olhada?

— Rach. Isso não é um parque temático.

Ah! Tudo bem.

— Quin... você está...?

— Bem, sim. São só os moradores locais, é a casa deles.

— Claro.

Havia outras pessoas, obviamente turistas, passeando pelas ruas estreitas, mas de jeito nenhum eu ia arriscar uma discussão quando ainda tínhamos trinta e seis horas presos um com o outro.

Ele respirou fundo.

— Desculpe, Rach. É claro que podemos. É pra isso que estamos aqui — disse ele, entrando comigo por uma das ruas estreitas. — Até as Olimpíadas de 1992, aqui era apenas um porto pobre de pescadores. Enfeitaram tudo, mas Barcelona ainda é habitada por uma comunidade real.

Homens sentavam-se em mesas de zinco minúsculas, jogando um jogo de tabuleiro.

— Dominó — disse Quin.

Todo mundo parecia se conhecer e o lugar inteiro era vibrante, cheio de vida.

Assim que me perguntei se havia crianças morando ali, nos deparamos com um parquinho cheio delas, escalando, pulando, chamando umas às outras. Observar crianças sempre foi agridoce, mas o equilíbrio havia pendido muito a favor da alegria.

Estou feliz agora, Luke também está, está tudo bem.

— Você tem certeza de que não se importa de fazer isso? — perguntei. — Você já viu tudo isso antes. Podíamos fazer algo diferente.

— Sem problemas.

Depois do almoço em um restaurante tradicional apertado — "um segredo de Barcelona", segundo Quin —, voltamos para o hotel para um rápido descanso antes de irmos para a praia, mas sem querer dormimos a tarde toda.

Acordei, sem ter ideia de onde estava. Fiquei deitada, olhando para o nada, tentando me recompor, quando uma lembrança me encurralou.

Era uma manhã em Nova York. Cedo. Muito cedo para começar a viver outro dia em que minha filha ainda estava morta, então, coloquei algumas balinhas mágicas na boca e me senti aliviada daqueles sentimentos por um pouco mais de tempo.

Algumas horas depois, grogue e confusa, acordei. Desta vez, saí da cama. Sob mim, o chão parecia instável. Fiquei de pé, esperando que se tornasse mais sólido, quando Luke apareceu na porta.

Cautelosa falei:

— Achei que você estivesse no trabalho.

— Eu sei que achou — disse ele, me observando do jeito que sempre me observava naquela época: analiticamente, distante.

Já fazia três semanas, talvez quatro, desde que ele descobrira os remédios escondidos. Desde então, eu estava conseguindo tomá-los em segredo.

De volta ao quarto, ele me puxou contra o peito e me segurou forte. Eu relaxei contra ele, de repente grata pelo calor sólido de seu corpo. Então, muito baixinho, ele sussurrou através do meu cabelo:

— Você precisa parar.

De volta ao presente, em Barcelona, a tristeza se instalou. Diferentes camadas dela. *Você teve uma recaída. Foi culpa sua.*

Todas as vezes que esse pensamento surgia, um raio de medo percorria meu corpo e todas as vezes ele penetrava um pouco mais fundo.

Eu me mexi, procurando Quin. Esticado na cama, ele ainda estava apagado. Coloquei a mão em seu ombro e seus olhos se abriram de repente.

— A gente dormiu. — Ele parecia atordoado. — Que horas são?

— Dez para as oito.

— Tudo bem... Eu preciso de café. — Quin cambaleou pelo quarto, depois para o chuveiro. Quando voltou, estava acordado. — Então, o que faremos esta noite? Saímos pra comer? Podemos ir a algum lugar mais casual. Ou... — Ele apontou para o mar. — Eu reservei dois lugares em um evento especial que vai rolar numa vila. O lugar é de um nobre catalão, um *comte*.

Eu teria voltado feliz para o calçadão e para algum lugar turístico e não assustador, mas era óbvio que Quin estava fazendo um *lobby* para o evento na casa do nobre.

— O evento especial parece interessante.

"Interessante" era uma das coisas que eu amava em Quin. Um "jantar na ópera" em um barco no porto de Helsinque tinha sido um completo desastre, mas nós nos divertimos muito. No entanto, era preciso estar plenamente saudável para as aventuras que ele propunha, e hoje à noite eu não estava.

Vestindo o segundo dos meus vestidos sensuais, seguimos para um local estranhamente tranquilo de ruas residenciais arborizadas que exalavam riqueza antiga. Vilas imponentes, com suas janelas escuras e fechadas, ignoravam-nos com fachadas altivas, enquanto passávamos rapidamente em um Uber, tentando vislumbrar os números das casas.

— Acho que é aqui — disse Quin quando o motorista parou do lado de fora de uma *villa* rosa-chá de cinco andares e nos disse coisas em catalão, cujo teor parecia ser, “Saiam”.

Emoldurada por palmeiras e pela iluminação vinda do chão, a *villa* ficava atrás de portões de metal desnecessariamente altos. Subindo até a calçada, inclinei a cabeça para trás a fim de ver o topo e me perguntei em que ponto o metal extra era apenas para *exibição.*

Quin é ótimo e minha vida é boa.

— Aquele é o Conde? — perguntou Quin quando um homem calvo e irritado nos fez sinal para a porta da frente. — Achei que ele pareceria mais... nobre.

Depois de confirmarem que nossos nomes estavam na lista, fomos conduzidos por uma mulher apressada em direção a uma escadaria de pedra até uma sala pouco iluminada, onde cerca de vinte pessoas circulavam, bebendo vinho tinto em grandes taças. Pelo que pude ver (na verdade, não muito), todas pareciam ter acabado de sair de um casamento muito chique. Havia muitas cabeças emplumadas, batom roxo marcante, tartã vermelho escuro, joias pontiagudas e sapatos dourados de plataforma.

As pessoas estilosas, que descobrimos serem italianas, cumprimentaram-nos com gritos de alegria. Encantador, é claro — mas foi só então que entendi que a noite seria uma experiência em grupo.

Às vezes, estou *bem* para conhecer vinte pessoas numa sala escura numa *villa* em Barcelona, quando todos os outros estão loucamente bêbados, mas estou sóbria e sem comer há oito horas e preocupada com a suspeita terrível de que seis anos atrás eu tenha tido uma recaída e arruinado meu casamento. *Bem.*

Mas o idioma era um problema. Quin e eu falávamos quase nada de italiano e as pessoas estilosas, embora simpáticas e afetuosas, não falavam inglês.

— Imaginei que fôssemos só você e eu — disse ele. — Eu não sabia que teríamos que *socializar*.

— Podemos fingir que somos só nós — falei.

Mas não nos deixariam em paz. Duas *drag queens*, ambas usando botas de plataforma até os tornozelos que se assemelhavam a cascos de cabra, tentaram iniciar uma conversa. Concluímos que todo o grupo era de uma cidade chamada Messina e que estávamos numa festa de aniversário de uma pessoa chamada Giuseppina. Mas a conversa foi um trabalho árduo para nós quatro e, finalmente, a dupla disse algo um ao outro em italiano, algo como, *Ah, foda-se, Vera,* e voltaram para seus amigos.

— Estou com fome, Quin. Melhor, estou *irritada de fome*.

— Ah, não — murmurou Quin.

Mais dois tipos estilosos fabulosamente vestidos surgiram sorrindo da penumbra e as tentativas dolorosas de conversa recomeçaram. Muito rápido, porém, eles também se cansaram de nós. O alívio durou pouco, pois mais dois tagarelas surgiram com dentes escuros de vinho.

— Estão agindo estrategicamente — disse Quin, parecendo prestes a morrer de sofrimento.

Desse momento em diante, começamos a rir enquanto tentávamos pedir desculpas aos italianos. Ao longo das horas seguintes, novos companheiros continuaram a se juntar a nós a cada dez minutos, até que se cansavam e outros tomavam seus lugares. Em circunstâncias normais, eu teria dito: "Ei, Quinster, estou tendo a pior noite da minha vida, podemos acabar com isso?"

Mas as circunstâncias não eram normais.

Finalmente, fomos conduzidos para uma outra sala, igualmente mal iluminada, para o jantar. Houve uma confusão por causa dos lugares numa mesa de madeira escura tão longa quanto uma pista de decolagem e Quin e eu acabamos sendo empurrados para o final da mesa. Melhor assim.

Não foi surpresa que nenhum dos garçons desanimados soubesse algo sobre a minha refeição vegetariana pré-agendada. Quin, que em geral era muito bom em reclamar — calmo, mas eficaz — estava pronto para intervir, mas senti que nada de bom resultaria disso.

— Está tudo bem, relaxa. Vou comer as partes sem carne.

— Ou podemos ir embora? — sugeriu ele.

— Não!

Sair cedo seria marcar a noite como um fracasso completo e precisávamos de alguma espécie de vitória.

O cardápio foi lido em voz alta em catalão pelo suposto Conde. Os italianos pareciam entender, mas Quin e eu não fazíamos ideia e não havia menu escrito para traduzir. No entanto, quando o primeiro prato chegou, nossos novos amigos fizeram o possível para descrevê-lo para nós. Pelos gestos exagerados, parecia ser uma ave.

— *Pollo* seria frango? — tentou Quin, mergulhado no Google Tradutor.

— Não, não, não!

Eles fizeram gestos de bombardeio.

— Uma ave de rapina? Sério?

Quin seguia procurando palavras no telefone. *Falco*?

— *No*! — disseram alguns.

— *Sí*! — exclamaram outros.

— *Aquila*! — gritou uma voz da penumbra.

— *Aquila*? Isso não é "vovó"? — perguntei, me lembrando de um episódio de *Dora, a Aventureira*, com JJ.

— Vovó é *abuela* — disse Quin.

Os outros ouviram e falaram aos gritos. *Abuela*!, eles declararam, apontando para seus pratos e rindo muito. *Abuela*!

Meu Deus, estava difícil. Como estava escuro demais para distinguir quais partes do meu prato não eram carne, não arrisquei comer qualquer coisa. Quin descobriu que *aquila* era italiano para "águia", então era oficial: nossos novos amigos estavam rindo de nós.

Logo em seguida, duas das mulheres maravilhosas à nossa frente começaram a se beijar, de uma maneira muito "perfórmática". Eu me virei para Quin.

— Estou com muita fome para aguentar isso.

— Certo — disse ele, já em pé. — Vamos embora.

Nossa partida desencadeou uma onda de abraços e gritos e o local parecia estar a minutos de se transformar numa orgia. Eu me senti triste e envergonhada, um fracasso que não bebe vinho, não come águia e não participa de orgias.

Quin e eu não falamos até estarmos lado a lado em um Uber, a meio caminho de volta para o hotel.

— Desculpe — falei.

— *Eu* que peço desculpas. Podemos pedir serviço de quarto. Ou qualquer coisa que você queira.

— Algo rápido é tudo o que importa.

— Vamos para a marina. Tem barraquinhas de comida lá, vai ser rápido.

O carro nos deixou à beira-mar, onde nos sentamos em um muro e comemos churros e chocolate quente de uma barraca. Como a noite estava fresca novamente, Quin colocou seu casaco nos meus ombros, como havia feito na noite anterior, mas, desta vez, nenhum de nós mencionou nosso perfume.

72

— Por um momento, eu me perguntei se estava morto? — disse Quin, rindo. — Se aquilo era o inferno... Conversar com italianos simpáticos por toda a eternidade.

Depois dos churros no muro da marina, dormimos profundamente e acordamos de bom humor.

— Para mim parecia mais um filme de zumbis. Os dentes pretos, o delineador... E assim que a gente se livrava de um grupo, outro surgia em seguida.

— Sério. — Quin se virou na cama e olhou pra mim. — Me desculpe mesmo.

— De *jeito nenhum*, Quin. Foi um risco e desta vez não deu certo. Mas se a gente não se arrisca, nada emocionante acontece.

— E não se arriscar é a coisa mais perigosa que uma mulher como você pode fazer.

Ele me dizia muito isso. Eu adorava, embora não fosse verdade, nem de longe.

— Então, de manhã vamos à casa de Gaudí e depois ao aeroporto?

— Se tivermos um tempo, gostaria de passar em um lugar. Tem um cara aqui, que trabalha principalmente com móveis, mas ele sempre tem peças bonitas e interessantes, peças com história. Gosto de ir lá só pra ver o que ele tem. Você iria gostar.

— Legal. Ótimo.

* * *

— MEU DEUS, estou *apaixonada* — falei para Quin, girando em círculo em um dos cômodos da Casa Batlló, deixando as cores do vitral me envolverem. — Tipo, ele não se conteve, né? Gaudí? Era um homem sem restrições, imagino? Vou fazer uma reforma lá em casa assim que voltarmos. Com ondas! Em tudo, os pisos, tudo!

Eu estava realmente louca por aquela casa linda, mas estava exagerando na alegria. Minhas lembranças perturbadoras de seis anos atrás lançavam uma grande sombra em tudo. Resistir a ela, desesperada por alcançar a normalidade básica, era um trabalho árduo.

Em dado momento, eu enfim me permiti admitir que havia passado a maior parte do fim de semana representando minha versão mais feliz e despreocupada. Porque Quin merecia. Ele tinha pensado muito e se esforçado — e gastado dinheiro — nestes poucos dias.

Mas havia outros motivos, eu precisava de pontos de referência. As coisas estarem bem com o Quin *importavam,* porque era uma prova de que, Yara à parte, minha vida tinha dado certo. Os fatos eram: eu estava limpa hoje, eu era boa no meu trabalho e tinha conhecido um homem incrível.

Sorri para Quin.

— Você também tem a sensação de que estar nesta casa é como estar debaixo d'água?

— Sim! — respondeu ele, satisfeito comigo. — Viu como o teto parece um redemoinho? E o efeito que esse vidro tem...

— Você é um *ótimo* guia turístico. — As paredes eram curvas, as janelas eram onduladas, até o teto se contorcia. — Não há linhas retas, não é? Nem umazinha — falei, rindo. — Aposto que você detesta isso.

— Eu não faria na minha casa, mas consigo apreciar.

— *Bom, eu...* — Agarrei-o pela gola da camisa e me aproximei. — Estou encantada!

O sorriso dele era largo. Quin parecia verdadeiramente feliz e meu coração se elevou, mesmo que não tenha chegado tão alto quanto precisava.

Cada cômodo, até o telhado, revelava novas maravilhas. Os mosaicos nas paredes, as formas das portas, até o sistema de ventilação era magnífico.

— Parece um mundo dos sonhos — declarei.

Quando chegamos ao telhado, olhei ao redor, depois perguntei:

— E agora?

— Isso é tudo — disse Quin. — Você viu tudo.

— Eu vi? Ah, não!

Senti como se uma bolha estourasse. Esta casa mágica tinha me mantido longe da dura realidade. Eu não estava pronta para voltar às minhas suspeitas e medos. *Você teve uma recaída, estragou tudo.*

— Que horas são?

Conferindo as horas, vi que estivemos lá por duas horas e meia.

— Putz... Ah, Quin, e o homem que você queria ver?

— Valeu a pena ver você feliz. De qualquer forma, ainda temos um tempo.

— Certo. Então vamos.

Enquanto caminhávamos, Quin fez uma ligação.

— Sr. Navabi? Nick Quinlivan. Estamos a caminho, estaremos aí em quinze minutos, ok?

— Nossa, precisa marcar um horário? Me conta mais sobre esse cara.

— O nome dele é Omid Navabi. Pelas coisas que ele disse, acho que ele é do Irã. Às vezes, as peças são um pouco malucas, mas sempre interessantes.

Descendo uma rua estreita, paramos diante de uma porta sem identificação e fomos autorizados a entrar e ir ao primeiro andar. O Sr. Navabi era um rapaz bonito, elegante e bem-vestido.

— Nicholas, meu velho amigo, entre. E a famosa Rachel, está gostando da pulseira da Minerva? Posso oferecer-lhes *orxata*? *Vermute*?

A sala de exposição era estilizada como um apartamento saído de *Mad Men*. Não é de admirar que Quin adorasse estar aqui. Havia sofás Knoll, uma mesa de centro tipo Peekaboo, um piano moderno em jacarandá e luminárias tão magníficas que eu queria comprar todas.

Um carrinho de bebidas sofisticado apresentava um decantador de uísque arredondado e copos combinando. Sobre um aparador compartimentado estava um porta-cigarros de nogueira.

Em uma parede feita de prateleiras vazadas, havia todo tipo de coisas encantadoras, provavelmente inúteis, que você só poderia chamar de *objetos*: uma câmera antiga num estojo de couro marrom surrado; um Rolodex antigo; óculos de sol vintage; carrinhos de brinquedo.

— Olhe na área do quarto — sugeriu Quin, apontando um espaço mais adiante.

Meu Deus, era lindo. Tapetes feitos à mão, *mais* luminárias lindas e uma cama com uma cabeceira exageradamente acolchoada. Abri o guarda-roupa e descobri caftãs da Pucci, um casaco prateado da Courrèges, vestidos da Biba e uma pilha de malas Hermès.

— Tudo vintage — disse ele atrás de mim. — Você viu as joias? Ali à direita, na penteadeira.

Respirei fundo. Havia pulseiras, pingentes, brincos e abotoaduras. Todos em metais e pedras preciosas, piscando deslumbrantes em um fundo de veludo.

— E... — Seguiu-se uma pausa breve. — Já viu os anéis?

A parte de trás do meu pescoço formigava. Deus todo-poderoso, Quin não estava prestes a...? Virei para vê-lo segurando um grande anel verde na minha direção.

O pânico subiu. *Não, Quin, não, Quin, não, não, não, não, não, não, não.*

Inadvertidamente, dei um passo para trás... E só então percebi sua confusão.

— O que foi, Rach?

O olhar dele passou do meu rosto angustiado para o anel. Vi quando a ficha dele caiu.

— Nossa! — disse ele, chocado. — Você realmente pensou que...? — A incredulidade tomou conta dele. — Eu não estava pedindo você em *casamento*, Rachel.

— Ah, uma das minhas peças favoritas — comentou o recém-surgido Sr. Navabi. — Turmalina verde e diamante. Um anel de coquetel.

— Um anel de coquetel? — repeti, sem entender.

— Usado para ocasiões especiais. Estou disponível se precisar de alguma informação — disse ele e, discretamente, se afastou.

O anel ainda estava nas mãos do Quin.

— Então você tem certeza de que não quer se casar comigo? — disse ele e o tom era sarcástico. — Certeza, eu diria. *Sem* espaço para dúvidas aí.

— Quin. Me desculpe, não sei o que...

Eu o machuquei terrivelmente. Até eu estava chocada.

E estávamos indo tão bem.

* * *

PARTIMOS PARA O aeroporto, fizemos o check-in, passamos pela segurança, esperamos setenta minutos na sala de embarque e entramos no avião, tudo isso sem trocar uma palavra.

Com cerca de duas horas de voo, Quin de repente disse:

— Não sei por que você achou que eu estava fazendo o *pedido*.

— Eu também não.

E não tinha ideia mesmo. Mas o que estava claro era que, naquele momento, o pensamento de um compromisso de longo prazo com ele tinha sido aterrorizante. Tanto que eu não tinha sido capaz de esconder.

— Se em algum momento isso esteve nos meus planos, não que estivesse... mas você tem minha palavra de que agora nunca mais vai estar.

— Quin, sinto muito por te machucar. Não sei o que...

— Preciso que você fique na sua casa hoje à noite, ok?

— *Quin*.

— Vamos até a minha casa porque seu carro está lá.

— *Quin...*

— Não quero falar com você.

Mordi o lábio e fiquei em silêncio. Nesse ponto, eu pensava que entendia de onde havia surgido minha reação exagerada. Quin e eu tivemos dias tensos. Ele se ressentia da minha imersão tão profunda no passado, em Luke.

E eu me ressentia por ele se ressentir.

Nosso fim de semana glamouroso tinha envolvido um trabalho hercúleo para tentar esconder a tensão, mas nossas queixas mútuas continuavam a surgir.

No Aeroporto de Dublin, entramos no jipe e seguimos em silêncio. Quando chegamos à casa dele, ele arrancou minha bagagem do porta-malas e a jogou no chão. Com um *bip* cheio de raiva, Quin trancou o carro, depois, abriu e bateu à porta da frente com força, me deixando do lado de fora na noite fria.

Sentindo-me triste e boba, fiquei ali por um tempo, esperando que ele voltasse. Eu vi as luzes se acenderem dentro da casa, depois se apagaram novamente. Quando a última delas se apagou, não tive escolha a não ser ir embora, já preocupada com o que o amanhã traria.

Seja lá o que fosse, eu sentia que seria ruim.

73

E como previsto, às seis da manhã, acordando com uma ansiedade palpável, a verdade *finalmente* me atingiu e se estabeleceu intacta: Luke havia me deixado porque eu tinha voltado a usar drogas. *Eu tive uma recaída*. Tinha mergulhado de volta na dependência e me tornara inalcançável.

Não havia mais incertezas, oscilações. O fato fez sentido como o clique de um interruptor, acendendo as luzes. Estava tudo iluminado com um holofote.

Nada havia mudado, mas estava tudo diferente.

A realidade estava ali, dura, clara. Assim que percebi que eu tinha uma chance de conseguir tranquilizantes com a Carlotta, recaí no pensamento viciante, depois no comportamento viciante. O movimento foi tão profundo que nem eu sabia que estava em apuros.

Não me admira que ele tenha ido embora.

Não porque me culpava por Yara. Não porque tivesse deixado de me amar. Mas porque eu era, mais uma vez, uma dependente química ativa.

Agora que eu sabia, era absurdamente óbvio — e ainda assim, o choque foi enorme.

Também percebi que, de certa forma, sempre soube que eu tinha recaído. Era como se, quando comecei a abusar das drogas novamente, uma parte de mim tivesse se separado do caminho principal e seguido por um paralelo. Eu tinha trabalhado muito para ignorar esse "eu" fantasma, mas, de vez em quando, eu tinha um vislumbre — um vislumbre de mim mesma —, quase acompanhando o ritmo.

Agora que eu sabia, era difícil acreditar como consegui me cegar tanto. Mas assim é a dependência, assim é a negação. Não havia nada de especial sobre mim. Dia após dia, eu via o quanto os adictos se esforçavam para esconder seu comportamento vergonhoso de si mesmos. Quando chegavam ao fim da linha e batiam de frente com a verdade, não é que eles se lembrassem de coisas convenientemente esquecidas. Eles *sempre* souberam os fatos, mas alguma mudança acontecia para que eles os recontextualizassem.

Eu não era diferente.

Liguei para Nola, que parecia estar esperando minha ligação.

— Passe aqui em casa hoje depois do trabalho.

Depois, liguei para o Quin, mas foi direto para a caixa postal. Pedi que ele retornasse a ligação e fui trabalhar, e lá tive que ouvir Bronte descrever minhas próprias ilusões, quase palavra por palavra.

— Eu achava que não tinha problema tomar os comprimidos porque um médico havia receitado.

— Mas... — falei, seguindo o fluxo da melhor maneira que pude. — Assim que você começou, a vontade de tomar mais e mais surgia?

— Sim, admito.

— Você tinha outras opções? Você sabia que tinha? E mesmo assim escolheu a mais perigosa?

— Sim. Sim. E sim.

— Mas você é uma mulher instruída, Bronte — disse Trassa. — Você conhece palavras em francês e os nomes dos deuses gregos. Você se libertou da heroína anos antes. Por que faria algo tão imprudente?

— Ser instruída não faz diferença. Eu me esqueci que era dependente e... Não, isso está errado: eu *escolhi* esquecer.

— Mas por quê? — A pobre Trassa estava tentando entender. — Se a sua vida era boa?

— Não era — disse ela, e mordeu o lábio. — Rachel estava certa. Quando Freya estava... quando Eden mudou os planos da Freya, senti como se não tivesse mais motivos para viver. Eu tinha mantido a esperança por muito, muito tempo porque esperava que coisas boas acontecessem.

— Eu não entendo — falou Lowry, desdenhoso. — Tudo bem, você ficou chateada por causa da sua filha e dos seus cavalos, mas você tinha superado o vício. Isso é algo marcante. Por que você usaria drogas que te levariam de volta ao fundo do poço?

Bronte o encarou friamente.

— Porque lá no fundo nós, dependentes — Bronte girou um dedo ao redor da sala, e terminou apontando Lowry —, queremos uma desculpa para recair.

— Calma aí, calma aí — interveio Lowry. — Não me coloque nesse balaio.

— Havia duas versões de mim — interrompeu Bronte —, aquela que queria estar bem e aquela que queria desaparecer nas drogas novamente. Sempre vai haver duas de mim. Não importa há quantos anos eu esteja limpa, a Bronte dependente sempre estará esperando sua chance.

— Isso parece desesperador — comentou Trassa angustiada. — Eu quero ser capaz de parar.

— Você é, mas a dependência não tem cura — disse Bronte —, só controle.

— Nossa, Rachel — disse Chalkie com um sorriso malicioso —, Bronte está se candidatando para o seu emprego?

Mas eu não estava com humor para brincadeiras com Chalkie. Mais uma vez, me vi diante da constatação de que, como Bronte, eu tive opções: eu poderia ter aceitado a oferta de Carlotta e tomado antidepressivos, que ajudam com o sono. Mas eu sabia que eles não seriam divertidos.

Profundamente enlutada e tomada por autoaversão, eu queria o delicioso bálsamo dos comprimidos para dormir.

Em seguida, foi a vez de Ella. Seu corpo estava curvado, como um fantoche cujas cordas haviam sido cortadas. Indo direto à jugular, perguntei:

— Do que você gostava quando ficava fora de si por dias?

Depois de uma longa e tensa espera, ela falou:

— Tudo.

Erguendo a cabeça, ela me olhou nos olhos.

— Absolutamente tudo. Mas principalmente de não ter medo. Eu estou sempre com medo e estou muito cansada disso.

Bem, isso foi surpresa. Eu não esperava uma rendição *tão* rápida.

— Parabéns por isso, Rachel. — Ella vibrava de raiva e tristeza. — Você me quebrou e arruinou minha vida e eu te odeio pra caralho.

— Sua vida não está arruinada. Eu te prometo que não.

— Vai se foder, ok?

NA HORA DO almoço, liguei meu celular, esperando ter notícias do Quin. Nada, então liguei de novo. Como antes, foi direto para a caixa postal.

"Quin, me desculpe por te magoar. Podemos conversar? Por favor? Você é muito, muito importante pra mim..."

Claire também tinha mandado mensagem, então, liguei pra ela.

— Você está disponível hoje à noite? — perguntou. — Eu realmente preciso de você.

— Vou ver a Nola depois do trabalho, posso ligar quando terminar?

— Pode, mas não podemos conversar aqui em casa por *razões óbvias*. E não podemos ir para o clube por *razões óbvias*. E não podemos nos encontrar em público, para o caso de eu chorar. Vai ter que ser na sua casa, mas Kate não pode saber do... do que aconteceu.

— Tudo bem.

Com um suspiro pesado, desliguei o celular. Tentaria Quin de novo mais tarde. Agora, era hora do grupo da tarde, em que ouvimos a história de vida do Lowry.

A primeira frase dele foi:

— Todo mundo que eu já amei me abandonou.

Chalkie até deu risadinhas. Decidimos mantê-lo internado por mais algumas semanas porque ele estava com muita raiva para ser solto no mundo.

Na "Vida Segundo Lowry", tudo sempre era culpa de outra pessoa. Ele havia mostrado um talento real, um "talento raro", segundo ele mesmo, como fotógrafo, mas seus pais disseram que não pagariam a escola cara em Nova York.

— Então, em vez de produzir *arte* de verdade, eu tiro fotos bregas de casamentos. É a principal razão pela qual estou deprimido.

— Mas quem está te impedindo de produzir arte? — perguntou Trassa. — Você precisa estar no sindicato dos artistas ou algo assim?

Baixinho, mas alto o suficiente para ser ouvido, Lowry resmungou:

— *Puta que pariu.*

— Não estou bancando a espertinha, Lowry — disse Trassa, gentilmente. — Eu realmente não sei.

— Ninguém está me impedindo. *De forma clara* — disse Lowry. — Mas, tudo bem! Vamos ser realistas aqui, o dinheiro dos casamentos é bom. Eu me acostumei, eu gosto. Que se dane.

Dennis e Chalkie trocaram olhares e Dennis riu.

— O que foi? — perguntou Lowry. — Eu deveria sentir vergonha por ganhar a vida?

— Continue lendo — falei.

Sienna terminou com ele porque "ela não conseguia me aceitar como sou".

— Como você "é"? — perguntou Bronte, pingando desprezo.

— Um espírito livre.

— Hahaha! — Chalkie zombou, animado. — O que se traduz como "não consegue manter seu amigo dentro da cueca". Certo?

— Ei, doidão! — disse Lowry, se levantando.

— Sente-se, Lowry — ordenei.

Minha nossa, brigas eram a última coisa de que precisávamos. Lowry era bem mais alto que Chalkie, mas ainda assim eu apostaria no baixinho.

Lowry esbravejou para se sentar novamente, enquanto Chalkie se recostava na cadeira, encarando-o.

— Você é uma piada — disse Chalkie —, e das bem fracas.

— Nem todo mundo sai de um cenário de privação de filme, meu querido. Minha mãe não morreu de overdose de heroína, mas meus sentimentos têm tanto valor quanto os seus.

— Lowry, você passou dos limites. Peça desculpas ao Chalkie.

— Relaxa, Rachel. Eu não preciso receber as desculpas vazias desse classe média.

— Mas Lowry precisa pedir.

Quando a reunião do grupo terminou, liguei meu celular. Ainda nada do Quin. Sentindo-me mal, liguei para ele e mais uma vez foi para a caixa postal.

"Quin? Por favor, podemos conversar? Posso ir até aí mais tarde."

Como não sabia mais o que fazer, digitei meu relatório diário, desejei boa-noite a todos e desci correndo as escadas e cheguei à luz do entardecer.

Então, para a minha surpresa, Quin ligou.

— Estou fora esta noite. Vou beber com a Golden e os caras. Estamos planejando escalar o Denali em maio.

Era a primeira vez que eu ouvia falar *sobre* isso — beber, escaladas —, mas eu estava sendo punida e era assim que o Quin queria fazer.

— A gente pode se ver depois? — perguntei.

— Não. Pode ser uma noite longa.

— Amanhã à noite?

— Acho que não.

— Quin, por favor...

— Talvez mais para o fim da semana. Tudo depende.

E com isso ele desligou.

74

Nola me sentou em sua varanda, me envolveu num xale macio e sedoso, preparou um chá e insistiu que eu comesse um *scone*.

A lã macia em volta do meu pescoço era um conforto.

— Este é um xale de oração tibetano?

— Que nada, os tibetanos são de material barato. Esse aqui é da melhor lã de ovelha de Takashimaya, em Osaka. Então, me conte o que está acontecendo, meu bichinho? Dê uma ideia geral.

— Quinn está terminando comigo.

— Deixe o Quinn de lado por um minuto. Você o magoou e ele precisa de tempo. Enquanto isso, você tem coisas maiores para pensar.

— Tipo...?

— Rachel...

— Então... — Respirei fundo. — Acho... que depois que a Yara morreu eu... eu... — Era tão doloroso dizer a palavra. — Eu tive uma recaída.

Nola assentiu, nem um pouco surpresa.

Eu também não estava.

— É claro que você sabia.

— Como eu não saberia, meu bichinho? Quantas vezes o pobre do Luke me ligou naquele inverno? Pedindo para eu falar com você? Dezenas. E você insistindo que ele estava te punindo por deixar a filhinha de vocês morrer...

— Eu achava que ele me culpava *mesmo*.

— Aconteceu uma coisa terrível com você, Rachel, mas essa coisa não isenta você de ter recaído.

— Nola, eu não sabia. Eu estava sentindo tanta dor, eu não conseguia dormir, eu *precisava*... dos remédios. Pra dormir. Mas eu tomei mais do que deveria. — *Droga*. — Eu menti para os médicos. Para o Luke. Pra você, Nola. Para Claire e Anna e Olga Mae.

— E para você mesma, vale ressaltar.

Ah, Deus. Durante seis anos eu mantive a minha versão dos fatos, mas eu estava errada.

— Nola, já faz anos que voltei à Irlanda. Por que você não disse antes?

Ela riu com tristeza.

— Toda vez que eu tocava no assunto, você me lembrava de que sua filha tinha morrido. Era sempre aí que travávamos. Rachel, o que você passou com a perda da Yara destruiria o coração de qualquer um, mas você usou esse fato para justificar seus erros. — Com doçura, ela acrescentou: — Quantas vezes eu te disse que você e o Luke precisavam conversar?

— E eu te disse que ele me bloqueou em tudo e eu não tinha o endereço dele.

— E eu disse para você usar a Chave de Ouro. Levou seis anos, mas Luke está aqui, vocês estão conversando e finalmente você está encarando a verdade. E agora eu tenho uma pergunta para você. Por que você não marca seu aniversário do NA?

— Porque a coisa mais importante é permanecer limpa *hoje*.

— Bobagem. Você costumava adorar o bolo, a medalha, aquela bagunça toda. Depois que teve uma recaída, parou de querer comemorar. E sabe por quê? Porque, apesar de todas as mentiras que você contou a si mesma, você *sabia* que sua data inicial, há vinte anos, não valia mais.

— Não, eu...

Sempre que eu pensava na minha data de aniversário, minha cabeça se enchia de uma espécie de neblina. Eu não estava conscientemente negando nada. Era mais como se eu não *conseguisse* pensar a respeito. Enxergar a verdade agora era muito doloroso.

— Meu tempo limpa era... É tão importante para quem eu sou, Nola. Eu sempre me senti tão orgulhosa de ficar limpa e permanecer limpa. Sem isso eu me sinto perdida. A pessoa que eu pensava ser *não existe*.

Vi outras pessoas voltarem à recuperação após uma recaída e senti pena delas.

— Pois viva esse luto — aconselhou Nola. — E faça o seu melhor para garantir que isso não se repita. Aceite sua data real de recuperação.

Tive uma memória vívida da manhã em Nova York, alguns meses depois que o Luke saiu, quando decidi parar de tomar os comprimidos. Eu havia acordado bem cedo, sentindo uma calma inexplicável.

Naquela ocasião, já fazia mais de oito meses desde que Yara partira e a tempestade parecia finalmente ter se acalmado.

Eu não estava bem, não estava curada nem nada disso. Minha perda terrível ainda estava nitidamente definida, mas a agonia lancinante, a angústia que eu não conseguia aceitar, havia diminuído. Minha menininha partira, eu estava mudada para sempre, ainda haveria momentos de dor, mas, enfim, eu conseguia reconhecer os fatos, até mesmo me submeter a eles, e minha alma estava em paz.

Abri as cortinas do quarto. Além da janela, os primeiros lampejos do amanhecer iluminavam o céu. O vidro estava molhado. Devia ter chovido mais cedo. Enquanto o sol continuava a se elevar, um raio se prendeu a uma gota de chuva no vidro e se quebrou nas sete cores diferentes do espectro, tornando-se listras borradas de cor transparente no chão de madeira, bem na minha frente.

Experimentei mover meus dedos pelo arco de cores, hipnotizada pelos diferentes tons na minha pele.

Procurar sinais do Universo realmente não era meu estilo, mas a mesma calma estranha com a qual eu tinha acordado insistia que aquele arco-íris era uma mensagem da Yara, dizendo que ela estaria sempre comigo, mas que era hora de recomeçar a viver.

Outra certeza se estabeleceu. Dali em diante, eu conseguiria dormir. Não haveria mais necessidade de tomar remédios. Então vasculhei o apartamento, juntei todos os comprimidos e joguei no vaso sanitário.

— Como eu decidi parar? — perguntei a Nola. — Sozinha?

— Você está louca, garota? Dois meses antes, seu marido tinha te deixado. Se isso não bastasse, eu e Olga Mae implorávamos para que você tivesse bom senso. A pergunta que eu faria a mim mesma é: "Por que demorei tanto?"

Colocando dessa forma...

— O que faço agora?

— Em breve ficaremos ocupadas, você e eu. Você precisa refazer seus passos.

Ah, Deus. Ter que fazer uma análise profunda das minhas várias desonestidades e erros seria um trabalho difícil e doloroso. Mas eu precisava fazer isso.

— Preciso pedir desculpas ao Luke. Eu disse pra todo mundo que ele é a pior pessoa do mundo, mas eu é que estava errada.

— Graças a Deus! Eu não aguentava mais te dizer isso.

— E o meu trabalho, Nola? Pelo amor de Deus. Que tipo de terapeuta de adictos sou eu, carregando esse grande saco de negação durante todos esses anos? Como eu poderia ter ajudado outros dependentes?

— Você sabe que ajudou. A menos que tenha mentido sobre os cartões com mensagens de gratidão e os perfumes Jo Malone. E que todas as suas promoções só tenham sido mentira e na verdade você esteja trabalhando em um lava-rápido, o que pelo menos explicaria o seu — Nola fez um gesto com a mão para o meu macacão — "traje".

O fluxo constante de cartões de ex-pacientes era real. Assim como o fato de que os chefões do Claustro — Ted e o conselho — me promoveram de terapeuta adjunta a terapeuta-chefe ao longo dos últimos cinco anos.

— Talvez ser... uma dependente em negação tenha me ajudado a me sair melhor no meu trabalho?

— Olha só... — Nola não estava aceitando aquilo.

— Meu passado não é o passado que eu pensava que fosse. — Eu estava tentando articular qual era o meu medo exato. — Essa nova informação, isso vai impactar o presente?

— De que forma?

Tentei buscar as palavras certas, reunir minhas emoções de forma bem precisa.

— Estou absurdamente aliviada que o Luke não me culpe pela Yara. Mas também estou extremamente triste.

— Não tenho dúvidas de que a situação toda é bem difícil de lidar. Mas já aconteceu antes e você sobreviveu. Seus sentimentos apenas precisam acompanhar os fatos. Preste atenção. Duas coisas importantes, Rachel.

Conserte as coisas com o Luke. E mantenha o Quin informado a cada passo do caminho...

— Tudo bem.

De repente congelei com um medo inesperado: e se Luke já tivesse ido embora da Irlanda?

Assim que saí da casa da Nola, mandei uma mensagem pra ele.

Ainda está na Irlanda?

Ele respondeu na mesma hora.

Está podendo falar no telefone?

Estou.

Meu telefone vibrou.

— Luke?

— Ei — disse ele e, depois de uma pausa: — Ainda estou aqui.

Um alívio imenso me dominou.

— Você acha... Podemos nos encontrar? Podemos conversar?

— Claro. Agora?

— Hoje eu não posso, desculpa. Amanhã?

— Qualquer hora depois das duas está bom. Devin vai passar a tarde com meu pai, eu vou estar de bobeira.

— Consigo terminar o trabalho por volta das cinco e meia. — Como era horário de verão, a claridade do dia durava bem mais. — Você pode vir para Wicklow? Vamos ao Morrigan's, vai estar aberto até umas sete.

— Morrigan's?

— Um café perto da minha casa. Fica ao lado de um riacho. É um lugar secreto que só os moradores conhecem. Vou te mandar a localização. Eu posso ficar com você até umas dez pras seis, mais ou menos, ok?

Depois, liguei para a Claire.

— Estou saindo da Nola agora. Te vejo lá em casa em quarenta minutos.

— NÃO FOI divertido nem sexy — disse Claire, incapaz de me encarar. — Não foi nada como eu imaginei. Era tudo muito real. Rach, você quer mesmo ouvir?

— Sem dúvida.

Era mais fácil ajudar na busca interna da Claire do que enfrentar a minha.

— Por que você não segura a Crunchie? Ela ajuda muito — sugeri.

Claire ignorou a oferta.

— Estou decepcionada comigo mesma. Eu me achava mais evoluída do que isso. Só que na hora eu estava realmente com *ciúmes*. Do Adam... Do fato de ele estar... — Ela pigarreou. — *Gostando* de outras pessoas.

— Mas isso não é... anormal.

— Vê-lo com outra pessoa... com duas outras pessoas... — Ela parou. — Tudo bem. Eu tenho algo pra te contar. Todo mundo estava se dando bem... ótimo. Todo mundo se divertindo. Atéééééé... ficar claro que Piet estava mais interessado no Adam do que em mim. E que... Beatriz estava mais interessada no Adam do que em mim. Eu não sei exatamente o que aconteceu, simplesmente o clima ficou estranho e eu fiquei, sei lá... Excluída.

Claire engoliu o choro convulsivamente, tentando não desabar.

— Isso é péssimo, Claire. Isso não deveria acontecer, deveria ser uma coisa equilibrada, com certeza! Ou pelo menos com o seu consentimento?

— Rachel, estou tristíssima. O combinado era que nós quatro discutíssemos depois, para garantir que todo mundo estava bem e toda aquela conversa fiada, mas eu saí cedo. Peguei as chaves do carro. Adam ainda estava dormindo. Ele chegou em casa *cinco* horas depois, de táxi.

— E... como ele ficou com tudo isso?

— Adam? Ah, Adam se divertiu muito. Adam quer fazer de novo.

Passava das onze quando Claire saiu. Eu liguei para o Quin, mas o telefone dele estava desligado e não valia a pena deixar uma mensagem.

Era hora de dormir, mas eu estava com medo de me deitar no escuro, minha cabeça confusa girava. Em uma tentativa final de me acalmar, tentei quinze minutos rápidos de meditação. Crunchie se aproximou, mas não funcionou para nenhuma de nós. Eu estava agitada demais. E a Crunchie? Bem, apesar das boas intenções, ela era apenas uma cadela.

75

— Seis semanas atrás, eu achava que vocês eram todos loucos.

Trassa estava em pé numa cadeira da cozinha, olhando para uma sala cheia de rostos sorridentes.

— Eu só vim para que meu filho pagasse minhas dívidas. Mas, graças à Rachel e a todos vocês do grupo, agora sei que sou uma viciada em jogos de azar.

No meio do caminho entre achar graça e desdenhar, Lowry olhou para ela com os olhos semicerrados.

— Isso partiu meu coração, de verdade, ter que parar. Mas o jogo me fez uma prisioneira. E agora, finalmente, aos sessenta e oito anos, estou livre.

Vivas e aplausos para Trassa.

— Tenho muito trabalho a fazer em mim mesma e muita confiança para reconquistar da minha família. Sei que não será fácil, mas um dia de cada vez. Agora vamos ver se consigo descer dessa cadeira sem fazer papel de idiota. Chalkie! Dennis!

Sob uma rodada de aplausos barulhentos, Trassa foi ajudada a voltar ao chão. Enquanto todos atacavam o bolo, Trassa veio até mim.

— Obrigada por me fazer aquela pergunta — disse ela, e seus lábios tremiam. — Você sabe... naquele dia.

— Obrigada *você*.

Trassa nunca saberia o quanto eu estava grata a ela. Grata por, apesar da minha recaída, eu ainda ter sido capaz de ajudá-la.

— Você vai frequentar as reuniões, Trassa? Vai fazer amizades com outras pessoas em recuperação? Vai se comprometer a tentar encontrar alguma espécie de poder superior?

— Vou. Com certeza vou.

Eu havia deixado todas essas coisas de lado nos dias e semanas após a morte da Yara. Não é de se admirar que as coisas tivessem tomado um rumo errado.

— Você foi incrivelmente corajosa — eu disse a ela.

Nós nos abraçamos com força, depois precisei sair para tentar acertar as coisas com o Luke.

ERAM QUASE SEIS quando, seguindo o riacho barulhento, irrompi das árvores no Morrigan's. Luke estava num banco de madeira, iluminado pelo sol. Sombras marmorizadas pelos galhos se moviam sobre a mesa.

Ele ficou de pé ao me ver.

— Desculpe o atraso. Trabalho...

Eu estava *tão* ansiosa e ao mesmo tempo com *tanto* medo de admitir minhas falhas.

— Tudo bem — disse ele, e sorriu. — É lindo aqui. Tão tranquilo. Senta. Pega um solzinho.

— Julho no sol. Janeiro na sombra.

— O que você vai querer? — perguntou ele, indicando o interior do café. — Chá de hortelã? Algo para comer?

Eu coloquei a mão sobre os olhos para conseguir olhá-lo. Ele estava de jeans escuro e uma camisa branca solta que parecia faltar metade dos botões.

— Só chá de hortelã.

A angústia, a fúria e a tristeza da nossa última conversa na entrada da minha casa pareciam ter desaparecido.

Vai ficar tudo bem.

Uma xícara e um prato chegaram à mesa.

— Eu pedi um sorvete *rocky road* pra você — disse ele, voltando para o lugar em frente a mim.

Certo. Vamos lá.

— Luke, eu quero pedir desculpas. Eu *realmente* te peço desculpas. Sinto muito por tudo. Só agora entendi que tive uma recaída, com toda a desonestidade que vem com ela. Foi um inferno para você.

Ele parecia ligeiramente atordoado.

— Ah! Entendo. Eu, ah, obrigado...

— Foi culpa minha. Você ter ido embora, foi tudo culpa minha. Mas eu só me dei conta disso nos últimos dias. Eu de fato achei que, como os comprimidos tinham sido receitados pelo médico, estava tudo bem.

Ele estava parado e focado, ouvindo atentamente.

— Eu sabia dos fatos. Eu sabia, Luke. Mas o cenário que se apresentou não me pareceu um problema, sabe? Minha filha tinha morrido e eu não conseguia dormir. Eu pensei que fosse algo temporário, tomar os comprimidos. Que eu pararia quando a perda se tornasse mais suportável. Eu, de verdade, pensei que fosse uma escolha... Parece loucura, mas eu nunca vi como uma recaída.

— Ahhh, tudo bem. Só me dê um... — Ele respirou fundo. E respirou fundo de novo. — Eu passei tanto tempo esperando ouvir isso e agora não sei o que dizer... Ok, me diz uma coisa: por que você achava que *eu* tinha abandonado você?

— Eu achei que você me culpava pela Yara.

— Como você pôde...

— Porque *eu* me culpava, Luke.

— Meu Deus. Tudo bem. — Seguiu-se uma longa pausa. — A questão é... — ele finalmente falou —, eu também sinto muito. Eu fui muito duro com você. Quando fui embora eu estava com tanta raiva, tão *magoado* por você escolher as drogas em vez de mim. Só que esqueci como a dependência é poderosa. Depois de um tempo... Um ano? Mais? Eu consegui ter alguma perspectiva e comecei a me perguntar... Se eu também não estivesse tão mal por causa da Yara, eu teria lidado de maneira diferente?

Uau!

— Nos meus primeiros anos em Denver, eu bebia demais. Depois, parou de funcionar, eu não conseguia alívio. Houve uma noite, eu me lembro de pensar, que eu daria qualquer coisa pra fazer aquela dor parar. Eu deveria ter entendido como foi pra você. Você estava em agonia, existia algo que aliviava e você tomava.

— Não. Você está sendo gentil. E eu acredito em você sobre o lance com a Mia...

— Eu nunca teria feito isso. Você sabe como eu sou. Sei lá, *quadrado*...

— Estável, eu diria, Luke. Ou "leal". Você é um homem decente. — Meu coração doía. — Sinto muito, Luke, nós éramos felizes e eu estraguei tudo.

— Nossa filha morreu. Nada poderia mudar isso...

— Talvez nós pudéssemos ter superado? As pessoas superam.

Parei porque pensar dessa forma não ajudava.

Ele negou com a cabeça.

— A gente precisa jogar com as cartas que tem.

Depois de vários longos momentos de silêncio, Luke perguntou:

— Como você está agora? Neste momento?

— Ainda em choque, acho. Juro por Deus que durante todo esse tempo eu nunca pensei que estivesse errada. Antes do enterro da sua mãe, minha vida era boa. Agora, ela está de cabeça pra baixo, sabe? É confuso me sentir triste por uma época que eu já tinha superado.

Ele assentiu.

— Mas isso vai passar — falei. — E coisas piores acontecem com as pessoas. Muito piores. Tipo, eu nunca deixarei de sofrer pela Yara, mas posso conviver com isso agora. E você?

— Igual. Não estou mais com raiva de você. Saber que a sua versão da realidade coincide com a minha, ajuda muito. Mesmo que não tenhamos conhecido a Yara, ainda sou muito grato por ela.

— Ah, Deus, eu também. — Minha voz ficou embargada. — Eu nunca mudaria isso.

— E sempre ficarei feliz por você e eu termos estado juntos. — A voz dele estava rouca. — Você foi o amor da minha vida.

Prendi a respiração no peito.

— E você o meu.

— Mas ainda temos muito de nossas vidas pela frente. Ainda somos jovens. *Mais ou menos* — disse ele, com um sorriso deslumbrante. — Teremos outros amores.

Eu assenti, impressionada com a sabedoria dele — da *nossa* perspectiva madura.

— Rachel? — O tom dele mudou. — O que a fez parar? De tomar os comprimidos?

— Eu sei que isso pode parecer maluquice, mas acho que foi ela... — Dei de ombros, quase envergonhada. — Acho que Yara queria que eu parasse. Em uma manhã, cerca de dois meses depois que você foi embora, eu vi um arco-íris pela janela. Mas era mais do que isso, era quase como se um arco-íris tivesse entrado no nosso apartamento. As cores estavam no chão do nosso quarto. Lembra da festa do seu pai que eu te disse que sempre achei que os arco-íris eram mensagens dela?

— Lembro. — Luke parecia triste. — Mas você esqueceu que tínhamos falado sobre ela, sobre arco-íris, cerca de uma semana antes de eu... Antes de eu... Ir embora? Eu também estava vendo eles por aí e tinha certeza de que eram sinais, mensagens, seja lá o que você quiser chamar. Você e eu estávamos tendo uma... Conversa sobre seus comprimidos, quando um arco-íris surgiu fora da janela da cozinha. Eu te falei sobre a minha teoria, você gostou e disse que definitivamente iria parar de tomar os remédios. Eu estava convencido de que você ficaria bem, *nós* ficaríamos bem. Mas então você...

— Continuei tomando — falei, e bati na testa como sinal de arrependimento.

— Ei! Tudo bem. Para. Por favor.

O sol estava baixo no céu, o calor do dia havia desaparecido abruptamente. Esfreguei meus braços gelados, desejando estar vestindo mais do que uma camiseta e jeans.

— Você sabe que sua mãe me convidou para a festa surpresa dela? E então? Te vejo lá?

— Aaaahhh, acho que eu não vou...

— O quê? Por quê?

— A ideia de ver todas as minhas tias rindo de mim porque você fugiu...

— Ei, olha, eu não vou, então.

Pensei a respeito.

— Você pode ir. Tudo bem, eu não me sinto tão... humilhada. Eu entendo que você *teve* que me deixar. Mas isso não será uma justificativa para a tia Imelda.

— Eu só vou se você estiver lá. Você e o Quin.

— Perfeito. — Com certeza eu e Quin estaremos bem de novo até lá? — Então, estaremos lá.

O Morrigan's estava fechando.

— Hora de ir — falei.

Luke pegou o casaco e nos levantamos.

— Eu vim de moto — disse ele. — Está lá fora na rua.

— Eu vim a pé.

Enquanto avançávamos pelas árvores de volta, ele perguntou:

— O que você vai fazer hoje à noite?

— Reunião do comitê para a festa da mamãe. A última antes da grande noite. Ei, Luke. Posso te perguntar uma coisa? Quando o Joey ligou para me contar sobre sua mãe, ele fez porque ele quis ou...

— Eu pedi.

— Por quê?

Ele olhou para o horizonte.

— Porque mesmo nos meus momentos de mais raiva, eu nunca parei de querer que você estivesse bem. — Ele ficou em silêncio. — Vou te dizer uma coisa agora e você pode ficar... Pode achar que é esquisito. Perseguição. Mas eu pedi para o Joey ficar de olho em você.

— "Ficar de olho"?

— É. Tipo, eu precisava saber se você estava bem. Basicamente se ainda estava viva. Não queria detalhes, não sou tão doido assim. Mas eu queria saber as coisas importantes, coisas do tipo você voltar para a Irlanda. Conseguir um emprego no Claustro. A partir daí, eu deduzi que você estava limpa de novo.

Um misto de emoções me envolveu: humilhação, profundo interesse, ofensa e, novamente, *interesse*. Então ele ainda se importava?

— E como o Joey fez isso?

— Principalmente pelo Instagram.

Bom, ele teve trabalho, então. Durante alguns anos depois que o Luke foi embora, eu mal postava. Mesmo agora, cerca de 90 por cento do meu conteúdo era sobre a Crunchie.

— Por que você fez isso? — perguntei.

— Porque eu te amava. Isso não acabou imediatamente. — Depois de uma hesitação, ele falou: — Eu sabia sobre o Quin. — O olhar dele era travesso. — *Isso* foi difícil. Eu não era macho o suficiente pra você?

— Olha quem fala, você e sua Kallie.

— É, olha para nós. — Luke sorriu. — Nós sobrevivemos. Reconstruímos nossa vida. Depois do que perdemos, deveríamos estar orgulhosos. Gratos, pelo menos.

Chegamos à moto dele e paramos de andar.

— Eu sigo por ali — apontei para uma bifurcação na estrada. — Há um atalho pelos campos. Luke, você acha que poderíamos tentar ser amigos? Mesmo que seja apenas para conversar uma vez por ano, no aniversário dela?

— Claro. Sem dúvida. Podemos tentar.

Lembrei-me de outra pergunta para a qual queria a resposta.

— Luke, na outra noite, na... quinta-feira, na minha casa. Por que você disse que entraria e depois saiu imediatamente? O que eu não entendi?

— Eu não disse que entraria, eu disse que gostaria.

— O quê?

— Você consegue descobrir, Rachel.

Eu consigo? Repeti a frase na minha cabeça novamente. *Ah*. Sério? Mal conseguia falar.

— Mas...

— Minha mãe morreu não tem nem um mês. O passado, o presente, está tudo misturado na minha cabeça. Estou uma bagunça, gata. — Luke parou, envergonhado. — Velhos hábitos. Desculpe te chamar de...

— Gata.

Uma única palavra trouxe de volta um mundo de coisas.

— Isso. — Ele respirou fundo. — Rachel, você precisa saber que, mesmo que eu estivesse muito chateado quando saí de Nova York, em pouco tempo a raiva virou culpa. E, meu Deus, como eu *senti sua falta*.

— Luke...

Do nada, o ar ficou pesado.

Pisquei, tentando quebrar a tensão.

Os olhos dele estavam fixos nos meus. Entre nós brilhava a irresistível atração que já tínhamos compartilhado, poderosa e familiar.

Eu não queria isso, era perigoso. Mas todas as minhas antigas respostas foram ativadas.

Para a minha surpresa, ele deslizou a mão em volta da minha cintura, seu dedo indicador sob minha camiseta, na pele exposta acima do meu jeans. Em um único movimento fluido, nossos corpos estavam se tocando.

Estremecida pela intensidade do meu desejo repentino por ele, observei seu rosto, procurando pistas sobre o que fazer. Para minha incredulidade, senti Luke começar a relaxar e depois endurecer contra mim. Mantendo o olhar, ele sabia que eu sabia. Quase sufocando com tanta intimidade, parei de respirar.

— Puta merda. — Ele deu um passo para trás e se virou para longe de mim. — Rachel, me desculpe. Eu esqueci, eu...

Atordoada, descartada, consegui dizer:

— Está tudo bem.

Eu respirava novamente, mas o oxigênio não estava chegando rápido o suficiente, eu tinha que lutar contra a vontade de ofegar.

— Eu fiquei... — ele conseguiu olhar para mim — confuso por um momento, me desculpe. — E, com uma risada constrangida, ele falou: — Eu nunca conseguiria me comportar perto de você. E com a Kallie não estando aqui...

O que *isso* queria dizer?

Que porque Kallie não estava lá para satisfazê-lo, qualquer uma serviria? Até alguém tão repulsivo quanto sua ex-mulher viciada?

Eu fiquei gelada.

— Estou indo agora.

Ele parecia desorientado.

— Ah. Claro, sim. Cuide-se...

MALDITO.

Maldito *safado*.

Caminhei rápido pelo campo, tentando colocar distância entre mim e aquele cretino.

Meu *Deus*, Luke tinha mudado. Ele já foi um bom homem, mas agora ele era...

— Rachel!

Eu me virei. Vi a silhueta dele avançar na minha direção em meio ao crepúsculo.

— O quê? — perguntei em tom áspero.

— Me desculpe — disse ele, ofegante. — Eu me expressei mal. Como se eu estivesse dizendo que se a Kallie não está aqui para... *lidar* comigo, eu aceitaria qualquer coisa.

Eu ainda estava esperando por uma explicação.

— Estar na Irlanda, ver você... Parece que o tempo não passou. Estou um *desastre*. Kallie me mantinha ancorado à vida que eu tenho hoje, mas, desde que ela foi embora, eu estou... Eu tenho tantas emoções, principalmente do passado, mas é como se elas tivessem acabado de acontecer. Não sei o que fazer e eu não deveria ter te tocado... Estou muito arrependido, me desculpe.

— Está tudo bem. De verdade. — Eu estava falando sério. Eu também tinha sido afetada muito profundamente. Tanto que eu precisava me afastar dele. — Deixa isso pra lá. Vejo você no sábado.

— Certo. Ei! Você vai ter que andar muito? — Eu me virei mais uma vez para ele. — Está quase escuro e não tem iluminação aqui. Vem comigo, eu te levo pra casa de moto.

Não. Depois do que tinha acabado de acontecer, eu estava assustada.

— Não precisa.

— Então vou andando com você.

— Mas como você vai voltar depois, até a moto? — perguntei, mas mudei de ideia. — Tudo bem. É mais fácil aceitar do que passar quinze minutos discutindo num campo escuro.

Ele riu, uma explosão de alegria genuína. Foi uma surpresa ouvi-lo tão descontraído, mas talvez não devesse ter sido; Luke sempre foi assim.

Na moto, ele insistiu que eu usasse o capacete dele. Novamente, era mais fácil apenas concordar. Eu estava sendo dividida ao meio — desesperada por ele e ao mesmo tempo aterrorizada pelo meu *desejo*. Quanto mais rápido eu subisse na moto, mais rápido eu poderia descer.

Ele subiu primeiro, balançando a perna com graça e depois eu subi atrás dele.

— Ok? Segure firme.

Ele levantou o descanso da moto e partimos em disparada.

Com meus braços em um círculo cauteloso ao redor da cintura dele, voamos pelas estradas estreitas até uma curva brusca me pressionar contra ele. O calor do seu corpo era irresistível e eu me deixei relaxar, inclinando-me para as costas dele, inspirando o cheiro de couro.

Se eu movesse minha mão apenas quatro ou cinco centímetros mais para baixo, eu poderia tocar no seu...

A visão gráfica me veio à mente do nada. O pensamento — e era uma lembrança real — de Luke ficando duro na minha mão me fez sentir vertigem, depois, muito envergonhada e, em seguida, ainda mais temerosa.

Querer isso — querer *ele* — era complicação demais. Eu ainda estava lidando com os estragos do passado. Se começasse a me interessar por ele de novo, também arruinaria o presente.

Quando chegamos à minha casa, ele permaneceu na moto, os pés no chão, o motor ainda pulsando. Com dedos trêmulos, desatei o capacete.

— Obrigada pela carona. Nos vemos no sábado.

Os movimentos das mãos dele, enquanto prendiam o capacete, me hipnotizaram um pouco.

"*Tchau*", ele murmurou com um sorriso que não entendi, e assim que ele se foi, senti falta dele.

Crunchie estava esperando perto da porta e, em vez da sua alegria habitual e barulhenta, ela me cumprimentou com uma gentileza inquisitiva.

— Estou despedaçada — falei a ela.

É de se esperar.

— Eu me sinto como se tivesse traído o Quin.

Pensamentos aleatórios sobre "aquele local" do Luke não são traição.

— E quanto à traição emocional?

Você dificilmente está fazendo isso. Alguns dos seus antigos sentimentos se misturaram com outros mais atuais. A confusão é compreensível, mas nada com que se preocupar.

— Você tem certeza disso?

Sim. Bem, provavelmente. Não tenho como ter certeza absoluta. Não sou a Esther Perel, sou apenas um cachorro.

Depois de alimentar a Crunchie, verifiquei minhas mudas e subi as escadas. Eu realmente precisaria me mexer, a reunião do comitê estava marcada para as oito e meia e já eram quase oito horas. Mas, em vez disso, fechei a porta do quarto, tirei os tênis e me deitei na cama, pensando em Luke. Eu sabia que não deveria, mas meu corpo estava morrendo de desejo por ele.

Colocando minha mão na cintura, fingi que era dele. E que ele não tinha parado quando tinha parado.

Era insano fazer isso, eu sabia que só pioraria as coisas, só as tornaria *reais*. Mas os sentimentos eram muito fortes.

Até que, fazendo com que todos os nervos do meu corpo se inflamassem, meu celular apitou com uma mensagem.

Dele.

Não consigo parar de pensar em você.

Olhando para ela, a onda de euforia me paralisou. Li e reli as sete palavras curtas, chocada e grata. Então a mensagem desapareceu. Simplesmente... desapareceu. Cutuquei a tela, tentando encontrá-la. Em lugar nenhum. Tinha sumido.

Incapaz de me conter, escrevi:

Você me mandou uma mensagem?

Desculpe. Era para a Kal.

Devagar, coloquei o celular na cama e me enrolei de lado. *Eu sou patética. Completamente patética.*

Momentos depois, meu celular começou a tocar. Ele.

— Desculpe pela mensagem. Eu sou todo desajeitado com isso. Escuta, queria te contar, reservei a passagem. Vou embora domingo.

— Tudo bem.

Isso me deixou ridiculamente chateada.

— Vamos ter a missa de um mês da mamãe no sábado, depois a festa da sua mãe no sábado à noite e volto no domingo.

— Faz sentido — eu me forcei a dizer. — Obrigada por me avisar. Você não precisava fazer isso.

— Eu sei, mas fiz. Bem, eu quis. Vamos tentar ser amigos, né? Ou já *somos* amigos?

— Claro.

Eu não sabia o que éramos.

Ele deve ter percebido minha desolação porque seu tom mudou para “Vamos Alegrar a Pobre Coitada”.

— Ei! Que tal a gente sair no sábado? Dar uma volta. Sei que vou ver você e o Quin na festa, mas vai ser uma loucura, né? Sem chance de conversar lá. Mas, durante a tarde? A qualquer momento que você quiser, só você e eu?

Isso era tãoooo "Coitada da Rachel".

— É gentil da sua parte, Luke, mas vai ser uma *loucura* no sábado. Mamãe, Anna, Angelo, todo mundo, sabe? — Eu me obriguei a rir.

— Certo, certo — disse ele, parecendo *bem* tranquilo. — Escuta, que presente devo dar pra sua mãe?

— Meu Deus, eu não sei... — Com um risinho nervoso, falei: — Uma foto sua.

Um momento de silêncio surpreso se seguiu antes que ele se manifestasse:

— Acho que vou dar um creme noturno da Estée Lauder — disse ele, agindo como se eu não tivesse acabado de ser muito estranha. — É o que minha mãe sempre pedia. Então, ah, te vejo lá.

76

Dá para falar tudo sobre a Claire, menos que ela é desorganizada. Apesar do contratempo com o *swing*, ela ainda estava completamente envolvida com a festa da mamãe. Cada tarefa foi designada a alguém, além de uma pessoa reserva, só por precaução, caso a primeira tivesse um colapso nervoso.

Havia uma planilha e múltiplos cronogramas paralelos.

Os celulares das pessoas foram configurados para enviar lembretes para...

Sair de casa.

Comer alguma coisa.

Gritar "SURPRESA!"

Eu estava vinte minutos atrasada quando meu pai me encontrou na porta da frente.

— Você nunca se atrasa... O que houve?

Muito sobrecarregada para mentir, respondi:

— Eu estava com o Luke. Isso mexeu com a minha cabeça.

— Ahh, entendi. — De forma hesitante, ele me deu tapinhas nas costas. — Tuuudo bem, tudo bem. Tudo bem, filha.

— Aquele desgraçado do Costello? — perguntou Helen. — Aonde vocês foram?

— Morrigan's.

Fiquei na entrada da sala de estar. Estavam todos lá dentro.

— Eeeee? — perguntou a Helen. — O que vocês fizeram?

-- Nada de mais, eu bati umazinha pra ele ali no riacho.

— Rachel, *precisa* falar assim? — reclamou mamãe.

A resposta era sim. Agir de forma tímida era a pior coisa a fazer com essa turma. Invente uma situação ultrajante e é muito mais provável que percam o interesse.

— Você está bem? — perguntou Margaret.

— Não, mas vou ficar.

— Você tem um abafador de ruído? O JJ precisa de um.

— Tenho. Levo amanhã depois do trabalho.

— Agora que você resolveu as necessidades de audição do seu filho... — Claire estava um pouco amarga e não era justo descontar na Margaret, mas desde quando as emoções já foram racionais? — Este é o plano para sábado. Vou chegar às três no SugarLoaf Inn...

— Fale a hora direito — pediu Helen, que estava esticada no chão. — Quinze *horas*.

— Às *três da tarde* — retrucou Claire —, junto com Francesca, Luka, Molly e... — ela hesitou ao falar o nome dele — Adam, chegarei ao hotel. Lá, vamos encontrar Kate e Devin e vou fazer o check-in para todos nós.

Embora o SugarLoaf Inn estivesse a apenas vinte quilômetros do centro de Dublin, muitas pessoas passariam a noite lá para poderem beber até cair no *open bar* sem se preocupar em voltar para casa.

— Após uma taça estimulante de champanhe, juntarei forças com — ela apontou para Margaret — seu marido e filhos, e então decoraremos o salão. Isso significa que Holly e JJ irão encher os balões. Garv, junto com Luka, Devin e... Adam... vão prender as fitas de decoração no teto. Eu estou encarregada dos lugares na mesa, que é o trabalho *mais* importante. Afinal, um erro e poderíamos estar diante de um surto de agressões físicas. Que é o mesmo que "brigas", mas dá para adivinhar pelo contexto...

— Sacolas das lembrancinhas — interveio mamãe.

— Estou indo buscar — disse Claire, seca — umas cinco e pouco.

— Fale as horas direito! — disse Helen.

— Às *cinco e quinze* da tarde, após uma refeição leve para forrar o estômago, vamos para cabelo e maquiagem, depois nos vestimos com nossas roupas de festa.

— As sacolas das lembrancinhas? — implorou mamãe.

— Você pode esperar? Às dezessete horas e quarenta... — Ela pausou e gritou: — *Fale as horas direito!*

Que a Helen a tivesse corrigido tão rapidamente era um indicativo de como ela estava fora "da casinha". Levando um momento para ajustar o pescoço e depois endireitar os ombros, ela continuou.

— Às dezessete horas e quarenta minutos, Rachel pega Anna, Angelo e as oitenta sacolas de lembrança. A chegada prevista deles é às dezoito e cinquenta. *Horas.* Rachel faz a entrega e sai.

— Sim, não sei, talvez eu fique. Eu aviso.

— Você precisa se apressar, só faltam três dias — lembrou Helen.

— Eu consigo lidar com isso — disse Claire sombriamente. — Ah, sim, a boa e velha Claire consegue lidar com qualquer coisa. Qualquer. Maldita. Coisa. Certo, onde eu estava? Sim, então Anna e Angelo vão conferir os lugares na mesa, só para o caso de eu ter cometido algum erro, o que nunca acontece, mas seria a lei de Murphy. Quando Artie chegar, também gostaria que ele desse uma olhada rápida. Ele é bom com detalhes.

— Ele não é bom em tudo — murmurou Helen de sua posição superior.

Nós a ignoramos. Ela só dizia essas coisas para angustiar a mãe.

— Às dezenove horas, todos os convidados, incluindo Helen, Artie e a melhor amiga da Helen, Bella Devlin, se reunirão no salão de festas e passarão por várias rodadas de ensaio gritando "SURPRESA!".

— E se minhas irmãs se atrasarem? — perguntou mamãe. — E se perderem o ensaio?

— Elas não vão se atrasar — disse Claire confiante. — Pessoas mais velhas chegam cedo para tudo.

— Elas provavelmente já estão na fila do estacionamento — brincou Helen. — E ainda faltam setenta horas.

— *E* elas não vão beber champanhe até provarem que conseguem fazer direito — disse Claire com uma risada sombria. — Ah, elas estarão lá.

— Às dezoito e trinta, Margaret vai buscar mamãe e papai. Cinco minutos antes de chegarem ao hotel, Margaret vai enviar uma mensagem pelo WhatsApp e todos vão assumir as posições que ensaiamos. Papai entra com a mamãe, todos gritamos "Surpresa!" e estamos prontos para começar! — Ela inclinou a cabeça. — De quem é esse celular tocando?

— É o meu.

— Luke Costello, o ludita de novo?

Não. Era o Quin e eu não atendi. Um minuto depois, chegou um áudio. "Não vai falar comigo?", perguntou ele, parecendo envergonhado. "Tudo bem, então. Eu superei meu mau humor. Vem amanhã. Eu cozinho."

Enquanto a última reunião do comitê terminava, Helen me puxou de lado.

— Estou de olho em você.

— Eu...

— Ah, Deus... Costello?

Ela conseguia me ler muito bem.

— Sim. Eu...

Eu não conseguia encontrar as palavras para expressar o quanto eu o queria.

Mas Helen assentiu. Ela entendeu.

— Faz sentido. Depois de tudo que vocês passaram. Essa ligação... — Ela suspirou. — Acho que é *adeus* ao Dr. Garrafinha, certo? Uma pena. Eu gostava dele. Ele e os presentes estranhos dele.

— Não! Não. Não é isso que eu...

Parei de falar. Eu não sabia o que eu queria.

— Então? Uma noite de sexo louco com o Costello para encerrar de vez esse negócio, quem sabe? — Ela deu de ombros. — Poderia funcionar. E, lembre-se, mesmo que eu seja péssima em simpatia *e* empatia, estou aqui pra você.

77

Uma noite de sonhos lúcidos se seguiu: um filme vívido de imagens e sensações no qual eu estava grávida da Yara. *Mas a Yara morreu.* Não, ela estava bem aqui, sob minha mão, ainda dentro do meu corpo! Ela se mexeu, me jogando de lado e tudo estava bem. *Obrigada, Deus.* De repente, eu estava dando à luz, a dor pior do que eu lembrava, mas era o que eu merecia. Ouvi o Luke chorando... Mas, na verdade era o Quin e, ah! Olha só, uma caixa cheia de Ambien! Então, Luke sumiu e eu estava fria e sozinha. Mas um homem estava na cama comigo... Quin? Ele deve ter entrado com a chave dele. Mas isso *poderia* realmente ser um sonho? Contraindo meus músculos, descobri que um homem estava definitivamente comigo e dentro do meu corpo e talvez não fosse o Quin, mas o Luke? *Essa* ideia fez meu corpo obedecer e ter um orgasmo e eu não conseguia continuar fazendo isso, não com o Luke e...

Acordei assustada, arremessada em um novo dia por uma onda de emoções poderosas e descobrindo que o Quin estava tentando fazer uma chamada de vídeo.

Ainda presa aos meus sonhos vívidos e confusos, meu corpo tremia. Incapaz de falar com o Quin, observei meu iPad até o barulho parar. Pouco depois, ele mandou uma mensagem.

Agora estou preocupado. Você vem hoje à noite?

Se eu respondesse imediatamente, ele saberia que ignorei a ligação. Mas parecia errado esperar, digamos, meia hora, porque isso significaria que estaríamos no reino das mentiras.

Mas Quin e eu já estávamos num lugar diferente, ele só não sabia ainda. Como tínhamos saído tão rapidamente do curso? Pegando meu celular, digitei apressada:

Por volta das 19h. Tenho que deixar uns fones de ouvido para o JJ primeiro. Bj

APÓS O TRABALHO, fui até a linda e tranquila casa da Margaret, com o abafador de ouvido. Tinha sido um dia difícil, obcecada pelo Luke e me sentindo muito mal pela culpa em relação ao Quin.

— Você está bem? — perguntou ela. — Por ver o Luke de novo? Depois de... tudo.

Muitos anos atrás, Margaret teve dois abortos espontâneos, então ela fazia alguma ideia do que eu tinha perdido.

— Estou em pedaços. — Foi um grande alívio desabafar. — Na noite passada, eu sonhei que ainda estava grávida. Fazia muito tempo que isso não acontecia. E agora... me sinto atraída pelo Luke. Para dizer o mínimo.

— Não me surpreende — disse Margaret, calmamente. — A menos que ele tenha envelhecido muito mal?

Balancei a cabeça.

— Não é normal querer se reconectar de uma maneira física? — perguntou ela. — Tipo, você está tentando fingir pra si mesma que poderia ter outro bebê?

Era isso que eu adorava na Margaret, seu pragmatismo essencial. A teoria dela *fazia* sentido. E também absolveu parte da minha culpa em relação ao Quin.

— Gostaria de ter uma noite com ele — admiti, para o meu sofrimento. — Nem precisava ser uma noite inteira, só ficar com ele uma última vez, como forma de dizer adeus.

Margaret parecia preocupada.

— Mas não se esqueça de que a mãe dele acabou de morrer. Ele está vulnerável.

Margaret tinha razão. Luke tinha ficado envergonhado quando me tocou e o corpo dele reagiu daquele jeito.

— E *você* também está vulnerável.

Com razão de novo. Eu era um desastre.

— *Ele* não quer — falei, e contei sobre a mensagem enviada por engano.

— Ele realmente gosta da Kallie.

— E você realmente gosta do Quin, não?

— Sim, mas isso não está me impedindo de ficar obcecada pelo Luke. O que me envergonha. Mas ele vai embora daqui a três dias, vai voltar para a vida dele e vai estar tudo acabado e talvez eu nunca mais o veja. Estou enlouquecendo porque minha janela de oportunidade está se fechando.

— Você nem fez as aspas com os dedos em "janela de oportunidade" — disse Margaret. — Você deve estar realmente chateada.

— Estou — admiti, soltando um suspiro enorme. — E agora estou indo ver o Quin.

Pela primeira vez em mais de um ano, toquei a campainha da porta do Quin em vez de entrar com minhas chaves.

— É você! — Ele estava alegre, confiante, sorridente. — Por que não usou sua chave?

Quin veio para um beijo e eu recuei.

— Quin? Precisamos conversar.

A cor sumiu do rosto dele.

— Sobre o quê?

Eu me senti a pior pessoa do mundo.

— Prometi que seria honesta com você...

Ele me indicou a direção da cozinha, onde, parecendo um sonâmbulo, desligou o fogão.

— Seu ex-marido?

Eu assenti.

— Ontem fomos tomar café. Sabe a certeza que eu tinha? De que a culpa do término tinha sido toda dele? Bem, acontece que foi minha. Ter que rearranjar todas as minhas lembranças, as histórias que contei para mim mesma, está sendo confuso. — Pigarreei. — Quin, me desculpe, mas ainda sinto algo por ele.

Ele recuou, como se eu tivesse dado um tapa nele.

— Mas e quanto a mim?

— Eu gosto muito de você, Quin. Você é realmente, *realmente* muito importante pra mim. Mas o Luke está indo embora no domingo e eu quero ir à festa da mamãe porque ele vai estar lá.

— Pelo que me lembro, você e eu íamos boicotá-la por causa dele.

— Se ele vai estar lá, com toda a minha família, eu também quero ir. Como uma espécie de ponto final, se é que isso faz algum sentido. Pode ser o ponto final.

— Então, o que exatamente você está me pedindo?

— Bem... nada. Você me pediu pra ser honesta e estou tentando ser.

— Você vai fazer alguma coisa em relação a esses seus "sentimentos"?

— Luke não iria querer.

— E se ele quisesse?

Nossos olhos se encontraram. Quin conseguiria ver o que eu queria.

— Certo — disse ele, sem nenhuma expressão na voz. — Você transaria com ele?

Eu respirei fundo. A resposta era sim, mas verbalizar isso parecia cruel demais.

— Seu problema é que você quer viajar no tempo, Rachel. Você acha que, se transar com ele, vai poder fingir que não estragou tudo no passado. Mas isso não vai mudar nada. A não ser estragar o presente.

Não havia nada que eu pudesse dizer. Ele provavelmente estava certo. E ainda assim não era suficiente para apagar o desejo em mim.

— Isso é por causa da segunda-feira? — perguntou ele. — Para me atingir porque eu não quis te ver?

Eu fiz que não.

— Tudo bem. — Quin parecia ter tomado uma decisão. — Vá à festa, resolva o que precisar... Resolva. — Frustrado, ele ergueu as mãos. — Enfim, só *resolva.*

— O que isso significa?

— Rachel, pelo amor de Deus! — Os olhos dele estavam cheios de dor. — Não torne isso mais difícil pra mim...

— E se algo acontecer? Se eu...?

— Eu não sei. — Ele me olhou. — Não faço ideia. Mas agora eu não quero ficar perto de você. Você poderia, por favor, ir embora?

Eu não podia culpá-lo, mas eu estava morrendo de medo e de vergonha.

— CLAIRE, EU vou à festa. Você pode me colocar na mesma mesa que o Luke?

— Quin vai?

— Não.

— Eu tenho perguntas.

— E eu não tenho respostas.

— Entendi. Mas tenha cuidado.

Eu ter cuidado? Ela era a última pessoa que podia falar isso.

78

— O que é physalis? — perguntou mamãe ao telefone em pânico.

— É uma fruta chique.

— Ah, pelo amor de Deus! Estamos no supermercado tentando encontrar as coisas da lista da Anna...

— E eu acabei de chegar ao aeroporto para buscá-los...

— Nunca deveríamos ter deixado sua irmã ir para Nova York. Houve um tempo em que ela se contentava em comer cereal matinal. Mas agora ela tem *ideias* e seu pai e eu...

— Tchau!

Como Anna e Angelo sempre voavam de classe executiva, o avião mal havia pousado quando as portas se abriram e eles saíram, emanando um glamour discreto de cidade grande, com óculos escuros, roupas Loro Piana e elegantes malas Thom Browne.

— Lá está ela — ouvi Angelo dizer.

— Rachel! — Anna se jogou em mim e eu envolvi meus braços em torno das costelas finas dela e das roupas macias e luxuosas. — Obrigada por vir nos buscar.

Eu tive uma vontade louca de dizer: *Obrigada a* você *por existir*, mas consegui me controlar. Das minhas quatro irmãs, Anna era a mais doce. Eu dependi muito dela nos meses que se seguiram à partida do Luke. Eu a *amava* e vê-la, com tudo o que estava acontecendo com o Luke, me deu vontade de chorar.

Angelo tirou os óculos e me beijou na testa, o que estava totalmente de acordo com a vibe guru-sexy que ele tinha.

— O carro está a cinco mil quilômetros de distância.

Nada parecido com o Quin e o terminal privado. Mas pensar nele era muito confuso e horrível, então fiz um esforço para parar.

— Ei, as lembrancinhas da festa chegaram ontem? — perguntou Anna.

Fiz que sim. Três caixas gigantes de produtos caros de cuidados com a pele estavam ocupando o chão da sala de estar, bloqueando a luz do dia.

— Teremos de montar as sacolinhas mais tarde.

Enquanto seguia para a rodovia M50, Angelo comentou:

— Ouvi dizer que meu amigo Luke Costello irá à festa.

— Pois é.

— Como você se sente sobre isso?

Pensei em dizer: "Esquisita."

— Só vou conseguir responder depois.

A PRIMEIRA PERGUNTA da mamãe para Anna foi:

— O que você vai vestir? Vai lá experimentar, eu quero ver!

— Agora? É sério, mãe? Você sabe que eu acabei de sair de um avião?

— Sim, querida. — E ela se virou para o papai. — E você vá lá e coloque o seu terno novo.

— Eu preciso mes...?

— Sim!

Anna saiu e depois voltou num vestido bege superdiscreto. Deslumbrante de uma maneira incrivelmente entediante, para ser honesta. Era o visual dela nos dias de hoje.

— É um Alaïa. E, na verdade, eu não comprei, eu aluguei na Rent the Runway.

— Você está em Nova York há tempo demais! — reclamou mamãe. — Está sabendo gastar dinheiro!

— Você está ótima — falei.

— *Eu* estou ótimo? — perguntou papai, tímido em seu novo terno.

— Você está demais!

— Pra mim não justifica o preço pago por ele — disse papai. — Vou morrer sem usá-lo o suficiente.

— Então use-o bastante — instiguei. — Use em casa pra ver TV. Ou então, por outro lado, é só não morrer.

— É isso que eu vou fazer — respondeu ele, parecendo satisfeito com sua decisão. — Eu simplesmente não vou morrer.

79

Meu celular tocou *de novo*. Era Francesca, pela quinquagésima vez, pedindo uma atualização sobre minha localização.

— Minha mãe está surtando! — disse ela pelo viva-voz do meu carro. — Ela quer uma prova de vida das sacolas de presentes.

— Estaremos aí em dez minutos — falei.

E torci para que fosse verdade. As estradas estavam mais estreitas e sinuosas do que eu me lembrava. De repente, gritos selvagens soaram ao fundo e, pedindo desculpas, Francesca falou:

— Minha mãe pediu pra dizer que você já deveria estar aqui.

— Ela está indo o mais rápido que pode — intrometeu-se Anna.

— Gente, calma. — Angelo estava espremido no banco de trás com cinquenta das sacolas de presentes. — Essas estradas são horríveis, vamos chegar quando der. Olha só! — disse ele quando o hotel apareceu no horizonte. — Já conseguimos ver vocês! Viu, deu tudo certo.

Eu saí da estrada, procurando um lugar para estacionar, e um grupo de zumbis glamourosos saltou das sombras, perguntando aos gritos sobre as sacolas de presentes.

Um dos zumbis era Francesca, de dezessete anos. Com um penteado moderno com os cabelos puxados para trás e um vestido maravilhoso, preto e *muito* curto da Balmain; ela estava deslumbrante.

— Meu Deus! — falei, observando as ombreiras arquitetônicas e as pernas descobertas dela com admiração. — Esse vestido… é *real*?

Ela fez uma careta, pedindo desculpas.

— Minha mãe me obrigou. Rápido, as sacolas de presentes!

O outro zumbi era Molly, com suas pernas longas e elegantes em um vestido justo vermelho de um ombro só.

— Tom Ford — disse ela, com outro sorriso constrangido de desculpas. — Claire me obrigou.

E lá estava a própria Claire. Num estranho vestido preto por cima de um estranho sutiã verde-limão e, por baixo, havia uma calça bege ainda mais estranha. Ainda assim, ela os usava com tanta confiança que funcionava.

— Você está...

— Obrigada. É um Supriya Lele. Quase me levou à falência. Mas não consegui resistir, foi literalmente como estar *possuída*. Luka, venha cá e carregue essas caixas!

Luka, de quinze anos, comprido e magro como um galgo, correu em direção ao carro, vestido com um agasalho de seda escura. Claire obviamente o convencera a usar alguma roupa cara. Que outra saída a não ser admirá-la, não é mesmo?

— Deixa eu dar uma olhada em você. — Claire examinou meu rosto maquiado profissionalmente, meus cílios postiços, muito naturais, minha escova cara, meu fabuloso vestido verde-escuro, meu esmalte preto e minhas sandálias altas. Ela suspirou. — Você está um *mulherão*.

Antes que eu percebesse o que ela estava fazendo, ela deslizou a mão pela minha coxa.

— Claire, pelo amor de...

A mão dela encontrou minha pele nua e os olhos dela encontraram os meus.

— Você colocou as meias 7/8. Por que as usaria hoje?

— Eu...

— Ele está lá dentro, absolutamente lindo de morrer. Um dos primeiros a chegar. Boa sorte, querida, espero que consiga o que você precisa. Vamos lá!

O barulho no salão nos atingiu como um rugido. Estavam todos lá, as irmãs da mamãe, primos, amigos do golfe, os respectivos cônjuges. As mulheres, na maioria, coloridas e brilhantes, enquanto os maridos usavam ternos de cores escuras, muitos deles apoiados em bengalas. Um ou dois até estavam com as pernas em cima de cadeiras.

— A temporada de cirurgia de substituição do quadril acabou de terminar — disse Claire e depois saiu marchando, com Anna e Angelo a reboque.

Adam me segurou.

— Calma aí, moça — disse ele, e inspecionou minha roupa. — Você está *incrível*. Que vestido! É da Vampire's Wife, não é?

— Como você...

— Como eu sei? De tanto fazer devoluções da minha esposa na Net-a-Porter, Mytheresa e... Qual é a italiana? Luisaviaroma? Por isso.

— Você também está incrível.

O estilo do Adam tendia a ser clássico, mas nunca sem graça. Hoje ele vestia um terno escuro, que à primeira vista parecia discreto. Mas o corte era impecável, o ajuste era perfeito, o tecido atraía o toque e o conjunto inteiro provavelmente custava cerca de um milhão de euros.

— Ele está na janela. — Adam acenou com a cabeça para o outro lado da sala e lá estava Luke, sorrindo discretamente, em uma jaqueta de marinheiro preta, com a gola levantada. *Rodeado* pelas minhas malditas tias. — Mal-humorado e bonito — disse Adam, e suspirou fundo. — Tenho certeza de que você já soube sobre o show de merda com Piet e Beatriz?

Eu assenti.

— Ela me disse para ter a mente aberta! — sussurrou ele. — Eu só fiz porque *ela* queria.

— Mas ela se sentiu excluída.

— Como diabos eu ia conhecer as regras? Ninguém me *explicou*. Tudo o que eu sabia era que ela disse que, se eu não me divertisse, ela riria de mim. Então, eu fiz o que me mandaram, me diverti *mesmo* e agora ela está furiosa. Minha nossa, ele está tirando o casaco.

Luke estava tirando o casaco dos ombros, revelando o jeans escuro e uma camisa preta justa.

— Muito... esguio, não é? — perguntou Adam. — Essa é a palavra certa?

Eu não sabia, mas meu coração doía de tanto que eu o queria.

— Como se ele praticasse essa coisa com o casaco. Ouvi dizer que ele tem andado a cavalo ultimamente. Era de se esperar — comentou ele.

amargamente. — Eu vou ser honesto, Rachel, não fiquei *feliz* quando vocês terminaram porque isso seria ir longe demais. Luke sempre foi *legal*, digo, até não ser mais, mas eu nunca me senti confortável com ele. Não entendo o estilo dele e não temos nada em comum. Quin é muito mais o meu tipo. — Adam olhou ao redor. — Onde ele está?

— Ele não vem.

Ele voltou o olhar para o Luke e retornou para mim.

— Você está *brincando*. — Adam soou preocupadíssimo. — Por causa *dele*?

— Não. Bem...

— Não entendo. Realmente não entendo — disse ele, e então avistou uma garçonete passando com uma bandeja de champanhe e se aproximou dela para aceitar uma taça. — Obrigado, você é muito gentil.

— O que há com ele? — perguntou Helen, surgindo num vestido preto justo.

Ao lado da Helen, sua melhor amiga, Bella Devlin.

— Bella — falei. — Que bom te ver. Você está... — Não consegui encontrar uma palavra mais efusiva para descrever a perfeição de sua pele clara. — Linda.

Para ser precisa, Bella parecia respirar o ar mais puro, beber apenas água de geleiras derretidas e ter apenas pensamentos bons e amorosos.

— Rachel. — Bella segurou minhas mãos. Suas habilidades sociais eram impecáveis. — Você está de tirar o fôlego.

— Você está mais. Você tira o fôlego até o infinito. — Nunca levava muito tempo até eu me sentir diminuída perto dela. — E esse vestido? — perguntei.

Porque sempre havia uma história. Bella Devlin nunca diria: "*Esta* droga? Karen Millen! De dois anos atrás. Tinha um rasgo na barra, então consegui vinte euros de desconto."

— Foi o vestido de casamento da minha mãe.

Mas é claro que sim. O vestido era vermelho e, a não ser por uma gola mandarim, era supersimples.

— Dior — disse Bella Devlin. — Crepe de Chine. Vintage.

— *Super* vintage — esclareceu Helen. — Era vintage quando Vonnie se casou. Então, agora, é vintage ao quadrado.

Outra bandeja de taças flute com champanhe apareceu e Adam, que se dedicava a esvaziar a que já tinha pegado, mais uma vez se lançou em direção a elas.

— Você tem algo não alcoólico? — perguntei à garçonete. — Água da casa está bom.

— E pra mim também — pediu Bella. (Ela não bebia, mesmo que os pais dela dissessem que podia.)

— Água da casa *não* está bom pra mim — disse Helen. — Água, por favor, mas a mais chique que você tiver.

— Estou bem com champanhe — falou Artie, que usava jeans e uma camisa que definitivamente poderia ter sido passada, se juntou ao nosso grupo.

— Legal você ter se vestido hoje, mano — disse Adam para o Artie.

Com um sorriso discreto, Artie retrucou:

— Sempre.

Artie era muito legal. Imperturbável.

— Então três águas? — perguntou o garçom.

— Ehh, antes de ir... — Ansiosamente, Adam se lançou em direção à bandeja. — Eu vou pegar uma segunda tacinha... Eu bebo rápido. Anna! Oi! E Angelo! Olá!

O pobre Adam estava quase tão desconfortável perto do Angelo quanto ficava com o Luke.

No meu ouvido, Anna disse:

— Um de nós deveria ir lá falar com o Luke. Isso não deve estar sendo fácil pra ele. E por "um de nós" quero dizer você, Rachel.

Na verdade, foi um alívio receber uma ordem para abordá-lo. Não me fez parecer tão trágica como se eu tivesse decidido por conta própria. Não que ele fosse notar a diferença.

— Tudo bem. Estou indo.

Bastante nervosa, eu me infiltrei no círculo das tias, parei ao lado do Luke e falei:

— Oi!

Ele deu um pulo e se virou.

— Oi!

O rosto dele mudou de sério para um sorriso inesperadamente doce. Depois de uma rápida análise do meu vestido, ele falou:

— Você está linda.

— Não precisa soar tão surpreso... Estou brincando.

— Onde está o Quin?

— Não veio.

— Ele está... bem?

— Eu... Só... Eu realmente não sei...

Luke não disse nada. Só ficou olhando, parecendo preocupado.

Uma mudança na energia do ambiente chamou minha atenção: Kate e Devin! Kate no vestido azul meia-noite, o corpete estruturado justo, a saia com uma explosão de tule, Devin em um terno estilo anos 1980 na mesma cor. Eles vieram combinando e estavam *deslumbrantes.*

Os dois foram atraindo olhares ao passar, todos provavelmente se perguntando por que aquele casal era tão cativante. *Ah, entendi, eles são jovens e estão apaixonados. Não é uma coisa linda de se ver?*

Luke franziu a testa.

— Esse vestido... Era seu? — perguntou ele, parecendo chateado. — Eu me lembro de quando você costumava...

— Não, por favor. Não vamos ficar tristes. Só por hoje à noite?

— Não sei se consigo. Mas, tudo bem, vou tentar. Angelo! Meu camarada!

— Eeeeei! — Com abraços de homem e tapinhas nas costas, Angelo cumprimentou Luke. Tinham sido amigos no passado.

— E Anna!

Luke segurou os dedos da Anna e os beijou, depois eles se abraçaram. De todas as minhas irmãs, Anna era a mais próxima do Luke, provavelmente porque ambos moravam em Nova York. Claire se aproximou, vindo buscar seu pedacinho de família Costello.

De repente, meu celular vibrou. Mamãe estava a cinco minutos de distância! Claire, Anna e Helen receberam a mesma mensagem e uma energia nervosa nos envolveu.

— Em suas posições, por favor — disse Claire, correndo pelo salão e conduzindo as tias para as fileiras já definidas. — As mais altas atrás! Phyllis, *Imelda*! — Ela estalou os dedos. — Isso significa *vocês.*

— Tios por casamento, Donagh, Dónall, Deaglán, Diarmuid e Daithí, ajoelhem na primeira fila, por favor. Molly, Luka, ajudem eles a ajoelhar!

Enquanto Molly e Luka tentavam desesperadamente persuadir os octogenários cheios de artrite a se ajoelharem, Francesca chamava com uma voz carregada de pânico:

— O tempo está acabando! Só chutem as bengalas!

— Lembrem-se — alertou Helen, patrulhando as tias como se fosse um sargento inspecionando recrutas novatos. — Se *alguma* de vocês não gritar "SURPRESA" alto o suficiente, *ninguém* vai ganhar a sacola de lembrancinhas que vieram de Nova York, cada uma com um valor de varejo de mais de trezentos euros. Estamos de *olho*! — E depois um: — Shhh. Shhh! Ela já está lá fora. Ela está chegando. Ela está... SURPRESA!!!!

Os balões voaram, apitos foram soprados e todos realmente gritaram bem alto. Mamãe fez um excelente trabalho ao parecer chocada e encantada.

Depois, perguntaram para ela repetidas vezes:

— Você realmente não suspeitou de nada?

— Nadinha de nada!

Olhando ao redor do salão, procurei por Margaret, que, apesar do papel vital que desempenhara neste drama, não estava recebendo nenhum agradecimento. Eu a encontrei parada com o Garv. Ele tocou o rosto dela com ternura enquanto ela sorria e mexia na gravata dele. Francamente, Margaret parecia incrível.

Seu cabelo brilhante estava ao mesmo tempo bagunçado e elegante. Mas, meu Deus, que vestido! Midi e acinzentado, era enganosamente simples. Mas, desde o balanço flexível da saia até a forma com que o decote oval revelava seu colo, era perfeito.

— Margaret!

Talvez eu não devesse ter interrompido qualquer intimidade que estivesse acontecendo, mas dane-se, ela e Garv moravam juntos, podiam compartilhar momentos assim quando quisessem.

— Você está *linda*.

Ela se virou pra mim, cabelos incríveis voaram.

— Mas espere!

— Sim! — disse Garv, animado. — Você precisa ver a melhor parte!

— Olhe. — Margaret deslizou as mãos ao longo dos quadris. — Tem... *bolsos*! — O sorriso dela congelou. — Ah, oi, Luke!

— Desculpe interromper... — disse ele, e, muito respeitosamente, beijou a bochecha da Margaret e apertou a mão do Garv. — Muito bom rever vocês. Só queria parabenizar Margaret por trazer sua mãe aqui. E na hora exata também. Nem todos teriam conseguido isso.

— Ah, você sabe... — Margaret estava pronta para se depreciar totalmente, mas Garv interrompeu.

— Boa, Luke, ela não é valorizada o suficiente. À minha maravilhosa esposa! — disse Garv, erguendo a taça.

AS OUTRAS PESSOAS na minha mesa eram Anna e Angelo, Kate e Devin, tia Dolores — a menos pior das cinco irmãs da minha mãe — com seu marido, Daithí, e o Luke.

Eu estava sentada entre o Angelo e o Devin, e bem em frente ao Luke, que estava entre a Kate e a Anna.

Com surpreendente eficiência, recebemos nosso prato de entrada, que estava quase comestível, o que é muito mais do que normalmente se consegue numa noite como esta. Mas, quando a carne de todos chegou, não foi surpresa minha refeição vegetariana não ter vindo.

O garçom disse que não sabia de nada sobre isso, mas iria verificar.

— Sério — protestou Anna. — Não é como se você estivesse pedindo pó de fada!

Nenhuma outra pessoa na mesa era vegetariana. Ah, mais *flexi*tarianos do que você pode imaginar, todos dizendo "Eu como carne vermelha duas vezes ao ano e só se for de pasto livre e origem local".

— Bom apetite! — falei, enquanto os pratos deles começavam a esfriar. — O meu já vai chegar.

Daithí e Dolores já estavam devorando os seus. Parecendo incertos, Devin e Angelo pegaram suas facas.

— Tem certeza?

— Sim.

Mas Kate, Anna e Luke seguraram.

— Por favor, implorei. Vou me sentir mal.

Escaneando a sala, pensei ter visto nosso garçom lá no fundo, servindo outras pessoas.

Todo o negócio era curiosamente humilhante.

Luke estava se levantando e jogando o guardanapo na mesa.

– É aquele cara? – perguntou ele, indicando o homem que eu estava observando.

– Acho que sim.

– Um segundo.

Ele abriu caminho entre as mesas e, observando o movimento de sua cintura estreita, senti-me quase doente de desejo. No canto da sala, ele abordou o garçom e começou a conversar com ele, apontando para mim. Logo em seguida, os dois foram até a porta giratória que levava à cozinha – e desapareceram.

Eu nunca os veria novamente, estava convencida disso.

No entanto, depois de um tempo inesperadamente curto, os dois reapareceram, o garçom carregando um prato que, com alguma cerimônia, trouxe até mim.

– Obrigada – murmurei, mantendo os olhos baixos.

A gentileza do Luke foi esmagadora. Como se meu amor doentio fosse tão digno de pena que caçar meu risoto fosse um gesto de caridade apropriado.

Assim que possível, decidi que iria sumir. Eu voltaria para casa e me manteria discreta, esperando que tudo se acalmasse, que meus sentimentos voltassem ao normal, e então retomaria minha vida, que estava *bem* antes de tudo isso. Mais do que bem, na verdade. Ótima, estava *ótima*. Exceto pela escassez de bolsas Chanel vintage, eu não tinha do que reclamar.

Num piscar de olhos, os pratos de jantar foram retirados e substituídos pela sobremesa folheada a ouro. Em seguida, papai estava num pequeno palco, segurando nervosamente o microfone. Ele começou a agradecer às pessoas, uma quantidade fenomenal delas, por tornarem a noite possível. E chegou a hora do discurso da mamãe, que tinha muito em comum com o discurso longo e ressentido da série de TV do Padre Ted quando ele ganhou o Cálice de Ouro. Mas estávamos *quase lá*. Logo todos estariam tão bêbados que eu conseguiria escapar despercebida.

Fui surpreendida por um toque no meu ombro. Artie. E, então, diretamente no meu ouvido, ele falou:

— Helen precisa de você. Ela está no banheiro.

Cheguei às pressas ao banheiro feminino. Helen estava sozinha, sentada em um pufe de veludo rosa. Ela parecia chorosa, e Helen nunca chorava.

— Rachel. Eu não estou grávida.

— Você achou que estava?

— Sim. Minha menstruação estava um dia atrasada, mas, sim, achei.

— Este é o seu primeiro mês tentando?

— Eu sei. Mas... Eu estava esperançosa. Você pode me abraçar se quiser.

Cuidadosamente, abracei minha irmã, que começou, *sim*, a chorar.

— Helen... — falei, impotente. — Acontecia a mesma coisa comigo. Todo mês, eu achava que tinha dado certo. E, depois, não tinha.

Pela forma como o corpo dela se enrijeceu, ficou claro que ela se lembrou do que havia acontecido depois.

— Isso não vai acontecer com você — falei.

— Como você sabe?

— Eu sei.

Mas eu não sabia. Eu não tinha como saber. E minha preocupação era que se a Helen não conseguisse o resultado desejado, isso poderia desencadear outra escapada para a escuridão.

— Lembre-se de que tentar engravidar quando não se tem mais dezesseis anos é uma maratona, não uma corrida de velocidade.

— Uma maratona, não uma corrida de velocidade — repetiu ela e, depois, com um olhar de escárnio, falou: — Não acredito que você acabou de dizer isso.

Era claro que ela estava bem de novo.

— Vamos, é melhor a gente voltar lá para fora.

Eu estava esperando que minha mãe não tivesse percebido nossa ausência. Mas, lá em cima no palco, com sua visão elevada, *é claro* que tinha percebido. Enquanto eu voltava apressada para minha mesa, seus olhos de laser queimavam um buraco em minhas costas.

Luke me perguntou silenciosamente:

— Está tudo bem?

Envergonhada com a compaixão dele, dei um breve aceno e virei a cabeça.

Atrás de mamãe, uma banda de verdade estava se preparando no pequeno palco. Quando, *finalmente*, ela entregou o microfone, o líder da banda anunciou que estavam começando com uma sequência de valsas antigas, o que gerou um verdadeiro fluxo em direção à pista de dança. Meus pais. Tio Donagh, exibindo seus novos joelhos, tinha a tia Phyllis em um abraço. Imelda e Filomena dançavam uma com a outra e todas pareciam felizes, o que, apesar de tudo, me fez sorrir.

A não ser pelo fato de que algo estava acontecendo com Claire e Adam. Eu a vi puxá-lo pela gravata num abraço faminto. Na linguagem dos nossos primos do interior, ela estava "comendo a cara dele". *Comendo-o.* De longe, poderia ser confundido com paixão, mas para mim estava claro que ela sucumbia a uma fúria cega. Se alguém pudesse morrer por ser beijado, Adam já seria um defunto.

Eu estava prestes a me levantar e intervir quando, do nada, Claire desgrudou seu rosto do de Adam, empurrou-o para longe e saiu marchando, caindo nas mãos de Anna e Angelo, que a interceptaram com preocupação.

Enquanto isso, na nossa mesa, tia Dolores estava de pé, tentando tirar o marido para dançar. Ele a afastou.

— Pare. Não.

— Ah, Daithí, *por favor*, dance comigo.

— Eu não quero.

Vermelha de humilhação, ela se sentou e se inclinou para pegar seu copo. Logo em seguida, Luke levantou-se da cadeira e estendeu a mão.

— Vamos lá, Dolores. Que tal se a gente mostrar a eles como se dança?

— Você quer dizer...? — O rosto de Dolores se iluminou. — Certo, vamos lá!

Assim que Luke a levou para o meio da pista de dança, houve alguns assobios obscenos. De repente, um pequeno grupo de tias, amaldiçoadas com maridos recusantes, estavam alertas e interessadas. Quando Dolores se virou para encará-las e Luke não conseguiu ver o que ela estava fazendo, ela estalou a língua de forma sugestiva.

Mamãe os viu! Ainda valsando com papai, ela cobriu uma grande quantidade de terreno em grande velocidade e se intrometeu, passando Dolores para papai e se afastando com o Luke.

— Eu sou a próxima — ouvi tia Peggy dizer, alisando seu vestido e avançando com convicção.

A seguir, várias tias e primas — até aquelas com maridos que dançavam — estavam formando uma fila improvisada. "Trinta segundos", disse alguém. "Todas têm trinta segundos!" Parecia haver um acordo e, quando o tempo acabava, elas expulsavam a antecessora, deslizando para os braços do Luke, para ocupar o lugar.

Tia Dolores voltou para nossa mesa, esvaziou seu copo em um gole grato e olhou ao redor, procurando desesperadamente por uma garçonete.

Eu me levantei.

— Vou pegar uma bebida pra você. O que você quer?

Depois, eu falaria com a Claire e iria embora, estava decidido. Nada ia acontecer com o Luke, eu estava iludida ao ter esperança de que isso fosse possível.

— Um conhaque duplo — disse ela. — Um calmante. Embora eu não saiba se vou ficar bem de novo.

Cortando pela pista de dança, a caminho do bar, Luke se lançou no meu caminho.

— Dois segundos, Imelda — disse ele por cima do ombro. E para mim:
— Quando vou dançar com você?

Sofrendo, lancei um olhar para a fila impaciente e dei uma risada forçada.

— Hahaha! Elas me devorariam viva.

— Rachel — disse ele, carinhosamente —, dance comigo.

Minha boca ficou seca.

De repente, ele ficou imóvel, seus olhos escuros nos meus.

— Aquela mensagem no outro dia? Era pra você. Eu só não tive coragem.

Meus lábios formaram um silencioso "Ah".

— A única mulher com quem quero dançar é você.

Por um longo momento, examinei seu rosto. Ele estava muito sério.

— Aqui não — falei e o entreguei à Imelda.

Dez minutos depois, Luke me encurralou.

Eu estava de volta à mesa, tentando desesperadamente me concentrar numa conversa com Angelo quando ele se materializou na cadeira ao meu lado. Num segundo, ele não estava lá, no segundo seguinte, ele estava. Levei um susto.

Concentrado em mim, ele perguntou:

— Onde, então?

— Luke, eu não deveria ter dito...

— Onde?

Silenciosamente, balancei a cabeça.

Ele me encarou.

Dei um suspiro irregular.

— Na minha casa. Quando acabar a festa. Só esta noite.

Ele assentiu, seu rosto não revelava nada.

— Obrigado.

DIRIJA COM CUIDADO, lembrei a mim mesma. *Dirija com cuidado.*

No campo, as estradas eram estreitas e escuras. O farol da moto do Luke, diretamente atrás do meu carro, iluminava meu caminho.

Éramos os únicos dois veículos na estrada.

Pareciam os únicos dois veículos no mundo.

Pensei em Quin, é claro que pensei. Ele ficaria muito magoado e talvez nosso relacionamento não sobrevivesse, mas havia uma inevitabilidade nisso. Não era exatamente sobre desejo, pelo menos não para mim, mas sobre um ponto final.

E a Kallie? Não, eu não poderia fazer isso comigo mesma. Kallie não era responsabilidade minha.

As casas ao redor da minha estavam na escuridão, todos na cama, dormindo. Observei Luke descer da moto. Mesmo no escuro, ele era inconfundível. Enquanto se aproximava, senti como se estivesse sonhando.

Então, de repente, voltei para meu corpo. Era real.

Sob a luz da varanda, ele hesitou.

— Rachel, o que estamos fazendo?

— Eu não sei. Ainda. Você sabe?

— Não. Mas é alguma coisa.

Meu alívio foi breve.

— Luke, e a Kallie?

Ele respirou fundo.

— E o Quin?

Olhamos um para o outro cuidadosamente e chegamos a um acordo tácito: não era algo para se orgulhar, mas sabíamos o que estávamos fazendo.

Quando entramos no corredor mal iluminado, Crunchie latiu para o Luke, mas em segundos estava rolando no chão e mostrando a barriga. Luke se ajoelhou, acariciando-a, então olhou para cima, aquele olhar familiar.

— Ela precisa sair?

— Benigno, o vizinho do lado, levou-a mais cedo.

Crunchie estava tentando lamber o Luke todinho. *É, somos duas, Crunchie.*

Mas chega de Crunchie. Eu assobiei e apontei para a cozinha.

— Desculpe — sussurrei para a carinha triste dela, fechando a porta e virando-me para o calor do corpo do Luke.

Ele me pressionou contra a parede, movendo os pés, ajustando a postura para que seus quadris estivessem nivelados aos meus. Segurando meu rosto entre seus dedos espalmados, sussurrou na minha boca: "gata."

Sua respiração, seus lábios, seu calor, sua doçura. À medida que o beijo se intensificava, o alívio me inundava, me enchendo.

— Rachel... — Com a boca ainda na minha, ele sussurrou: — Você é *linda.*

Desesperada para tocar na pele dele, comecei a tirar seu paletó. Assim que ele caiu no chão, comecei a desabotoar sua camisa.

— Eu te desejei tanto — disse ele entre respirações. — Esta noite foi um inferno.

Juntos, nossas mãos se atrapalharam com os botões.

— Olhando pra você... Querendo você. Preocupado que você fosse embora e...

Ao remover sua camisa, quente pelo calor do corpo, a pele dele liberou um aroma fragrante, uma destilação intensa tão silvestre e doce que gemi.

— Você tem cheiro de *você.*

Ele riu, os dentes brilhando na meia-escuridão.

— Que outro cheiro eu teria?

— Naquela noite que você apareceu aqui furioso com a Kate e o Devin, você estava diferente.

Ele estremeceu.

— Aquela noite. Me desculpe.

— Shhh, cala a boca. — Puxando a cabeça para baixo para beijá-lo novamente, meus dedos se embaraçaram em seus cabelos. — Eu senti falta do seu cabelo — sussurrei.

— Eu senti falta de tudo em você.

Acariciando a pele lisa de seu abdome, deslizei meu polegar ao longo da linha de pelos escuros que apontavam para baixo a partir do umbigo. Chegando ao cós, meus dedos se moveram até o fecho de seu cinto e, ao deslizarem sobre o metal arranhado, um sibilo agudo de respiração foi audível.

Ansiosa de repente, olhei para cima, para ele. Talvez Luke tivesse entendido mal tudo isso. Talvez *eu* tivesse?

— Ah, Deus, Rachel. — A voz dele era rouca. — Não pare.

— Se isso for só tesão, por favor não continue, Luke.

Mantendo meu olhar, as mãos dele trabalhavam em algo. Houve o clique e o tilintar de sua fivela. Olhando para baixo, vi que o cinto estava aberto e o botão superior da calça tinha sido desabotoado.

— Eu sou seu — disse ele. — Se você me quiser.

Eu quase ri.

— *Você* me quer?

Ele indicou o próprio corpo, o volume espesso, inclinando para a direita, sob o zíper.

— Não adianta negar, não é?

O calor da mão dele estava na minha coxa, passando pelo meu vestido e empurrando-o para cima. Quando os dedos dele tocaram minha pele nua logo acima do topo da meia-calça, ele estremeceu.

— Puta merda, Rachel. — A voz dele soou engasgada. — Podemos ir lá pra cima?

Eu quis rir de felicidade. Eu adorava quando ele dizia coisas assim, algo que beirava o cafona.

No meu quarto, o abajur emitia um brilho suave. Deitei Luke, sem camisa, na minha cama.

— Deixa que eu faço isso. Por favor.

Deslizei minhas mãos pelos ombros dele, suaves como cetim, e pelo emaranhado de cordões de prata e couro ao redor de seu pescoço. Com cuidado, eu o despi. As botas primeiro, depois a calça jeans. Apoiado nos cotovelos, ele assistia com uma ansiedade sombria.

— Rachel. — A voz dele era baixa e urgente, a mandíbula cerrada. — Não dá pra ir um pouco mais rápido? Estou morrendo aqui.

— Esta é minha única chance. Eu quero me lembrar de tudo.

Desabotoei o jeans e o puxei de seu corpo, saboreando as pernas ásperas e peludas, a pele mais clara no topo das coxas, e toda a ação se desenrolava na altura da virilha, uma ereção intensa por baixo da cueca.

Eu não conseguia me conter, queria enterrar meu rosto e inalar a fragrância almiscarada.

— Se ao menos pudessem engarrafar isso.

Ele riu, de repente parecendo descontraído, e então saltou da cama.

— Gata, me desculpa — disse ele, e então estendeu a mão para mim. — Eu já fui paciente demais.

Era como um balé, a facilidade com que ele abriu o zíper do meu vestido. O vestido caiu no chão e eu saí dele, a sensação se inflamando quando minha pele nua encostou na dele.

Mas, quando os dedos dele alcançaram o fecho do meu sutiã, ele hesitou.

— Rachel? Você tem certeza?

— Isso não é sexo — falei. — É a única maneira de expressar nossos sentimentos.

— Isso *é* sexo.

— Você sabe o que quero dizer, Luke. Bom, *eu* sei. Sim, tenho certeza.

Ainda assim, ele hesitou, então repeti:

— Luke. Eu tenho certeza.

Quase num sussurro, ele perguntou:

— Por que estou discutindo isso?

E, com três ou quatro movimentos hábeis dos dedos, ele removeu minha roupa por completo. Luke então me acomodou na cama e, assim que seus lábios tocaram a parte interna da minha coxa, meu corpo se lembrou de tudo. A resposta foi tão intensa como sempre foi. Em instantes, com respirações curtas e ofegantes, eu estava pulsando no calor da sua boca.

Permanecendo até que as últimas ondulações se acalmassem, ele riu suavemente.

— Bem — disse ele, parecendo absurdamente feliz. — Isso foi fácil.

— Como andar de bicicleta — falei, tonta e deslumbrada. — Vem cá. Antes que...

Sua ereção furiosa parecia prestes a explodir.

— Espera! — Ele estalou a língua ao lembrar. — Minha jaqueta...

Estava lá embaixo no chão do corredor, onde nós a jogamos.

— Está tudo bem — falei, já abrindo uma gaveta. — Aqui dentro.

Ele pegou o preservativo, rasgando a embalagem com os dentes, e desenrolou-o e alisou-o ao longo de seu comprimento. Hipnotizada, observei as mãos dele se moverem de maneira familiar e extremamente erótica. Meu Deus. A robustez de seu corpo, a graça com que se movia e deslizava para dentro de mim. Eu me contraí ao redor dele, quase sufocando de tantas sensações.

— Eu sei — sussurrou ele, seus olhos tão escuros que pareciam pretos.

Fundidos, trancados um no outro, seu olhar fixo no meu... E ainda não era suficientemente próximo. Lentamente, com toda ternura, cada movimento significativo, cada respiração sagrada.

Nossos movimentos ganharam velocidade até que, sem muito aviso, sua respiração se tornou mais rápida, mais urgente.

— Rachel — disse ele com a voz rouca. — Eu não consigo...

Luke começou a estremecer sobre mim, arrepios surgindo em sua pele.

Por um tempo enorme, ficamos atordoados e sem palavras. Eu poderia ter ficado com o rosto em seu peito, sentindo seu cheiro, para sempre.

Por fim, ele falou.

— Desculpe por ter sido tão rápido.

Com carinho, respondi:

— Você deve realmente gostar de mim.

— Nada de novo aí. Mas não é como se eu não tivesse... — De repente, ele parou.

— Não tivesse o quê?

— Ah, você sabe. — Ele rolou para o lado e sorriu. — Desde... que dia foi mesmo? Quarta-feira? Lá perto do riacho. Você, atrás de mim, na moto. — Ele apertou os olhos. — Foi difícil.

— Sério?

— Sério.

— Me conta.

— Eu deixei você em casa, voltei para o Justin e mal deu tempo de entrar no quarto. Mal consegui abrir meu jeans... — Luke deu de ombros. — Toda vez que penso em você, fico excitado. E o problema é que não consigo parar de pensar em você. Não me sinto assim desde que tinha catorze anos. Estou *dolorido*. — Ele hesitou. — Isso me torna patético? Nojento? Eu te disse, o passado, o presente, está tudo misturado.

Ah!

Ouvir que ele passou os últimos dias tão mexido quanto eu, me encheu de alegria. Mas a implicação de que ele só gostava de mim porque suas emoções estavam uma bagunça?

Eu estava decepcionada. *Muito* decepcionada.

Foi um choque de realidade, porém, um pelo qual eu deveria ser grata.

— Eu também — consegui dizer. — Uma zona, como você.

EM ALGUM MOMENTO antes do amanhecer, sonolentos e moles, acordamos, pernas e braços entrelaçados. Com um movimento suave, ele estava dentro de mim e meu corpo já estava em chamas mesmo enquanto eu ainda me maravilhava, *Meu Deus, é o Luke.*

Depois, ficamos num silêncio profundo, minha cabeça em seu peito, seus braços fortes apertados ao meu redor. Na minha alma e no meu corpo havia uma paz profunda. Aqui, nesta cama com ele, até a perda da Yara parecia mais leve.

Do lado de fora, o canto dos primeiros pássaros começava e a luz se infiltrava pelas cortinas.

— Você está bem? — perguntou ele.

Eu me movi para ver o rosto dele.

— Melhor do que bem. Estou realmente grata ao... universo? Bom, a quem estiver no comando, por isso.

— Me conta. Como anda seu sono ultimamente? — perguntou ele, bem direto, mas havia compaixão em sua voz, não julgamento.

— Ainda é meu ponto fraco, a primeira coisa a desaparecer quando estou chateada. Nunca vou ser uma daquelas pessoas sortudas que dormem assim que a cabeça toca o travesseiro. Mas durmo bem na maioria das vezes.

Depois de um tempo, pedi para ele buscar água.

— Na geladeira. Pode trazer a garrafa. Cuidado para a Crunchie não ficar lambendo você.

Mesmo estando sozinhos em casa, ele vestiu a calça jeans. Luke sempre foi uma mistura estranha de atrevido e modesto.

Enquanto ele estava longe, tive de repetir para mim, "*Isso é real. Isso é real. Isso é real*". Luke estava mesmo ali e era como se aqueles anos separados nunca tivessem existido. Mas, por alguns segundos estranhos, decidi me assustar com pensamentos de que eu tinha imaginado tudo, que eu estava completamente sozinha e, ah! Ele estava de volta, carregando uma garrafa verde. Sem camisa, com o cabelo bagunçado, ele ficou no pé da cama, me observando pensativo enquanto, distraído, rolava a garrafa para a frente e para trás no torso.

— O que foi? — perguntei.

— Nunca deixou de ser linda, não é? — E depois: — Só... para que eu me lembre.

Ele colocou a garrafa na mesinha. Com os olhos nos meus, desabotoou a calça jeans. Já estava nu e excitado quando tirou a calça. Em um movimento leve, ele estava a meio caminho da cama, subindo na minha direção querendo mais.

— De novo? — Perguntei.

— Ah, Deus, sim. De novo, Rachel.

PEGAMOS NO SONO mais uma vez e acordei pouco depois das oito. Ele teria que sair em breve.

Luke abriu os olhos.

— É você mesma... Parece um sonho.

— Mas não é.

Passei a mão na barriga dele.

— Ainda esse tanquinho. Como pode? Não me diz que você começou a ir à academia?

— Nós... — A voz dele vacilou. — *Eu* ando a cavalo.

Eu o fiz lembrar da Kallie.

— Eu sei — disse imediatamente. — Não deveríamos ter feito isso.

— Não...

— Mas não foi sexo de verdade, Luke. Faz parte da nossa cura.

Em silêncio, ele olhou pra mim e de repente minha vergonha foi gigantesca.

— Kallie não vai concordar — falei, me sentindo ainda pior. — Não consigo nem imaginar se o Quin me dissesse que transou com a Shiv, a ex-mulher dele, mas que tudo bem porque era luto e não desejo. Luke, eu sinto muito. Espero que ela te perdoe.

— Relaxa, ninguém me obrigou. Eu quis isso. Mas, e o Quin?

— Ele... Acho que ele entende que os seres humanos são complicados. — Eu lutava para encontrar as palavras certas. — Vai ficar magoado. E com raiva. Mas acho que vai entender.

— Rachel, isso soa... meio impossível.

Agora que ele disse, percebi que ele estava certo. Era como sair de um transe.

— Ah, meu Deus. — À medida que a extensão do possível dano me atingia, gaguejei: — Desculpe. Não deveríamos, *eu* não deveria ter... Na hora, fez sentido, mas... Nós temos nossas vidas. Levamos muito tempo para reconstruí-las.

— Essas vidas ainda estão lá, Rachel. Está tudo bem. Isso foi um caso isolado. Não vai acontecer de novo.

— Mas eu quero que sejamos amigos — falei, decidida. — Podemos tentar esquecer isso?

— Com certeza.

— Você vai cuidar da Kallie? — Eu lembrei da minha devastação quando pensei que ele tinha me traído com a Mia. — Estou muito mal por causar dor a ela.

— Claro que vou, Rachel. Mas você não deveria...

— Luke? Você promete?

Ele ficou em silêncio por um momento.

— Prometo. Então, agora você vai me mostrar a árvore da Yara?

No jardim, o ar estava perfumado com o orvalho da manhã e a grama úmida. Luke, descalço, usando uma blusa de lã que o Devin tinha deixado, olhava ao redor, admirando todas as minhas flores.

— Você fez isso tudo? É incrível. Espera! Você tem uma *estufa*?

— Você não sabe nem a metade. Estou obcecada por pás. E compostagem. Aqui. Por aqui.

A cerejeira da Yara tinha apenas cerca de um metro e oitenta de altura e os pequenos botões, encolhidos, estavam longe de florescer.

— Não parece muito hoje, mas até meados de maio vai estar — gesticulei com os braços para enfatizar — essa explosão de pétalas rosas que parecem confetes. É tão bonito, é tão dela.

— Vou ter que voltar em maio — brincou ele.

Então, ele ficou em silêncio e eu o deixei ter seu momento. Havia uma serenidade em seu foco e um leve tremor em seus lábios. Estaria rezando? Porque eu tinha notado, entre os outros adereços em volta do pescoço dele, uma pequena cruz numa fina corrente, ambas de prata.

Ele sempre teve tendências assim, talvez tivessem se fortalecido?

Ele percebeu minha observação e, ligeiramente envergonhado, riu.

— Qualquer coisa que te faça seguir em frente.

— Eu não julgo.

— Mesmo sem a... Como você chamou? "Explosão de pétalas de confete rosa"? Ainda é uma árvore linda.

A aprovação dele importava.

— Estou feliz que você tenha dito isso. Me ajuda. De certa forma, faz com que ela viva, como algo bonito.

Do nada, um manto de tristeza se abateu, com tudo o que esperávamos e tudo o que perdemos. Olhamos um para o outro com cuidado, pensando naquela menininha que não teve a chance de viver. Enquanto lágrimas escorriam de seus olhos, Luke estava em meus braços e eu chorava com ele. Era triste, era *terrivelmente* triste, mas estávamos lamentando juntos e isso era certo e bom.

Por fim, voltamos para dentro de casa e Luke vestiu seu casaco, pronto para sair. O impulso de arrumar o colarinho dele pareceu automático, mas eu resisti. Não haveria mais daquilo e estava tudo bem.

— Boa viagem — desejei, meu coração cheio de gratidão, arrependimento, tristeza, aceitação; emoções demais para entender.

— Obrigado. Eu vou... — Luke se mexeu desconfortavelmente. — Nós vamos...?

— Manter contato?

Ele assentiu e sorriu. A mão dele girou a fechadura da porta.

E eu o deixei ir.

Você sabe que não é uma questão de "esse ou aquele"? Não precisa ser o Quin ou o Luke.

Você pode ter uma vida muito feliz sem nenhum dos dois.

80

"Troquei minha reunião regular de quarta-feira à noite por ioga para gestantes, então estava indo a apenas duas reuniões por semana..."

O alarme do meu celular tocou e, com um longo suspiro de alívio, parei de digitar. Sem perder tempo, Nola me fez recitar os Doze Passos novamente, fazendo com que eu me concentrasse no que estava em jogo quando lá atrás me convenci a voltar a tomar os comprimidos.

Nas últimas duas semanas, tenho acordado uma hora mais cedo do que o habitual para escrever antes do trabalho. Atualmente no quarto passo, estou examinando meu comportamento quando engravidei. A complacência foi a maior culpada — eu estava limpa havia tanto tempo que deixei minha atenção se concentrar no meu esperado bebê. Basicamente, eu meio que esqueci que era dependente química. Quando surgiu a oportunidade de tomar comprimidos para dormir, não havia nenhuma defesa atuando para me proteger.

O processo estava me ensinando um novo respeito pela minha adição, por sua persistência, seu comportamento sorrateiro, sua obstinação.

E, agora, para meu alívio, eu tinha que ir trabalhar. A autoavaliação era *muuuito* mais difícil do que meu trabalho real. É muito mais agradável olhar para as ilusões dos outros do que para as nossas. Mas eu estava indo bem, principalmente considerando tudo o que tinha acontecido nos dezesseis dias desde a festa da mamãe.

Quase logo depois que o Luke saiu da minha casa naquela manhã de domingo, tomei o banho mais longo da vida, lavando cada traço dele.

Então, desliguei o mudo do meu celular, ignorei as vinte ou mais mensagens da Claire e fui direto até a casa do Quin.

Ele só me deixou entrar até o hall.

— Você transou com ele?

Eu fiz que sim.

— Me desculpe.

Machucá-lo era horrível.

— E...? — continuou ele, a voz rouca. — Você voltou com ele?

— Foi só uma vez.

— Mas...?

— Foi uma situação complicada que trouxe à tona muitas coisas do passado, estou meio confusa.

— É, eu também.

O tom desafiador do Quin me fez prestar mais atenção nele.

— Sim — disse ele, se movendo, fingindo estar desajeitado. — Golden.

Talvez não devesse, mas isso me deixou sem ar.

— Ontem à noite?

— Na noite depois que voltamos de Barcelona — confessou ele, e, na defensiva, acrescentou: — O que você esperava, Rachel?

Assim que ele disse isso, ficou claro que, mesmo antes de eu passar a noite com o Luke, Quin e eu não tínhamos mais futuro juntos. A confusão humilhante com o anel no showroom do Sr. Navabi havia resolvido isso.

Ele se recusou a desviar o olhar, ligeiramente envergonhado, muito mais desafiador, feliz por eu saber e irritado por ter me contado. Com relutância, ele falou:

— Me desculpe.

— E eu sinto muito, Quin. Eu sinto muito mesmo.

Em um silêncio doloroso, nos encaramos. Não consegui pensar em mais nada a dizer. De modo chocante, nosso relacionamento de dois anos parecia ter sido encerrado em questão de segundos. Enquanto eu me aproximava da porta, ele falou:

— Não vá.

— Quin, você quer que eu vá. Não foi por isso que você transou com ela? Senão, por que me contou?

— Isso foi antes. Agora eu quero que você fique.

— Se eu ficar, você vai mudar de ideia novamente. Sinto muito, Quin. É tudo culpa minha.

— Ei! — Um lampejo de medo iluminou os olhos dele. — *Eu* decidi. Foi *minha* decisão.

— Claro. Sem dúvida.

Ganhar importava muito mais para ele do que para mim, ele poderia ficar com sua vitória.

Insegura sobre o que fazer, fui para casa e fiz uma chamada de vídeo com a Claire, que ainda estava na cama no SugarLoaf Inn, toda desarrumada, com batom borrado, cabelo desgrenhado e cílios tortos.

— Oi — falei com cuidado. — Você parece...

— É — disse ela num gemido. — Acho que todo mundo se divertiu. Novidades? E você e o Luke?

— Não tem nada realmente. Ele ainda está com a Kallie...

— Mas você transou *mesmo* com ele? — Claire quase gritou. — Não me diga que não!

— Claire, se acalma. Pega leve! A gente transou, sim. Mas foi só isso, acabou. De um jeito bom.

— Não! Não, não, não, não, não. Meu Deus, que desastre. E o Quin?

— Acabou também.

— Jesus.

— É, mas...

Eu não tinha acreditado na noite passada quando estava atolada em ilusão, mas essa manhã eu estava preparada.

— Rach, preciso ir. Preciso vomitar. Conversamos na casa da mamãe por volta das cinco, ok? Esteja lá. Ela está reescrevendo o testamento.

EU DORMI PELO restante do dia e depois fui para a casa dos meus pais. Não porque me importasse com a minha "herança". Mamãe sempre reescrevia o testamento, realocando seus relógios de ouro e medalhas milagrosas. Ninguém se importava além dela. Mas eu gostava do pós-festa tanto quanto qualquer pessoa.

Enquanto experimentava algumas roupas, fui sondando timidamente minhas emoções. Havia uma montanha de vergonha por eu ter magoado o Quin. *E* uma enorme quantidade de culpa em relação a Kallie.

Quin ter transado com a Golden também me machucava, mas de uma maneira peculiar, como se uma camada de espuma me protegesse. Talvez a dor viesse depois.

O sentimento mais estranho de todos era em relação ao Luke. Uma calma vibrava dentro de mim, um senso de completude, como se uma tempestade tivesse se dissipado, revelando um mundo ao mesmo tempo pacífico e benigno.

Liguei para a Nola. Bruscamente, ela me ordenou a começar a escrever meus passos outra vez.

— Comece o primeiro passo amanhã. Uma hora por dia. Faça disso uma prioridade.

— Tudo bem — respondi, e saí para ir à casa dos meus pais.

Na sala de visita da mamãe, o clima estava sombrio, todas as minhas quatro irmãs pálidas e quietas, encolhidas nos sofás, vestidas em pijamas ou algo parecido com pijamas. Parecia que a Claire estava usando um edredom de verdade.

— Desculpe por ter me empenhado em me vestir — falei.

Mamãe, de longe a mais agitada, estava horrível e nervosamente em êxtase.

— Não foi uma noite maravilhosa?

Sob seu olho esquerdo, um leve espasmo pulava.

— Um triunfo total — respondi. — Vou só dar um oi para o papai.

— Ele está assistindo ao golfe.

Na sala de TV, papai e Angelo estavam felizes lado a lado, de frente para a televisão, cada um comendo um pacote de salgadinhos Monster Munch. Coitado do papai, ele ficava tão *feliz* nas raras ocasiões em que tinha companhia masculina.

— Tudo bem por aqui? — perguntei.

— Tudo tranquilo — disse Angelo, com uma piscadinha.

Tudo muito calmo.

Saindo daquela harmonia saudável de volta para a vibração de ruínas fumegantes da sala de visita, Anna, linda em um quimono de seda, estava perguntando:

— Devo pegar o gim?

— Minha nossa, *não!*

Margaret, num pijama xadrez azul, virou a cabeça para o lado.

— Deixa eu ver se adivinho... — falei. — Vocês nunca mais vão beber.

— Ah, pode parar! Sua arrogantezinha — berrou mamãe.

— Ei! — A voz da Helen surgiu das profundezas de um roupão preto com capuz. — Ela tem direito a uma noite por *século* para ser convencida, deixem ela.

— Tem algo pra dor de estômago? — perguntou Margaret para mamãe.

— Na cozinha. Estão na fruteira.

— Traga analgésicos também — pediu Helen.

— Do que você precisa? — Claire abriu a bolsa. — Tenho de tudo.

Margaret voltou com a cesta de frutas, que continha um punhado de uvas manchadas, um kiwi murcho e uma verdadeira cornucópia de comprimidos.

— Aqui. Quem precisa do quê?

— Algo para enjoo — pediu Helen.

— Motilium?

— Algo mais forte?

Margaret vasculhou.

— Stemetil? — leu ela de uma caixa. — São prescritos. Devem ser bons.

— Rachel. — O rosto da mamãe se aproximou de forma alarmante de mim. — Você acha que eles pensaram que eu estava me exibindo?

— Quem?

— Qualquer um. Todos.

— Ela está com medo — disse Claire. — Eu também.

— E eu — comentaram Margaret e depois Anna.

— Eu também — falou Helen.

— Mas você nem estava bebendo.

— Sim. Mas...

Era o estresse de tentar engravidar. Eu entendia.

— Tem calmantes aí na fruteira? — perguntou Claire.

— Diazepam? — perguntou Margaret.

— Isso é Valium — respondeu Claire. — Me dê dois. Não, seis.

Mamãe interveio.

— Como você sabe que estou com medo?

— Descreva seu estado de espírito.

— Tremendamente envergonhada. Mesmo que eu não tenha certeza do que fiz de errado. Como se todos estivessem rindo secretamente de mim, de todo o dinheiro que gastamos com a carne e as folhas de ouro...

— Isso definitivamente é medo.

— E ninguém gosta de mim. Então, estou excluindo todos do meu testamento. Acho que alguém deve ter contado que tirei C em História no vestibular, mesmo que eu sempre tenha dito que tirei B. — Os lábios da mamãe tremeram. — E todo mundo acha que sou muito alta...

— Você é — disse Helen (claro).

— E meu nariz é muito gordo. E...

— Ah, para com isso — intervim. — Ontem à noite, você bebeu muito e usou muita adrenalina, então hoje está com um grande déficit. É ciência pura. Nenhum desses pensamentos é verdadeiro. Deixe seu testamento como está, mamãe.

Ela voltou a atenção para mim.

— E você? Claire disse que o Sr. Garrafinha terminou com você.

— *Dr.* Garrafinha! — corrigiu Helen.

— Bom, ambos concordamos que...

— Você voltou com o Luke?

— Não, mas estou bem.

— Como, mas...? — Mamãe estava angustiada. — Agora você não tem namorado!

— Porque eu sinto... — Eu não conseguia encontrar a palavra certa. — Que o que rolou com o Luke foi um ponto final. Que acabou completamente, mas agora de forma adequada. Do jeito que deveria ser.

Um mar de rostos confusos me observava e, de repente, eu tinha a analogia perfeita.

— A porta do quarto de hóspedes, a droga da fechadura nunca tranca completamente, nem quando eu bato. Ela *quase* fecha, *parece* fechada, mas eu sempre fico tensa, porque *sei* que ela vai abrir.

Os mesmos cinco rostos estavam fixos em mim, um ou dois parecendo um pouco preocupados.

— Mas, uma vez na vida, a coisa certa acontece! O *clique*. — Estalei os dedos para demonstrar. — Clique! A fechadura faz o que deve fazer. Ela trava e está realmente fechada. Conseguem entender? Clique!

Helen olhou para Claire.

— Você a segura e eu ligo para a ambulância.

Com voz suave, Anna perguntou:

— O que exatamente "clicou"?

— Luke e eu terminamos há muito tempo, mas nunca pareceu... Real? Concluído? Agora é. Clique!

— Uh-hu! — comemorou Margaret, literalmente arregaçando as mangas. — Eu sei o que está acontecendo aqui.

Ela não costumava fazer esse tipo de pronunciamento, então prestei atenção.

— Todas nós, em algum momento, já extraímos um dente, certo? Por um tempo a boca não dói e por dentro você se sente orgulhosa da sua alta tolerância à dor. Mas é só porque a anestesia ainda não passou. — Ela deu de ombros. — Quando passa, você fica chorando no sofá, mastigando cravo como se fossem M&M's. Desculpe, Rachel.

— Arrasou — disse Claire. — Mas Rachel, imagino que você esteja nas nuvens depois dessa noite com o Costello, não?

— Exatamente. — Margaret estava séria. — O fenômeno foi bem documentado. O corpinho do Luke Costello produziu montes de dopamina em você.

— Eu adoro o Angelo — disse Anna, aparentemente sem motivo. — Mas eu não diria não a uma noite de amor com Luke Costello.

— E nisso — murmurou mamãe — eu teria que concordar com você. Não há muitas mulheres que recusariam uma noite de amor com o Costello.

— *Amooоor...* — Helen corrigiu e falou com um escárnio selvagem: — Eu recusaria. Olha o estado dele.

— Descreva. — Eu estava interessada, quase me divertindo.

— O cabelo dele está muito comprido, as calças ainda estão muito apertadas. Ele está ridículo.

— Huh-hum. — Margaret tossiu. — Em nome do equilíbrio, sempre gostei do Luke, mas não me senti atraída por ele. — Rapidamente, ela acrescentou: — Mas não o acho ridículo. Só... não é para mim.

— Mas agora falando sério — disse Claire. — Cuidado, Rachel. Se você cair desse cavalo não vai ser bonito.

De repente, fiquei muito nervosa.

— Mas estaremos todas aqui para te apoiar — continuou Claire. — Não é mesmo?

— Claro! — disse Margaret.

— Eu não sou muito boa em trabalho em equipe — disse Helen. — Mas estou disposta a tentar.

Mamãe apertou meu braço.

— Você estaria melhor sem ela.

— Hum, eu volto para Nova York na terça. — Anna estava arrependida. — Mas obviamente estarei perto em espírito. Posso pedir ao Angelo para fazer reiki a distância?

— Talvez você não devesse ficar sozinha. — Margaret estava pensativa. — Por que você não fica com a gente uns dias?

— Eu estou bem.

Claire negou com a cabeça, preocupada.

— Você está à beira de um colapso.

Do nada, mamãe perguntou:

— O que está acontecendo entre você e o Adam?

— Eu odeio ele — respondeu Claire.

— Você estava beijando ele. Comendo a cara dele, mais precisamente. E depois você deu um empurrão no coitado que quase o fez aterrissar no próximo condado.

— Eu odeio ele, mãe.

— Mas...

— Estamos fazendo muito sexo cheio de ódio.

Depois de um silêncio surpreso, Anna murmurou:

— Tudo faz parte da rica tapeçaria da vida.

81

Apesar das sombrias previsões das minhas irmãs, consegui passar pela primeira noite sem sair dos trilhos e, quando acordei na manhã seguinte, ainda me sentia... *bem*.

Ok, foi um desafio ligar meu laptop e começar a escrever meu primeiro passo, tudo de novo. Detalhar como eu era "impotente diante das drogas" há seis anos não era exatamente a maneira ideal de começar minha semana, mas dei uma chance.

Quando chegou a hora (finalmente), foi com alívio que tomei banho e me arrumei para o trabalho. Mas eu estava cheia de dopamina, absolutamente *saturada*, então era vital manter isso em mente.

Enquanto secava meu cabelo, meu celular vibrou com uma mensagem. Quando vi de quem era — Luke — a adrenalina fez as pontas dos meus dedos formigarem.

Ei. Espero que você esteja bem? Só queria avisar que cheguei inteiro. Bjs L

Apertando o celular, olhando para as palavras, especialmente o "Bjs", um desejo quase irresistível de ligar para ele me dominou, simplesmente para ouvir sua voz. Mas seria um erro pensar que nossa noite juntos tinha sido o início de algo. Tinha sido o fim. Um fim adequado desta vez.

Abandonando o secador de cabelo, comecei a escrever uma mensagem descontraída, como se tivesse acabado de digitar, levando uma eternidade para acertar o tom: caloroso, mas de forma alguma flertando; íntimo, mas desprovido de insinuação. Por fim, saiu isso:

Tudo bem por aqui. Espero que você esteja bem também. Deve ser estranho estar de volta em Denver pela primeira vez depois da perda da sua mãe. Tente ser gentil consigo mesmo Bj

Segundos depois, Luke respondeu:

E lembre-se: não existem sentimentos errados 😉 Bj

O qu...? Ah! Isso foi dito para o Luke e para mim várias vezes, nos dias após a morte da Yara.

Com certeza. E tudo acontece por um motivo. Rsrsrsrs. Então, agora é melhor eu ir trabalhar Bj

Ah... Não esquece de mandar fotos da árvore da Yara quando estiver toda florida pfvr Bj

Claro! Em talvez 6 ou 7 semanas ela estará no auge Bj

Ansioso por isso. E vamos conversar no dia 3 de julho? Bj

Três de julho era aniversário da Yara.

Obrigada, eu realmente ficaria feliz com isso Bj

Claro. Sem problemas. Conversamos então. Espero que você tenha um bom dia hoje. L Bj

Você também Bj

Parecia que o "Bj" estava definitivamente incorporado. E era... bom? Amigável? Sim, amigável.

Porque nós seríamos amigos.

PASSEI A SEGUNDA-FEIRA sem desmoronar. Terça-feira, também. E, assim por diante, até que chegou sábado de manhã, uma semana desde a festa da minha mãe e — como parte da Operação Apoio Total — Claire andava de um lado para outro na frente da minha casa. Tínhamos um passeio planejado, mas eu estava distraída com as roupas de academia dela, que exalavam um brilho de extrema riqueza.

— Como é que — eu a examinei — uma simples Lycra preta pode parecer tão cara a ponto de dar náuseas?

— Sei lá — disse ela, desinteressada. — Notícias do Quin?

— Não.

— E do Luke?

— Nada desde a mensagem de texto da última segunda-feira. E não vai ter até eu enviar as fotos.

— Vamos, precisamos nos movimentar. Preciso manter minha frequência cardíaca elevada. Meu relógio de pulso me dá um choque elétrico toda vez que cai abaixo de cem batimentos por minuto.

— O quê? Sério?

— Não. Mas, na verdade, seria uma boa ideia. Um choquinho seria um ótimo motivador à moda antiga.

— Claire...

Crunchie latiu e tentou escapar pela porta da frente.

— Não! — disse Claire. — A cachorra não pode vir. Eu preciso *caminhar rápido* e essa baixinha só se arrasta de barriga.

Consegui convencer a Crunchie a voltar para dentro e Claire e eu partimos.

— Me atualize sobre seu estado de desmoronamento.

— Nenhum sinal até agora...

— Mas vai acontecer. Você ainda está na empolgação da transa com o Costello.

— Mas também estou triste pelo Quin. É difícil pra ele, ele não está acostumado à rejeição. Ele é mais vulnerável do que você imagina.

— Você está com raiva dele e da Golden?

— Estou mais pra... magoada. Não realmente surpresa. Quin é assim.

— Eu diria que ele vai te "procurar".

Eu balancei a cabeça.

— Ele é todo orgulhoso. Não vai, não.

— Mas... — Claire estava pensativa. — Exatamente por ser muito orgulhoso é que eu consigo ver ele chegando e se declarando: "Se anima, bonitinha. Sua sorte mudou e estou te levando de volta." Não faz sentido?

— Talvez.

No geral, porém, eu achava que ele se manteria afastado.

— Você voltaria com ele? Se ele fizesse isso?

— Eu não... sei. Não "agora". Não tenho certeza de nada. As coisas precisam se acalmar.

— Por que você ainda ama o Luke?

— Não. Eu não. Não.

— Você não parece ter tanta certeza.

— Claire, a noite com o Luke, foi... incrível. — Para dizer o mínimo. — Mas eu não faço ideia de como ele está agora, realmente. Ele poderia ser um apoiador do Trump...

— Rachel!

— Quem sabe? Seis anos é muito tempo. Ele agora anda a cavalo. Ficou mais religioso do que era. E essas são só as questões superficiais. A pessoa que ele já foi, as coisas que eu amava nele... A natureza solar, a abertura para a vida... Tudo isso pode ter mudado.

Pude ver que ela estava começando a entender. De uma forma perversa, isso me incomodava.

— Ele me disse várias vezes coisas como: "Eu não sou mais o homem que eu era e, hoje em dia, meus relacionamentos são diferentes." Ele me *disse*, Claire — falei, minha voz começando a tremer.

— Mas ele *parecia* o mesmo. Dançando com as tias. Sendo gentil com todo mundo.

— Claire, por que não estamos falando sobre a Kallie? Ele tem namorada e traiu essa namorada! O quanto isso foi "gentil" da parte dele?

Claire se calou. Não havia como reconfigurar esse fato em algo aceitável.

— Você acha que ele contou pra ela? Sobre transar com você?

Eu assenti.

— Essa é a impressão que eu tenho — disse ela. — De vez em quando ela posta nas redes sociais sobre música... Sim, eu a espiono e vejo os comentários, mas Luke voltou há quase uma semana e ela não postou uma única foto do tipo "Eu e Meu Gostosão".

Sim, eu também estava espionando a Kallie. Principalmente porque era impossível espionar o Luke — ainda nem sinal dele em nenhuma rede social.

No entanto, eu não estava espionando o Quin. Silenciosamente, deixei de segui-lo no Instagram. *E* a Golden. Até a Shiv. Se Quin estivesse com a Golden, eu me sentiria mal, mas se ele estivesse sozinho, eu também me sentiria mal.

A diferença entre meu interesse em Luke e meu interesse em Quin era fantasia versus realidade. Luke estava a milhares de quilômetros de distância, em outro continente. Quase não havia nada que eu pudesse fazer para influenciar os acontecimentos. Mas com Quin, se a saudade dele apertasse demais, ou eu fosse dominada por uma raiva repentina da Golden, eu poderia — ao menos em teoria — aparecer na porta dele. E eu sabia o suficiente para saber que eu não sabia de nada. Não agora. Eu tinha que esperar tudo isso passar.

— De acordo com o que você me disse, Kallie é louca por ele, então eles devem superar — ponderou Claire. — Assim que ela se reerguer do baque as fotos vão voltar — disse ela, mas, de repente, mudou de opinião. — Ou, talvez, ela *não* o perdoe. Certo, vou dizer uma coisa, talvez ele não queira ser perdoado! Talvez vocês tenham um futuro?

Cheguei ao meu limite.

— Claire, você *realmente* acha que Luke terminaria com Kallie, venderia a empresa, venderia a casa, mudaria de vida e se mudaria para a Irlanda depois de passar *uma* noite comigo?

Friamente, ela ergueu as sobrancelhas. Segundos passaram enquanto sua avaliação silenciosa começava a ficar desconfortável.

— Você *acha*? — perguntou ela e depois, de uma forma mais enfática. — Você *acha*, Rachel?

— Eu não acho que isso possa vir a ser... alguma coisa. Foi um lance de uma noite. Estou morrendo de vergonha por saber que provavelmente causei uma dor indescritível à Kallie, mas mesmo assim, não mudaria aquela noite com ele.

— Por quê? Além do óbvio?

— Porque consertou algo em mim. Minha amargura sumiu. Mudou a forma com que me sinto em relação à Yara. Não consigo descrever exatamente, porque a perda ainda está presente, mas não é mais tão... feia?

— Foi isso que você quis dizer com “o clique”?

— Exatamente. O preço é alto, significa ficar sem o Quin. E também conviver com uma grande dose de culpa e vergonha por causa do relacionamento deles. Mas... — Deixei minhas mãos caírem. — Nem tudo está perdido. Luke está tentando ser meu amigo, estou tentando ser amiga dele. Eu quero tentar isso, sabe? Agora me conta, como estão as coisas com o Adam?

— Eu odeio ele. Ele me odeia. Estou mais atraída por ele do que estive em décadas. Continuamos transando. É raivoso. É horrível e ao mesmo tempo sexy. Sempre quis fazer sexo selvagem e agora estou fazendo. — Em dúvida, ela disse: — O que é bom... eu acho.

82

O trabalho era tão intenso como sempre e, enquanto eu estava lá, conseguia dar o meu melhor. Um por um, meus filhotinhos tinham alta. Trassa foi substituída por um jovem viciado em cocaína obscenamente rico chamado Kael. Três dias depois, Harlie partiu; em seu lugar, recebemos Celeste, uma alcoólatra completamente blindada e que passava a ideia de ser muito respeitável. Dennis partiu logo em seguida. E, hoje, três semanas depois do programado originalmente, meu adorado Chalkie partiria.

Meu celular apitou com uma mensagem de Taryn, nossa "amiga de trilha".

Rachel, qual é a melhor hora para eu ligar?

Ah, *Deus*. As férias na Transilvânia com Taryn e Timothy. Eu estava adiando lidar com isso...

Mas eu precisava ser adulta, então respirei fundo e peguei meu celular.

— Taryn?

— Oi, Rach. Quin mandou uma mensagem... Sinto muito por vocês.

— Obrigada. Eu sei, é...

— Como você está?

— Estou bem. De verdade. Mas acho que precisamos falar sobre a...

— Viagem. Sim. Quin disse que você decide. Ele diz que não vai, mas que você ainda deveria ir.

De repente, doía respirar. Senti tanta tristeza por Quin, por nós, que todo aquele carinho e conexão tinham simplesmente... desmoronado.

— Rach...? — perguntou Taryn.

— Deixa eu pensar um pouco...

Eis os fatos e eles eram desagradáveis: nós já tínhamos arcado com metade do custo. Tudo era não reembolsável. E, mais importante, essa viagem era um projeto meu. Eu fui fazendo tudo sem pensar e reservei nossa acomodação em lugares ousadamente remotos. Não dava para simplesmente abandonar Taryn e Timothy.

E eu queria ir, de certa forma, ainda queria. Provavelmente Ted não me deixaria alterar minhas datas de folga — nossas férias anuais eram definidas *com muita antecedência* — então, eu poderia muito bem passá-las na deslumbrante beleza da Transilvânia em vez de ficar em casa, com as cortinas fechadas, assistindo a *Below Deck* com a Crunchie.

— Na real, sei que parece complicado — disse Taryn. — Mas acho que nós três ainda podemos aproveitar muito.

— Você está totalmente certa — falei. — Nós três vamos e vai ser mágico.

Encorajada por essa positividade, desliguei o celular e levei Chalkie para a sala de entrevistas para nosso último encontro individual. O que foi *muito* encorajador. Chalkie tinha adquirido uma grande quantidade de informações novas sobre si durante seu período no Claustro; de alguma forma, ele tinha ido muito mais fundo do que nunca.

Depois de interpretarmos algumas situações em que ele teria que lidar com sua raiva ou tristeza, nos levantamos para nos despedir.

— Você sabe o quanto gosto de você, Chalkie, mas não quero mais te ver aqui, ok?

— Mas... — Ele tinha um brilho doce nos olhos. — Você pode.

Diante do meu silêncio surpreso, ele incentivou:

— Não pode?

Em meus cinco anos no Claustro, isso nunca tinha acontecido.

— Você está em recuperação, certo? — perguntou ele.

Eu ri. Não havia muito sentido em negar.

— Estou.

— Ao longo dos anos, muitas pessoas boas e trabalhadoras tentaram me ajudar, mas foi você quem me abriu.

— Só estava fazendo meu trabalho.

— Não. Você vai além.

Por um momento, pensei que meu coração realmente explodiria de gratidão. Apesar dos meus muitos erros, Chalkie estava dizendo que havia um propósito para mim.

Ele abriu os braços.

— Posso?

Eu me aproximei do abraço. Lágrimas silenciosas escorriam pelo meu rosto por causa de Chalkie, o garotinho perdido.

— Obrigado — disse ele, a voz embargada.

— Ah, meu Deus, não, Chalkie! Obrigada a *você*.

83

— Yara... — Impotente, implorei à minha cerejeira. — Amorzinho? Onde estão as suas flores? Estamos no meio de maio, o que você está *fazendo* com elas?

Virando-me, avistei o rosto do Devin na janela da cozinha. Ele parecia preocupado.

— Está tudo bem. Só estou conversando com...

Minha filha morta? Uma árvore? Escolha o que preferir.

— Certo.

Como se tivesse rodinhas nos pés, Devin se afastou, parecendo ainda mais assustado. Assim que ele se foi, retomei a conversa.

— Sério, qual é o problema? — Apontei para os pequenos botões bege. — É mais chuva que você está esperando? Temperaturas mais amenas?

Mas a voz da Yara — ou a voz que eu "ouvia na minha cabeça" — permanecia em silêncio. E era muito frustrante porque, até a árvore florescer, não havia desculpa para entrar em contato com o Luke.

Na cozinha, Kate perguntou com cuidado:

— Você está bem?

Por mais engraçado que possa parecer, eu *estava*. Às vezes, sem motivo aparente, o universo decide dar uma folga. Porque seis semanas depois da festa da mamãe, apesar das previsões sombrias das minhas irmãs, eu não tinha sucumbido. Inegavelmente, as emoções vinham de todas as direções e eram muitas, mas eu estava lidando bem com elas.

Como estava de bom humor, decidi dar uma olhada no Instagram da Kallie. Eu vinha acompanhando casualmente a página, tentando não ficar obcecada. Recentemente, houve *muitas* postagens sobre sua música: ela fez vocais de apoio em um demo e passou uma semana num acampamento de composição. Mas nada sobre Luke.

A cada dia sem uma foto dele, eu respirava um pouco mais.

Mas aquela manhã foi diferente.

A última foto era uma selfie, com o rosto bonito da Kallie em primeiro plano. Vários metros atrás dela estava Luke, ao lado de um cavalo enorme e escuro. Parecia estar falando delicadamente com o bicho. A legenda era "Se fazendo de difícil", seguida por vários emojis rindo e um coração vermelho.

Congelada, fiquei olhando, abalada com o quanto estava com ciúmes, o quão profundamente decepcionada eu me senti.

Tomando coragem, cliquei nos *stories*. Lá estava ela, com os olhos brilhantes, bonita.

"Oi, pessoal!", cantarolou ela. "Então... E, sim, esse foi um 'então' significativo." Ela riu. "Eeeeestou... hum, esperando algumas boas notícias. Algumas... mudanças positivas na minha vida. É cedo demais para tornar público ainda, apenas no caso de..." Kallie mostrou as mãos em concha para a câmera e as separou. "... dar certo. Estou pedindo orações e energia positiva. O que quer que tenham de bom aí no coração, enviem para o meu caminho!"

Assisti mais cinco ou seis vezes, imaginando que diabos essa mudança positiva na vida dela poderia ser. Morar com Luke? Casar-se com Luke?

Meu Deus do céu!

E então Claire chegou. Nas seis semanas desde o início da Operação Apoio Total, a caminhada de sábado de manhã tornou-se um evento.

— Você estava no Insta?

— Aham. Que boas notícias são essas que ela está esperando?

— Não faço ideia.

Claire não estava sendo positiva sobre isso, o que era preocupante.

— E quanto à foto? Quem estava se fazendo de difícil? Kallie?

— Não sei, Rach. Poderia ser o Luke. Poderia até mesmo ser o cavalo.

Poderia até mesmo ser o cavalo. O problema *real*, a única coisa que de fato importava, era que meus sentimentos por Luke ainda não tinham se acalmado. Bem longe disso. A dopamina do sexo tinha se transformado numa espécie de paixão trágica. Tarde da noite, quando não conseguia dormir, eu me permitia fantasiar sobre todo tipo de cenário em que de alguma forma Luke e eu estávamos juntos.

Mas eu *sabia* que isso nunca aconteceria.

Ou pelo menos era o que eu achava. Porque, pela manhã, a foto da Kallie havia mostrado que eu tinha ficado muito apegada à ideia.

O mais doido de tudo era que eu também sentia falta do Quin. Ele tinha sido meu parceiro e namorado e eu esbarrava em sua ausência todos os dias.

Mas minha vida estava longe de ser vazia. Helen me checava regularmente. Suas mensagens diziam coisas do tipo:

Sou eu. Como sempre passando pra saber como você está. Você está bem? Sim? Não? Pode responder só com uma palavra. Não precisa escrever *Guerra e Paz*.

Durante o último mês e meio, eu nunca havia recebido tantos convites. Enquanto refazia os meus passos, ajudei Murdo a pintar seu apartamento novo; passei uma tarde de tia e sobrinha com Holly (manicure, voluntariado); fiquei queimada de sol num evento para preparar chilli com Brianna e seus vizinhos; tive um fim de semana glorioso com tempestades atlânticas e sol deslumbrante com Brigit e experimentei uma aula de escultura em madeira com Margaret. (Não foi legal para nenhuma das duas.)

Mas, apesar de todas as minhas atividades, eu me sentia solitária. E era por minha culpa. Ninguém me *obrigou* a transar com o Luke.

E eu não estava destruída como havia ficado quando Luke me deixou, seis anos atrás.

— Não importa o que você acha, Rachel — disse Claire enquanto subia a encosta de uma montanha —, mas sua vida não acabou. Você não vai ficar sozinha pra sempre.

— Eu não estou sozinha. Eu amo muitas pessoas e elas me amam também.

— Sim, mas... Sobrinhas? Irmãs? Pessoas com quem você trabalha? Não estou falando disso.

— Para uma suposta feminista, você tem ideias preocupantes.

— Só estou sendo honesta, dizendo o que todo mundo pensa, mas tem medo de dizer. Igualdade salarial? Sim, por favor. Homens atraentes? Obrigada, também quero. E quanto ao Murdo? Ele está solteiro agora. É por isso que se mudou para o novo apartamento.

— Deixe o coitado do Murdo fora disso. De qualquer forma, minha vida não tem espaço para homens. Estou trabalhando em mim mesma — falei, brincando.

— Eu sei que você está brincando, mas, Rachel, o que *exatamente* isso significa? Ouço as pessoas dizendo isso e, sinceramente, não consigo entender.

— Significa que eu devo sentir meus sentimentos desconfortáveis e não entorpecê-los.

— Mas qual é o "trabalho"?

— Sentir os sentimentos é o trabalho.

— É passivo assim? Eles sempre fazem parecer que é, sei lá, se revirar por dentro, mover o baço dois milímetros para a esquerda, dar uma boa olhada no pâncreas. Não entorpecer meus sentimentos? Isso é fácil!

Não para todo mundo. Ela era engraçada.

— Quantos anos o Murdo tem? — perguntou ela.

— É jovem demais.

— Isso significa que você tem uma queda por ele?

— Não.

Murdo até *poderia* ser atraente, sei lá... Ele usa alargadores nas orelhas, tão grandes que daria para passar uma cenoura através deles. Para mim são pontos de exclusão imediatos.

Pensativa, Claire disse:

— Meus instintos dizem que, se você fosse até o Quin e se *humilhasse*, ele provavelmente te aceitaria de volta.

— E ele também poderia ter se *casado* com a Golden. Ou conhecido outra pessoa. É provável que ele me odeie.

— Você o odeia?

— Não.

Como ela me olhou com um olhar interrogativo, falei:

— Quase sinto... *pena* dele.

— Do *Quin*?

— Claire, eu sei que ele parece autoconfiante e privilegiado, eu acho. De certa forma, ele é. Mas, em outras, ele é inseguro, ele se machuca facilmente. Eu não o odeio de jeito nenhum.

— Mesmo depois de ele ter transado com aquela garota de rosto vermelho?

— Isso foi... difícil. Mas pessoas magoadas magoam pessoas.

Ela assentiu.

— Nossa, Rachel... Eu ia querer matá-lo.

Falando nisso...

— Como vão as coisas entre você e Adam?

Claire parou, a bota pesada de caminhada apoiada numa pedra para ter estabilidade, e sorriu.

— Eu e Adam... simmm. Ele está... — Outro sorriso sonhador. — Ótimo.

— Então você não o odeia mais?

Ela disse com firmeza:

— Eu o *amo*.

Pelo amor de Deus! Era impossível acompanhar o ritmo.

— O *swing* não era pra gente. As coisas ficaram bem complicadas por um tempo. Mas estamos de volta ao normal. Sexo três vezes ao ano, mas pelo menos tentamos.

84

Na manhã seguinte, acordei antes das sete. Era domingo e eu tinha planejado um dia movimentado: primeiro, uma aula de ioga ao nascer do sol, depois, uma reunião do NA, e depois, o *brunch* de aniversário da Margaret, embora não devêssemos chamá-lo de *brunch*, segundo a Claire, porque o que éramos, um grupo de “basiquinhas”?

Enquanto eu vestia minhas *leggings* de ioga (que eram iguais a todas as minhas outras *leggings*), fui até a janela do quarto e mais uma vez olhei para a árvore da Yara. “Floresça, meu amor”, implorei a ela. “Por favor. Por que está *demorando* tanto?”

De repente, percebi que eu estava em paz com o fato de não ter tido outros filhos.

Era a jardinagem, percebi. Nos últimos anos, aquelas longas horas que eu passava fixada num lugar, sem distrações além dos próprios pensamentos, testemunhando a vida, a morte e uma forma de ressurreição, me forçaram a lamentar, e eventualmente — lenta e gradualmente — a me curar.

Minha gratidão era imensa, a ponto de me deixar tonta. Deitei-me no chão por um bom tempo, a fim de absorvê-la.

Por fim, comecei a me mexer novamente e estava revirando a gaveta em busca de meias antiderrapantes quando meu celular apitou com uma mensagem. Alguém tinha acordado cedo.

Só checando... se você não esqueceu de me mandar fotos da árvore da Yara. L Bj

Sim, como se eu estivesse em pé junto à árvore, quase murmurando encantamentos, para fazer as flores brotarem.

Não esqueci, mas está demorando muito. Talvez na próxima semana? Dedos cruzados 😄Bj

Ofegante, observei o telefone, esperando por uma resposta.

Manda uma foto hoje mesmo assim? Bj

Ou eu poderia fazer uma chamada de vídeo agora? Te mostrar umas imagens não muito empolgantes? Bj

Faça isso! Bj

Enquanto eu corria escada abaixo, indo para o jardim, pressionando desesperadamente os ícones, o rosto do Luke apareceu na tela.

— Ei — falei, emocionada ao vê-lo.

— E aí? — Ele parecia tímido. — Tudo bem?

— Tudo perfeito. Que horas são aí?

— Acabou de passar da meia-noite.

— Ontem à noite?

— Sim. — Ele riu. — Ontem à noite. Esse barulho é a Crunchie?

Crunchie, captando meu humor, latia e corria em círculos animados.

— Amorzinho, você lembra do Luke? — perguntei, mostrando a tela para ela. — Você gostava dele.

— Também gostei dela — ouvi Luke dizer.

— Então. — Eu me movi ao redor da árvore, exibindo os pequenos botões de todos os ângulos. — Não há muito para ver agora. Mas em uma semana ou dez dias isso deve mudar. Desculpe, está mais devagar este ano. Então, vou fazer algumas fotos ou... Te ligo, quem sabe?

— Me liga! Seria ótimo. Ei, não estou... te atrapalhando, né? Você precisa ir?

— De jeito nenhum.

Que se dane a aula de ioga...

— Então... pode ficar pra gente conversar? Um pouquinho?

— Posso, claro.

Sentei-me de pernas cruzadas na grama, Crunchie se intrometendo na tela.

— Como está o fim de semana?

— Agitado! Ontem de manhã, Claire e eu fizemos uma trilha, depois plantei capuchinhas e papoulas. — Levantei-me e fui em direção a um canteiro de flores. — Vou te mostrar. Olha. São centáureas. E esses aqui são girassóis, não estão tão maravilhosos hoje, mas estarão em breve. Hoje tenho uma reunião do NA, depois o *brunch* de aniversário da Margaret. E você?

— Só umas... coisinhas.

Luke se fechou um pouco. Coisas com a Kallie, deduzi. Isso doeu.

Não fique assim.

Yara estava certa. Então, em um lugar dentro de mim, uma mudança aconteceu: eu não tinha o direito de sentir ciúmes da Kallie. Luke me ofereceu sua amizade e era algo que eu queria.

Não era nenhuma surpresa que eu fantasiasse sobre ele; afinal, aquelas nove horas com Luke tinham sido transcendentais. Mas...

... vai passar.

— Me conta mais, sobre isso de você ser jardineira!

Sentei-me novamente, Crunchie pulando no meu colo.

— Foi totalmente por acaso. Quando eu estava morando com Garvaret...

— Quem?

— Garv e Margaret. Eu morei com eles depois que voltei de Nova York. — Eu disse as palavras e, o mais importante, sem amargura. Essa coisa de amizade com o Luke estava *funcionando*. — Garv é um ótimo jardineiro, ele me mostrou a magia.

— E a magia seria?

— Proteger minhas mudas, vê-las surgindo da terra, se tornarem bonitas, depois morrerem e, então, assistir ao que de novo vai brotar em seu lugar. Levei tempo para enxergar, mas me ajudou a lidar com a perda dela. — De repente curiosa, perguntei: — Alguma coisa ajudou você?

— Cavalos — respondeu ele, com uma certeza que eu não esperava. — Juro. A montaria me salvou. Em algum momento durante aquele segundo ano horrível em Denver, eu dei uma chance e na mesma hora soube que tinha encontrado o meu lance.

— Eu achei que você tinha começado por causa da Kallie.

— Na verdade, foi o contrário. Quando a conheci, eu costumava passar fins de semana inteiros nas trilhas. Ela disse que nunca me viu. Ela estava certa. Mas eu era muito... egoísta, eu acho, para ceder, então, mesmo que ela tivesse medo de cavalos, ela fez aulas. Hoje, ela é ótima.

— Uau. Ela é determinada.

Ele riu de um jeito caloroso.

— Ela certamente é.

— É difícil pensar em você como alguém egoísta, Luke — eu me forcei a dizer. — Não era assim que você costumava ser.

— Ah, Rachel, a vida muda a gente... — disse ele, parecendo triste. — Quem irá à festa da Margaret?

— Nenhum homem, só mulheres. Todas as Walsh. Nós cinco, mais a mamãe e Kate, Francesca e Molly. E a amiga da Margaret, Emily.

— E Holly? — perguntou ele.

— Jovem demais.

Mas fiquei tocada que ele se lembrasse dela.

— E a Melhor Amiga da Helen, Bella Devlin?

Eu comecei a rir.

— Como você sabe dela?

— Eu a conheci na festa da sua mãe.

Os olhos dele se desviaram. Houve um segundo, um soluço de desconforto, enquanto nos lembrávamos daquela noite, então continuamos.

— Então, me conta, Anna está na Irlanda *de novo*? Ela visita... com que frequência?

— A cada dois meses, às vezes mais se ela tiver que ir a Paris a trabalho.

— Ela pensa em voltar? Com seus pais ficando...?

— Velhos? Tudo bem, Luke, você pode dizer a palavra.

— Idosos? Isso incomoda a Anna?

— Acho que não. A vida dela está em Nova York. O trabalho, o apartamento. E eu não consigo imaginar Angelo morando aqui. De qualquer forma, ela vem muito. Existe um negócio chamado avião, conhece? Mas, me diz, como você está se sentindo desde que sua mãe...

— Diga, Rachel. — Ele estava sorrindo. — Você pode dizer a palavra.

— Desde que ela morreu.

— Ainda é cedo, mas estou indo bem. Não me fez odiar todo mundo...

— Foi assim que você se sentiu depois da Yara?

— Sim. — Luke soltou um suspiro muito sentido. — As baboseiras que falavam por consolo, a *pena*. Eu não sabia o quanto estava raivoso. E você?

— Bom, a gente sabe como eu "lidei". Sinto muito, Luke.

— Pare. Por favor, Rachel.

Mesmo com a estranheza da tela, nossos olhos pareciam se encontrar.

— Como está seu pai? — perguntei.

— Um pé no saco — respondeu ele, rindo. — Ele *não* está gostando de colocar o pé na cova.

— Ele só tem o quê? Setenta e oito? Ele é jovem.

— Bem, ele quer ver o mundo. "Enquanto ainda pode", segundo ele. No mês que vem vamos levá-lo a Las Vegas e Palm Springs. E depois ele está falando sobre Cuba. Mas estou feliz em passar um tempo com ele. — De repente, meio sombrio ele falou: — A morte da mamãe certamente mudou minha perspectiva... Acho que está na hora da sua reunião e na minha de ir dormir!

— Luke, você está bem?

— Sim. Só... um pouco arrependido, eu acho, por não ter visitado minha mãe com mais frequência. Um tempo que nunca mais vou recuperar. Mas é o tipo de coisa que não dá pra prever até acontecer. Tivemos um ótimo relacionamento, não ficou nada por dizer, mas sim, é algo com o que vou ter que conviver.

— Luke...

— Então você me avisa sobre a árvore? Você acha que em uma semana? Mais?

— Acho que uma semana. Algum horário do dia é melhor para falar com você? Manhãs? Noites? Quero dizer, com a diferença de fuso horário?

Essa foi minha tentativa sorrateira de descobrir algo sobre a rotina dele com a Kallie.

— Qualquer horário está bom. — Zero informação. — De verdade, pode ligar a qualquer hora. Se cuida, ok?

— Você também.

Com um ruído de *pluft*, Luke sumiu.

Sou eu. Checando você regularmente. Ouvi dizer que você começou a conversar com as árvores. Você está bem? Sim? Não? Uma resposta de uma palavra é suficiente. Não precisa escrever *Game of Thrones*.

Sim, respondi.

— Bem-vindo ao *Brunch All-inclusive*.

Uma garçonete jovem com rabo de cavalo e um chapéu bonitinho nos entregou os cardápios.

— Almoço — disse Claire, irritada —, são quase duas horas. Já é almoço.

— Claire... — Olhei de canto para ela. — Deixa quieto.

— Sim, desculpe. — Ela afastou a jarra de mimosa. — Nada dessa porcaria de bebida incluída no preço, eu gosto do meu álcool com *álcool* de verdade. Vou querer um negroni, por favor.

— Oi!

A amiga da Margaret, Emily, havia chegado e nos levantamos para abraçá-la. Francesca e Molly foram as próximas a chegar, depois Helen e Kate e, finalmente, mamãe e Anna.

Virando-se para mim, Claire murmurou:

— Não sei o que é pior, um *brunch* ou um *brunch só de mulheres*.

— É aniversário da Margaret, ok? Deixa ela.

— Ei — disse Helen. — Tenho uma pergunta. Se meu bebê for uma menina, seria estranho chamá-la de Bella Devlin?

— Sim — respondeu Claire. — Você é maluca. Elas seriam *irmãs*.

— E ela se chamaria Bella Devlin Devlin — disse Kate.

— Calma... que bebê? — perguntou Anna.

De repente, eletrizadas com a ideia, todas nós estávamos encarando a Helen.

Que bebê?

Ela se mexeu desconfortavelmente.

— Sim. Seis semanas.

— Por que você não contou?!

— Não sei. Eu posso estar em choque.

— O que o Artie disse?

— Eu ainda não contei para ele.

— Helen!

— De qualquer forma, são seis semanas, o que na verdade significa apenas quatro. Isso não é nada. Não é garantia de...

Helen pareceu inesperadamente aflita. Seu olhar se voltou para o meu. Como se estivéssemos presas a um terrível abraço, o medo apertou meu coração.

Mais tarde, quando estávamos todas saindo, eu a segurei.

— Irmã, se você sentir alguma coisa estranha, *qualquer coisa*, me ligue, conte ao Artie, faça alguma coisa. Mas não ignore. Entendeu?

— Sim, tudo bem. Obrigada.

— Mesmo que seja algo bobo. Não se envergonhe do quão bobo possa parecer. Leve a sério.

— Mas com você não *houve* sinais?

— Pode ter havido. Talvez eu só não tenha percebido. Então não cometa os mesmos erros que eu.

— Ah, Rachel!

85

Liberty e Finley estavam na minha mente. Todos os Quinlivan estavam. Mas eu imaginava que os pais e os irmãos do Quin estariam mais preparados do que seus filhos para lidar com o meu desaparecimento abrupto de suas vidas.

Diante de como as coisas estavam se desenrolando, era provavelmente uma bênção que eu nunca tivesse assumido um papel parental adequado. Mas, nós nos dávamos bem. Eu gostava muito dos dois e parecia errado simplesmente desaparecer sem dar uma explicação.

Mas eu não tinha certeza do protocolo, até porque eu não tinha ideia do que o Quin havia contado a eles. Eu era "uma vagabunda traidora"? Ou ele disse apenas que a separação foi uma decisão unilateral dele? Aliás, Golden estaria nesse momento instalada na cozinha preto e branco do Quin, bebendo chá na "minha" caneca, ajudando-o a encontrar a embalagem de tahine?

Eu *realmente* não gostava da ideia, mas era impossível separar meu descontentamento por Golden de todo o cenário para estabelecer sentimentos mais precisos.

Várias vezes comecei a escrever e-mails para o Quin, perguntando se eu poderia entrar em contato com os filhos dele. Mas a lembrança daquela última manhã na entrada da casa dele, ambos confessando traições, lançava uma grande sombra sobre tudo o que tínhamos vivido. Havia tanto rancor que eu relutava em procurá-lo, com medo de receber mais do mesmo.

Algo mais estava me segurando: eu não tinha ideia se as coisas estavam encerradas para sempre com o Quin. Todos os dias eu ficava surpresa — quase em choque — com a ausência dele. Isso significava que eu o amava? Suficientemente para superar o que ambos tínhamos feito?

A única coisa que eu sabia com certeza era que eu não sabia de nada.

— BOM, OBRIGADA!

Era quarta-feira de manhã e as flores da Yara finalmente começavam a desabrochar. No domingo à noite, depois do brunch da Margaret, pensei ter detectado uma ligeira abertura dos botões muito cerrados. Na segunda-feira, nem tanto. Nem ontem. Mas, ao longo da última noite, grandes mudanças ocorreram.

Diga a ele.

Luke, as flores começaram a abrir. Ficarão boas no fim de semana. Tudo bem para você se eu fizer uma chamada de vídeo no seu sábado à noite, por volta das 23h30? Muito tarde? Bj

Não é muito tarde. Mas não é muito cedo para você acordar?

6h30? Você quer fazer mais tarde? Tudo bem para mim. L Bj

Tudo certo às 23h30. Conversamos então Bj

NO SÁBADO À noite, a árvore era uma explosão de pétalas rosa.

— Fique assim — avisei à Yara. — É melhor você estar *perfeita* amanhã de manhã.

Eu estarei, rsrs.

Pobre Luke, me oferecendo um horário mais tarde... Eu já estava acordada às cinco da manhã. O lado bom é que isso me deu bastante tempo para arrumar meu cabelo e minha pele e basicamente para ficar *linda*.

Relaxada, era assim que eu queria parecer. Agradável.

Ótima, na verdade. Eu poderia muito bem admitir. Era errado desejar isso, mas o coração quer o que o coração quer.

No jardim, a árvore parecia perfeita. Às 6h30 e, quase sem fôlego pela ansiedade, eu fiz a ligação. E lá estava ele, sorrindo.

— E aí? — Tive de lutar contra o impulso de abraçar meu iPad. — Como você está?

— Bem. Ótimo, na verdade. E então? Vamos ver a árvore da nossa menina?

Por um momento, a respiração ficou presa no meu peito pela intensa tristeza. Mas, ao virar a câmera, meu luto deu lugar a um certo orgulho.

— Maravilhosa, não é?

— Completamente! Mas é claro que é. *Ela* era maravilhosa.

Obrigada.

Depois de contornar a árvore duas vezes, voltei a câmera para mim.

— Vou te enviar toneladas de fotos. E você gostaria de algumas das pétalas?

Ele pareceu surpreso.

— Sim! Eu *adoraria*.

— Me manda seu endereço que eu envio.

— Certo, obrigado. E como foi sua semana?

Uma imagem de Helen piscou na minha cabeça e um segundo depois respondi:

— Foi boa.

Ele ficou imóvel.

— O quê? Algum problema?

Eu deveria contar?

— Helen está grávida.

— Meu Deus. Isso é... o mundo está preparado? E você se sente...? Gata, tudo bem sentir ciúmes e...

— Não é isso. Só estou preocupada que as coisas deem errado pra ela.

Desde que Helen anunciou a gravidez, essa ansiedade se instalou no meu peito.

— Existe algum motivo para pensar isso?

— Nenhum. As chances são pequenas. Só que eu sei que isso acontece. Quero dizer, eu *sei*, no meu corpo, se é que faz sentido?

Ele suspirou.

— Faz sim. Mas espero que tudo dê certo.

— Luke... Como assim sentir ciúmes? Você se sente assim?

— Eu? Não!

Nós dois rimos.

— Só que... Às vezes. Quando eu vejo Joey, tendo filhos em todo lugar...

— Quantos ele tem agora?

— Quatro. Eu sei, não é uma multidão. Mas ele mal vê o mais velho... Há momentos em que quero...

— Ser duro com ele?

— Aham, dar um sermão. Mas está tudo bem. Dói, mas está tudo bem.

— E quanto à sua mãe?

— Estou fazendo terapia, para processar melhor o luto.

— Você *está*?

Não entendi minha surpresa, afinal, ele me disse que tinha visto um terapeuta quando se mudou para Denver.

— Ah, sim! Este sou eu agora, Rachel! Assumindo minhas coisas.

Eu ri. Não pude evitar.

— O que mais está acontecendo com você? — perguntou ele.

— Vou visitar a Brigit no próximo fim de semana.

— Ah, que incrível! Como *está* a Brigit de Madison County? Ainda naquele lugar incrível?

— Ainda mais incrível agora.

— Rachel, você poderia fazer um FaceTime de lá? Ou seria muito estranho?

— Posso, claro. Posso te mostrar algumas mudanças. Eles converteram o antigo celeiro num estúdio, para workshops de ioga ou aulas de pintura. Aluguel de espaços, sabe? A esperança de uma nova carreira para a Brigit. Haverá uma escola de pintura mais para o fim do verão. Vou participar do projeto deles.

— Fazendo o quê? — perguntou ele, confuso. — Mediação?

— O quê?! Eu também tenho outras habilidades, sabia?

— Ah, eu *sei*.

— Vou ajudar a Bridge. Cozinhando para os hóspedes.

— O quê? Cozinhar? *Você*?

— Hahaha! Sim! As coisas realmente mudaram. Eu sei cozinhar agora.

De forma exagerada, ele piscou.

— Eu nem acredito.

Na época, nem eu, nem Luke sabíamos cozinhar. De vez em quando inventávamos de fazer algo bem rápido, algo que achávamos que sabíamos fazer, só para descobrir que não. Não sabíamos.

De repente, falei:

— Lembra da noite em que meus gerentes da Hope House vieram jantar?

— Se eu lembro? Meu Deus!

Eu estava buscando uma posição permanente e o medo me fez embarcar num menu muito ambicioso. Luke tinha sido meu assistente e nós dois estávamos completamente perdidos.

— Você gritava as instruções do livro — disse Luke. — O que você não parava de dizer mesmo, era...? Ah, "corte fininho! Luke, essas cebolinhas não estão finas o suficiente!".

— E você disse: "Elas estão tão finas que são praticamente invisíveis."

— Depois eu arranquei meu avental...

— Que eu te obriguei a usar...

— Joguei no chão e falei: "EU DESISTO!"

Tivemos um acesso selvagem de risos ao lembrar. Eu estava indefesa, ele também e a libertação foi feliz. Todas as emoções desconfortáveis contidas em mim desde o fundo do meu estômago, passando pela tensão apertada no meu peito, simplesmente se dissiparam. Foi maravilhoso.

Enxugando meu rosto, peguei meu celular. Meus olhos encontraram os de Luke e eu disse:

— "EU DESISTO!"

E a gargalhada recomeçou.

Quando recuperamos o controle, Luke falou:

— Nossa, não me lembro da última vez que ri assim. Então, preciso dormir e você precisa seguir com o seu dia. E nós vamos conversar no aniversário dela?

— Sim. Sim.

— Tente não se preocupar com a Helen.

— Obrigada. — Eu sorri, ainda em êxtase. — Se cuida.

E, com isso, Luke se foi.

Eu tinha imaginado...

Ou ele realmente *estava* flertando comigo?

Quando ele concordou que eu tinha habilidades além da mediação da terapia em grupo?

O brilho nos olhos dele? O jeito que ele disse: "Ah, eu *sei*."

Eu *tinha* imaginado?

Ou era assim que a amizade com ele seria?

86

Os últimos dez minutos da viagem eram sempre os mais bonitos. Em ambos os lados da estrada irregular surgiam rochas verde-acinzentadas ou campos que mergulhavam e subiam íngremes.

No céu, uma imensa extensão de cor malva ameaçava chuva — torrencial, pelo que parecia. Mas, em segundos, as nuvens mudaram para um cinza-azulado menos sombrio e, assim que cheguei à casa da Brigit, o sol brilhava.

Eu estive aqui com o Luke e estive aqui com o Quin e agora estou aqui sozinha.

Você sabe que não é um ou outro? De repente, Yara soava muito clara em minha mente. *Não precisa ser uma escolha entre Quin e Luke. Você pode ter uma vida muito feliz sem nenhum deles.*

Cerrrrto. Tive que me sentar por um momento, para absorver a sabedoria dela.

Brigit surgiu, correndo de braços abertos. Foi maravilhoso vê-la.

— Você está adiantada!

Ela me pegou em um abraço apertado e nós meio que dançamos, meio que lutamos no quintal dela.

— Não estou, mas você conhece minha teoria.

Que era que as garotas, ex-moradoras da cidade grande, exageravam abraçando toda essa coisa mágica e misteriosa de Connemara, onde o tempo era elástico. Os forasteiros sempre eram os piores infratores.

— O que está acontecendo com o seu cabelo? — perguntei.

— Peguei um daqueles sprays Krazy Kolours no Dealz, só tinha carmim. Ele escorre na chuva. Você provavelmente vai ver em ação mais tarde. Então vamos entrar. A gente almoça e depois vai até a Femke pegar um vidro de harissa de rosas.

Sempre que eu a visitava, a maior parte do meu tempo parecia ser gasto no banco do passageiro do jipe de Brigit, percorrendo Maumtully, deixando e pegando coisas. Era um bilhão de vezes mais agradável e afetivo do que qualquer dia de spa forçado ou chá da tarde.

— Femke é aquela mulher holandesa incrível da mansão?

— Essa mesma.

Entramos na casa de vidro dos sonhos, onde dei abraços em Colm e nos quatro filhos: Lenehan, de quinze anos, doce e direto; Sully, de catorze anos, charmosa e confiante; Ree, de dez anos, tagarela e malandro; e Queenie, de nove anos, desconfiada e hilária.

Brigit colocou um pão em cima da mesa.

— Mel e nozes. — Em seguida, uma pesada panela de cerâmica. — Sopa de legumes.

— Você que fez? — perguntei.

— Você está *louca*? Lembra do Arthur Ankles? — Um ex-jogador de futebol galês que teve um colapso e se retirou do mundo. — Ele está trabalhando no hotel agora, virou chef. É ótimo com sopas e pães. Meu Deus, e os biscoitos de aveia dele?

Do lado de fora, sob a luz do sol, o verde era cor de esmeralda viva e, quando a luz diminuiu, a paisagem se transformou num verde-sálvia suave.

— É ridiculamente bonito aqui.

— Tente dizer isso num dia de novembro — falou Colm. — Quando está chovendo há uma semana e meia e o caminhão de vinho do Lidl está atrasado.

— Hahaha. Você só está dizendo isso por vergonha de como sua vida é maravilhosa.

Assim que terminamos de comer, Brigit me levou até o jipe coberto de lama e partimos em alta velocidade pela estrada irregular. Na virada da península, uma grande praia surgiu, grãos de areia branca soprando ao vento. Além dela, havia uma ampla extensão de mar que parecia um campo de diamantes cinza-prateados.

— A maré está baixando — disse Brigit, virando bruscamente em direção à cidade.

Na rua principal, passamos por um homem esguio em frente à loja de ferragens. Brigit exclamou: "Padraig" e parou de repente.

— Só preciso devolver a roupa de mergulho dele. — Ela pulou do jipe. — Dois segundos.

Eu a segui porque sabia que uma entrega de roupa de mergulho de dois segundos se transformaria em quinze minutos de conversa animada. Tudo bem por mim, eu estava de férias.

Padraig trazia muitas novidades: havia acontecido uma "confusão" na loja de laticínios; o hotel tinha oferecido um contrato para Arthur Ankles até o Halloween e as "autoridades" estavam preocupadas com uns "jovens" vindo de Dublin para o feriado de agosto. Aparentemente, eles não queriam "uma repetição do ano passado".

Cerca de cinco minutos depois, começou a chuviscar, mas nem Brigit nem Padraig perceberam. Minha teoria era que, morando aqui por mais de meio ano, a pessoa desenvolvia um revestimento repelente à água. Não totalmente impermeável — você não sobreviveria a um mergulho num barril cheio de água da chuva, por exemplo —, mas a garoa não penetrava mais.

Depois que — finalmente — nos despedimos de Padraig, pegamos dinheiro no caixa eletrônico, fomos à farmácia comprar remédio para Ree, pegamos uma tomada para o enleirador do sogro da Brigit e depois fomos à mansão da Femke, onde nos ofereceram bebidas quentes de uma máquina desenhada por Dolce & Gabbana.

Voltando pela antiga estrada de turfa, de repente eu falei:

— Bridge? Eu já te agradeci por ter salvado a minha vida? Vinte anos atrás?

— Sim — disse ela, parecendo surpresa. — Muitas vezes. Por quê?

— Eu só queria dizer isso de novo.

— Está bem. De nada. É o fato de estar em contato com o Luke, não é? Está trazendo lembranças de volta?

— Você acha que vou ficar bem?

— Você já *está* bem. Olha toda essa liberdade que você tem.

— É, você está certa, Bridge! — De repente, eu entendi. — Eu posso fazer qualquer coisa com a minha vida.

— Tipo o quê? Vamos lá, Rachel, me conte.

Isso era o que costumávamos fazer quando morávamos juntas: construíamos futuros bonitos uma para a outra.

— Tudo bem. Eu iria para Londres, onde faria amizade com alguma velha rica, viveria de favor em um apartamento, seja lá o que for isso. Ela terá um estoque gigante de bolsas vintage fabulosas. Chanel, Hermès, Goyard, mais Chanel...

— E ela te dará as bolsas? — perguntou Brigit.

— Ah, *até parece*. Isso é um devaneio, mas nada é tão fácil assim.

— Entendi! Ela está em situação financeira difícil, sei lá, uma briga com o filho dela, ou algo assim. Você propõe que ela venda algumas das bolsas...

— Mas ela ficaria abalada de ir até a loja de troca local, então eu anunciaria todas na internet. Eu comandaria tudo, subiria as imagens no site, configuraria a conta do PayPal, lidaria com toda a administração...

— Colm poderia ajudar com a tecnologia.

— Seria útil, obrigada. Então a velha...

— Qual é o nome dela? Algo pomposo. Perséfone?

— Perfeito. Então, Perséfone ficaria impressionada. Mas diz que não vai me pagar...

— Ela é avarenta? Pessoas ricas costumam ser.

— Bom, não, ela está *dura* por causa da disputa com o filho. Mas ela me dá uma bolsa de graça em troca de cada dez que eu vendo.

— Ah, não dez, Rachel! A cada oito.

— Vamos fazer sete. Seis, então. E eu sempre pegaria uma Chanel.

— Eu não posso acreditar que houve um tempo em que marcas eram importantes para mim...

— Você é um ser evoluído, Bridge.

— Mas ainda estou feliz por você.

— *De qualquer forma*, em algum momento, Perséfone vai morrer e eu não quero ficar triste.

— Talvez ela não fosse muito legal? Odiasse irlandeses? Só deixava você entrar no apartamento porque pensava que você era escocesa?

Isso me fez rir muito.

— Então, eu descobriria que ela teria deixado todas as bolsas não vendidas pra mim em seu testamento. Eu me sentiria um pouco culpada. Embora eu tenha ido ao enterro dela.

— A única pessoa além do podólogo dela...

— Mas eu teria cinquenta bolsas Chanel e como eu poderia ser qualquer coisa além de gloriosamente feliz? Bridge, eu vou ficar bem!

De volta à casa, depois de um breve aguaceiro furioso, o sol saiu novamente, o mundo inteiro parecendo limpo e fresco.

— Agora seria um bom momento para ligar para o Luke — disse Brigit. — Antes da próxima chuva.

Eram onze da manhã em Denver, mas Luke atendeu, parecendo sorridente e encantado.

— E aí?

— Pensei que você pudesse estar andando a cavalo.

— Nada. Fiquei sentado aqui a manhã toda esperando sua ligação.

Eu ri.

— Aqui está a Bridge — falei, e passei o meu iPad pra ela.

— Luke. — A voz dela estava chorosa. — Sinto muito pela sua mãe. Eu mandei um cartão para o endereço do seu irmão... você recebeu? — Lágrimas corriam livremente pelo rosto dela. — Ah, estou bem — disse ela, agora rindo. — Só uma crise de nostalgia. É tão *bom* te ver. Você sempre será meu TBT favorito dos anos 1970.

— Marrenta — respondeu Luke.

— Magenta.

— Calorenta.

Brigit até roncou de tanto rir e respondeu:

— Bolorenta.

— Muito booooom — disse Luke.

— Vem me visitar, poxa. Venha algum fim de semana que a Rachel estiver aqui. A gente faz um encontro. Estamos na meia-idade agora, é isso que pessoas de meia-idade fazem. Encontros. Você vem? Promete?

— Brigit! — Eu me levantei e peguei o iPad dela. — Desculpe — pedi ao Luke. — Não ligue pra ela.

— Você está me desconvidando, Rachel?

Caramba, às vezes toda essa brincadeirinha era tão cansativa. Às vezes, isso realmente me deixava triste.

— Depois você discute isso com ela. E então? Gostaria de fazer um tour pelas mudanças aqui?

— Sim, seria ótimo.

Atravessando o terreno irregular e acidentado até o antigo galpão de vacas convertido, mostrei a ele o local e, depois, eu o levei até a divisa.

— E o nosso lago? — perguntou ele. — Vai ter tempo para ir lá?

De repente, as insinuações de Kallie sobre a grande notícia que mudaria a vida dela vieram à minha mente e destruíram qualquer alegria restante.

Eu não queria me lembrar do nosso lago mágico porque, apesar de ter sido onde ele me pediu em casamento, no fim acabamos nos divorciando.

Incapaz de fingir leveza, falei:

— Só foi nosso lago por um breve momento.

— Tudo bem. — Luke também parecia desanimado. — Falamos em breve.

87

Meu humor permaneceu baixo. Quase na mesma hora que voltei da casa da Brigit, outra foto do Luke apareceu no Insta da Kallie. Com os cotovelos apoiados atrás dele, na barra superior de um portão alto, ele estava de jeans, camisa xadrez e óculos de sol. Ao lado do Luke apareciam dois cavalos enormes e a legenda era: "Sempre mais feliz quando passo um tempo com esses animais atraentes."

Não era uma foto posada, Luke estava olhando para longe. Mas, ainda assim...

— É ambígua — disse Claire. — Ela pode ter tirado uma foto sorrateira, como a louca perseguidora que ela é...

— Claire, ela honestamente não é...

— Olha. Por que você simplesmente não dá uma de adulta e pergunta se eles ainda estão juntos?

Porque, se eles estiverem, eu não acho que conseguiria suportar.

— Pelo menos ela não fez mais aquela baboseira toda de "Boas notícias em breve, envie pensamentos positivos e orações" — brincou Claire.

Mas, no *dia* seguinte, Kallie estava de volta nos stories, toda alegre e radiante.

"Oi, pessoal! Ai, meu Deus! Eu preciso de *toda* a energia positiva de vocês. Sinto muito mesmo por não poder contar ainda! Apenas confiem em mim que fi-nal-men-te está acontecendo muita coisa boa. Muita, *muita* coisa. É superdifícil não contar, mas eu tenho que fazer do jeito certo."

Depois de assistir ao vídeo umas nove ou dez vezes, eu ainda assim não tinha mais informações. Ela estaria postando isso nos *stories* se estivesse falando sobre morar com o Luke, sabendo que o Luke veria?

Mas talvez ele não veja. Ele não tem conta no Instagram.

Meu Deus, eu estava exausta de tanta incerteza. Talvez Claire estivesse certa e eu devesse simplesmente falar com ele.

Mas decidi não fazer nada. Era muito mais agradável ficar num lugar imaginário onde todas as coisas ainda eram possíveis.

Cerca de uma semana depois, numa noite quente de junho, Luke mandou uma mensagem.

Desculpe se não for um bom momento. Você pode fazer uma ligação rápida? FaceTime? Bj

Mal conseguindo pressionar as teclas, respondi:

Me ligue pelo FaceTime agora Bj

Momentos depois, meu iPad começou a emitir sons de notificação. "Luke?"

— Oi, Rachel. Então, eu queria falar sobre uma coisa com você. Daqui a algumas semanas, estou indo para Dublin. Só por alguns dias, tenho reuniões. Adoraria ficar mais tempo, mas preciso voltar. Você teria tempo para... Será que... Poderíamos nos ver?

Respirei fundo, imersa em vários pensamentos conflitantes. Superficialmente, era uma oportunidade tangível de demonstrar nossa transição para amigos e descobrir se aquela noite juntos tinha sido mesmo só uma experiência curativa.

Mas, enquanto estivéssemos separados por sete mil quilômetros, Luke e eu permanecíamos suspensos numa bolha sem fatos, na qual eu podia fantasiar sobre estarmos juntos de novo e nada poderia me contradizer.

Quando nos encontrássemos pessoalmente, esse e/ou teria que parar.

— Quais são as datas? — perguntei.

— Segunda-feira, nove de julho, tenho que voar de volta no dia onze.

— Ah. — Houve um súbito sentimento de decepção, que também era de alívio. — Eu estarei na Transilvânia.

— Transil... o quê? O país do Drácula?

Na minha cabeça, ouvi a voz do Quin. *Rach*, esse *caipira maldito*! Esse *é o cara que você acha que quer*?

— Drácula é um personagem, Luke. Parece mais emocionante do que é, mas não posso cancelar. Longa história, Quin e eu reservamos meses atrás, com nossos amigos Taryn...

— Ei, ei. Tudo bem. Se acalme. A gente se vê na próxima vez que eu estiver na cidade. — E disse depois: — Vampiros, hein? O melhor que eu poderia te dar era a Riviera dos caipiras.

— Mas foi lin...

— Pare. — Ele foi gentil. — Eu estava brincando. Falaremos no aniversário dela.

88

— Os sapatinhos que ela usava no hospital. — Eu segurei as meias minúsculas na direção da câmera. — Um cachinho do cabelo dela. — Com cuidado, peguei itens da caixa de lembranças da Yara, tudo tão frágil e precioso. Uma pilha de papeis apareceu. — Todos os meus exames. E, se lembra disso? — O móbile de coelho para pôr sobre o berço. — E estes? As sapatilhas de bailarina de cetim que você comprou pra ela, lembra?

— Ah, meu Deus, sim. — A voz dele estava embargada.

— Luke, você poderia ter levado algumas coisas quando partiu.

Ele negou com a cabeça.

— Eu já me sentia muito culpado. Tinha a minha parte das cinzas dela. Foi o suficiente.

— Você fez algo com elas?

— Ainda não. Estou esperando pelo lugar certo.

— Não sei se você se lembra, mas as enfermeiras fizeram impressões dos pezinhos dela. Há alguns anos, eu pedi a um joalheiro para reproduzi-las. Olha.

Mostrei duas pequenas versões de prata dos lindos pezinhos da Yara, lindos e pesados no centro da minha mão.

— Ah, meu Deus. — Luke parecia emocionado.

— Vou mandar fazer um par pra você, ok? E a cópias dos exames. Mando tudo assim que estiverem prontos. Mas pode demorar um pouco. O joalheiro levou cerca de dois meses para fazer esses aqui.

— Obrigado...

— Não, Luke, obrigada a você. Eu... Eu gosto de ter alguém com quem compartilhar este dia.

— O que você fez nos outros anos?

— Trabalhei no jardim. Peguei a caixa de lembranças. Chorei. — Eu quase ri. — Você sabe como é. E você?

— Cavalguei no Shadow, fui para as montanhas. Estar lá, na solidão, acho que coloca as coisas mais em perspectiva. Que tipo de pessoa você acha que ela teria sido?

— Como você, eu esperava. Você é tão bom quando está contente e... Bem, ao menos você era. Talvez seja diferente agora?

Seguiu-se um longo silêncio.

— Nossa, eu não sei como responder a isso.

— Você não parece insatisfeito? Irritadiço? Sempre procurando algo melhor?

— Eu nem sempre estou procurando algo melhor. Se tenho algo bom, sou grato por isso.

— Aí está você, então. Sabe, Luke, eu não queria que ela fosse como eu. Eu estava preocupada que ela se tornasse dependente também.

— Se ela fosse, você não teria como evitar. As pessoas têm que seguir o próprio caminho.

— Eu sei, mas eu não queria que ela passasse por esse sofrimento. E eu não queria causar mais preocupação a você, você já tinha passado o suficiente comigo.

— Ei. — A voz dele era gentil. — Não foi tão ruim assim.

— Ah, não diga isso. Eu te causei tanta dor que você fugiu para Denver.

— Você não conseguia evitar. — Luke parecia angustiado. — Eu estava pensando... Talvez no próximo ano você e eu poderíamos nos encontrar em Nova York? No Brooklyn?

Eu me senti como se cem adagas tivessem sido enfiadas nos meus pulmões.

— Luke, eu não conseguiria... — Doeu para respirar. — Honestamente, essa é a coisa mais triste que consigo imaginar. Estar de volta lá com você, onde já fomos tão felizes...

— Desculpe. — Ele parecia alarmado. — Pensei que pudesse ajudar.

— Eu estou bem. De verdade. Mas aqueles anos, antes de tudo dar errado... Fico meio horrorizada por não saber na época o quanto ridiculamente feliz eu era. No meu leito de morte, tenho certeza de que esses anos vão se destacar como a melhor parte da minha vida.

— É, te digo o mesmo. Nós não tínhamos ideia do quanto éramos abençoados.

Criando coragem, perguntei:

— O que foi que tornou tão... especial?

Depois de uma pausa ponderada, ele respirou fundo.

— Não foram as coisas óbvias. Eu gostava de você, Rachel, sempre gostei, você sabe disso, mas não era aquela coisa clichê da paixão, montanhas-russas. Era o oposto. O que você me deu foi... acho que a palavra é *alívio*. Lembra da sensação de ser criança e se perder da mãe na multidão, só por um momento? A gente começa a entrar em pânico e de repente a gente a vê. Lembra disso, tipo, um *ufa* de alívio?

Havia um nó na minha garganta.

— Tem gente que gosta de drama. Veja o Joey. Na verdade, não veja. O cara é um desastre. Mas você me acalmava.

— Eu te acalmava? Isso é muito... — Era difícil falar. — Mas agora que você disse isso... Sempre que eu te via, antes mesmo de o meu cérebro registrar, minha alma dizia "Tudo está bem porque o Luke está aqui". Você é muito... certinho. E acho que é mais... inflexível do que outras pessoas. Eu sempre sabia onde eu estava com você. Eu amava isso.

Luke era um homem descomplicado e, com ele, eu tinha caminhado em direção à segurança muitas e muitas vezes.

— Fomos sortudos, não fomos? — perguntou ele.

— Muito.

— Não chore porque acabou...

— Sorria porque aconteceu. — Minha voz vacilou.

— Sobre "aquela noite". — Ele hesitou nas palavras. — Você estava certa sobre ser curativo. Eu tinha avançado bastante sozinho, mas, acho que sinto mais paz agora.

— Eu também. Perder a Yara sempre estará presente, como uma... uma bola de pregos rasgando a pele. Faz parte de cada decisão que tomo e de cada relacionamento que tenho. Mas recentemente tem ficado... mais leve? Menor? Eu sempre vou amá-la, mas a perda dela está começando a se integrar à minha história.

— Temos muito a agradecer.

Essa era a maneira certa de olhar as coisas.

— Aproveite a Transilvânia — desejou ele.

89

Eu *realmente* aproveitei a Transilvânia.
Mais ou menos.

Taryn e Timothy eram ótimos companheiros, as montanhas e os lagos eram deslumbrantes, as pessoas e a comida, encantadoras, mas experimentei duas versões paralelas de tudo. Uma era a realidade, mas, na outra, eu estava acompanhada por um holograma invisível do Quin, que oferecia opiniões, pensamentos, contradições e direções.

Cada passo que eu dava, cada pedaço de comida que eu comia, ele estava comigo.

Tanto que, na penúltima noite, deitada sobre roupas de cama estranhas, numa pensão estranha, numa terra estranha e bonita, eu me levantei da cama, de repente, *certa* de que estava fazendo a coisa certa, e mandei um e-mail para o Quin, perguntando se ele se encontraria comigo quando eu chegasse em casa.

Eu estava confusa sobre o que esperava exatamente — talvez apenas verificar se ele estava bem — mas, me sentindo mais calma do que havia me sentido em um bom tempo, dormi bem. Na manhã seguinte, me joguei no celular, esperando que ele tivesse respondido, mas nada.

Ainda era cedo, porém. Talvez ele ainda não tivesse acordado.

Durante a caminhada daquele dia, enquanto nos movíamos dentro e fora do espaço coberto, continuei checando a caixa de entrada. Ainda nenhuma resposta dele. Ele poderia estar fora, trabalhando. Às vezes, o trabalho era tão intenso que tudo o mais era deixado de lado.

No entanto, quando meu avião pousou no Aeroporto de Dublin, tive que encarar a realidade: eu não teria notícias dele.

Desanimada e confusa, eu já não tinha certeza se era isso o que eu queria. Senti como se sentisse mais falta do Quin na Romênia do que em Dublin — o que não fazia sentido, além de demonstrar que, depois de três meses, eu ainda não tinha ideia do que era o certo para mim.

Mas nem tudo foi ruim. Desde o aniversário da Yara com o Luke, definitivamente houve uma cura mais profunda. A perda tinha suavizado e todo o meu ressentimento em relação a ele evaporou.

Havia até alguns momentos fugazes quando, o que eu secretamente chamava de Meus Pensamentos e Sentimentos Importantes, eles diminuíam até desaparecer. Visto por um lado cósmico, minha vida não era notável ou importante, ela simplesmente era.

Nesses vislumbres, tudo parecia exatamente como deveria ser: belo e ruim; doloroso e bom. Querer que as coisas fossem diferentes não mudaria nada. O que aconteceu na minha vida era o que deveria acontecer e meu único trabalho era aceitar isso.

Mas havia outros momentos em que eu entrava no Insta de Kallie Lampart, examinando cada postagem, procurando pistas sobre Luke e ela.

Eu tinha uma aliada em Claire, o que não era necessariamente saudável. Isso ficou claro no dia seguinte ao meu retorno da Romênia, no chá de aniversário de Molly. Claire, em um vestido "tipo festa no jardim" excessivamente engomado, me cumprimentou com sanduíches de pepino e um sorriso.

— Três semanas desde a última foto dele com um cavalo!

— O que é isso agora?

As antenas da Helen se levantaram. Ela se aproximou de nós, com a mão na parte inferior das costas, como se estivesse grávida de dois anos em vez de catorze semanas.

— Nada — respondi correndo.

Helen nunca tinha nada de bom para dizer sobre o Luke. Nunca. Porém, tarde demais, Claire estava explicando, e então Helen começou a examinar a *timeline* da Kallie.

— Costello não gosta de ser fotografado, *isso é* óbvio — atestou Helen. — Mas não há nada aqui que diga que eles não estão juntos. Essa Kallie é uma dramática que postaria um monte de "Eu e minhas amigas bebendo daiquiris de morango" sempre que fosse dispensada...

— Você não sabe nada sobre ela — protestei.

— Eu estou grávida — declarou Helen fervorosamente. — Não cega! As evidências aqui dizem que ela ainda é a garota do Costello.

O pensamento me fez querer chorar.

— Eles provavelmente estão lá fora no deck dele — admiti. — Fumando haxixe, dançando ao som dos Doobie Brothers, se divertindo muito.

— Doobie Brothers? — Helen já estava pesquisando. — Quem são esses?

Em seguida, o telefone dela começou a tocar "Long Train Runnin'", atraindo olhares surpresos de todos no jardim.

— Caramba, sim! — Helen estava se divertindo. — Posso *muito bem* imaginar o Costello lá fora, dançando loucamente com essa música.

Não diga isso. Por favor.

Mais tarde, quando quase todos tinham ido embora, ela me puxou para o lado.

— Eu não deveria ter dito que o Costello ainda está com aquela dramática. Eu estava tentando ser durona por você, mas não era isso que você queria?

— Bem, eu...

— A questão é que eu... é, eu tendo a *guardar rancor.*

Ah, jura?

— Você diz que teve uma recaída e não foi culpa dele ter te deixado. Isso é muito complicado pra mim.

— Aham.

— Eis os fatos: eu gosto de guardar rancor, não gosto de desistir dele. Mas, mesmo sendo uma excelente detetive particular, não dá pra ter certeza do que está acontecendo entre eles. Aquelas fotos podem ser enganosas. Rachel, eu... eu *peço desculpas.*

Um pedido de desculpas da Helen era um grande acontecimento. Mas não fez diferença porque eu estava aceitando que era hora de seguir em frente.

O homem dos meus sonhos não era o Luke atual, mas um diferente, de muito tempo atrás, antes de eu engravidar, antes de eu ter uma recaída, antes de a vida nos torcer e nos moldar em versões menos inocentes de nós mesmos. A ironia era que o Luke por quem eu estava obcecada não teria feito sexo comigo, não enquanto tivesse uma parceira.

Minha paixonite tinha durado tempo demais. Agora só estava me deixando triste. Era hora de acordar para a vida, de ser grata por todo o bem que tinha vindo ao encontrá-lo novamente, por ele ser meu amigo.

90

Cerca de uma semana depois, quando o nome dele apareceu no meu celular, meu coração se encheu de alegria. Sim, Roma não foi construída em um dia. Da próxima vez, eu me sairia melhor.

— Oi! — falei.

— Oi, você! — E lá estava o rosto lindo dele. — Então, estou indo para a Irlanda novamente por alguns dias.

— Ah! Que legal.

Ou talvez não. O tempo diria.

— Vamos nos encontrar? Estarei aí de catorze a dezessete de agosto.

— Ah, eu estarei com a Brigit! Trabalhando no acampamento de verão dela.

— Poxa, será que vamos nos ver de novo algum dia? — Ele tentou soar brincalhão, mas soou verdadeiramente aborrecido.

— Não dá pra você mudar as datas?

— Não. É questão uma jurídica, envolve outras pessoas.

— O testamento da sua mãe?

— O quê? Ah, não. Nada disso.

Seguiu-se uma pequena pausa estranha.

Será que ele queria que eu perguntasse por detalhes? Senti que sim, mas, e se eu estivesse apenas projetando que ele quisesse? Isso seria muito constrangedor?

— Então... — falei. — Você vai estar aqui no Natal?

Como tentativa de reiniciar a conversa, isso foi fraco: o Natal estava a cinco meses de distância. Mas, me surpreendendo, ele disse:

— Vamos para Malta, todos nós. O primeiro Natal sem a mamãe, ninguém quer tentar recriar os jantares de Natal da Marjorie, pelo menos não este ano, é muito triste. Vamos para o sol em vez disso. Ideia do papai. Ele colocou Vanessa no comando, pobre coitada. — E, em seguida, ele disse: — Você gostaria de ir junto?

— Hahaha.

— É sério. Seremos dezenas de nós. Devin e Kate vão. A namorada do filho do Mattie e o namorado da filha da Vanessa também. Ninguém vai perceber uma pessoa a mais.

A Kallie vai? Ainda estão juntos?

— Tanta gente confirmou, depois desistiu, depois confirmou de novo que certamente vai haver alguma cama sobrando.

Pergunte a ele, Yara gritou. *Pelo amor de tudo que é sagrado!*

— Hahaha — repeti sem entusiasmo.

— Bom, pense a respeito.

Dessa vez nem me dei ao trabalho de fingir estar rindo.

— Olha só, eu já vi com a joalheira, ela terá as duas peças prontas talvez em sete semanas. Mando para o mesmo endereço para onde enviei as pétalas?

— Ah — disse ele, parecendo surpreso. — Não, Rachel. Não. Vamos ver... Você poderia enviá-las para o Justin? Provavelmente é mais seguro.

— Posso mandar por FedEx se você estiver preocupado que elas se percam no correio?

— Não. Ah... não. Só...

— Ah? — Então algo me deu coragem para perguntar. — Você está... se mudando?

— Estou.

Para a casa da Kallie?

Pergunte!

Rachel, pelo amor de Deus, pergunte a ele!

Depois de uma longa e desconfortável pausa, ele falou:

— Como está a Helen?

Ele sempre perguntava, e eu gostava. Ninguém mais parecia preocupado. Mas, por que estariam? Helen estava bem.

91

— Oi.

Sorri para uma mulher que parecia vagamente familiar.

Eu tinha passado numa reunião do NA numa quinta-feira à noite em Blackrock. Não era uma das minhas habituais, mas funcionava tão bem quanto qualquer outra.

— A cozinha é ali — disse um cara, apontando para o canto da sala.

Depois de preparar uma xícara de chá de camomila, eu estava procurando uma cadeira quando *senti* algo atrás de mim. Virei e vi um grupo de rostos radiantes que, para minha surpresa, eram de Chalkie, Bronte, Giles, Roxy e Lowry.

— Rachel! — exclamou Bronte. — É você mesma?

— O quê...? — Giles parecia estupefato pelo choque. — Por que você está aqui?

Olhei para Chalkie, que discretamente fez um gesto de fechar um zíper imaginário sobre a boca. Claramente, ele não havia contado aos outros sobre minha recuperação.

— Pelo mesmo motivo que vocês — respondi ao Giles.

— Isso é novidade? — Roxy estava absolutamente chocada. — Ou...

— Não é.

Sorri. Isso era engraçado. Muito legal. Fiquei feliz em vê-los. Mas meu primeiro pensamento quase foi *será que está rolando algo entre Chalkie e Bronte?* Era difícil dizer apenas olhando para eles.

— Podemos falar com você? — perguntou Lowry.

— Claro que podemos, idiota — disse Chalkie. — Somos todos iguais no NA.

— E *fora* do NA — completou Giles.

Chalkie concedeu a ele alguma aprovação relutante.

— Ainda vamos fazer de você um socialista.

— Você, com certeza, não vai.

Eu sorri para os cinco.

— Todos vocês parecem ótimos.

— Limpos e serenos — disse Chalkie. — É assim que estamos.

— Por que estão todos juntos esta noite?

— Fazemos isso o tempo todo! — respondeu Roxy.

— Turistando — disse Lowry. — Mudando os ares. Experimentando muitas reuniões diferentes.

— Somos amigos — completou Chalkie. — Bons amigos. — E, me observando, ele sussurrou: — Só isso.

Certo. Bom. Era o mais correto para ambos.

— Vocês têm contato com...?

Então, desejei não ter perguntado. Pelo menos um dos filhotinhos recentes não teria conseguido.

— Dennis e eu trocamos mensagens — falou Bronte. — Ele vai ficar *bouleversé* quando souber que encontramos você.

— Eu tenho contato com a Trassa — disse Giles. — Ela está indo bem. *Muito* bem. E Harlie está bem, também. Sóbria. Indo ao AA.

Um silêncio constrangedor se seguiu.

— Mas a Ella... — disse Chalkie. — Ella... ah. Voltou para os comprimidos.

Meu coração foi parar nos meus dedos dos pés.

Mas acontece. Nem todos que vão para a reabilitação estão prontos ou são capazes. Ou dispostos. Talvez o momento de Ella chegue em outro ano, quem sabe.

E talvez nunca.

Isso era a dependência, essa é a feia verdade sobre ela. Algumas pessoas nunca se recuperariam.

Enquanto isso, havia cinco delas aqui esta noite que estavam se recuperando e eu desempenhei um papel nisso. Eu tinha muito pelo que ficar feliz.

— Senta aqui com a gente — pediu Chalkie, me encorajando a entrar no meio do grupo de cadeiras deles.

— Todo aquele tempo que você conduziu o grupo — refletiu Bronte. — Você estava em recuperação?

— Estávamos apavorados com você — admitiu Giles.

— E meio *obcecados* — disse Roxy. — Perguntando o que você fazia quando não estava nos assustando.

— Se você tinha um gato?

— Um namorado?

— Uma namorada?

— Onde você comprava seus tênis...?

— Não é de admirar que você fosse tão boa nisso. — Bronte ainda estava pensando sobre minha dupla identidade. — Todos os terapeutas estão em recuperação?

— No Claustro? Acho que sou a única no momento. Mas teve a mulher que foi minha terapeuta quando eu estive lá...

Isso os fez gritar.

— Você também foi internada no Claustro?!

— Sim. — Eles eram tão fofos. — *Ela* estava em recuperação.

Irmã Josephine. A maior de todas.

Ela se foi há quase dez anos, tendo ajudado literalmente centenas de nós a ficar limpos e sóbrios. Ela ainda é minha inspiração todos os dias.

92

Quatro noites depois – numa segunda-feira –, entrei no estacionamento de Dundrum, dirigindo-me para o Aldi. Eu tinha vinte minutos antes de o supermercado fechar.

Passando apressadamente pela Marks & Spencer, indo até o último andar, o shopping excessivamente iluminado estava quase vazio. Alguém uma vez me disse que esse era o melhor momento para fazer as compras semanais.

Atrás de mim, alguém chamou:

– Rachel?

Virei-me. Dentre todas as pessoas desse mundo... Quin.

– Ei!

Espontaneamente, eu o abracei. Sorrindo para ele, declarei:

– É tão *bom* te ver.

Em tons menos excitados, mas ainda amigáveis, ele falou:

– E é tão bom te ver.

Ficamos sorrindo um para o outro, o que era estranho porque nosso último encontro tinha sido absolutamente horrível.

– Como você *está*?

– Estou... – Ele teve que pensar sobre isso. – Estou bem. E você? O que está fazendo?

Retirei as mãos dos ombros dele, eu não deveria estar tocando nele.

– Indo para o Aldi. E você?

– Entrando aqui – respondeu ele, e apontou para a Marks & Spencer.

— Claro que está. — Eu tinha acabado de lembrar quem me deu a dica sobre as compras de segunda à noite. Quin! Quem mais?

— Você tem tempo para tomar alguma coisa? — perguntou ele.

— Claro. Onde? Ah, com certeza você conhece um lugar fabuloso.

Ele lançou um olhar de caçador pelo corredor excessivamente iluminado.

— O melhor que posso pensar é o café da House of Fraser. Nossa, não estou acreditando que acabei de dizer isso.

— Hahaha, vamos lá.

— Honestamente, eu preferiria me sentar num pub e beber muitas garrafas de Buckfast. Deve haver algum lugar melhor... Já sei. Fica a cinco minutos a pé daqui. Você topa?

— Claro.

Escapando do monólito de vidro e cromo, seguimos pelas ruas originais de uma cidade pequena como Dundrum.

— Por aqui, Rach.

Quin empurrou uma porta baixa na rua principal e me conduziu por um pequeno pub até um pátio repleto de flores. Muito tranquilo, meio vazio nesta noite de verão.

— É lindo. Por que estou até surpresa?

— Obviamente, você tem saído com o tipo errado de cara. Bebida? Água com gás?

Em instantes, Quin voltou com uma garrafa de IPA e um copo com água. Ele se sentou em frente a mim.

— Obrigada, eu...

— E então? Você e seu ex-marido?

Deus. Nenhuma formalidade, direto ao ponto? Tudo bem.

— Ele voltou para Denver. Foi só... Uma coisa isolada, sabe?

Um choque de tristeza iluminou os olhos do Quin.

— Então foi tudo em vão.

Não exatamente. Luke e eu não retomamos de onde paramos todos aqueles anos atrás, mas algo de bom surgiu daquela noite juntos.

Quin soltou um pigarro e depois me encarou.

— Você meio que... me quebrou, sabe?

— Eu não queria isso. Desculpe. Eu estava, *estou*, muito arrependida por te machucar.

— Eu senti muito sua falta. Foi difícil por um tempo. Eu te amava, sabe. Você alguma vez... sentiu...?

— Eu te amava *mesmo*.

— Mas?

— Eu não estava pronta. Para me comprometer totalmente. Eu estava presa, como a Nola dizia.

Em silêncio, ambos olhamos para a mesa. Comecei a circular um nó na madeira com minha unha.

Quin disse baixinho:

— Me desculpe, Rach. Em uma vida cheia de erros, transar com a Golden foi o mais errado de todos.

— Quin, não. Foi *minha* culpa.

O lance com a Golden me chocou e me feriu. Mas, desde nossa primeira noite em Barcelona, Quin intuiu o que eu não conseguia encarar: que eu tinha me apaixonado por Luke novamente. Quin estava se debatendo em dor, ele não conseguia evitar.

— Eu deveria ter me mantido longe do Luke. Qualquer um podia ver que era perigoso e eu fiz mesmo assim.

Ele suspirou profundamente.

— Eu tentei muito ser o cara que não está nem aí.

A ponta do meu polegar se movia em círculos furiosos na mesa.

Com a cabeça baixa, Quin falou:

— Eu fiquei de boa durante a primeira semana, ou algo assim, que ele estava por perto, depois comecei a me sentir como nos dias, meses, seja lá o que foi, quando a Shiv parou de me amar e eu estava tentando não saber. Quando você acorda no meio da noite e sabe que tem *motivo* para estar com medo...

— Quin, me desculpe...

— Quando você disse que queria passar uma noite com ele, foi quase um alívio.

Com cuidado, falei:

— Sem julgamentos aqui, mas... você já tinha transado com a Golden naquela época?

Ele fez uma careta.

— Eu me vinguei primeiro, assim como fiz com a Shiv. Como se isso fosse funcionar. Será que eu não aprendi nada?

— Da próxima vez você vai acertar.

— Não sei. Cachorro velho, truques novos... — Ele riu. — Se o ex-marido não tivesse reaparecido, você acha que nós dois teríamos seguido?

Isso era algo em que eu tinha pensado muito.

— Acho que sim. Agora é óbvio que eu não estava totalmente... disponível, suponho que seja a palavra. Mas todos nós temos bagagem e, apesar da minha, eu fui muito feliz com você.

— Então, por que você fez isso? A tentação da comida sem graça? A vida "ao ar livre"? — Ele negou com a cabeça. — Não. Foram aquelas malditas... coxas de couro?

Não pude deixar de sorrir.

— Isso me deu a chance de acertar muitas coisas do meu passado. E, ao fazer isso, perdi o Quin. Mas tudo tem um preço.

Eu me perguntava se o Quin e a Golden ainda estavam juntos.

— E quanto a você e... — perguntei, ao mesmo tempo que o Quin também perguntou:

— O Homem Sem Graça ainda está com a Trapaceira?

— Quem... Ah, você quer dizer a Kallie? Até onde eu sei, sim.

— Sério? Uau! Respeito. Foi um jogo arriscado que ela fez.

— Por que você chama de jogo?

— Rach. — Ele parecia incrédulo. — Ela! Te observando! Para ver como você agia, tudo para prender o... — Ele fez um gesto com desprezo. — ... Deus do amor com calças de couro.

— Ela não seria tão cínica.

— Rach, ela era uma *verdadeira* oportunista. Ainda estou esperando pra ser reembolsado pela consulta médica.

Fingi franzir a testa.

— E se você mandar uma mensagem pra ela? Só pra lembrar?

Nós dois rimos.

— Mas falando sério — eu disse. — Ela estava investindo todo o dinheiro que tinha na carreira musical. Tenha um pouco de compaixão.

— Ah? — disse ele. — Eu não sabia... Me desculpe.

A ironia era que o Quin tinha sido a pessoa que fez um jogo arriscado. Quando a ameaça do Luke apareceu, ele avançou para enfrentá-la. Foi o Quin quem marcou aquela consulta médica para a Kallie, o Quin quem me convenceu a jantar com eles. Apostando — incorretamente — que quanto mais eu visse o Luke, menos o idealizaria.

— Então, o que você está dizendo é que... — disse Quin. — Você apostou no cavalo errado.

Quin não entendia que, para mim, tinha sido muito mais do que uma escolha entre dois homens. Luke tinha voltado à minha vida como um catalisador, abrindo meus olhos para verdades complexas e fazendo com que todo tipo de poeira assentasse de novas maneiras em novos lugares.

— A questão é... — continuou ele, que parecia desconfortável, espalhando as mãos sobre a mesa. — Eu fui rápido demais em terminar as coisas. Porque eu estava envergonhado de ser o perdedor.

Esperei.

— Se... no dia depois da festa da sua mãe... *Se* eu pudesse lidar com você ter estado com... Com *ele*, você teria me dado uma chance?

Esperei um pouco mais.

— Você esqueceu que já tinha transado com a Golden? — perguntei.

Isso o deixou perplexo, mas por pouco tempo.

— Então nós dois estragamos tudo. E agora estamos quites.

As coisas eram muito simples da perspectiva do Quin: eu o magoei, ele me magoou de volta, e o contador foi automaticamente zerado. Mas eu não era mais a pessoa de antes daquela noite com o Luke.

E agora, eu queria saber se o Quin ainda estava com a Golden? Ou com outra pessoa?

— Como estão suas irmãs? — perguntou ele.

— Helen está grávida! Dezesseis semanas!

— Caralho! Isso é... aterrorizante. Ela é a primeira mulher grávida na história do mundo?

— Ninguém nunca teve enjoos matinais antes. Nem dor na lombar. O parto em si será noticiado como se fosse um desastre natural.

— E a Claire? — Ele suspirou. — Sinto falta da Claire.

— Ela também sente a sua. Todos sentem. Mas todos estão bem. E Liberty e Finley?

Ele se animou.

— Liberty está bem. Passando por uma fase mais feliz. E o Fin está ótimo. Só come.

— Esse é o meu garoto. E seus pais? Michelle? Robert?

Quin que se danasse se achava que eu ia perguntar sobre Shiv e Garrett.

— Todos vivendo a melhor versão de suas vidas. — Ele me lançou um olhar irônico. — Ganhando. Em tudo. Tênis. Casamentos felizes. Carreira.

Eu ponderava se deveria perguntar se poderia "entrar em contato" com eles, mas acabei dizendo:

— Diga que mandei um beijo a todos.

Quin acenou com a cabeça para o meu copo vazio.

— Outro?

— *Ah.*

Olhei para ele com curiosidade. Será que imaginei que ele estava prendendo a respiração? Ou será que *eu* estava?

Havia um clima, como se um fósforo estivesse pronto para ser aceso contra a pedra de isqueiro. O momento passou. E depois outro. Eu soltei o ar.

— Não. Obrigada. Trabalho de manhã.

Ele me observou, a expressão sugerindo algo.

— Se eu te mandar uma mensagem daqui a alguns dias, a gente pode tomar um café?

Ele estava tão confiante, tão persuasivo, certo de que eu concordaria.

— Quin. E você e a Golden? Foi só uma vez...?

Minha voz se perdeu enquanto o observava corar. Com uma risada desconcertada, ele disse:

— Nós somos, ah... Olha, eu não... Ela, às vezes... Ei, você se lembra do Prosser? Como ele e ela...? Bem, isso ainda está rolando entre eles.

— E com você também? *Você* é o caso dela agora?

— Ah, sim. Não.

Fascinada, observei a luta interna dele: as consequências de uma confissão poderiam ser constrangedoras, mas ele queria *tanto* se gabar.

— É, como dizem, complicado.

À medida que a compreensão surgia, comecei a rir.

— Ah, Quin. Quem é ela? Não é a Shiv?

— Shiv? — Ele revirou os olhos. — *Não*. Você não a conhece. O nome dela é Valeria.

Valeria? Onde eu já tinha ouvido aquele nome...?

— Ela trabalha no aeroporto, no terminal privado.

— Eu a conheci! Naquela manhã quando fui te buscar! Ela é linda. Mas é novinha. Ah, Quin, não a trate mal...

— Sou um amor com ela. — Ele me deu uma olhada mais longa. Como se quisesse me lembrar o quanto ele podia ser um amor. — E ela é... ótima. Me chama de Sr. Quinlivan. Quando estamos... — ele parou abruptamente.

Minha nossa.

— Olha, isso não é da minha conta, mas, de verdade, não tenho certeza do quanto você está sendo um amor, se ainda está indo para a cama com a Golden às escondidas.

— Indo para a cama com a Golden às escondidas? — Ele ponderou, então suspirou. — E é por isso que sinto tanto a sua falta.

— Você não sente minha falta. Nem um pouquinho. — Com carinho acrescentei: — Seu bobão. Tchau, Quin.

— VOCÊ O encontrou "por acaso"? — perguntou Nola. — Garota, você acha que eu nasci ontem?

Dei de ombros.

— Na noite passada, às oito e quarenta, foi a primeira segunda-feira que você foi lá para suas compras semanais?

— Não.

— Com que frequência? Recentemente?

— Fui na semana passada também. Mas não foi *exatamente* uma coisa consciente.

Nola deu um gole de chá de sua xícara de porcelana e sorriu de forma convencida.

— E então? Descobriu o que precisava saber?

Respirei fundo.

— Acabou mesmo. — Uma mistura de tristeza e alívio veio com a admissão. — Sinto muito afeto por ele. Mas como parceiro de vida? Não mais.

Nola deu outro gole de chá.

— E *ele* está bem. — Era o que eu realmente precisava saber. — Ele está indo bem.

— Entendo. E como você se sente em relação ao Luke?

Esperei, tentando organizar tudo, mas "apaixonada" saltou da minha boca.

— Louca por ele? Não, esqueça que eu disse isso. É só nostalgia. Com uma forte atração física. É ruim. Mas vai passar.

— Será que vai, mesmo?

Surpresa, perguntei:

— Como assim?

— Já se passaram quatro meses e você só ficou mais apaixonada por ele. Talvez vocês dois devessem ter uma conversa? Como adultos. Talvez ele sinta o mesmo.

— Não. O Luke que eu amava não teria transado comigo tendo uma namorada.

— Você sabe se ele ainda estava com ela quando transou com você? Como um fato real?

— Não, suponho que não como um fato real...

— Pelo amor de Deus, Rachel! Pergunte de uma vez.

Foi o que Claire disse, foi o que Yara disse. Talvez eu devesse.

— Me dá uns dias. Vou pensar sobre isso.

Eu estava exausta de tanto me perguntar e me preocupar com o Luke. E a minirreunião de ontem à noite com o Quin me deixou completamente esgotada.

— Agora, eu preciso descansar um pouco.

93

Eu caí na cama e estava dormindo profundamente quando meu celular me acordou. Claire.

— Alguém morreu?

E era ela que zombava de Luke por telefonar.

— Não. Ninguém. Desculpe por ligar, mas isso é *importante*. Você viu os *stories* dela?

— Quem? Kallie? — Eu ainda estava tentando fazer meu cérebro funcionar. — Não.

— Aquela coisa de mandar pensamentos e orações? Ela conseguiu a grande chance. Bem, *uma* chance. Uma das músicas dela vai tocar num novo programa de TV. Algo no Hulu. Pelo que ela anda postando, você juraria que ela seria introduzida ao Hall da Fama do Rock.

Cliquei no meu iPad. E lá estava Kallie, transbordando de empolgação. Sim, era real. Uma música que ela tinha escrito e cantado seria destaque no episódio quatro da primeira temporada de *Widow Spider*, que iria ao ar em outubro no Hulu.

"Pessoal", disse uma Kallie chorosa. "Vocês não sabem quantas vezes eu quase desisti. Eu fiz muitos sacrifícios para manter meu sonho vivo. Muitos, *muitos*."

E, sabe de uma coisa, eu tive que reconhecer. Ela fez o que precisava fazer para sobreviver enquanto continuava a ter fé em si mesma e no seu talento.

Certo, tentar enganar a Kate por dinheiro foi uma jogada bastante suja. E, se ela estivesse com o Luke, eu teria muito ciúme dela. Mas, apesar de tudo, eu admirava a sua determinação.

Também havia um estranho alívio. Embora a vida não costumasse oferecer prêmios de consolação, minha culpa por ter transado com o Luke tinha sido aliviada pelo que aconteceu com a Kallie. Ela merecia um pouco de sorte.

Ela continuava falando, exortando os seguidores a se apegar aos próprios sonhos. "Nunca, *jamais*, desista!"

Mas nem todo sonho se torna realidade.

Muitas vezes era melhor se afastar. Muitas vezes uma pessoa ficava melhor deixando de lado um objetivo inatingível do que desperdiçando sua vida.

— Olha só pra ela. — Claire estava tão desdenhosa. — Parece que ganhou o Prêmio Nobel de Imitadores da Taylor Swift. Enfim! Era *essa* a grande notícia dela. Não vai se casar nem nada do tipo com o Luke.

Mas Luke ainda estava se mudando. Provavelmente — tudo bem, bem *possivelmente* — para morar com a Kallie. E eu estava tão desgastada pela tormenta de não saber, que talvez não me importasse mais.

Eu estaria sentindo uma mudança em mim, algum tipo de progresso? Talvez eu realmente estivesse deixando ele ir? Talvez sendo *forçada* a deixá-lo ir.

— Obrigada, Claire, conversamos amanhã.

— Ah. Tudo bem.

Ela pareceu desanimada por eu não ter ficado mais animada.

Eu esperava que não houvesse esperança de voltar a dormir, mas, quando meu celular tocou novamente, eu estava outra vez nas profundezas desconhecidas. Lutando para alcançar a consciência, eu achei que, se fosse a Claire com *mais* notícias sobre Kallie, eu... Ah! Não era Claire, era a Helen.

Era uma e treze da manhã, uma hora estranha para ela estar me ligando.

— Oi, Rache. Olha. Algo está... eu não sei, mas estou sangrando.

Horrorizada, me sentei.

— Cadê o Artie?

— Em Genebra. É por isso que estou te ligando.

— Está forte? — Eu pulei da cama, pegando um moletom na gaveta, pegando minhas chaves e procurando meu telefone antes de perceber que ele estava na minha mão. — Você precisa de uma ambulância?

— Eu... — De repente ela pareceu aterrorizada. — Rachel, eu não sei.

— É uma hemorragia?

— Não. Parece o início da menstruação. Não é intenso. Mas está acontecendo.

— Tudo bem. Estou indo te pegar.

Seria melhor chamar uma ambulância? Eu não tinha ideia. Mas a única pessoa em quem confiava para fazer isso era eu mesma.

— Esteja vestida, pronta pra sair. Chego aí em vinte minutos.

Iluminada pela luz de um poste, ela estava do lado de fora de casa, parecendo pálida e assustada. Coloquei-a no banco do passageiro e a levei para o hospital. Tentando ser gentil, eu a apressei para dentro.

— Ela está com dezesseis semanas! — falei à recepcionista. — Ela está sangrando.

Era difícil não gritar, *chame um médico agora! Faça isso parar!*

Felizmente, Helen foi levada rapidamente para fazer uma ultrassonografia. Então, meu alívio se transformou em horror. E se os batimentos cardíacos do bebê tivessem parado?

Logo desejei que o Luke estivesse ali.

Respirando por quatro segundos e soltando por sete, falei com a Yara, implorando para que tudo ficasse bem. *Inspire quatro, expire sete.* Dizendo pra mim mesma que Helen ficaria bem. *Inspire quatro, expire sete, inspire quatro, expire sete.* Sem parar.

Já fazia muito tempo, mais de uma hora, isso era uma coisa boa? Uma coisa péssima? *Inspire quatro, expire sete. Inspire quatro, expire sete.*

E veio uma enfermeira. Eu me levantei.

— Ela está bem, o bebê está bem. Foi só um pequeno sangramento. É assustador, mas acontece. Ela falou com o parceiro dela e o tranquilizou. Vamos mantê-la em observação essa noite, só por garantia, mas ela pode ir para casa de manhã.

— Posso ficar com ela?

— Ela precisa descansar.

Falei rispidamente:

— Há dois batimentos cardíacos no monitor?

— Sim.

— Você tem certeza?

— Sim. — E disse educadamente: — Você precisa ir agora.

Não. Eu precisava ficar de olho. Foi onde eu errei com a Yara.

Você está louca, falei pra mim mesma.

Não consigo evitar, respondi.

Do lado de fora, na noite, entrei no meu carro, mas era impossível partir. Pelo menos não ainda. Então, respirei por quatro segundos e expirei por sete, depois fiz de novo, e os momentos passaram, um por um.

De vez em quando, um táxi chegava. Em algum momento, duas mulheres passaram, depois um homem sozinho, mas a cidade estava quieta. Ainda inspirando por quatro e expirando por sete, fiquei acordada, em alerta. Em algum momento, ouvi um barulho que parecia um pássaro cantando. Esperei, ouvindo atentamente. Ouvi de novo. Era um pássaro. Acima dos telhados, um brilho meio lamacento apareceu no céu.

Outro pássaro cantou, e então outros. O brilho tornou-se um marrom radiante, depois um ocre brilhante.

Amanheceu.

Mas eu ainda estava presa ao horror da noite passada.

Voltei ao hospital. O sangramento da Helen tinha parado, ela estava pronta para ser liberada e o clima era animado. Eu a levei para casa, chegando no exato momento em que Artie voltava de Genebra.

Depois de um banho e um café na casa deles, fui trabalhar. Foi um dia movimentado, produtivo, em que uma tão esperada revelação com um dos meus casos mais difíceis finalmente aconteceu.

Houve momentos em que eu era *de fato* boa no meu trabalho. Cerca de uma vez por ano, eu realmente me impressionava e hoje era um desses dias.

Mas tudo isso estava acontecendo muito longe, como se eu estivesse assistindo a tudo de um pequeno quarto escuro.

Depois do trabalho, fui a uma reunião do NA e tentei explicar meu temor. Depois, visitei a pobre Nola e falei em círculos até esgotá-la. Após uma segunda reunião, tarde da noite, fui pra casa, consegui conversar com a Kate e o Devin. Devo ter parecido normal, então fui para a cama.

Mas eu não conseguia dormir, ainda presa num lugar onde tinha acabado de experimentar a perda mais terrível. Nola me instruiu a continuar voltando aos fatos. E os fatos eram que já tinham se passado sete anos, eu havia sobrevivido e minha vida era boa.

Mesmo assim, acabei voltando a este lugar há muito esquecido, um lugar onde nada parecia real, mas tudo parecia terrível.

Finalmente, dormi. Depois de duas horas e meia de pura alegria, por volta das cinco da manhã, um jato de adrenalina me jogou de volta ao inferno da vigília.

Quando os pássaros começaram a anunciar o dia, eu soube que não conseguiria ir trabalhar. Eu podia improvisar após uma noite sem dormir, mas não depois de duas.

Em uma desesperança silenciosa, pensei — de novo — em ligar para o Luke, mas provavelmente era tarde demais, era uma da manhã no horário dele.

Sem esperar, senti uma pontada de saudade dos meus pais. Eu queria ser cuidada, mesmo sabendo que eles — e que ninguém — poderia consertar nada. Mas estar na casa da minha família poderia me acalmar? Bem, valia a pena tentar.

Estacionando do lado de fora, vi que as cortinas do quarto deles ainda estavam fechadas. Nove da manhã e eles ainda não tinham se levantado. Sem julgamentos. Entrei, fui até a cozinha e automaticamente pus água para ferver na chaleira. Eu ia tentar uma xícara de chá de hortelã.

— O que você está fazendo aqui?

Mamãe apareceu, uma figura meio espectral, em seus bobes e camisola esvoaçante.

— Nada. Só, não consigo dormir.

— Você deu um susto daqueles no coitado do seu pai!

— Desculpe, mãe.

Depois de me olhar bem, ela falou:

— Por que você perdeu o sono? Helen te assustou? Você está pensando na sua bebê?

Exausta demais para fingir, falei:

— Estou me sentindo tão mal quanto me senti naquela época. Como se tivesse acontecido agora.

— Quer um biscoito?

— Não...

— Quer um comprimido para dormir?

— O quêêê?

Ela começou a remexer em sua fruteira.

— Tem um monte em algum lugar. Para quando achávamos que teríamos *jet lag*, mas não tivemos. Aqui estão eles! — Ela jogou uma pequena caixa branca e familiar em mim. — Tome alguns com um copo de água e depois durma. Seu antigo quarto está arrumado. Eu vou me trocar.

Assim que ela saiu, tirei a cartela de comprimidos da caixa. Com as mãos trêmulas, comecei a puxá-los do papel-alumínio, então, me virei para a torneira da cozinha.

94

Estar na minha cama de adolescente não fez diferença, eu ainda não conseguia dormir. Baixei um audiolivro sobre a batalha de Waterloo porque achei que seria chato, mas na verdade foi fascinante.

Estava pesquisando no Google "livros extremamente chatos" quando Nola ligou.

— As pessoas zombam da palavra "gatilho", mas você foi afetada por ele — disse ela. — O susto da Helen desencadeou tudo de volta em você.

Ela estava certa. E eu sabia de algo mais. Após a perda da Yara, eu não estava tomando aqueles comprimidos para conseguir dormir, eu estava tomando para poder escapar. Havia uma diferença. Sutil, mas, para um dependente, enorme.

Porque eu sentia isso agora. Eu queria dormir. Mas também queria um vazio completo. Não era a mesma coisa.

Em algum momento, meu pai entrou com um pão dinamarquês e quatro chocolates Kimberleys em um prato. Ele demonstrava amor oferecendo coisas doces. Cerca de uma hora depois, minha mãe chegou.

— Pensei que você estivesse desmaiada. Talvez os comprimidos estejam vencidos. Vamos descer e assistir à série *Escape to the Chateau*, é divertida.

— Não, obrigada.

— Você se importa se eu assistir?

Sozinha mais uma vez, conversei na minha cabeça com a Yara, pedindo a ela que me ajudasse, que tirasse o medo e se isso não fosse possível que me ajudasse a suportá-lo.

Por que você não liga para o Luke?

Mas eu não conseguia diferenciar entre a Yara e eu. Seria este um conselho verdadeiro? Ou estava apenas me dizendo o que eu queria ouvir?

Papai tinha voltado.

— Você vai descer para jogar o Telly Bingo? Pegamos um cartão para você.

— Ah, papai. Obrigada, mas...

— Sem problema. Vou jogar por você, mas, se você ganhar, pode exigir o prêmio.

— Obrigada, paizinho.

Você deveria ligar para o Luke.

Eu queria tanto vê-lo, ouvir a voz dele. Ele era tão gentil. Mas nem eram seis da manhã em Denver, provavelmente ele estaria dormindo. E, se a Kallie estivesse lá, eu não conseguiria lidar...

— Você não ganhou — disse mamãe, voltando ao quarto. — No Telly Bingo. Nenhum de nós ganhou nada. Somos uma família azarada, sempre fomos. Você vai descer e comer algo? Tem quiche. Seu pai foi até o SuperValu e comprou pra você. Pode ter um pedacinho de presunto nele, por acidente. Ele pede desculpas.

— Talvez mais tarde, mãe.

Depois que ela saiu, fiquei olhando para o meu iPad, tomada pelo que decidi chamar de "fadiga de contenção". Eu tinha perdido a energia de resistir a ligar para o Luke. Além disso, já eram quase sete da manhã em Denver, ele poderia estar acordado.

— Rachel? — Ele ainda estava na cama, a luz artificial clareando seu rosto tão pálido quanto os lençóis. — Está tudo bem?

— Desculpe te acordar. Você está sozinho?

— Ei, respire. — A câmera se estabilizou e lá estava ele, em sua beleza desarrumada. — Está tudo bem — insistiu ele, sentando-se, puxando um lençol até o peito. — Não tem mais ninguém aqui. Me conta.

— Helen, você sabe, ela está grávida. Duas noites atrás ela começou a sangrar...

— *Meu Deus.* — Seu terror era visível.

— Ela está bem. Mas foi para mim que ela ligou. Artie estava viajando. Então fui com ela ao hospital e mesmo que não fosse o que passamos, eu e você, realmente me afetou.

— Sim, é *claro* que afetaria.

— Ela voltou pra casa, o sangramento parou, não foi algo terrível como o que eu achei a princípio, mas ainda me sinto... no meio de um pesadelo horrível. Do jeito que me senti no hospital quando percebemos que só havia um coração batendo.

— *Anjo.* — A voz dele era suave. — Eu suponho que isso seja normal, depois do que passamos?

— Eu sei. Provavelmente. Sim. Posso te fazer uma pergunta?

— Manda.

— Luke. — Respirei fundo. — Você contou para a Kallie sobre nós? Sobre aquela noite?

— Não.

Meu coração afundou até o centro da Terra.

— Por que eu faria isso?

— Você quer dizer que vocês estão apenas seguindo em frente, sem ela saber?

— O quê? Não! — Ele soltou uma risada curta e surpresa. — Rachel, nós terminamos antes mesmo de eu sair da Irlanda.

Obrigada.

Obrigada, obrigada, obrigada.

Surpreso, ele falou:

— Pensei que você soubesse.

— Como eu saberia?

— Você sabe como eu sou. "Sr. Certinho." Naquela noite, na porta da sua casa, você perguntou se eu gostaria de entrar e... sim. — Ele suspirou suavemente. — Foi isso. Eu e Kallie terminamos. Eu tive que contar pra ela.

— Certo — falei com a voz fraca.

— E nossa noite juntos? Eu dificilmente teria... Rachel!

— Tudo bem...

— Foi... — Ele fez uma pausa. — ... *difícil* magoar a Kallie. Mas o que aconteceu entre mim e você, eu sou... — Novamente, ele hesitou sobre a palavra certa. — ... grato. Muito grato por isso.

— Vocês ainda saem para cavalgar juntos?

— Nossos cavalos ficam no mesmo rancho. Nossos caminhos, às vezes, se cruzam. Somos, sabe, amigáveis um com o outro. Mas não.

— Quin e eu terminamos.

— Sim. — Ele suspirou meio que brincando. — Eu meio que percebi.

— Como?

— Sou um otimista — disse ele, e riu. — Certo, não me orgulho disso, mas, ah... Instagram do Quin? Ele costumava postar muitas fotos suas... Você está bem? Sobre o término?

— Estou bem. Ele também está. Mas não tenho conseguido dormir. Desde a noite com a Helen. Quero dizer, eu consigo, um pouco. Não é como se estivesse acordada desde que a Helen ligou. Mas é um sono todo entrecortado e...

— Calma. — De repente ele estava preocupado. — Você tem acesso a comprimidos?

— Estou na casa da minha mãe, ela me deu uma caixa inteira, esta casa é como uma farmácia...

— Joga tudo fora!

— Eu já fiz isso. Luke, me escuta, está tudo bem, eu joguei todos no ralo. Eu não queria tomá-los, de jeito *nenhum*. Mas era melhor ser prudente, embora minha mãe me mate quando descobrir. Eu fui a reuniões, tive uma sessão épica com a Nola, estou fazendo respiração e meditação, estou pedindo ajuda à Yara, mas ainda me sinto tão... é um *pesadelo*. Talvez eu devesse ligar para alguma linha de apoio, mas... — Tive que engolir em seco. — A única pessoa com quem eu quero falar é você. Me desculpe.

— Rachel. — A voz dele estava tão suave, tão *carinhosa*. — Por que você está se desculpando? Está tudo bem. Sempre estaria tudo bem.

— Gentileza sua. — Minha voz tremia. — É que... você poderia conversar comigo por um tempo? Até eu me sentir um pouco menos... assustada?

— *Claro*. Existe algo em que eu possa ajudar? Se você estivesse aconselhando alguém que estivesse triste, como você está, o que diria?

— Não é minha especialidade, mas eu perguntaria se a pessoa tem lembranças de se sentir calma ou em paz.

— Entendi. Então, você consegue se lembrar de uma época em que se sentiu calma? Em paz?

Na mesma hora algo veio à mente e eu descartei.

— Talvez quando criança?

— Humm...

Encontrei outra lembrança.

— Eu devia ter uns seis ou sete anos. Anna e eu tínhamos colocado uma colcha azul sobre a mesa. Estávamos embaixo, havia conchas do mar no chão, como se estivéssemos embaixo d'água. A luz estava fraca e azul e eu me lembro de me sentir serena. Anna e eu éramos as únicas que conseguiam respirar debaixo d'água. Éramos só nós. Eu me senti forte. Calma.

— Alguma outra lembrança? Lugares? Pessoas? Quem te fez sentir assim?

— Luke. — Minha voz falhou. — Eu me sinto assim com você.

— Quando?

— Tipo... — Engoli em seco. — O tempo todo.

— Entendi. — Ele estava pensativo. — Entendi. — E em seguida: — Que tal eu ir até você?

— Como assim?

— Assim do tipo, eu pego um avião e vou até sua casa e, você sabe, vou te *ver*?

Depois de um longo silêncio, perguntei:

— Quando?

— Agora. Bom, assim que eu conseguir um voo.

— Você... isso é uma brincadeira?

— Não é brincadeira.

— Você faria isso?

— Eu faria.

— Por quê?

— Você pode esperar? Podemos conversar quando eu chegar aí.

— Eu preciso perguntar, você virou republicano? Apoiador do Trump?

— O quê? Não! Rachel, por que você acharia uma coisa dessas?

— Porque as pessoas mudam.

— Eu estava muito diferente naquela noite? Porque pra mim pareceu que nada havia mudado.

— Aquilo foi só sexo. Sempre fomos bons nisso.

— Não foi "só" nada, Rachel. — Ele fez uma pausa, franziu a testa. — Aquilo foi *tudo*.

Certamente era como *eu* me sentia.

— Mas... agora você cavalga. Está mais espiritualizado. Não é vegetariano.

— Hoje, você tem um jardim, eu sempre fui um pouco espiritualizado e, mesmo que haja momentos em que eu coma carne, sou essencialmente vegetariano. Mas os fundamentos de quem você é ou quem eu sou não mudaram. Você sempre me fez sentir seguro. Desde que nos reconectamos, tem sido a mesma coisa.

CERCA DE UMA hora depois, Luke ligou.

— Você ainda está na casa dos seus pais?

— Estou. Onde você está?

— No meu carro. Indo para o aeroporto.

— Jura?

— E se você fosse para a sua casa? E tirasse folga do trabalho amanhã?

— Luke! Isso é mesmo...?

— Escala em O'Hare, chego em Dublin pouco antes das cinco da manhã, no seu horário.

Atônita, falei:

— Eu posso ir te buscar...

— Não. Obrigado. Prefiro privacidade para... Sim, um táxi está bem. Rachel, vá para casa e me espere. Estarei lá de manhã.

Na minha casa, Kate e Devin estavam *a todo vapor*. Uma sacola de compras estava sobre a mesa da cozinha e eles pareciam esvaziar o conteúdo da geladeira e colocar dentro dela. Havia um quê de selvageria no ar, um senso de pilhagem sem lei.

Crunchie estava andando de um lado para outro, parecendo muito preocupada.

Devin me olhou.

— Tio Luke ligou.

Interrompendo-o, Kate disse:

— Temos que ir para a casa dos pais do Devin. Tipo, *agora*.

— Ceeerto. Vocês vão deixar alguma coisa aí pra mim? Um pouco de chocolate? Maçãs?

Ignorando meu pedido, Kate perguntou:

— Quando podemos voltar?

— Não sei. Talvez em uma semana? — Ri um pouco demais. — Eu mando mensagem.

E comecei a rir novamente.

Liguei para o trabalho, organizei a folga e depois dei uma olhada na geladeira. Estava quase vazia, então fui até o mercadinho chique em Greystones e, de forma ridícula, tudo o que chamava a minha atenção, eu jogava na cesta: mel trufado; tomates amarelos pequenos; coisas que eu pensei que fossem ameixas, mas que na verdade eram mais tomates, roxos desta vez. Queijo Crozier Blue; morangos anormalmente grandes; sopa de cogumelos atraentemente embalada, mesmo que cogumelos pra mim tivessem gosto de morte; bananas, porque você não pode errar com bananas, a menos que, é claro, sejam bananas-da-terra (como descobri três dias depois que eram); chocolates das Skelligs; amêndoas defumadas; um grande buquê de peônias brancas e, finalmente, sorvete, muito sorvete, além de quatro pizzas. Provavelmente elas seriam, realmente, as únicas necessárias.

De volta para casa, coloquei as flores em um jarro, troquei as roupas de cama, tomei um banho, lavei o cabelo, me enchi de creme, pintei as unhas dos pés e procurei meu *baby doll* de cetim no fundo de uma gaveta. Um presente inviável da Claire, eu estava guardando o top e o short escorregadio para uma ocasião especial. O que — a menos que eu tivesse entendido algo muito errado aqui — parecia ter chegado.

Fui acordada por uma mensagem, o que significava que eu tinha dormido!

No táxi. Estarei aí até as 5h30. L Bj

Ele está aqui, no país, a menos de meia hora de distância. Fiquei de sentinela perto da janela da sala de estar, contente em não fazer nada além de esperar.

Lá fora, o céu estava completamente escuro. Minha casa era longe o suficiente da cidade para escapar do brilho constante de suas luzes. Depois de um tempo, uma leve perturbação ocorreu na escuridão, algo amarelado difuso, que se transformou nos faróis de um carro. Em seguida, veio o som de um motor. Um táxi parou na rua. Curvilíneo e roncando, parecendo ser o único carro na Terra.

Um homem saiu. Alto, cabelo comprido, jaqueta de couro. Ele carregava uma mala. Uma conversa em vozes baixas ocorreu com o motorista. Depois o homem se afastou do carro e veio em direção à minha casa.

Quando ele chegou à porta, eu a abri.

— Gata. — Luke riu de alegria. — Oi!

Eu o puxei para dentro do corredor, dando tapinhas em seus ombros por cima da jaqueta, tendo que me convencer de que ele era real.

— Você está mesmo aqui — falei.

Luke largou a mala.

— Eu estou mesmo aqui.

— Você veio até aqui.

— Eu vim até aqui.

Ele deslizou os braços ao redor da minha cintura, suas mãos no meu pijama de seda.

— Mas *por quê*, Luke?

— Porque... eu realmente preciso que você escute o que eu vou dizer, Rachel Walsh.

— Estou escutando.

— Eu vim porque... Eu. Te. Amo.

— Ah, graças a Deus!

Eu disse em um suspiro de alívio.

— Você está dizendo que isso é... uma boa notícia?

Eu olhei para ele.

— Você tem algo a me dizer...?

— Eu também te amo, Luke Costello.

O sorriso dele era tão largo, tão feliz. Segurando meu rosto nas mãos, ele moveu os polegares pelas olheiras lilases sob meus olhos.

— Você dormiu?

— Umas três horinhas.

— Não o suficiente. — Enquanto seu corpo se animava, ele fez uma careta. — Rachel, ignore isso. Ele tem vontade própria perto de você. Peço desculpas. Vamos lá, suba essas escadas, você precisa dormir.

— Mas...

— Shhh. Teremos muito tempo para isso.

No quarto, ele se livrou da jaqueta, tirou a camiseta e chutou as botas para longe. Levemente tímido, virou-se para mim para puxar o cinto, antes de desabotoar a calça, tirar a cueca e, em seguida, estender a mão para mim. Seus dedos deslizaram ao redor dos botões do meu pijama e mesmo assim ele abriu e tirou a parte de cima com velocidade louvável. Então enfiou os dedos indicadores na cintura, riu suavemente e sacudiu os shorts. A peça escorregou para o chão, e pisei nela.

Levantando-me como se eu fosse um objeto precioso, ele me colocou no centro da cama e depois subiu. Eu já estava me enroscando e torcendo meus braços e pernas ao redor dele, a sensação familiar do seu corpo e o cheiro delicioso da sua pele acalmando qualquer ansiedade residual. Era assim que sempre dormíamos juntos, todas as noites, quando morávamos em Nova York.

— Eu te amo — sussurrou ele.

— Eu te amo — repeti, e sonolenta, admiti: — Foi nisso que pensei quando você me pediu pra lembrar de um momento em que me sentia em paz. Bem assim, apenas indo dormir com você numa noite qualquer.

— Você pode fazer isso de novo sempre que quiser. Todas as noites pelo resto da sua vida, se quiser.

De alguma forma, eu já sabia disso.

— Você mora na Irlanda agora?

— Em breve.

O sono estava me puxando para sua deliciosa correnteza.

— Essa é a melhor notícia de todos os tempos. Luke, você poderia fazer um favor para mim?

— Qualquer coisa.

— Quando a gente acordar, você pode me perguntar uma coisa?

— Claro.

— Você poderia dizer: "Suponho que um passeio esteja fora de questão?"

Com um riso inesperado, ele falou:

— Combinado.

Luke ajeitou o edredom sobre nós dois e apagou a luz.

Pele contra pele, seus lábios no meu cabelo, minha mão na sua coxa, seu braço atravessando meu corpo. Meu peito apertado se soltou e relaxou, cada respiração lenta e calma. Seus suspiros se alongaram até que, sem nem mesmo tentar, estávamos seguindo o ritmo um do outro.

Juntos, caímos da beirada do mundo em um sono profundo e doce.

Agradecimentos

Eu sei que abordei alguns eventos dolorosos da vida neste livro. Se você foi afetado por algum deles, ofereço-lhe minha sincera compaixão. Não fiz nenhuma pesquisa formal para as diversas histórias de dependência porque, como alcoólatra em recuperação, conheço bem a condição. Caso sinta que está precisando de ajuda, seu primeiro contato deve ser o médico de família.

Escrever sobre a Yara foi desafiador, mas extremamente importante. Sou grata a Clare Parker por ter sido tão generosa ao compartilhar sua trágica perda comigo. Li e ouvi histórias de outras pessoas e espero ter transmitido de maneira adequada a enorme complexidade que envolve uma perda tão devastadora.

Escrever um livro é um grande privilégio e um prazer, mas também um desafio — é muito difícil saber quando estou acertando. Ainda mais com *O fim das férias*, porque tantos leitores se importavam com a Rachel e eu não queria decepcioná-los. Muito obrigada a todos vocês! Houve um milhão de vezes em que duvidei de mim mesma e, sem o apoio e a dedicação de todas as pessoas listadas aqui, este livro não existiria.

Meus sinceros agradecimentos a toda a equipe da Michael Joseph pelo trabalho árduo e tão generoso nesta obra e em todos os meus livros ao longo dos últimos vinte e cinco anos.

Minha carreira e minha vida teriam sido tão diferentes se eu não tivesse tido a sorte, vinte e seis anos atrás, de conhecer Louise Moore, minha editora visionária. Desde o início ela confiou em mim para escrever o que eu preciso escrever, e confio nela para editar o que julgar adequado. (Admito que geralmente passo três dias andando furiosa pela casa quando as revisões chegam pela primeira vez, mas então me acalmo e reconheço que ela está certa.) Além de publicar meus livros com tanta sensibilidade e vivacidade, ela me deu coragem e espaço para arriscar na minha escrita, algo que aprecio de coração. Tenho sorte por tê-la como parceira profissional.

Sou também bastante grata a Liz “Lizzie McSmith” Smith por trazer tanto entusiasmo, imaginação e diversão a cada publicação. Trabalhar com ela e sua equipe fabulosamente criativa, incluindo Lucy Upton, Jen Breslin e Colin Brush, é encantador!

Agradeço de coração à formidável Grace Long por sua habilidosa contribuição editorial; Christina Ellicott, Deirdre O’Connell e toda a equipe de vendas; Lee Motley, por elaborar uma sobrecapa tão linda; Nick Lowndes, por sua heroica revisão e edição de texto; e Roy McMillan, pela meticulosa direção e dedicação ao audiolivro — e por torná-lo tão divertido.

Como irlandesa, é sensacional ser publicada pela Penguin Ireland. A equipe é excelente e eu dedico um agradecimento especial para a minha querida Cliona Lewis, para Brian Walker e Carrie Anderson na área de vendas. Muito obrigada!

Adoro a ilustração da capa original que Gemma Correll fez da Rachel e da Crunchie. Obrigada!

Jonathan Lloyd tem sido meu agente há vinte e sete anos e, assim como foi com Louise, quando nossos caminhos se cruzaram foi um dos grandes dias. Sempre solidário, por dentro dos detalhes e sempre, sempre muito divertido. Eu devo muito a ele.

Agradeço também a todos da Curtis Brown, desde o departamento de direitos autorais até TV e filmes, por cuidarem tão bem dos meus livros.

Enormes agradecimentos para a verdadeiramente aterrorizante (mas só quando necessário) Kealey Rigden por todo o trabalho de publicidade e eventos. Bem como a Fiona McMorrough e a todos da FMCM.

Sou muito grata às pessoas que leram este livro, em pedaços e trechos, conforme eu o escrevia, e que me deram todo tipo de feedback útil ao longo do caminho: Jenny Boland, Róisín Ingle, Caitríona Keyes, Ema Keyes, Ljiljana Keyes, Mammy Keyes, Rita-Anne Keyes, Liz Nugent e Eileen Prendergast.

Um agradecimento especial a Louise O'Neill, que, em novembro de 2019, foi a pessoa que me convenceu a tentar escrever este livro e que me encorajou em cada passo do processo.

E onde eu estaria sem minha melhor amiga de longa data, minha "Posh" Kate Beaufoy? Ela deve ter lido este livro pelo menos vinte vezes, oferecendo absolutamente ótimos conselhos editoriais e sempre, sempre, muito amor e encorajamento.

Também não poderia deixar de agradecer a Sarah Moore Fitzgerald, que fez uma revisão de última hora do manuscrito apenas para me tranquilizar. E a Sophie White e Vicki Notora, minhas primeiras leitoras da edição final, que me prometeram que estava tudo bem.

Minha sobriedade é a pedra fundamental sobre a qual todo o restante da minha vida está equilibrado; sem ela, eu não teria nada. Cada pessoa em cada reunião que já frequentei reforçou isso. Mas quero agradecer a duas mulheres especiais que me estenderam a mão, me deram força e me permitiram permanecer segura: minha própria Nola, o anjo em forma humana que é Judy McLoughlin, e minha firme AK.

Não há palavras adequadas para agradecer ao meu amado marido. Sempre ao meu lado, ele é o primeiro leitor perfeito, conseguindo de alguma forma ser honesto e encorajador. De uma paciência infinita, calmo, proativo, trabalhador e muito, muito gentil. Nada disso seria possível sem ele.

Livreiros ao redor do mundo têm apoiado minha escrita desde o primeiro dia. Gostaria de agradecê-los por sua generosidade, seu entusiasmo e sua bondade.

Da mesma forma, estendo meus agradecimentos aos muitos blogueiros e críticos que dedicaram tempo e esforço para ler meus livros e falar sobre eles com tanta positividade. Aceitem meu carinho e afeto.

Ao longo dos anos, inúmeros outros escritores recomendaram meus livros, me deram citações para as capas e criaram uma comunidade que é solidária, engraçada e calorosa. São muitos para listar individualmente, mas obrigada a cada um deles! Vocês são incríveis!

Eu escrevo (e nunca paro de falar...) sobre famílias. Eu AMO demais a minha. Mammy Keyes, meus irmãos, minhas irmãs, seus cônjuges e meus MARAVILHOSOS sobrinhos e sobrinhas. Passar tempo com eles é o que me faz mais feliz na vida.

Um dos meus sobrinhos se chama Luka e você pode ter notado que o filho da Claire também se chama Luka. Isso porque, alguns livros dos Walsh lá atrás, quando Luka Keyes era apenas um bebê, achei que seria fofo. Mas eu não contava com o passar do tempo, e é importante que os dois personagens não sejam confundidos. Luka Keyes não se parece em nada com o Luka da Claire: Luka Keyes não é todo sério; pelo contrário, ele é muito simpático e divertido. Eu só precisava dizer isso...

O belo livro de Charlotte Mendelson, *Rhapsody in Green*, chegou pelo correio num momento em que eu estava lutando para encontrar a "chave que faltava para a Rachel" – e que acabou sendo a jardinagem! (Ninguém ficou mais surpreso do que eu, mas esse é um exemplo das várias coisas boas do "acaso" que me ajudaram a continuar escrevendo.)

Você provavelmente notou que ambientei este livro em 2018. Eu já havia começado a escrever *O fim das férias* antes da pandemia, mas não queria incorporá-la à história.

Por fim, a vocês, meus amados leitores, estou tão grata pelo quanto amaram a Rachel desde que ela apareceu pela primeira vez. Seu carinho por ela e pelos Walsh (e Luke 😉) me encheu de alegria. Sinto de verdade que somos amigos, mesmo que não tenhamos nos conhecido pessoalmente (ainda). Espero sinceramente não os ter decepcionado.

Este livro foi composto na tipografia Latienne Pro,
em corpo 10,5/15, e impresso em
papel off-white no Sistema Cameron da
Divisão Gráfica da Distribuidora Record.